Présentation de l'auteur

Borden Deal est né à Pontotoc, dans le Mississippi, le 12 octobre 1922. Après avoir obtenu son diplôme d'études secondaires, il a rejoint le Civilian Conservation Corps et a combattu les incendies de forêt dans la région Nord-Ouest-Pacifique. Avant de commencer à écrire, il a travaillé sur un bateau de démonstration, transporté de la sciure de bois, récolté du blé, ou encore été rédacteur et instructeur de contrôle de tir antiaérien à Fort Lauderdale, en Floride.

Il a servi dans la marine américaine de 1942 à 1945. En 1946, il s'inscrit à l'université de l'Alabama à Tuscaloosa, c'est là qu'il publie sa première nouvelle, *Exodus*. Ce n'est qu'en 1956 qu'il décide de devenir écrivain à plein temps. Prolifique, il écrira une vingtaine de romans et plus d'une centaine de nouvelles. Son roman *Quand le fleuve gronde* (*Dunbar's Cove*, 1957) a été adapté au cinéma par Elia Kazan en 1960 sous le titre *Le Fleuve sauvage*, avec Montgomery Clift.

Deux de ses romans paraissent à titre posthume, *They Are All Strangers* (1985) et *The Platinum Man* (1989).

Marié trois fois et père de trois enfants, Borden Deal meurt à Sarasota, en Floride, le 22 janvier 1985.

QUAND LE FLEUVE GRONDE

BORDEN DEAL

QUAND LE FLEUVE GRONDE

Traduit de l'anglais (États-Unis)
par Charles B. Mertens

belfond

Titre original :
DUNBAR'S COVE
publié par Charles Scribner's Sons, New York

Retrouvez-nous sur www.belfond.fr
ou www.facebook.com/belfond

Éditions Belfond,
92, avenue de France, 75013 Paris.
Pour le Canada,
Interforum Canada, Inc.,
1055, bd René-Lévesque-Est,
Bureau 1100,
Montréal, Québec, H2L 4S5.
ISBN 978-2-7144-9755-0
Dépôt légal : juin 2024

Belfond | un département **place des éditeurs**

place
des
éditeurs

À Babs, évidemment.

Panorama I

La terre et la rivière

La rivière est là. C'est une rivière indienne, ivre parfois des eaux des inondations comme seul un Indien peut être ivre. Il lui arrive, aussi, d'être tranquille mais non pas pacifique car la violence se cache sous sa tranquillité. Ce n'est pas une rivière très large, du moins pas encore ; mais elle le deviendra car elle sera domptée et civilisée comme aucune autre rivière du monde ne l'a été jusqu'à présent. C'est le Tennessee.

Regardez-le couler ; d'abord vers le sud, puis il s'incurve sur les hauts-fonds rocheux pour se diriger vers le nord alors que ce serait plus facile de poursuivre sa route vers le sud. Ce n'est pas une rivière qui choisit les solutions faciles. Au nord, après la grande courbe elle quitte la vallée, traverse une chaîne de montagnes et s'engage dans une autre vallée. Pourquoi ? Personne ne le sait.

Cette traversée s'appelle Les Rétrécissements ; elle a quarante-cinq kilomètres de long et les différentes parties portent des noms : La Succion, La Marmite, La Casserole et La Poêle à Frire ; la rivière s'engouffre, tourbillonnante, serrée entre les hautes parois rocheuses. Là, des hommes sont morts.

Entre Les Rétrécissements et la grande courbe se trouve la région de Chickamauga, le pays des Cinq Villes, où les Cherokees insoumis sont venus se cacher de l'homme blanc. Ils y sont restés longtemps. Ils y ont bâti cinq villes auxquelles ils ont donné des noms ; la terre leur appartenait et, malgré les hommes et l'histoire, ils l'ont gardée comme une enclave privée entourée d'hostilité. Ils ont empreint cette terre de leur marque, une marque différente de celle des autres hommes, jusqu'à ce que la terre soit, elle aussi, différente des autres, de même que la rivière était différente des autres rivières.

Ils défendirent leur terre en combattant ; puis ils évoluèrent, modelèrent leur vie sur celle du Blanc. Ils conservèrent leur terre, depuis Les Rétrécissements jusqu'à la grande courbe, malgré l'invasion du système des plantations du Sud et des petites fermes et industries minuscules du Nord. Les rares hommes blancs ne s'y introduisaient qu'en devenant des Chickamaugas, c'est-à-dire des Indiens blancs, des insoumis. Parmi ceux-ci, il y avait un homme du nom de David Dunbar ; son sang était suffisamment vif et sauvage pour être celui d'un Cherokee quoiqu'il fût plutôt un Chickasaw.

Le gouvernement mit sur pied une organisation pour déposséder les Indiens ; cela n'était pas nouveau et tout se passa comme les autres fois. Mais les Indiens laissèrent derrière eux leur empreinte sur la terre, des hommes comme David Dunbar qui étaient plus blancs qu'indiens de sang mais plus indiens que blancs d'esprit et de sentiment. D'autres hommes, de véritables Blancs, vinrent prendre la place des Indiens dans l'intention de s'emparer de leurs terres ; mais au lieu de cela, ce fut la terre qui les posséda, leur imposant sa marque.

La paix ne dura guère après le départ des Indiens. Mais cette terre était habituée à voir mourir des hommes, aussi ces nouveaux morts n'y laissèrent pas de trace. Dans le Nord et le Sud, la terre avait été piétinée et déchirée par les morts ; mais ici ils mouraient paisiblement parmi les rochers et les arbres, noyés par les eaux boueuses et tourbillonnantes alors qu'ils avaient voulu imposer leur stratégie à la rivière. La terre et la rivière avaient recouvert leur violence avec décence, de telle sorte qu'il n'y avait aucun endroit où élever un monument pour rappeler aux hommes que « C'est ici que c'est arrivé ».

Ça, c'est la rivière, un Chickamauga sauvage et insoumis, qui se fraie un passage insensé au travers de la montagne afin de trouver une nouvelle vallée, et qui, au lieu de poursuivre son cours vers le sud, retourne vers le nord pour rejoindre un océan qu'elle n'aurait jamais dû connaître. Et ici la terre appartient à la rivière ; cette terre qui ne ressemble à aucune autre, qui, elle aussi, est sauvage et insoumise et qu'il ne sera guère aisé de dompter au moyen de graines, de confort et de maisons.

C'est une terre différente, une terre de violence, une terre qui n'a jamais connu la paix. Elle est sauvage et rocailleuse ; elle s'appuie sur une forte masse de montagnes pointées vers le sud ; elle est sillonnée de petits ruisseaux et de criques qui découpent de jolies courbes le long de la rivière profonde.

Ici se trouve un coin de terre bien défini parmi toutes les autres terres, un coin qui porte le nom de David Dunbar, un Indien blanc qui n'était ni cherokee ni chickamauga mais chickasaw. Un avion tournoie au-dessus de cette terre car, une fois de plus, des hommes se préparent, dans un rêve insensé, à imposer leur volonté à la sauvagerie indienne de la rivière, une volonté qui devra tenir compte de l'adversaire.

Mais ici, sur la terre de Dunbar, l'avion passe inaperçu. C'est une crique, doucement incurvée, assez éloignée de ce goulot étroit où le ruisseau se jette dans la rivière ; grâce à lui la douce pente des collines est profondément et richement fertilisée.

Pas loin, se trouve une grande maison. Beaucoup plus petite à l'origine, elle s'est agrandie par morceaux, un peu comme une famille s'agrandit avec le temps. Elle n'est pas peinte, elle est très grande, pleine de coins et de recoins. Il fut un temps où elle était en bois. Maintenant elle est grise car elle a souffert des intempéries. Devant, un chêne immense projette son ombre sur une cour sans herbe.

La cour arrière n'a pas d'herbe non plus ; elle est ensoleillée et poussiéreuse ; au milieu, une bassine trône sur un tas de cendres ; le long du mur, un banc sur lequel les baquets sont entassés. Un peu plus loin il y a la vieille grange ; elle n'est ni aussi grande ni aussi bien bâtie que la maison car ces hommes croient plus en la vie qu'en la possession. Au-delà de la grange il y a les champs qui montent comme des vagues à l'assaut des collines environnantes. Ici, les eaux à la recherche de la rivière ont déposé patiemment au fil des ans une couche fertile dans le sein de la terre.

Tout est calme et tranquille. Les poules, des leghorns blanches, se vautrent dans la poussière de la cour arrière. La journée est chaude ; malgré cela un mince filet de fumée s'élève au-dessus de la cheminée en permanence, toute l'année, dans cet âtre. Il a survécu à David Dunbar, qui l'avait alimenté de ses mains, comme il a survécu à ses fils et à ses petits-fils et comme Matthew Dunbar croit qu'il survivra après lui.

Dans les champs, des hommes et des bêtes travaillent. Ils ne relèvent pas la tête pour regarder l'avion qui fait son relevé topographique car cela ne sert à rien de le regarder. Les rêves lointains des autres hommes ne les touchent pas ; aucune volonté ne peut contraindre leur terre et leur rivière. Car c'est ici leur foyer. C'est ici le Domaine de Dunbar.

1

Miss Hattie s'était cachée au milieu du bosquet ; accroupie sur ses talons, elle regardait d'un air mécontent le réseau complexe de routes qu'elle avait tracé depuis si longtemps. Sa flotte de voitures – des flacons de tabac à priser – attendait devant ses petits pieds sales, mais aujourd'hui elle ne parvenait pas à se concentrer sur son jeu favori.

Miss Hattie avait douze ans. Elle était très maigre et paraissait quelconque dans sa robe de coton ; ses jambes étaient longues et grêles, elles n'avaient rien de féminin. D'ailleurs elle était très mécontente de ses jambes. Son visage était maigre et effilé, très bronzé ; ses yeux étaient grands, brillants et noirs.

Elle se pencha en avant pour pousser un des flacons de tabac à priser. Puis elle s'arrêta, ne parvenant pas à se décider. Elle avait commencé à construire son petit monde à elle dans ce bosquet à une époque si lointaine qu'elle ne s'en souvenait presque plus ; ce devait être avant l'année dernière, lorsqu'elle en avait découvert pour la première fois les possibilités.

C'était un grand bosquet épais qui s'étendait depuis le bas de la colline jusqu'à la cour nue, chaude et ensoleillée qui se trouvait à l'arrière de la maison. Il faisait frais dans ce bosquet, même pendant les plus torrides journées d'août ; au début, il y avait eu un épais tapis de feuilles mortes, brunes et sèches à la surface, dont la moisissure du dessous pénétrait dans le sol. On n'y était dérangé que de temps en temps par une poule leghorn qui venait gratter le sol pour trouver des insectes et aussi par les pintades qui cachaient leurs nids dans le bosquet car les buissons étaient très épais, à ras du sol, et il était difficile à un adulte d'y pénétrer.

Son approvisionnement de flacons de tabac à priser étant assuré – grand-père prisait beaucoup et, chaque fois qu'il allait en ville, Matthew lui rapportait de ces grands flacons bruns dont le format était juste ce qu'il fallait pour y introduire la main et les pousser comme des autos miniatures –, elle avait conçu ce jeu qui l'occupait depuis qu'elle avait découvert cette cachette.

Mais aujourd'hui cela ne lui plaisait pas. Le bosquet était sillonné des routes qu'elle avait soigneusement tracées dans le tapis de feuilles, creusées jusqu'à la terre ; elle avait emprunté le couteau de cuisine d'Arlis pour couper les racines qui étaient dans son chemin. Il lui était possible de consacrer toute une demi-heure rien qu'à pousser une seule de ses voitures avant d'avoir bouclé tout le parcours sinueux qu'elle avait tracé.

L'été dernier, par exemple, elle avait passé presque toutes ses journées, du petit déjeuner au dîner, dans le bosquet ; seuls les appels urgents et les menaces d'un adulte pouvaient l'en faire sortir. Mais maintenant… elle fit avancer un des flacons en le poussant de son gros orteil gauche, puis s'arrêta, indécise. Arlis l'appellerait sans doute dans quelques instants et elle serait sauvée de son indécision.

Elle avait une excellente notion de l'heure. Presque aussitôt la porte de la cuisine s'ouvrit bruyamment et elle entendit la voix d'Arlis.

— Miss Hattie ! Il est temps d'abreuver les hommes !

Elle se leva sans hésiter un instant, les membres endoloris, les reins courbaturés.

— Ça, c'est bon pour les gosses, fit-elle à voix haute sur un ton de dédain, exprimant ainsi le sentiment qu'elle avait éprouvé dès le moment où elle avait pénétré dans le bosquet.

Debout devant le porche, Arlis fut étonnée de voir Miss Hattie surgir si rapidement de son sanctuaire. Elle la regarda traverser la cour, posant délicatement ses pieds nus sur la poussière brûlante, et venir jusque sous le porche. Elle lui mit la main sur le front.

— Est-ce que tu te sens bien, Miss Hattie ? lui demanda-t-elle d'une voix anxieuse. Tu dois être malade si tu viens au premier appel.

D'un brusque coup de tête, Miss Hattie fit tomber la main d'Arlis, une main moite des vapeurs de la cuisine.

— Je suis aussi capable que toi de savoir quand les hommes ont soif, fit-elle d'un ton acerbe. Où est le seau ?

Arlis éclata de rire et retourna à la cuisine.

— Je vais te le donner.

Elle s'arrêta après avoir franchi le pas de la porte ; la chaleur du four arrivait jusqu'à elle. Elle faisait cuire des brioches ; pourquoi le faisait-elle un jour si chaud, elle n'en savait rien, si ce n'est que sa mère faisait toujours des brioches le mardi. La cuisine était envahie par l'odeur richement parfumée qui lui chatouillait agréablement les narines. Elle savait que l'arôme allait jusqu'à Miss Hattie qui attendait devant le porche ; elle coupa deux grosses tranches dans une des brioches déjà cuites qu'elle recouvrit de beurre et de sucre.

La cuisine était spacieuse et nue ; un grand buffet en bois contenant des plats et de la nourriture était dressé contre le mur. Au milieu de la pièce se trouvait une grande table ronde en chêne, usée par de nombreux polissages. Maintenant elle était chargée du premier lot de brioches cuites qui étaient déposées sur des linges blancs.

C'était une cuisine à la mesure d'Arlis. Elle était grande, assez plantureuse, et la couleur de son visage rougeaud était accentuée par la chaleur du four. Sous la fine robe de coton, ses seins énormes paraissaient moins gros qu'en réalité à cause de ses hanches larges et rebondies. Ses jambes étaient solides et les chevilles épaisses, certainement la partie la moins attrayante de son corps. Elle avait vingt ans.

Après avoir fini de préparer le sandwich au beurre et au sucre, elle prit le seau qui était suspendu à un clou et alla rejoindre Miss Hattie sous le porche.

— Je sais que tu meurs d'envie d'avoir de cette brioche fraîche, dit-elle. Tiens, voilà.

Elle lui tendit le sandwich d'une main et de l'autre le seau.

— Je ne crois pas t'en avoir demandé un morceau, fit Miss Hattie sur un ton hautain.

Mais son sourire montrait bien qu'elle n'en pensait pas un mot et elle s'empara du sandwich.

— Où est Connie ? demanda-t-elle.

Arlis balança la tête en direction de l'autre partie de la vieille maison, de l'autre côté du couloir.

— Où crois-tu qu'elle se trouve ? Là-bas, occupée à se pomponner. Décampe, maintenant. Si tu ne te dépêches pas, tu trouveras tous ces hommes la langue pendante.

— J'y vais, répondit Miss Hattie. Laisse-moi d'abord terminer ma friandise.

Elle enfourna la brioche dans sa bouche et l'avala rapidement tout en observant sa sœur du coin de l'œil. Arlis remarqua une fois de plus combien ses yeux noirs étaient jolis dans son visage laid, immature.

— C'est de la rudement bonne brioche, Arlis. Pourquoi ne te maries-tu pas ?... Tout homme voudrait avoir une femme qui fait des brioches tous les mardis.

Arlis regarda fixement Miss Hattie ; toute tendresse disparut de son visage ; elle paraissait très fâchée. Bon Dieu, pensa-t-elle.

— Me marier ? dit-elle. (Elle fit demi-tour et retourna dans la cuisine.) Comment trouverai-je jamais l'occasion de me marier avec toi et cette maisonnée d'hommes à soigner ?

Elle espérait que Miss Hattie allait partir ; au lieu de cela elle la suivit dans la cuisine. Arlis sentit des gouttes de sueur sur sa lèvre supérieure provoquées par la chaleur du four et les essuya du revers de la main. Elle devait se dépêcher de finir la cuisson afin que la cuisine puisse être rafraîchie avant le repas des hommes. Ils ne supporteraient pas une cuisine surchauffée.

Miss Hattie poursuivait son idée.

— Oui, Miss Arlis, dit-elle. Un beau jeune homme serait tout de suite attiré par tes brioches. (Elle se tut, perdue dans ses pensées.) Mais alors, ajouta t elle, Connie est la seule femme mariée de la maison et je ne pense pas qu'elle sache les faire, et elle n'en a certainement pas envie.

Arlis renifla avec dégoût.

— T'as encore beaucoup à apprendre, ma petite, fit-elle. Un joli minois et un esprit consentant te conduiront bien plus vite devant l'autel que les meilleures brioches du monde. Tu n'as qu'à regarder ta belle-sœur.

Connie était toujours « ta belle-sœur » quand Arlis était fâchée, comme si tout cela était la faute de Miss Hattie.

— Tu ne dois pas m'en vouloir, dit Miss Hattie. C'est ton frère Jesse John qui l'a épousée, pas moi. Ce n'est pas moi qui voudrais l'épouser, pas pour tout l'or du monde.

Arlis ouvrit la porte du fourneau pour ajouter un peu de bois. La chaleur fit rougir son visage. Ensuite elle ouvrit la porte du four : l'odeur appétissante des brioches emplit la pièce. Elle referma vivement la porte et se redressa :

— Maintenant, vas-y, dit-elle en se retournant.

Mais Miss Hattie était déjà partie. Elle soupira et rit en même temps. Mon Dieu, les questions que cette gamine pouvait poser !

Miss Hattie s'engagea dans le couloir au lieu de retourner dans la cour. Arrivée devant la chambre de Connie et de Jesse John, elle passa la tête par la porte entrebâillée. Connie était assise devant la commode-table de toilette bon marché qu'elle avait obligé Jesse John à commander dans un grand magasin. Miss Hattie n'avait jamais aimé cette commode ; elle était en bois clair verni et il y avait trop d'enjolivures à son goût. Des petites fleurs bleues étaient peintes dans le bois sculpté du cadre qui soutenait le miroir. En réalité, seul le miroir était ce que Connie avait convoité depuis toujours. Peu importait ce qui encadrait son image. Miss Hattie observait d'un œil critique tandis que Connie se penchait vers le miroir pour mettre son rouge à lèvres. Elle n'était vêtue que d'une mince culotte sous laquelle se devinait un slip. Son corps svelte paraissait frêle en comparaison de la charpente robuste d'Arlis.

— Pourquoi est-ce que tu t'en mets autant ? dit Miss Hattie avec curiosité et elle fit un pas dans la pièce. Tu en appliques là où il n'y a pas de lèvre.

Connie sursauta, répandant le rouge à lèvres qu'elle appliquait avec soin.

— Bon Dieu, s'exclama-t-elle. Tu me feras mourir de peur.

Miss Hattie écouta attentivement l'intonation de sa voix, puis elle pénétra plus avant dans la chambre. Il y avait des fois où le ton de la voix de Connie interdisait absolument que l'on entre chez elle.

— Pour qui le mets-tu ? demanda-t-elle.

Connie la regarda fixement. Cette gamine avait toujours eu cette sale habitude d'approcher furtivement des gens par-derrière et de dire brusquement quelque chose de surprenant. Et justement Connie était très nerveuse ; elle l'avait toujours été. Le ton de sa voix changea.

— Que fais-tu dans ma chambre, à moi et à Jesse John ? demanda-t-elle d'un ton sec. Tu devrais être occupée à porter de l'eau aux hommes.

Miss Hattie fit un pas en arrière.

— C'est assez d'Arlis pour me dire ce que je dois faire, fit-elle d'un air pincé. De toute façon Jesse John n'aime pas le rouge à lèvres. Je l'ai entendu le dire.

— Ce que Jesse John aime n'a aucune importance, répondit Connie d'un ton bourru. D'abord c'est pas pour lui que je le mets. Et maintenant, file hors d'ici.

Miss Hattie se tenait sur une jambe et se demandait s'il fallait dire ou non qu'Arlis avait dû recommencer la vaisselle du petit déjeuner que Connie avait lavée. Mais elle décida de n'en rien faire. Elle regarda la commode d'un œil encore plus critique que d'habitude. Décidément elle n'aimait pas ces fleurs bleues.

— C'est formidable, dit-elle. Cette commode est vraiment jolie. Chaque fois que je la regarde, je la trouve un peu plus jolie.

Flattée, Connie sourit. Elle avait eu beaucoup de difficulté à amener Jesse John à payer cette commode avec la part lui revenant sur la récolte de coton. Lui, il voulait un nouveau fusil comme celui de Knox. Comme s'il était capable de toucher une cible à bout portant !

— Viens ici, dit-elle. Viens te voir dans le miroir. Tu peux grimper sur ce banc et te voir presque tout entière.

— Non merci, madame, répondit Miss Hattie en prenant un air très digne. Je crois que je ferais bien d'aller porter cette eau.

Elle sortit de la chambre et traversa le couloir.

— Miss Hattie ! s'écria Arlis lorsqu'elle passa par la cuisine. Si tu…

Miss Hattie, sans s'arrêter, s'empara sur la table d'une tranche de brioche.

— J'y vais, dit-elle. Les hommes peuvent déjà en sentir la fraîcheur.

Miss Hattie se dirigea vers le puits qui se trouvait dans la cour arrière. Elle laissa tomber la chaîne et écouta le grincement de la poulie rouillée lui chanter à l'oreille. Le seau buta au fond et un poids se fit sentir sur la chaîne. Elle cambra son petit corps pour tirer et ses bras commençaient à lui faire mal quand le seau arriva en haut. Elle le fit balancer jusque sur le rebord du puits et demeura immobile quelques instants pour reprendre son souffle. Puis elle bascula un peu le seau pour boire une gorgée. Ce ne fut que lorsque ses lèvres se trempèrent dans l'eau fraîche qu'elle réalisa combien elle avait soif. Elle pensa aux hommes occupés à transpirer dans les champs et elle se sentit soudain une âme un peu coupable. Arlis l'appelait toujours suffisamment tôt, afin qu'elle ait un peu le temps de flâner ; mais aujourd'hui elle avait été réellement paresseuse.

Alors elle se hâta de verser le contenu du seau dans le seau à sirop qu'Arlis lui avait donné. Elle renversa sur ses pieds poussiéreux l'eau qu'il y avait en trop. La poussière du sol se transforma en boue ; elle s'amusa à y recroqueviller ses doigts de pieds.

Elle prit le seau et se dirigea vers la barrière, marchant le long de la grange, à l'ombre. Elle ne s'arrêta qu'une seule fois, pour se retourner et regarder la maison. Le grand chêne la surplombait et ses membres frais recouvraient la cour de devant. Lorsqu'elle serait revenue, elle irait jouer dans ce coin. Il faisait trop chaud dans le bosquet, et d'ailleurs… Elle vit grand-père avancer lentement le long de la maison et se diriger vers l'annexe. Pendant quelques instants elle le regarda marcher avec une lenteur exaspérante et elle se demandait comment il faisait pour savoir quand était venu le moment de se mettre en route pour arriver à temps. Il lui fallait toujours au moins trente minutes pour arriver à destination.

Passé le coin de la grange, le coq leghorn se précipita, menaçant, vers elle, les ailes à demi ouvertes et les pattes grattant le sol poussiéreux.

— Va-t'en, fit-elle avec dédain. Je ne suis pas une de tes vieilles poules.

D'un coup de pied, elle lui envoya de la poussière pour lui faire perdre ses envies.

Elle se dépêchait maintenant car l'eau ne resterait pas longtemps fraîche dans ce seau en fer-blanc. Les hommes travaillaient loin de la maison ; elle avait chaud et elle était épuisée lorsqu'elle arriva sur la rive du ruisseau, juste en face d'eux. L'anse mince lui avait échauffé les paumes et elle changeait continuellement le seau de main.

Elle les aperçut dès qu'elle arriva au pont. Knox, qui se trouvait le plus près d'elle, avait attelé Odd John, un mulet au pas rapide, à la charrue. Il releva la tête, la vit arriver, et se mit à rire.

— Voilà l'eau qui arrive ! cria-t-il.

Les autres s'arrêtèrent et relevèrent la tête. Sa voix était aussi forte que lui ; lourd, large d'épaules, mais extraordinairement léger. Il parlait toujours plus fort qu'il n'était nécessaire ; il adorait crier à pleins poumons en direction des collines et écouter l'écho rebondir.

Miss Hattie se dépêcha de traverser le pont dont les planches brûlantes l'obligeaient à trottiner légèrement ; elle poursuivit son chemin sans s'arrêter pour Knox.

— Miss Hattie, fit-il, câlin, bien qu'il sût que cela ne servirait à rien. Cette merveilleuse eau que tu portes ferait beaucoup de bien à ma gorge desséchée.

— Tu as encore le temps de labourer deux tours complets avant que je n'arrive jusqu'à toi, répondit vivement Miss Hattie. En attendant, tu n'as qu'à rentrer ta langue et travailler.

Elle voyait Matthew à l'autre bout du champ ; il se préparait à faire demi-tour. Mais elle ne pouvait pas l'attendre car les autres seraient arrivés auprès d'elle avant lui.

Rice était le suivant ; avec Mollie devant la charrue, il labourait vers elle. Avec ses longues jambes, il paraissait encore plus long et maigre, serré entre les poignées de la charrue.

— Miss Hattie, dit-il.

Un large sourire apparut au milieu de son visage brun et maigre, mais elle ne lui prêta aucune attention et poursuivit son chemin.

Jesse John ne releva même pas la tête lorsqu'elle passa à sa hauteur. Il conduisait Bodoc, la mule lente et paresseuse qui ne s'en faisait jamais. Il était le seul à la conduire car les autres n'aimaient pas se débattre avec elle. Cela demandait de gros efforts que d'obtenir du travail de la part de Bodoc. Dès l'instant où l'on se reposait, elle le faisait aussi. C'était la plus maligne des mules.

— Connie se fait toute jolie pour toi, annonça Miss Hattie tandis qu'elle passait près de Jesse John. Elle a passé des heures devant ce miroir que tu lui as offert.

Il se releva pour la regarder ; son visage était très sérieux. Il était plus petit que les autres garçons, ses cheveux étaient roux et il avait des taches de rousseur.

— Cela me fait plaisir de l'apprendre, Miss Hattie, dit-il. Je me réjouis de la voir.

Maintenant Matthew labourait vers elle ; elle se dépêcha, et elle buta sur la terre fraîchement retournée au pied du coton. Quoique le coton fût déjà haut et prêt à être étendu, elle faisait attention de marcher au milieu car elle ne voulait pas le faire tomber. Matthew arrêta la charrue avant qu'elle n'arrive à lui et il la regarda en souriant.

— Je vous ai apporté de l'eau, papa, dit-elle.

Il lui prit le seau.

— Tu aurais dû d'abord laisser les garçons avoir une gorgée, dit-il gentiment, au lieu de passer devant eux avec le seau.

— Et quoi encore ! s'exclama-t-elle. Leur donner l'occasion de baver chacun dans le seau avant que tu puisses boire ?

Il la regarda fixement. Elle était la seule à lui parler si gentiment et à le tutoyer ; elle était la plus jeune et elle était différente des autres membres de la famille. Il porta le seau à ses lèvres et but goulûment ; l'eau lui coulait aux coins de la bouche et dégoulinait sur sa chemise. Il abaissa le seau et s'essuya la bouche du revers de la main.

— Bon Dieu ce que c'est bon, Miss Hattie, dit-il gravement. Je te remercie.

Elle se retourna pour aller vers les autres.

— J'en rapporterai vers quatre heures, dit-elle.

Il secoua la tête.

— Je pense que d'ici là nous aurons fini, dit-il. Maintenant, va donner à boire aux garçons avant qu'ils aient perdu toute envie de travailler.

Il observa son corps mince et osseux tandis qu'elle s'éloignait. Elle s'arrêta d'abord pour donner de l'eau à Rice. Ils avaient la même constitution, elle petite, lui grand, mais tous les deux maigres. Peut-être que Miss Hattie deviendrait une grande fille ; c'était encore trop tôt pour le dire.

Knox laissa Odd John attelé à la charrue et les rejoignit. Jesse John venait de faire demi-tour au bout du champ. Matthew passa la main sur sa bouche et commença à rouler une cigarette tout en regardant ses enfants. Sa chemise grise était rafraîchie par la transpiration ; ses muscles étaient bien huilés et très souples. Il se sentait en parfaite forme et il respira profondément, emplissant ses poumons d'air. Il aimait beaucoup cette période de la culture du coton. Matthew Dunbar appartenait à cette terre. Il se tenait debout derrière la charrue, solidement planté sur ses jambes courtes et robustes. C'était un homme trapu, très costaud ; son visage bronzé était large et épanoui, sympathique, toujours prêt à sourire quoiqu'il n'eût guère l'occasion de rire.

Il alluma sa cigarette et remit le paquet dans la poche kangourou de sa salopette. Il se déplaçait toujours avec des mouvements lents et mesurés, très sûr de lui. Il se tenait là, sur sa terre, et regardait autour de lui ; il se sentait heureux.

La maison se trouvait là-bas, au loin. Il pouvait toujours en repérer l'emplacement grâce au grand arbre qui avait été planté ou transplanté par le premier Dunbar, l'Indien blanc, s'il fallait en croire la légende des Dunbar. Le ruisseau coulait dans cette direction et s'incurvait vers la rivière. Il aimait l'embouchure de la crique. Les crêtes des collines formaient une courbe accentuée et enserraient la crique au lieu de s'étendre largement ouvertes comme dans la plupart des autres criques. Des arbres qui bordaient le ruisseau projetaient leur ombre sur un chemin de terre. C'était en somme une porte étroite qui s'entrouvrait sur les grands espaces où les champs fertiles montaient depuis la crique à l'assaut des collines.

Arrivé au bout de sa cigarette, il l'écrasa sous son talon. Il empoigna les manches de la charrue de ses grosses mains fortes, et c'était une sensation agréable que de sentir le bois lisse et patiné. Il ordonna à la mule d'avancer. Il laboura jusqu'à ce qu'il soit arrivé à hauteur du groupe de garçons qui faisaient cercle autour de Miss Hattie et son eau fraîche. Knox était agenouillé devant elle ; il riait et la taquinait. Il était grand, bâti comme Matthew, lourd et solide, mais il y avait en lui une vivacité, une nervosité dont ne faisait preuve aucun autre Dunbar.

Tandis qu'il le regardait, Matthew se remit à penser à la vieille question. *Était-ce lui qu'il fallait ?* Il s'arrêta de labourer pour les regarder tandis que Miss Hattie gigotait et riait parce que son frère la chatouillait. La question lui revenait toujours à l'esprit à l'improviste ; en des moments comme celui-ci, où il avait tous ses enfants sous les yeux et qu'il essayait de les voir non comme des enfants mais comme des adultes dont la personnalité prenait forme. Un de ces caractères serait mieux adapté que les autres au Domaine de Dunbar, et c'était à lui de le découvrir.

Le Domaine de Dunbar n'avait jamais été divisé par des successions, pas une seule fois. C'était une unité, une entité, aussi indivisible que le cœur d'un homme. Matthew l'avait reçu intact, et c'est intact qu'il le remettrait en d'autres mains.

Matthew lui-même n'avait pas été le fils aîné. Il se souvenait maintenant de l'instant où son père avait fait son choix ; il lui avait posé la main sur l'épaule et avait déclaré que le Domaine de Dunbar lui reviendrait. Il ne s'était pas attendu à ce choix, bien qu'il se souvînt l'avoir toujours espéré. Il savait, ainsi que tous le savaient, que le choix était plus une question de sélection que de tradition, que tout homme – ou toute femme, quoique cela ne se soit jamais produit – pouvait être l'héritier, le maître, l'authentique propriétaire.

Il devait bien choisir, ainsi que l'avaient fait ses prédécesseurs, car le Domaine de Dunbar était quelque chose de permanent. Des Dunbar étaient partis d'ici, il y en avait même qui habitaient dans d'autres États, et certains dont on avait perdu la trace. Mais le Domaine de Dunbar était toujours là, le foyer de chacun d'eux. Leur passé y était profondément enraciné et tous savaient qu'ils pouvaient y revenir dès qu'ils en ressentaient l'envie ou le besoin. Le Domaine de Dunbar était à Matthew. Mais il n'avait pas le droit de le dilapider, de le diviser ou de le perdre ; il était à lui afin qu'il puisse le remettre au Dunbar suivant.

Il restait debout, immobile, à regarder ses fils autour de Miss Hattie ; il prenait chacun en considération, l'un après l'autre, et il se sentait quelque peu mal à l'aise à les regarder. Knox était l'aîné et il avait évidemment le plus de chances, ainsi qu'il en a toujours été pour le plus âgé. Il était grand et fort, pondéré, excepté cette étrange légèreté qui ne cadrait pas avec le reste. Il adorait danser avec les filles et avait beaucoup de succès auprès d'elles, mais cela passerait avec le temps. Cependant cette étrangeté, cette nervosité tracassaient Matthew. Knox était comme un oiseau, prêt à s'envoler à tout instant.

Jesse John. Déjà marié, il était calme, pondéré, digne de confiance. Mais il laissait sa femme le commander. Peut-être était-il trop résigné, trop accommodant. Mentalement, Matthew secoua la tête. Ce n'était pas possible de choisir un homme qui ne parvenait même pas à contrôler sa femme. Tout ce dont Connie avait besoin était un homme dans son lit et un enfant dans son ventre. C'est d'ailleurs tout ce dont une bonne femme pouvait avoir besoin, et il savait que Connie était de bonne souche. Elle venait de la crique voisine, et il avait connu les Shelton toute sa vie.

Son regard se posa plus longtemps sur Rice, le plus jeune de tous, le plus grand. Par sa grande taille et son teint basané, il n'avait même pas l'air d'un Dunbar. Il avait vraiment du sang étranger. Mais c'était un vrai fermier. Matthew se rendait compte qu'il éprouvait les mêmes sentiments que lui, le même attachement à la terre, cette même forme de satisfaction bienheureuse lorsque la charrue retournait la terre devant ses pieds. Mais il n'avait que dix-huit ans, trop jeune pour pouvoir juger. À dix-huit ans on peut encore changer et devenir tout différent à vingt. Dix-huit ans est un âge changeant.

Matthew secoua la tête ; il éprouvait de la difficulté à continuer à observer et son indécision le mit mal à l'aise. Il était difficile de voir juste lorsqu'il s'agissait de ses propres fils, si proches de lui. Il enroula les rênes autour des poignées de la charrue et traversa les rangées de coton pour rejoindre ses enfants.

— Si cela ne te fait rien, Miss Hattie, je vais boire encore un peu de cette eau, dit-il. Il me semble que je ne parviens pas à éliminer la sécheresse de ma gorge.

— Je vous l'avais bien dit que papa voudrait encore boire, dit Miss Hattie en regardant, l'un après l'autre, chacun des garçons. Ils ont presque tout bu.

— Je ne veux qu'une gorgée, répondit gentiment Matthew. (Il prit le seau et le vida.) Ah ! (et il s'essuya la bouche). Miss Hattie nous apporte la meilleure eau du monde.

Elle se moqua de lui en riant.

— Papa ! Ce n'est que de la vieille eau de puits.

Il la regarda et lui sourit.

— Mais elle change lorsque tu la portes. Elle prend le goût de l'amour.

Elle passa un bras autour d'une des grosses jambes musclées et s'y appuya.

— Es-tu certain que tu n'auras pas besoin de boire encore une fois avant de quitter le travail ?

Knox regarda son père.

— Combien de temps pensez-vous que cela nous prendra ? dit-il. J'avais plus ou moins envie d'aller ce soir à ce bal.

— J'y vais aussi, fit vivement Rice.

Knox ricana.

— Emmène Charlene à un bal de plus et tu seras fiancé.

Rice le foudroya du regard.

— Elle n'a pas eu à affronter tes vilaines avances.

— Pas encore, lui répondit Knox, piqué au vif. Je n'ai pas encore eu l'occasion de m'occuper d'elle. Mais lorsque je le ferai, tu auras intérêt à te tenir à l'écart.

— Tout doux, fit calmement Matthew.

Ils se turent alors, voyant que son regard était dirigé vers Miss Hattie. Elle fit demi-tour et ramassa son seau.

— Je sais très bien de quoi vous parlez, fit-elle, dédaigneuse. Cela ne m'intéresse pas.

Elle s'éloigna du groupe. Et elle savait vraiment de quoi il s'agissait. Au printemps dernier elle avait vu le verrat monter les truies ; et puis il y avait ce vieux coq leghorn qui se comportait comme si Miss Hattie était une de ses poules. Elle savait très bien… et c'était une des choses les plus idiotes dont elle ait jamais eu connaissance.

Knox était embarrassé ; son regard allait du dos droit et raide de Miss Hattie au visage de son père. Il savait qu'il avait droit à un châtiment pour n'avoir pas modéré ses expressions. Le regard de Matthew était posé sur lui et il regarda ses pieds. Il avait vingt-quatre ans, mais le regard de son père avait encore sa puissance.

Les yeux de Matthew parcoururent le champ.

— Ça va les gars, vous pouvez partir, dit-il. Je parviendrai à terminer seul. Cela vous donnera le temps de vous rafraîchir avant le dîner.

Knox et Rice bondirent sur l'occasion qui leur était donnée et coururent aux mules pour les dételer. Matthew les regarda et il sourit. De toute façon il aimait finir seul le travail. Il trouvait toujours une excuse pour envoyer les garçons hors du champ lorsqu'il commençait le premier labour de l'année et lorsqu'il terminait le dernier. C'était un moment où il devait être seul pour faire le travail doucement, attentivement, avec un respect et un sentiment que ni l'église ni les paroles pieuses ne lui donneraient jamais.

Il regarda Jesse John.

— Vas-y, toi aussi, dit-il. Connie doit avoir envie d'aller à ce bal.

— Oui, monsieur, fit Jesse John. Je le sais.

Il se détourna de son père et se dirigea lentement vers Bodoc pour le dételer. Elle avait certainement envie d'y aller, et il irait. Il était sûr que s'il ne l'emmenait pas, elle irait toute seule. Ce bal était pour les jeunes, ceux qui n'étaient pas mariés, qui avaient de l'énergie à dépenser. Ce n'était pas pour des gens posés et calmes comme lui et comme il aurait voulu que Connie soit aussi. Les seules femmes mariées, Connie mise à part, seraient des femmes âgées qui viendraient s'asseoir sur les chaises le long du mur et tenir leurs filles à l'œil. Tandis que Connie, elle, danserait avec tout le monde, tout comme si elle était toujours à la recherche d'un homme. Il ne pouvait pas en être ainsi. Il frappa du poing la jambe de Bodoc, l'obligeant à avancer. Il était de mauvaise humeur tant il était sûr que Connie aurait raison de lui. Il en était toujours ainsi.

Matthew attendit qu'ils soient tous partis, laissant les charrues au bout du champ où la carriole viendrait les prendre au matin. Il les regarda partir et prit en main les manches de la charrue ; sa mule était nerveuse et impatiente parce que les autres mules quittaient le champ.

— Ho, Prince, dit-il. Ho, mon vieux. Ce ne sera plus long, maintenant.

Il entendit le pont de bois résonner sous les sabots des mules. Ils rattrapèrent Miss Hattie, et Knox la souleva jusque sur le dos d'Odd John ; elle se tenait bien droite, perchée en haut de la mule, et se tenait à deux mains ; son seau brillait au soleil.

Ils étaient partis maintenant et ne pensaient plus à lui ni au travail, tout occupés qu'ils étaient à songer à l'agréable soirée qui les attendait.

— Vas-y, mon vieux, dit-il doucement à Prince. Vas-y. Finissons vite de labourer.

Prince se pencha vers l'avant, tirant progressivement sur le collier, et les manches de la charrue s'animèrent. Ils vibraient dans ses mains comme seule une femme peut le faire et il regarda la terre humide se casser autour des racines du coton. Le coton était assez haut pour arriver à hauteur de sa cuisse et c'était plaisant de l'entendre frotter contre sa salopette.

À l'époque où Matthew hérita du Domaine de Dunbar, son frère aîné, Mark, était parti. Un beau matin de mai, lorsqu'ils se levèrent pour entamer une nouvelle journée de labeur, son lit était vide. Maintenant Matthew s'en souvenait aussi bien que si cela datait d'hier. Mark dormait dans la chambre occupée actuellement par Knox et Rice. Son père, ce vieillard qui maintenant vivait, été comme hiver, à côté du feu éternel de la salle commune, avait frappé à sa porte et n'avait pas obtenu de réponse. Il avait ouvert pour passer la tête dans la pièce, avant d'aller s'asseoir à la table de la cuisine.

— Je le craignais, dit-il, l'air abattu. Je savais qu'il allait disparaître un de ces matins.

Personne n'avait répondu. Le cœur de Matthew s'était mis à battre plus fort. Il ne s'était pas attendu à la fuite de son frère ; mais dès qu'il sut qu'il était parti, son désir d'hériter du domaine devint très ardent, le brûlant comme une flamme destructrice. Il avait toujours voulu l'avoir. Mais jusqu'à cet instant il n'avait jamais eu un seul espoir mauvais de satisfaire ce désir. Il baissa la tête au-dessus de son assiette afin que son père ne puisse pas lire dans son regard.

L'automne vint et personne ne revit son frère ni n'entendit parler de lui. Il avait disparu ; c'était comme s'il était parti pour un autre monde avec lequel on ne pouvait communiquer, d'où l'on ne revenait pas. Et un jour que les champs de coton étaient pleins de gens qui travaillaient, au moment du repas sur les longues tables faites de planches reposant sur des tréteaux, sous le grand chêne, son père avait posé la main sur son épaule et avait déclaré aux travailleurs assemblés, quelques-uns des Dunbar et d'autres portant des noms étrangers :

— Le Domaine de Dunbar sera à Matthew.

Matthew s'était tenu immobile sous le poids de la main et de l'héritage jusqu'à ce que son père se tourne vers lui.

— L'année prochaine tu feras la récolte sans moi, dit-il. Je vais me reposer.

Alors Matthew avait regardé tout à coup la maison, l'arbre, la terre et tout lui parut différent. Elle était à lui ; mais elle n'était pas à lui pour qu'il la dilapide, la divise ou la perde ; elle était à lui afin qu'il puisse la remettre à celui qu'il choisirait. C'était tout ce que sa faim désirait, et maintenant sa faim était apaisée d'une manière qu'il n'avait jamais osé espérer, excepté en ce bref instant où il avait su que son frère avait disparu entre l'obscurité et la lumière du jour à travers la fenêtre de sa chambre.

— Oui, papa, avait-il répondu, je ferai la récolte.

Cet hiver-là, le vieil homme adopta le fauteuil à bascule ; il s'installa dans le coin près de la cheminée où il faisait bien chaud et il ne se déplaçait que pour aller et revenir de l'annexe ou pour se rendre dans la cuisine voisine pour les repas. Matthew n'avait pas réalisé qu'il se faisait vieux ; maintenant il savait que son père essayait de repousser la vieillesse, espérant que son fils aîné reviendrait ; et puis vint le moment où il ne parvint plus à la reculer.

Le printemps arriva et Matthew se dirigea seul vers les champs pour y faire le premier labour. Ce ne fut qu'ensuite qu'il permit à ses deux jeunes frères de l'aider. Ils avaient labouré, planté, entretenu et récolté et Mark n'était toujours pas rentré. Son père se faisait de plus en plus vieux, plus calme, plus frêle, chaudement installé dans son coin de cheminée. Mark ne revint que lorsque la sixième plantation de Matthew fut en terre. Cela se passait en 1917, l'année de la grande inondation, l'année où son frère Luc avait tellement voulu aller faire la guerre de l'autre côté de l'océan.

Mais lorsque Mark revint, son visage avait changé, il était devenu dur et ses yeux étaient comme des agates sur la poussière des routes. Ses mains étaient noueuses, déformées par le maniement de la pelle et de la pioche, par un travail qui n'était productif que s'il avait eu une nuit de sommeil, la récupération d'une nuit ne lui donnant la force de travailler qu'un seul jour. Ses yeux qui brillaient très fort en regardant Matthew reflétaient la colère.

— Je suis revenu, dit-il.

Matthew se tenait sur le porche de devant, où il était venu voir qui avait frappé à la porte. Il l'avait aussitôt reconnu et maintenant, il le regardait.

— Tu es le bienvenu, dit-il.

— Papa, dit Mark. Il est mort ?

— Non, répondit Matthew. Mais il est vieux. Il m'a cédé le Domaine de Dunbar.

Il observa le changement dans le regard, le mouvement de colère dans la mâchoire qui se serra brusquement.

— Il était à toi jusqu'à mon retour, dit Mark. Mais je suis l'aîné.

Matthew le regarda fixement. Il remarqua combien Mark était étrange, combien il paraissait distant. Il savait que Mark appartenait à un autre monde que celui-ci, que le domaine. Il secoua lentement la tête.

— Non, dit-il. Il l'a remis entre mes mains. J'ai l'intention de le garder.

Mark bondit sur le porche. Soudain un poignard parut dans sa main et Matthew recula. De sa vie, il ne s'était jamais battu, il n'avait jamais été provoqué en une colère meurtrière ; pour lui, la partie ne serait pas facile. Il saisit le poignet au moment où le poignard s'approcha de lui et il frappa Mark de l'autre main, le faisant basculer à bas du porche.

Il était calme, même au temps de sa jeunesse. Il était fort et pacifique et il n'avait jamais dû avoir recours ni à la colère ni à la violence dans ses démêlés avec un homme. Mais il bondit du porche et souleva Mark ; il le frappa de nouveau, lui tordit le poignet pour lui faire lâcher le poignard ; il frappa sans cesse jusqu'à ce que Mark lui donne un coup de pied dans le bas-ventre et que la douleur fulgurante le fasse tomber sous les poings de son frère.

Ils se battirent dans la cour ; la jeune femme de Matthew arriva de la cuisine en criant ; ses frères Luc et John se tenaient à l'écart ; ils n'osaient pas intervenir, car jamais encore ils n'avaient vu leur frère dans cet état.

Ils étaient maculés de leur sang et de la poussière de la cour. La chemise de Matthew avait été arrachée de son dos et son oreille saignait parce que Mark l'avait mordue pendant la lutte. Le nez de Mark était aplati, cassé entre les yeux, et sa respiration laissait entendre des gargouillements, des gouttes de sang aspergeaient la poitrine nue de Matthew. Ils étaient debout face à face, se boxant de leurs poings fermés, jusqu'à ce que Mark perde du terrain et vienne s'adosser au chêne. Alors Matthew le retint à la gorge d'une main tandis que de l'autre il le cognait quatre fois de suite, lentement, délibérément, jusqu'à ce que Mark se recouvre le visage de ses mains et que son corps soit mou et sans défense.

Alors Matthew recula, tout essoufflé.

— Le Domaine de Dunbar appartient aux Dunbar, dit-il.

Ses paroles étaient saccadées, ses poumons ne parvenant pas à reprendre leur rythme normal, mais il fallait qu'il le dise tant que Mark était vaincu.

— Et tout Dunbar peut trouver un foyer ici. Sauf toi. Tous sauf toi.

Il se tut, pour reprendre son souffle.

— Si tu remets les pieds dans ce domaine, ajouta-t-il, je te tuerai. Tu m'entends, Mark ? Je te tuerai.

Il se tut de nouveau pour voir si Mark l'avait compris. Mark leva son visage meurtri ; il avait compris.

— Je veux… de l'eau, dit-il. Alors, je…

— Pars maintenant, dit Matthew. Ici, il n'y a pas d'eau pour toi.

Il avança vers lui, ses jambes étaient de plomb mais il était prêt à recommencer la lutte si c'était nécessaire. Mark s'éloigna de lui en vacillant, se baissa pour ramasser son barda et partit le long du ruisseau, loin du domaine. Matthew marcha aveuglément, sans voir sa femme, ni ses enfants, ni ses frères, jusqu'au porche. Il s'assit sur la première marche, la tête entre les jambes, et il vomit tout le contenu de son estomac. Il continua à vomir après cela, faisant remonter la bile amère de son corps dans sa bouche et dans son nez. Mais la bile de son esprit, l'amère bile d'une violence qu'il n'avait jamais connue lui faisait bien plus mal. Son esprit n'oublierait jamais le souvenir de cette lutte, pas plus que son corps, son oreille meurtrie.

C'est pourquoi il lui fallait maintenant voir juste. Il avait été choisi et il pensait que son père avait bien choisi ; il pensait même qu'il avait eu raison de recourir à la violence pour conserver l'héritage. Pas pour son désir à lui, mais pour le bien du domaine. Même maintenant, après avoir vécu des années en gardant le souvenir de ce jour, il était certain que ce n'avait pas été pour lui-même.

Relevant la tête, il réalisa tout à coup qu'il avait fini de labourer. Il avait suivi la mule sans savoir où il allait, labourant automatiquement tandis que ses pensées revivaient la journée la plus âpre de sa vie, dont le goût amer lui restait dans la bouche. Car Matthew était un homme doux et il n'avait plus jamais dû se battre comme il l'avait fait ce jour-là.

Il contourna la charrue afin de détacher la mule ; c'est à ce moment qu'il vit un étranger debout sur le pont et qui le regardait. C'était un homme jeune ; il était vêtu de vêtements kaki bien repassés ; le col de sa chemise était ouvert et ses larges épaules paraissaient toutes plates sous le costume repassé.

Il commença à marcher vers Matthew ; il avançait lentement et avec précaution au milieu des rangées de coton, comme si c'était une habitude pour lui que de marcher dans les champs en faisant attention. Matthew fronça légèrement les sourcils. Il était trop jeune pour être un candidat à la recherche de voix et s'il vendait des choses, Matthew l'aurait sûrement connu. Il attendit, presque sans curiosité, patiemment, jusqu'à ce que l'étranger soit suffisamment près pour se faire entendre.

— 'jour, fit gravement Matthew quand il se trouva à trois rangées de lui.

L'étranger leva la tête.

— Monsieur Dunbar ? demanda-t-il. Monsieur Matthew Dunbar ?

— Oui, c'est moi, répondit Matthew en le regardant.

Il avait un visage ouvert, sympathique ; il y avait en lui quelque chose de citadin. Mais il était bronzé, il avait des pattes-d'oie aux yeux et il avait marché avec précaution au milieu des rangées de coton.

Le jeune homme s'arrêta et sourit. Il fixa le regard de Matthew et parut aimer ce visage large et aimable. Il serait facile de traiter avec cet homme raisonnable et honnête. Il n'en était pas toujours ainsi.

— Je m'appelle Crawford Gates, dit-il, très à l'aise. Je suis envoyé par la TVA… la Tennessee Valley Authority[1]. Je suppose que vous avez reçu dernièrement notre lettre.

Matthew sourit.

— Jeune homme, dit-il, je n'ai plus mis les pieds à la poste depuis le premier labour de ce printemps. Les seules choses que les postes de l'Oncle Sam me délivrent sont des catalogues de graines ou de grands magasins.

Crawford Gates retint un froncement de sourcils. Il était toujours plus facile de se faire comprendre lorsqu'ils étaient déjà prévenus.

— Bon, alors, c'est à moi de vous annoncer la nouvelle, dit-il, toujours très à l'aise.

Matthew se détourna pour quelques instants.

— Dites-moi, fit-il. Je dois m'en aller. J'espère que cela ne vous ennuie pas si je…

— Ne vous en faites pas pour moi, dit Crawford. D'ailleurs je peux vous aider.

Il s'approcha de la mule et se mit à défaire les harnais.

— La Tennessee Valley Authority veut vous acheter votre terrain, monsieur Dunbar. C'est pour cela que je suis venu vous voir.

Matthew ne se redressa même pas.

— Mon terrain, dit-il. (Il se mit à rire.) Autant ne plus en parler dès maintenant, jeune homme. Je…

— Vous ne me comprenez pas, l'interrompit Crawford. Nous construisons un grand barrage sur la rivière,

1. La Tennessee Valley Authority, ou Administration de la vallée du Tennessee, est une compagnie inter-États créée et financée par les États intéressés dans la construction et l'exploitation des barrages sur la rivière Tennessee. *(Note du traducteur).*

à environ seize kilomètres en aval d'ici. Toute cette terre va être inondée. Il vous faudra déménager avant que l'eau n'arrive. (Il regardait Matthew très sérieusement.) L'eau doit suivre son chemin. Mais vous serez payé un bon prix.

Matthew se redressa ; il tenait une chaîne à la main.

— Acheter mon terrain ? demanda-t-il.

Il tourna lentement la tête et regarda autour de lui. Puis son regard se posa sur Crawford. Son visage ne portait pas trace de colère, même pas de détermination. Il était même amical tandis qu'il expliquait en souriant :

— Jeune homme, je n'ai pas l'intention de vendre.

2

Le père de Crawford Gates avait eu une scierie ambulante ; il s'installait à un endroit pour un mois, deux mois ou un an et quand il avait fini de scier il démontait tout et transportait son matériel ailleurs, ne laissant derrière lui qu'une montagne de sciure dans laquelle les enfants du voisinage pouvaient jouer. C'est ainsi que Crawford avait grandi, l'odeur de la sciure dans les narines ; il avait acquis une connaissance des arbres et du bois presque aussi inconsciemment que les petites mules vives qui tiraient les troncs d'arbre jusqu'à la scierie.

Il avait toujours aimé regarder ces mules ; elles étaient sélectionnées avec soin pour leur pied sûr et pour leur intelligence ; les Noirs qui les conduisaient n'avaient besoin ni de rênes ni de fouets ; d'une voix nette et cassante ils criaient des conseils et des paroles d'encouragement lorsque les mules devaient retirer les troncs du sous-bois. Il en avait déjà vu se mettre à genoux afin d'avoir une meilleure prise ; elles travaillaient aussi intelligemment que des hommes. Elles étaient capables de tirer des troncs à travers un champ plein de souches, zigzaguant de telle sorte qu'ils n'étaient jamais accrochés par un obstacle ;

les hommes se tenaient assis sur les troncs et les ordres brefs qu'ils leur donnaient étaient un mélange de jurons et de caresses. Il avait vu les mules se jouer de toutes les difficultés et il avait pu observer en elles la fierté du travail accompli. Pour elles une charrue, un champ, des rênes auraient été une honte. Il adorait ces petites bêtes costaudes tout comme il adorait regarder son père travailler : il faisait avancer et reculer sa machine, faisant claquer les leviers de ses mains nues ; il amenait le tronc devant la scie chantante, le retournait, le déplaçait, le retournait encore, et le chant de la scie variait de ton selon qu'elle tournait à vide ou entamait le bois, changeant encore de ton lorsqu'elle se frayait difficilement un passage au travers d'un nœud.

Lorsque Crawford avait douze ans, il était capable de conduire la machine ; il amenait les gros troncs devant la scie dévorante et ses petites mains déplaçaient les leviers aussi bien que celles d'un homme. Son premier travail avait consisté à charger de sciure une brouette qui était presque trop lourde pour son dos maigre et jeune quand il devait la pousser le long d'une planche et qu'il arrivait tout transpirant au sommet de la montagne de sciure. Là, il déversait la brouette et se dépêchait de redescendre le plan incliné pour se retrouver devant un tas de sciure plus haut que jamais.

Il avait travaillé à toutes les tâches que nécessitait l'exploitation de la scierie. Il avait fait partie de la chaîne d'hommes qui transportaient les morceaux débités par la machine ; il les soulevait sur son épaule recouverte d'un sac de jute, et il les portait jusqu'à l'endroit où ils devaient s'entasser ; arrivé là, il les enlevait d'un mouvement brusque et les tendait à l'homme chargé de les stocker ; il s'en retournait alors prendre une nouvelle charge, croisant en cours de route le compagnon qui faisait le même travail que lui. Il conduisait aussi les mules, assis sur les troncs, et sa voix aiguë d'adolescent chantait les jurons et prodiguait les caresses qu'il avait appris des autres hommes.

Mais son but, c'était la machine. Les jours de congé, il s'y installait et jouait avec les leviers, sa voix imitait le bruit de la scie. Il jouait au scieur de bois comme les autres enfants jouent aux gendarmes et aux voleurs ou bien aux Indiens. Plus tard, il se tenait à côté de son père et le regardait conduire la machine ; ses mains le démangeaient tant il avait envie de manier les leviers. Enfin le grand jour arriva : son père s'était levé afin qu'il puisse prendre lui-même les leviers en main.

Crawford était un petit garçon laid, maigre et décharné aux muscles durs et fibreux du travail à la scierie. Il habitait sous la tente, avec son père ; il ne se souvenait même plus de sa mère. Chaque fois qu'il suivait les cours d'une école, les autres garçons lui enviaient sa liberté, sa vie sous la tente, le romantisme de la forêt. Mais Crawford ne retirait aucun orgueil de cette envie ; la seule chose qu'il désirait était de quitter l'école, retrouver les bois, l'odeur de la sciure, le chant de la scie. Même à treize ou quatorze ans, il ne considérait pas les bois comme un endroit où aller chasser ou bien se cacher comme le voudraient beaucoup de garçons ; même à cet âge la forêt était pour lui autant de stères de bonnes planches, autant de chair à donner à manger à la scie. Ses estimations s'avéraient, une fois un bois coupé ; et son père en arriva à se fier à Crawford chaque fois qu'il voulait contrôler sa propre estimation.

Arrivé à ce stade, Crawford était devenu le scieur attitré ; son père pouvait ainsi sillonner le pays à la recherche du chantier suivant, préparer le terrain et signer de nouveaux contrats. Crawford apprit à connaître toutes les particularités et tous les défauts de la vieille machine. Il savait exactement quelles étaient ses capacités, quand il fallait diminuer la pression du bois, quand il devait l'arrêter et changer de scie.

Rien d'autre ne comptait pour lui. Sa fréquentation de l'école était rare et irrégulière à cause des nombreux déplacements, et c'était une obligation à laquelle il échappait souvent. Il était vêtu de salopettes et chiquait comme un homme, crachant le jus noir dans la sciure à ses pieds tandis qu'il conduisait la machine. Il restait maigre, mais son corps s'endurcissait, devenait moins décharné et moins laid à mesure qu'il prenait de l'âge. Ce fut lui qui dirigea tout dès qu'il eut vingt ans ; ainsi son père ne devait plus s'occuper de la supervision immédiate. Il engageait et licenciait les hommes, il achetait et vendait du bois, il s'occupait du matériel et de l'approvisionnement des hommes et des bêtes. C'était devenu un homme.

Puis, cet été-là, il annonça à son père qu'il allait le quitter. Il voulait aller au collège. Son père le regarda, abasourdi, il ne comprenait pas où il était allé chercher cette idée. Et puis il ne voulait pas perdre un bon scieur.

Mais Crawford Gates s'en alla. Il avait vingt ans et c'était un homme qui voulait apprendre. Il savait exactement ce qu'il allait faire. Il irait à l'université et deviendrait ingénieur civil. Il ne savait pas alors qu'il lui fallait des diplômes pour pouvoir entrer à l'université. Il ne l'apprit pas avant d'être sorti des bois, portant son baluchon de vêtements sur le dos, et d'avoir pris le train pour Knoxville, dans le Tennessee. Il avait cent dollars en poche, accrochés par une épingle de nourrice, et la promesse de recevoir un traitement régulier de la scierie, car son père avait enfin compris qu'il était préférable qu'il devienne ingénieur plutôt que de garder une place de scieur, même si c'était dans sa propre scierie ambulante.

Il passa des tests pour remplacer les certificats qui lui manquaient ; lorsqu'il quitta l'université pour les grandes vacances de l'été 1929, il avait la ferme intention de revenir en automne. Mais cela ne se fit jamais. Les affaires allaient mal cette année-là et il n'y avait que très peu de bois à couper. Souvent, il n'y avait pas d'argent pour payer les hommes et les emplacements de travail étaient rares et dispersés, ce qui rendait les déplacements longs et onéreux. Au mois d'août, son père travaillait avec une scie qui aurait dû être remplacée depuis longtemps. Elle se cassa, et lorsqu'on ramassa son père à l'endroit où il avait été projeté, une de ses jambes ne pendait plus qu'à un fil de chair.

Pendant l'hiver Crawford dirigea seul l'exploitation. Son père se déplaçait péniblement sur la jambe de bois qu'il s'était confectionnée ; son visage avait terriblement vieilli et ses mains tremblaient trop pour pouvoir manier les leviers. Il avait peur ; c'est pour cela que ses mains tremblaient chaque fois qu'il montait sur la machine. C'était comme si pendant toutes ces années précédant l'accident il n'avait jamais cru qu'une scie pouvait chanter de la même manière sinistre dans la chair humaine que dans le bois. Mais maintenant il ne l'oublierait plus jamais. De temps en temps, le soir, sous la tente, Crawford lisait à la lueur d'une lampe tempête les cours qu'il avait reçus à l'université ; il se remémorait alors ses années d'études, les salles de cours, les veillées tardives, une règle à calcul et un livre devant lui tandis qu'il remplissait d'une écriture régulière des pages de calculs.

Les temps étaient durs et son corps était fatigué. Peu à peu son besoin de s'instruire se dissipa. Un soir la tente fut emportée par la tempête et avant qu'il ait eu le temps de récupérer ses livres une pluie diluvienne les avait détrempés, presque rendus à l'état de pulpe. Cela lui avait été égal.

Pendant le long été de l'année suivante, en 1930, ils perdirent la scierie. Les factures s'étaient entassées et plus personne ne coupait de bois. Crawford et son père firent des kilomètres à la recherche de travail. Son père pleura lorsqu'on vint chercher la vieille machine sur laquelle il avait passé une vie et perdu une jambe. Crawford ne pleura pas. La semaine suivante il travaillait dans une autre scierie ; une grande scierie installée à demeure. Il transportait la sciure dans une brouette ; son corps transpirait à grosses gouttes tandis qu'il grimpait la forte pente de la montagne de sciure et qu'il redescendait aussi vite que possible, croisant en chemin les deux autres ouvriers qui faisaient le même travail que lui, et il se retrouvait devant un tas de sciure apparemment intact, continuellement alimenté par la grande scie circulaire.

Au cours des années suivantes, il parut ne plus avoir d'ambitions ; ou peut-être devait-il se contenter, dans les profondeurs de la dépression, de s'accrocher à son emploi, si mal payé et abrutissant soit-il. Il logeait dans une pension en compagnie d'hommes dans la même situation que lui. Il n'y avait pas d'argent pour sortir avec des filles ; on ne pensait ni au plaisir ni à l'avenir ; la seule chose qui comptait était de gagner aujourd'hui le pain de demain. Il arriva ainsi à vingt-six ans ; mais il en paraissait presque le double, comme si toute sa jeunesse s'était entièrement dissipée pendant les années qu'il avait passées sur la machine de son père, accélérant ainsi sa maturité à un degré plus avancé que ses contemporains. Son père s'était retiré sur un lopin de terre déboisée qu'ils possédaient et il vivait de l'argent que Crawford lui envoyait chaque semaine par un mandat postal bleu. Parfois, au cours d'un week-end, Crawford partait à pied lui rendre visite. Ils restaient assis ensemble dans la maison sans femme ; ils n'avaient même pas besoin de parler et ils ne faisaient jamais allusion aux temps passés, à cette période morte et enterrée.

Puis, en 1933, Crawford se remua à nouveau. Il avait entendu parler quelque part du Corps de protection civile. Il s'y engagea ; il laissait derrière lui, sans regret, le travail stérile de la scierie, la pension, les hommes avec lesquels il avait vécu trois ans. Il fut envoyé dans un camp au Mississippi où il devint rapidement chef-adjoint ; il portait alors un galon jaune sur le bras. Il ne lui fallut que deux mois pour avoir un galon de plus et devenir chef. Six mois plus tard il était envoyé dans un camp de lutte contre les incendies, dans l'Oregon ; maintenant il était devenu un des membres de l'état-major. La plupart des subalternes étaient des réservistes de l'armée qui avaient été rappelés au service actif. Mais Crawford avait réussi à les surpasser tous grâce à sa connaissance des bois, à ses deux années d'université et grâce à lui-même. Il était plus âgé que les autres garçons du camp ; il était plus sûr, plus digne de confiance.

Il se plaisait énormément dans ce camp. Il lui semblait rajeunir au contact de ces garçons venus de la campagne ou des taudis des villes ; il devait les conduire, les diriger, les instruire et parfois en corriger un au moyen de ses poings. C'était un travail qui rimait à quelque chose, ce n'était pas une tâche dénuée de sens, comme enlever de la sciure qui était aussitôt remplacée après qu'on l'avait déversée. Ils protégeaient les arbres du feu ; et entre deux incendies ils construisaient des routes, des sentiers pour promeneurs et des tables de pique-nique ; ils faisaient un parc d'une forêt sauvage et il trouva ainsi un nouvel emploi et une nouvelle raison aux arbres. Il aimait voir arriver au camp les nouveaux garçons, faibles, peu sûrs d'eux-mêmes, et les voir s'affermir en hommes ayant confiance en eux, devenus forts et rayonnants de santé car pour beaucoup d'entre eux c'était la première fois de leur vie qu'ils mangeaient à leur faim.

Mais c'était toujours une vie solitaire, entre hommes, avec les garçons du camp, les capitaines et lieutenants de réserve qui commandaient avec lui. Il n'avait toujours pas beaucoup d'argent car chaque mois il envoyait un mandat bleu à son père. Mais il y avait le camp, les garçons, les hommes, cette forêt incroyablement immense qui longeait le Pacifique, dans la partie nord-ouest du pays, et dans laquelle il conduisait ses équipes armées de machines et de haches afin de creuser comme des forcenés des coupe-feux pour protéger les arbres des flammes dévastatrices, œuvre de Dieu ou des hommes.

Il n'avait jamais vu des arbres comme ceux-là ; ils ne pouvaient pousser ainsi que grâce à l'humidité des pluies constantes de la région. C'était une véritable cathédrale pour lui. Il changea énormément pendant ces années, il s'épanouissait de nouveau, avec autour de lui la splendeur de ces arbres et entre ses mains la responsabilité des garçons. Seul un ordre de son père put l'obliger à partir ; c'était un télégramme qui disait simplement : *Maintenant, mon fils, tu ferais bien de rentrer à la maison.*

Il retourna chez lui, pour la première fois de sa vie dans un train Pullman car il voyageait gratuitement en tant qu'agent du gouvernement. Il traversa les grandes étendues des plaines du Nord jusqu'à Chicago ; puis vers le sud et ensuite l'est jusqu'à ce que le paysage soit à nouveau familier. Son père se mourait. Il avait attendu longtemps avant d'appeler Crawford, vivant seul dans sa petite maison au milieu du terrain déboisé. Il mourut la deuxième nuit après le retour de Crawford.

Crawford demeura quelque temps dans la petite maison solitaire, après la mort de son père, avant de savoir ce qu'il voulait faire. Il avait vingt-huit ans et n'avait possédé une femme qu'une seule fois dans sa vie. Il avait appris à connaître les bois, le sciage, un peu de l'art de l'ingénieur et à manier la sciure et les hommes. Il savait qu'il devait exister quelque chose qui retiendrait pour toujours son attention. Et puis un jour il apprit par les journaux l'existence de la Tennessee Valley Authority et il sut qu'il avait trouvé sa voie.

Il vendit le petit lopin de terre – ce n'étaient que souches d'arbres, et l'argent qu'il en eut ne pesait guère lourd dans sa poche – et se rendit à Knoxville. Il posa sa candidature, passa les examens, et attendit. Il trouva un emploi de plongeur dans un café, et toujours il attendait. Il regardait passer les voitures et les camions sur les flancs desquels il était peint TVA ; ils transportaient des hommes vêtus de kaki, et il commençait à croire qu'il ne pourrait jamais en faire partie, que par son âge il n'avait plus les capacités, la souplesse, la plénitude que ces hommes jeunes portaient sur eux comme un magnifique uniforme.

Mais un jour il reçut une lettre lui annonçant qu'il était accepté. Il était convoyeur de grumes pour le compte de la TVA. Il faisait partie de ce plan gigantesque qu'il avait lu dans les journaux, auquel il était venu se joindre et qu'il avait étudié avec application pendant sa longue période d'attente et d'incertitude ; c'était un grand événement qui lui arrivait. C'était plus que des arbres, de la sciure et des hommes ; c'était toute une région, la terre, les arbres, les hommes, les femmes, les enfants et la rivière qui étaient pris dans un grand mouvement, qui allaient être bouleversés par ce changement formidable. Et lui, il était un convoyeur de grumes, il en faisait partie.

Sauf qu'il ne convoya pas de grumes. Depuis qu'il travaillait là il n'avait pas une seule fois mis les pieds dans un entrepôt de bois. L'illogisme des nécessités urgentes avait fait qu'il était rattaché au service d'achat de terrains où ses connaissances ne lui servaient pas autant que s'il avait dû s'occuper de bois. Mais il prenait des décisions et parlait aux hommes, sûr de sa connaissance et de la grandeur de l'œuvre qu'il représentait ; il apprit à remplir ses fonctions aussi bien que tous les autres hommes de son entourage qui étaient pourtant souvent plus jeunes, plus sûrs d'eux-mêmes, plus intelligents que lui.

C'est nanti de tout ce passé – la sciure, les hommes, les arbres et le rêve – qu'il arriva au Domaine de Dunbar. Il regarda Matthew, le trouva sympathique et il comprit même, du moins en partie, son incompréhension bornée. Il lui parut cependant nécessaire de lui montrer, de lui faire comprendre l'inutilité de résister.

— Monsieur, dit-il. Vous savez que la TVA fait ici…

— Je l'ai entendu dire, répondit Matthew. Ce sont ces barrages qu'ils ont construits en amont et en aval de la rivière. (Il secoua la tête en signe d'admiration.) Tout ça pour donner du travail aux gens.

Crawford se pencha en avant.

— Ce n'est pas pour donner du travail, dit-il. C'est la chose la plus formidable que Dieu ou l'homme ait jamais apportée au pays. Ils apprivoisent la rivière, ils la font travailler là où elle n'a jamais travaillé jusqu'à présent.

Tenant les rênes dans une main, Matthew restait immobile à le regarder. Il n'avait pas de réponse à donner. Ce jeune homme devait soutenir toute la conversation à lui tout seul. Matthew, lui, n'avait rien à faire si ce n'est se tenir fermement sur ses jambes, les pieds plantés sur cette terre des Dunbar. Il s'en tirerait aussi bien avec la TVA et la persuasion de Crawford qu'il l'avait déjà fait après les mauvaises années, qu'elles aient été trop pluvieuses ou trop sèches, comme il s'en était aussi tiré pendant la Dépression. Et puis il était trop bien élevé, trop gentil pour ne pas l'écouter.

— Ils prennent les eaux tumultueuses et les font passer par des turbines. Ils prennent l'électricité et la répandent par tout le pays, de la bonne électricité, bon marché, afin que des gens comme vous et moi puissent se la payer et s'en servir. En même temps, ils apprivoisent la rivière, la prennent sous leur contrôle ; ils s'en servent au lieu de la laisser sauvage et non navigable. Dans dix ans, vous verrez passer des files ininterrompues de chalands là où aujourd'hui vous ne voyez pas un bateau en une semaine.

— Sauf que je ne serai plus ici pour le voir, fit doucement Matthew. On m'aura déplacé pour faire place à l'eau.

Crawford se tut. Ses traits parurent se durcir et il leva la tête.

— Et c'est nous qui construisons cela, monsieur Dunbar ; ce ne sont pas des capitalistes qui le font pour leurs propres usages et avantage. Cela appartiendra à vous, à moi, à tout le monde. Nous sommes là pour voir si c'est convenablement construit et bien exploité. Mais il arrive que lorsque quelque chose de très grand, de très important est édifié sur la terre, les petites choses doivent déménager, se retirer du chemin. Lorsque à seize kilomètres d'ici nous aurons terminé le barrage de Chickasaw, il y aura à cet endroit un lac de cent soixante kilomètres. Un lac qui recouvrira le Domaine de Dunbar.

Matthew regarda les terres autour de lui et essaya de les imaginer submergées par les eaux profondes, bleues et froides, ses terres riches devenues une boue stérile. Il secoua la tête.

— Jeune homme, dit-il. L'histoire des Dunbar et de leurs terres remonte loin en arrière et continuera encore loin dans l'avenir. Le gouvernement peut construire tous les barrages qu'il veut, il peut placer des réseaux de lignes électriques aussi épais que du lierre sur tout le pays ; mais cela ne me fera jamais changer d'avis.

Crawford se rendait compte maintenant qu'il lui faudrait longtemps avant de pouvoir se faire comprendre.

— Nous ne venons pas ici pour vous faire faire n'importe quoi, dit-il en s'efforçant de rester calme. Nous sommes ici pour vous aider et vous conseiller. Si nous le voulions, nous aurions pu venir en tenant dans une main un ordre gouvernemental et dans l'autre de l'argent. Mais la TVA ne travaille pas ainsi. La TVA doit vivre de nombreuses années sur cette terre et elle a de bonnes intentions à l'égard des gens avec qui elle va vivre. Nous pouvons vous aider à trouver à un bon prix un terrain qui soit aussi riche et fertile que celui-ci. Alors vous n'aurez plus aucune raison de vous opposer au changement qui va intervenir ici.

Matthew commençait à être exaspéré. Était-il donc impossible que ce jeune homme insistant comprenne ? Il ne pouvait tout de même pas s'asseoir au milieu des rangées de coton et commencer à lui raconter tout depuis le début, depuis le jour où le premier Dunbar s'était installé ici, qu'il avait planté l'arbre, entretenu le feu, donné un nom à la terre qu'il avait transmise à ses descendants. Non… cet homme ne voyait un terrain que sous la forme de sections, de lots, d'ares, chacun avec un prix, chacun divisible et revendable à l'infini. Pour lui, un terrain n'était pas de la terre. Il n'y avait aucun moyen de lui expliquer la différence ; autant couper court tout de suite.

Matthew lui sourit.

— Jeune homme, dit-il, vous avez fait un beau sermon, ce soir. Je donne toujours un bon repas au prédicateur. Pourquoi ne viendriez-vous pas dîner avec nous ?

Crawford rit de bon cœur.

— Je reconnais avoir essayé de vous faire la morale, dit-il. Je vous en demande pardon. Mais lorsqu'un homme croit en une chose, il ne peut s'empêcher de prêcher cette croyance.

Matthew lui posa la main sur l'épaule. Il fut surpris d'y sentir les muscles fermes. Voici un homme qui a travaillé, pensa-t-il, qui a mis ses épaules au service d'un travail quotidien pendant les longues journées de la semaine, du mois et de l'année.

— Oui, dit-il, je sais ce que c'est pour un homme de croire en quelque chose. Bon, allons-y. Si nous continuons à discuter, on n'en finira plus.

Ils traversèrent le pont et s'engagèrent sur le chemin qui longeait le ruisseau et conduisait à la grange. Ils marchaient côte à côte, en bonne camaraderie ; la mule les suivait. Matthew s'arrêta et tendit les rênes à Crawford lorsqu'ils arrivèrent à hauteur du carré de pastèques.

— J'ai mis des pastèques à rafraîchir, dit-il. Attendez une minute.

Il descendit le talus du ruisseau et repêcha les deux fruits qu'il avait mis à rafraîchir dans l'eau à midi. Leur peau était fraîche et douce au toucher. Il en mit un sous chaque bras et remonta le talus.

— Le labour est fini, dit-il. Alors j'ai pensé que nous pourrions avoir un petit festin de pastèque avant le dîner. Tenez, prenez-en une, moi je porterai l'autre.

Ils étaient à l'aise l'un avec l'autre, très amicaux ; sinon Matthew ne lui aurait jamais donné une partie de la charge à porter. Ils se remirent en marche, chacun portant une pastèque sur son épaule. Ils s'arrêtèrent près de la grange et Matthew déposa la sienne pour ouvrir la barrière. Après l'avoir franchie, il détela la mule et l'envoya paître avec les autres. Alors ils se dirigèrent vers la maison en passant par la cour de devant, où le grand chêne les protégeait du soleil.

Matthew éleva la voix.

— Fini de labourer, cria-t-il. Et j'ai deux pastèques. Qui en veut une tranche ?

Il y eut soudain beaucoup de bruit et de rires dans la maison et Miss Hattie bondit hors de la cuisine comme un troupeau de cailles.

— Papa ! s'écria-t-elle. De la pastèque !

— Ho, doucement, fit Matthew en la rattrapant. Attends que les autres soient là. Où sont les garçons ?

— Ils sont descendus jusqu'au ruisseau prendre un bain, répondit Miss Hattie. (Ses doigts de pieds griffaient le sol.) Je vais les chercher.

Matthew la laissa aller.

— Bon, vas-y, dit-il. Et dépêche-toi.

Il se tourna vers Crawford Gates.

— Asseyez-vous à l'ombre. C'est pas bon de manger de la pastèque froide quand on a chaud.

Mais Crawford regardait Arlis qui sortait de la cuisine les mains chargées de couteaux et de cuillers et de deux salières. Son tablier était strié de farine et ses cheveux retombaient d'un côté ; mais son visage réjoui, vivement coloré, lui parut sympathique et il aima la manière dont elle marchait en balançant vigoureusement les jambes mais avec grâce. Elle s'arrêta, surprise, quand elle aperçut l'étranger dans la cour. Lorsqu'elle se décida à avancer lentement, sa démarche avait changé ; elle était plus légère, plus recherchée qu'auparavant.

— Arlis, dit Matthew. Je te présente Crawford Gates. Il est venu dîner avec nous.

Arlis s'arrêta ; elle se sentait troublée par la chaleur et par sa tenue désordonnée.

— Enchantée de faire votre connaissance, dit-elle. (Elle regarda Matthew avec un air de reproche.) Si j'avais su qu'il y avait du monde à dîner, j'aurais tué un poulet et…

Matthew éclata de rire.

— Pas de poulet rôti, dit-il à Crawford. Je suppose que vous pourrez tenir le coup malgré cela ?

— Je pense bien, répondit Crawford, et il se mit aussi à rire.

Matthew posa sa main sur l'épaule d'Arlis.

— Arlis est ma fille, dit-il. Elle s'occupe de la maison depuis qu'elle a quinze ans… depuis que sa maman est morte.

Arlis se dégagea de la poigne de son père, embarrassée par ses paroles.

— J'ai passé ma journée à cuire des brioches, dit-elle. J'avais l'intention de faire un dîner à la fortune du pot, car il y a tant à faire, et puis il y a ces garçons qui vont au bal. J'espère que cela ne vous fait rien, monsieur Gates.

— Ça me va à merveille, répondit galamment Crawford. Tout ce que vous mettrez à table sera bon pour moi.

Ils entendirent des cris qui venaient du ruisseau ; ils se tournèrent juste à temps pour voir les garçons arriver à fond de train. Knox était en tête, une salopette à la main, et Rice, vêtu seulement de culottes courtes et d'une chemisette, le poursuivait. Miss Hattie gambadait derrière eux et poussait des cris tant elle était agitée.

Rice avait presque rattrapé Knox lorsqu'ils furent tout près de la cour. Knox se laissa brusquement tomber à terre et Rice trébucha sur lui, s'étendant de tout son long dans la poussière du chemin. Knox se releva, les mains pleines de poussière qu'il projeta sur le corps nu et mouillé de Rice. Rice poussa un hurlement et commença, lui aussi, à lancer des poignées de poussière jusqu'à ce que cela ait l'air d'un combat de coqs au milieu de la route.

— J'ai l'impression que ce bain ne leur a pas servi à grand-chose, dit Matthew. (Il éleva la voix.) Hey, les garçons, allez vous habiller. Nous avons de la visite.

Ils se calmèrent aussitôt à la vue de l'étranger et Rice enfila hâtivement sa salopette. Ils s'approchèrent de la maison et serrèrent la main de Crawford, chacun à son tour, tandis que Matthew les présentait. Crawford observa chacun d'eux ; il aima leur dignité naturelle ; ils paraissaient très sûrs d'eux et très à l'aise en lui souhaitant la bienvenue. Toute cette famille, surtout Arlis, avait ce quelque chose que lui, Crawford, n'avait jamais possédé. Il se retourna pour regarder de nouveau Arlis ; elle était assise sur les marches du porche et tenait toujours en main les couverts et les salières tandis qu'elle les observait. Quoiqu'elle fût lourdement bâtie, elle se déplaçait avec souplesse et il pensait qu'elle ferait certainement une bonne danseuse.

— Bon, fit Matthew. Vous, les garçons, prenez quelques planches et des tréteaux. Je voudrais couper ces pastèques avant qu'elles soient de nouveau chaudes.

Il ne fallut pas longtemps pour installer la table ; Matthew attendait debout, un grand couteau de boucher à la main. Jesse John se précipita dans la maison pour aller chercher Connie. Elle était assise devant le miroir, toujours vêtue du même cache-sexe.

— On découpe une pastèque, Connie, dit Jesse John tandis qu'il regardait avec anxiété le visage réfléchi dans le miroir afin de pouvoir se rendre compte de son humeur. Viens en manger une tranche.

Connie ne se tourna pas vers lui.

— Je n'ai pas envie d'être toute collante de jus de pastèque, dit-elle. Mangez sans moi.

— Mais ils nous attendent, expliqua Jesse John. Viens Connie. Ne reste pas assise là à...

— Je n'ai pas fini de m'arranger, l'interrompit brutalement Connie. Dépêche-toi d'aller manger ta vieille pastèque. Je veux que tu mettes une cravate pour aller ce soir à ce bal.

Jesse John la regarda, désespéré.

— Mon chou, dit-il, j'avais l'intention de rester avec papa et de l'aider à faire le travail de nuit. Tous les autres seront partis.

Elle se retourna vivement.

— Non, dit-elle sur un ton qui n'admettait pas de réplique. Arlis et Miss Hattie peuvent aider ton père. Il y a trop longtemps que j'attends ce bal pour le laisser passer. C'est le premier depuis que le coton a été planté.

— Mais, mon chou... (Il se tut ; il capitulait. Il se dirigea vers elle, la souleva de son siège et la prit dans ses bras.) Mon Dieu, que tu seras jolie ce soir. Tu seras la plus jolie de toutes.

Elle sourit et l'embrassa rapidement.

— Maintenant dépêche-toi, dit-elle en le repoussant. Dis-leur que je ne veux pas de pastèque.

Il fit demi-tour et quitta la chambre à contrecœur, se retournant pour la regarder. Elle s'était rassise devant le miroir et elle s'admirait. Après tout, il lui avait acheté ce miroir, avec son argent provenant de la récolte de coton. Il sourit et poursuivit son chemin.

Dans la cour, Matthew était en train de découper habilement chaque pastèque en quatre morceaux. Elles étaient si mûres que le fait de les effleurer du couteau suffisait à les partager. La chair rouge et luisante se séparait presque d'elle-même en de délicieux V et ils attendaient tous qu'il ait terminé.

Matthew déposa le couteau et ramassa un des quartiers. Il le présenta cérémonieusement à Crawford Gates. Crawford l'accepta et attendit que Matthew ait donné à chacun sa part : d'abord Arlis, puis Knox, Jesse John et Rice.

Matthew regarda Jesse John.

— Où est Connie ? demanda-t-il.

— Elle n'en veut pas, répondit rapidement Jesse John.

Matthew fronça quelque peu les sourcils. Il n'aimait pas qu'il y ait des absents. Mais il ne dit rien. Il reprit le service et offrit à Miss Hattie un quartier particulièrement bien fourni en chair rouge.

Les garçons étaient assis sur les racines du chêne ; ils tenaient à deux mains les quartiers de pastèque et y mordaient à pleines dents. Miss Hattie était assise sur les marches du porche, à côté d'Arlis ; elle mangeait avec une petite cuiller, quoiqu'elle eût bien préféré faire comme les garçons. D'ailleurs, elle le faisait presque toujours, mais il y avait ce bel étranger et, après tout, elle avait douze ans et sa flotte de flacons de tabac à priser ne l'intéressait plus.

Matthew n'entama pas encore son quartier. Il ramassa celui qui restait et s'engagea dans le couloir, vers la chambre de Connie et Jesse John. Il s'arrêta devant la porte et regarda Connie.

— Vous ratez une délicieuse pastèque, dit-il.

Elle pivota sur elle-même et ses mains se portèrent vivement à ses seins. Elle avait honte de porter ce mince cache-sexe en présence de Matthew ; elle sentait que ses yeux pouvaient voir au travers la chair qu'il cachait. Matthew sourit en lui-même. Même moi je suis un homme pour elle, pensa-t-il. Même moi, le père de son mari.

— Je… hésita-t-elle. Je n'en ai pas envie, monsieur Dunbar.

— Allons, allons, dit-il doucement. Aujourd'hui, c'est la fête. Vous ne pouvez pas rester en dehors de la fête.

— Mais… je ne suis pas habillée.

Il entra dans la chambre et déposa le quartier de pastèque sur la commode.

— Habillez-vous vite, dit-il, et venez nous rejoindre.

Il se dirigea vers la porte.

— Est-ce que Jesse John vous emmène au bal ce soir ? demanda-t-il avant de sortir.

— Oui, dit-elle. Il m'a dit qu'il voulait m'emmener…

Matthew fit un signe de tête et sortit. Il s'arrêta devant l'entrée de la salle commune et passa la tête par la porte. Le vieux était assis dans le fauteuil à bascule, à côté du minuscule feu, ses mains maigres et marbrées reposant sur ses genoux.

Matthew pénétra dans la pièce. Il n'y avait que peu de meubles : quelques fauteuils à bascule, des chaises et un lit étroit, dans un coin, où le vieillard dormait. Il y avait des couvertures sur le lit, car le vieux avait froid, même pendant les nuits chaudes.

Matthew s'arrêta à côté de sa chaise et le regarda. Il demanda d'une voix forte : « Comment vas-tu, papa ? »

Pendant un long moment, le vieillard ne broncha pas. Son visage était maigre, fragile, comme si les os secs et légers pouvaient se casser rien qu'à les toucher. Tout son corps était comme cela ; Matthew le savait. Chaque semaine, il maintenait son père debout dans un grand bac d'eau chaude et il le lavait de ses propres mains, une tâche qu'il n'aurait confiée à personne d'autre. Sa chair était maigre et fragile, ses os étaient légers et cassants comme du bois sec, ses organes génitaux étaient flétris, sans vie, ne servant plus qu'à uriner. Matthew observa la tête bouger, se soulever, tandis que les yeux laiteux cherchaient à le voir.

— Ça va, je pense, fit-il d'une voix tremblante.

Ce n'était qu'une faible vibration dans l'air qui ne pouvait couvrir qu'une distance de moins d'un mètre et Matthew dut se pencher pour l'entendre. La voix se tut et Matthew écouta le halètement plaintif de ses poumons.

Il avait connu cet homme, son père, dans la force de l'âge, lorsque son corps était trapu et bien en chair, lourd de muscles et de vie, le sperme chargé de générations. Et cette voix faible, quasi inaudible, était celle qui avait remis sur ses épaules la charge du Domaine de Dunbar. Ce changement, nous devons tous le subir, pensa Matthew. C'est une évolution contre laquelle nous ne pouvons pas combattre, si fort que nous essayions. Il se pencha plus près et éleva encore plus la voix.

— Papa, dit-il. Ils essayent d'acheter le Domaine dc Dunbar. Ils veulent m'enlever ma terre.

Mais la tête s'était détournée car c'était un trop gros effort que de regarder vers le haut ; les yeux bleus laiteux recherchaient la lumière de la flamme et les vieilles mains noueuses et fragiles reposaient, inutiles, sur ses genoux. Le vieillard n'avait pas entendu. Ou bien il n'avait pas compris. Matthew demeura immobile à le regarder, puis il sortit pour prendre part au festin de pastèque.

— Ouais, disait Knox à Arlis, tu pourrais tout de même y aller une fois. Je ne me souviens pas quand tu as été à un bal pour la dernière fois.

— J'ai trop à faire, répondit Arlis. Après le souper, j'aurai la vaisselle, et puis le nettoyage… il y a vraiment trop à faire.

— Arlis, fit malicieusement Miss Hattie. Toi-même, tu as dit que le fait de cuire de bonnes brioches n'était pas suffisant. Alors comment…

— Impertinente ! dit Arlis en se retournant vivement. Tais-toi et mange ta pastèque.

— Arlis, fit Crawford, je voudrais que vous me laissiez vous emmener à ce bal.

Elle le regarda et sentit le sang lui monter aux joues. Elle s'était demandé ce qu'il faisait là, comment Matthew avait réussi à le connaître assez pour l'inviter à dîner. Elle le trouvait sympathique, mais elle ne se l'était pas imaginé comme cavalier, comme un homme à qui parler et avec qui elle pouvait s'amuser et rire. Il était l'ami de son père, son invité.

— Je m'excuse, dit-elle, mais j'ai trop…

— Mais vas-y, l'interrompit vivement Miss Hattie. Je ferai la vaisselle et tout le reste. Allons, vas-y.

Matthew qui mangeait tranquillement sa pastèque, observait Arlis. Il leur sourit. Cette fois, Arlis était coincée, pas tant par Crawford que par Miss Hattie. Puis, soudain, elle eut envie d'aller à ce bal avec Crawford.

— Évidemment, dit Crawford en regardant son costume kaki, je ne suis guère habillé pour aller à un bal, mais…

— Bon, fit Arlis, moitié à contrecœur, moitié avec plaisir. Si papa est d'accord.

— Bien sûr que je suis d'accord, répondit immédiatement Matthew.

La question était ainsi réglée.

— Quelle est votre métier, monsieur Gates ? demanda Knox en le regardant.

Maintenant il pouvait se permettre de le demander. Il se posait cette question depuis qu'il l'avait rencontré.

Crawford jeta un coup d'œil à Matthew ; c'était comme s'il voulait lui demander comment il pouvait répondre.

— Je travaille pour la TVA, répliqua-t-il.

Matthew posa le reste de son quartier de pastèque.

— Crawford achète des terrains, expliqua-t-il. (D'un regard circulaire, il les regarda l'un après l'autre.) Il est venu me dire que la TVA veut acheter le domaine. Ils veulent que les eaux accumulées par le barrage montent jusqu'ici et transforment ceci en un lac.

Il les observa pour voir l'effet de ses paroles. Miss Hattie, assise sur une marche, continuait à manger. Elle n'écoutait pas vraiment ; elle était bien trop concentrée sur son délicieux quartier de pastèque. Arlis ne cessait de regarder Crawford ; elle mangeait lentement et se demandait quelle sensation ce serait de danser avec lui, soutenue par ses bras musclés.

Knox se leva.

— Est-ce qu'ils vont vraiment construire ce barrage ? demanda-t-il, vivement intéressé par le sujet. Pensez-vous que je pourrais trouver du travail là en bas ? J'ai entendu dire que la TVA paie rudement bien.

Rice demeurait assis, immobile ; il regarda Matthew.

— Acheter le domaine ? dit-il. Acheter notre terre ? (Il paraissait abasourdi par cette déclaration incroyable.) Combien veulent-ils payer ?

Matthew tourna la tête afin de voir Jesse John. Mais ce dernier observait Connie qui sortait de la maison, vêtue d'une robe en organdi blanc ; elle passa entre Miss Hattie et Arlis, descendant les marches avec précaution ; dans une main elle tenait le quartier de pastèque.

— 'jour tout le monde ! fit-elle d'une voix joyeuse. Que c'est gai d'avoir un festin de pastèque.

Jesse John s'approcha d'elle ; il ne disait rien, la présence et l'amitié de sa femme suffisaient à son bonheur. Il aurait voulu la toucher, mais il avait peur de salir la jolie robe bien amidonnée et d'un blanc immaculé.

Matthew déposa de nouveau son quartier de pastèque qu'il n'avait pas fini de manger.

— Si je dois faire seul tout le travail de nuit, dit-il, je ferais bien de commencer avant le dîner.

Il s'éloigna d'eux et disparut derrière le coin de la maison vers la solitude de la grange et la compagnie des animaux.

Panorama II

Des hommes jeunes au travail

La TVA est née au cours de la deuxième décade du XXe siècle ; mais le projet n'a été réalisé que dans les années trente et quarante. Les hommes qui l'avaient rêvée, avaient façonné, bâti ces barrages, étaient si jeunes qu'ils paraissaient quelque peu ridicules dans leurs uniformes kaki. On se moquait de leur jeunesse, de leur sérieux, de leur conviction. On se moquait d'eux et – surtout – on ne croyait pas en eux. Mais ils n'avaient que faire des critiques et des sarcasmes des vieux conservateurs.

Car ils connaissaient une grande vérité : chaque mètre de béton déversé est un accomplissement que l'avenir ne peut altérer. Les politiciens et les propagandistes peuvent soulever des populations entières, mais ils ne peuvent altérer un seul mètre de béton. Le béton est aussi réel que la réalité, il est même synonyme de réalité ; et ces hommes coulèrent délibérément leur béton, sachant que chaque mètre, chaque coffrage, chaque barrage était une barrière contre les désillusions des temps futurs. Ils savaient qu'ils bâtissaient pour des siècles.

Mais la TVA est plus que du béton, des déversoirs de barrages et des générateurs, plus que les calculs savants pour trouver le moment exact où faire baisser les eaux de cinquante centimètres afin de tuer les larves de moustiques. Derrière la réalité du béton et au-dessus de celle-ci, il y a le génie, la volonté et le mythe. Ce sont des choses que ni la politique ni la propagande ne peuvent altérer. Et les hommes de la TVA avaient la foi, en plus de leur compétence.

Parce qu'ils étaient jeunes, leurs sentiments étaient profondément enracinés. Leurs intérêts et leurs conversations étaient centrés sur deux points : le problème d'aujourd'hui, les coffrages, les projets de demain, la construction des barrages. Pour eux, il n'y avait que le présent qui comptait vraiment ; l'avenir viendrait se greffer naturellement sur les bases qu'ils avaient coulées dans le béton.

Ils envahirent le pays comme un vol de sauterelles bienfaisantes, qui plantaient au lieu de détruire ; ils parlaient beaucoup, posaient des questions et remplissaient des formulaires compliqués. Les habitants en étaient abasourdis ; ils répondaient aux questions indiscrètes et voyaient leurs réponses inscrites sur des questionnaires sans fin. Ces hommes étaient intelligents, vifs, pleins d'assurance. Ils n'avaient pas beaucoup d'expérience et, pour proposer des prix pour des terrains dont la valeur n'avait jamais été estimée auparavant, ils devaient se baser sur les instructions compliquées qui leur avaient été données par leurs confrères restés dans les bureaux. Ils durent mesurer, relever des plans de terrains et faire des sondages alors que leur expérience en la matière se limitait à des exercices théoriques.

Ils réussirent dans leur travail gigantesque parce qu'ils en ignoraient la difficulté ; des hommes plus âgés, plus expérimentés, n'auraient même pas osé essayer car ils auraient su que c'était là une tâche impossible. Ils apprirent à connaître le pays comme personne n'était parvenu à le faire ; ils le mesurèrent sous toutes ses coutures, en long, en large, en profondeur même ; ils tinrent compte de la population et de la consommation de vitamines A. Ils connaissaient l'âge moyen des habitants, ce que représentaient leurs gains et leurs occupations ; ils comprenaient la valeur de l'éducation et de la religion. Et, surtout, ils savaient comment construire des barrages, car ces chiffres, ces échelles et tables de mesures n'étaient pas des nombres abstraits et sans vie ; ils vibraient de vie et étaient capables de traduire comment-c'était-avant en comment-ce-sera-après.

Ils savaient comment construire des barrages... et ils les édifièrent. Ils les bâtirent pour toujours sur la terre ; partis d'un rêve plein d'espérance, ils avaient projeté un programme que les jeunes hommes et les vieilles machines exécutèrent.

Ils disaient *le barrage de Chickasaw*, comme s'il existait déjà alors qu'ils ne savaient pas encore sur quelle portion de terre ils allaient décider de le construire. Ils étudièrent les emplacements possibles, l'hydrologie, la météorologie, les courants de la rivière, les flots des inondations, l'eau d'amont et l'eau d'aval, le contrôle des inondations et la navigation. Ils dressèrent des plans et firent une estimation du coût ; ils réalisèrent des études sociales et économiques ; enfin, ils commencèrent la construction.

Ils ne disaient pas, en pointant le doigt : *C'est ici qu'un rêve nommé Chickasaw sera coulé en une forme définitive.* Non, car c'étaient des hommes pragmatiques et qu'ils vivaient dans le présent. Au lieu de cela, ils disaient : *À l'emplacement choisi pour le barrage, le lit de la rivière est large de 350 mètres. La plaine d'inondation nord est large de 182 mètres, et elle est de 8,80 à 10,50 mètres au-dessus des basses eaux dont l'élévation est de 165 mètres. La plaine d'inondation sud est large de 548 mètres et de 6,40 à 11,20 mètres au-dessus des basses eaux. Les butées s'appuieront sur des collines raides qui s'élèvent à 152 mètres au-dessus de la rivière. Le barrage sera construit sur de la pierre calcaire de Bangor (non différenciée) se composant d'une couche de 180 à 240 mètres de pierre calcaire gris-bleu de cristallisation fine à moyenne.*

C'est ainsi que l'on bâtit un rêve, un mythe, une réalité ; il a fallu chiffrer les centaines de mètres cubes de terre et de roches qu'il faudra déplacer et qui seront remplacés par d'autres centaines de mètres cubes de terre et de béton. Mais avant de réaliser cela, il faut relever les plans, mesurer 88 000 hectares de terrain et, alors que les travaux ont déjà commencé, il faut acheter 45 000 autres hectares de terrain ; et ce n'est pas tout : il faut aussi déplacer 1 182 familles et déboiser 9 720 hectares – et puis il ne faut pas oublier de déplacer les cimetières où reposent les morts que l'on vénère, les routes, les chemins de fer et les ponts, les lignes téléphoniques et électriques. Mais, quoi que vous fassiez, il ne faut pas oublier les morts et les vivants ; les humains. Car même dans un rêve, on ne peut détruire les humains.

Mais maintenant, le rêve devient réalité, et un jour viendra où le barrage de béton durable sera là ; chaque jour de son existence sera un changement dans la vie des habitants ; il développera une région, influencera l'avenir d'un pays. À présent, nous sommes en juillet et les travaux commencent ; les premiers mètres cubes de déblais sont enlevés, les deux premières familles et un cimetière sont déplacés. Le béton, la terre et les hommes sont commandés et dirigés par un plan issu d'un rêve et de l'espérance ; comme légende, on peut mettre

JEUNES HOMMES AU TRAVAIL.

3

Il était occupé à traire les vaches et à donner à manger aux mules, et pendant longtemps il n'y pensa plus. Il se concentrait sur la routine habituelle : nettoyer l'auge des cochons et mettre du foin dans les mangeoires tandis qu'il parlait doucement aux bêtes. Il était seul, mais d'où il se trouvait, il pouvait voir Miss Hattie qui, dans la cour, était entourée de toutes les poules blanches, auxquelles elle lançait des poignées de graines à la volée, par grands gestes circulaires du bras. Les pintades sortaient du fourré de buissons et venaient picorer les graines tombées à l'extérieur du cercle de poules.

Lorsqu'il eut terminé à l'étable, il vint rejoindre Miss Hattie et remplit d'eau fraîche les auges des poules. Ensuite, ils se rendirent à la cuisine, où les autres les attendaient autour de la table ; les garçons avaient mis des vêtements propres et les manches de leurs chemises blanches étaient soigneusement retroussées. Matthew dévora son dîner de bon appétit ; il n'y pensait toujours pas. Arlis, qui ne s'asseyait même pas pour manger tant elle était occupée en un constant va-et-vient entre le fourneau et la table, paraissait plus gaie, plus jeune que de coutume.

Matthew observait Crawford du coin de l'œil ; celui-ci aussi paraissait maintenant plus jeune ; il se mit alors à penser à ce brillant jeune homme qui était venu porteur d'une nouvelle bouleversante pour le domaine.

— Arlis, dit-il, je vais reprendre un morceau de cette brioche. (Puis, se tournant vers Crawford, il ajouta :) Arlis fait aussi bien les brioches que sa mère.

— Elle est délicieuse, fit Crawford en regardant Arlis.

Celle-ci se hâta vers le fourneau pour apporter des victuailles et pour ne pas être obligée de le regarder. Miss Hattie l'observait avec curiosité.

Assis à un bout de la table, le vieillard mangeait en silence la nourriture molle qu'Arlis avait spécialement préparée pour ses mâchoires édentées. Les enfants ne lui parlaient presque jamais ; il était si difficile de se faire entendre et comprendre. Mais Matthew le regardait avec anxiété jusqu'à ce qu'il fût certain que son père mangeait convenablement.

Et soudain, au milieu des rires, ils furent prêts à partir ; juste le temps de dire un « Au revoir, papa » formaliste. Crawford et Arlis marchèrent côte à côte jusqu'à l'endroit où il avait parqué sa voiture ; les garçons, eux, montaient les mules qu'ils avaient conduites pendant la journée dans les champs. Matthew avait autorisé Jesse John à prendre le « modèle T » à cause de Connie.

Il était seul avec Miss Hattie et son père. Il s'assit sur les marches du porche, perdu dans le calme qu'ils avaient laissé après leur départ. Le vieux était de nouveau assis dans son fauteuil, à côté du feu, et Miss Hattie était à la cuisine, très occupée à laver la vaisselle.

Maintenant, il pouvait se permettre d'y penser. Il était facile de comprendre qu'ils tenaient au Domaine de Dunbar ; c'était leur foyer, à eux, Knox, Arlis, Jesse John, Rice, Miss Hattie, Connie et son père. Ils ressentiraient une tristesse aussi profonde que lui si jamais le domaine devait être irrémédiablement perdu.

Mais – et c'est là que résidait la différence – ils n'en auraient pas les mêmes tracas que lui. C'était *son* travail, *sa* responsabilité, et ils comptaient tous sur lui ; ils savaient qu'il ferait tout pour garder Dunbar, aussi bien pour lui-même que pour eux.

Matthew réalisait que ce ne serait pas facile de résister ; si seulement il y avait quelqu'un pour l'aider dans sa tâche. Pourtant on ne pouvait leur en vouloir de se reposer entièrement sur lui. Comme il s'était toujours chargé de tout, les autres avaient toute confiance en lui et pouvaient concentrer toute leur attention sur leurs problèmes personnels.

Il regardait la nuit venir de l'autre côté de la rivière et il commençait à retrouver la paix intérieure. Il connaissait sa force ; elle lui avait été léguée par la terre de ses ancêtres ; il ne serait pas seul dans la lutte qui se préparait. Avec l'expérience des années et la terre pour le soutenir, il pourrait se défendre contre la Dépression. Il se souvenait de l'année où le coton valait quatre cents la livre et où cela ne valait pas la peine de le cueillir. L'argent se faisait rare. Mais il ne s'était jamais beaucoup intéressé au coton. Sans savoir qu'elle allait arriver, il était cependant prêt à affronter la Dépression ; il avait toujours été partisan d'une ferme à cultures variées, comportant toutes sortes de bétail ; il y avait du blé, des tomates, du millet à sucre, des vaches, des cochons et des poules ; il y avait toujours ainsi une réserve suffisante de victuailles pour chaque hiver. Les effets de la Dépression avaient été réduits à une baisse des achats de produits de luxe tels que les bananes, la glace et le café ; elle avait été beaucoup plus facile à affronter dans cette terre qu'ailleurs.

Il en serait de même avec la TVA ; il continuerait à planter ses cultures variées, à les soigner et à les récolter. Lorsque la TVA viendrait avec ses propositions, il n'aurait qu'à leur répondre « Non » et encore « Non », jusqu'à ce qu'ils soient convaincus que c'était là sa réponse définitive.

Il se mit debout et fit le tour de la maison jusqu'à la grange. Il ouvrit la porte et prit une tasse en aluminium qui était suspendue à un clou planté dans le mur. Il y avait un tonnelet en chêne à demi enfoui sous le maïs ; il le déplaça juste assez pour pouvoir atteindre facilement la bonde. Il le pencha et emplit la tasse jusqu'au bord de whisky. Il la posa et recouvrit le tonnelet de maïs. Puis il la ramassa et se rendit au puits. Il remonta un seau d'eau fraîche avant de boire le whisky ; ensuite il but une gorgée d'eau froide, pour rafraîchir l'effet brûlant du whisky.

Il demeura quelques instants immobile. C'était du bon whisky, et cela lui faisait du bien. Knox le réussissait à merveille. Une ou deux fois par an, il installait son alambic dans le bosquet ; il ne faisait que quelques litres, juste assez pour leur consommation propre ; c'était une tâche clandestine, passionnante et amusante, un peu comme la fabrication de la mélasse.

Matthew avala les dernières gouttes de whisky et but encore une gorgée d'eau. Il laissa la tasse sur le rebord du puits et retourna s'asseoir sous le porche. Maintenant, les branches hautes du chêne se confondaient avec l'obscurité et il pouvait entendre les grenouilles qui se parlaient le long de la rivière. La rosée rendait l'air plus frais et il pensait aller prendre un bain solitaire dans le ruisseau.

Ils dépendaient tous de lui. Cela devait être ainsi. Mais bientôt – dans un avenir plus très lointain, qui se rapprochait à chaque battement de cœur –, l'un d'entre eux devrait ressortir de la masse, se montrer plus indépendant que les autres, plus apte au commandement, à la possession, prêt à vouloir devenir son héritier. « Maintenant je suis sûr d'une chose, pensa-t-il. Comme mon père, ce n'est pas moi qui choisirai. Il a simplement attendu jusqu'à ce qu'il soit absolument sûr ; moi, de même, je devrai attendre jusqu'à ce que l'un d'entre eux ne laisse plus aucun doute possible. Un jour viendra où je pourrai le voir, le savoir et déclarer lequel sera mon successeur. »

Il étendit ses bras vers le haut et s'étira avec volupté, sentant la fatigue disparaître de ses muscles. Un bain froid lui ferait maintenant le plus grand bien. Il n'irait que lorsque Miss Hattie aurait fini à la cuisine et qu'elle pourrait l'accompagner.

Maintenant que le labour était fini, il n'y avait plus qu'à attendre, pendant les mois chauds de juillet et d'août, le moment de faire la récolte en septembre. Il y aurait la fenaison, le bois à couper pour l'hiver, et puis ils aideraient tous Arlis à faire les conserves. Chez les Dunbar, il n'y avait pas de séparation nette entre les travaux des hommes et ceux des femmes, si ce n'est que celles-ci n'allaient pas aux champs.

Miss Hattie sortit de la cuisine et vint s'asseoir sur les marches, à côté de lui.

— Fini ? demanda-t-il.

— Oui, répondit-elle.

Elle restait assise, immobile ; dans le noir et le calme, elle se sentait très près de lui et pouvait lui faire entendre les paroles qu'elle se répétait quand elle était à la cuisine.

— J'ai maintenant douze ans, fit-elle d'un air réfléchi. Chaque jour je suis plus âgée. Un jeune homme viendra un jour ici et il m'emmènera aussi danser – un beau jeune homme comme ce Crawford Gates. Et je ne lui dirai pas que je sais faire des brioches.

Matthew, très surpris, se garda bien de tourner la tête pour la regarder. Elle a douze ans, pensa-t-il. Bientôt elle en aura treize.

Il se leva.

— Je vais me baigner dans le ruisseau.

Elle attendit qu'il lui dise de l'accompagner ; mais il ne dit rien. Il disparut dans la nuit, la laissant toute seule sur les marches. Elle ne chercha pas à comprendre pourquoi cette fois-ci il ne l'emmenait pas. Au lieu de cela, elle se mit à rêver au bal. Elle savait comment cela se passait ; elle y pensa très longtemps, toute seule dans l'obscurité, avant l'apparition de la lune.

La maison où le bal avait lieu se trouvait sur une petite colline. Elle appartenait au vieux Precise, qui avait également un violon, trois fils et trois filles, tous musiciens. Les trois fils Precise étaient grands, noirs de cheveux, et paresseux ; on ne cultivait guère sur les terres de la ferme des Precise. Par contre, il y avait toujours beaucoup de musique. Leurs instruments enveloppés dans des sacs à farine, les garçons partaient avec leur père aussi loin que leurs mules pouvaient les porter pour jouer à des bals, des mariages ou toute autre réunion gaie. Lorsqu'il n'y avait nulle part où aller jouer, le vieux Precise comblait le vide en organisant un bal chez lui et jouait pour rien. Il adorait jouer du violon ; il préférait cela à tout, même au whisky, et les mauvaises langues disaient qu'il soignait mieux son violon que sa femme, qui n'entendait rien à la musique. Si une bagarre éclatait au cours d'un bal, la première chose que l'on voyait était le vieux Precise se dirigeant vers la fenêtre la plus proche pour mettre son violon en sécurité, suivi de près par ses fils portant guitare, banjo et violoncelle.

Ce bal-ci, cependant, fut très paisible ; c'était le premier qui avait lieu depuis que les labours de printemps avaient commencé et tout le monde avait envie de s'amuser. Dehors, dans le noir, un groupe de garçons se trouvait comme d'habitude sous les cèdres qui poussaient près de la grange ; pour une fois ce groupe était calme, les garçons parlant et riant, une franche camaraderie les unissant. Pourtant, d'habitude, ils se réunissaient dans la grange poussiéreuse pour regarder les luttes qui se déroulaient durant presque toute la nuit. Mais ce soir il y avait quelque chose de différent dans l'atmosphère, un désir de se détendre et de s'amuser après le dur labeur du printemps et personne n'avait envie de prendre part à une compétition.

Dans la maison, la salle commune avait été débarrassée de tout son mobilier et le plancher en bois de sapin vibrait bruyamment sous le rythme des pas. Des chaises étaient alignées le long des murs ; elles étaient occupées par des dames qui bavardaient entre elles tandis qu'elles surveillaient leurs filles. Plus d'une de ces femmes battait inconsciemment la mesure du pied, se souvenant de l'époque où elle aussi dansait.

Toute la maison était remplie de musique. Le violon du vieux Precise chantait, pleurait, fredonnait les airs ; ses gros doigts noueux se posaient aussi délicatement qu'un oiseau sur les cordes ; derrière lui, le violoncelle marquait le rythme d'un bruit sourd, le banjo résonnait sous les cordes grattées rapidement et la guitare les accompagnait de sa mélodie douce et lente. Les musiciens ne chantaient pas, ils passaient d'une mélodie à l'autre, entretenant continuellement les couples en mouvement. Le vieux Precise et ses fils, sauf celui au violoncelle, étaient assis sur des chaises. Le père paraissait s'amuser autant que les jeunes, un sourire perpétuel sous sa moustache blanche ; même ses yeux bleus semblaient rire ; quant à ses doigts, ils avaient beaucoup plus l'air de faire partie du violon que de lui-même.

Ce soir, Rice était aux anges, dans un petit monde à part, tant il était heureux de danser avec la rousse Charlene. Bravant la coutume, ils ne se mêlaient pas aux autres couples et dansait dans un coin de la salle où il n'y avait pas de chaises occupées par des vieilles dames.

— Charlene, dit-il, tu es la plus jolie fille du bal.

Elle leva vers lui ses yeux candides, des yeux bleus comme il n'en avait encore jamais vu chez une rousse.

— Bien sûr que je le suis, répondit-elle. Tu ne m'apprends rien de nouveau, Rice Dunbar.

Sa réponse et son regard étaient si francs qu'il en rougit. Il n'osait pas la serrer contre lui comme il en avait envie. Il était beaucoup plus grand qu'elle et il était obligé de regarder par-dessus son épaule, à moins de faire un effort particulier pour voir son visage.

— Charlene, dit-il. (Puis il se tut car il ne pouvait dire ce qu'il pensait.) Tu es la plus jolie…

Elle rit.

— Gros bêta ! Tu me l'as déjà dit. Maintenant, tais-toi et danse.

Ils continuèrent à danser. Mais il continuait à parler en lui-même. Il racontait tout ce qu'il avait l'intention de lui dire quand il la raccompagnerait chez elle.

— Regardez Rice et cette rousse, dit Arlis en parlant à Crawford. Il est vraiment mordu, n'est-ce pas ?

Crawford regarda le couple, rit, puis son regard se reporta sur Arlis.

— Pas beaucoup plus que moi. Il est tout simplement plus jeune.

— De combien plus jeune ? demanda Arlis, essayant de changer quelque peu la tournure de la conversation.

— J'ai vingt-neuf ans, dit Crawford. Et vous, Arlis ?

Arlis continuait à danser inconsciemment, son esprit occupé par cette question. Elle avait vingt ans. Mais de quinze à vingt ans elle n'avait pas eu cette vie insouciante de tous les jeunes de son âge ; elle avait dû cuisiner et s'occuper de toute une famille à laquelle il fallait des repas chauds et des draps propres, ainsi que sa mère l'avait toujours fait. Elle avait à la fois plus et moins de vingt ans. Elle n'avait pas eu les bals, les distractions et l'expérience des hommes qu'avaient les filles de son âge.

— Vous ne devriez pas demander son âge à une jeune fille, protesta-t-elle.

Il la regarda dans les yeux.

— Vingt-trois ? dit-il. Vingt-deux ?

Elle se sentit vexée.

— Vingt, répondit-elle vivement, et elle vit changer son expression tandis qu'il réalisait sa gaffe.

La musique s'arrêta et le vieux Precise annonça :

— En place pour un bon vieux quadrille ! Choisissez vos partenaires !

Crawford essuya la sueur qui perlait sur son front.

— Je crois que je ferai mieux de ne pas m'y risquer, dit-il. Je ne sais pas danser le quadrille.

— Alors regardons, répondit gentiment Arlis.

— Si on sortait prendre l'air ?

— Oh, non ! répondit vivement Arlis.

Elle regretta aussitôt d'avoir protesté ; mais l'instant d'après, elle se souvint qu'une jeune fille qui sortait pendant un bal voyait sa réputation ternie à tout jamais, surtout si c'était avec un étranger, et que Crawford ignorait probablement ce détail. Elle avait déjà remarqué les regards spéculatifs des autres en la voyant avec cet étranger.

— Par contre, nous pouvons aller près de la fenêtre, ajouta-t-elle.

L'orchestre entama un morceau très gai et entraînant ; la voix chantante du vieux Precise s'élevait au-dessus de la musique. L'air frais de la nuit entrait délicieusement par la fenêtre ; Arlis passa son bras sous celui de Crawford et regarda les couples évoluer.

Les rangs de danseurs occupaient la salle dans toute sa longueur ; même quelques-unes des dames âgées prenaient part à ce quadrille. Arlis souriait tandis qu'elle regardait

Rice esquisser quelques pas au milieu des danseurs avant de rejoindre Charlene à l'autre extrémité. Il y avait certainement des garçons en train de boire dehors ; mais Rice, lui, n'avait pas besoin de whisky. Ce soir, de l'eau fraîche aurait suffi à l'enivrer. Arlis chercha à voir Connie et Jesse John avec l'intention d'aller leur parler, mais Connie était assise, seule, sur une chaise le long du mur ; son visage reflétait le mécontentement. Elle la vit soudain se lever et sortir par une porte latérale. Arlis plissa le front, car elle savait que Connie manigançait quelque chose.

Arrivée sous le porche, Connie s'arrêta, hésitante ; elle distinguait, malgré l'obscurité, les jeunes gens groupés sous les cèdres ; elle se demandait si elle oserait aller jusqu'à eux. Elle voyait les cigarettes rougeoyer et entendait les rires ; elle savait que Jesse John était là à parler, rire et boire du whisky avec ses compagnons.

Son pied battait le rythme de la musique ; elle était de mauvaise humeur et se força à se tenir tranquille. Depuis qu'elle avait douze ans, la danse lui semblait la chose la plus merveilleuse au monde. Elle avait attendu chaque bal avec impatience ; la musique, la nuit et les bras de ses cavaliers autour de sa taille avaient un effet particulier, enivrant pour elle. Depuis qu'elle avait atteint la puberté elle ressentait chaque fois la même chose.

Mais maintenant cela ne lui arrivait plus jamais. Elle arrivait avec Jesse John, elle dansait avec Jesse John, elle rentrait à la maison avec Jesse John. Maintenant qu'elle était mariée, les autres garçons n'osaient plus l'inviter à danser ; d'ailleurs les autres femmes mariées ne la regardaient pas d'un bon œil, même si elle dansait avec Jesse John. Et voilà maintenant qu'il allait rire et boire avec les autres hommes ; ils formaient un groupe qu'aucune femme respectable ne se permettait d'approcher. Mais elle allait les rejoindre. Ce soir, elle le ferait.

Elle vit Knox monter le talus qui menait au porche de la maison. Nous sommes seuls, pensa-t-elle, et elle regarda vite derrière elle pour voir s'il n'y avait personne sous le porche. La seule chose qu'il y avait, c'était la musique qui, répercutée par les murs, s'écoulait par les fenêtres.

— Knox, dit-elle, as-tu vu Jesse John ?

Il s'arrêta, un pied sur la première marche du perron ; il la regarda avec méfiance.

— Non, répondit-il. Je suppose qu'il est allé boire un coup.

Connie posa une main sur une des colonnes du porche, souleva un pied et se balança sur l'autre. Elle se sentait tout à coup très légère, comme si elle pouvait s'envoler sans effort du perron jusqu'à lui.

— Il m'a laissée là-dedans à m'asseoir comme une vieille femme, fit-elle d'un ton boudeur. (Mais en réalité, cela lui était parfaitement égal. Elle regarda hardiment Knox dans les yeux.) Knox, pourquoi ne viens-tu pas danser avec moi en attendant le retour de Jesse John ?

— Je ne pense pas, Connie, répondit-il. La danse ne me dit pas grand-chose.

Elle écouta le ton faussement dégagé de sa voix. Elle descendit une marche pour être plus près de lui.

— Je me souviens d'une époque où tu aimais danser avec moi, dit-elle. (Puis, s'enhardissant :) Lorsque tu…

Knox descendit du perron pour s'éloigner d'elle.

— Ça, c'était avant que tu n'épouses mon frère, dit-il. (Il avait peur qu'elle le touche, qu'elle pose sa main douce sur son bras, et il fit vivement demi-tour.) Si je vois Jesse John, je lui dirai que tu le cherches.

— Oui, dit-elle en s'efforçant de masquer son trouble. Fais cela pour moi, Knox, tu es gentil.

Elle pivota sur elle-même et se dépêcha de rejoindre les danseurs.

Knox marcha vivement vers le groupe réuni sous les cèdres. Il était très ému. Il parvenait presque toujours à maintenir quelqu'un entre elle et lui ; et quoiqu'ils habitassent la même maison, il était fort rare qu'ils soient seuls pendant quelques instants. Connie avait été sienne deux fois il y avait plus de trois ans. Et elle y pensait toujours, le lui rappelait quoiqu'elle fût mariée à Jesse John. Pourquoi, se demandait-il, pourquoi les femmes sont-elles comme ça ?

— Salut, Knox, fit une voix au moment où il rejoignait le groupe. Tu veux une gorgée ?

— Merci, répondit Knox, j'ai la mienne.

Il sortit la bouteille de sa poche et but au goulot ; le whisky lui réchauffait agréablement l'intérieur.

— Quelqu'un en veut ? demanda-t-il.

Plusieurs voix murmurèrent une réponse et il remit la bouteille en poche. Il regarda les visages qui l'entouraient.

— Jesse John est là ? demanda-t-il.

— Ici, répondit celui-ci.

— Connie te cherche.

— J'allais justement la rejoindre, répondit Jesse John.

Il s'éloigna du groupe à contrecœur.

Les voix rieuses des autres le poursuivaient.

— Allons, Jesse John, ta femme t'appelle.

— T'en fais pas, Jesse John, reste ici, j'irai à ta place.

Il s'éloigna des rires et essaya désespérément de trouver une réponse spirituelle afin de pouvoir leur répondre, lui aussi, en riant. Mais il ne trouvait jamais la réponse qu'il fallait.

Knox s'appuya à un arbre et roula une cigarette. Il se sentait bien dans le noir et Connie et la musique étaient loin.

— Vous avez déjà tous eu la visite de la TVA ? demanda Red Johnson, qui se trouvait à côté de lui.

— Un gars est venu aujourd'hui, répondit Knox. Il a dit qu'il voulait acheter nos terres.

— Chez nous aussi, fit Red, la semaine dernière. Ton père va vendre ?

— Je n'en sais rien, dit Knox. Je ne pense pas. Papa n'aime pas cette histoire. Cela ne lui plaît pas du tout.

— Alors je crois qu'il ferait bien de s'acheter une paire de bottes ultra-hautes, fit une autre voix. Cette eau va être rudement profonde.

Ils rirent tous. Mais Knox, qui pensait à autre chose, plissa le front.

— Et le barrage ? demanda-t-il. Est-ce qu'ils embauchent déjà du monde pour aller y travailler ?

— Il paraît qu'ils embauchent, répondit John Roberts. J'ai appris qu'il faut aller en ville et que là on vous fait remplir des tas de formulaires et qu'on vous fait passer toutes sortes de tests. (Il renifla bruyamment avant d'ajouter :) Tout ça pour savoir si vous êtes capable de manier une hache ou une pioche.

— Je pense que je suis capable de remplir ces formulaires aussi bien qu'un autre s'ils me disent ce que je dois connaître pour travailler pour eux, dit Red Johnson. J'ai entendu dire qu'ils paient rudement bien.

— Ouais, fit Knox lentement. (Il s'étira avant de poursuivre :) C'est ce que j'ai entendu aussi. J'aimerais bien gagner de cet argent.

Il sortit de nouveau la bouteille de sa poche et porta le goulot à ses lèvres. C'était vraiment du bon whisky. Il fallait avoir un tour de main particulier pour faire du whisky ; c'était aussi difficile à manier qu'une femme. Il s'appuya de nouveau à l'arbre. Il savait ce que Matthew pensait du travail salarié ; plus d'une fois il l'avait entendu se moquer de ceux qui quittaient de bonnes fermes pour aller toucher un salaire. Et pourtant… cette idée le faisait rêver. Avoir de l'argent dans ses poches… une voiture… des femmes inconnues au lieu des filles qu'il connaissait depuis sa prime enfance. Des femmes inconnues et étrangères aux habitudes qui ne lui étaient pas familières, et de l'argent pour s'amuser avec elles. Après tout, il avait vingt-quatre ans et il n'était pas attaché à une jolie robe d'organdi comme l'était Jesse John. Des garçons allaient et venaient, mais le groupe existait toujours. Appuyé contre l'arbre, Knox ne cessait d'y penser. Rice vint pendant un moment, le temps de fumer une cigarette, et repartit.

— Tu ferais bien de te dépêcher, Rice, lui cria Red Johnson. Sinon quelqu'un va s'enfuir avec Charlene.

Rice rougit – heureusement pour lui qu'il faisait nuit – et se hâta de partir. Ce soir, il l'embrasserait au moment de la quitter, se dit-il. Il était décidé à le faire ; toute la soirée il y avait pensé. Il était sûr, même persuadé, qu'il pourrait le faire, quoiqu'elle ne lui en ait jamais donné l'autorisation jusqu'à présent. Il parviendrait à la convaincre de quitter le bal plus tôt, ainsi ils auraient une promenade plus longue et plus lente pour rentrer.

Arrivé dans la salle, il fit un signe de main à Arlis et Crawford et se dépêcha de rejoindre Charlene. Jesse John et Connie dansaient aussi ; Connie observait Rice par-dessus l'épaule de son mari. Elle se mit à penser à l'époque lointaine, très lointaine, où elle était sortie avec Knox. Pour elle, Knox était un secret dont elle n'avait parlé à personne. Elle ne lui avait même pas dit qu'il avait été le premier, ce soir où il l'avait prise dans un élan de passion fougueuse et soudaine. Mais il était le premier et il le resterait toujours. Elle ferma les yeux ; elle souhaitait voir Jesse John loin d'elle, voir Knox à sa place, et soudain elle sentit une forte impulsion en elle, comme si son rêve se réalisait.

Elle ouvrit les yeux et l'illusion disparut avant qu'elle ait pu la retenir. Elle savait maintenant qu'un bal ne serait plus jamais la même chose pour elle. Elle s'immobilisa au beau milieu d'une danse et Jesse John se heurta à elle.

— Je suis fatiguée, je ne veux plus danser, dit-elle. Rentrons à la maison.

Jesse John la regarda, éberlué.

— Tu ne te sens pas bien, Connie ? demanda-t-il anxieusement.

Elle le regarda et elle eut envie de lui dire la vérité, de lui faire du mal. Au lieu de cela, elle lui sourit et lui serra le bras.

— Rentrons, Jesse John. Avant que les autres arrivent.

Sa voix cachait une promesse qui ragaillardit Jesse John et il s'empressa de partir.

Knox demeura un certain temps auprès du groupe, puis il s'approcha de la maison pour regarder par la fenêtre les couples qui dansaient. Il n'avait pas envie de les rejoindre et il alla retrouver sa mule qui était attachée à un arbre. Il inspecta le harnachement de la selle pour voir si un farceur n'avait pas coupé une courroie aux trois quarts. Puis il monta et la mule l'emmena de son pas long et relativement rapide vers la maison. Arrivé à destination, il ôta la selle et fit entrer la mule dans l'étable. Il y avait de la lumière dans la maison, mais c'était dans la chambre de Connie et Jesse John ; il fit le tour du bâtiment pour aller fumer une cigarette sous le porche avant de se coucher.

— Si tôt rentré ? fit la voix de Matthew qui émergeait de l'obscurité. Qu'est-ce qui n'allait pas à ce bal ? Jesse John et Connie sont aussi rentrés il y a un petit moment.

— Oh ! fit Knox, ce ne sont que de vieilles danses.

Matthew eut un rire étouffé.

— Je t'ai pourtant déjà vu te taper plus de trente kilomètres à dos de mulet pour prendre part à ces vieilles danses, même lorsque tu devais aller aux champs dès le lever du soleil.

Knox s'assit sur une marche.

— Bah, je pense que l'envie passe avec l'âge, dit-il. (Il sortit la bouteille de sa poche, l'ouvrit et essuya le goulot.) Vous voulez une gorgée, monsieur ?

— Non merci, répondit Matthew. J'en ai eu une tasse tout à l'heure. Vas-y, bois.

Knox porta le goulot à ses lèvres, but, puis secoua la bouteille ; elle était presque vide. Il la déposa à côté de lui et se mit à rouler une cigarette.

— Papa, dit-il. J'ai pensé, maintenant que le premier travail aux champs est terminé, que j'irais bien jeter un coup d'œil du côté du barrage et voir si je ne pourrais pas y trouver du travail.

Il attendit pendant le long silence qui s'ensuivit.

— Pourquoi veux-tu faire cela ? demanda finalement Matthew.

— C'est bien payé.

Matthew remua sur sa chaise. La lune commençait à monter au-dessus des arbres et il pouvait distinguer le profil de Knox, son visage formant une tache blanche dans la nuit. Il y avait longtemps qu'il sentait cela venir chez Knox, cette envie de s'évader, ce besoin d'indépendance. Et voilà, c'était arrivé.

— Il n'a jamais été nécessaire qu'un Dunbar aille chercher un travail de salarié, répondit-il doucement. Si tu as besoin d'argent, je t'en donnerai. De combien as-tu besoin ?

Knox bougea nerveusement.

— Ce n'est pas seulement ça, dit-il. Je veux le gagner moi-même et savoir que je l'ai fait à la sueur de mon corps.

Cette réflexion fit rire Matthew. Mais ce n'était pas un rire franc et naturel.

— Tu t'imagines que tu ne l'as pas déjà fait ici ? Tu as passé autant de journées que moi aux champs.

— Ce n'est pas la même chose, répliqua Knox. Ce n'est pas du tout la même chose. (Il se tut quelques instants, le temps d'affermir sa pensée.) Je veux y aller, papa. Je veux partir demain. Est-ce que je peux ?

Matthew le regarda.

— Je préférerais que tu n'y ailles pas, répondit-il lentement.

— J'ai vingt-quatre ans, fit Knox avec entêtement. Je…

— Oui, l'arrêta Matthew, je sais que tu es un homme libre. Mais malgré tout je préfère que tu ne partes pas.

Ils restèrent silencieux, le temps d'une cigarette. Knox ramassa la bouteille et il but jusqu'à la dernière goutte. Il reposa délicatement la bouteille – il en aurait encore besoin pour le prochain bal – et se leva.

— Tu vas te coucher, fils ? demanda Matthew.

Knox regarda son père, qui avait décidé qu'il ne partirait pas le lendemain ; lui, Knox, n'avait pas le droit de s'opposer à sa volonté.

— Non, monsieur, répondit-il. Je n'ai pas profité de ce bal. Je crois que je vais y retourner et m'y trouver une fille.

Il ramassa la bouteille et s'en fut d'un pas rapide, laissant Matthew seul. Un moment après, celui-ci entendit les sabots de la mule se diriger rapidement vers le haut du domaine, emmenant l'impatience et la turbulence de son fils aîné. Il poussa un soupir.

Autrefois, Matthew avait pris une décision au sujet de Knox. C'était le jour de sa naissance, Matthew se trouvait seul dans la salle commune et il avait écrit sur une feuille de papier : *Knox Walken Dunbar héritera de mes terres après moi.* Ensuite il s'était rendu dans la chambre à coucher et, tenant en main le bout de papier sur lequel il avait écrit au crayon, il avait regardé son premier-né. Il avait mis soigneusement le papier de côté, et pendant longtemps il avait su où il pouvait mettre la main dessus. Mais ce papier avait disparu depuis des lustres dans les débris et l'usure des ans, de même que la décision s'était évanouie à la suite des naissances et des décès qui avaient suivi. Mais un jour, il l'avait écrit, et après cela, il avait toujours espéré qu'il en serait ainsi.

Ce soir, il avait gagné. Mais pour combien de temps encore ? Peut-être que Knox, lui aussi, disparaîtrait entre la nuit et l'aube ainsi que l'avait fait Mark, le frère de Matthew. Il ne voulut pas garder cette perspective à l'esprit et se leva ; il se rendit dans sa chambre, se déshabilla et se coucha. Mais il ne s'endormit pas avant longtemps.

Knox filait au galop lorsqu'il croisa Rice et Charlene. Il tenait sa bouteille pleine à la main et leur fit un grand signe du bras ; il leur cria quelque chose, mais sa voix se perdit dans son sillage. Rice le regarda s'éloigner.

— Je me demande où il est si pressé d'aller ? dit-il.

— Quelle importance cela a-t-il ? fit Charlene d'un ton languissant.

Ils marchaient très lentement, bras dessus, bras dessous. Rice tenait à la main le licou de la mule qui avançait derrière lui. Presque toute la distance depuis la maison des Precise avait été couverte et ils étaient beaucoup trop près de la maison de Charlene.

— Charlene, murmura Rice.

Il la fit pivoter et il s'aperçut alors qu'elle souriait, la tête penchée de côté. Les phares d'une voiture arrivaient sur eux ; ils s'écartèrent l'un de l'autre et se remirent en marche jusqu'à ce que la voiture transportant Arlis et

Crawford les ait dépassés. Rice trouvait que ce soir il y avait beaucoup trop de circulation sur cette route.

Il s'arrêta et regarda de nouveau Charlene. Il l'embrassa passionnément, d'abord sans l'enlacer de ses bras, mais l'instant d'après il la serrait étroitement contre lui. Ils s'embrassèrent au clair de lune pendant une minute délicieusement longue et elle s'appuya de tout son corps contre lui. Presque involontairement, il posa la main sur son sein, et elle recula. Une gifle retentissante lui laissa la joue brûlante.

— Gardez vos mains chez vous, monsieur, fit-elle, furieuse.

Il porta la main à sa joue ; il était bouleversé par la tournure des événements. Il avança pour la reprendre dans ses bras, mais elle n'était plus là.

— Il faut que je rentre, dit-elle en s'éloignant, ce qui l'obligea à lui courir après. Tout ça parce que je t'ai embrassé une seule fois…

— Charlene, l'interrompit Rice. Je… je…

Elle s'arrêta et l'attendit.

— Bon, dit-elle, se laissant fléchir. Mais n'essaie plus de faire ça. Tu m'entends ? N'essaie plus *jamais* de le faire.

Maintenant, il avait retrouvé ses sens.

— Jamais ? fit-il, et il la regarda en riant. Jamais, c'est très long ça, Charlene.

Elle s'adoucit.

— Bon, alors ne le fais plus ce soir. Sinon je te giflerai. T'as compris ?

— J'ai compris, répondit-il d'un ton de fausse humilité.

Peu après, il l'embrassait de nouveau et lorsque sa main se posa sur son sein, elle ne la retira que très lentement.

Elle ne le gifla pas. Après cela, ils avancèrent encore bien plus lentement vers la fin de la nuit, vers le moment de la séparation.

Crawford arrêta la voiture sous les arbres à l'entrée de la crique.

— Faisons le reste à pied, suggéra-t-il.

— D'accord, répondit Arlis.

Elle leva la tête pour regarder la lune qui les éclairait à peine au travers des branches qui les surplombaient. Ils restèrent assis dans la voiture. Elle n'avait pas envie de rentrer tout de suite ; elle essayait de trouver quelque chose à dire, quelque chose qui les retienne plus longtemps ensemble.

— Crawford, dit-elle, qu'est-ce que vous allez faire au sujet du domaine, vous et la TVA ?

— Nous allons l'acheter, répondit-il en la regardant. Il le faut, Arlis. Il n'y a pas à sortir de là.

— Papa... fit Arlis.

— Oui, je sais, la coupa Crawford. Il devra s'y résigner tôt ou tard. J'espère que ce sera tôt.

Arlis posa la main sur le rebord de la portière.

— Il y a longtemps que nous sommes ici, dit-elle. Cela va être étrange et bouleversant d'aller vivre ailleurs.

— Oui, fit-il, j'imagine. (Le ton de sa voix avait changé, était plus compréhensif. Il prit l'autre main d'Arlis dans la sienne et enlaça ses doigts aux siens.) J'ai toujours vécu comme un vagabond, mais je devine ce que cela doit être.

Elle laissa sa main dans celle de Crawford.

— Crawford, dit-elle, ne le pressez pas, laissez-lui le temps de se faire à cette idée.

— Nous lui laisserons tout le temps que nous pourrons, répondit-il. La TVA traite toujours ainsi.

Il n'y avait plus rien à dire. Elle se déplaça sur le siège, prête à sortir de la voiture.

— Maintenant, il faut que je m'en aille, dit-elle. Nous ne pouvons… je me suis beaucoup amusée à ce bal. Mais je…

Il descendit de la voiture, en fit le tour, et tint l'autre portière ouverte. Il prit le bras d'Arlis pour l'aider à sortir de l'auto. Ils commencèrent à grimper le chemin qui menait à la maison ; ils marchaient lentement, côte à côte.

— Arlis, fit Crawford. (Il avait presque peur de prononcer ces paroles, car il craignait la réponse.) Le fait que je sois à la TVA… que je vienne ici pour obliger votre père à vendre… (Il se tut et tourna la tête afin de voir le visage d'Arlis.) Cela ne changera rien entre vous et moi, n'est-ce pas ?

Elle parut ne pas comprendre sa question.

— Ne rien changer ? dit-elle. Nous sommes allés ensemble à un bal…

— Mais je veux revenir, l'interrompit Crawford, revenir vous voir. Je veux…

Elle hésita avant de répondre à la phrase qu'il n'avait pas terminée.

— Je ne sais pas. Mais je pense que vous serez le bienvenu à la maison, puisque vous travaillez dans le secteur.

— Oui, c'est ça, répondit-il vivement. Je vais travailler pendant très longtemps dans ce secteur.

Ils ne dirent plus rien ; ils continuaient à marcher lentement vers la maison. La lune les éclairait et la nuit était délicieusement fraîche après l'atmosphère surchauffée du bal. Ils entendaient les grenouilles coasser le long du ruisseau, puis, soudainement, le cri perçant d'un hibou. Arlis frissonna et lui agrippa le bras, quoique ce ne fût pas la première fois de sa vie qu'elle entendait un hibou pendant la nuit.

Ils s'arrêtèrent devant les marches du perron.

— Bonsoir, fit Arlis d'une voix douce.

— Bonsoir, Arlis, répondit doucement Crawford. Je reviendrai vous voir… bientôt.

Ce fut un baiser maladroit car il ne savait pas qu'il allait le faire et qu'elle ne s'attendait pas à ce qu'il soit si audacieux. Elle reculait au moment où il l'effleura de ses lèvres et quand il se redressa, elle l'imita presque involontairement. Ce fut cependant un baiser étrangement agréable. Elle s'écarta vivement de lui et grimpa les marches du perron.

— Bonsoir, fit-elle d'une petite voix.

— Je reviendrai vous voir, dit-il. Je serai bientôt de retour.

Il fit demi-tour et se hâta vers sa voiture, de peur qu'un mouvement spontané ne le fasse recommencer. Très émue, Arlis pénétra dans la maison.

Matthew, qui ne dormait qu'à moitié, se leva dès qu'il réalisa que quelqu'un parlait et il alla se poster à la fenêtre juste à temps pour voir Crawford s'éloigner. Il regarda cet étranger qui partait dans la nuit ; il savait qu'il reviendrait, qu'il apporterait de nouveaux soucis. Il resta longtemps devant la fenêtre ; c'était comme s'il attendait déjà le retour de Crawford.

4

Il n'y avait pas de changement notable lorsque le jour suivant se leva. Les poules picoraient dans la poussière de la cour, les pintades, selon leur habitude, occupaient le bosquet, et Connie resta couchée bien après que le petit déjeuner eut été servi. Maintenant, elle dormait enfin, après que Jesse John eut dormi si profondément auprès de son corps en éveil ; il s'était levé tôt et avait déjeuné avec les autres garçons.

Les hommes étaient partis avec des scies et des haches pour couper la provision de bois pour l'hiver. Matthew Dunbar les conduisait ; c'est lui qui marquait les arbres à abattre et qui nettoyait le terrain afin que Knox et Rice puissent se mettre au travail. Ils étaient tous de bonne humeur aujourd'hui et ils sciaient avec entrain. Matthew interrompit son travail de déblaiement pour voir si un changement quelconque se remarquait chez Knox après la discussion de la veille. Apparemment, il n'y pensait plus ; il paraissait toujours le même.

Dans la maison, Arlis enlevait la poussière des meubles ainsi qu'elle le faisait tous les matins, mais son esprit était ailleurs. Elle se demandait combien de temps s'écoulerait avant que Crawford revienne au domaine. Presque involontairement, elle se pencha à la fenêtre et regarda le chemin qui montait du ruisseau. Il était vide, poussiéreux sous le soleil, si vide qu'il semblait ne jamais pouvoir être rempli par la présence de Crawford. Elle soupira inconsciemment puis elle s'empressa de finir d'épousseter, car elle devait encore laver la vaisselle. Si elle comptait sur Connie, rien ne serait fait pour midi.

Le vieux se dirigeait vers l'annexe ; il marchait très lentement en s'appuyant sur la grosse canne en bois noueux que Knox avait fabriquée et lui avait offerte le Noël précédent. Malgré son besoin urgent, il s'arrêta et releva la tête pour regarder le domaine qui s'étendait sous ses yeux ; il profita de cet arrêt pour respirer plus profondément que d'habitude.

Seule Miss Hattie était malheureuse. Elle avait bien pris garde de fermer convenablement à clé la porte de la grange avant d'enlever sa robe et sa culotte légère. Elle regarda son corps attentivement pendant un long moment, y mettant la même application que Connie lorsqu'elle regardait son visage se refléter dans la glace. Finalement, elle ramassa sa robe, prête à la remettre. Elle se regarda une dernière fois ; elle porta même les mains à sa poitrine plate et appuya fortement. Il n'y avait pas de différence. Elle était certaine qu'il n'y avait pas de changement depuis hier.

Elle enfila sa robe par-dessus sa tête, puis elle se pencha pour mettre sa culotte. Ensuite elle ouvrit la porte et regarda au-dehors : il n'y avait personne. Elle sortit de la grange, referma la porte derrière elle et se dirigea lentement vers la cour arrière. Elle écoutait le mouvement de son corps tandis qu'elle marchait très lentement, prudemment.

Elle s'arrêta près du puits et son regard se porta vers le bosquet aux pintades ; elle eut soudain envie de jouer. Mais elle ne pouvait pas. Plus maintenant. C'était parfait dans le bon vieux temps, l'année dernière, de passer ses journées à jouer. Mais c'était l'année dernière, à une époque si lointaine qu'elle paraissait appartenir à un autre monde, à quelqu'un d'autre, à une Miss Hattie qui n'existait plus.

Elle poursuivit sa marche, tête baissée. Il faisait frais sous le porche en comparaison de la cour où le soleil tapait dur ; la cuisine était fraîche aussi car Arlis n'avait pas encore commencé à préparer le repas. Elle s'assit devant la table et la regarda sans dire un mot ; elle remarqua combien sa sœur paraissait heureuse tandis qu'elle vaquait avec entrain à ses occupations. Ce Crawford, pensa-t-elle, maussade. Elle et ce Crawford.

Finalement, Arlis se retourna, surprise par ce calme ; elle remarqua l'air triste de Miss Hattie.

— Qu'est-ce qui ne va pas ? demanda-t-elle.

Miss Hattie leva les yeux sur elle puis détourna la tête.

— Rien, fit-elle.

Sa voix était triste et n'avait rien de sa vivacité habituelle.

Arlis secoua l'eau de vaisselle de ses mains et s'approcha de la table. Elle se pencha et regarda Miss Hattie dans les yeux.

— Allons, fit-elle vivement, raconte à Arlis ce qui ne va pas.

Miss Hattie étudia ses mains sales.

— Pourquoi les femmes doivent-elles faire tout cela ? dit-elle d'un ton rancunier. Pourquoi cela retombe-t-il toujours sur le dos des femmes ?

Arlis fut très surprise. Elle se mit à rire puis cessa brusquement.

— Mais… de quoi est-ce que tu parles ?

— Je parle des femmes, répondit Miss Hattie, de fort mauvaise humeur. Tout retombe sur elles, la douleur, la saleté et tout ; tandis que les hommes, eux, ils ont tout le plaisir. C'est pas juste.

Arlis retourna à l'évier afin que Miss Hattie ne voie pas son visage tandis qu'elle essayait de trouver une réponse et qu'elle se demandait pourquoi Miss Hattie était arrivée maintenant avec ce sujet. On ne savait jamais avec quoi elle allait venir, elle disait toujours des choses bizarres.

— Je suppose que c'est parce que Dieu l'a voulu ainsi, répondit-elle prudemment. De toute façon, Miss Hattie, cela ne sert à rien de tempêter contre tout ça. Tu t'en apercevras en temps utile.

Miss Hattie ne répondit pas. Elle restait assise, silencieuse, boudeuse, et son esprit essayait de voir clair dans toute cette histoire.

— C'est pas juste. (Sa voix laissait transpercer un mélange de honte et de fureur.) Je ne veux pas devenir une femme. Je ne me laisserai pas faire. Je ne veux rien avoir à faire avec tout cela.

— Je ne vois vraiment pas ce que tu pourrais y faire, répondit sèchement Arlis.

Elle se retourna pour voir sa sœur. Miss Hattie était assise très raide sur la chaise, les jambes serrées l'une contre l'autre, les mains sur les genoux. D'habitude, elle ne se tenait jamais aussi raide que cela. Bon Dieu, pensa Arlis. Elle s'approcha de Miss Hattie et lui mit un bras autour du cou.

— Ne t'en fais pas, ma petite, dit-elle doucement. Tu aimeras être une femme. Tu verras, tu aimeras ça.

Miss Hattie ne broncha pas. Ses épaules étaient aussi rigides qu'une planche. Maintenant qu'elle était tout près d'elle, Arlis remarqua combien elle était pâle et comme ses yeux semblaient avoir perdu toute étincelle de vie.

— Je ne veux pas, non merci, répondit Miss Hattie d'une voix aussi ferme que ses épaules étaient raides. Y a pas de justice. Les hommes ont tout le plaisir et ils ne souffrent d'aucune conséquence, tandis que les femmes doivent geindre, peiner et saigner. (Elle tourna la tête.) Non, je ne changerai pas d'avis. Non merci, tout ça n'est pas pour moi.

Arlis vint se mettre devant elle. Elle se pencha pour regarder Miss Hattie droit dans les yeux.

— Qu'est-ce qui ne va pas, Miss Hattie, demanda-t-elle. Dis-moi ce qui ne va pas ?

Miss Hattie se détourna d'elle. La fureur se lisait sur son visage. Puis elle se retourna pour regarder Arlis d'un air provocateur. Elle rapprocha encore ses jambes et les tint très serrées l'une contre l'autre.

— J'ai les crampes, dit-elle. (Son regard ne restait pas sur Arlis mais se promenait tout autour de la pièce et son visage était aussi écarlate que la chair d'une pastèque.) J'ai ces sacrées crampes.

Arlis éclata de rire. Le soulagement la faisait rire d'autant plus fort.

— Ma pauvre fille, tu m'as fait une de ces peurs, je croyais que toi et un garçon… (Elle se tut et étouffa son rire.) Je sais, ma chérie, je sais ce que c'est.

— C'est pas juste, murmura Miss Hattie en regardant ses jambes. Les garçons n'ont qu'à...

— Tu sais ce que tu dois faire ? l'interrompit brusquement Arlis.

— Oui, je crois, admit Miss Hattie.

— Bon. Va dans cette chambre. Tu trouveras ce qu'il faut dans le dernier tiroir de la commode. Vas-y, maintenant.

Elle se remit au travail en attendant que Miss Hattie revienne. Elle lavait les assiettes ; elle était de très bonne humeur et fredonnait une des mélodies sur lesquelles ils avaient dansé la veille. Elle ne chantait que très rarement car elle ne retenait jamais les mélodies, mais toute jeune fille a le droit de fredonner son bonheur.

Lorsque Miss Hattie revint à la cuisine, Arlis lui jeta un rapide coup d'œil. Maintenant Miss Hattie se sentait mieux. Elle avait pu exprimer en paroles tout son ressentiment, sa honte, son embarras, et ainsi se décharger de sa mauvaise humeur. Arlis mit la dernière assiette sur l'égouttoir. Elle prit le bac à vaisselle et le déversa dans la cour où les poules s'enfuirent en caquetant.

— Veux-tu une tranche de pain beurré avec du sucre ? demanda-t-elle.

— Non, répondit Miss Hattie. J'ai pas envie de manger.

Arlis la regarda de près.

— Tu te sens bien ?

Miss Hattie releva la tête.

— Mais oui, bien sûr.

Arlis s'assit à la table.

— Écoute-moi bien, dit-elle. Il n'est plus question maintenant de faire des fredaines avec les garçons. Tu m'entends ?

— Je ne fais pas de fredaines avec les garçons, répondit Miss Hattie, l'air maussade. Je n'ai rien à voir avec…

— C'est très sérieux ce que je te dis, fit sévèrement Arlis. Tu es une femme, maintenant. Si tu te laisses embobiner par un garçon, tu pourrais… (Elle se tut et regarda Miss Hattie droit dans les yeux.) Tu pourrais avoir un enfant. Tu m'entends ? (Sa voix était devenue cassante.)

— Tu ne m'apprends rien de neuf, répliqua Miss Hattie. Tu ne dois pas t'en faire pour moi. Je ne veux pas remplir le rôle d'une femme, avec…

La voix d'Arlis se fit plus douce.

— Un jour viendra où tu auras envie, dit-elle. Peut-être pas maintenant ; pas avant un certain temps ; mais plus tard tu auras des envies comme tu n'en as encore jamais eu. C'est pourquoi tu dois comprendre toutes ces choses, comprendre que la femme est différente de l'homme, qu'elle ne peut pas être insouciante de la même manière qu'un homme ; elle doit penser à…

— Arlis, l'interrompit Miss Hattie, comment est-ce ? Comment est-ce que c'est en réalité ?

— Pourquoi ne demandes-tu pas à Connie ? dit Arlis. Comment voudrais-tu que je…

— Toi et Crawford, la stoppa Miss Hattie. Il…

Arlis se leva, furieuse.

— De quoi veux-tu parler ? dit-elle. Pour qui prends-tu ta sœur ?

Miss Hattie continuait à l'observer.

— Tu n'as pas bien dormi la nuit passée, dit-elle. Tu m'as empêchée de dormir tellement tu grognais et gigotais dans ton sommeil. Tu en avais envie, n'est-ce pas ?

Arlis se dirigea précipitamment vers le fourneau et déplaça des casseroles.

— Vouloir est une chose, le faire est une autre chose, rétorqua-t-elle sèchement. Il faut que je prépare le déjeuner, je n'ai pas de temps à perdre à parler d'idioties. Sors d'ici et va jouer.

Elle n'aurait pas pu dire à Miss Hattie comment c'était, même si elle l'avait voulu. Il y avait bien eu le jour du pique-nique où Walter Shelton l'avait emmenée dans les bois. Mais c'était il y a très longtemps, avant qu'elle soit aussi âgée que Miss Hattie l'était maintenant. Au fond, elle ne savait pas très bien elle-même. Elle se retourna.

— Ma petite chérie, dit-elle d'une voix redevenue douce, je ne suis allée danser qu'une seule fois avec Crawford Gates. Il… m'a embrassée en me disant bonsoir. (Malgré elle, sa voix se durcit.) Il n'y avait pas de quoi me donner des cauchemars, même si je t'ai tenue éveillée la moitié de la nuit.

— Excuse-moi, murmura Miss Hattie. Je n'avais pas l'intention… (Son regard se leva sur Arlis.) C'était ça l'envie dont tu parlais… avoir envie de danser avec un homme, d'être embrassée…

— Oui, répondit Arlis sans hésiter. Tu dois être sûre de ce que tu fais parce que tu es une femme et que Dieu t'a chargée d'une tâche différente de celle des hommes. Ne l'oublie jamais.

Miss Hattie plissa le front.

— Connie, dit-elle, elle m'a l'air d'avoir toujours cette envie quand on voit la manière dont elle se comporte. Pourquoi n'est-elle pas satisfaite maintenant qu'elle a son homme ?

Arlis déplaça encore quelques casseroles.

— Il y a des gens qui ne sont jamais satisfaits, dit-elle. Il y en a qui continueraient à chercher, fussent-elles mariées à Jésus-Christ.

— Peut-être que certaines femmes sont faites d'une manière particulière et que cela ne peut pas être n'importe quel homme, fit Miss Hattie, très absorbée dans ses réflexions. Peut-être que seul un homme bien déterminé convient et que tous les autres…

Arlis se sentit soulagée.

— Oui, c'est comme ça, dit-elle vivement. N'oublie pas ça et tu t'éviteras des ennuis. Continue à attendre jusqu'à ce que tu sois sûre que c'est cet homme particulier ; alors tout ira bien pour toi.

— Oui, fit Miss Hattie. Et cela veut dire que Jesse John n'est pas cet homme particulier qu'il faut à Connie.

Son expression indiquait que ce sujet demandait toute son attention. Elle regarda Arlis.

— J'ai été injuste envers Connie, ajouta-t-elle simplement. J'aurais dû avoir pitié de cette femme. Elle n'aura plus jamais l'occasion de trouver l'homme qu'il lui fallait.

— Et Jesse John ? demanda Arlis. Tu devrais avoir pitié de lui.

— Non, fit Miss Hattie, et elle secoua la tête. Évidemment, ce n'est pas sa faute non plus. Mais c'est Connie qui est à plaindre. Dorénavant j'essaierai de lui parler plus gentiment. Et toi aussi, Arlis. Tu ne supportes même pas de la voir à table avec nous.

— Ce n'est pas pour ça, fit Arlis. C'est parce qu'elle n'aide pas aux travaux de la maison. Elle ne fait pas sa part. C'est la seule chose pour laquelle je lui en veux. Bon, maintenant, va jouer.

Miss Hattie se leva.

— Je crois que je prendrai tout de même cette tartine au sucre, dit-elle.

Elle attendit qu'Arlis l'ait préparée, alors elle se dirigea vers la porte.

— Ne va pas grimper aux arbres, fit Arlis, prévenante. Souviens-toi que tu…

Miss Hattie lui jeta un regard furieux.

— C'est pas juste, dit-elle, que les femmes doivent tout supporter comme ça. Je grimpe aux arbres depuis que je suis née et voilà que du jour au lendemain je ne peux plus le faire.

Elle claqua furieusement la porte derrière elle en sortant.

Arlis regarda pendant un moment dans sa direction ; elle secoua la tête, elle avait envie de pleurer et de rire à la fois. Cela nous arrive à toutes, pensa-t-elle, la douleur, l'envie et… Soudain elle se souvint très nettement de la sensation agréable de danser dans les bras de Crawford. Elle se tint très tranquille, la sensation encore en elle, et elle se demanda quand il reviendrait. Mais elle ne retourna pas à la fenêtre pour regarder le chemin. Au lieu de cela, pour changer de préoccupation, elle alla jusque sur le perron de la cour de derrière pour regarder le soleil. Il serait bientôt l'heure de préparer le déjeuner. Les hommes auraient très faim après leur dur labeur. Elle traîna un peu avant de retourner à son travail. C'était une journée splendide, chaude, tranquille, sans un souffle de vent. Elle avait l'impression que quelque chose d'agréable allait se passer au cours de cette belle journée. Peut-être Crawford viendrait-il, après tout.

Crawford Gates regardait l'homme qui était assis de l'autre côté du bureau. Il l'observa attentivement avant de reporter son regard sur les papiers qui reposaient sur ses genoux.

— Voilà ce que je vais faire, dit-il ; aujourd'hui je retournerai voir Mr Dunbar.

L'homme se pencha en arrière dans son siège pivotant.

— Qu'en pensez-vous ? demanda-t-il. Est-ce qu'il refuse afin d'obtenir une plus forte somme ?

Crawford était en train de ranger les papiers dans sa serviette.

— Non, monsieur, répondit-il. Pas Matthew Dunbar. Il ne veut pas partir, c'est tout. Le cas est très différent en ce qui concerne Asa Proctor. Il s'imagine qu'il pourrait obtenir plus que ce que nous offrons. Il résistera jusqu'à ce que nous entamions une procédure juridique et à ce moment-là il se mettra d'accord avec nous.

— Est-ce que Dunbar est contre l'idée de la TVA ? demanda l'homme installé en face de lui. Peut-être que la compagnie l'a obligé…

Crawford secoua la tête.

— Non. Aucune solution ne l'intéresse. Il veut garder ses terres, c'est tout. Il a une grande famille et le terrain est depuis longtemps à eux. Il ne veut ni changement ni progrès.

Crawford avait fini de ranger ses papiers.

— Comment allez-vous vous en sortir ?

Crawford se leva.

— On ne peut vraiment pas lui donner tort, dit il. Il habite une rudement belle terre. J'ai dîné chez eux hier soir. (Il regarda son patron dans les yeux avant de poursuivre :) Si j'avais ce terrain, monsieur, je pense que je réagirais de même.

Le patron sourit.

— De quel côté êtes-vous, le sien ou celui de la TVA ?

Crawford fronça les sourcils.

— Je ne vois qu'une seule chose à faire, répondit-il lentement. Les mettre tous les deux sur le même plan. Faire comprendre au vieux Matthew le but véritable de la TVA et lui expliquer que ni lui ni son domaine n'ont le droit de se mettre en travers du chemin de la TVA. C'est comme ça que j'ai l'intention de m'y prendre. Je crois que c'est la meilleure solution.

Le patron pinça les lèvres.

— On peut aussi avoir recours à la justice.

— Bien sûr, fit Crawford. Mais nous avons le temps. Ce barrage ne sera pas terminé demain. D'ailleurs je vais vous dire une chose... je préférerais de loin avoir Matthew de mon côté que contre moi. (Il se pencha par-dessus le bureau.) Il peut nous créer des ennuis ; parce que ce n'est pas l'argent qui l'intéresse. Il ne cherche pas à obtenir quoi que ce soit si ce n'est qu'on le laisse tranquille. S'il s'entête, il pourrait nous causer de graves ennuis.

— Croyez-vous pouvoir réussir ?

— Je le pense, répondit Crawford lentement. Si je change d'avis, je viendrai vous voir. Tout ce que je vous demande, c'est de me laisser m'en occuper tout seul.

Le patron se replongea dans ses dossiers.

— Vous connaissez notre politique, dit-il. Nous préférons nous faire des amis. Alors, allez-y.

Crawford sourit, soulagé.

— Je vais prendre aujourd'hui la carte et les formulaires avec moi, dit-il.

Il se dirigea vers la porte et posa la main sur la poignée, hésita, puis retourna vers le bureau.

— Je crois qu'il y a quelque chose d'autre que je ferais bien de vous dire.

Il hésita un instant, embarrassé par ce qu'il allait avouer :

— Je courtise la fille.

Le patron leva la tête. Il regarda Crawford sans rien dire. Je savais bien qu'il y avait quelque chose d'autre, se dit-il.

— N'oubliez pas pour qui vous travaillez, dit-il.

— Je ne l'oublierai pas, répondit Crawford. Pour ça, vous pouvez compter sur moi.

Il attendit encore, mais comme son patron ne disait plus rien, il se dirigea vers la porte et sortit.

Il descendit les vieux escaliers poussiéreux ; arrivé à l'extérieur, la violente lumière du soleil le fit cligner des yeux. Le Bureau d'acquisition des terrains avait été installé dans la petite ville la plus proche du secteur ; maintenant il se trouvait sur la place, devant la banque qui avait loué à la TVA les étages supérieurs de l'immeuble. Il traversa la rue jusqu'à sa voiture et jeta sa serviette sur le siège arrière.

La voiture était brûlante d'avoir stationné au soleil et il était en nage avant même de l'avoir mise en marche. Il fit le tour de la place en tenant légèrement le volant d'une main et se dirigea hors de la ville. Il arriva rapidement au bout de la partie pavée, maintenant il roulait sur du gravier, soulevant derrière lui un nuage de poussière. Il conduisait prudemment et ses mains ressentaient les irrégularités de la chaussée transmises dans le volant. Le coton le long de la route était vert foncé sous la couche de poussière. Il traversa le pont et s'engagea sur l'étroit chemin de terre bordé d'arbres qui longeait la rivière.

Jusqu'alors il n'avait pas pensé à elle. Mais maintenant il se répétait son nom : Arlis. Cela lui rappelait l'agréable soirée d'hier, la longue promenade depuis sa voiture jusqu'à la maison, le baiser qu'il lui avait donné au dernier moment. Le chemin de terre était très sec et moins cahoteux que la route qu'il avait prise pour sortir de la ville ; alors il se mit à rouler plus vite afin d'arriver le plus tôt possible.

Il quitta la route ombragée, roula au milieu des champs de coton, puis se retrouva dans un bois. Soudain, il vit une rangée d'arbres abattus. Ils n'étaient pas comme ça hier. Il regarda autour de lui, tout surpris ; alors il aperçut l'équipe au travail à quelque distance du chemin. Il pensa qu'il y avait une cinquantaine d'hommes ; armés de scies et de haches, ils coupaient un chemin de destruction et de pillage.

Il arrêta la voiture pour les regarder. Ils avaient dégagé un grand espace entre eux et le chemin ; les branches étaient entassées tandis que les troncs nus traînaient au sol. Ce n'était qu'une forêt de petits arbres qui descendait le long de la colline, mais sa disparition rendait le paysage terriblement nu. Ils nettoient le réservoir, pensa-t-il tandis qu'il regardait les hommes travailler. Ils étaient tout le temps au soleil car ils détruisaient l'ombre devant eux. Il entendait des cris et des rires. Il savait que la plupart d'entre eux étaient des gens du pays qui étaient employés entre l'époque des labours et celle de la récolte. Pour eux c'était une bonne affaire, l'occasion inespérée de gagner de l'argent.

Il remit la voiture en marche et partit à toute vitesse ; il ne lui fallut que quelques minutes pour arriver au bouquet d'arbres en haut du domaine. Il s'arrêta, sortit de la voiture et prit sa serviette qui était sur le siège arrière. À la pensée de revoir Arlis, son cœur se mit à battre plus vite ; il grimpa le chemin d'un pas vif et, arrivé dans la cour, son regard la chercha, comme si elle devait s'attendre à le voir arriver. Mais il n'y avait personne en vue.

Il s'arrêta devant le perron et appela d'une voix forte :

— Ohé.

Il attendit et il se préparait à appeler de nouveau lorsqu'il entendit une porte s'ouvrir. Il sut que c'était Arlis même avant de la voir. Surprise, elle s'arrêta dans le couloir ; puis elle vint vers lui. Il observa son visage et se demanda quels étaient ses sentiments maintenant qu'il revenait si vite après la soirée d'hier.

— Bonjour, Arlis, dit-il. Je…

— Crawford, s'exclama-t-elle.

Elle paraissait contente et ses joues avaient rougi.

— Je ne m'attendais pas à vous revoir si tôt.

Il aurait voulu monter les marches jusqu'à elle, pouvoir la toucher.

— Je suis venu voir votre papa, dit-il. Mais je suis enchanté de vous voir, vous aussi.

Elle resta immobile à le regarder ; cela ne se passait pas du tout comme elle se l'était imaginé. Elle avait cru que le bal et le baiser créeraient une barrière entre eux, empêchant toute communication. Mais ce n'était pas le cas ; cette entrevue était facile, amicale sous le soleil, comme si la soirée au clair de lune n'avait jamais eu lieu. À quoi donc m'attendais-je, pensa-t-elle.

— Il est dans la forêt, occupé à couper notre réserve de bois pour l'hiver prochain, dit-elle. Il rentrera bientôt pour déjeuner. Vous ne rentrez pas ?

Il la rejoignit en haut du perron.

— Alors j'attendrai, répondit-il.

— Il y a du café chaud, dit-elle en s'écartant de lui avant qu'il ne s'approche trop d'elle, quoiqu'elle ne sût pas vraiment ce qu'elle avait à craindre de lui.

— Voulez-vous venir à la cuisine ?

Il la suivit dans le couloir. Il se demandait comment ces gens se débrouillaient dans la vie ; aucun événement ne semblait les toucher et ils prenaient tout avec un tel calme. Tout comme elle, calme et amicale tandis que lui devait toujours se forcer pour paraître naturel lorsqu'il lui parlait, d'autant plus qu'il avait tout le temps envie de l'enlacer et de la serrer contre lui. Peut-être n'a-t-elle rien ressenti hier soir ; peut-être est-ce déjà oublié et que ce n'était pour elle qu'une soirée agréable comme toutes les autres.

Elle ouvrit la porte de la cuisine et entra la première. Connie était assise à table et buvait du café ; devant elle, une assiette sale avec les restes d'un œuf et de biscuits.

— Bonjour, monsieur Gates, dit-elle en levant la tête pour le regarder.

— Bonjour, madame Dunbar, répondit-il.

— Oh, ne m'appelez pas madame Dunbar, dit-elle. Appelez-moi Connie.

Elle le regardait droit dans les yeux ; puis elle tourna la tête et se leva.

— J'ai fini, Arlis. Veux-tu que je t'aide à faire quelque chose ?

— Non, répondit Arlis. Tu ne veux pas encore une tasse de café ? Nous allons en prendre tandis que Mr Gates attend papa.

— J'en ai eu bien assez, répondit Connie.

Elle sortit de la cuisine. Elle portait une robe de chambre par-dessus sa combinaison, blanche avec des roses, et ses pieds étaient nus. Cela ne semblait pas la déranger que Crawford la voie dans cette tenue.

— Asseyez-vous, lui dit Arlis. Je réchaufferai le café.

Elle s'empressa de débarrasser la table de la tasse et de l'assiette sales et les déposa dans le bac à laver la vaisselle. Crawford s'assit ; il observait Arlis tandis qu'elle ravivait le feu. Elle apporta des tasses propres et un pot de crème ; puis elle versa du sucre dans un très vieux sucrier en argent, tout cabossé, qu'elle avait pris sur l'étagère supérieure du buffet. Crawford devina qu'elle ne l'utilisait pas tous les jours.

Elle resta occupée tout le temps en attendant que le café soit chaud. Puis elle le servit et, tandis qu'elle mettait le sucre, elle se glissa sur la chaise en face de lui. Elle était malgré tout trop loin de lui, de l'autre côté de la grande table ronde.

— Sucre ? demanda-t-il en souriant tandis qu'il lui tendait le sucrier.

Elle secoua la tête.

— Non merci, je le prends noir.

Il but sa tasse, sentant le malaise qui régnait entre eux. C'est la première fois que nous sommes seuls pour parler, pensa-t-il, sans l'aide de la musique, de la danse et du clair de lune.

— Hier soir, dit-il, vous vous êtes bien amusée ?

Cette question la fit rougir ; aussitôt il se sentit plus à l'aise.

— Oui, répondit-elle. Oui, c'était très gai.

Il poursuivit :

— J'espère que cela ne vous a pas dérangée... au dernier moment...

— Non, murmura-t-elle. C'était parfait. Je veux dire...

— Je ne savais pas que j'allais le faire, dit-il. Et puis, tout à coup, je...

Elle ne le regardait pas.

— C'était très bien, dit-elle. Cela...

Il se pencha en avant.

— Arlis, dit-il, avant que les autres n'arrivent, je voulais vous demander... c'est-à-dire que samedi je vais au cinéma en ville. Voulez-vous venir avec moi ?

Elle restait immobile. C'est donc vrai, se dit-elle. C'est vraiment arrivé hier soir ; je ne l'ai pas uniquement imaginé tellement j'en avais envie.

— Oui, répondit-elle. Oui, je voudrais bien y aller.

Il y eut du bruit du côté de la porte donnant sur la cour qui était restée ouverte ; ils tournèrent tous deux la tête et virent Miss Hattie qui les regardait d'un air surpris. Elle avança de quelques pas dans la cuisine puis soudain, elle fit demi-tour et disparut en courant. Ils entendirent ses pas rapides sur le porche. Ils éclatèrent de rire tous les deux.

— Ça, c'est Miss Hattie, fit Arlis. J'ai l'impression que vous lui avez donné une de ces frousses. Elle ne s'attendait pas à vous voir ici.

Crawford rit.

— Je ne savais pas que je faisais peur aux petits enfants.

— Oh, fit Arlis, on ne sait jamais ce que Miss Hattie va faire. La fois prochaine, elle est capable de venir jusqu'ici et de s'asseoir sur vos genoux. Encore une tasse de café ?

— Volontiers, dit-il, et il lui tendit sa tasse.

Elle vint se mettre à côté de lui pour verser le café. Il aurait voulu la toucher, mais il n'osa pas.

— Voulez-vous déjeuner avec nous ? demanda-t-elle en se rasseyant.

Il secoua la tête.

— Je regrette, mais aujourd'hui j'ai beaucoup à faire. Beaucoup de gens à voir.

Elle fronça les sourcils.

— Des terrains à acheter pour la TVA ?

Il la regarda attentivement.

— Oui, des terrains à acheter.

— C'est pour ça que vous êtes venu voir papa ?

— Pas aujourd'hui, répondit-il. Je voudrais vérifier la superficie du terrain et compléter certains formulaires. (Il sourit avant d'ajouter :) Je ne me disputerai pas avec votre père aujourd'hui. J'espère que je ne devrai jamais me disputer avec lui.

Elle regarda autour d'elle.

— Je pense que vous savez que je suis de son côté, dit-elle. J'ai toujours vécu ici, et j'ai…

Il se pencha par-dessus la table.

— Il n'est pas question d'être d'un côté ou de l'autre, l'interrompit Crawford. Ne commencez pas à croire ça, Arlis. Je…

Il se tut parce qu'il avait entendu des voix provenant de la cour. Il se leva comme Matthew entrait dans la cuisine. Matthew essuyait son visage ruisselant de transpiration et il regarda Crawford d'un air surpris.

— Tiens, qui voilà ? fit-il. Je ne m'attendais pas à vous voir. Comment était-ce hier soir au bal ?

— Magnifique, répondit Crawford, tout simplement magnifique, monsieur Dunbar. Comment allez-vous aujourd'hui ?

— Pour l'instant, j'ai chaud et je suis fatigué, répliqua Matthew. (Il se tourna vers Arlis.) Notre repas est prêt ?

— Il est dans le four, répondit-elle. Il sera à table quand vous y serez aussi.

— Parfait, fit Matthew. Venez, Crawford, venez vous rafraîchir et vous mangerez avec nous.

— Je le lui ai déjà demandé, dit Arlis. Il dit qu'aujourd'hui il n'a pas le temps ; il est uniquement venu vous voir quelques instants.

Matthew regarda Crawford.

— Je n'ai pas l'intention de parler à qui que ce soit tant que mon estomac est vide, dit-il. Il faut trouver le temps et un endroit où manger ; de plus, Dieu nous a permis d'avoir un stock de victuailles. Allons, venez vous rafraîchir.

Crawford hésita.

— Eh bien, d'accord, dit-il. J'accepte avec plaisir.

Il suivit Matthew jusque dans la cour arrière. Les garçons étaient autour du puits et ils remontaient de l'eau. Ils lui parlèrent tous très gentiment. Knox remplit un seau et le porta jusqu'au banc qui était appuyé contre le mur. Il remplit trois bacs et fit signe à Matthew et à Crawford.

Ils se lavèrent côte à côte ; Matthew était penché au-dessus de son bac et s'aspergeait joyeusement le visage et les bras. Il ronflait et gargouillait de plaisir sous l'eau fraîche, puis il prit un linge suspendu à un clou. Crawford prit l'autre et ils se reculèrent pour laisser la place aux garçons.

— Pourquoi vouliez-vous me voir ? demanda Matthew qui regardait Crawford fixement. Si vous avez l'intention de parler d'acheter et de vendre…

— Non, l'interrompit Crawford. Si cela ne vous dérange pas, j'aimerais faire avec vous le tour de vos terres. Nous avons pris des photos aériennes pour mesurer votre terrain ; vous pourrez me montrer sur la carte par où passent les limites. Alors nous serons à même de déterminer la superficie et de calculer le prix.

— Je n'ai pas besoin de prix, répondit Matthew avec fermeté. Alors je ne vois pas la nécessité pour vous de faire tout ce travail.

Les garçons les observaient. Crawford se déplaça afin de ne pas les voir et pour ne plus penser à eux. Il devait faire très attention à ce qu'il allait dire.

— C'est simplement un travail que je dois faire, dit-il à Matthew. Ils me disent d'aller mesurer un terrain, alors je dois aller mesurer ce terrain. Je suis certain que cela ne vous dérange pas que je procède au relevé de ces chiffres et que je les leur donne. Cela ne vous engage à rien, absolument à rien. Vous m'aidez tout simplement à faire mon travail.

Matthew parut réfléchir pendant quelques instants.

— Bon, fit-il enfin. Je ne veux pas vous créer des ennuis avec votre patron. Vous pouvez mesurer mon terrain dès maintenant et jusqu'à la fin du monde. Il vous faudra en tout cas tout ce temps pour l'acheter, monsieur Gates, ajouta-t-il en souriant.

Crawford sourit également. Il sentait qu'ils pourraient s'entendre sur certaines choses.

— Nous en ferons le tour après le déjeuner, dit-il.

Matthew se tourna vers les garçons.

— Je me demande combien de fois il va venir ici pour mesurer cette terre, fit-il en riant. À moins qu'il ne trouve une autre excuse pour voir Arlis.

Les garçons rirent avec leur père. Crawford sourit à moitié.

— Vous avez peut-être raison, monsieur Dunbar. Mais n'en parlez pas à la TVA.

Matthew posa la main sur son épaule.

— Ne vous en faites pas, jeune homme, dit-il. Allons manger avant que tout soit refroidi.

Les trois garçons entrèrent bruyamment dans la maison ; Matthew et Crawford les suivaient. Dès qu'ils furent seuls devant la porte, Crawford s'empressa de dire :

— Monsieur Matthew, j'ai demandé à Arlis de m'accompagner samedi soir au cinéma en ville. J'espère que vous êtes d'accord.

Matthew le regarda dans les yeux.

— Tant qu'elle est d'accord, dit-il. (Il se tut quelques instants.) Bien sûr. J'espère que vos intentions sont bonnes. Je le souhaite de tout mon cœur, Crawford. Arlis est une fille qui est toujours restée à la maison et elle…

Crawford sourit.

— Si vous n'avez pas confiance en moi, vous pouvez en tout cas compter sur Arlis, dit-il.

Matthew acquiesça d'un signe de tête.

— Oui, oui, là vous avez raison.

Arlis allait et venait entre le fourneau et la table pour servir les plats. Knox, Jesse John et Rice étaient déjà assis lorsqu'ils entrèrent. Matthew s'installa au bout de la table et indiqua à Crawford une place à côté de lui. Il regarda autour de lui, les sourcils froncés.

— Où sont Connie et Miss Hattie ? demanda-t-il à Arlis.

— Connie vient de prendre son petit déjeuner il n'y a pas longtemps, répondit Arlis. Je ne pense pas qu'elle voudra manger maintenant. Je vais chercher Miss Hattie.

Matthew regarda Jesse John.

— Va prévenir Connie que le repas est servi. Demande-lui si elle veut venir.

— Bien, monsieur, répondit Jesse John.

Il se leva et sortit de la cuisine.

Arlis alla jusqu'au porche arrière.

— Miss Hattie, appela-t-elle, le déjeuner est servi.

Elle attendit une réponse qui ne vint pas. Elle éleva de nouveau la voix :

— Miss Hattie !

Elle la vit apparaître dans l'entrée de la grange.

— Je ne veux pas manger, dit-elle.

Puis elle disparut aussitôt. Arlis traversa rapidement la cour et pénétra dans la grange.

— Viens ici, toi, fit-elle d'une voix grondante. Qu'est-ce que c'est que cette histoire de ne pas venir à table ?

Elle ouvrit la porte de la grange. Miss Hattie était assise sur la pile de maïs, les mains sur les genoux.

— Pour l'amour du Ciel, qu'est-ce que tu inventes là ? dit-elle. Allons, viens.

Miss Hattie avait un air têtu.

— J'ai pas faim, dit-elle.

Arlis la regarda dans les yeux.

— Pourquoi ? demanda-t-elle. Je ne t'ai jamais vue manquer un seul repas depuis le jour où tu es née. Allons, viens ici.

Miss Hattie ne broncha pas.

— Non, merci, j'ai pas faim, répondit-elle avec dignité. Vous n'avez qu'à manger sans moi.

Arlis sentait la fureur monter en elle, mais elle se maîtrisa.

— Écoute, dit-elle, est-ce parce que…

Miss Hattie détourna la tête honteusement.

— Ils le devinent, dit-elle. Ils s'en rendent compte et je resterai ici jusqu'à ce que ce soit passé. Si tu veux que je mange, tu n'as qu'à m'apporter quelque chose sur une assiette.

Arlis se pencha au-dessus d'elle.

— Ils ne s'en rendent pas compte, répondit-elle, je te promets qu'ils ne peuvent pas s'en rendre compte.

Miss Hattie secoua la tête.

— Je reste ici, où je suis, dit-elle. Je sais qu'ils s'en rendent compte. Je le sais.

— Je vais t'avouer un secret, dit Arlis. Les hommes ne se rendent compte absolument de rien. Enfonce-toi cela bien dans la tête en ce qui concerne les hommes. Ils ne savent rien.

Miss Hattie la regarda, incrédule.

— J'ai pas faim, répondit-elle. Maintenant, va-t'en d'ici et laisse-moi seule.

Arlis la regarda pendant un moment. Elle connaissait cette attitude entêtée. Elle fit demi-tour.

— Bon, dit-elle. (Elle sortit de la grange et se retourna avant de fermer la porte.) Je devrai dire à papa que tu ne veux pas venir à table.

— Eh bien vas-y, dis-le-lui.

Arlis s'éloigna, mais Miss Hattie l'appela. Elle retourna sur ses pas ; elle voyait le visage de Miss Hattie appuyé contre les planches, ses yeux noirs brillant au travers de la fente.

— Arlis… lorsqu'ils retourneront aux bois, apporte-moi une tranche de pain de maïs. Tu veux bien, Arlis ?

— Oui, répondit Arlis. Je te l'apporterai. Je mettrai même du beurre dessus.

— Et dépêche-toi, ajouta Miss Hattie. Je meurs déjà de faim.

Après le repas copieux, Knox et Rice allèrent s'installer sous le porche pour se reposer en attendant de retourner aux bois. Jesse John alla rejoindre Connie tandis que Crawford et Matthew se préparaient à faire le tour du terrain. Crawford prit la carte aérienne et l'examina.

— Je dois savoir par où passent exactement les limites de vos terres, dit-il. J'en ai une assez bonne idée, mais je dois être certain.

— Avec cette carte à la main, j'ai l'impression que nous n'avons pas besoin de faire tout ce tour, fit remarquer Matthew qui la regardait avec curiosité.

Ils s'étaient arrêtés sur le chemin qui menait aux champs, et le soleil leur tapait durement sur la tête.

— Avez-vous déjà vu une de ces cartes aériennes ? demanda Crawford, et il la lui tendit. Ils font ça depuis un avion qui survole le terrain suivant des lignes parallèles tandis qu'une caméra filme continuellement. Ensuite ils mettent les morceaux ensemble pour en faire une carte.

Matthew prit la carte délicatement, comme si elle risquait de se déchirer dans ses mains rugueuses.

— Magnifique, fit-il. Mais je me souviens du jour où l'avion est passé par ici. Il volait dans un sens, puis il revenait un peu plus loin. Je me demandais ce qu'il faisait.

Crawford frappa la carte du doigt.

— Voilà ce qu'il faisait, dit-il. Et nous pouvons mesurer la superficie et tout le reste grâce à cette carte. C'est rudement mieux que la vieille chaîne d'arpenteur, n'est-ce pas ?

Matthew tenait à deux mains la carte, largement dépliée.

— Tiens, c'est ici qu'on est, dit-il en mettant le doigt sur l'emplacement. (Il était content.) Je l'ai tout de suite reconnu, même si je ne l'ai jamais vu d'un avion.

Crawford le regardait observer la carte ; il prit le côté que Matthew avait lâché. C'était une sensation étrange pour Matthew que de tenir ainsi le domaine en main et de le regarder d'en haut. Son doigt suivit le contour de sa terre, puis il posa la main sur les bâtiments. C'était presque comme s'il voyait une photo de lui, la même familiarité et la même fascination.

Il sourit, timidement.

— Je dois être quelque part par là, dit-il, si vous avez la vue perçante. Est-ce qu'il n'y a pas quelque chose ici ?

— Oui, fit Crawford. C'est bien vous, là.

— Et Miss Hattie, dit Matthew. Elle est probablement dans ce bosquet en train de jouer avec ses flacons de tabac à priser. Et Jesse John, et papa, et tous les autres, y compris les mules, les vaches et les poules. Tout ça sur ce morceau de papier.

— Prêt ? On y va ? demanda Crawford.

Matthew avança, surpris.

— Bien sûr, dit-il. Et dire que je vous faisais perdre votre temps.

Il rendit la carte à Crawford ; ils suivirent le chemin qui menait au domaine. Crawford regardait autour de lui tandis qu'ils s'éloignaient de la maison.

— C'est un joli coin, monsieur Dunbar, dit-il lentement. Un très joli coin.

— Oui, fit Matthew. (Il marchait d'un pas lourd et régulier. Il se déplaçait toujours ainsi, lentement, posément.) Oui, ça l'est. Je n'en reviens pas moi-même tellement c'est joli.

— Mon père était scieur, fit Crawford. J'ai été élevé sous la tente. Je n'ai jamais eu d'endroit comme celui-ci où demeurer. Je n'ai jamais eu l'occasion de m'attacher à un endroit. (Il tourna la tête avant d'ajouter :) Je comprends la peine que vous aurez à l'abandonner, monsieur Dunbar. Je m'en rends parfaitement compte.

— Je n'ai pas l'intention de l'abandonner, répondit Matthew calmement.

Crawford demeura silencieux quelques instants. Ils atteignaient le pont ; il s'arrêta, déploya la carte et la regarda. Il prit un carnet de formulaires et remplit l'en-tête.

— Tout ceci est du coton, n'est-ce pas ? dit-il en montrant l'emplacement du doigt.

— Oui, répondit Matthew en regardant par-dessus son épaule. Ça, c'est tout le coton que j'ai planté.

Crawford commença à écrire sur le formulaire.

— On peut fort bien se rendre compte de ce qui pousse rien qu'en regardant la carte, dit-il. Mais nous vérifions toujours. Et c'est ici que commence le maïs.

Il retourna le carnet et multiplia quelques chiffres.

— C'est bien ici que passe la limite ?

Matthew regarda son doigt glisser sur la carte.

— Oui, dit-il. Cependant, j'ai là un terrain boisé.

Il indiqua l'endroit.

— Ça c'est aussi à moi.

Crawford changea vite la ligne.

— Je ne savais pas que vous alliez si loin, dit-il, et il sourit. On allait vous rouler, là. Nous pensions que c'était aux Upchurch.

Il replia la carte et ils avancèrent encore. Crawford sentait la chaleur du soleil malgré sa chemise kaki ; il n'avait pas encore commencé à transpirer.

— Je ne sais par quel bout commencer pour vous expliquer, dit-il. Si seulement il y avait un moyen par lequel je puisse vous montrer toute la TVA comme je vous ai montré cette carte. Alors vous vous rendriez compte combien c'est grand, et tout le reste. Si seulement je pouvais le faire.

— Pas besoin, répliqua Matthew.

— J'aimerais bien vous conduire un jour jusqu'au barrage, dit Crawford. Peut-être que…

— Monsieur Gates, je suis un homme très occupé, l'interrompit Matthew. Je n'ai pas le temps d'aller me balader à cette époque de l'année. Ces prés-ci on les garde pour le foin. Vous en avez tenu compte ?

Crawford s'arrêta pour inscrire quelque chose sur son carnet.

— J'ai failli passer à côté, dit-il. Vous n'avez jamais eu l'électricité dans votre maison, n'est-ce pas ?

— Non, répondit Matthew. La compagnie avait bien parlé d'installer une ligne dans le pays, mais il n'en est jamais rien advenu. Cela coûtait trop cher, ont-ils déclaré, et puis les maisons sont trop éloignées les unes des autres.

— Eh bien, reprit Crawford, lorsque la TVA aura terminé, il y aura des lignes électriques dans tout le pays. Les gens s'assembleront en coopératives afin de pouvoir jouir du courant à bon compte. Il n'y aura presque plus de fermes sans électricité.

— Ouais, fit Matthew. (Sa voix était toujours calme.) À la manière dont vous le dites, je ne serai plus ici pour en profiter.

Crawford s'arrêta au milieu du chemin.

— Mais vous ne feriez rien pour empêcher les autres de l'avoir ? Vous ne l'empêcheriez pas d'arriver chez tous ceux qui habitent ici autour, les Proctor, les Shelton, les Precise et tous les autres ?

— Non, répondit lentement Matthew. Je ne pense pas que je voudrais faire ça. (Il regardait le sol à ses pieds.) Ce sont mes voisins, et nous nous sommes toujours bien entendus. Je ne lèverai pas le petit doigt si cela pouvait leur faire du tort.

— Vous ne devez pas lever le petit doigt pour cela, dit brusquement Crawford. Il vous suffit de vous terrer dans votre entêtement. De cette manière vous ferez du tort à toute la région, vous l'empêcherez d'avoir accès au progrès dont elle a besoin. (Il se pencha en avant et poursuivit :) Écoutez. Jusqu'à présent, personne n'a fait quoi que ce soit pour ce pays. Il n'est occupé que par quelques familles qui travaillent durement la terre pour subvenir à leurs besoins. La rivière et la terre sont toujours à l'endroit où elles l'étaient du temps des Indiens. C'est pour cela que nous devons opérer le changement maintenant, en une fois, tant qu'il est encore temps. Nous devons nous dépêcher de rattraper le temps perdu.

Matthew leva la tête pour regarder le visage de Crawford.

— Je crois que nous ferions bien de continuer, dit-il. Je dois bientôt retourner à mon travail.

Il se remit en marche. Crawford devait se dépêcher pour ne pas se laisser distancer. C'est comme un mur de pierres, pensa-t-il. Il sentait la colère monter en lui ; mais il se maîtrisa et rattrapa Matthew.

— Monsieur Dunbar, dit-il. Avez-vous déjà eu la malaria ?

— Bien sûr, rétorqua Matthew. J'ai eu deux ou trois fois la fièvre. Je crois que cela arrive à peu près à tout le monde.

— Vous attendiez-vous à l'avoir ? demanda Crawford. Pensiez-vous que votre famille l'aurait ? Ne vous est-il jamais venu à l'esprit qu'il pouvait y avoir un moyen de l'éviter ?

Matthew fronça les sourcils. Il aimait bien ce garçon, il aimait sa manière franche de parler, et puis il aimait voir les yeux d'Arlis lorsqu'elle le regardait. Mais il était lui-même un peu comme un moustique, bourdonnant, parlant sans cesse et ennuyant un homme qui avait à penser à des choses plus importantes.

— Je ne crois même pas y avoir jamais pensé, dit-il. J'ai attrapé la fièvre et j'ai pris de la quinine pour m'en débarrasser. Je ne me souviens pas d'avoir réfléchi à la question.

— Vous voyez ? fit Crawford. Vous ne pensiez pas qu'il pouvait y avoir un moyen d'y remédier. Et pourtant il en existe un. La TVA va débarrasser le pays de la malaria. La compagnie n'apporte pas seulement de l'électricité et une meilleure navigation mais elle permet le contrôle des inondations, et Dieu sait que cela seul suffirait déjà amplement. Cela concerne tout le pays. Vous avez vu les rigoles dans les terrains très en pente des alentours ? Vous n'en avez pas parce que vous avez de la chance. Mais vous les avez déjà vues ? Eh bien, la TVA va aussi s'occuper de ça.

Matthew s'arrêta de nouveau. Il se tint immobile au milieu du chemin et regarda Crawford avec curiosité.

— Vous parlez de la TVA comme si c'était Dieu en personne, dit-il, comme si elle allait tenir cette terre sous sa domination.

Crawford commençait à souffrir de la chaleur. La transpiration n'avait pas encore commencé à couler, mais il avait chaud et il était essoufflé.

— Je vais vous dire une chose, énonça-t-il, la TVA fera plus pour ce pays que Dieu n'en a jamais fait.

Matthew avança de quelques pas.

— Est-ce que vous êtes venu ici pour voir le terrain, ou bien pour me faire un nouveau sermon ? demanda-t-il. Si vous aviez l'intention de faire un sermon, vous auriez dû me prévenir dès le début.

— Monsieur Matthew…

— Je vais vous dire une chose, jeune homme, l'interrompit Matthew. La TVA est œuvre humaine. Et lorsque vous avez affaire à l'œuvre des hommes, vous devez la regarder sous toutes ses coutures avant d'avoir confiance en elle. On peut compter sur Dieu, mais l'humanité… (Il secoua la tête.) Ça c'est une tout autre affaire.

— Vous dites que je fais des sermons, fit Crawford, vous n'arrêtez pas de me répéter, monsieur Matthew, que je vous fais la leçon. Mais dites-moi une seule chose, et ensuite je m'arrêterai. (Il devança Matthew et s'arrêta juste devant lui.) Si je peux vous montrer quelle grande chose est la TVA, si je puis vous convaincre, au fond du cœur, de ce que cela voudra dire pour les habitants de ce pays… (Il se tut et respira profondément avant de poursuivre :) … si je puis faire tout cela, serez-vous d'accord pour vendre le Domaine de Dunbar ?

Matthew réfléchit à cette proposition. Il y pensa un long moment, sa tête penchée sous les rayons brûlants du soleil. Cela valait la peine d'y réfléchir. À la manière dont Crawford le présentait, c'était comme s'il fallait nier la volonté et la parole de Dieu, de la Bible et de l'Église. Et quoiqu'il ne crût pas en l'Église, qu'il n'y allât jamais si ce n'est quelquefois au printemps, à l'occasion du renouveau de la nature, et cela parce que cela l'amusait, quoiqu'il n'ait jamais eu besoin de Dieu de la même manière que certaines personnes semblaient avoir besoin de Lui, il avait malgré tout du respect pour eux. Cependant, la TVA était l'œuvre de l'homme. Il n'était pas nécessaire de saisir le soupçon de blasphème que Crawford faisait peser sur lui.

Il leva la tête et le regarda, un léger sourire au coin des lèvres.

— Jeune homme, dit-il. Même si vous pouviez faire tout cela… même si vous le faisiez… je ne vendrais pas le Domaine de Dunbar.

Crawford laissa tomber ses bras. Il bougea les mains et il les regarda bouger pour ne pas devoir regarder Matthew. Il voulait lui lancer la vérité à la tête et le voir plier sous ce poids. Ce n'était pas une question de choix. Il suffisait à Crawford d'un seul mot pour qu'ils entreprennent une procédure légale. Mais ses patrons comptaient sur lui pour connaître et comprendre ces gens. Écoutez, dirait-il, je ne parviens pas à le convaincre. Seule une décision juridique pourra le faire partir, et même dans ce cas vous devrez porter son corps loin de ses terres. Alors vous feriez bien de vous y mettre tout de suite, car même cela vous prendra beaucoup de temps.

Mais il ne voulait pas se laisser convaincre. C'était peut-être la solution la plus facile. Mais ce n'était pas un bon moyen. Pas encore. Peut-être cela se terminerait-il ainsi. Cependant, avant cela il devait épuiser tous les autres moyens, pas seulement pour la TVA, mais aussi par égard pour Matthew. Il regarda son visage ; il était certain que si on lui prenait ses terres sans son consentement, ce serait exactement la même chose que si on lui déchirait le cœur. Puis il pensa à Arlis. Peut-être qu'elle pourrait le persuader. Il l'aimait presque autant que sa terre. Peut-être qu'elle… puis il réalisa que cela aussi était impossible. Elle ne combattrait jamais son père. Et pourtant, il fallait qu'il utilise tous les moyens possibles et imaginables. Même s'il devait se servir d'Arlis.

Il se força à sourire.

— Je crois que j'ai la réponse, dit-il d'un air triste. Allons, terminons ceci. Je prends déjà beaucoup trop de votre temps.

Matthew était resté immobile à le regarder. Il avait même ressenti de la pitié pour Crawford ; il avait vu son expression changer au fil de ses sentiments, qui alternaient entre colère et espoir.

— Jeune homme, dit-il. Vous pouvez continuer à parler si vous en avez envie. Je n'ai jamais refusé d'écouter quelqu'un. Alors, si vous devez le faire, continuez à parler.

Oui, pensa Crawford amèrement. Vous ne refusez jamais d'entendre. Vous n'avez jamais dû le faire. Il regarda de nouveau la carte, mais il fallut un moment avant que ses yeux la voient convenablement.

— C'est bien votre limite qui passe par là ? demanda-t-il, et son doigt suivait le tracé.

— Oui, répondit Matthew. Elle va tout droit jusqu'à ce coin, puis elle part à angle droit vers la maison. (Il étudia la carte, l'air admiratif.) Mais, ma parole, on voit les limites aussi bien qu'en plein jour.

— Oui, commenta Crawford. Vues d'en haut, elles ressortent très bien. C'est pour cela que les cartes aériennes sont si faciles à utiliser. Ici vous avez planté du millet à sucre, n'est-ce pas ? Il me semblait bien que je l'avais remarqué l'autre jour.

— Oui, fit Matthew. J'ai toujours aimé faire ma propre mélasse.

Ils poursuivirent leur chemin. Cela leur prit encore près d'une heure avant qu'ils soient revenus à la grange. Alors Crawford s'arrêta et compulsa ses notes.

— Je pense que c'est tout, dit-il en regardant autour de lui. Les bâtiments… la maison, le poulailler, la porcherie, l'écurie et la grange, le fumoir et le bûcher. Est-ce qu'elle est vieille votre maison, monsieur Dunbar ? Quand a-t-elle été construite ?

— Pas facile à dire, fit Matthew en riant. Elle a été construite à diverses époques, ainsi que vous pouvez vous en rendre compte. Je pense que la partie la plus ancienne remonte environ à 1880… je crois que c'est alors que la vieille cabane en bois a été démolie et qu'on a reconstruit.

Ils marchèrent jusqu'à la cour devant la maison, jusqu'à l'ombre du grand chêne. Matthew vit les garçons étendus sous le porche ; ils dormaient profondément, leurs têtes appuyées sur les dossiers de chaises retournées. Les chaises étaient calées contre le mur de la maison.

— Grand Dieu ! s'écria-t-il. Le soleil va se coucher et vous dormez toujours !

Knox et Rice bondirent en même temps, maladroits dans leur demi-sommeil. Ils regardèrent autour d'eux, ébahis, et Matthew éclata de rire.

— Ça va, ça va, dit-il. Nous n'avons pas perdu trop de temps. Il n'est que deux heures.

Knox se frotta les yeux de ses poings.

— J'ai cru que la maison nous tombait dessus, dit-il. J'ai l'impression qu'hier soir je me suis couché trop tard.

— Vous savez ce que j'ai toujours dit, n'est-ce pas ? fit Matthew. Vous pouvez sortir aussi tard que le cœur vous en dit. Mais je tiens à ce que le matin vous soyez au travail en même temps que moi.

Rice remit ses chaussures.

— Nous devrions pouvoir terminer cet arbre cet après-midi, dit-il. À moins que Knox ne me laisse de nouveau tomber.

— Te laisser tomber ? protesta bruyamment Knox. C'est toi qui pleurais pour une interruption. Pas moi !

Crawford était assis sur une marche du perron et il faisait des calculs au dos de son carnet. Arrivé à la fin, il releva la tête.

— Nous avions calculé que vous aviez cent et quelques hectares, dit-il. En ajoutant de dix à onze hectares pour le terrain boisé dont nous n'avions pas tenu compte, cela fait environ cent dix hectares qui vous appartiennent.

Ils l'écoutaient avec intérêt, Matthew surtout. Il avait souvent mesuré le terrain en marchant, mais c'était la première fois qu'on lui donnait les dimensions par des chiffres aussi précis.

— Évidemment, ajouta Crawford, nous ferons le compte exact au bureau. Et moi-même je ne peux pas donner un prix – c'est le travail du bureau des expertises. (Il se tut et pinça les lèvres.) Mais en appréciant la superficie et les commodités... la maison, la grange et tout le reste... je m'imagine que l'on vous offrira de vingt à vingt-cinq mille dollars pour le tout.

— Tant que ça ? fit Matthew. (Il était vivement impressionné. Il regarda lentement autour de lui, la maison et les champs.) Je ne m'étais jamais imaginé que cela pouvait valoir autant que ça. Vingt-cinq mille dollars.

— Bien sûr ce n'est qu'une estimation à vue de nez, s'empressa d'ajouter Crawford.

Rice se leva, très agité.

— Bon Dieu, papa, s'exclama-t-il. Nous pourrions accepter cet argent et monter une ferme-laiterie !

Matthew se tourna lentement pour le regarder. Rice descendit les marches du perron.

— Écoutez, papa, dit-il en avançant les mains. Achetez-nous un bon terrain assez près de la ville, avec beaucoup de pâturages. Achetez-nous des vaches, les meilleures que vous puissiez trouver, et construisons une bonne étable à vaches. Mais… (Il fit un large geste des mains, et ses yeux brillèrent.) Papa, avec tout cet argent… nous pouvons traire, tester le lait, le mettre en bouteille et le livrer aux consommateurs. Il y a beaucoup d'argent à gagner dans l'industrie laitière.

Matthew le regardait fixement ; il n'en croyait pas ses oreilles. Voilà celui auquel je pensais, se dit-il. Au fin fond de moi-même, c'est sur lui que je pensais compter si jamais Knox m'abandonnait.

— Que connais-tu à une laiterie ? demanda-t-il.

— Il y a longtemps que j'y pensais, répondit Rice. C'est un travail facile, papa. Pas besoin de labourer ni de planter… enfin, il faut bien un peu car nous devrons pourvoir à notre nourriture. Mais ce ne sera rien en comparaison des cultures que nous faisons maintenant.

Matthew sentit son sang se glacer. Il y avait longtemps qu'il savait que cela se passerait ainsi un jour ou l'autre. Il tourna la tête, très lentement, et regarda Knox qui, assis sur les marches du perron, remettait ses chaussures.

— Qu'en penses-tu ? demanda-t-il. Est-ce que tu…

— Oh, ça c'est son idée à lui, fit Knox sur un ton indifférent. Il n'a pas cessé d'en parler depuis que le mot de « vente » a été prononcé.

Le regard de Matthew se posa de nouveau sur Rice ; il lisait l'enthousiasme sur son visage. Au bout d'un moment Rice détourna la tête et se dirigea vers le porche.

— Retournons au bois et finissons-en, fit lentement Matthew. Knox, va dire à Jesse John de venir. Dis-lui de se dépêcher. Nous avons déjà perdu la moitié de l'après-midi. (Il se tourna pour regarder Crawford.) Avez-vous terminé avec tout ce que vous aviez à faire, monsieur Gates ? Je dois reprendre mon travail.

— Oui, répondit Crawford. (Il regarda vers la maison.) Je voulais voir Arlis…

— Vous la verrez samedi soir, l'interrompit Matthew.

Jesse John et Knox sortirent de la maison ; Jesse John enfilait une chemise grise tout en marchant.

— Au revoir, monsieur Gates. Revenez nous voir.

Crawford resta immobile, tout seul, à regarder Matthew emmener les garçons. Ils disparurent bientôt de sa vue, derrière la maison. Il ne comprenait pas ce qui s'était passé. Et pourtant, si, il comprenait ; trop bien, même. Il demeura seul dans la cour ; à ce moment le vieux sortit et descendit lentement les marches du perron. Crawford le regarda jusqu'à ce qu'il ait, lui aussi, disparu à l'arrière.

Ce n'est qu'alors que Crawford se décida à bouger ; il grimpa les marches. Je la verrai samedi, se dit-il.

— Arlis, appela-t-il.

Il pénétra dans la maison et partit à sa recherche.

Panorama III

Kilomètre cinq-six-un

Ici, où la rivière commence sa grande courbe qui la mène vers le nord, il y a une terre sans nom ; du moins elle n'avait pas de nom avant l'arrivée des ingénieurs. D'abord, ils l'appelèrent Kilomètre Cinq-Six-Un, une désignation pratique qui correspondait à leur esprit pratique. Mais graduellement, imperceptiblement, au fur et à mesure que leurs projets prenaient forme, elle changea de nom ; ce n'était plus un kilomètre anonyme répété cinq cent soixante et une fois depuis l'embouchure de la rivière. Elle prit le nom de Chickasaw ; ce nom fut adopté par tous et, ainsi caractérisée, cette terre perdit tout anonymat.

Ici la rivière est étroite ; environ trois cents mètres entre deux hautes collines recouvertes de forêts de pins. La rivière y amorce un virage qui l'amène du sud-ouest au nord. La plaine d'inondation au nord est également étroite, en raison du mouvement tournant de la rivière. Celle du sud, par contre, s'étend très loin, jusqu'aux rochers qui soulèvent les collines à une hauteur de cent cinquante mètres.

Le barrage de Chickasaw sera constitué de trois parties s'appuyant sur les collines et ses fondations reposeront sur le roc ; d'abord une couche de terre amenée des collines avoisinantes jusqu'à la rivière ; ensuite, posées dans le lit de la rivière, plusieurs épaisseurs de béton ; et enfin de nouveau de la terre qui s'étendra de la plaine jusqu'aux collines.

D'abord enlevée puis réempilée et tassée par des camions, des bulldozers et des rouleaux compresseurs, cette fondation de terre sera préparée avec la même minutie qui anime une femme qui fait des gâteaux ; mais elle restera malgré tout de la terre ; les graines pourront de nouveau germer en elle. Mais il en ira tout autrement pour la rivière, car il faut du béton stérile pour contenir la pression des eaux ; du bon béton, préparé et mélangé avec soin afin de pouvoir supporter l'usure des ans ; du béton étudié et éprouvé contre les méfaits des intempéries, de l'eau et du temps, capable de résister malgré le sous-sol rocheux.

L'écluse qui permettra à la navigation de passer sera un des premiers accomplissements de l'ouvrage en béton car le trafic commercial n'attendra même pas que Chickasaw soit entièrement construit. Cette petite écluse, un Suez en miniature, n'attendra pas la fin des travaux pour avaler les bateaux à un bout et les rendre un étage plus haut ou plus bas à l'autre bout.

La passe-déversoir s'étendra au travers de la rivière ; avec ses dix-huit biefs comportant chacun une vanne afin de contrôler et régler le débit de l'eau, le barrage sera édifié d'après des calculs précis chiffrant toutes les forces à combattre. Plus loin, le long de la rive sud, s'élèvera la centrale électrique ; elle captera l'eau et, après l'avoir fait passer par des turbines, elle la rendra à la rivière, captant ainsi au vol la puissance électrique.

Tout ça c'est le Kilomètre Cinq-Six-Un d'une rivière qui, ne voulant plus couler vers le sud, file vers l'ouest puis au nord. Ça, c'est Chickasaw ; un remblai de terre, une écluse, des passe-déversoirs, une centrale électrique, de nouveau un remblai de terre et quelques dépendances ; pas aussi grand que bien d'autres barrages, ni aussi renommé. Chickasaw ne s'élèvera pas comme une masse solitaire et imposante dans un massif montagneux, car il se situera dans un contrefort de montagne, il ne sera que le maillon d'une chaîne, une des clés de voûte de l'ensemble du plan. Il ne domptera pas seul les inondations ; ce ne sera pas un champion solitaire contre les eaux tumultueuses. Il n'a pas été conçu sur une grande échelle, dans le but d'accomplir seul un travail ; sa tâche consistera à en faire une part – comme dans une équipe –, la même part qui sera requise de tous les barrages de la rivière. Au Kilomètre Cinq-Six-Un, il entrera en fonction après que l'essaim de travailleurs sera parti sur un autre chantier, peut-être plus important, plus grandiose. Alors, en équipe avec ses semblables, les autres barrages, en amont et en aval de la rivière, il fera sa part : kilowatts, passage de bateaux dans ses écluses, capacité de retenue d'eau pour la contribution de tout l'ensemble. Chickasaw sera aussi important que le vote d'un seul homme dans une démocratie, ou que l'ouvrier qui travaille tranquillement et efficacement dans son coin.

Maintenant, au mois d'août, ce n'est que le commencement. Les projets, les tests et les plans sont faits ; dès le mois de janvier, lorsqu'ils ont commencé à tracer les routes et les voies ferrées qui aboutiront au Kilomètre Cinq-Six-Un, les hommes ont enlevé la terre afin d'atteindre le roc. Ils ont établi un camp et construit des dortoirs, des maisons et des salles de repos ; ils ont commencé à ériger la fabrique où le béton sera mélangé et déversé, et déjà installé le transporteur qui amènera le ciment sur le lieu de travail ; grâce aux bulldozers, ils ont nettoyé le terrain de tous les arbres et rochers. La tâche a été rendue possible grâce aux plans dressés pour eux. Ils se sont imposé un horaire qu'ils ont l'espoir de respecter quels que soient les conditions du sous-sol, les intempéries, le chaud, le froid et le gel, la transpiration, la douleur, toutes les faiblesses de l'homme, de la terre et de l'eau.

Du côté nord, on est en train d'élever le remblai ; les énormes sonnettes enfoncent bruyamment les pieux. Les caissons ont été fabriqués, remplis et immergés dans le lit de la rivière ; et la zone réservée à l'écluse a été asséchée. Malheureusement des ennuis surgissent à cet endroit ; le roc qui sert de fondation est brisé et les caissons laissent passer l'eau, qui envahit le chantier. Pour remédier à cet inconvénient il faut colmater les caissons et injecter sous une forte pression du ciment dans les fissures du sous-sol rocheux ; le résultat : un retard sur le programme. Ce travail sera cependant accompli en un temps record. Mais c'est une bonne leçon : dorénavant on scellera au ciment les fondations sur le restant de la largeur de la rivière avant de placer les caissons. Dans la zone de l'écluse, les bulldozers, les pelles mécaniques et les camions enlèvent la terre pour mettre le roc à nu. Puis ils le creuseront avec des perforateurs et de la dynamite pour atteindre le bon rocher auquel un ingénieur pourra se fier.

Du côté de la plaine d'inondation du sud, les pieux ont déjà été enfoncés et on scelle les fondations. Mais ici aussi il y a des ennuis et du retard ; les pieux s'enfoncent mal et des tranchées d'inspection ont permis de découvrir des blocs erratiques au lieu du rocher bien ferme que l'on croyait. Il a fallu creuser encore d'autres tranchées afin de pouvoir sceller et renforcer les fondations. Le retard dans le programme, la sueur et l'inquiétude accompagneront les ingénieurs pendant toute la durée de la construction de Chickasaw. Un ingénieur doit pouvoir compter sur les rochers qui serviront de fondations de base, et c'était là le plus grand problème qui se présentait à eux, une difficulté qu'il faudrait beaucoup de temps pour vaincre.

Ainsi allait le chantier. La construction d'un barrage suit le rythme d'une œuvre musicale. Il y a l'ouverture, le thème du début, les premières tentatives du travail de la terre ; il y a l'orchestration du son et des effets, la construction des lignes mélodiques, l'impact soudain de la crise. Mais par-dessus tout cela il y a la construction qui monte tel un crescendo, une musique de bruit et de fracas, modulée par les intempéries, les saisons, la durée, mais qui s'élève sans cesse vers le finale. Les perforateurs, les bulldozers, les rouleaux compresseurs et les sonnettes sont de curieux instruments. Et ce béton qui prend forme est une bien étrange musique. C'est une symphonie durable, coulée et solidifiée sous forme de volumes visibles pour l'œil de l'homme, et cependant autant à la portée de son âme que du Beethoven.

5

Comme c'était agréable d'être de retour au domaine, même s'il ne s'était absenté que depuis le matin. La tranquillité envahit Matthew dès l'instant où il s'engagea avec sa modèle T dans la route parallèle à la berge. Il ne savait pas que le pays avait tellement changé, car c'était la première fois qu'il sortait du domaine depuis les plantations. Aujourd'hui il avait dû se rendre en ville acheter du fil de fer pour les balles de coton. Il arrêta la voiture dès qu'il fut arrivé dans l'enceinte de ses terres, et laissa le moteur tourner au ralenti tandis qu'il regardait le chemin qui conduisait jusqu'à la maison ; il se sentait bouleversé intérieurement par tous les changements qu'il avait vus.

Cela commençait à moins d'un kilomètre du domaine. À partir d'une ligne droite, tracée au cordeau, la terre était dénuée de toute végétation ; cela allait des berges de la rivière jusqu'aux collines ; en haut, le terrain à nu suivait une courbe semblable à celle d'une terrasse adossée à une montagne. Il savait que l'eau devrait atteindre cette ligne incurvée et il s'imagina sa hauteur autour du domaine. Il y passerait tout entier, sauf les parties les plus élevées ; la maison serait recouverte, ainsi que l'arbre, la grange et les champs. Il ne resterait plus rien du Domaine de Dunbar si ce n'est une surface à l'aspect de verre qui cacherait et recouvrirait son héritage.

Et pour cela ils voulaient lui donner de l'argent. Il regarda les lettres qu'il avait déposées sur le siège à côté de lui. Il y en avait plusieurs et dans le coin de chacune d'entre elles étaient écrits les mots « Tennessee Valley Authority ». Il ne les avait pas ouvertes, mais il en connaissait le contenu ; Crawford Gates lui avait apporté ces nouvelles plusieurs semaines auparavant. Ces lettres ne le tracassaient guère, pas plus que les rumeurs qu'il avait entendues en ville, et certainement beaucoup moins que la vue du terrain à nu.

Il avait eu l'intention de prendre tout son temps en ville, mais en fin de compte il s'était dépêché de partir. Chez le coiffeur, les hommes ne faisaient que parler du barrage. Et près de la grande écurie à mulets, ils évoquaient les salaires élevés que payait la TVA et comment tout le monde, ou presque, pouvait au moins faire partie des équipes qui en été devraient nettoyer le réservoir. Ce n'était plus sa ville avec ses éternelles et cependant passionnantes discussions sur les récoltes.

Il s'était rendu à la banque ; près de l'entrée un écriteau et une flèche indiquaient où trouver le bureau d'achat des terrains. Tandis qu'il était arrêté pour regarder, il avait vu Crawford Gates garer sa voiture, traverser la rue et entrer dans le bâtiment sans même l'apercevoir. Mal à l'aise, Matthew était entré dans la banque et avait rapidement réglé ses affaires ; il était pressé de rentrer chez lui car il n'appréciait pas l'activité bruyante de la civilisation et du commerce. Mais il avait été retenu par John Wills, le directeur de la banque, qui voulait lui parler d'un terrain qu'il pourrait acheter après que la TVA et les eaux l'auraient obligé à déménager. Matthew avait écouté poliment, sans s'engager à quoi que ce soit, et il s'était esquivé aussitôt que possible.

Il posa la main sur le paquet de lettres. Il ne voulait pas les ouvrir. En ville, il s'était dit qu'il attendrait d'être arrivé à la maison. Mais maintenant, depuis qu'il avait traversé, en plein soleil, ce pays qui avait toujours été recouvert d'arbres, il n'avait plus aucune envie de les ouvrir.

Le long de la route, il n'y avait plus rien sur quoi poser son regard. Tandis qu'ici, chez lui, tout était resté intact. Tout près, à sa gauche, le ruisseau coulait très lentement parce qu'il approchait de la rivière, et les arbres étaient toujours là pour projeter leur ombre sur l'eau. Droit devant lui, sur la hauteur, il voyait un mince filet de fumée s'élevant tout droit vers le ciel au-dessus de la cheminée de la salle de séjour. Et puis il y avait l'arbre, le grand chêne qui, de ses larges branches, projetait généreusement son ombre sur la cour ; il voyait même Miss Hattie assise sur les marches du perron.

Tout cela ne changera pas, pensa-t-il. Je ne le laisserai pas changer. Ils peuvent venir jusqu'aux limites de ma propriété, mais ils ne peuvent pas aller plus loin sans mon autorisation. Soudain il ramassa les lettres et les déchira rapidement. La violence soudaine de son geste lui changea les idées. Il appuya sur l'accélérateur et lança le moteur.

— Je ferais mieux de continuer, se dit-il à haute voix, avant que toute cette glace ne soit fondue.

Il retourna au soleil, mais quelques instants plus tard il était de nouveau à l'ombre, sous le grand chêne. Il arrêta la voiture et en sortit. Il détacha les cinquante kilos de glace qui étaient figés au pare-chocs avant. Il souleva le paquet et le porta rapidement jusque sous le porche. La glace dégoulinait par cette chaude journée d'août ; lorsque Matthew se baissa afin d'ouvrir la porte en maintenant la glace d'une main, le devant de sa salopette était déjà tout mouillé. Il se pencha pour déposer le paquet à terre ; puis il le cala de son pied pour l'empêcher de glisser.

— Arlis, appela-t-il. Apporte-moi quelque chose pour envelopper la glace. Dépêche-toi.

Il l'entendit se déplacer dans la cuisine et il attendit patiemment qu'elle vienne à la porte avec une vieille couverture. Elle la lui tendit et il commença à emballer soigneusement le bloc.

— Comme ça, on aura de la crème glacée ce soir, fit-il joyeusement. Je me suis dit que ce serait une bonne idée par une journée aussi chaude que celle-ci.

— Je ferai aussi du thé pour le dîner, dit Arlis. Vous avez apporté assez de glace pour que je puisse en prendre un morceau ?

— Bien sûr, répondit Matthew. Autant se dépêcher de l'utiliser, sinon elle fondra. Où sont les garçons ?

Arlis sourit.

— Knox les a emmenés au fond de la forêt, dit-elle, juste après votre départ.

Matthew rit de bon cœur.

— Knox sait que j'aime lui donner un coup de main dans son travail. (Il ouvrit la porte avant d'ajouter :)

Quand le mélange est fait, il faut le mettre en bouteilles. Je vais voir comment ils s'en tirent.

— Vous ne voulez pas manger votre déjeuner ? demanda Arlis. J'ai gardé votre assiette.

Matthew secoua la tête.

— J'ai mangé du fromage et des biscuits en ville, dit-il. Tiens, au fait, j'ai vu ton copain.

Il observa le sang monter aux joues d'Arlis. Elle n'osa pas le regarder tant qu'elle se sentit rougir. Dès qu'elle put maîtriser le ton de sa voix, elle lui demanda :

— Est-ce qu'il…

Matthew secoua de nouveau la tête.

— Je ne lui ai même pas parlé. Il ne m'a pas vu. Mais je pense que tu le verras très bientôt. Il viendra te raconter des gentilles choses ou bien ce sera pour discuter avec moi… peut-être les deux ensemble. Je vais voir ce que font les garçons.

Matthew retourna à la voiture et la gara dans le réduit à côté de la grange. Il prit les rouleaux de fil de fer et les mit de côté. La semaine prochaine il serait temps de faire les foins : un travail pénible, échauffant, avec les débris de paille qui pénètrent sous les vêtements et donnent encore plus chaud. Peut-être, si la lune était propice, qu'ils pourraient faire la plus grande partie de nuit.

Il sortit de la grange après l'avoir traversée sur toute sa longueur ; il coupa en diagonale et se dirigea vers les collines. Il fallait marcher un quart d'heure pour atteindre l'endroit où Knox installait toujours ses appareils à distiller. Il y avait une source de bonne eau claire et les arbres et les buissons formaient un mur épais tout autour. Tandis qu'il approchait du lieu de travail, Matthew essayait de voir s'il y avait de la fumée, car parfois, Knox s'impatientait et il brûlait alors du bois vert. C'était évidemment le meilleur moyen de se faire remarquer, quoique le shérif ne créât pas d'ennuis à un homme qui faisait un peu de whisky, tant que ce n'était pas pour le vendre aux alentours.

Il avait presque atteint la source lorsqu'il aperçut un léger filet de fumée s'élever dans le ciel. En tout cas, aujourd'hui Knox était prudent. Il avança dans la clairière, mais s'arrêta brusquement quand il vit la série de cruches et de pots à confiture déjà remplis. Knox était occupé à en distiller une nouvelle.

— Bon Dieu, fit Matthew, tu en fais assez pour le restant de tes jours !

Knox, qui était occupé à alimenter le feu, sursauta. Rice et Jesse John interrompirent aussi leur travail et se retournèrent pour écouter. Knox avait la bouche ouverte de surprise.

— Je croyais que vous passiez la journée en ville, dit-il. Je… (Il se tut et se détourna de son père.) Rentrez à la maison, papa. Nous nous en sortirons bien.

Matthew s'approcha de l'alambic et regarda tout autour de lui. Knox lui tournait le dos et il chargeait fiévreusement le feu. Jesse John prit le pot à confiture qui venait d'être rempli et en mit un vide à la place.

— Mais qu'est-ce qui vous prend de faire tout ce whisky ? demanda Matthew, de plus en plus surpris. Jamais vous ne pourrez en boire autant…

Knox pivota sur lui-même.

— D'une manière ou d'une autre j'ai l'intention de me faire de l'argent avec cette TVA, dit-il. Les gars qui travaillent au fond du réservoir meurent d'envie d'avoir du bon whisky. Et j'ai l'intention de leur en fournir.

Knox était furieux ; il avait peur aussi. Mais il ne voulait pas baisser les yeux devant Matthew. Celui-ci, qui lui faisait face, sentit ces paroles provoquées par la fureur pénétrer en lui comme des lames de couteau, d'une manière plus cruelle et plus pénible encore que la vue de désolation le long de la route vers la ville.

— Tu fais du whisky pour le vendre ? demanda-t-il.

Il ne parvenait pas à le croire. Cette idée le dépassait.

— Vous ne voulez pas que j'aille travailler là-bas, fit Knox d'un ton entêté. Je reste à la maison ; c'est ce que vous voulez. Mais j'ai trouvé un marché pour mes produits et j'ai l'intention…

Matthew se tint très tranquille. Il ne se laisserait pas mettre en colère. Il empêcherait ses lèvres de laisser échapper une seule parole tant qu'il ne serait pas capable de maîtriser sa colère.

— Aucun Dunbar… dit-il enfin. (Il se tut, puis il essaya de nouveau.) Aucun Dunbar ne s'est jamais abaissé à vendre de l'alcool de contrebande…

Il dut se taire. Incapable de supporter la vue de Knox, il se tourna vers Jesse John et Rice.

— Prends cette hache, dit-il. (Sa voix était douce, mais ferme.) Prends cette hache et brise ces verres jusqu'à ce que je te dise que tu peux cesser.

Jesse John se leva, en hésitant.

— Non, fit Knox.

Matthew le regarda de nouveau, intrigué.

— Bon, ça va, Jesse John, dit-il doucement. Reste où tu es. Ça ira.

Il traversa la clairière, jusqu'à la hache qui était posée au pied d'un pin ; les trois garçons le regardaient en silence. Il ramassa la hache, puis il retourna vers Knox.

— Tu as raison, dit-il. Ils n'ont pas le droit de détruire ton alcool. (Il tendit la hache à Knox, le manche en avant.) Prends cette hache et commence à démolir. Continue jusqu'à ce que je te dise de cesser.

Matthew pensa un moment qu'il allait refuser. Mais son autorité l'emporta et Knox avança lentement la main pour saisir la hache ; son visage était blême. La hache quitta la main de Matthew et tomba comme un pendule, le dos du tranchant contre le tibia de Knox. Mais celui-ci ne parut pas le remarquer.

— Vous m'obligez à le faire ? demanda-t-il d'une voix rauque.

— On ne fera jamais le commerce de l'alcool sur la terre de Dunbar, répondit Matthew, pas tant que je suis le patron.

En un mouvement de colère à demi contrôlé, Knox souleva brusquement la hache et avança rapidement vers les cruches et les pots. Il balança la hache en un grand geste de faucheur au milieu de la masse. Instantanément l'odeur forte et prenante du whisky empesta l'atmosphère. Jesse John et Rice restèrent immobiles à regarder Knox dans son travail destructeur ; la hache montait et retombait et le tranchant brillait de mille éclats dans les rayons du soleil.

— Ça va comme ça, dit enfin Matthew. (Il restait encore cinq cruchons.) Ça suffit.

Knox s'arrêta, la hache en l'air ; il tourna la tête et regarda Matthew par-dessus son épaule. Son visage reflétait le défi, mais Matthew ne s'en rendit pas compte. Ce n'était qu'un arrêt momentané ; la hache, un instant au-dessus de sa tête, retomba avec violence, brisa d'un seul coup les cinq cruchons, et leur contenu illicite détrempa le sol. Knox jeta alors la hache dans les débris de verre et s'éloigna ; il s'enfonça dans la forêt sans même emprunter le sentier. Matthew le regarda s'éloigner ; il savait que cette fois-ci il n'avait pas gagné, quoique Knox eût obéi à son autorité.

— Supprimez le restant, dit-il à Jesse John et à Rice. Ensuite vous rapporterez son alambic à la ferme. Maniez-le avec douceur. Nous le mettrons de côté afin qu'il puisse le retrouver en bon état lorsqu'il sera de nouveau prêt à s'en servir.

Il les regarda démonter l'installation, puis s'éloigna, les laissant seuls. Mais il ne rentra pas à la maison. Ce n'était pas le moment de revoir Knox ; peut-être pas avant très longtemps. Alors il décida d'aller aux champs, pour voir si l'herbe était à point pour la faucheuse. Cependant, quand il fut hors de la forêt, il ne put s'empêcher de regarder en direction de la maison. Pas de Knox en vue ; la demeure paraissait calme et déserte, et, d'où il se trouvait, il ne pouvait même pas apercevoir les poules qui picoraient dans la cour poussiéreuse. Puis il vit Connie, vêtue d'une robe blanche, sortir et marcher sur la route vers le ruisseau. C'était tout ce qu'il y avait comme mouvement ; pas signe de vie de Knox. Il tourna le dos à la maison et continua sa marche vers les prés.

Connie avait longtemps attendu Jesse John. Le matin, elle avait parlé d'aller se baigner dans le ruisseau ; bien qu'il ait dit qu'il serait trop occupé pour l'accompagner, elle avait cru qu'il viendrait la chercher car il n'aimait pas qu'elle aille nager toute seule. Mais elle avait décidé de ne plus l'attendre.

Elle marchait lentement ; il faisait chaud et des gouttes de sueur perlaient sur son front. Le costume de bain qu'elle avait enfilé en dessous de sa robe lui collait au corps ; elle ne cessait de penser combien il ferait bon dans l'eau fraîche, à l'abri du soleil. Et d'ailleurs, c'était plus gai de nager toute seule, pensa-t-elle. Alors elle pouvait s'imaginer… Elle cessa d'y penser et pressa le pas ; elle avait hâte d'être à l'ombre. Elle n'avait jamais bien supporté les rayons directs du soleil.

Le sol était très propre sous les arbres ; les garçons avaient enlevé toutes les broussailles le long du ruisseau ; ils avaient aussi fabriqué un petit plongeoir. À cet endroit, le ruisseau devenait plus large, plus profond et le courant y était moins fort ; c'était un bassin de natation naturel où l'eau était fraîche et tranquille, même en plein été. En avant de la partie la plus large, un tronc d'arbre faisait office de pont. Le sentier qui se prolongeait par-delà le ruisseau s'enfonçait dans un bosquet de petits arbres encombrés de vignes avant d'atteindre les champs. Les garçons rentraient souvent du travail par ce chemin pour se baigner avant le souper.

Connie s'assit pour enlever ses chaussures blanches qu'elle déposa sur la souche à laquelle le plongeoir était fixé ; puis elle ôta sa robe en la faisant passer au-dessus de sa tête. Elle avança avec précaution jusqu'au bord de l'eau, et en marchant elle ajustait son soutien-gorge. Elle s'arrêta au bord et sembla prête à plonger mais elle savait déjà qu'elle n'entrerait que lentement et avec précaution dans l'eau.

— Zut alors, c'est bien ma chance, fit une voix. Elle a un costume de bain !

Elle sursauta et dut s'accrocher à la berge pour ne pas tomber. Elle se redressa, et alors elle vit celui qui se tenait debout sur la rive opposée du ruisseau.

— Qui… qui êtes-vous ? demanda-t-elle d'une voix apeurée.

Il était grand et son visage aux traits réguliers était très bronzé ; il avait une minuscule moustache noire qui faisait une tache d'ombre au-dessus de la lèvre supérieure. Il était vêtu d'une salopette et coiffé d'un vieux feutre.

— J'ai jamais lu dans aucun livre que lorsqu'un homme voit une femme se baigner toute seule, celle-ci a un costume de bain, dit-il. (Il secoua la tête en ricanant.) C'est bien ma chance, ça !

À la manière dont il la regardait, Connie avait la sensation de n'avoir aucun vêtement pour la protéger. Elle se laissa glisser dans l'eau pour se cacher ; elle gardait le visage tourné vers lui, comme si elle avait peur qu'il n'avance sur elle si elle relâchait son attention.

— Qui êtes-vous ? demanda-t-elle. Pourquoi…

— Moi ? fit-il, et un large sourire éclaira son visage. Je m'appelle Ceram Haskins. (Il fit un mouvement de tête vers la rivière.) Je dirige là-bas une de ces équipes de déblayage.

Maintenant elle se sentait mieux. C'était un étranger, il est vrai, mais il parlait avec un accent qu'elle connaissait bien. Elle esquissa un faible sourire et, tout en le regardant, elle brassa l'eau autour d'elle.

— Et si je n'avais pas eu de costume de bain sur moi ? dit-elle. Vous n'avez pas le droit de rôder dans un endroit où... où une fille pourrait avoir envie d'aller nager.

Il haussa les épaules.

— Je n'avais pas l'intention de rôder. Je ne faisais que rechercher un endroit ombragé pour me reposer pendant un moment. Dites, comment vous appelez-vous ?

— Connie, répondit-elle sans autre précision.

Elle plia les genoux et s'enfonça plus loin dans l'eau fraîche. Elle sentait son costume de bain mouillé coller à sa peau. Maintenant il ne pouvait voir que son visage.

— Pourquoi ne venez-vous pas jusqu'ici ? demanda-t-il. Nous pourrions parler plus à notre aise sans ce ruisseau qui nous sépare.

Elle secoua la tête.

— Je crois que je n'ai rien à dire, fit-elle. En tout cas pas à un étranger...

— Si c'est comme ça, dit-il, il ne me reste qu'à vous rejoindre.

Et sans attendre, il sauta tout habillé dans l'eau ; elle eut le visage aspergé par la vague provoquée par le saut de l'étranger. Elle en eut le souffle coupé, et, tandis qu'elle essayait de reculer, elle frotta ses yeux qui lui faisaient mal à cause de l'eau. Dès qu'elle put de nouveau voir clair, il se trouvait à côté d'elle, de l'eau jusqu'aux épaules.

— 'jour, fit-il. Vous venez souvent nager ici ?

Elle tremblait comme une feuille. Elle le regarda et vit que sa chemise collée sur sa peau faisait ressortir tous ses muscles. C'était plus excitant qu'un corps nu.

— Une fois… de temps en temps, répondit-elle. Maintenant je dois m'en aller. Je…

De ses mains il lui empoigna le bras. C'étaient de grosses et fortes mains qui la retenaient fermement.

— Vous venez d'arriver, dit-il. Ne partez pas maintenant que je viens de décider de vous tenir compagnie.

Elle n'osa pas bouger.

— Bon, fit-elle. (L'eau n'était pas tellement froide, et cependant elle sentait ses dents s'entrechoquer.) Bon. Je resterai… seulement quelques minutes.

Les mains se firent plus lâches, il la laissa aller.

— Vous habitez près d'ici, Connie ?

Elle eut un mouvement de tête dans la direction de la maison.

— Là-derrière. Pas loin.

Il la regardait fixement, admiratif.

— Vous êtes une bien jolie fille. (Il se mordit les lèvres et pencha la tête sur le côté.) J'ai été dans beaucoup d'endroits, et j'ai vu beaucoup de filles. Mais je ne me souviens pas d'en avoir vu de plus jolie. (Il leva la main pour lui caresser la joue.) Même avec les cheveux mouillés qui vous pendent dans la figure.

Elle recula au toucher de sa main.

— Non, fit-elle vivement.

Il sourit, et son regard posé sur elle était chaud et interrogateur, elle s'en rendait compte. Elle détourna la tête et se prépara à nager loin de lui ; elle bougea les mains et l'une d'entre elles vint frôler, sous l'eau, le flanc de l'étranger. Elle la retira vivement et se précipita vers le bord du ruisseau, s'aidant de ses mains comme un chien qui nage. Il la suivit, et lorsqu'elle se trouva près de la rive il était encore plus proche d'elle.

— Mince alors, dit-il, que vous êtes jolie. Je connais quelqu'un qui vous emmènerait volontiers au cinéma ce soir.

Elle secoua la tête et lui fit face. Maintenant elle était en sécurité. Elle le savait et elle n'allait pas laisser échapper l'occasion. Elle l'observa attentivement. Il était plus grand que Jesse John, et sa forte carrure était la même que celle de Knox. Automatiquement, elle se rappela la sensation de ces épaules quand elle les avait enveloppées de ses bras pour tenir Knox bien serré contre elle.

— Je ne crois pas, dit-elle. Je ne crois pas que mon mari serait d'accord.

C'étaient là les paroles magiques qui le feraient disparaître loin d'elle. Mais il ne broncha pas. Ses yeux devinrent seulement plus brillants. Elle pouvait y lire la réponse à la question qui s'était déjà posée entre eux et elle recommença à avoir peur. Sentant un frisson, elle serra ses bras contre elle. Et cependant c'était plus qu'un frisson, c'était une étrange chaleur qui venait de son for intérieur.

— Un mari qui a une aussi jolie femme que vous ne la laisse pas aller se baigner toute seule, fit Ceram.

Maintenant il en était certain. S'il en avait été autrement, il y aurait longtemps qu'elle serait partie. Mais maintenant il était certain, et il se sentait tout ragaillardi. Il ne connaissait qu'un seul moyen : la témérité. Cela avait toujours été sa méthode ; parfois cela marchait, d'autres fois c'était un échec. Tout dépendait de la femme.

Elle sentit sa main la toucher sous l'eau. Elle était posée à plat sur sa jambe nue ; puis elle remonta et vint s'appuyer fortement contre le pubis. La main la caressait doucement, d'une manière insistante, et elle se dit qu'elle devait sauter en arrière, partir de là, retrouver la sécurité de la maison.

— Non ! cria-t-elle. Ne faites…

Mais elle ne bougea pas. Elle remua ses jambes qui commençaient à défaillir, et lorsque les mouvements provoqués par les spasmes eurent cessé elle se retrouva encore plus près de lui. Elle était tout étonnée ; elle ne s'était pas attendue à ce résultat. Il l'enlaça de son autre bras et la tint étroitement serrée contre lui ; elle pouvait sentir contre elle ses jambes vigoureuses et fermes.

— Mon Dieu, dit-elle. Oh, mon Dieu, non.

Elle appuya sa tête contre la poitrine de Ceram pour cacher son visage ; ses jambes tremblaient de faiblesse, paralysant toute volonté. Elle ne voulait pas faire cela à Jesse John. Je ne peux pas lui faire ça, pensa-t-elle. Mais c'étaient ces épaules, cette carrure et cette force qui la remuaient d'une manière qu'elle n'avait plus jamais ressentie depuis Knox. Jesse John ne l'avait jamais excitée aussi profondément, même dans la consommation de l'acte.

— Bon, ça va, petite, dit Ceram. (Il parlait d'une voix douce, un peu rauque, qui laissait paraître la tension à laquelle il était soumis.) Bon, ça va. Allons, viens, chérie.

Elle le suivit hors de l'eau et tandis qu'elle grimpait sur la berge, elle se dit que cela ne pouvait être vrai, que cela n'allait pas arriver, qu'elle ne pouvait pas faire ça à Jesse John. Jesse John la traitait avec gentillesse, il lui avait acheté cette commode quand elle le lui avait demandé ; non, elle n'allait pas lui faire ça. Le costume de bain allait la protéger ; il y avait cette armure imprenable de tissu entre elle et la trahison. Et pourtant son esprit lui murmurait : « Ça va être terrible de l'enlever. Je vais avoir froid et cela va être embarrassant pour moi. »

Ils avancèrent jusqu'aux arbres le long du sentier. Ceram marchait devant elle, sans se retourner. Puis il s'arrêta et l'obligea à se coucher au sol. Elle aurait voulu lui dire de s'enfoncer plus profondément dans les bois, en direction de la rivière, mais elle ne pouvait le dire. Elle aurait été incapable de faire deux pas de plus. Ils étaient couchés côte à côte. Il plaça sa jambe entre celles de Connie et il la serra fort contre lui. Elle mit les mains sur ses épaules, les agrippant très fort. Ça va être comme avec Knox. Je n'ai jamais pu faire ça avec Jesse John. Il la caressait et sa main s'était glissée sous le costume de bain ; elle avançait par mouvements convulsifs, comme un être vivant, et déchirait le tissu.

— Enlève-le, dit-il. Enlève-le, je ne peux pas…

Elle dégrafa les bretelles et s'écarta de lui pour défaire le costume mouillé. Il s'assit pour la regarder ; ses yeux étaient comme des mains chaudes en train de caresser sa chair. Il essaya de l'aider, mais il était maladroit et elle le repoussa d'un geste impatient. Enfin elle se libéra de l'étreinte du tissu.

— Bon Dieu, dit-il.

Il l'obligea à se recoucher. Elle ferma les yeux et ne cessa de penser, de se répéter à elle-même les mêmes paroles : « Knox, Knox, Knox », tandis qu'elle sentait la masse de son poids venir sur elle.

Puis, au moment où, retenant sa respiration, elle s'était soulevée pour s'offrir à lui, il recula, brusquement refroidi. Au même instant ils entendirent une voix.

— Que diable se passe-t-il ici ?

Elle s'assit tout en s'éloignant de Ceram comme si ce geste suffisait à la sauver et elle vit Knox debout au-dessus d'eux. Non alors, pensa-t-elle, horrifiée. Cela n'est pas arrivé. Il ne m'est rien arrivé du tout. Knox avait les poings serrés, prêts à frapper, et elle pouvait entendre ses dents grincer derrière ses lèvres pincées.

— Écoutez, monsieur, fit Ceram. (Il était déjà debout ; il avait un regard apeuré et était très pâle.) Écoutez, monsieur, je…

Knox avança sur lui en levant les poings. Ceram fit demi-tour et s'enfuit en courant. Knox bondit et lui fit un croc-en-jambe. Ceram s'abattit lourdement sur le sol ; Connie entendit sa mâchoire se refermer avec bruit. Il essaya de se relever, les mains en avant pour se protéger. Knox l'aida à se remettre sur ses pieds en l'empoignant par sa salopette.

— Ce n'est pas votre faute, dit-il. (Il lui envoya un formidable coup de poing sur le côté de la tête.) Ce n'est pas votre faute si la proie s'offre à vous. Mais filez hors d'ici. Vous m'entendez ? Filez immédiatement.

Il le frappa de nouveau et le repoussa comme s'il tenait quelque chose de dégoûtant entre les mains. Ceram trébucha mais se reprit à temps, tandis qu'il reculait devant Knox.

— Écoutez, monsieur, supplia-t-il. Je…

— Filez, fit Knox. Ne m'en parlez pas. Allez, partez.

Connie mettait du temps à se ressaisir. Elle restait assise par terre, abasourdie, et elle regardait fixement les deux hommes. Son corps ne réalisait pas encore que c'était fini, inaccompli. Puis Knox se tourna vers elle ; ses yeux semblaient racler son corps nu et elle s'empara de son costume de bain pour le tenir entre eux.

Knox restait immobile à regarder son corps, sa peau blanche, ses grands yeux brillants. Dire que… pensa-t-il. Dire que j'ai… et Jesse John. Cela lui faisait l'effet d'une lame de couteau se retournant dans son estomac.

— Salope, dit-il. Je devrais te…

Il avança vers elle et elle recula.

— Je ne pouvais pas l'empêcher, cria-t-elle. Je te dis que je ne pouvais pas… Je…

— Non, l'interrompit-il. Je pense que tu ne pouvais pas t'empêcher de naître comme tu es. (Il se tut pour se maîtriser.) Mais que cela soit ta faute ou non, je vais te ramener à la maison et te montrer à Jesse John telle que tu es là. Peut-être cela lui montrera-t-il réellement ce que tu es.

Les mains de Connie se cramponnèrent à son costume de bain.

— Ne le lui dis pas, fit-elle, terrifiée.

— C'est mon frère, fit Knox sévèrement. Je n'ai pas le droit de lui cacher ce que j'ai vu aujourd'hui.

Elle se redressa, furieuse.

— Tu as bien le droit de parler, toi. C'est toi qui as tout déclenché, Knox Dunbar. Tu as été le premier. C'est toi qui as commencé.

Il cessa d'avancer vers elle dans l'intention de lui agripper le bras et de la conduire toute nue auprès de Jesse John.

— Ne rejette pas la faute sur moi, dit-il. Ce n'est pas moi qui t'ai faite comme ça, une…

— Oui, l'arrêta-t-elle. (Elle avait baissé la voix.) C'était toi. Tu m'as prise, tu m'as eue, puis tu m'as quittée. (Elle le regarda droit dans les yeux.) C'est pourquoi j'ai épousé John, pour être dans la même maison que toi. Afin de pouvoir te voir.

Il ne la croyait pas. Et cependant il devait la croire. Il se souvenait de la manière dont elle le regardait après ces quelques premières nuits passées ensemble. Elle avait les yeux brillants lorsqu'elle le regardait danser avec d'autres filles. Elle venait toujours lui parler entre les danses et sa voix avait un ton particulier. Maintenant il savait que sa voix n'avait pas été sincère. Et après qu'elle eut épousé Jesse John et qu'elle fut venue habiter dans la même maison que lui, c'était toujours la même chose, c'est pourquoi il se sentait mal à l'aise en sa présence. Il avait cru que ce n'était que le souvenir ; mais en réalité cela n'avait jamais cessé.

— Dans ce cas, tu n'aurais pas dû épouser Jesse John, dit-il d'une voix plus douce.

Immobile, il la regardait sombrement. Il souhaitait avoir poursuivi son chemin tout droit, au lieu d'avoir fait un détour pour éviter de rencontrer quelqu'un près de la maison. S'il avait continué tout droit, il serait maintenant en route pour la TVA, laissant le domaine et tout ce qu'il contenait derrière lui. Il eut le désir soudain de pouvoir partir, de la laisser seule, insatisfaite, infidèle, se débrouiller avec son remords. Mais il était le frère de Jesse John.

— Je pensais… dit-elle.

Il sentit la colère remonter en lui.

— Tu pensais que je coucherais aussi avec toi dans les buissons, dit-il. C'est à ça que tu pensais, n'est-ce pas ?

Il n'eut pas de réponse. Il ne s'attendait pas à en avoir. Il se calma et continua à l'observer.

— Bon, fit-il enfin. (Il ne ressentait plus de colère ni de dégoût.) Tu t'en tireras sans dommages. Tu ne cours plus aucun risque. Je ne reverrai plus Jesse John. Je quitte le domaine. Maintenant. Je vais travailler pour la TVA.

— Tu t'en vas ? dit-elle. Tu ne vas pas...

— Non, la coupa Knox. (Sa voix se durcit.) Mais je te préviens d'une chose, Connie. Si jamais j'entends la moindre rumeur te concernant, toi et un homme, je reviendrai. Si tu as l'intention de tromper mon frère, je finirai toujours par l'apprendre. Et alors je reviendrai et tu ne seras plus l'épouse de mon frère. Tu m'as compris ?

— Oui, répondit-elle. Je t'ai compris.

Il fit un pas vers elle.

— Et pour être sûr que tu ne l'oublieras pas, dit-il, je vais te punir. Tout comme si j'étais Jesse John.

Il lui prit le bras ; sa main la serrait très fort tandis qu'elle essayait de se dégager. Il l'obligea à se mettre debout et elle laissa tomber le costume de bain qu'elle tenait dans sa main.

— Je veux que tu gardes un souvenir cuisant de cette journée.

Sa main s'abattit violemment sur la chair tendre et elle cria de douleur. La main ouverte s'abattit une seconde fois sur les lèvres de Connie. C'était une main dure, calleuse ; Connie pleurait sous les coups qui tombaient, redoublés.

Finalement elle cessa de se débattre, attendant patiemment que la main vienne la frapper.

— Knox, dit-elle. Achève-moi. Viens maintenant, achève-moi.

Elle se tenait devant lui, impudique, avançant vers lui à petits pas, comme un animal. Sa main resta en l'air et il la regarda fixement, sans comprendre.

— Quoi ? fit-il.

— Je veux… dit-elle. J'ai toujours envie… (De sa main libre, elle empoigna le bras de Knox et l'attira contre elle ; elle le regardait avec passion et envie.) Tu t'en vas, Knox. Tu ne verras plus jamais Jesse John. Tu peux…

Il laissa tomber le bras de Connie ; et il laissa aussi retomber sa main qui attendait pour la frapper. Il réalisa qu'il ne pourrait plus jamais la toucher, même pour la punir.

— Il n'y a qu'une seule mauvaise chose chez toi, fit-il d'une voix hargneuse. T'es une putain, une chienne en chaleur.

Même ces paroles ne la blessèrent pas. Elle se rapprocha tout contre lui, le regard brillant et impudique.

— Knox, dit-elle. Knox, cela t'a déjà fait plaisir. Tu…

Il n'y avait qu'un seul moyen de l'arrêter. Il la laissa approcher, jusqu'à ce qu'elle appuie tout son corps contre lui ; et il attendit, immobile sous le poids de ce corps vibrant de désir. Il ne devait faire aucun effort pour se contrôler car il se sentait parfaitement frigide. Il attendit, elle se frotta contre lui, il continua à attendre ; alors elle s'arrêta et elle regarda le visage de Knox. Il vit la flamme mourir en elle, son corps immobile refroidir complètement.

Elle recula, puis se baissa pour ramasser son costume de bain. Elle ne ressentait aucune honte devant lui et c'est sans pudeur qu'elle enfila son costume. C'était comme si elle avait perdu toute capacité de pudeur et d'amour-propre. Le costume était froid et collant, tout souillé de terre. Mais cela ne la dérangeait pas.

— Au revoir, Connie, dit-il. Maintenant, je m'en vais.

— Au revoir, Knox, dit-elle.

Sa voix paraissait aussi distante de lui que la bénédiction de son père.

Il fit demi-tour et s'éloigna ; puis il s'arrêta et tourna la tête pour la regarder.

— Jesse John t'adore, Connie, dit-il. Je souhaite que tu ne l'oublies jamais. Je n'ai jamais vu un homme autant aimer sa femme.

Elle restait debout, immobile, à le regarder. Son visage était vide de toute expression, ses yeux tranquilles ; on aurait pu croire que sa chair avait été satisfaite au lieu d'avoir une succession de désirs et de frustrations. Elle était froide et calme et son esprit était aussi tranquille et froid que son corps.

— Au revoir, Knox, dit-elle.

Il ne savait pas si elle avait seulement entendu ce qu'il avait dit. Il se remit en marche, sachant que tout était fini, de même que sa vie au domaine était finie. Il n'était pas fâché contre Matthew mais il savait que maintenant, après une longue attente, le temps de partir était venu. Cependant, il ne parvint pas à libérer son esprit de la terre et de tout ce qui l'accompagnait avant d'avoir traversé le tronc qui faisait office de pont et d'être arrivé sur la route qui menait en ville ; alors il se mit à marcher d'un pas rapide vers le travail et la vie qu'il espérait trouver.

Connie demeura immobile à le regarder jusqu'à ce qu'il ait disparu dans le bois. Alors elle le suivit dans la direction du ruisseau ; elle marchait lentement et elle ressentait la fatigue et le vide qui emplissaient son corps meurtri. Négligeant le pont, elle traversa le ruisseau à la nage. Elle en ressortit dégoulinante et elle enfila sa robe blanche sans même s'essuyer. Ses cheveux mouillés retombaient en désordre autour de son visage. Il lui faudrait longtemps pour les réarranger, c'était la seule chose qu'elle n'aimait pas dans la natation.

Quand elle fut prête à rentrer, elle resta à traîner, l'esprit vide. Le domaine va être bien vide, maintenant que Knox est parti. Et la façon dont il est parti… elle savait maintenant qu'elle ne pourrait plus jamais fermer les yeux, avec n'importe quel homme, et sentir sa présence en elle. Cela aussi était parti. Elle n'aurait plus que Jesse John et son amour doux et gentil alors qu'elle aimait qu'un homme soit fort et téméraire.

Elle partit vers la maison ; elle marchait lentement et au bout de quelques instants elle se retrouva au soleil brûlant. Ceram avait de fortes épaules musclées, suffisamment grandes pour qu'elle puisse s'y accrocher. Elle se mit à sourire en elle-même en pensant à lui.

Et puis Knox était parti pour toujours.

Elle atteignit la maison et monta les marches jusqu'au porche. Matthew glissa la tête par la porte de la cuisine dès qu'il entendit les pas de Connie. Il parut désappointé lorsqu'il la vit ; elle passa devant lui sans dire un mot et se dirigea droit vers la porte de sa chambre. Matthew l'appela au moment où elle posait la main sur la poignée.

— Connie, dit-il. As-tu aperçu Knox ?

Elle se tourna vers lui.

— Oui, dit-elle. Il s'est arrêté pour me parler près du ruisseau. Il m'a dit qu'il partait, qu'il allait travailler pour la TVA. Il est venu me dire au revoir.

Matthew la regardait fixement tandis qu'il l'écoutait lui parler d'une voix indifférente.

— Merci, dit-il au bout d'un moment. Merci, Connie. Je voulais simplement savoir.

Elle entra dans sa chambre et ferma la porte derrière elle. Matthew se tint immobile, le regard fixé au sol. Bien sûr, il le savait ; il le savait depuis le moment où Knox était parti après avoir brisé les pots. Mais il ne voulait pas se résigner à le croire tant qu'il n'en avait pas la confirmation.

Il traversa le couloir et entra dans la salle commune où son père était blotti près du feu. Il s'agenouilla devant l'âtre et activa le feu, une tâche que le vieillard trouvait difficile à accomplir avec ses mains tremblantes. Dès qu'il eut terminé, il leva la tête et regarda le vieux visage de son père.

— Comment allez-vous, papa ? demanda-t-il. Comment vous sentez-vous aujourd'hui ?

— Magnifique, fils, répondit-il en chuchotant d'une voix rauque. Simplement magnifique.

Matthew se releva.

— Papa, dit-il. Knox est parti. Knox a quitté le domaine pour travailler pour la TVA.

Le vieillard ne réagit pas, pas un mouvement, même pas pour regarder Matthew, de sorte que celui-ci ne sut pas s'il avait entendu ou pas. Il baissa la voix afin que son père ne puisse pas l'entendre.

— Votre fils aîné vous a aussi quitté, je m'en souviens, dit-il. Et vous n'avez rien pu faire pour l'empêcher, n'est-ce pas ? Rien du tout.

Il vit alors la tête du vieillard se lever doucement pour le regarder. Il attendit que le mouvement cesse, qu'il soit accompli et que les yeux d'un bleu laiteux se posent sur son visage.

— Magnifique, fils, fit le vieil homme. Simplement magnifique.

6

Rice ne pouvait s'habiller convenablement un jour ouvrable sans provoquer des commentaires ; mais il s'arrêta tout de même le long du ruisseau pour se laver minutieusement avant d'aller voir Charlene. Il avait mis une chemise et une salopette propres ; il les avait déposées, soigneusement pliées, sur une souche d'arbre avant de plonger dans l'eau encore fraîche de la nuit. Il avait même apporté un pain de savon et il se lavait avec attention tout en regardant les bulles s'en aller en flottant. Puis il sortit de l'eau pour se sécher ; il s'exposa avec impatience au soleil car il n'avait pas pris de serviette. Il lui sembla devoir attendre des heures avant d'être sec.

Lui et Charlene allaient passer la journée ensemble. Lorsqu'il le lui avait proposé, il avait laissé entendre qu'il s'agissait d'un pique-nique ; mais en réalité ce serait une promenade dans la forêt comme ils n'en avaient jamais eu l'occasion. Il était tout ému rien que d'y penser ; il était certain que quelque chose de formidable allait se passer aujourd'hui, quelque chose qui influerait sur leur vie. Aucune fille, même une fille ordinaire ne possédant aucun des charmes de Charlene, n'avait encore consenti à se promener avec lui dans les bois. Il n'était pas seulement ému à cause de Charlene ; cela venait aussi en partie de ce que la nuit dernière il avait eu sa chambre à lui, sans la présence de Knox dans l'autre lit, et il était le seul de la maison à avoir une chambre pour lui tout seul, comme Matthew.

Passer une journée entière avec une fille était le genre de chose que Knox aussi avait faite ; il disparaissait toute une journée, ou une nuit entière, quand ce n'était pas pendant un jour et une nuit, et il revenait fatigué, sans dire un mot. Et ce n'était pas seulement en cela que Rice prenait la place de Knox ; hier soir, pendant le dîner, il avait remarqué le regard scrutateur de Matthew posé sur lui. Knox était parti ; seuls restaient Rice et Jesse John.

Et cependant il y avait eu un vide dans la chambre. Il s'était réveillé une ou deux fois au cours de la nuit, croyant entendre Knox rentrer tard, comme cela lui arrivait parfois, se déshabiller sans bruit et pousser un soupir de soulagement au moment où, dans le noir, il s'étendait sur le lit. Mais chaque fois la chambre était demeurée silencieuse, occupée seulement par Rice et le clair de lune ; la dernière fois qu'il s'était éveillé, Rice avait même éprouvé de la difficulté à retrouver le sommeil. Il y avait une solitude dans l'indépendance et la responsabilité, un manque de confort avec lesquels il devrait apprendre à vivre.

Il s'habilla et s'engagea sur le tronc enjambant le ruisseau ; il suivit le sentier qui s'enfonçait parmi les arbres. Il était anxieux et commençait même à avoir peur qu'elle ne soit pas au rendez-vous ; peut-être, après mûre réflexion, avait-elle changé d'avis. Ils avaient décidé cela lors de leur dernière entrevue au clair de lune ; mais maintenant, en plein jour, cela ne paraissait plus du tout la même chose. Il hâta le pas, incapable de supporter plus longtemps le doute. Mais elle serait là. Elle devait y être. Il y avait quelque chose de beau, de légitime dans cette aventure qui commencerait maintenant, aujourd'hui, et il sentait que cela serait à la fois différent et formidable, que quelque chose d'important allait arriver. Lorsqu'il poserait sa main sur Charlene, la sensation serait différente ; il en serait de même lorsqu'il poserait ses lèvres sur les siennes ; un sentiment d'autorité et de maîtrise qu'il n'avait jamais connu avec une autre femme.

Il arriva à la lisière du champ de coton et s'arrêta pour regarder la grande vigne qui baignait dans le soleil, un côté noir et sombre contre le bois, l'autre côté, sur le versant ensoleillé, violemment éclairé. Vus sur le fond de feuilles vert foncé, les raisins paraissaient énormes et succulents ; rien qu'à les regarder, Rice en sentait le goût dans sa bouche. Il s'écarta du sentier et, sans quitter les raisins des yeux, il s'approcha de l'arbre. Il hésita quelques instants en se souvenant de son bain et de ses vêtements propres ; puis, plein d'énergie, il commença à grimper.

Il s'élevait rapidement, utilisant les branches et les sarments pour se hisser. Il s'installa confortablement dans une fourche puis il tendit le bras pour cueillir une grappe ; il la prit délicatement dans le creux de sa main afin que les fruits mûrs ne tombent pas à terre. Il cueillit un grain et le porta lentement à sa bouche pour en savourer la fraîcheur et le goût sauvage. D'autres grains suivirent. L'arbre se balançait dans le vent léger ; c'était un mouvement agréable de va-et-vient et Rice se sentait confortablement bercé tandis qu'il mangeait les raisins. De son perchoir, il regardait les collines lointaines par-delà le domaine et les champs. Le soleil était encore bas et la verdure toute scintillante de rosée. Une toile d'araignée brillait comme un miroir dans le soleil tandis que la brise la faisait osciller. Rice se pencha assez loin en avant pour s'emparer d'une nouvelle grappe, puis se réinstalla dans la même position confortable.

Il aperçut Matthew qui, sur le chemin des champs, conduisait Prince et Molly attelés à la faucheuse. Il regardait, un raisin à la main, à mi-chemin de sa bouche, et il se sentait coupable parce qu'il n'aidait pas Matthew à faucher. Aujourd'hui, après tout, son père n'avait pas besoin d'aide ; la faucheuse ne pouvait être dirigée que par un seul homme à la fois. Il irait au travail demain, ou le jour suivant, lorsque le foin serait prêt à être ramassé. Il serait toujours là lorsque Matthew aurait réellement besoin de lui.

Rice avala rapidement les derniers raisins et il regarda une autre grappe. Mais il en avait eu assez ; il ne faisait que chercher une excuse afin de ne pas arriver trop tôt, de peur qu'elle ne soit pas encore au rendez-vous. Il se décida brusquement à redescendre ; dans sa hâte, son pied glissa sur une branche et il se retrouva suspendu par les bras, les pieds dans le vide. Il s'agrippa au tronc, oubliant Charlene, ses vêtements propres, oubliant tout sous l'emprise de la peur. Jamais on ne le retrouverait. Ils ne penseraient certainement pas à regarder au pied de la vigne ; peut-être penseraient-ils même qu'il était parti en secret rejoindre Knox.

Il attendit jusqu'à ce qu'il retrouve son calme pour considérer la situation. Une magnifique grappe de raisin pendait juste devant lui, à quelques centimètres de son nez ; il la regarda longtemps avant de vraiment réaliser sa présence. C'était une grappe magnifique, chaque grain était une perfection. Je vais la prendre pour Charlene, pensa-t-il.

Il la cueillit délicatement afin que pas un seul grain ne tombe et détruise cette perfection. Il se tint d'une main pour achever la descente jusqu'à ce que ses pieds touchent le sol. Il fit le tour du champ de coton avant de commencer à grimper la colline. Ils devaient se rencontrer devant une cabane désaffectée à quelque distance de là. Elle l'attendait déjà lorsqu'il arriva. Elle était assise sur le pas de la porte, sa robe blanche étalée autour d'elle. Elle releva la tête au moment où il pénétra dans la clairière et les rayons du soleil illuminèrent ses cheveux roux d'une flamme qui se reflétait dans ses yeux. Rice en fut tout ébloui.

— Charlene, dit-il.

— Il y a un quart d'heure que je t'attends, dit-elle. Tu m'avais dit que tu ne me ferais pas attendre.

Surpris par ces paroles, il s'arrêta brusquement ; l'instant d'après il s'avança et lui tendit la grappe de raisin.

— Je l'ai cueillie pour toi, dit-il. Elle était tout au haut de l'arbre. Je suis presque tombé en essayant de l'attraper.

Elle eut un mouvement de recul devant ce bras qui s'était brusquement avancé vers elle.

— Non, dit-elle, ça fera des taches sur ma robe. Jette-la.

Il s'immobilisa de nouveau ; la magnifique grappe de raisin était restée suspendue et se balançait au bout de son bras tendu. Cela ne se passait pas comme il se l'était imaginé. Il s'était vu sortir des bois et venir à sa rencontre ; elle aurait gracieusement accepté son cadeau, puis il l'aurait doucement prise dans ses bras et ils… il ne s'était pas fait une image exacte de ce qui aurait suivi, mais ce devait être quelque chose de magnifique, de plus formidable que d'offrir une grappe de raisin.

Il chassa ces pensées de son esprit et réalisa soudain combien il avait été ridicule. Il avait affaire à une femme ; et, de plus, les gens ne faisaient jamais les choses ni ne disaient ce qu'ils avaient rêvé de faire et de dire. La pratique n'était jamais parfaite ; les gestes et les mots venaient toujours d'une manière hésitante, irrégulière, d'une manière humaine. D'ailleurs ce raisin n'avait aucune signification – et elle avait une robe blanche. Une jeune fille se devait de penser à ces choses-là.

— Il commence à devenir acide à cette époque de l'année, dit-il.

Il jeta la grappe loin de lui, dans la direction des arbres, et regarda les grains éclater au contact du sol. Il vit alors que ses doigts étaient violets à cause de sa gourmandise et il les essuya sur la jambe de sa salopette. Encore un endroit qui risquait de la tâcher ; maintenant il ne pourrait même plus trop s'approcher d'elle.

— Que veux-tu faire ? demanda-t-il.

Elle était toujours assise sur le pas de la porte. Rice la regardait et il fut frappé par sa beauté, exaltée par sa robe blanche. La laideur de la vieille cabane qui tombait en ruine en était éclipsée.

Elle se leva avec grâce, le balancement de sa robe accompagnant son mouvement.

— Allons nous promener dans les bois, dit-elle.

Il lui prit la main ; elle était petite, humide et chaude dans la sienne, et ils s'éloignèrent ensemble de la cabane. Elle marchait à côté de lui, tout près ; elle gardait la tête baissée et regardait le sol irrégulier juste devant ses pieds. Il se demanda à quoi elle pensait ; peut-être regrettait-elle cette journée, l'inévitable qui arrivait. Il allait mettre son bras autour de sa taille, mais il se souvint au dernier moment des taches de raisin.

— Je suis content que tu sois venue, dit-il après qu'ils eurent parcouru un bout de chemin. (Il sourit.) J'avais peur que tu ne viennes pas. J'ai eu peur jusqu'au moment où je t'ai vue assise devant la cabane.

Elle leva la tête pour le regarder.

— Je fais toujours ce que j'ai promis, dit-elle. Tu ne croyais tout de même pas que je ne tiendrais pas parole ?

— Bah, non… hésita-t-il. J'avais simplement peur… tu…

Elle plia son bras derrière son dos, de sorte que le bras de Rice l'enserra mieux. Ainsi il se trouvait plus près d'elle et goûtait cette sensation plus chaude, plus douce que lorsqu'ils se tenaient uniquement par la main.

— Je n'ai pas peur de toi, Rice, dit-elle. Si c'est ça que tu veux dire.

Il sentait son cœur battre à se rompre. Maintenant tout se passait bien. Il la regarda et réalisa soudain qu'elle aussi avait eu peur, tenaillée par l'incertitude. Elle avait eu besoin de mettre une belle robe pour se donner de l'assurance. Elle éprouvait le même tremblement intérieur que lui et il était certain que s'il posait la main sur son cœur, il le sentirait battre aussi fort que le sien.

Absorbé dans ses pensées, il marchait en silence à côté d'elle. Jusqu'alors elle avait toujours été distante, mystérieuse, provocante, presque inhumaine ; elle n'avait pas paru émue comme lui l'était. Pas une seule fois, les baisers et les caresses de Rice n'avaient réussi à secouer la féminité maîtrisée, rigide, des sentiments qu'elle lui rendait. C'est parce que aujourd'hui nous sommes seuls, pensa-t-il, et que le monde ne s'interpose pas entre nous.

Il n'avait pas l'intention de poursuivre la conversation dans le sens où elle avait débuté. Il avait accepté calmement la déclaration de Charlene et il laissait au destin le soin de régler cette journée de la manière la plus parfaite possible.

— Knox est parti, dit-il. Il est allé travailler pour la TVA.

— Quand ?

Elle fut surprise par le changement de sujet et il se rendit compte qu'il aurait mieux fait de ne pas dire cela. Peut-être avait-il laissé passer la seule occasion et qu'elle ne reviendrait plus.

— Hier, dit-il. Il est tout simplement parti, comme ça. Papa était terriblement bouleversé, je ne te dis que ça.

— Est-ce qu'il va travailler en ville ? demanda-t-elle.

Rice éclata de rire.

— Peut-être. Mais je crois qu'il allait chercher du travail sur le chantier. Il veut prendre part à la construction de ce grand barrage.

Elle continuait à marcher, tête baissée.

— J'ai essayé de persuader mon père de vendre et d'aller vivre en ville, dit-elle. Mais il n'a rien voulu entendre. Il dit que les gens de la campagne appartiennent à la campagne.

— Je trouve qu'il a raison, fit Rice. Tu sais, nous devrons vendre...

Elle s'arrêta brusquement.

— Je ne suis pas une fille de la campagne, l'interrompit-elle. Ne me traite pas de campagnarde.

Il la regarda fixement, abasourdi ; il se demandait où elle avait pris cette attitude. Elle se conduisait vraiment d'une manière étrange aujourd'hui ; d'abord le raisin, puis la promesse, et maintenant ceci.

Il sourit et chassa ces pensées ; il l'entoura de ses bras pour la première fois de la journée. Elle s'empressa de s'y blottir ; que c'était doux et chaud de l'avoir ainsi contre lui tandis qu'ils s'embrassaient, leurs lèvres soudées les unes aux autres.

— Dieu, que je t'aime, murmura-t-il.

C'était quelque chose de différent, d'excitant que de s'embrasser en plein jour. Auparavant ils avaient toujours eu la nuit pour les protéger et les abriter.

Elle lui prit la main et ils avancèrent de nouveau ; ils demeurèrent silencieux durant dix, quinze, vingt pas. Il était plein d'attentions et de sollicitude pour elle, et il repoussait les broussailles pour lui ouvrir un chemin.

Elle l'observait du coin de l'œil.

— Je ne me suis encore jamais promenée dans les bois avec un garçon, dit-elle. Mon père me tuerait s'il le savait.

— Ou moi, ajouta Rice.

— Il t'obligerait probablement à m'épouser, dit-elle d'un air embarrassé, même si nous n'avions fait que... marcher.

Il mit son bras autour de sa taille fine.

— Il n'aurait pas besoin de me menacer avec un fusil, dit-il. Et d'ailleurs je prendrais même cela pour une faveur.

Elle s'arrêta de nouveau brusquement ; elle fit face à Rice et posa les mains sur ses hanches. Il pouvait sentir la transpiration transpercer sa chemise, comme si c'étaient des boutons de fièvre.

— Es-tu vraiment sincère ? demanda-t-elle. (Elle avait dit ces mots très rapidement, avec agitation.) Tu voulais vraiment dire que tu désires m'épouser ?

Il la regarda et il se sentit hésiter. Il n'avait pas pensé au mariage ; ce n'était pas vraiment sa pensée ; il avait été tout préoccupé par cette journée qu'il allait passer seul avec elle, d'une manière illicite. Mais il sourit de la voir si rougissante, si incertaine. Je crois que cette fois-ci, je l'ai vraiment surprise, pensa-t-il.

— Bien sûr que je suis sincère, dit-il. Oh, peut-être pas tout de suite, mais…

Ce fut elle qui l'embrassa la première, et c'était un baiser très différent. Ses lèvres étaient devenues très douces, insinuantes, et il sut que c'était la première fois qu'elle l'embrassait réellement, que les fois précédentes ce n'avait été qu'un geste banal. Il fut heureux de la découverte. Il la tenait très serrée contre lui et il l'embrassa plusieurs fois, savourant cette étrange sensation nouvelle.

Elle appuya la tête contre la poitrine de Rice et sa voix était à demi étouffée.

— Je ne me sens plus aussi… mal à l'aise au sujet d'aujourd'hui. Je ne…

Il la caressait doucement dans le dos ; il attendait qu'elle s'habitue à cette nouvelle tournure de la situation. Même à dix-sept ans il savait suffisamment bien qu'il devait être patient, qu'il devait attendre, car elle ne s'était encore jamais promenée avec un garçon.

Au bout d'un moment elle s'écarta et ils reprirent leur marche. Elle avait un ton de voix beaucoup plus gai qu'auparavant.

— Lorsque nous serons mariés, dit-elle, nous irons vivre en ville. Nous louerons une petite maison, nous chercherons du travail pour toi et...

Il éclata de rire.

— Ho, tout doux. J'ai déjà tout combiné. (Il se tourna vers elle.) Écoute. Nous allons devoir vendre la ferme. La TVA va l'acheter et elle nous en donnera un bon prix. Et alors, tu sais ce que nous allons faire ?

Il se tut pour la regarder ; il se demandait pourquoi elle restait silencieuse. Elle regardait fixement ses lèvres. Était-elle occupée à se souvenir du baiser et n'avait-elle pas entendu ce qu'il disait ?

— Nous en avons déjà parlé, papa et moi – dès le début c'était mon idée – et nous allons acheter un terrain plus près de la ville, où nous pourrons commencer à exploiter une ferme d'élevage et installer une laiterie. Nous achèterons les plus belles vaches laitières que nous trouverons ainsi qu'un taureau et aussi un camion. Nous pourrons chauffer les écuries de la même manière que les gens chauffent leurs maisons ; et puis nous ne devrons plus cultiver la terre, tout juste du foin et l'alimentation nécessaire aux vaches. (Il se tut un instant, pour reprendre son souffle.) Et puis, avec le courant électrique de la TVA à notre disposition, nous aurons des machines à traire, un réfrigérateur pour le lait et... (Il se tut de nouveau. Il la regarda, et maintenant il savait qu'il pouvait le lui avouer.) Et je voudrais que tu sois là, Charlene. Je veux t'épouser. (Il l'entoura de ses bras.) Mais nous ne devons pas attendre. Nous pouvons…

Il la sentit se raidir dans ses bras, l'instant d'après elle le repoussait.

— Si j'avais su, je ne serais jamais venue, dit-elle amèrement. Si j'avais pu m'imaginer que tu avais l'intention de me coucher dans les feuilles comme une vulgaire cueilleuse de coton avec qui tu peux faire l'amour au milieu des champs chaque fois que tu en as envie.

Il fut surpris, même choqué par ces paroles dures, le ton de sa voix, cette grossièreté qu'il ne pensait pas qu'elle connaissait. Tout ce qu'il avait décrit lui paraissait déjà une réalité ; même la ferme dont il avait essayé de parler avec Matthew. Tout ce qu'il avait dit était vrai et réalisable, et maintenant tout avait été balayé. Rien ne serait : ni Charlene, ni le brillant avenir qu'il lui avait dépeint, ni même cette journée qu'il avait rêvée.

Il la regarda et il vit qu'elle était encore sous l'influence des paroles amères qu'elle avait prononcées ; il sentit son cœur s'éloigner d'elle. Il laissa tomber ses mains tandis qu'il lui parlait lentement, sans la quitter des yeux.

— Bien sûr, il se pourrait aussi que cela ne se passe pas ainsi, dit-il. Papa n'était guère emballé par l'idée. Et si cela ne se passait pas ainsi, nous pourrions tout de même aller en ville, vivre comme les citadins. Peut-être que je pourrais trouver du travail dans une station-service ou une égreneuse à coton.

Il vit l'expression de Charlene changer à nouveau, et il sut qu'il pourrait la toucher sans se faire rabrouer.

Il lui prit la main, mais il n'en retirait plus aucun plaisir. Il l'obligea à rebrousser chemin.

— J'ai oublié de te dire que je ne pouvais pas rester très longtemps, fit-il. Je dois aider papa à rentrer le foin.

Elle ne lui répondit pas. Elle était calme et froide ; toute chaleur avait disparu de sa petite paume moite. Ils marchèrent en silence jusqu'à la vieille cabane. Ils pénétrèrent dans la clairière comme si c'était une journée ordinaire, différente en rien des autres. La douleur et la tristesse commençaient maintenant à naître en Rice. Il vit la grappe de raisin écrasée là où il l'avait jetée, les grains mourant sous les rayons du soleil.

— Mais je vais te dire une chose, fit-il brusquement, je ferai tout mon possible pour me procurer cette ferme. (Il se tut et se tourna vers elle.) Tu veux que je t'accompagne à la maison ?

Elle répondit d'une voix gentille et neutre cependant :

— Non. Tu ferais mieux de me quitter ici. Quelqu'un pourrait nous voir ensemble et penser.

— Oui, dit-il. Nous ne pouvons pas les laisser penser. (Il détourna la tête.) Bon, je crois que je ferais bien d'aller aux foins. Papa doit se demander où je suis.

Comme moi je me le demande aussi, pensa-t-il. Il plaça un pied devant l'autre. Il découvrit qu'il n'était nullement difficile de se remettre en marche, que le deuxième pas était encore plus facile que le premier, et l'instant d'après elle se trouvait loin derrière lui, debout dans sa robe blanche devant la vieille cabane qui tombait en ruine. Dès qu'il fut dans les bois, hors de la vue de Charlene, Rice se mit à courir de toutes ses forces, jusqu'à ce qu'il soit à demi essoufflé, et que son esprit soit tout occupé par l'effort physique intense qu'il accomplissait.

Miss Hattie était installée dans la vigne lorsqu'elle vit Rice plonger littéralement hors de la forêt, dévaler la colline qui descendait vers le domaine, et traverser les champs pour aller rejoindre Matthew et le couple de mules qui avançaient lentement. Miss Hattie passait son temps à observer les gens ; elle avait abandonné les jeux enfantins qui l'avaient occupée jusqu'alors. Son sujet favori était Connie, parce qu'elle éprouvait un léger sentiment de culpabilité chaque fois qu'elle se souvenait de la manière dont elle l'avait traitée du temps où elle ne comprenait pas encore. Ce matin, elle avait été attirée par le départ furtif de Rice ; elle l'avait suivi jusqu'au ruisseau et, cachée dans les buissons, elle avait attendu qu'il ait fini de se laver ; à chaque minute qui passait, elle était plus intriguée. D'ailleurs Connie était restée dans sa chambre, elle n'était même pas apparue pour le petit déjeuner ; sa porte étant fermée, Miss Hattie ne pouvait rien apprendre de neuf.

Elle avait suivi Rice jusqu'à la vigne ; étonnée, elle l'avait regarder grimper à l'arbre, s'asseoir pour manger, redescendre et poursuivre son chemin. Elle avait essayé de marcher à la même vitesse que lui, mais il avait été trop rapide et quand elle arriva à la forêt, elle ne put retrouver sa trace. Alors, elle était retournée à la vigne pour découvrir ce qu'il y avait trouvé. Elle grimpa aussi vivement que d'habitude ; elle était si pressée qu'elle en oublia qu'elle n'était plus supposée grimper aux arbres. Elle mangea des raisins et elle ne leur trouva rien d'extraordinaire si ce n'est qu'ils étaient aussi gros, violets et bons que d'habitude. Elle se sentait bien dans son repaire et décida d'y rester ; doucement balancée par le vent, elle regardait distraitement l'étendue des champs et elle pouvait voir Matthew travailler dans le lointain. D'où elle était, elle entendait faiblement le bruit de la faucheuse.

Dès qu'elle aperçut Rice sortir des bois, elle émergea de sa torpeur et le regarda attentivement traverser les champs. Je n'aurais pas dû le perdre de vue, se dit-elle sévèrement. Il faut toujours les garder à l'œil, à chaque instant, sinon on n'apprend jamais rien.

Elle descendit de l'arbre et s'engagea sur le sentier qui menait au ruisseau ; elle avait l'intention d'aller dans les champs, près de lui, afin de découvrir le motif de ses activités matinales. Mais alors qu'elle se trouvait en équilibre au milieu du tronc qui enjambait le cours d'eau, elle aperçut Connie qui marchait sur la route, se dirigeant vers l'entrée du domaine ; elle hésita un moment, ne sachant si elle allait la suivre ou bien s'en tenir à sa première intention. Après tout, Rice avait terminé la chose à laquelle il avait été occupé, tandis que Connie ne faisait que commencer. Elle se hâta de finir sa traversée et s'engagea dans les broussailles ; elle marchait parallèlement à la route, et pour rien au monde elle ne se serait laissée distancer par Connie ; aussi ne la perdait-elle pas un seul instant de vue.

Connie était fatiguée, les yeux lourds de sommeil, comme si la nuit ne l'avait pas reposée. Mais une fois en mouvement, elle s'était mise à marcher d'un bon pas, l'air décidé. Elle était restée au lit après que Jesse John s'était levé et elle avait fait semblant de dormir jusqu'à ce qu'il ait quitté la pièce. Elle avait traîné longtemps dans sa chambre ; elle avait essayé de repousser son désir jusqu'à ce que, finalement, elle quitte sa chaise et ouvre la porte. Elle était sortie aussitôt de la maison et, l'esprit vide et les yeux lourds de sommeil, elle était partie d'un pas rapide et régulier vers son but. Elle ne s'était même pas donné la peine de s'habiller convenablement ; elle s'était contentée d'enfiler un peignoir et elle avait mis de vieilles chaussures aux talons éculés ; elle n'avait ni rouge à lèvres ni poudre sur son visage. Ses lèvres étaient pâles et paraissaient molles. Mais aujourd'hui, elle n'avait pas besoin d'être belle.

Elle arriva à l'embranchement où le chemin rejoignait la route qui longeait la rivière jusqu'à la ville. Elle hésita un instant ; elle se retourna même pour regarder en arrière. Au loin elle voyait la maison émerger d'entre les arbres : une partie du porche et un des murs étaient éclairés par le soleil. Lorsqu'elle était encore à l'âge où l'on grandit, le Domaine de Dunbar lui était toujours apparu comme un endroit plus riche, plus agréable à vivre que sa maison ; il y avait là Knox, son père et les autres qui ne semblaient jamais devoir travailler autant que les autres gens, comme si le domaine leur procurait des journées plus agréables qu'ailleurs. Leurs vies paraissaient plus gaies, plus joyeuses ; rien de comparable à l'application sévère de son père à elle. Et même lorsqu'ils transpiraient à un labeur particulièrement dur, leurs rires francs et joyeux semblaient rendre leur tâche plus facile que chez les autres travailleurs dans les autres terres.

Mais maintenant qu'elle avait été là, qu'elle y avait vécu, cela ne faisait plus aucune impression sur elle. Lorsqu'elle se retourna pour regarder une dernière fois la maison, elle n'éprouva ni regret ni remords, mais seulement le grand vide qu'elle avait ressenti hier lorsque Knox lui avait dit qu'il partait, lorsqu'il avait résisté et refusé de répondre à son désir. Elle resta un bon moment à regarder le chemin qui conduisait jusqu'à la maison à demi cachée par les arbres ; puis, n'éprouvant toujours rien, elle détourna la tête et se remit à marcher au milieu du chemin. Elle sentait la terre s'enfoncer légèrement sous ses pas. Son visage rigide et sévère exprimait la détermination et la décision qu'elle avait prise.

Pendant un demi-kilomètre, elle marcha à l'ombre. Elle avançait régulièrement, sans hésiter, et au bout d'un certain temps, il ne lui fut plus difficile de mouvoir ses jambes, toute fatigue ayant disparu. Elle commençait à se sentir heureuse, un peu comme cela lui arrivait quand elle était petite fille et qu'elle s'aventurait toute seule dans la terre de son père. Soudain, sans transition, elle se retrouva à l'endroit qui avait été déboisé et elle s'arrêta, surprise et éblouie par le soleil. Elle se protégea les yeux de la main afin de voir ce qu'il y avait devant elle. Elle vit les hommes qui travaillaient non loin de la route ; les haches brillaient au soleil tandis qu'ils abattaient les arbres et les broussailles pour faire place à l'eau. Elle resta immobile quelques instants ; puis elle laissa tomber sa main et se remit lentement en marche, quittant l'ombre pour le soleil. Elle avançait en balançant les hanches, certaine que les hommes la verraient et feraient attention à elle quand elle passerait dans la partie déboisée.

Elle avait presque dépassé cette zone lorsqu'un homme appela Ceram et, après une remarque grossière, lui montra de la main la femme qui passait. Ceram tourna la tête et il la reconnut dès qu'il la vit ; cela lui fit l'effet d'un coup de poing dans la figure : elle est venue pour moi, se dit-il. Même après ce qui s'est passé hier, elle vient pour moi.

Il ne songea même pas que ces hommes qui travaillaient sous ses ordres étaient des gars du pays qui la connaissaient, qu'ils parleraient d'elle après avoir vu sa démarche provocante, créant ainsi l'histoire et la légende. Il resta immobile à la regarder ; puis il referma le carnet qu'il tenait à la main et le glissa dans la poche de sa chemise. Il mit soigneusement de côté le crayon et s'éloigna alors du groupe d'hommes ; il traversa en diagonale le terrain nouvellement dégagé pour se diriger vers l'endroit où elle avait disparu sous les arbres. Maintenant, il allait effacer l'échec d'hier, il mettrait sa chair là où le grand homme en colère le lui avait interdit, et cela malgré la force et la fureur de cet homme. Cette fois-ci, c'était elle qui était venue à lui.

Il ne se rendit pas compte que les hommes étaient soudain très tranquilles derrière lui, que tout était calme tandis qu'ils le regardaient. Peu lui importait qu'ils le voient tous ; il était même content qu'il en soit ainsi et qu'on en parle jusqu'à ce que cela arrive aux oreilles du grand homme et que cela le rende furieux, qu'il réalise sa défaite. Ceram Haskins était un homme fier, et il n'était pas près d'oublier l'humiliation d'hier.

Il arriva à la lisière de la forêt ; il se dépêchait maintenant car il avait peur qu'elle ait poursuivi son chemin et il craignait d'avoir mal interprété sa démarche provocante. Mais elle l'attendait sous le couvert des arbres ; elle s'était arrêtée au milieu de la route et paraissait ne pas faire attention à lui. Cependant elle était consciente de sa présence.

Au moment où elle avait quitté la partie ensoleillée, elle avait vu du coin de l'œil Ceram se détacher du groupe d'hommes. Elle avait marché jusque sous les arbres avant de s'arrêter pour l'attendre, car elle savait qu'il venait pour elle.

— Vous devez m'emmener, dit-elle. Il le faut absolument.

Il s'arrêta devant elle, effrayé par ces paroles. Il ne s'était pas attendu à des mots, mais seulement à une femme qui le guettait pour s'offrir à lui.

— Qu'est-ce qui se passe ? demanda-t-il. Qu'est-il arrivé ?

Son visage sans maquillage paraissait particulièrement pâle dans la lumière tamisée. Elle le regardait de ses grands yeux implorants ; elle le vit pencher la tête de côté ; elle remarqua sa carrure imposante, ses fortes épaules et elle sentit en elle le même désir qu'hier, et cela se lisait dans son regard.

— Il m'a presque tuée, dit-elle. Il allait me tuer mais… mais son frère l'en a empêché. Vous devez m'emmener loin d'ici.

Ceram la regardait, immobile, toute passion refroidie en lui.

— Il m'est impossible de t'emmener ailleurs, dit-il. J'ai du travail ici, et pour longtemps encore. Il nous retrouvera certainement.

— Ce n'est pas le seul barrage au monde, fit-elle, entêtée. (Elle parlait presque sans réfléchir, sans raisonnement aucun.) Un homme comme vous peut trouver du travail n'importe où. (Elle déboutonna son peignoir et l'ouvrit largement devant lui.) Regardez.

Sous son sein il y avait un bleu énorme ; elle baissa la tête pour le regarder et elle se souvint de la force et du poids de la main de Knox. Elle soupira profondément, en tremblant un peu ; elle essayait de donner une impression de frayeur plutôt que celle d'un souvenir passionné.

— Il allait me tuer, dit-elle. Avec ses mains. Et il me tuera certainement si je reviens.

Ceram ne vit même pas la blessure. Il ne voyait que le sein, le corps nu de cette femme sans pudeur. Et il sentit le désir revenir dans ses entrailles, s'amplifier, de plus en plus violent. Pas assez cependant pour lui faire oublier la raison de cette rencontre.

— Écoute, fit-il d'une voix rauque. Je… nous n'avons même pas… il sait que nous n'avons même pas…

Elle le regardait de ses grands yeux doux et implorants.

— Mais nous allons le faire, dit-elle. Alors nous partirons ensemble, vers un autre barrage et un nouveau travail. Nous partirons tout de suite, aujourd'hui. Nous ferons tout aujourd'hui.

Elle referma son peignoir et s'approcha de lui ; elle lui prit la main comme à un enfant. Et comme un enfant, il la suivit ; ils franchirent le fossé et s'engagèrent dans les fourrés. Il avait de plus en plus envie d'effacer hier ; il pensait à cette femme qu'il avait découverte par hasard et qui s'offrait si complètement à lui.

Elle s'arrêta lorsqu'ils se trouvèrent hors de vue de la route et se tourna vers lui.

— J'ai réfléchi, dit-elle. J'ai réfléchi toute la nuit… (Elle tremblait tandis qu'il la tenait dans ses bras. Cependant elle parvint à dominer son désir pour en revenir d'abord à l'aspect pratique de la situation et se tint tranquille) Tu vas m'emmener, n'est-ce pas ? dit-elle. Tu vas…

Il ne pensait même plus aux hommes, à l'impossibilité de retourner vers eux. Il ne pensait qu'à cette femme fougueuse ; c'était la première fois de sa vie aventureuse qu'une femme venait ainsi à lui.

— Oui, dit-il, je t'emmènerai. Bon sang, oui !

Elle capitula à ces paroles ; elle pouvait enfin se laisser aller à l'acte qu'elle lui avait promis et par lequel elle l'avait forcé à accepter. Enlacés l'un à l'autre, ils se laissèrent tomber sur le sol tapissé de feuilles et ils achevèrent entre eux ce qui avait été interrompu hier.

Miss Hattie voulait tout voir et tout entendre. Mais cela ne lui avait pas été possible. Elle avait entendu toute la conversation ; elle les avait même suivis dans la forêt de l'autre côté de la route ; cachée par les arbres, elle se tenait tout près d'eux. Mais lorsqu'ils se couchèrent ensemble sur le sol, elle ne put plus rien voir. Presque sans savoir qu'elle se déplaçait, elle fit demi-tour et s'éloigna d'eux en courant ; elle traversa le bois, la route, puis l'autre moitié du bois. Elle courut sans cesse, jusqu'à ce qu'elle se retrouve en sécurité dans le domaine. Alors elle s'assit par terre ; ses jambes tremblaient tandis qu'elle pensait à ce qu'elle avait vu et au choc que cela avait été pour elle. C'est donc ça, se dit-elle.

Elle le savait déjà, bien sûr. Mais elle ne se l'était jamais représenté, n'en connaissait pas la réalité fougueuse et passionnée. Elle se mit à regarder son corps avec respect, sous un nouvel angle ; elle savait maintenant que son corps pourrait se séparer de Miss Hattie comme celui de Connie s'était séparé de Connie. Elle n'arriverait plus jamais à considérer son corps de la même manière, car elle se souviendrait toujours de la femme qui dormait dans sa chair.

Puis elle se souvint d'autre chose. Maintenant Connie l'avait trouvé. Aujourd'hui, elle n'avait plus en elle cette incertitude ; dès qu'elle avait vu Connie marcher sur la route, elle savait que tout avait changé. Mais s'était-elle tout simplement levée ce matin et s'était-elle mise en route à la recherche de l'homme qu'elle voulait et l'avait-elle trouvé comme ça sur le chemin ? Il y avait eu aussi un échange de paroles, et puis les bleus qui avaient été mis à nu. Miss Hattie poussa un profond soupir. Mon Dieu que c'était compliqué ; il y avait tant de choses qui se passaient autour d'elle, et une paire d'yeux n'était pas suffisante pour tout voir, bien moins encore comprendre et interpréter.

Elle se leva lentement et se dirigea vers la maison ; elle jeta un coup d'œil au soleil et réalisa qu'il était presque temps de déjeuner. Elle s'approcha de la maison par l'arrière et traversa la grange. Une voix l'appela et elle se retourna : elle vit Jesse John debout devant la porte, les bras chargés de maïs. Il était en train de s'occuper de la nourriture des mules.

— Est-ce que Connie est déjà levée, Miss Hattie ? Elle était encore couchée lorsque je suis sorti.

Elle n'avait pas pensé à Jesse John. Elle l'avait complètement oublié. Elle le regardait fixement ; elle avait brusquement blêmi. Elle ressentait pour la première fois une véritable compassion pour lui. C'était son frère, et Connie l'avait trahi, avait quitté le cercle de son amour. Jesse John n'avait pas été un véritable amour pour Connie. Miss Hattie savait que cela allait lui faire mal.

Elle détourna les yeux et, baissant la tête, elle regarda ses pieds nus et poussiéreux.

— Oui, fit-elle, je l'ai vue ce matin.

Jesse John se dirigea vers l'écurie, posa sa brassée de maïs et retourna vers la porte.

— Je me demandais jusqu'à quand elle allait rester ainsi, dit-il. Qu'a-t-elle fait tout ce temps ?

Miss Hattie regardait fixement devant elle, ne sachant comment se dérober. Si seulement j'avais joué ce matin avec mes flacons, se dit-elle. Si seulement j'avais été dans le bosquet au lieu d'aller voir la chose qu'elle faisait. Elle était incapable de mentir convenablement. Rien qu'au ton de sa voix il se rendrait compte qu'elle mentait.

— Ne m'oblige pas à te le dire, Jesse John, fit-elle. Je ne veux pas être celle qui te l'apprendra.

Il fit volte-face, la peur s'emparant déjà de lui.

— Que veux-tu dire ? demanda-t-il d'une voix cassante. De quoi est-ce que tu parles ?

À la manière dont il la regardait, il ne lui était même plus nécessaire d'entendre prononcer des paroles. Il savait sans devoir écouter. Elle eut finalement l'air d'avoir pris une résolution.

— Elle est partie avec un autre homme, dit-elle. Je l'ai vue. Je l'ai suivie le long de la route jusqu'à ce qu'elle le rencontre ; je les ai entendus parler et alors... elle est partie avec lui.

Il lui empoigna brusquement le bras.

— Depuis combien de temps le sais-tu ? demanda-t-il. Depuis combien de temps es-tu là sans dire un mot avant qu'il soit trop tard, jusqu'à ce que...

Elle essaya de se dégager de cette poigne formidable.

— Je ne savais pas, dit-elle. (Elle pleurait et les larmes formaient des lignes dans son visage poussiéreux.) Je ne savais pas, Jesse John, je le jure.

Il ne lui avait encore jamais fait mal. Il n'avait jamais fait mal à qui que ce soit. Mais cette fois sa douceur avait été ébranlée ; il savait qu'elle disait la vérité. Il l'avait lue sur son visage avant même qu'elle l'ait dite. Il s'assit sur le pas de la porte et se couvrit le visage de ses mains afin qu'elle ne voie pas ses yeux humides.

— Je savais qu'elle allait le faire, dit-il d'une voix entrecoupée. Je l'ai su depuis le jour où elle m'a épousé. Je le savais mais je ne voulais pas le croire.

Miss Hattie s'approcha de lui et posa la main sur sa tête. Son instinct de femme s'éveillait devant la douleur.

— Tu n'y pouvais rien, dit-elle. Il n'y a qu'un seul homme qui convienne à chaque femme… et tu n'étais pas celui qu'il fallait à Connie, Jesse John. Ce n'est pas ta faute.

Il releva la tête.

— Aucun autre homme ne pourra l'aimer comme moi, dit-il. Aucun homme ne pourra la traiter avec la même gentillesse que celle que moi j'ai montrée.

Miss Hattie ne sut pas que répondre exactement.

— Peut-être que la gentillesse ne suffit pas. Peut-être faut-il plus… (Elle se tut, ne sachant plus quoi ajouter.) Je ne sais pas, dit-elle. Comment voudrais-tu que je sache ? C'est toi l'adulte.

Elle courut vers la maison ; elle pleurait de nouveau et était à demi aveuglée par le soleil qui brillait dans ses larmes. Je ne sais pas, se dit-elle. Je ne sais même pas s'il est plus difficile d'être une femme ou un homme. S'il y avait moyen de choisir quelque chose d'autre, de très différent, je le ferais. Elle s'assit sur les marches du porche et enfonça son visage dans sa jupe pour pleurer à son aise. Elle pleura longtemps, jusqu'à ce que cela devienne un calmant.

Jesse John demeura dans la grange et attendit de recouvrer ses esprits. Mais il ne parvenait pas à se calmer. Finalement, désespéré, il se leva pour aller rejoindre Matthew dans les champs. Il marchait lentement, d'un pas lourd comme celui d'un vieil homme.

Il rencontra Matthew et Rice sur le chemin ; ils rentraient à la maison pour le déjeuner. Il s'arrêta devant eux.

— Papa, dit-il, je suis venu vous voir.

— Qu'est-ce qui se passe ? demanda Matthew, alarmé.

Jesse John ne pouvait cacher son trouble aux yeux de son père.

— Connie est partie, dit-il.

Sa voix n'avait aucune résonance. Ce n'était pas une surprise pour Matthew ; il avait remarqué en elle l'incertitude, la nervosité. Il tourna lentement la tête pour regarder Rice.

— Conduis les mules à l'écurie, dit-il. Donne-leur un bon repas.

— J'ai préparé le maïs, fit Jesse John. Douze épis pour chacune.

Il prononça ces paroles sur le même ton que les précédentes.

— Mais… fit Rice.

— Vas-y maintenant, l'interrompit Matthew. Ne discute pas. Fais ce que je te dis.

— Oui, monsieur, répondit Rice, obéissant.

Il prit les rênes en main et s'éloigna d'eux.

— C'était un des hommes de la TVA ? demanda Matthew.

Jesse John secoua la tête.

— Je ne sais pas, dit-il. Je ne savais même pas qu'elle...

Matthew s'approcha de lui.

— Que vas-tu faire, fils ? demanda-t-il doucement. Que peux-tu encore faire ?

La voix de Jesse John était hésitante.

— Je ne sais pas. Je n'aurais jamais pensé qu'elle allait me quitter. Je croyais qu'elle finirait par se fixer, qu'elle en viendrait à aimer être ici. Je croyais que nous...

— Tu aurais dû lui faire un enfant, le coupa Matthew. Une femme a besoin d'avoir un enfant pour savoir qu'elle est l'épouse d'un homme.

Jesse John fit une grimace.

— Elle n'en voulait pas, dit-il. Elle n'était pas encore prête à élever des gosses.

Matthew lui posa la main sur l'épaule.

— Je sais ce que c'est, fils, dit-il. Mais aucun homme ne peut garder une femme qui ne veut pas rester. Aucun homme au monde.

Les traits du visage de Jesse John se durcirent ; cela lui donnait un air têtu.

— Je vais partir à sa recherche et la ramener.

Matthew le regarda dans les yeux.

— Tu en veux encore ? Après qu'un autre homme a mis la main sur elle ?

Jesse John acquiesça d'un signe de tête, honteux.

— Je l'aime, papa, dit-il. Il faut que je la retrouve.

Matthew détourna la tête.

— Combien de temps cela durera-t-il ? Pendant combien de temps as-tu l'intention de chercher ?

Jesse John faisait pitié à voir.

— Jusqu'à ce que je la retrouve, répondit-il. Je ne sais pas combien de temps cela me prendra.

Matthew l'observa attentivement pendant un bon moment. Il n'avait jamais réalisé la présence de cette volonté sous les apparences douces et faciles de Jesse John. C'était bien le moment de le découvrir, maintenant que lui aussi quittait le domaine. Ce serait une longue poursuite ; car Connie, elle, devait connaître l'entêtement de son mari et elle se dépêcherait d'aller loin avec son nouvel homme.

— Si tu sens que tu dois partir, dit-il lentement, ce n'est pas moi qui t'en empêcherai. (Les mots avaient de la difficulté à passer par sa gorge et il toussa pour s'éclaircir la voix.) J'aurais dit la même chose à Knox si seulement il m'en avait laissé le temps. Maintenant vous êtes des hommes. Vous devez être capables de savoir ce que vous faites.

Jesse John lui tourna le dos.

— Je n'avais pas l'intention de vous quitter, dit-il. Mais il faut que je la retrouve immédiatement.

Matthew posa de nouveau la main sur son épaule. C'était un rapprochement inaccoutumé entre eux.

— Vas-y, dit-il. Mais reviens dès que tu peux. Un de ces jours, j'aurai besoin d'un homme pour prendre ma place. Ne l'oublie pas.

— Je reviendrai, répondit Jesse John. Je vous le promets, papa. Dès que j'aurai fini de chercher.

Matthew regarda Jesse John s'éloigner vers la maison.

— Si tu vois Knox, lui cria-t-il, si tu vois Knox… dis-lui qu'il est aussi le bienvenu.

— Je le lui dirai, répondit Jesse John sans s'arrêter.

Matthew savait qu'il ne prendrait pas immédiatement le chemin de la rivière ; selon son habitude lente et réfléchie, il passerait d'abord par la maison pour faire sa valise et dire au revoir à Miss Hattie, à Arlis et au vieillard.

Matthew ne voulait pas le revoir avant son départ. Il se rendit à l'étable pour faire sortir les mules, quoiqu'elles n'eussent pas encore fini de manger, et pour leur remettre leurs harnais. Sans même se retourner vers la maison, il se dirigea tout droit vers les prés pour continuer à faucher. Maintenant que deux de ses fils étaient partis, il y aurait deux fois plus de travail. Rice était tout ce qui lui restait.

Panorama IV

Les bâtisseurs

Dans cette grande symphonie de la construction, il y a des thèmes courts et des mouvements régis par le temps. Maintenant, en novembre, on ne commence rien de neuf ; on se concentre uniquement sur les efforts passés avant d'affronter les froids de l'hiver. Le courant du travail va ralentir, un peu comme la mélasse qui coule moins vite quand il fait froid, pour reprendre avec une vigueur nouvelle au printemps. Ni les hommes ni les outils ne travaillent convenablement dans le froid ; ils sont lents, peu maniables, tristes ; des feux s'élèvent sur les chantiers et les hommes viennent s'y grouper pour se chauffer. Les nez coulent et reniflent ; les mains gantées s'entrechoquent avec effort pour activer la circulation ; les pieds battent le sol dur et gelé. Le matin, lorsque les hommes vont de leurs baraquements au lieu de leur travail, leurs pieds écrasent la glace qui s'est formée sur les flaques d'eau du chemin.

Mais on n'en est pas encore là ; ici, dans le Sud, le mois de novembre se traduit par un ralentissement sensible tandis que l'on perfectionne ce qu'on a commencé. Tout le travail se concentre dans la zone de l'écluse sur la rive sud où il y a eu des ennuis à cause du mauvais sous-sol. L'installation de la bétonneuse est terminée et maintenant elle expulse de son gros ventre les blocs de béton indigeste que la courroie transporteuse entraîne jusqu'à l'écluse où il est coulé dans des formes dessinées par les hommes afin que l'eau et les bateaux puissent passer. Le long de la berge sud, la lutte pour colmater les brèches continue. S'ils échouent, tout le projet sera inutilisable, car l'eau cherche toujours le chemin le plus facile. S'il subsiste un seul point faible, elle le découvrira.

Chaque jour, d'autres hommes viennent travailler au barrage ; du fond des terres et des collines, ils ont été attirés par la promesse de bons gages, par la curiosité et l'étonnement de voir une chose nouvelle. Les mains vides, ils marchent jusqu'au bureau du personnel pour poser la question qu'ils sont venus poser. Ils sont vêtus de salopettes ; ils sont timides et pleins d'espoir. Ils écoutent, sans comprendre, qu'il leur faudra passer des tests et ensuite attendre leur tour. Ils s'asseyent devant des pupitres, comme des écoliers, le bras formant un grand demi-cercle à leur droite, afin d'avoir de la place pour remplir les longs formulaires. Ils sont penchés, le nez collé sur les feuilles, comme s'ils étaient myopes (quoique la plupart de ces hommes soient capables de voir un écureuil sur un arbre distant de deux cents mètres), et ils tiennent gauchement un crayon dans leur main plus habituée à la hache ou à la charrue. Ils lisent en bougeant les lèvres puis, ne sachant que répondre exactement, ils restent immobiles à regarder les feuilles de papier ; enfin ils écrivent, lentement, comme des écoliers, en appuyant fort sur le crayon, gravant chaque mot de leur réponse sincère et honnête dans le papier. Ils regardent ceux qui ramassent les formulaires qu'ils ont remplis et ils restent assis pour attendre patiemment le résultat. Tout cela les déroute ; mais ils sont emplis d'espoir et de bonne volonté, du désir de construire un grand barrage et aussi de recevoir les salaires élevés qu'ils n'ont jamais connus auparavant.

Ceux qui sont acceptés découvrent que le travail est dur et qu'il se fait en équipe. Ils avaient l'habitude de travailler seuls dans leurs champs, sans supervision. Maintenant il y a un groupe d'hommes dont l'un chargé de leur dire ce qu'ils doivent faire. Ici, on construit un barrage et chacun doit accomplir ses huit heures d'un dur labeur pour respecter le programme. La terre, les rochers et le béton armé doivent être transportés dans des chariots poussés par des hommes, et d'autres mains doivent être disponibles pour creuser, couper et déterrer. Le travail est dur, mais c'est du bon travail ; un peu comme le travail aux plantations, car on voit le barrage grandir et prendre forme.

Il y a aussi d'autres choses nouvelles et étranges. Les baraquements sont chauds et confortables ; les longues ailes sont divisées en petits compartiments de contre-plaqué assurant une chambre pour deux hommes. Il y a l'éclairage ainsi que des radiateurs électriques ; et puis des douches avec de l'eau chaude pour se laver après chaque journée de travail. Il y a une cantine où les hommes peuvent trouver une nourriture souvent meilleure que tout ce qu'ils ont goûté à ce jour ; également un bâtiment comportant un centre de loisir où on peut pratiquer des sports innocents tels que le basket-ball, le hand-ball et le ping-pong. Ce n'est évidemment pas aussi intéressant que les parties de poker qui, le samedi soir après la paie, se poursuivent parfois toute la nuit dans les chambres ; mais un gouvernement prévoyant a tout de même pensé à installer ces salles de divertissement.

Le travail est dur, pénible, le même genre de labeur non spécialisé que celui qu'ils ont toujours exercé. Parmi eux, il y a les spécialistes venus des autres barrages ; des hommes installés en haut de leurs machines puissantes, qui dédaignent les ouvriers en dessous d'eux, et qui clament de leurs voix fortes et rauques le triomphe de leurs connaissances. Mais il y a aussi quelque chose de nouveau, quelque chose que ces hommes des collines n'ont jamais connu auparavant. Il est possible ici d'apprendre un métier, une spécialisation ; on peut arriver à diriger un bulldozer ou un derrick. On peut apprendre à souder, à installer des canalisations, à lire un plan. Ces hommes sont lents et ne savent pas quoi faire d'un crayon et d'un morceau de papier, mais ils sont pleins de capacités ; ils désirent faire autre chose qu'un travail purement manuel ; ils ont besoin de se perfectionner. Toutes ces nouveautés arrivent aux oreilles de ceux qui sont restés dans les collines, et chaque jour amène devant le bureau du personnel un, deux ou une demi-douzaine d'hommes.

Chickasaw est en pleine phase de construction. La première saison de beau temps est derrière eux et la première de mauvais temps les attend. Les ouvriers se sont habitués au travail et ils sont pris par la routine. Les baraquements ne sont plus neufs, ils portent des traces de coups et de griffes ; le soir, les hommes se réunissent dans les douches pour jouer aux dés. Ils se couchent sur leurs lits, les mains derrière la tête, et ils rêvent en regardant le plafond ou bien ils étudient les matières qu'on leur a dit d'apprendre pour les cours. Ils sont à l'aise ; ils ont un emploi, ils construisent Chickasaw, et à chaque paie, ils envoient un mandat à ceux qui sont restés dans les collines. Et le jour suivant, de nouveaux hommes attendent l'heure d'ouverture du bureau du personnel ; ils attendent poliment, timidement, pour poser la question qu'ils sont venus poser.

7

Il n'est guère facile pour deux hommes de récolter ce que quatre ont planté. Au cours de cet automne, Matthew travailla plus dur qu'il ne l'avait jamais fait pour récolter le coton et le maïs au fur et à mesure qu'ils mûrissaient. Il était tous les jours dans les champs avant le lever du soleil et il y restait jusqu'à la nuit. Si c'était la pleine lune, il retournait aux champs après le dîner. Et tout en travaillant, il pensait à l'avenir et faisait déjà des plans pour l'année prochaine. Il consacrerait plus de terres au foin et au maïs – cela demandait moins de travail que le coton – et pour utiliser ce foin et ce maïs supplémentaires, il achèterait quelques veaux. Alors il pourrait cultiver toutes ces terres sans rien laisser inoccupé pendant l'année, ou les deux ans, ou même plus, où ses fils seraient absents.

Rice travaillait aussi régulièrement et aussi bien que lui, et Matthew était heureux de l'avoir à ses côtés. Les champs paraissaient très vides maintenant qu'il n'y avait plus la voix tonitruante de Knox ni la tranquillité de Jesse John. Même Connie lui manquait, elle qui traînait toujours autour de la maison, pieds nus, en peignoir, les cheveux tombant en désordre – ou parfois, tout au contraire, incroyablement belle, les lèvres et les yeux bien maquillés, vêtue d'une robe fraîche et proprement amidonnée. Il ne restait plus que Matthew, Rice, Arlis, Miss Hattie et le vieillard. La vieille grande maison était vide et aux repas, la grande table de chêne de la cuisine paraissait clairsemée.

Au bout d'un certain temps, Matthew apprit que Rice ne sortait plus avec sa petite amie. Lorsqu'il ne réalisait pas que Matthew le regardait, ses traits étaient tirés, il était triste et renfermé. Mais Matthew ne pouvait rien faire pour l'aider, car Rice ne parlait jamais d'elle. Une ou deux fois il fit allusion à la ferme laitière et aux merveilles des grandes machines à traire et des étables chauffées.

— Nous sommes trop loin de la ville pour cela, lui avait répondu Matthew.

— Mais… fit Rice. Nous devrons…

— Nous ne devrons rien faire du tout, l'arrêta brusquement Matthew. J'ai dit que nous sommes trop loin de la ville.

Les deux garçons n'étaient pas encore revenus et ni l'un ni l'autre n'avait envoyé de cartes postales pour faire part à Matthew de leurs occupations. Mais Matthew ne s'attendait pas à recevoir de leurs nouvelles ; le jour où il les verrait déboucher du chemin, il saurait qu'ils étaient de retour. Les Dunbar n'étaient pas de bons clients pour les postes des États-Unis.

Le seul visiteur était Crawford Gates. Il venait au moins une fois par semaine, en général le samedi, pour emmener Arlis au cinéma de la ville. Matthew avait une attitude correcte envers lui, mais l'amitié première qui les unissait avait disparu. Il sentait une tension monter en lui chaque fois qu'il voyait Crawford apparaître, car il s'attendait à un nouvel assaut pour le persuader de vendre. Mais Crawford ne disait jamais rien. Il venait apparemment uniquement pour Arlis et il était toujours amical envers Matthew.

L'automne a aussi ses rites ; il y a le coton à cueillir, le bois abattu l'été, qui a séché et qu'il faut découper, les cris des oies qui, la nuit, volent du nord vers le sud. Pour la première fois de sa vie, Matthew loua les services de cueilleurs de coton. Pendant quelques jours, le domaine grouilla de gens qui avançaient, penchés entre les rangées, traînant derrière eux des sacs immenses ; il y avait le rassemblement habituel autour de la balance où Matthew inscrivait minutieusement sur un carnet le poids de coton que chaque cueilleur avait ramassé. Ils s'assemblaient pour manger sur l'herbe, à l'extrémité des rangées ; la nourriture était apportée dans des casseroles et des pots à sirop recouverts d'un linge blanc.

La cueillette du coton à peine terminée, voilà que le maïs était mûr ; Matthew et Rice marchaient le long des rangées, de chaque côté de la charrette qui avançait continuellement ; de la main, ils tordaient les épis pour les séparer des tiges et ils les lançaient dans la charrette où ils tombaient en touchant le fond avec un bruit sourd. Les mules avançaient lentement, en ligne droite entre les rangs de maïs ; arrivées au bout, Matthew leur faisait faire demi-tour et les tiges sèches et mortes se pliaient et cassaient sous les roues, après s'être tenues toutes droites et phalliques pendant tout un été.

Puis il y avait l'animation du jour où l'on conduisait la charrette lourdement chargée de coton jusqu'à l'égreneuse ; il fallait faire la queue devant les balances, puis un gros tube aspirait le coton entassé dans la charrette ; l'odeur des saucisses que l'on grillait tout près de là arrivait jusqu'à eux. Après cela, muni de ses échantillons, Matthew faisait le tour des bureaux d'achat ; il regardait les hommes étudier attentivement les fibres avant de proposer un prix. La récolte avait été bonne et le prix était plus élevé que les autres années.

Alors vint le rite le plus important du mois de novembre. Un soir, après le dîner, Matthew se leva pour prendre le catalogue des grands magasins Sears-Roebuck qu'il avait placé sur une étagère le jour où il l'avait reçu. Il était gros et épais dans ses mains, une véritable corne d'abondance, le livre des mille et une merveilles. Il le déposa sur la table, à la place de son assiette.

Il regarda autour de lui.

— Je crois qu'il est temps de faire notre commande, dit-il. Chacun d'entre nous a besoin de vêtements d'hiver.

Il vit les yeux s'illuminer tandis que tous se penchaient vers lui. Il les observait et il était heureux de voir dans leurs regards leurs rêves mûrir, prêts à se réaliser. Chacun d'eux avait été à un moment ou un autre prendre le catalogue sur l'étagère pour s'extasier sur les splendides pages en couleurs, celles, plus fines, avec des illustrations en sépia, pour s'émerveiller devant tous ces trésors que l'on pouvait recevoir par la poste et pour de l'argent.

— Bon, fit-il après un rire. Commencez à me dire ce que vous voulez ; je vous dirai ensuite ce que vous pouvez avoir.

Arlis joignit les mains, en proie aux affres de la décision à prendre.

— J'aurais besoin de certaines affaires pour la maison, dit-elle. Pour commencer, une nouvelle cafetière. Celle que nous avons n'a presque plus de fond.

Il la regarda, l'air moqueur.

— Tu ne veux pas de beaux vêtements ? demanda-t-il. Des robes blanches et des écharpes de satin pour sortir avec ton gars ?

Elle rougit.

— Je n'ai pas besoin de nouveaux vêtements, répondit-elle. Peut-être une ou deux blouses de travail, celles que j'ai sont fort usées.

Matthew éclata de rire. Il détacha le bon de commande qui se trouvait à la fin du catalogue.

— Cette année, on a eu un bon prix pour le coton, dit-il. Alors tout le monde a droit à quelque chose dont il n'a pas absolument besoin. Vous feriez bien de vous décider.

Il ouvrit le livre à la page des vêtements pour hommes.

— Je commence par inscrire papa, dit-il. Il lui faudra de nouvelles salopettes et des chemises. Et aussi deux paires de longs sous-vêtements. (Il se mit à écrire lentement sur le bon de commande, ses doigts traçant lisiblement les numéros, les prix et les tailles ; il porta le crayon à ses lèvres pour en mouiller la mine.) Je ne pense pas qu'il aura besoin d'autre chose, fit-il, et il cessa d'écrire. Des vêtements chauds, de la nourriture et un bon feu devant lequel s'asseoir lui suffiront pour passer l'hiver.

Il regarda Rice.

— Et toi, Rice ?

— J'ai besoin d'une vareuse de travail, répondit Rice. J'aimerais en avoir une doublée de laine. Et une paire de chaussures.

— J'ai oublié les chaussures pour papa, fit Matthew. Aucune difficulté de ce côté ; il veut des bottines montantes en cuir souple. Il ne voudrait rien mettre d'autre aux pieds. (Il se tut un instant avant d'ajouter :) Et quoi encore, Rice ?

Rice regardait ses mains posées sur la table.

— Rien d'autre, je crois, répondit-il. J'ai tout ce qu'il me faut.

— Tu ne veux pas de beaux pantalons pour mettre le dimanche, ainsi qu'une belle paire de chaussures brillantes ? Tu t'imagines que les filles vont t'admirer dans ta vareuse et tes grosses godasses ?

Rice détourna la tête.

— Je ne me pavane pas devant les filles, dit-il. J'ai fini avec ces sottises.

— Attends seulement le printemps, et tu recommenceras, fit Matthew en riant. Bon, voyons ces pantalons-là. Ils te plaisent ?

Le regard de Rice fut attiré par le catalogue.

— Non, dit-il. Mais ceux-là, juste à côté.

Matthew fronça les sourcils.

— Tu as l'œil pour choisir des pantalons, dit-il. Ils coûtent trois dollars de plus. (Il remarqua l'expression de Rice qui changeait.) Je ne discuterai pas avec toi. Je pense d'ailleurs qu'ils valent bien les trois dollars de plus pour attirer l'attention d'une fille.

Ils le regardèrent inscrire de nouveau des numéros, des prix et des tailles. Puis il se tourna vers Miss Hattie.

— Maintenant, à toi, Miss Hattie. Tu veux une collection de flacons vides pour jouer dans les routes que tu as faites dans ton bosquet ?

Miss Hattie était perdue dans ses rêves, la langue entre les dents. Il y avait tant de choses... des choses merveilleuses... mais elle ne les connaissait pas encore très bien. Du rouge à lèvres, de la poudre, et tous les objets et instruments étranges utiles et nécessaires à la beauté de la femme. Elle ne savait vraiment pas quoi.

— Je ne vois pas pourquoi je devrais commander quelque chose chez ce vieux Sears & Roebuck, dit-elle. Il n'est pas possible de se rendre compte de ce qu'on veut si on ne le voit pas.

— En tout cas je vais vous dire une chose, dit Arlis. Vous devez commander des soutiens-gorge pour cette jeune fille. Environ quatre... taille 32 A, papa. Vous pouvez voir où sont inscrites toutes les indications...

Matthew releva la tête.

— Viens ici, Miss Hattie.

Miss Hattie bondit.

— Je n'ai pas besoin de ces vieux soutiens-gorge, fit-elle d'une voix embarrassée.

Cette réflexion fit rire Arlis.

— Tu seras la honte de la famille, Miss Hattie, si tu ne te décides pas à en porter bientôt. (Elle regarda Matthew.) Vous feriez mieux d'en commander au moins une demi-douzaine, papa.

Le regard de Matthew quitta Miss Hattie tandis qu'il feuilletait les pages du catalogue. Il finit par trouver la page abondamment illustrée de modèles portant des soutiens-gorge, corsets et autres sous-vêtements. Jusqu'à présent cela avait été amusant de faire son choix, même malgré l'absence des deux garçons, même si la commande devait être plus courte que d'habitude puisqu'il n'y avait rien à acheter pour eux. Mais maintenant… il ne s'était pas rendu compte que Miss Hattie grandissait, que ce n'était plus une petite fille, quoique pas encore une femme. Elle avait toujours été sa favorite, la plus jeune et la plus aimée, la seule qui ne le vouvoyait pas. Il lui autorisait certaines libertés qu'il refusait aux autres ; et cependant ceux-ci ne lui en voulaient pas car elle était aussi leur favorite. À elle seule, elle représentait une jeunesse particulière dans la maison.

Du doigt, il souligna la description du catalogue : *soutien-gorge en coton fin pour une jeune fille dynamique… doux à porter… orné de rubans et de nœuds…* Il se mit à écrire sur le bon de commande.

— Inutile de l'inscrire, fit Miss Hattie, de très mauvaise humeur. Vous n'allez pas m'obliger à me harnacher dans un de ces trucs. C'est fait pour les femmes.

Matthew releva la tête.

— Viens ici, Miss Hattie.

Elle fit le tour de la table et vint, à contrecœur, se placer à côté de lui. Elle se forçait à ne pas regarder le catalogue.

— C'est quelque chose de normal, ma chérie, dit-il d'une voix douce. Tu ne peux pas combattre ce qui est naturel. Cela ne sert à rien de vouloir même essayer.

— Je…

— Tout grandit et évolue, poursuivit-il. Tu grandis et tu évolues exactement de la même manière que la terre et les arbres. Tu devrais en être fière.

Il regarda les autres, mais ceux-ci ne faisaient pas attention. Assis sur sa chaise qu'il faisait basculer en arrière, Rice sifflait et regardait vers la fenêtre. Quant à Arlis, elle se tenait debout sur le pas de la porte et paraissait aux aguets.

— J'ai cru entendre une voiture, dit-elle.

Matthew tourna une page du catalogue. Il regarda Miss Hattie d'un air de conspirateur.

— Que penserais-tu de ces culottes ? demanda-t-il. Celles bordées de dentelle ?

Le regard de Miss Hattie fut attiré par la page indiquée par le doigt de Matthew. Elle poussa un soupir.

— De la véritable dentelle ? demanda-t-elle.

— De la dentelle véritable, affirma Matthew. C'est écrit ici. Si nous en prenions six pour aller avec tes nouveaux soutiens-gorge ?

Elle s'était penchée sur la table et lisait avec intérêt la description. Satisfait du résultat, Matthew se mit à écrire.

— Et voilà, cela en fait six des premiers et une demi-douzaine des autres, dit-il.

— Mais oui, j'entends une voiture, dit Arlis. Je me demande qui…

Matthew tendit l'oreille. Rice se détourna de la fenêtre et leva la tête. Maintenant, dans la tranquillité du soir, le bruit du moteur s'entendait très bien. Matthew, qui observait Arlis, vit son expression changer.

— C'est Crawford, dit-elle. Je reconnais…

Elle se tut et détourna la tête de Matthew. Celui-ci sentait l'inquiétude l'envahir. Ils attendaient tous en silence. Le moteur s'arrêta, une portière claqua, puis six pas résonnèrent dans la nuit. Ils entendirent la voix de Crawford appeler. Mais Matthew ne bougea pas. Il regardait toujours Arlis lorsqu'elle se tourna vers lui avant de sortir de la pièce.

Matthew se pencha de nouveau sur le catalogue. Il feuilleta négligemment les pages ; il entendait le murmure des voix qui arrivaient du porche ; puis, d'un geste décidé, il referma le livre.

— Nous terminerons demain, déclara-t-il.

Arlis conduisit Crawford dans la cuisine. Crawford parlait d'une façon très animée et il paraissait très excité.

— 'soir, monsieur Dunbar, dit-il. Il a gagné. Il l'a de nouveau remporté.

— Vous ne vous attendiez tout de même pas à ce qu'il perde ? fit Matthew. Arlis, j'aimerais bien une tasse de café, si tu as encore envie de le réchauffer.

— Certainement, papa, répondit Arlis.

— Qui a gagné ? demanda Rice.

— Roosevelt ! s'exclama Crawford. Landon n'est arrivé nulle part. Roosevelt l'a littéralement balayé.

Matthew observait Miss Hattie qui s'emparait du catalogue et le plaçait devant elle. Il sourit en lui-même lorsqu'il vit qu'elle regardait les fantaisies féminines. Elle était penchée sur les pages brillamment illustrées et son regard en disait long sur ses pensées. Pas besoin de m'en faire pour elle, se dit-il. C'est bel et bien une femme. Il se tourna vers Crawford.

— À vous entendre, on pourrait croire que vous étiez inquiet, dit-il. Mais que diable, il vous suffisait de parcourir le pays pendant une demi-journée pour vous rendre compte que Landon n'avait pas une chance.

Crawford s'assit à la table ; il avait le front plissé.

— La partie paraissait serrée, dit-il. Depuis le printemps dernier, la Cour suprême ne fait que nous ennuyer chaque fois que la TVA a un procès. Je ne vous cacherai pas que j'avais la frousse. D'ailleurs, avec tous les journaux du pays qui prenaient le parti de Landon et qui prédisaient trente-six merveilles, il y avait de quoi vous faire assez peur pour que vous reconnaissiez que ce qui était noir était blanc. J'aurais dû savoir que les gens étaient suffisamment intelligents pour ne pas renverser Roosevelt.

Matthew observait Arlis qui apportait les tasses et versait le café. Elle remit la cafetière sur la cuisinière et vint s'asseoir de l'air le plus naturel du monde à côté de Crawford. Matthew se retint de froncer les sourcils. Il se pencha sur sa tasse, cachant son visage tandis qu'il buvait, et il sentit de nouveau monter en lui les craintes qu'il avait ressenties de nombreuses fois au cours de l'été.

Pour la première fois de sa vie, pendant ce long été et cet automne, Matthew avait eu peur. Non pas de la colère, de la violence et de la haine, mais d'une fille et d'un garçon, et de l'amour. Il avait observé le comportement d'Arlis et de Crawford, il avait vu sa fille partir, tenant le bras de Crawford, tous les samedis soir lorsqu'ils allaient au cinéma en ville ; ils riaient et paraissaient trop heureux. Il avait remarqué ses changements d'expression chaque fois qu'elle pensait à lui pendant qu'elle faisait le ménage : le balai qui ralentissait, ses mains qui retombaient sur ses genoux tandis qu'elle pelait les pommes de terre ; en ces moments, Matthew savait qu'elle était loin de lui, du domaine, de toute l'histoire passée et de la condition présente des Dunbar ; cela se lisait dans son regard. Et Matthew avait peur.

Il aurait voulu interdire l'accès du domaine à Crawford. Chaque fois qu'il entendait le bruit du moteur, qu'il le voyait venir vers la maison pour le saluer courtoisement et puis emmener Arlis par le bras loin d'eux, chaque fois Matthew avait senti un frisson, un serrement de cœur.

Il savait que cela arriverait un de ces jours, et il en avait peur.

Mais il n'y avait rien à faire. Il portait toujours en lui les cicatrices laissées par les départs : la fuite douloureuse de Knox parti pour la TVA, la perte de Jesse John – et même de Connie – étaient des blessures qui lui faisaient mal. Il n'osait pas dire un mot de ce qu'il pensait, car il savait qu'Arlis pourrait aussi le quitter, qu'elle pourrait prendre son baluchon et partir allégrement avec Crawford, sans même regarder en arrière. Il avait peur, et il ne pouvait rien faire contre la peur. Il n'avait qu'à garder ses pensées pour lui, espérer que cela n'arriverait pas tout seul, sans ses encouragements à la résistance. Tout cela ressemblait à la progression inexorable des eaux pendant les inondations : on sait qu'il n'y a rien d'autre à faire qu'attendre et espérer, voir jusqu'où les flots vont monter.

Matthew n'avait jamais eu peur de dire à quelqu'un ce qu'il pensait. Mais cette fois-ci, cela n'était pas possible ; il réalisait que sa peur était partiellement provoquée par ses craintes pour l'avenir du domaine ; c'était la peur de la TVA. Au début, il trouvait Crawford sympathique et si ce n'avait été sa profession, il reconnaissait que l'idée de Crawford et d'Arlis ensemble n'était pas mauvaise du tout. Car, après tout, Arlis n'était plus si jeune que cela et elle était tenue par la maison, le ménage qu'elle avait volontairement pris à sa charge lorsqu'elle avait quinze ans. Mais s'il reconnaissait que ses idées étaient partagées et que les origines de ses craintes étaient divergentes, la raison principale pour laquelle il détestait voir Crawford arriver dans le domaine était qu'un de ces jours il apporterait la décision définitive de la TVA. Même s'il le savait,

Matthew ne parvenait pas à se décharger de l'existence réelle de la peur et de la colère qu'il gardait en lui. C'était un état de fait aussi palpable que le préjudice, la haine ou l'amour.

Crawford posa sa tasse de café.

— Maintenant, la TVA peut aller de l'avant, dit-il. Nous savons à présent que nous aurons l'argent et les appuis nécessaires pour terminer ce travail. Si le résultat des élections avait été dans la direction opposée, la TVA n'aurait pas pu continuer.

— Dans ce cas, je crois que j'aurais mieux fait de voter pour Landon, dit Matthew. La TVA ne me cause que des ennuis. C'était mon intérêt que d'aider à la faire disparaître.

Crawford le regarda.

— Vous ne pensez pas vraiment ce que vous dites, dit-il. Rien qu'à vous regarder je vois que vous n'en pensez pas un mot.

Matthew porta de nouveau sa tasse à ses lèvres, avala une gorgée, reposa la tasse sur la soucoupe. Le café était fort et laissait un goût de chicorée dans la bouche.

— Pour vous dire la vérité, j'ai voté pour Roosevelt, dit-il. Tout comme je l'ai déjà fait en 32. (Il leva la tête et regarda Crawford dans les yeux.) J'ai été témoin du mal que les Républicains ont fait dans ce pays sous la présidence de Hoover, Coolidge et Harding. Faut pas vous en faire, je ne lâcherai pas Roosevelt. Bon, Arlis et vous feriez mieux de vous occuper maintenant de vos affaires. (Il jeta un coup d'œil au catalogue ouvert devant Miss Hattie.) Je dois faire la commande de cet hiver pour ces messieurs Sears et Roebuck. Ils seront très déçus s'ils ne la reçoivent pas cette semaine.

Mais cela ne servit à rien. Crawford était confortablement assis sur sa chaise et ses mains ne bougeaient pas de la table.

— Cette fois-ci, je ne suis pas venu voir Arlis, dit-il. C'est pour vous que je suis là.

Matthew se tint immobile, également. Ils étaient de chaque côté de la table, raides, immobiles comme les pièces d'un jeu d'échecs.

— Roosevelt a été réélu hier, fit Matthew. Et voilà qu'aujourd'hui vous vous empressez de venir finir le travail pour lequel vous êtes payé. (Il eut un sourire amer.) Il me semble que les ordres sont bien vite transmis, non ?

Crawford eut un geste d'impatience.

— Les élections n'ont rien à voir dans tout cela, dit-il.

Il se tut, les lèvres fortement serrées. Puis il se lança dans un torrent de violente éloquence.

— Écoutez, pendant tout l'été j'ai passé mon temps à vous défendre devant mes supérieurs. Je leur ai dit que vous finiriez par comprendre la réalité des choses, les avantages de ce que nous essayons de faire. Je leur ai dit que vous étiez un homme sensé, mais sensible, et que la seule chose dont vous aviez besoin était de comprendre... alors vous pourriez abandonner vos intérêts égoïstes pour le bienfait de tous.

Il se tut, respirant bruyamment. Matthew restait immobile à le regarder. Arlis, très calme, pâle, les mains posées sur les genoux, nouait et dénouait ses doigts. Miss Hatie et Rice regardaient en silence.

Crawford avait les yeux fixés sur Matthew et il sentait les paroles amères et colériques s'embrouiller dans son esprit. Il tâchait d'y mettre de l'ordre, de sélectionner, si possible, celles dont il avait besoin.

— Monsieur Dunbar, dit-il. Vous traînez derrière tout le monde. Nous avons déjà acheté des terrains. Nous avons acheté, nous avons estimé, nous avons proposé des prix et nous avons signé des papiers. Nous l'avons fait avec presque tout le monde, sauf vous. Vous êtes le seul intraitable de toute la zone de ce barrage.

Ses mots se firent plus mordants.

— Cette fois-ci tout a été plus facile parce que tout le monde avait déjà entendu parler des barrages que la TVA a construits en amont ; les gens savaient qu'il faudrait acheter des terres pour que les eaux puissent monter, même si c'étaient de bonnes terres, car elles sont toujours meilleures le long des rivières. Ils savaient qu'ils devraient vendre pour le bien de tous lorsque la construction du barrage commencerait, et qu'ils trouveraient de nouvelles fermes où ils pourraient vivre et profiter de nouveaux avantages. Tous, sauf vous. Vous vous êtes terré au fond du Domaine de Dunbar sans vous intéresser à ce qui se passait autour de vous. Vous avez attendu que les changements arrivent jusqu'au pas de votre porte sans y prêter attention, et alors vous vous êtes assis et vous avez déclaré : « Ils n'iront pas plus loin. Je n'en ai jamais entendu parler, je n'y comprends rien, et je ne veux rien avoir à faire avec tout cela. »

— Jeune homme, fit Matthew. (Sa voix était toujours calme.) Jamais aucun homme ne m'a parlé sur ce ton. Pas une seule fois depuis que je suis né. Qu'est-ce qui vous donne le droit de venir dans la maison d'un homme et…

Crawford se leva. Ses mains étaient très agitées.

— Matthew, j'en ai le droit, dit-il, parce que j'ai parié ma place sur vous. Sur votre raison, votre sensibilité et sur les bons sentiments qui se trouvent en vous. (Il respirait bruyamment, les narines écartées.) J'ai déclaré à mon patron que si je n'y parvenais pas sans violence, sans avoir recours au tribunal, je lui donnerais ma démission.

— Jeune homme, asseyez-vous, dit calmement Matthew. (Il leva la tête vers Crawford.) Je vous ai dit de vous asseoir.

Alors Crawford s'assit ; ce mouvement le calma quelque peu. Matthew se tourna vers Arlis.

— Verse-lui encore du café, dit-il.

Ils se tinrent tranquilles tandis qu'Arlis se levait pour aller jusqu'au fourneau ; elle prit la cafetière et revint vers la table. Matthew regarda la main qu'elle posa sur l'épaule de Crawford quand elle se pencha pour verser le café ; la peur s'empara de nouveau de lui.

— Vous n'auriez pas dû faire ça, dit-il. (Il y avait une certaine brusquerie dans sa voix qui ne concordait pas avec ses paroles.) Je n'ai pas demandé à avoir votre aide. Vous n'aviez pas le droit de me mettre dans cette situation. Et par conséquent, je ne me sens aucune obligation envers vous.

Crawford tourna la tête et la leva pour regarder Arlis qui se tenait debout à côté de lui.

— Je ne l'ai pas fait pour vous, dit-il. (Il se tourna de nouveau vers Matthew.) Enfin, un petit peu, tout de même. Mais surtout pour Arlis.

Matthew, lui aussi, leva la tête pour regarder Arlis.

— Lui as-tu demandé de le faire ?

— Non, répondit-elle, je ne le lui ai pas demandé.

Le regard de Matthew se posa sur Crawford et il sentit la colère monter en lui, une colère qu'il n'avait plus ressentie depuis la fameuse journée avec Mark.

— Alors, pourquoi avez-vous…

— Mais je suis contente qu'il l'ait fait, l'interrompit Arlis.

Matthew en eut le souffle coupé. Il observait le visage d'Arlis, et, sans même devoir y penser, il sut qu'elle tiendrait pour toujours le parti de Crawford. Il ne pouvait plus compter sur elle. Alors il regarda Rice. Celui-ci écoutait, stupéfié par cet échange de paroles. Il voulait une ferme-laiterie près de la ville, des machines à traire électriques et un tracteur qui lui permette de dominer la terre sans plus jamais se salir les mains. Miss Hattie écoutait, elle aussi, mais sans comprendre ; elle avait les yeux brillants et suivait avec intérêt ce qui se passait autour d'elle. Jesse John et Knox étaient partis loin de la maison, peut-être pour toujours. Il était seul. Il y avait bien son vieux père, mais celui-ci passait ses journées devant le feu, son sang froid réchauffé par les flammes et la flanelle ; il consacrait tous ses efforts à emplir ses poumons d'air. Lui aussi avait ses préoccupations propres.

Matthew se pencha en avant ; il leva la main et se prit le menton entre le pouce et l'index ; il paraissait reposer sur sa main le poids de ses pensées.

— Crawford, dit-il. (Sa voix était fatiguée, exaspérée.) Je m'en tiens aux mêmes positions que celles que je tenais le jour de votre première visite ici. Le Domaine de Dunbar compte plus d'années que votre âge et le mien additionnés. Il a été colonisé par le premier Dunbar, mi-blanc, mi-indien, qui y planta l'arbre et alluma la flamme du feu ; et depuis lors cette terre est toujours restée aux Dunbar. C'est une chose bonne et solide qu'il a plantée ici, Crawford, et aucune nouveauté ne peut la déraciner et la détruire.

Il se tut, et les regarda tous.

— Maintenant je ne parle pas à Crawford. C'est à moi-même, à mon sang que je parle. Je dis que je ne suis sur cette terre que pour une seule et unique raison. Je suis venu ici pour sauver et préserver, non pas pour détruire. Le Domaine de Dunbar est entre mes mains pour une seule génération et je devrai ensuite choisir qui prendra ma place.

Ils étaient tous suspendus à ses lèvres, attirés par ses paroles ; et il ne savait pas jusqu'à quel point celles-ci étaient vraies et profondes. Il n'avait jamais été homme à mettre des pensées en paroles ; il ne croyait qu'en ce qu'il voyait ou en ce qu'il sentait. Il n'avait encore jamais essayé de le dire, mais maintenant il le devait. Il lui fallait transmettre, non seulement l'héritage, mais aussi les sentiments et la croyance ; c'était ce qu'il n'avait pas réussi à leur inculquer jusqu'à maintenant. Il pensait que c'était une chose qui devait leur paraître naturelle, aussi naturelle que le fait de respirer et de travailler, ainsi que cela avait été le cas pour lui. Mais il s'était trompé ; et maintenant qu'ils étaient grands, il devait s'atteler à une tâche qu'il n'était pas certain de pouvoir accomplir car il n'avait jamais été capable de se servir de mots.

— Je pouvais aimer, engendrer, rire et pleurer, faire toutes les choses qui font partie du bonheur de l'homme sur terre, ajouta-t-il lentement, mais toutes ces choses n'étaient que des accessoires que je devais pouvoir mettre de côté si cela devenait nécessaire. Même l'amour. Même les enfants. (Il les regarda. Tous se tenaient immobiles. Il se tourna vers Crawford.) Mais malgré tout cela derrière moi, vous arrivez sur cette terre porteur d'une nouvelle idée et d'un bout de papier à la main et vous prétendez savoir ce que je suis venu y faire. Vous vous compromettez à cause de moi, sans mon consentement, sans même que je le sache, et vous vous attendez à ce que je vous sois suffisamment reconnaissant pour que je rejette un siècle d'existence à cause de vos futilités. (Il secoua la tête.) Crawford, vous…

— Pas pour moi ! l'arrêta Crawford. Je ne m'attendais pas à ce que vous le fassiez pour moi. Moins que pour tous ceux parmi lesquels vous avez grandi. Ils ont une idée, eux aussi. Je reconnais que c'est une idée nouvelle pour un fermier que de pouvoir vivre comme un citadin avec de l'électricité pour faire son travail, des toilettes dans la maison et des tracteurs pour lui faciliter la vie. C'est aussi une idée nouvelle que de savoir que sa terre peut être protégée contre l'érosion du vent et de la pluie et contre la dévastation des inondations ; que ses récoltes et ses produits peuvent être transportés par bateau à des prix moins élevés jusqu'aux marchés établis en amont et en aval de la rivière. Mais c'est aussi une idée réelle, aussi réelle que le Domaine de Dunbar. Le Domaine de Dunbar est une idée destinée à un seul homme, tandis que la TVA est pour le pays tout entier. (Il se pencha en avant.) Ils disent que ce n'est pas réalisable. Et ensuite ils disent qu'on ne devrait pas le faire, que les gens n'ont pas besoin de toute cette aide, et que cela fera du tort que de la leur donner, que cela les affaiblira. Mais ils ont tort, Matthew. Voulez-vous faire partie de ceux qui sont dans l'erreur ?

Matthew secoua la tête.

— Je ne discute pas les motifs, dit-il. Je suis un partisan de Roosevelt. Je l'ai vu sortir les gens de la détresse et les remettre sur pied. Je me souviens du prix du coton en 32 et en 36 je n'en ai vendu que quelques balles. Mais ce n'est pas cela qui m'intéresse ; ça, c'est bien trop rapproché de la maison. C'est venu jusqu'au Domaine de Dunbar... et je vous ai déjà dit que même l'amour, le bonheur et tout ce qu'un homme possède dans la vie ne peuvent s'opposer à la tâche qui m'a été imposée.

Les épaules de Crawford s'affaissèrent.

— Je leur ai dit que vous m'écouteriez, dit-il d'une voix basse, presque inaudible. Je suis resté assis des heures devant mon patron, à discuter avec lui, à défendre votre point de vue, Matthew. Chaque fois j'ai eu raison de lui parce que nous avions beaucoup de temps devant nous. Il nous reste encore du temps, un an peut-être, mais pas trop. Alors, il faudra prendre une décision. C'est pour ça que je suis venu ce soir, pour vous faire comprendre que vous devez y réfléchir, réexaminer toutes les choses en lesquelles vous avez toujours cru, reconnaître en quoi vous avez tort et la TVA raison. Pour vous, le Domaine de Dunbar est une grande chose. Mais la TVA est plus grande encore, elle...

— La grandeur n'est pas une raison suffisante en soi, l'interrompit Matthew d'un ton entêté. Il n'y a pas de justice dans les bois. (Il se tut pour regarder Crawford.) D'ailleurs vous feriez tout aussi bien de ne plus parler de ce que vous faites pour moi. En ce qui me concerne, vous n'avez rien fait du tout. Cela ne me touche absolument pas, d'autant plus que vous ne m'avez pas demandé de pouvoir le faire. D'ailleurs, même si j'en avais été averti, je ne vous aurais pas laissé.

— Je ne l'ai pas fait pour vous, s'écria Crawford, exaspéré. Je l'ai fait pour Arlis. Je l'ai fait parce que je l'aime, parce que je veux l'épouser et que je…

Le flot de paroles s'interrompit au milieu du silence. Matthew observait Arlis, il remarqua le changement brusque dans son expression, la lueur d'espoir rapidement cachée.

— Étais-tu au courant de tout cela ? demanda-t-il.

— Il n'en a jamais dit un mot, répondit Arlis. (Elle regarda Crawford qui tenait la tête baissée au-dessus de la table.) Il ne l'a jamais dit avant ; avant cette minute-ci.

— Crawford Gates, fit Matthew. Laissez-moi vous dire quelque chose. Vous êtes arrivé dans cette terre un jour de printemps. À une époque où mon fils Knox n'était pas encore parti travailler pour la TVA à laquelle il loue son travail, jour après jour ; maintenant il doit payer pour dormir dans un lit qui n'est pas le sien et il doit acheter la nourriture qu'il mange à une table étrangère. Ma belle-fille Connie, n'écoutant que son désir, n'était pas encore partie avec un étranger venu se pavaner et se vanter devant elle ; et Jesse John n'était pas parti à sa recherche. Mon fils Rice n'était pas attiré par ce rêve idiot d'étable chauffée, de machines à traire électriques et d'une forme de travail qui n'est même pas de l'agriculture, mais uniquement un jeu qui n'existera jamais sur cette terre. Il n'avait pas en lui ce mécontentement et cette nervosité dont je ne sais où ils vont le mener. (Il se tut un instant avant de poursuivre :) Et Arlis. Le jour où vous êtes venu, elle était heureuse à la maison ; elle faisait le travail que sa mère lui avait laissé alors qu'elle était encore trop jeune, il est vrai, mais elle n'attendait pas anxieusement le son d'un klaxon sur la route. Elle était heureuse avec son père ; elle ne devait pas s'opposer à lui comme elle le fait maintenant, creusant à cause de vous un vide entre nous qui nous emmène loin l'un de l'autre. Voilà ce que vous avez fait en quelques mois. Est-ce cela la grandeur et les bienfaits dont vous parlez, Crawford, la puissance et le bon droit de la TVA ?

Crawford ne put répondre tout de suite. Il regardait fixement ses mains posées sur la table ; Matthew fut attiré par la main d'Arlis qui s'était de nouveau posée légèrement sur l'épaule de Crawford et il eut un serrement de cœur à la vue de ce geste.

Alors Crawford leva la tête pour le regarder.

— Il m'eût été impossible de faire tout cela, Matthew, répondit Crawford, si ce n'avait pas déjà été en eux. Sans moi et sans la TVA, ç'aurait été quelque chose d'autre car ils ont grandi avec ce en eux. Ne me regardez pas ainsi, Matthew. Regardez vos enfants. Regardez votre idée de vouloir garder le Domaine de Dunbar inchangé pendant des générations malgré la marche du progrès et des changements dans le monde. Ne me regardez pas.

Matthew se leva.

— Je vous regarde, dit-il. Je…

Crawford se leva aussi et sa voix dominait celle de Matthew.

— Et ce n'est pas fini, Matthew Dunbar. Il en viendra d'autres auxquels vous ne pourrez pas tenir tête. Vous ne pouvez empêcher le progrès et le changement. Vous devez aller de l'avant avec eux. Vous devez apprendre la vérité, Matthew ; apprenez-la maintenant, tant que ce n'est pas trop difficile, avant qu'il ne soit trop tard.

— Je garderai le Domaine de Dunbar tel qu'il est, fit Matthew. Vous pouvez parler toute la nuit, vous ne me ferez pas changer d'idée. On m'a mis ici pour accomplir une tâche, et rien au monde ne pourra m'empêcher de faire mon devoir. (Il se tut ; il respirait en haletant.) J'ai dit que même l'amour et les enfants ne pouvaient contrecarrer ce travail. Jamais je ne changerai d'avis.

— Mais vous ne pouvez pas faire cela, dit Crawford. Je n'étais pas obligé de risquer mon emploi, le meilleur de ceux que j'ai eus et que j'aurai jamais, à cause de vous. Ni même à cause d'Arlis. Car quand viendra le moment, la TVA a le pouvoir de prendre vos terres, que vous le vouliez ou non. Nous ne voulons pas agir ainsi, mais nous pourrons le faire si c'est nécessaire. Nous vous paierons votre terrain à sa juste valeur. Mais nous pourrons le prendre.

Matthew sentit le sang lui monter à la tête.

— Vous mentez, dit-il. (Les mots s'étranglaient dans sa gorge.) Vous mentez, Crawford. Aucun gouvernement ne peut prendre la terre d'un homme…

— Si, le coupa Crawford. Il existe une procédure pour cela, et les règlements de la TVA en tiennent compte. La propriété peut être condamnée pour le bien commun ; on estime le prix, on vous le paie, et alors il n'est plus à vous. Nous n'agissons pas ainsi sauf s'il n'y a pas d'autre solution. Nous préférons de loin qu'un homme vienne nous trouver de son propre gré…

Matthew fit le tour de la table.

— Sortez d'ici, dit-il. Ne mettez plus jamais les pieds dans cette maison. Vous m'entendez…

— Cela ne sert à rien, dit Crawford. Vous ne pouvez…

— Sortez, l'interrompit Matthew, inflexible. Ceci est ma maison. Ceci est ma terre. Elle est toujours à moi et elle le restera. Et je vous dis de vous retirer immédiatement de mon sol.

— Mais Arlis…

— Ça m'est égal…

— Papa, fit Arlis. J'aime Crawford, papa. Je l'aime.

Ces paroles firent l'effet d'une bombe. Elles stoppèrent tout mouvement dans la pièce, ainsi qu'elles l'avaient déjà fait auparavant. Matthew sentit quelque chose oppresser sa poitrine, il porta la main à son cœur et appuya très fort. Miss Hattie s'était enfoncée sur sa chaise, se faisant toute petite, comme si elle eût voulu disparaître. Rice était debout et paraissait hésiter ; son visage et ses yeux dénotaient l'ébahissement le plus complet.

— Moi non plus je ne le lui avais pas encore dit, fit Arlis d'une voix tremblante et incertaine. Tout comme il ne me l'avait jamais dit. Jusqu'à présent nous nous sommes contentés d'aller au spectacle et de rire ensemble… Mais je l'aime, papa.

Matthew prit une profonde inspiration, libérant le poids sur sa poitrine.

— Cela ne me fera pas changer d'avis, dit-il. Partez d'ici, Crawford. Ne me laissez plus jamais poser mon regard sur vous.

Arlis s'écria :

— Mais… papa…

Matthew ne prêta aucune attention à elle. Son regard ne quittait pas Crawford. Celui-ci soutint son regard pendant une minute qui parut interminable. Il sourit, un sourire exaspéré, puis se tourna vers Arlis et sa main se tendit vers elle.

Matthew sentit de nouveau la peur en lui, aussi forte que le goût du whisky. Mais maintenant il devait le faire, en finir une fois pour toutes.

— Ne la touchez pas, fit-il d'une voix acerbe. Allez, partez. Je vous le dis pour la dernière fois.

Crawford retira sa main. Il fit demi-tour et sortit sans dire un mot. Ils purent entendre ses pas lourds résonner dans le couloir, jusqu'au porche, et disparaître dans la nuit.

Matthew avait le regard fixé sur Arlis, et il avait peur. Mais elle ne bougea pas tant que le bruit des pas de Crawford n'eut pas disparu ; elle gardait la tête levée, dans une position d'attente, comme si les pas venaient vers elle au lieu de s'éloigner. Mais dès que leur bruit fut étouffé par la poussière de la cour, elle se laissa tomber sur la chaise qu'occupait Crawford, elle posa la tête sur la table et cacha son visage dans ses mains.

Enfin, Matthew se déplaça et s'approcha de sa chaise. Il s'assit et tira le catalogue devant lui. Il l'ouvrit à la page où il avait mis son crayon. Il regarda Miss Hattie, puis Rice, et enfin Arlis.

— Bon, fit-il. (Sa voix résonnait d'une manière étrange dans le silence de la cuisine.) Finissons la commande pour Sears & Roebuck. Le vieux Sears et Mr Roebuck sont certainement déjà en train de la chercher partout.

Ils ne lui répondirent pas. Aucun d'entre eux ne voulait ouvrir la bouche et au bout d'un moment Matthew se leva et sortit de la pièce.

8

Le klaxon résonna dans la nuit. C'était le soir suivant et ils n'avaient pas fini de remplir le bon de commande pour les magasins Sears-Roebuck qu'ils avaient laissé inachevé la veille. Maintenant, ce n'était plus qu'un devoir, une tâche, la même chose que s'il fallait récolter le maïs ou donner à manger aux cochons. Rice était parti quelque part, et seuls Matthew, Arlis et Miss Hattie étaient assis autour de la table.

Il n'y avait aucune conversation si ce n'est les indications nécessaires qu'Arlis donnait à Matthew et que celui-ci retranscrivait scrupuleusement, sans commentaire, sur le bon de commande vert. Quelque chose avait disparu de la maison, quelque chose dont ils n'avaient jamais réalisé l'existence auparavant. Les murs étaient froids, comme si, au cœur de l'hiver, il n'y avait pas de feu pour les réchauffer. Pour Matthew, c'était la même atmosphère que pendant les jours qui avaient suivi la mort de sa femme, Canna. La maison avait été froide en ce temps-là, aussi inanimée que le corps qu'il avait enterré dans le cimetière, là-haut, parmi les cèdres qui dominaient la colline. Elle avait emporté quelque chose qui laissait un grand vide derrière elle, auquel Matthew ne s'était jamais attendu. Les enfants se déplaçaient doucement, avec précaution, dans les pièces, comme s'ils s'étaient trouvés dans une maison étrangère où ils n'étaient pas invités. Ils étaient extraordinairement calmes, bizarres, et cela dura pendant deux jours après le départ des amis et des membres de la famille venus prendre part au chagrin et assister à la cérémonie de l'enterrement.

Puis, le troisième jour, Matthew était entré dans la maison après avoir travaillé à l'écurie et avait trouvé Arlis penchée au-dessus du fourneau ; du bois qu'elle avait empilé s'élevaient des flammes furieuses ; ses joues étaient rouges sous l'effet de la chaleur du feu et ses cheveux retombaient en désordre sur son visage. Matthew s'était arrêté sur le pas de la porte et la regardait ; elle n'avait que quinze ans et elle était déjà fort grassouillette. Elle s'était tournée vers lui et, de sa main enfarinée, elle avait essuyé la sueur qui lui coulait le long des joues.

— Le dîner sera prêt dans une minute, papa, avait-elle dit. Vous avez juste le temps de vous laver avant de vous mettre à table. Où sont les garçons ?

Dès cet instant, l'atmosphère glaciale de la maison avait disparu. La cuisine était redevenue gaie et vivante et ce soir-là il y avait même eu un éclat de rire pendant le dîner ; éclat de rire d'ailleurs vite étouffé, et ils avaient tous regardé furtivement Matthew qui était assis, triste, à sa place habituelle ; mais il avait levé la tête et esquissé un sourire, et aussitôt les rires avaient repris.

C'était la même chose maintenant, et ce n'était que le lendemain. Cependant, il réalisait en son for intérieur que même le troisième jour il n'y aurait plus de résurrection. Il se sentait triste tandis qu'il écoutait la voix monocorde d'Arlis lui dicter ce qu'il devait commander chez Sears et Rocbuck.

C'est à ce moment que le klaxon résonna dans la nuit. Deux coups brefs venant de la route et qui envahirent la maison ; aussitôt Arlis leva la tête, attendant que les coups de klaxon se fassent réentendre. Il y eut un moment de silence et Matthew sentit l'angoisse revenir en lui. Le klaxon résonna de nouveau entendre et ses sons tonitruants perçaient leurs oreilles.

Arlis tourna la tête vers Matthew et baissa les yeux.

— Vous terminerez bien tout seul, n'est-ce pas ? dit-elle.

— Oui, répondit Matthew. Je pense que nous avons tout. Où vas-tu…

Elle se leva.

— Je reviendrai, dit-elle. (Le ton de sa voix était aussi calme et normal que d'habitude, quoique Matthew essayât d'y trouver quelque chose de changé.) Je ne serai pas partie longtemps.

Elle lui laissa le temps de répondre. Il la regarda, sachant qu'elle partirait même s'il le lui interdisait ; aussi il préféra se taire. Elle attendit, debout près de la porte ; le poids des paroles de Matthew n'aurait aucune influence sur son désir de partir. Il se tourna vers Miss Hattie qui était restée assise à les regarder.

— Toi, tu peux m'aider, Miss Hattie. Tu m'aideras, n'est-ce pas ?

— Oui, papa, répondit-elle.

Mais ce ne fut que lorsque Arlis fut sortie qu'il se rendit compte que Miss Hattie lui avait répondu avec la même intonation de voix que les autres enfants.

Arlis descendit rapidement le chemin qui menait vers le ruisseau. Toute la journée, elle avait su qu'il reviendrait. Elle savait aussi qu'il respecterait l'interdiction de Matthew et elle avait passé la journée à tendre l'oreille. Et maintenant, quoiqu'il attendît, elle ne pouvait s'empêcher de se dépêcher. Lorsqu'elle arriva à la route, elle ne vit personne et elle s'arrêta, hésitante ; elle se demandait si elle ne s'était pas trompée, si elle n'avait pas mal interprété un autre son tellement elle avait attendu ces coups de klaxon. Le vent était frais et elle frissonna ; elle réalisa à cet instant qu'elle était sortie de la maison vêtue seulement du pull-over léger qu'elle portait toujours pour se protéger des courants d'air. Mais dehors, il faisait glacial sous le premier vent du nord de la saison et elle sentait la chair de poule lui envahir les bras.

Elle aperçut des phares sur la route et elle reconnut immédiatement la voiture, même avant qu'il ne klaxonne à nouveau. Elle avança dans le rayon des phares afin qu'il puisse la voir et il ralentit jusqu'à ce que la voiture fût arrêtée. Il ouvrit la portière et descendit ; il enlaça Arlis de ses grands bras forts et il la tint étroitement serrée contre lui. Il posa son visage tout contre le sien.

— Tu étais sincère, dit-il, étais-tu vraiment sincère hier soir ?

Elle s'écarta et leva la tête, regardant son visage assombri par la nuit.

— Bien sûr, dit-elle. Je ne l'aurais pas dit si…

Il interrompit le flot de ses paroles. Elle sentit ses lèvres froides se poser sur les siennes ; mais ce n'était que du froid provoqué par le vent du nord.

Ce ne fut qu'un baiser très court.

— Allons dans la voiture, dit-il, et il tremblait de froid. J'ai le chauffage.

Elle glissa sous le volant jusque sur l'autre siège. Elle sentait l'air réconfortant du chauffage lui caresser les jambes. Il remonta la glace de sa portière et quelques instants plus tard il régnait une atmosphère confortable dans la voiture. Leurs voix étaient accompagnées de la sourdine du moteur qui procurait de la chaleur au nid où ils s'abritaient.

Il se tourna vers elle et posa la main sur son épaule.

— Je ne savais pas si tu viendrais, dit-il. Je ne savais même pas si tu pouvais m'entendre…

— J'ai entendu, répondit-elle calmement. Papa aussi a entendu. Nous étions tous assis à table.

— Qu'allons-nous faire ? demanda-t-il.

Il tendit les mains vers elle et elle se blottit tout contre lui. À eux deux, ils formaient une maison bien chauffée.

— Pourquoi ne me l'as-tu jamais dit avant ? demanda-t-il. Durant tout ce long été j'ai…

Elle rit doucement.

— Tu ne m'as rien dit non plus.

— J'avais peur. J'étais même terrifié de…

— Moi aussi, dit-elle. Évidemment, une fille…

Ils rirent ensemble et il la serra d'autant plus fort. Au bout d'un moment, elle s'écarta de lui, tenant compte des avertissements de sa chair. Maintenant qu'ils avaient reconnu ouvertement l'existence de leur amour, leur état d'âme paraissait changer ; elle avait retrouvé une voix calme pour lui parler.

— Qu'allons-nous faire, Crawford ?

Il alluma une cigarette. La flamme brève illumina le visage d'Arlis et il put la voir l'espace de quelques instants. Il n'avait jamais été amoureux. Il avait connu quelques femmes, mais il n'avait jamais eu cette sensation délicieuse qu'il ressentait maintenant rien qu'en la regardant. Il observait Arlis très attentivement ; il voyait son ombre massive à côté de lui et il savait que son corps était chaud et vibrant de vie. Elle avait de fortes jambes, les chevilles épaisses, les mollets musclés, et ses cuisses s'élargissaient vers ses hanches comme les flancs d'une jument. Elle pourrait facilement avoir beaucoup d'enfants et son corps serait fort et puissant dans le lit d'un homme. Il l'aimait. Dans son esprit, il avait toujours imaginé une femme au type exotique, mince, petite, aux yeux de biche et aux lèvres provocantes. Il s'était toujours imaginé des cheveux roux, des yeux bleus et des bras frêles et caressants. Mais il l'aimait.

Pendant toute cette journée à travailler au bureau, ses oreilles avaient gardé le son de ses paroles. Il avait manipulé, étudié et remis en place des paperasseries, ainsi qu'il devait périodiquement le faire, et puis il avait parlé pendant plus d'une heure avec son patron pour lui faire un rapport sur la situation. Il avait évité de parler de Matthew Dunbar et du problème du domaine et le patron ne lui avait rien demandé, quoique Crawford sût qu'il s'était rendu compte de cette omission. Mais malgré cette journée morne, il ne cessait de penser à Arlis et il était décidé à partir à sa recherche sitôt le travail terminé.

Il avait d'abord pensé conduire sa voiture effrontément jusque dans la cour de la maison et emmener Arlis sans se cacher. Mais il était conscient du fait qu'il était relativement facile d'exaspérer Matthew et de l'obliger à des actes qu'il réprouvait. Et lorsque le moment était venu, il s'était contenté d'actionner deux fois son klaxon ; il roulait lentement, mais il ne s'était pas arrêté ; il avait continué jusqu'à ce qu'il puisse faire demi-tour et il était revenu dans l'espoir de la voir surgir le long de la route. Il savait aussi qu'Arlis viendrait le retrouver si elle se rendait compte qu'il l'attendait.

— Nous marier, dit-il après un long silence. (Il fut surpris du calme avec lequel il avait prononcé ces paroles. Il se pencha vers elle.) Rien d'autre, Arlis. Nous ne pouvons rien faire d'autre que nous marier.

Elle ne répondit rien à ses avances. Elle restait tranquillement assise, les mains jointes posées sur ses jambes.

— Nous ne pouvons pas, Crawford, fit-elle tristement. Tu sais très bien que nous ne pouvons pas.

— Alors, est-ce que tu…

Elle secoua la tête.

— Non, Crawford, pas ça. Ne me le demande même pas.

— Tu m'as dit que tu m'aimais. Tu as dit…

Elle se tourna vers lui. Elle posa la paume de sa main sur la nuque de Crawford. Sa main était douce et chaude et appuyait très fort.

— Oui, dit-elle. Je l'ai dit devant papa et j'en suis fière. Ne me demande pas d'en avoir honte.

Elle se tint de nouveau très tranquille. Il abaissa la glace de sa portière et projeta sa cigarette hors de la voiture.

De l'air glacial s'engouffra et il s'empressa de relever la vitre. Une atmosphère lourde et triste s'installa aussitôt entre eux. Crawford demeura longtemps immobile ; il faisait un effort pour ne plus la toucher.

— Il n'y a qu'une chose à faire, dit-il enfin. Cela ne servira à rien d'attendre… cela ne fera qu'envenimer la situation. Ne retourne pas là-bas, Arlis. Pars ce soir avec moi.

Elle secoua la tête.

— Je ne peux pas, Crawford. Knox l'a quitté. Jesse John l'a quitté. Et puis moi…

Il se tourna vers elle.

— Il ne peut garder le domaine séparé du monde jusqu'à la fin des temps, Arlis. Il doit s'en rendre compte. Et il ne peut te garder à l'écart. Tu as le droit de vivre ta propre vie, de suivre ton amour comme les autres femmes l'ont toujours fait. Est-ce qu'il ne comprend pas cela ?

— J'ai un devoir, Crawford, tout comme papa, répondit Arlis. C'est mon devoir de nettoyer, de cuisiner et de faire des conserves lorsque c'est la saison des fruits. Je l'ai fait depuis que maman est morte… et si je ne le faisais pas…

— Il y a toujours Miss Hattie, l'interrompit Crawford. Elle a maintenant l'âge que tu avais lorsque tu as repris cette charge.

Elle secoua de nouveau la tête.

— Ce n'est pas la même chose. C'est encore une enfant. Elle ne saurait pas comment s'y prendre.

Ils restèrent silencieux. Il passa son bras autour de l'épaule d'Arlis et il l'attira contre lui. Le chauffage soufflait un air chaud et agréable le long de leurs jambes ; dehors, l'obscurité était froide sous le vent du nord qui soufflait sur la carrosserie en métal mince qui les maintenait au chaud. Arlis frissonna dans ses bras comme si un souffle de ce froid était arrivé jusqu'à elle.

— Que va-t-il se passer, Crawford ? Est-ce qu'il...

— Oui, fit Crawford à mi-voix. Il va perdre la terre. Il devra bien finir par capituler. Il n'y a pas à sortir de là.

— Mais est-ce nécessairement toi qui dois le faire ?

Il demeura silencieux quelques instants.

— Non, fit-il enfin. Je pourrais fort bien quitter mon emploi. Ils en mettraient un autre à ma place et le travail continuerait. La TVA, ce n'est pas un ou deux hommes, ni même une centaine ; c'est nous tous ensemble ; c'est comme une armée, excepté qu'elle ne doit pas détruire mais au contraire construire. Si je faisais défaut, un autre homme viendrait continuer le travail que j'ai abandonné. (Il se tut pendant quelques secondes.) Arlis, je ne veux pas abandonner. Je veux faire ma part de ce travail, même si cela consiste à obliger Matthew Dunbar à abandonner ses terres pour faire de la place pour la TVA. Parce que je sais que c'est une grande chose qui est bonne, même s'il y a par-ci par-là une légère injustice. (Sa voix se fit amère.) Pour qui se prend-il, Matthew Dunbar ? S'imagine-t-il différent des autres ? Les autres quittent leurs terres. Certains sont contents, contents de recevoir l'argent. Cela déplaît à d'autres, mais ils réalisent qu'il doit en être ainsi et ils s'en vont sans trop grogner. Qui Matthew Dunbar se croit-il pour être si différent ?

— Il est Matthew Dunbar, voilà toute la différence, répondit Arlis avec douceur. Et il a droit à cette différence. Il n'est pas obligé d'être comme tout le monde s'il n'en a pas envie.

— Il ne fait que s'attirer des ennuis, dit Crawford. Il n'a à s'en prendre qu'à lui-même si ses fils sont partis. Et le voilà maintenant qui s'interpose, lui et sa terre, entre toi et moi, où il n'a aucun droit de se trouver…

Elle posa légèrement sa main sur ses lèvres, le forçant à se taire.

— Ne sois pas amer, dit-elle.

Il embrassa doucement ses doigts.

— Bon, dit-il, bon, ça va ! Je l'aime bien, ce vieil enquiquineur… c'est pour ça que je me fâche tant. Tu sais, le premier jour où je suis venu, lorsque nous avons marché ensemble en revenant des champs, il s'est arrêté pour prendre deux pastèques dans le ruisseau. Il m'en a donné une à porter comme si j'étais un vieil ami au lieu de porter les deux et de laisser son invité les mains vides. (Il tourna la tête vers Arlis.) Tu sais comment j'ai été élevé, dans une scierie itinérante, et sous la tente. Personne ne m'avait encore accueilli à sa manière chaleureuse et gentille, et cela malgré le fait qu'il n'avait encore jamais entendu parler de moi.

Il déplaça son bras pour le soulager du poids du corps d'Arlis ; il était complètement endolori. Il posa son doigt sur la joue d'Arlis et le fit glisser jusqu'à son menton.

— Et dire que je ne savais pas que tu m'aimais, dit-il gentiment. Pendant tout ce temps, j'avais peur de le dire et pendant tout ce temps…

— J'avais aussi peur de le dire, ajouta-t-elle en riant.

C'était un rire qui paraissait particulièrement étrange et doux à la fois.

— Tu sais, dit-il d'un ton sérieux, il n'y a rien au monde que je préférerais que de t'épouser et de m'installer tout de suite dans le domaine, avec Matthew. Il nous donnerait une chambre de la maison, une place à sa table et du travail à faire. Ce serait un véritable foyer, le genre de maison que je n'ai jamais connu parce que j'ai été élevé dans une tente en loques ; il serait bon envers nous car il est le genre d'homme qui aime à avoir sa famille autour de lui, de plus en plus près à mesure que le temps passe au lieu de l'éparpiller aux quatre coins du monde. (Il secoua la tête.) Mais il ne peut en être ainsi, Arlis. Parce que moi aussi j'ai un devoir à accomplir, et que mon devoir s'oppose au sien. Je ne peux pas plus abandonner que lui.

Elle courba la tête.

— Oui, murmura-t-elle. Oui, je comprends. (Elle releva la tête.) Je ferais bien de m'en aller maintenant, sinon ils vont se demander où je suis partie.

Il la serra encore plus fort.

— Ne pars pas encore… Je…

Elle se dégagea de ses bras.

— Une femme ne peut pas faire grand-chose en ce monde, dit-elle. Elle peut faire la cuisine, laver le linge, nettoyer la maison et faire des conserves à l'époque des fruits. Elle peut se marier et mettre des enfants au monde, et c'est déjà une très grande chose que cela. Mais lorsque les hommes s'opposent aux hommes, la femme n'a qu'à se tenir en dehors de leurs querelles et prier pour celui qu'elle aime.

Elle sentit un sanglot lui serrer la gorge ; elle essaya de le refouler mais n'y parvint pas.

— Qu'est-ce qu'une femme doit faire lorsqu'elle a son père et…

— Choisir, fit vivement, trop vivement, Crawford. Elle doit faire son choix et s'y tenir.

Elle secoua la tête.

— C'est impossible, dit-elle. Tu ne te rends donc pas compte, Crawford, que cela m'est impossible ? (Elle le regarda fixement pendant un long moment.) Je t'aime, Crawford. Je l'ai dit par fierté, mais je le pensais également. Mais personne au monde ne pourrait dire ce que Matthew Dunbar ferait si je partais avec toi. Je ne peux pas laisser la colère l'emporter.

— Mais… la coupa Crawford.

Elle l'empêcha d'en dire plus.

— C'est un homme foncièrement bon, dit-elle. Une seule fois dans sa vie il s'est départi de sa gentillesse. Un jour, dans la cour, là-haut, il s'est battu avec son frère pour l'empêcher de détruire le domaine. Il s'est battu avec ses poings, ses dents et ses pieds en un combat comme je n'en ai jamais vu d'autre. Et si son frère avait été aussi fort que lui, il aurait pu le tuer. Je ne me souviens pas de ce jour, mais j'ai entendu dire jusqu'à quel point c'était terrible. Je n'ai pas le droit de le laisser aller jusqu'à cette extrémité. Je suis la seule qui puisse l'empêcher d'aller aussi loin.

— Dans ce cas… dit Crawford.

Elle regarda la nuit qui les entourait.

— Maintenant, il faut que je parte, dit-elle. (Puis elle se tourna vers lui.) Nous pouvons attendre, Crawford ; à cause du genre d'amour que nous avons l'un pour l'autre. Nous n'avons pas besoin de nous dépêcher, parce que nous savons que nous serons toujours là.

Il posa les mains sur le volant et resta immobile à les regarder.

— Peut-être, dit-il. Peut-être. Mais je n'en suis pas aussi certain que toi. (Il soupira profondément.) Alors, je ne te verrai plus ? Je vais devoir...

— Tu ne peux pas venir à la maison, dit-elle en l'interrompant. Ce serait se moquer de lui ouvertement. (Elle posa sa main délicatement, avec tendresse, sur son cou, aussi doucement que si elle touchait un enfant.) Mais je serai ici chaque fois que j'entendrai ton klaxon. Même si, pour le faire, je dois laisser une pile de vaisselle sale dans l'évier.

Il l'enserra de nouveau dans ses bras et ils s'embrassèrent mille et mille fois. Elle éloignait ses lèvres puis les rapprochait à nouveau. C'était un peu comme l'énergie du désespoir, comme s'ils allaient se séparer pour toujours ; puis Arlis s'écarta définitivement de lui et au même moment elle ouvrit la portière ; une bouffée de vent froid s'engouffra dans la voiture, repoussant la chaleur du petit chauffage. Elle se laissa glisser au-dehors et se retrouva les pieds sur la route ; elle fit vivement le tour de la voiture.

Crawford descendit la glace de son côté.

— Demain soir, dit-il. Ici, demain soir !

Elle acquiesça d'un signe de tête, lui fit un signe de la main, et entreprit de remonter vers la maison. Pour se protéger du froid, elle replia ses bras sur elle, se tenant les coudes dans les mains ; elle baissa la tête pour combattre le vent qui la glaçait au travers de son léger pull-over. La chaleur qu'elle avait emportée de la voiture ne dura guère, et elle était transie lorsqu'elle arriva enfin dans le couloir. Elle fut contente de pouvoir franchir la porte et pénétrer dans une cuisine bien chauffée ; son sens pratique typiquement féminin lui fit penser qu'il ferait froid pour s'aimer durant le long hiver qui commençait et elle espérait qu'il ne serait pas aussi rigoureux que ceux qu'elle avait connus jusqu'à présent.

Miss Hattie était seule dans la cuisine. Elle regarda Arlis se précipiter vers le fourneau, lui tourner le dos et soulever ses jupes. Elle aurait voulu la suivre de la même manière qu'elle avait suivi Connie, mais elle n'avait pas osé le faire. Elle avait eu peur qu'Arlis ne s'en aille, elle aussi, et elle avait attendu dans la cuisine, s'imaginant déjà que le lendemain ce serait elle qui devrait préparer le petit déjeuner.

— Tu es rentrée, dit-elle. Je…

— Oui, fit Arlis. (Elle parcourut la pièce du regard.) Où est papa ?

— Là-dedans, avec grand-papa, répondit Miss Hattie. (Elle se leva de table et s'approcha d'Arlis.) Je croyais que tu…

Arlis éclata de rire. Elle tendit les bras et attira Miss Hattie vers elle.

— Tu croyais que j'allais m'en aller comme Connie ? Non, Miss Hattie, ce n'est pas moi qui m'en irais comme cela. Il n'y a rien pour m'attirer loin d'ici. J'ai Crawford et je peux compter sur lui.

— Mais tu as dit que tu l'aimais, fit Miss Hattie sur un ton de reproche. Et lui aussi a dit qu'il t'aimait…

— Bien sûr que nous nous aimons, dit Arlis. C'est un amour véritable. C'est pour cela que nous n'avons pas besoin de nous enfuir et de nous cacher. Nous pouvons nous montrer fièrement devant tout le monde.

Miss Hattie fronça les sourcils. Elle pensait à Connie et à cet étranger, à la manière dont ils s'étaient fondus en un seul être et puis étaient tombés mollement à terre, emmêlés comme des animaux.

— Arlis, fit-elle. Je voudrais que tu me dises quelque chose. Je veux que tu me dises ce que c'est que l'amour.

Surprise par cette question, Arlis cessa de se balancer devant le feu.

— Tu poses vraiment les questions les plus idiotes au monde, fit-elle en guise de protestation. C'est… enfin… (Elle fronça les sourcils, puis elle sourit. Miss Hattie vit à ce moment la lueur qui s'était rallumée au fin fond de son regard.) Je ne connais qu'une seule manière de te l'expliquer, Miss Hattie. L'amour est à peu près la seule chose qui puisse obliger une personne aussi casanière que moi à sortir d'une maison bien chauffée pour aller dans la nuit froide et glacée. Je crois que cette explication est tout aussi bonne qu'une autre.

Mais Miss Hattie n'était pas satisfaite. Elle retourna lentement vers la table et s'assit sur sa chaise. Elle attira le catalogue vers elle et se mit à le feuilleter distraitement. Il y avait une différence énorme entre cette union étroite entre Connie et l'étranger et cet amour déclaré ouvertement entre Arlis et Crawford Gates. C'était une différence que son esprit ne lui permettait pas de comprendre. Mais il y avait une chose certaine… c'est qu'elle allait aimer ces culottes ornées de dentelle qu'allaient lui envoyer Sears & Roebuck. Elles rendraient même le port des soutiens-gorge supportable.

Arlis jeta un coup d'œil vers la porte qui donnait sur la salle commune ; elle savait qu'elle devrait affronter Matthew tôt ou tard. Maintenant, elle était réchauffée et elle se sentait de nouveau bien après sa course dans le froid. Elle se dirigea vers la porte ; elle l'ouvrit et son regard fit le tour de la salle de séjour.

Il y avait un feu formidable dans la cheminée et la pièce était trop chauffée en comparaison de la cuisine. Le vieillard était nu, debout dans le grand baquet placé près de l'âtre ; à genoux, Matthew le lavait vigoureusement et il se dépêchait autant qu'il pouvait pour avoir fini avant que son père ne prenne froid.

Arlis entra et Matthew leva la tête. Dès qu'il la vit, le vieillard fit un faible effort pour cacher sa nudité, mais elle ne prêta aucune attention à lui et elle se tourna vers le feu.

— Il commence à faire très froid dehors, dit-elle. Le thermomètre descend rapidement.

— Premier froid de la saison, fit Matthew. Il me semblait qu'il y avait un peu trop de courants d'air dans la maison. Mais je devais absolument lui donner un bain.

Elle s'approcha du feu et leur tourna le dos afin de ne pas embarrasser le vieillard. Elle entendait le clapotis de l'eau chaude quand Matthew rinçait le gant de toilette. C'était une tâche dont il se chargeait régulièrement ; il ne laissait jamais une autre personne le faire, été ou hiver. Il sentait sous ses doigts les os fragiles du vieillard et sa peau était presque aussi sèche que du papier sous l'eau et le savon. Lorsqu'il soulevait un bras, il ne sentait presque aucun poids ; les os étaient aussi secs et fragiles que du bois. Le vieillard n'avait plus que ce qui était indispensable à ses vieux jours ; il n'y avait plus un gramme de chair inutile sur sa carcasse frêle, et la peau transparente laissait apparaître les grosses veines bleues gonflées du sang de la vie.

Matthew tourna la tête vers Arlis.

— C'était Crawford Gates ?

— Oui, répondit-elle. (Elle ne le regarda pas, mais il se dit que c'était peut-être à cause de la nudité de son père.) Crawford.

Matthew continuait à le laver ; il se dépêchait car il avait senti un frisson le parcourir. Il faisait trop froid ce soir. Mais il avait trouvé qu'il devait absolument le nettoyer car il y avait une semaine qu'il ne lui avait pas donné de bain. Le vieillard aimait bien être propre.

— Plutôt froid pour les amoureux, dit-il.

Elle eut un petit rire, un peu forcé.

— On s'en est tiré, dit-elle. Est-ce que vous avez terminé la commande ?

Il leva la tête pour la regarder, puis il détourna les yeux.

— Oui, pourquoi ? dit-il. Elle est prête à être postée demain. Avais-tu encore besoin de quelque chose ?

Elle secoua la tête.

— Non, dit-elle. (Elle se frotta les mains.) Il faisait rudement froid, dehors. Il va certainement geler cette nuit. Il se pourrait même qu'il neige. Il y avait cette sensation de neige dans l'air.

Il se pencha en arrière et s'assit sur ses talons.

— Je suppose que tu voudrais demander qu'il puisse revenir à la maison, dit-il brusquement. C'est à ça que tu penses ?

Elle se retourna pour le regarder.

— Non, pourquoi ? dit-elle. Nous nous débrouillerons.

Il se concentra sur son travail et commença à laver vigoureusement la jambe droite du vieillard.

— J'ai interdit la maison à Crawford… et je savais ce que je disais. Mais je m'imaginais que tu voulais que je change d'avis.

— Vous savez quels sont mes sentiments envers Crawford, dit-elle calmement. Je ne voudrais pas vous demander de changer d'avis. Si vous ne voulez pas de lui dans la maison, je peux fort bien le rencontrer en dehors. Ce n'est pas bien compliqué.

Il entama la jambe gauche et la termina très rapidement. Puis il aida le vieil homme à sortir du baquet.

— Passe-moi le linge qui est là, demanda-t-il en montrant du doigt le pied du lit.

Elle alla prendre l'essuie-main et le lui apporta. Il le prit et jeta un bref coup d'œil à Arlis puis il se tourna de nouveau vers le vieillard. Il le frictionna vigoureusement et le vieux se laissa faire docilement. Matthew était abasourdi par le comportement d'Arlis ; jamais il ne l'avait connue ainsi, si sûre d'elle, si déterminée, et avec cela parfaitement naturelle. Il poussa un soupir.

— Enfin, je suppose que cela finit par arriver à tout père, dit-il. Sa fille doit se marier, sinon elle restera vieille fille. Quoique j'aie toujours pensé que tu aurais voulu… (Il ne souhaita pas terminer sa phrase.) Je suppose que maintenant tu ne vas plus rester très longtemps à la maison.

— Non, papa, dit-elle. Je ne vous quitte pas.

— Mais tu…

— J'ai dit que je ne vous quittais pas, papa, dit-elle d'une voix très distincte. C'est la vérité. Tout comme c'était vrai lorsque j'ai dit que j'aimais Crawford.

— Mais… (Il se tut, puis essaya de nouveau.) Mais tu aimes Crawford. Je te crois. Et Crawford ne vient plus ici. Alors tu…

Elle lui fit face. Le visage du vieillard tressaillit et il plaça vivement ses mains de manière à cacher sa nudité ratatinée.

— Papa, dit-elle. J'aime Crawford. Je continuerai à le voir même si je dois sortir du domaine pour cela. Vous ne pouvez pas m'empêcher de le faire. (Elle se rapprocha de lui et le fixa dans les yeux.) Mais je ne vais pas l'épouser, papa. Pas avant que vous l'acceptiez. Pas avant que vous me donniez votre permission.

Il fut très touché par ces paroles. Il froissa le linge dans ses mains et il baissa les yeux. Il avait le cœur serré.

— Ma fille, dit-il, ma fille...

Il ne put en dire plus. Il ne parvenait pas à exprimer les sentiments qui bouillonnaient en lui.

Elle fit demi-tour et se dirigea vers la porte de la cuisine.

— Terminez ce que vous êtes en train de faire, dit-elle. D'ici que vous ayez fini, j'aurai fait du café frais. (Elle lui sourit.) Rien de tel qu'une bonne tasse de café bien chaud le premier soir où il gèle.

Elle ferma la porte derrière elle. Matthew se remit à frictionner le vieillard. Il travaillait comme un forcené, sans penser à rien avant d'avoir terminé de frotter ; puis, avec difficulté, il aida le vieil homme à enfiler le long sous-vêtement qui avait été mis à chauffer sur une chaise placée devant le feu. Il l'aida à s'asseoir sur la chaise avant de le mettre au lit.

— Papa, dit-il. Arlis a un bon ami. Arlis s'est trouvé un amoureux.

Peut-être était-ce dû à l'effet stimulant du bain, en tout cas cette fois-ci il comprit. Il gloussa de rire. Il se pencha, porta la main à sa gorge et força un rire guttural pour le montrer.

9

L'haleine de Matthew était toute blanche devant lui pendant qu'il marchait vers la maison, avant le petit déjeuner. Il s'arrêta un instant sous le porche arrière et se frotta vigoureusement les mains. Le froid s'était fait rudement sentir au cours de cette nuit ; c'était une splendide journée, un soleil pâle faisait scintiller le sol blanc de givre. Il souffla sur ses doigts et couvrit ensuite ses oreilles de ses mains. Il ouvrit brusquement la porte de la cuisine.

— Je ne sais pas ce que vous avez l'intention de faire aujourd'hui, dit-il, mais moi j'ai envie de tuer quelques cochons.

À ces mots, chacun interrompit ce qu'il faisait. Rice était assis à table, Miss Hattie plaçait les assiettes et les tasses et Arlis était occupée à frire la viande. C'était un jour comme tous les autres jusqu'au moment où les paroles de Matthew changèrent tout.

Il s'approcha du fourneau pour se réchauffer.

— Oui, fit-il, j'ai envie de retrouver le goût du porc frais. D'ailleurs, nous avons trop de cochons à tuer en même temps, et avec ce que nous avons comme aide, nous ferions mieux de commencer tôt.

— Vous avez l'intention d'en tuer combien ? demanda Rice.

Il était déjà tout excité à l'idée de passer une bonne journée et il s'était levé de table, impatient de commencer.

— Assieds-toi, et mange ton petit déjeuner, dit Matthew. Pas question d'aller tuer des cochons avec l'estomac vide. Deux, je pense. Ainsi, nous pourrons nous occuper des autres avant Noël. (Il se tourna vers Arlis.) Apporte-nous à manger. Nous avons une journée bien remplie devant nous.

Il s'assit et Arlis posa la poêle sur la table ; elle partagea le bacon et tandis qu'elle servait Matthew, elle l'observa attentivement : il ne paraissait plus penser à ce qui s'était passé la veille. Et d'ailleurs, cette journée était vraiment un renouveau pour lui. Le froid semblait avoir définitivement repoussé l'été et c'était comme si l'hiver apportait une vie nouvelle et différente dans le domaine. Matthew était d'excellente humeur et il mangea son petit déjeuner de bon cœur.

— Rice, dit-il entre deux bouchées, tu mettras le feu en route. Nous aurons besoin de beaucoup d'eau chaude. Mets beaucoup de bois sur le feu : plus l'eau sera chaude, plus le travail sera vite fait.

— Que veux-tu que je fasse, papa ? demanda Miss Hattie. L'année dernière, tu ne m'as rien donné à faire.

— Tu trouveras de quoi t'occuper amplement, dit Matthew. Ne t'en fais pas pour ça.

Parce que Knox et Jesse John sont partis, se dit-il. Mais aujourd'hui, il ne laissa pas cette pensée le déprimer.

Il mangea rapidement, pressé de se mettre au travail. Mais il n'était pas plus pressé que les autres. Il avait à peine fini sa seconde tasse de café que Rice s'était déjà levé de table ; et lorsqu'il sortit de la cuisine, Rice allumait le feu sous deux grosses bassines pleines d'eau. Le soleil était plus haut, mais le givre n'avait pas encore disparu. Matthew pouvait sentir dans l'air que le froid resterait assez longtemps, quoique ce ne fût que le premier gel de la saison. Il resterait certainement plus longtemps qu'il ne leur en faudrait pour tuer deux cochons et les saler. Il y avait une odeur de froid continu.

— Fais bouillir beaucoup d'eau, dit-il en passant à côté de Rice.

Il alla prendre la masse qui se trouvait dans un coin de la cabane à fumer. Il la tenait dans sa main quand Miss Hattie sortit en courant de la cuisine et elle lui cria :

— Attends, papa, attends-moi.

— Nous avons beaucoup à faire avant de les tuer, dit Matthew.

Il porta la masse jusqu'à l'enclos des porcs et la déposa contre la barrière. Les cochons levèrent la tête au-dessus de leur auge et grognèrent. Ils ne se doutaient encore de rien. Mais ils se rendraient bien vite compte que c'était jour de boucherie. Leur instinct de conservation leur faisait toujours savoir quand ce jour était venu.

Matthew sortit, Miss Hattie toujours sur ses talons. Il alla prendre deux bâtons. Ils hisseraient les cochons au moyen de poulies pour les suspendre à la grande poutre qui dépassait du mur de la ferme, juste à côté du porche arrière ; ainsi suspendues, les bêtes seraient plus faciles à saigner, à gratter et à dépecer.

— Ne me suis pas partout, Miss Hattie, dit-il. Va dans la cuisine et aiguise tous les couteaux que nous avons. Ils nous seront tous nécessaires.

Elle fut assez surprise par cet ordre, mais se précipita vers la cuisine. Matthew s'arrêta pour voir où Rice en était. Le feu flambait bien et il était en train d'ajouter du bois. Des bulles commençaient à monter à la surface de l'eau qui chauffait dans les bassines.

— Aide-moi à installer le baril, dit Matthew. Et apporte-moi la pelle.

Ils se dirigèrent ensemble vers la grange pour prendre le vieux baril à pétrole. Ils le portèrent jusqu'au feu et Matthew y versa un peu d'eau pour le rincer. Il y avait une dépression dans le sol où le baril-échaudoir avait été placé année après année, mais elle s'était remplie de terre depuis la dernière fois qu'ils avaient tué des cochons. Rice prit la pelle et se mit à creuser le trou. Puis ils y placèrent le baril, l'extrémité ouverte légèrement penchée. Rice disposa autour des morceaux de bois pour l'empêcher de rouler.

Ils étaient bien réchauffés après ce travail exécuté à un rythme très rapide. Ils parlaient et riaient tandis qu'ils mettaient le baril en place et ils entendaient la voix aiguë et excitée de Miss Hattie qui s'affairait dans la cuisine. Aujourd'hui serait une journée de travail et de joie, avec du bon porc frais pour dîner et pour souper ; après, Matthew se mettrait au volant de la vieille modèle T pour porter de la viande fraîche à ses voisins.

Matthew se redressa et regarda autour de lui. Le feu flambait bon train et la chaleur transformait en boue le sol gelé autour des bassines. Les baquets étaient en place, et Rice avait installé la table à découper : deux longues planches placées sur des tréteaux. Les cochons poussaient des cris aigus, car ils commençaient à se rendre compte que certains parmi eux allaient mourir aujourd'hui ; le bruit de leurs cris portait très loin dans l'air froid. Miss Hattie et Arlis sortirent de la cuisine, les mains chargées de tous les couteaux fraîchement aiguisés et les déposèrent sur la table à découper. Miss Hattie courut jusqu'au feu et se mit à danser de joie autour des bassines. Matthew la regarda et sourit ; hier elle voulait des culottes d'adulte ornées de dentelle véritable, pensa-t-il, et aujourd'hui, elle était redevenue une enfant.

Il se tourna vers Rice.

— Bon, dit-il. Allons leur donner le coup de grâce.

Ils marchèrent côte à côte jusqu'à l'enclos ; Miss Hattie et Arlis les suivaient de près.

— Va prendre Mollie et mets-lui les harnais, dit Matthew à Rice. Je n'ai pas l'intention de tirer ces grosses bêtes à moi tout seul.

Jusqu'à présent, ils n'avaient jamais dû avoir recours à la mule ; avec Knox et Jesse John, il y avait plus qu'assez de bras pour y arriver.

Les cochons faisaient maintenant un véritable concert funèbre. Ils couraient d'un coin à l'autre de l'enclos, chacun essayant de se cacher derrière les autres. La boue épaisse était gelée, ce qui empêchait l'odeur habituelle de se répandre dans l'air. Sous le poids, leurs pieds brisaient la fine couche de glace et s'enfonçaient dans la boue glacée qui se trouvait en dessous de la croûte. Matthew s'arrêta devant la barrière ; il regarda les bêtes affolées et choisit parmi elles celles qu'il allait tuer aujourd'hui et celles qu'il garderait pour plus tard. Miss Hattie était penchée sur la barrière et poussait des cris presque aussi stridents que les cochons. Ayant fait son choix, Matthew alla prendre un vieux manche de houe puis il ouvrit la barrière qui donnait sur un petit enclos séparé. Il se pencha très bas au-dessus de l'enclos et attendit que les cochons qui tournaient en rond passent devant lui. Il en frappa un violemment sur le museau avec le manche de la houe ; l'animal s'arrêta net à mi-course et Matthew l'obligea à passer par la barrière pour le séparer des autres. Le cochon poussa un cri terrible, désespéré, car il réalisait qu'il avait été choisi pour la boucherie. Les autres bêtes lui répondirent par un concert assourdissant et Arlis et Miss Hattie se bouchèrent les oreilles.

— Oh, je ne peux pas regarder, cria Arlis, et elle s'en retourna vers la maison.

C'était chaque fois la même chose ; elle venait toujours voir comment cela se passait, puis elle se hâtait de partir juste avant l'exécution. Matthew se souvenait qu'elle réagissait déjà de même lorsqu'elle n'était qu'une toute petite fille. Mais Miss Hattie attendait avidement, les yeux brillants.

Rice arriva avec Mollie ; c'était la plus vieille de leurs mules, la plus calme de toutes. Mais même ses yeux dénotaient l'effarement en présence des cochons qui criaient désespérément. Matthew prit la masse ; il la soupesa dans sa main et hésita quelques secondes. Puis il enjamba la clôture de l'enclos dans lequel le cochon isolé était enfermé. La bête tenta d'esquiver et se heurta aux jambes de Matthew ; mais celui-ci retrouva instantanément son équilibre et parvint à l'acculer dans un coin.

Il se cala bien sur ses jambes et leva très haut la masse, prêt à frapper. Mais le cochon lui passa entre les jambes et se terra dans un autre coin. Matthew se remit en position, et cette fois il abaissa rapidement la masse avant qu'il ait eu le temps de bouger. La bête était paralysée par l'imminence de la mort ; elle attendait, digne et immobile, le coup fatal. La masse s'abattit avec un bruit sourd juste au bon endroit, entre les yeux, et le cochon s'écroula comme un poids mort en laissant échapper un dernier souffle, le dernier soupir. Maintenant – mais trop tard – ses pattes se mouvaient spasmodiquement en une inutile parodie de fuite. Ils demeuraient tous immobiles à regarder ce cochon qui n'était plus maintenant qu'une masse de charcuterie. Un filet de sang s'écoulait du museau de la bête, formant une tache sombre sur le sol. Les autres cochons s'étaient tous groupés dans un coin de l'enclos, leurs petits yeux noirs regardaient fixement Matthew et leurs grandes oreilles étaient à demi dressées, un peu en avant, en position d'alerte. L'instant d'après, ils se dispersaient et recommençaient à hurler et à courir dans toutes les directions, complètement affolés à l'idée de la mort.

— Bon, au travail, fit Matthew, et il tira sur une oreille pour soulever la tête.

— Vite, Miss Hattie, le couteau, cria-t-il.

Elle arriva en courant, le grand couteau de boucher à la main. Elle le tendit à Matthew ; il se pencha au-dessus de la bête et lui trancha la gorge. Le sang encore chaud jaillit sur sa main avant même qu'il eût le temps de la retirer. Cela faisait une tache presque noire qui s'enfonçait dans la terre. Le sang coula à flots pendant quelques instants avant de se réduire à un mince filet puis, enfin, à quelques gouttes.

— Allons vite le pendre pour lui faire perdre tout son sang, fit Matthew.

Il ouvrit la barrière de l'enclos ; puis il découpa habilement la chair autour des tendons des pattes arrière. Il passa un bâton sous les tendons et y accrocha les harnais de Mollie. Alors la mule tira la bête jusqu'à la maison.

Ensuite, Matthew retourna à l'enclos pour choisir la seconde victime, qu'il fit entrer dans l'enclos séparé. Celle-ci était beaucoup plus sauvage que la première, beaucoup plus terrifiée, et elle essaya de sauter au-dessus de la clôture. Dans ses efforts pour s'échapper, elle renversa Matthew. Il jura un bon coup, se releva, accula le cochon dans un coin et abattit la masse.

Le temps de le saigner, Rice revenait déjà avec Mollie. Ils emportèrent la seconde bête jusqu'à la poutre qui dépassait du mur de la maison, détachèrent la chaîne pour la passer dans la poulie et laissèrent Mollie soulever la charge jusqu'à ce que le bâton qui tenait les pattes écartées vienne buter contre la poutre. Ils fixèrent la chaîne et détachèrent la mule.

Matthew adressa un large sourire à Rice.

— Allons jusqu'à la grange, dit-il. Il y a quelque chose que nous devons absolument faire.

Rice rit avec lui et ils marchèrent d'un pas rapide jusqu'à la grange après que Matthew eut réalimenté le feu qui commençait à faire bouillir l'eau dans les bassines. Arrivé dans la grange, Matthew prit la tasse suspendue à un clou et sortit le barillet de whisky de sa cachette. Il emplit la tasse à moitié et la tendit à Rice. Celui-ci prit une bonne gorgée et rendit la tasse à Matthew. Et, chacun à son tour, ils burent gorgée après gorgée jusqu'à ce que la tasse soit vide ; le whisky les réchauffait agréablement.

— Oui, fit Matthew, rien de tel qu'une petite goutte quand il fait froid.

Les cochons avaient perdu tout leur sang quand ils retournèrent à la maison. Ils abaissèrent le premier et y attelèrent de nouveau Mollie pour qu'elle puisse tirer la bête jusqu'au baril-échaudoir. Ils emplirent celui-ci d'eau bouillante jusqu'à mi-hauteur et y plongèrent le cochon toujours attelé à la mule. Mollie pourrait leur faciliter la tâche en soulevant ou retournant la bête. Rice se plaça à la tête de la mule pour pouvoir la diriger chaque fois que Matthew, resté auprès du baril, le lui demanderait. Ils ébouillantèrent le cochon à fond ; Matthew veillait à ce que chaque centimètre carré de peau y passe, et il arrosait les pattes avec un seau d'eau bouillante. La vapeur s'élevait, chaude et saturée de l'odeur des poils mouillés dans le visage de Matthew. Puis Mollie retira le corps de l'eau et le hissa à nouveau sur la poutre. Ils se dépêchaient, il n'y avait plus un instant à perdre.

— Tout le monde au boulot, annonça Matthew, et il prit un couteau sur la table. Raclons-le avant qu'il ne refroidisse.

Ils entourèrent la carcasse ébouillantée et se mirent tous au travail. Matthew commença par racler le dos. Les poils arrachés bouclaient sous le tranchant de la lame ; Matthew en enlevait des poignées à la fois puis il raclait le restant jusqu'à ce que la peau soit toute propre et blanche. Ils travaillaient vite, en silence, car maintenant seule la rapidité comptait. Si la bête refroidissait avant qu'ils aient terminé, ils ne parviendraient jamais à finir. Enfin la carcasse se trouva toute blanche d'une extrémité à l'autre. Ce n'avait plus du tout l'air d'un animal vivant et effarouché ; c'était maintenant un beau morceau de viande prêt pour la table.

Le raclage terminé, ils se reposèrent un moment avant de s'attaquer à la seconde bête, qu'ils traitèrent de la même manière que la première. Le soleil était beaucoup plus haut maintenant, mais l'air était toujours glacial. C'était une belle journée, ensoleillée et froide, juste ce qu'il fallait pour tuer des cochons. Le travail leur donnait chaud, sauf pour les pieds et les mains, et ils allaient chacun à leur tour les réchauffer devant le feu. Le vieillard, qui revenait de l'annexe, s'arrêta un instant pour les regarder, puis il poursuivit son chemin vers la maison et la chaleur.

Une fois les deux carcasses blanches et bien nettoyées, Matthew se mit à découper la viande tandis que les autres faisaient cercle autour de lui. Il pratiqua d'abord une incision dans l'abdomen ; il utilisa une hache pour couper les côtes, puis il fit sortir les boyaux, qu'il laissa tomber dans une bassine soutenue par Rice et Arlis. Les boyaux étaient froids et gluants aux mains tandis que ses doigts déchiraient les rubans de graisse qui y étaient attachés. Puis Matthew et Rice continuèrent à découper les bêtes. Pendant ce temps, Arlis et Miss Hattie faisaient le travail qui était toujours réservé aux femmes : penchées sur la bassine d'où s'élevait une odeur nauséabonde, elles enlevaient la graisse qui entourait les intestins, en prenant bien garde de ne pas trouer la peau ; puis elles vidaient les boyaux froids en les faisant glisser dans leurs mains fermées.

Au fur et à mesure que Matthew découpait, Rice déposait les morceaux de viande sur la table. Les jambons et les morceaux de lard seraient salés et fumés plus tard. Certains morceaux, tels le foie, le filet et les parties molles, seraient mangés immédiatement. Et, bien sûr, il faudrait porter une part de viande fraîche aux voisins.

Ils ne s'arrêtèrent pas avant que Matthew ait terminé de découper la seconde bête.

— J'ai ici une autre bassine pleine de boyaux, si quelqu'un en désire, cria-t-il à l'adresse de Miss Hattie et d'Arlis lorsqu'il eut fini de vider le ventre.

— Hey, tu vas me faire des andouilles ?

Arlis secoua la tête dédaigneusement.

— Faudra vous trouver une autre femme pour faire ce travail si vous voulez avoir des andouilles, répondit-elle. C'est pas moi qui m'amuserais à en faire. Mais je ferai tout de même du pain aux grattons.

Matthew se redressa et regarda autour de lui. C'était presque fini, maintenant, du moins en ce qui concernait le travail des hommes. Ce qui restait était la tâche des femmes, quoique Matthew les aidât toujours. Ce ne serait que demain qu'ils pourraient terminer. Il fallait que la chaleur du corps ait complètement disparu de la viande avant de pouvoir la saler ou la fumer. Il y avait encore les saucisses à faire ; il rentra dans la maison et en ressortit quelques secondes plus tard, le hachoir à la main. Installé à un bout de la table, Rice se mit aussitôt à préparer la viande pour les saucisses. Il restait aussi la graisse à transformer en lard… aussi un travail de femme. Et enfin, Arlis devrait s'occuper de la préparation pour son pain. Le pain à la farine de maïs préparé avec des grattons avait toujours été quelque chose de spécial, de magnifique, pour les Dunbar. Mais voilà, la boucherie était finie, on allait tout remettre en place, entasser les provisions pour l'hiver, le printemps et l'été, jusqu'à ce que les premiers gels reviennent et que le moment de tuer les cochons soit de nouveau là. Matthew prit la place d'Arlis, afin qu'elle puisse aller préparer le déjeuner. C'était un bon déjeuner, aujourd'hui : des filets frais, le plat traditionnel du jour de boucherie. Quand ils eurent fini de manger, ils avaient les lèvres grasses, ils se sentaient lourds et n'avaient guère le courage de se remettre au travail.

Après le déjeuner, Matthew trouva enfin le temps de reconduire Mollie à l'écurie et de lui ôter les harnais ; elle était restée debout toute la matinée dans la cour. Il s'arrêta sur le pas de la porte et regarda la scène de leur travail devant la maison. Si seulement il pouvait toujours en être ainsi, avoir de l'ouvrage à faire tous ensemble, si seulement nous pouvions oublier tout ce qui se passe en dehors du domaine. Il réalisa alors que Jesse John et Knox lui avaient manqué plus que les autres jours. Plus d'une fois, il s'était retourné et avait tendu un couteau à faire aiguiser à une main qui n'existait pas. Et une ou deux fois il avait appelé Rice du nom de Knox, et Rice l'avait regardé d'une manière étrange.

Tant qu'il y avait beaucoup de travail urgent à faire, il n'y pensait pas. Malgré ses occupations, il avait trouvé la journée vide. Il se rendit à la grange pour se verser une demi-tasse de whisky. Il s'assit à terre et porta la tasse à ses lèvres. Le whisky le réchauffait mais ne le rendait pas plus gai comme il l'avait fait le matin. Nous continuons à tuer les cochons comme autrefois, pensa-t-il.

Il n'existe pas de meilleur moyen pour le faire que celui que nous avons toujours connu. Pourquoi est-ce que tout le reste ne peut pas aussi continuer de la même vieille manière ? Il avala une deuxième gorgée de whisky tout en regardant les autres préparer les stocks de viande. Cela avait commencé le jour où il avait décidé de vendre les cochons qu'il avait et d'acheter des bêtes de meilleure qualité. Il élevait maintenant une race spéciale qui donnait beaucoup de bonne viande. Il avait ainsi prévu l'avenir, et il avait fait un choix heureux ; il avait été vraiment clairvoyant.

Bon, se dit-il, c'est très bien d'être clairvoyant, mais il s'agit maintenant de faire des plans, d'essayer de voir ce que nous pourrons faire et ensuite le mettre en pratique.

Il savait depuis longtemps déjà qu'il devrait se hâter de prendre une décision et tâcher de devancer la TVA. Mais c'était une chose beaucoup plus difficile pour lui que de faire ses plans pour l'hiver, le printemps et l'été prochains. Il vida la tasse et la jeta derrière lui, sans se donner la peine de la rependre à son clou.

Matthew était un homme qui vivait avec les saisons. Il en avait en lui la connaissance, presque une intuition qui lui faisait sentir quel temps il ferait le lendemain, le jour suivant et même la semaine suivante ; il pouvait ramasser une poignée de terre et se rendre compte rien qu'au toucher si elle pouvait déjà accepter des semences. C'était implanté en lui aussi bien que la couleur de ses cheveux et de ses yeux ; cela lui avait été transmis par le sang de ses ancêtres qui l'avaient avant lui, et cela depuis le jour où ce premier Dunbar, mi-indien, mi-blanc, avait fondé la dynastie.

Mais ce qu'il avait à affronter maintenant était différent. La TVA ne connaissait ni les saisons, ni la forme des nuages, ni la direction du vent et de la pluie qu'un Dunbar pouvait comprendre. Et cependant il ne pouvait pas rester à ne rien faire en attendant que l'eau envahisse son territoire. Il regarda la maison où ses enfants travaillaient et il s'imagina voir l'eau monter et les noyer, les emportant au loin comme une rivière charrie des troncs et des branches d'arbre au printemps.

Matthew se leva. Puis il se rassit brusquement ; il se demandait ce qu'il pourrait vraiment faire. Il ne pouvait rien faire. Knox et Jesse John étaient partis ; c'était un fait indéniable, aussi concret que la mort, et il ne pouvait pas les poursuivre pour les obliger à revenir. Il ne pouvait pas les pousser devant lui comme un troupeau de porcs et les enfermer pour toujours dans un enclos. C'étaient des hommes énergiques, volontaires, épris de liberté : Knox parti à la recherche d'argent, de choses nouvelles, et Jesse John à la poursuite de sa femme, se refusant à croire qu'on ne peut pas garder une femme qui ne veut pas rester. Et Arlis, elle aussi, partirait bientôt.

Arlis. Il se mit à penser à elle ; il se leva et marcha jusque devant la grange afin de pouvoir mieux la voir. Elle était assise sur le banc, la bassine de boyaux devant elle, et elle était occupée à racler la graisse qui enveloppait les intestins. Mais il savait que seules ses mains prenaient part à ce travail et que son esprit était loin de là, auprès de Crawford Gates, et que son corps irait bientôt le rejoindre. Et là encore, il n'y avait rien que Matthew puisse faire. C'était une femme énergique, volontaire, éprise de liberté.

Hier soir, elle avait déclaré qu'elle ne se marierait pas sans son consentement. Elle le pensait réellement, et il en avait été si ému qu'il n'avait pu lui répondre que : « Ma fille, ma fille » avant de détourner la tête. Elle tiendrait parole, cela il le savait ; et pourtant ce serait un souci de plus pour lui. Elle avait froidement transféré cette responsabilité sur les épaules de son père et il réalisait qu'il devrait supporter continuellement cette charge que représentaient l'abnégation, la privation et le désir d'Arlis. Bon, se dit-il. Elle s'imagine que je ne tiendrai pas le coup. Et un de ces quatre matins, elle viendrait lui présenter un petit-fils, un bâtard.

Il retourna à la réserve de whisky et remplit la tasse jusqu'au bord. Oui, se dit-il, c'est comme ça que ça se passera. Elle irait rejoindre Crawford en dehors du domaine. Ils seraient ensemble dans la voiture, serrés l'un contre l'autre, luttant l'un contre l'autre et contre eux-mêmes. Il y aurait des paroles dures et des mots doux ; tantôt ils se rapprocheraient, tantôt ils se repousseraient. Et puis cela finirait par arriver ; ce serait inévitable, aussi inévitable que les saisons. Matthew deviendrait le grand-père d'un bâtard.

Il avala une gorgée, puis son regard se posa sur la tasse qu'il tenait à la main. Matthew, se dit-il, est-ce que tu vas te saouler ? Sont-ce là tes intentions ? Il déversa lentement le contenu de la tasse entre ses pieds, regardant le whisky détremper la terre durcie par le piétinement des hommes et des mules. Mais cette terre se laissait malgré tout imprégner et à ce moment-là, Matthew se souvint comment la terre molle de la forêt avait bu avidement le whisky que Knox avait délivré des cruches et des pots à confiture.

Aussitôt, il cessa de faire couler le contenu de sa tasse, et, comme il n'y avait rien d'autre à faire, il avala ce qui restait encore.

Après tout, se dit-il, ce ne sera pas le premier bâtard à naître en ce monde… et ce sera malgré tout un Dunbar. Rien ne pourra l'empêcher d'être un Dunbar.

Mais ce n'était pas tout cela qui allait l'aider à faire revenir Knox et Jesse John. Il ne connaissait rien qui puisse les décider. Et ce serait bientôt au tour de Rice de s'en aller. Il se mit à penser à Rice pendant quelques instants ; il savait que dans son cas il en irait exactement de même qu'avec les autres. Il y avait une certaine agitation, une impatience qui grandissait en lui depuis cet été, depuis qu'il avait perdu cette fille. Il n'en avait jamais parlé à Matthew, mais il finirait bien par trouver une solution à sa solitude. Il quitterait, lui aussi, le domaine pour suivre les pas de ses aînés.

Matthew redressa les épaules. C'étaient tous des Dunbar. On ne pouvait pas mettre en doute ce qu'il y avait de Dunbar en eux. Même Mark Dunbar, l'indompté, son propre frère, qui s'était enfui par la fenêtre entre la nuit et l'aube, était revenu un jour avec l'intention de ne plus partir, et il serait resté si Matthew ne l'avait pas battu. Et eux, Knox, Jesse John, Rice, même Connie, c'étaient aussi des Dunbar. Mais c'est très simple, se dit-il, très surpris par ce qu'il avait trouvé. Il me suffit de garder le domaine ; les empêcher de l'enlever aux Dunbar, et les Dunbar reviendront. Tout ce que je dois faire, c'est de tenir le coup et d'attendre. Ils reviendront tous à la maison. Le sang des Dunbar les rappellera, il a coulé dans cette terre comme le whisky que j'ai obligé Knox à répandre.

Il se leva et fit le tour de la grange. Cependant, un homme ne pourrait pas s'en sortir tout seul. Il aurait besoin d'aide ; et où la trouver si ce n'était parmi les hommes qui habitaient le long de la rivière et qui étaient, eux aussi, dépossédés de leurs biens ? Il leur parlerait, les écouterait, ferait des plans avec eux ; et ils formeraient un front solide contre la TVA.

Il entra dans le hangar et se mit à tourner la manivelle de la vieille modèle T. Le moteur était froid et il dut faire un effort pour y parvenir. Il la lâcha pour aller régler la poignée des gaz placée sur le tableau de bord puis il retourna à la manivelle qu'il fit tourner d'un coup sec et vigoureux. Le moteur hoqueta, puis s'arrêta. Il recommença jusqu'à ce qu'il tourne régulièrement ; il était en sueur. Il courut alors au volant pour pousser sur l'accélérateur, afin d'entretenir le moteur avant qu'il ne s'arrête de nouveau.

Puis il s'assit convenablement au volant et mena la voiture dans la cour. Il s'arrêta, mit pied à terre et s'approcha des autres.

— Prépare-moi quelques rations de viande fraîche, dit-il à Arlis. Je vais en porter aux voisins.

Il ne lui fallut guère de temps. Il plaça les paquets emballés dans du papier sur le siège du passager et se mit en route ; maintenant il se sentait tout à coup très pressé ; il avait enfin un projet, pour la première fois depuis que Crawford Gates était arrivé au domaine, porteur du message de la TVA. S'ils se mettaient tous ensemble, s'ils refusaient de vendre leurs terres, ils pourraient vaincre la TVA et même le gouvernement des États-Unis. Il se demandait comment il se faisait qu'il n'y ait pas pensé plus tôt, mais aussitôt il sut pourquoi. Ce n'était pas dans sa nature d'exposer aux autres ses ennuis. Il avait toujours vécu seul et il ne pouvait dépendre que de lui-même pour résoudre ses problèmes.

Il irait d'abord chez Campbelle Grinder qui habitait la terre en amont, ainsi il ne devrait pas traverser la partie dégagée par la TVA. Il sortit du domaine et s'engagea sur la route remontant la rivière ; il la suivit pendant un demi-kilomètre jusqu'à ce qu'il arrive à un chemin qui conduisait à une propriété. Il s'y engagea. La maison de Grinder était très éloignée de la rivière et Matthew roulait très vite, impatient de voir comment ses paroles seraient accueillies.

Le chemin suivait une courbe et, à la fin du virage, Matthew s'arrêta brusquement. Il regarda fixement la maison devant lui : elle était abandonnée. Dès le premier coup d'œil il s'en était rendu compte. Le bâtiment avait cet air indéfinissable qui montre que les gens qui sont partis n'ont pas l'intention de revenir. Les Grinder avaient déménagé quelques semaines auparavant.

Matthew remit le moteur en marche et roula jusque-là. Ils auraient tout de même pu continuer à cultiver pendant un an encore, pensa-t-il en sortant de la voiture. C'était une maison basse, solidement construite, destinée à vivre au moins un siècle. Une des fenêtres était déjà cassée ; les fenêtres disparaissent vite quand on laisse une maison vide. Il grimpa sur le perron sans savoir vraiment pourquoi il devait aller regarder par la fenêtre pour se prouver que la maison était vide à tout jamais ; il vit alors un chat couché devant la portée fermée.

Il s'arrêta et le regarda. Le chat était enroulé en boule et dormait tout contre la porte, comme s'il attendait depuis longtemps qu'on le laisse entrer. Ils sont partis en l'abandonnant, pensa Matthew. D'ici quelques semaines il deviendrait sauvage et devrait affronter un hiver rigoureux en se nourrissant de souris et d'oiseaux. Puis il n'y aurait plus de souris dans la grange – elles partaient toujours lorsqu'il n'y avait plus de grain dans les granges – et le chat deviendrait de plus en plus sauvage au fur et à mesure qu'il s'enfoncerait dans les bois.

Matthew s'accroupit, mettant un genou à terre, et il tendit une main.

— Viens, mon petit, dit-il, viens ici, viens.

Le chat ouvrit un œil et s'étira. Puis, voyant qu'il s'agissait d'un étranger, il hésita un instant avant de courber l'échine ; il se tenait sur ses gardes.

— Viens, mon petit, dit-il. Viens avec moi. J'ai beaucoup de souris pour toi dans ma grange.

Il parlait doucement, très lentement. Le chat le regardait fixement tandis que Matthew avançait le bras. Puis, quand la main le toucha presque, il s'accroupit, bondit au-dessous en miaulant et s'enfuit dans un coin du porche. Matthew se releva, désappointé ; puis il se pencha pour regarder par la fenêtre. La maison était froide, vide, déserte.

Il descendit les marches et retourna à la voiture. Il s'installa au volant ; le moteur faisait beaucoup de bruit dans ce coin tranquille.

— Ils auraient au moins pu prendre le chat, dit-il à haute voix, comme si cela servait à quelque chose.

Il fit demi-tour et redescendit le chemin de terre. Il était triste du départ des Grinder ; c'était comme si on lui avait retiré une partie de sa propre force, de son existence. Il serra les dents et se mit à suivre la route qui remontait.

La tête penchée, il roula bon train pendant cinq minutes. Le terrain devenait moins accidenté à mesure qu'il s'approchait de la maison des Hodge. La route s'écartait de la rivière, vers un espace plat et ouvert ; mais Matthew ne prit pas le chemin étroit qui menait à la maison. Il se contenta de s'arrêter et de regarder. C'était une vieille bâtisse, haute de deux étages ; derrière, il y avait des granges délabrées. Un très gros arbre abritait la maison. Les Hodge étaient une famille nombreuse ; mais d'où il était, Matthew pouvait se rendre compte que la cour et la maison étaient désertes. Aucune fumée ne s'élevait de la cheminée, et il n'y avait pas de bétail en vue.

Il fit marche arrière pour prendre ensuite le chemin du retour. Il était encore plus triste qu'avant et il conduisait machinalement. Il jeta un coup d'œil aux paquets à côté de lui et se mit à penser qu'il n'avait plus de gentils voisins avec qui partager sa viande fraîche. Ils étaient partis, avant même que la TVA ne les force à déménager, à la recherche d'un nouvel endroit où vivre loin des eaux qui allaient envahir leurs terres.

Il passa devant le chemin qui menait à sa maison et il ne voulut même pas la regarder ; il continua tout droit, en direction de la propriété des Shelton. Les équipes avaient dégagé un espace immense au cours du dernier été ; c'était maintenant une terre nue et désolée, à part les souches d'arbres qui émergeaient sans vie de la terre. Cette terre meurtrie lui faisait mal au cœur ; ils vont laisser tout le pays dans cet état, pensa-t-il ; et ce n'est certainement pas plus beau qu'avant maintenant qu'ils ont enlevé toute cette verdure. Quoi qu'ils en disent.

Lorsqu'il s'engagea dans la propriété des Shelton, il se sentit tout heureux de voir de la fumée s'élever au-dessus des arbres. Ils étaient toujours là ; du moins tout le monde n'était pas parti. Il changea de vitesse pour grimper la dure côte. Ils l'avaient entendu arriver et Mr Shelton était déjà sur le perron lorsqu'il s'arrêta devant la maison. Matthew bondit hors de la voiture.

— Eh bien, monsieur Shelton, dit-il, je vois que vous, en tout cas, vous êtes toujours là.

— Bonjour, monsieur Dunbar, dit Shelton, comment allez-vous ?

— Ça va mieux, maintenant, répondit Matthew. (Il se força à sourire.) Je suis en train de faire le tour de mes voisins pour leur offrir un peu de porc frais. Mais j'ai découvert que je suis à court de voisins.

Mr Shelton secoua la tête.

— Oui, les gens s'en vont, dit-il. J'ai vu les Grinder partir pas plus tard que la semaine dernière.

— Oui, fit Matthew. Je suis passé par chez eux il y a un moment. Ils ont laissé leur chat. (Il regarda autour de lui.) Les gens abandonnent beaucoup de choses ; beaucoup plus qu'ils ne l'imaginent. (Il regarda de nouveau Mr Shelton.) Nous qui restons, nous devons nous y opposer, monsieur Shelton. Nous ne pouvons pas les laisser venir ici et nous faire cela.

Mr Shelton détourna la tête.

— Cela ne sert à rien de se battre avec eux, monsieur Dunbar. Ils offrent un bon prix.

— Il n'y a pas de bon prix pour la terre des Dunbar, dit Matthew. Je m'escrime à leur dire.

Mr Shelton se tourna de nouveau vers Matthew.

— J'ai appris que votre fils aîné travaille au barrage. Comment s'en tire-t-il ?

Matthew se tut. Son regard se posa sur Mr Shelton. Il avait remarqué une certaine raideur chez lui, mais ce ne fut qu'à cet instant qu'il s'en rendit vraiment compte. Mr Shelton était grand ; c'était un homme amical. Même ses yeux bleus et sa moustache blanche étaient amicaux. Aujourd'hui il était très réservé, mais poli. Lui et Matthew étaient voisins depuis des années. Bon, se dit Matthew. Débarrassons-nous d'abord de cela.

— Monsieur Shelton, dit-il, avez-vous eu des nouvelles de Connie ?

— Non, répondit sèchement Mr Shelton, pas un mot.

Matthew s'approcha de lui.

— Moi non plus, dit-il. Vous savez que Jesse John est parti à sa recherche ; et pas un mot de lui non plus. (Il secoua la tête.) Les jeunes ont toujours l'air de vouloir s'empêtrer dans des histoires, monsieur Shelton. J'espère qu'il pourra la retrouver et la ramener à la maison.

La honte se lisait sur le visage de Mr Shelton.

— Je ne sais pas ce qu'il lui a pris, dit-il d'une voix bourrue. S'enfuir avec un autre homme. Je ne l'ai pas élevée à faire…

Matthew tendit le bras.

— Nous ne pouvons pas savoir ce qui se passe dans son cœur, John, fit-il doucement. Je ne la critique pas… et vous ne devriez pas le faire non plus.

La gratitude se lisait dans le regard de Mr Shelton.

— J'aurais dû venir vous voir et parler avec vous il y a déjà longtemps, dit Matthew. (Il eut un petit rire pas très convaincu.) J'ai l'impression que je me suis tellement enfermé dans cette vieille terre que j'en ai perdu toutes mes manières de bon voisin. J'aurais dû venir vous dire que nous n'avions pas de rancœur parce que votre fille s'était enfuie en abandonnant mon fils. C'est une de ces choses qui arrivent, comme la naissance et la mort.

Un sourire se dessina sous la moustache blanche de Mr Shelton.

— Je ne vous cacherai pas que je n'ai pas aimé vous voir arriver en voiture jusqu'ici, dit-il. Je croyais que vous veniez me faire des reproches sur la manière dont j'avais élevé ma fille.

Matthew détourna la tête.

— Je pense que j'ai aussi fait des erreurs dans l'éducation de mes enfants, John. (Il se tut pendant quelques secondes, le temps que cette idée disparaisse de son esprit.) Enfin, je vous ai apporté de la viande fraîche.

Il alla prendre un paquet de viande dans la voiture… puis il prit un second paquet et revint vers Mr Shelton en tenant un paquet dans chaque main.

— Puisque les voisins se font rares, il y a un peu plus de viande pour ceux qui restent, dit-il. (Ils rirent tous les deux.) Je crois que je ferais bien de rentrer maintenant, dit-il en regardant le soleil. Il va être temps de donner à manger aux bêtes ; il va faire rudement froid sitôt la nuit tombée.

— Je vous suis très reconnaissant pour la viande, dit Mr Shelton. Cela fait des mois que je n'ai plus vu un morceau de porc frais.

— Monsieur Shelton, commença Matthew en mesurant bien la portée de ses paroles, qu'avez-vous l'intention de faire de vos terres ?

Mr Shelton se tenait immobile, les deux paquets de viande saignante à la main.

— J'ai signé les papiers, dit-il. J'ai l'intention de faire encore une récolte... ils ont dit que je pouvais encore le faire. Mais j'ai déjà signé.

— Bon ! fit Matthew, et il fit quelques pas. Venez nous voir, monsieur Shelton.

— Revenez quand vous voulez, lui cria Mr Shelton. Et amenez la famille.

Matthew avait envie de s'en aller le plus vite possible, maintenant que les paroles rituelles avaient été prononcées. Mais le moteur était froid et il ne parvenait pas à le mettre en marche. Il se débattit pendant cinq longues minutes avant de réussir à le faire démarrer ; Mr Shelton, mal à l'aise, se tenait debout à côté de lui.

— Revenez nous voir, lui cria Mr Shelton, et l'instant d'après Matthew était parti.

Il ne me reste plus qu'à essayer de continuer, se dit Matthew. Au lieu de tourner vers la maison, il suivit la route qui descendait le long de la rivière pour aller explorer toutes les autres terres. La première était vide, la maison complètement déserte. Même chose pour la maison plus bas, et aussi pour la suivante. Les gens partaient rapidement, maintenant qu'ils étaient obligés de s'en aller, et quoiqu'ils aient pu encore rester un an. À entendre parler Crawford, il croyait qu'il ne s'était encore rien passé. Mais tout changeait beaucoup plus vite qu'il ne se l'était imaginé. La maison suivante était occupée, mais Mr Colston n'était pas là ; sa femme déclara à Matthew qu'il travaillait au barrage ; il y avait été occupé tout l'été tandis que ses fils se chargeaient des récoltes. Il y avait une voiture neuve stationnée devant la maison.

Il retourna jusqu'au pont, le traversa, et remonta l'autre rive. Il ne connaissait pas ces gens aussi bien que ceux qui habitaient de son côté car la rivière formait une ligne qui en quelque sorte les divisait. Le soleil se rapprochait de plus en plus de l'horizon, mais Matthew poursuivit sa route, passant par chacune des propriétés. La première était occupée ; un homme jeune vint ouvrir la porte ; il était entouré de trois petits gosses accrochés à son pantalon. Non, il n'avait pas encore vendu. Oui, il avait l'intention de signer les papiers. Il espérait trouver l'été prochain du travail au barrage ; ils payaient rudement bien. Matthew lui remit une ration de viande et poursuivit sa route.

Le suivant était Walter Precise, le frère du violoniste. C'était un vieil homme, très maigre. Matthew et lui parlèrent de choses et d'autres, du froid, des porcs que Matthew venait de tuer. Puis il lui demanda ce qu'il pensait de la TVA.

— Eh bien, je ne voyais pas ça d'un bon œil, lui dit Walter Precise avec franchise. Mais un homme ne peut s'opposer à Franklin Roosevelt et à tout ce sacré gouvernement. Lorsqu'on lui avait apporté les papiers et qu'on lui avait dit de partir, il avait dit qu'il partirait peut-être quoiqu'il eût toujours vécu là, comme son père avant lui.

— Maintenant, regardez mon frère, dit Walter sur un ton amer. La seule chose qui l'intéresse, c'est son violon. Jamais il ne toucherait la terre, même si elle faisait pousser de l'argent. Mais il habite sur une colline où l'eau n'ira jamais.

Matthew lui laissa sa viande et rebroussa chemin ; le soleil avait presque disparu et il sentait le froid pénétrer dans la voiture. Cela ne lui servirait à rien d'aller plus loin. Il lui restait encore deux paquets de viande, mais il n'y avait personne d'autre dans le voisinage qu'il connaisse suffisamment et à qui il pouvait les offrir. Il traversa le pont et retourna vers la maison ; maintenant il roulait de nouveau lentement. Il arriva à la nouvelle clairière, s'arrêta brusquement au beau milieu et regarda autour de lui.

Ils devront supprimer toutes ces souches et ils passeront sans doute tout l'été à les faire sauter à la dynamite, pensa-t-il. On sursautera tous à chaque explosion. Il posa la tête sur ses bras afin de ne plus voir ce paysage dévasté par les hommes et par l'hiver. Se sentant inutile et fatigué, il demeura immobile jusqu'à ce que le froid le pénètre de toute part. Il se sentait comme les vieilles maisons qu'il avait vues aujourd'hui, vides et sans vie, sans aucune fumée qui s'élevait au-dessus de la cheminée, sans espoir. Et dire qu'il s'était mis en route plein d'espérance, de whisky et de force, pour rallier les voisins à sa cause.

Au bout d'un long moment il releva la tête et il pensa qu'il ferait mieux de continuer sa route. Il y avait encore beaucoup de travail à faire. Il appuya brutalement sur l'accélérateur. Il regarda une dernière fois autour de lui. Bientôt tout le pays serait comme ça, jusqu'au fond de toutes les terres désertées, partout où l'eau devait aller. Et lui, il ne pouvait rien faire. Rien. Si seulement il arrivait à garder le domaine, les garçons finiraient par revenir car c'étaient des Dunbar et ils devraient revenir. Aucune autre terre ne pourrait les attirer car aucune autre n'avait le sang des Dunbar. Mais jamais il ne parviendrait à la tenir pendant la longue période qui précéderait leur retour.

Il serra les dents et ses lèvres prirent un pli amer. Il n'avait plus de voisins. Il devrait le faire tout seul. Après tout, il s'était toujours débrouillé seul, ne comptant que sur lui-même, et maintenant il était peut-être trop tard pour commencer quelque chose de nouveau en s'appuyant sur ses voisins.

Il remit le moteur en marche. Il ferait nuit et froid avant qu'il soit à la maison et qu'il ait terminé son travail. Ensuite ils se réuniraient autour de la table ; il ferait bon dans la cuisine chauffée après un festin de viande de porc fraîche. Leurs lèvres et leurs doigts seraient gras, leurs estomacs remplis de bonne nourriture, et ils parleraient et riraient comme le font toujours les gens qui ont bien mangé. C'était le temps des foins, l'automne, l'époque où l'on tue les cochons.

Maintenant, après l'espoir, la réflexion et les efforts, il n'y avait rien qu'il puisse faire. Si ce n'est attendre – et essayer de tenir le coup le plus longtemps possible. Mais ce soir ils riraient, ils parleraient et ils auraient chaud pendant leur festin.

10

Le jour de Noël, au matin, les garçons revinrent à la maison. Miss Hattie, comme les enfants, se réveilla la première et secoua de bonne heure la maisonnée. Ils avaient dressé le sapin – comme chaque année – dans la salle commune, pendant la nuit, et Matthew s'était chargé de déployer les fruits, les noix et les friandises, toutes choses inconnues dans la maison en dehors de Noël. Ce n'était que ce jour-là qu'on voyait au Domaine de Dunbar des fruits exotiques comme des oranges et des mandarines, des friandises comme des bâtons multicolores à la menthe et des chocolats fourrés. Par ce matin froid, dans la maison glaciale, ils s'agitaient autour de l'arbre ; ils riaient, ils criaient, bref, ils étaient tous d'humeur très joyeuse. Il y avait un nécessaire à ongles pour Miss Hattie ; une paire de gants chauds et une boîte de cigarettes pour Matthew ; un ensemble de peignes et de brosses pour Arlis ; des vêtements chauds pour le vieillard (il n'y avait rien d'autre sur terre dont il pouvait avoir besoin ou qu'il désirât si ce n'est de l'air frais dans ses poumons, et aucun père Noël ne pouvait lui donner cela) ; et puis une écharpe blanche pour Rice. Cela se passait toujours ainsi : ils ne s'offraient pas de cadeaux les uns aux autres, ils recevaient tout du père Noël. C'était Matthew qui choisissait tout, sauf ce qui lui était destiné, et Arlis se rendait en ville avec lui pour choisir. Ils étaient tous occupés à déballer les cadeaux au milieu des cris de surprise et de joie ; Matthew était assis à l'écart, près du feu, et il regardait ses enfants tout en cassant deux noix entre les paumes des mains ; c'est à ce moment qu'il entendit un moteur de voiture. Il écouta et il se demanda qui cela pouvait bien être ; l'instant d'après, les autres entendaient aussi. Ils se tournèrent vers lui, certains qu'il savait aussi ; il pouvait lire dans leurs regards qu'ils pensaient tous la même chose que lui.

— Non, dit-il, ce n'est tout de même pas…

Il s'était levé et il était arrivé à la porte avant de terminer sa phrase. Il sortit au moment où la voiture s'arrêtait dans la cour ; aussitôt, Knox lâcha le volant et descendit, le visage fendu par un large sourire tandis qu'il criait :

— Joyeux Noël, papa, Joyeux Noël.

— Je… mon Dieu, dit Matthew d'une voix tremblante. Tu m'as bien eu cette fois-ci. Mon Dieu…

Il entoura Knox de ses bras ; Knox lui donnait de grandes claques dans le dos. Les autres sortirent de la maison en courant.

Knox prit Miss Hattie à bras-le-corps et la souleva dans les airs et Matthew vit Jesse John sortir lentement par l'autre portière de la voiture. Il regarda involontairement derrière lui pour voir si Connie n'était pas là, elle aussi, mais elle n'y était pas et il la chassa de son esprit.

— Jesse John, dit-il.

Ils échangèrent une poignée de main, se sourirent l'un à l'autre, et Matthew lui donna une claque amicale sur l'épaule.

— Allons dans la maison, cria Knox en frappant les pieds sur le sol durci de la cour. Il fait bigrement froid, ici.

Il se précipita jusqu'à la voiture et ouvrit la portière arrière. Il se mit à ramasser des paquets maladroitement emballés qui étaient entassés sur la banquette.

— Cadeaux de Noël pour tout le monde, dit-il. Je n'ai oublié personne si ce n'est cette vieille mule d'Odd John que je prenais pour aller labourer. Je l'ai chassée de mes pensées aussi vite que possible.

Il fit le tour de la voiture et Jesse John vint à sa rencontre pour prendre sa part du fardeau. De sa main libre, Knox caressa un des garde-boue.

— Bien sûr, je ne me suis pas oublié non plus. Regardez-la.

Ils se calmèrent et regardèrent solennellement la voiture. C'était une Ford flambant neuve ; elle brillait d'une manière étrange devant la vieille maison.

Matthew éclata de rire.

— Je n'ai jamais conduit autre chose qu'une modèle T, dit-il. Il me semble qu'ils te paient rudement bien, là en bas.

— Elle n'est pas encore payée, avoua-t-il. Un petit acompte et le restant un peu tous les mois. Ça c'est la nouvelle méthode : payez tandis que vous roulez. (Il tapota le garde-boue.) Mais elle est à moi. Elle m'appartient, entièrement.

Ils entrèrent dans la maison et se dirigèrent vers la cuisine bien chauffée. Knox fit tomber tous les paquets sur la table. Il les remuait en tous sens, faisant semblant de chercher.

— Voyons, dit-il. J'ai su à qui ils étaient destinés. Mais maintenant je ne parviens plus à m'en souvenir.

Très excitée, Miss Hattie sautait et dansait de joie. Arlis se mit à ranimer le feu et fit chauffer le café ; il se passerait un bon moment avant que qui que ce soit commence à penser au petit déjeuner. Puis elle s'enfuit dans la salle commune pour aller y chercher des fruits et des sucreries. Elle voulait s'éloigner des autres pendant quelques instants. Elle avait attendu hier soir dans l'espoir d'entendre le klaxon de Crawford l'appeler auprès de lui et de pouvoir le serrer dans ses bras. Mais elle n'avait rien entendu et elle se sentait seule et abandonnée devant le bonheur de toute la famille.

Elle était sur le point de retourner à la cuisine lorsqu'elle entendit le son saccadé du klaxon. Elle s'arrêta, horrifiée. Non, il ne viendrait tout de même pas ce matin, le jour de Noël. Mais c'était bien lui ; elle connaissait trop bien ce klaxon pour se tromper. Elle était déterminée à le rejoindre ; les autres pouvaient se passer d'elle pendant un petit moment. Elle déposa le sachet de friandises et se précipita dans le couloir, pressée de s'en aller. Mais malgré le bruit, Matthew avait également entendu le klaxon. Il ouvrit la porte de la cuisine.

— Crawford ? dit-il, posant inutilement la même question que d'habitude.

Elle s'arrêta au milieu de sa fuite.

— Oui, dit-elle, essoufflée. J'y vais. J'ai un…

À ce moment elle se souvint de l'écharpe soigneusement emballée qu'elle avait achetée lorsqu'elle avait fait les courses de Noël en ville. Elle se précipita dans sa chambre pour la prendre. Elle réapparut dans le couloir, toujours en courant, car elle avait perdu du temps et elle avait peur qu'il ne croie qu'elle ne viendrait pas.

Matthew lui fit face.

— Arlis, dit-il.

Pour la première fois, elle se sentit envie de pleurer. Aujourd'hui il avait les garçons avec lui ; elle pouvait au moins consacrer dix minutes à Crawford.

— Papa, dit-elle, j'y vais.

Il posa la main sur son bras et il la calma.

— Arlis, dit-il, ramène-le à la maison.

— Mais, papa, dit-elle, tu…

Il lui sourit.

— À cette époque les gens se réunissent, répondit-il. Amène Crawford jusqu'ici. Dépêche-toi. Knox et Jesse John ont un cadeau de Noël pour toi.

Il retourna à la cuisine et elle courut de son côté. Il gardait devant les yeux l'expression de bonheur qu'il avait vue sur le visage de sa fille et il était content d'avoir pu lui offrir un cadeau bien plus important que la petite chose qu'il avait achetée pour elle dans un magasin à bon marché.

— Papa ! s'écria Knox, et il lui fourra un paquet dans les bras. Pour vous, papa. Choisi spécialement.

Matthew ouvrit impatiemment le paquet. Il leva le flacon devant ses yeux.

— Du whisky acheté dans un magasin, s'exclama-t-il. Je n'en ai plus eu depuis…

— Je me suis dit que ce serait une bonne compensation, l'interrompit Knox. Évidemment, on ne peut pas être avare avec le whisky que l'on reçoit à Noël.

Matthew observait son fils attentivement, à la recherche de ce nouveau Knox qui était revenu à la maison. Il remarqua son visage tanné par le vent ; il y avait quelque chose de plus ouvert, de plus épanoui dans son expression, dans ses gestes et dans sa voix. Il se tourna ensuite vers Jesse John et l'observa de la même manière. Jesse John était plus maigre ; il avait les traits tirés et de larges cernes sous les yeux. Mais il souriait aussi tandis qu'il regardait Matthew ouvrir le flacon de whisky.

— Mes fils, dit Matthew.

Mais il ne trouvait pas les mots pour le dire.

Ils le regardaient fixement ; ils avaient peur qu'il les jette dans un embarras qui les mettrait tous mal à l'aise pendant cette journée.

— Buvez un coup, papa, cria Knox. Buvez de ce whisky acheté pour vous dans un magasin.

— Avant le petit déjeuner ? fit Matthew, choqué. Non, jamais. (Il mit le flacon de côté.) Mon père m'a toujours dit : « Fils, ne bois jamais d'alcool avant d'avoir de la nourriture dans le ventre. Ainsi tu ne seras jamais un ivrogne. » Mais le petit déjeuner sera vite prêt.

Le moment des sentiments trop profonds passa rapidement et Knox s'occupa de la distribution des cadeaux. Il y avait une chemise sport pour Rice, des produits de beauté pour Miss Hattie et un pull-over pour le vieillard. Knox prit le dernier paquet en main et regarda autour de lui.

— Où a disparu Arlis ? demanda-t-il.

— Ici, répondit Arlis.

Elle entra dans la cuisine, Crawford à ses côtés. Elle était radieuse de bonheur et Matthew remarqua le nouveau médaillon pendu à une chaîne d'or qu'elle portait autour du cou. Elle levait presque continuellement la main à son cou et ses doigts caressaient le cadeau qu'elle venait de recevoir.

— Tout pour toi, déclara Knox, et il lui tendit le dernier paquet. Tiens, Crawford Gates ! Si j'avais su que vous alliez être ici, je vous aurais aussi apporté quelque chose. J'avais l'intention de donner quelque chose à tout le monde, sauf à cette vieille mule que j'emmenais aux champs.

Ils échangèrent une poignée de main chaleureuse.

— Où en est le barrage ? demanda Crawford. Vous y avez trouvé un travail intéressant ?

— Je leur avais dit que je savais conduire un tracteur, répondit Knox. Et avant qu'ils s'aperçoivent que je ne savais pas, j'avais déjà appris. Le mois prochain j'irai sur un bulldozer.

Arlis s'extasiait sur les produits de beauté, qui étaient identiques à ceux de Miss Hattie. Elle les déposa sur la table pour embrasser Knox. Celui-ci fit semblant de s'enfuir, mais il fut facilement rattrapé.

Crawford se tourna vers Matthew.

— Bonjour, monsieur Dunbar, dit-il. Je…

— Joyeux Noël, Crawford, le coupa Matthew. Joyeux Noël !

Crawford éclata de rire.

— Vous m'avez eu, cette fois-ci, monsieur Matthew. Vous m'avez eu.

— Qu'est-ce que vous diriez d'un bon petit déjeuner ? demanda Arlis.

Knox la prit dans ses bras et la souleva du sol.

— Ça c'est une bonne fille, dit-il. Je suis en route depuis quatre heures ce matin.

— Voici toujours le café pour commencer, dit Arlis, et elle apporta la cafetière fumante.

Ils s'installèrent autour de la table. Matthew s'assit à sa place ; il rayonnait de joie. Toutes les chaises étaient occupées, ainsi que cela aurait dû toujours être ; la maison se trouvait emplie par toutes les voix. Le vieillard arriva lentement de la salle commune ; son oreille sourde parvenait toujours à discerner le tintement des tasses et des assiettes. Matthew se tourna vers Jesse John qui était assis à côté de lui et lui parla à voix basse.

— As-tu déjà eu des nouvelles, Jesse John ?

Celui-ci secoua la tête.

— Pas un mot, papa. Je continue mes recherches.

— Jesse John… dit Matthew.

— La seule conclusion que je puisse en tirer c'est qu'elle a quitté le pays, l'interrompit Jesse John. (Il baissa la tête et regarda sa tasse de café.) Je pense que je vais partir aussi, après le Nouvel An. J'ai entendu parler d'un nouveau barrage en construction et peut-être que…

— Jesse John, dit Matthew. Tu…

Jesse John leva la tête. Il eut un faible sourire.

— Joyeux Noël, papa, dit-il.

Matthew comprit ce que cela voulait dire ; c'était le même argument qu'il avait utilisé contre Crawford. Jesse John était revenu à la maison parce que c'était Noël et parce que Knox voulait venir, quoiqu'il n'eût pas d'argent pour acheter des cadeaux. Noël n'était pas le moment pour parler de leurs différends.

Matthew éclata de rire.

— Tu m'as eu, Jesse John. Je ne vous ai rien acheté, les garçons, parce que je ne savais pas que vous alliez venir. (Il baissa la tête dans la direction de Jesse John.) J'ai mis cent dollars de côté pour toi ; cela provient de la récolte de coton. Cet argent est à toi… tu peux t'en servir à ce que bon te semblera.

— Cela m'aidera, dit Jesse John. Mais vous…

Matthew se détourna de lui.

— J'espère, Knox, que le whisky que tu as acheté est aussi bon que celui que tu faisais toi-même.

— Bien meilleur, répondit Knox. Pour moi, il n'y a que le meilleur qui compte. Le reste, je n'en veux plus.

Matthew secoua la tête en un mouvement admiratif.

— Il me semble que tu mènes un de ces trains de vie, dit-il. Voiture neuve, whisky…

— L'argent rentre régulièrement, répondit Knox, même s'il s'en va tout aussi régulièrement. Jesse John travaille et il s'en tirerait aussi bien que moi si seulement il ne s'en allait pas périodiquement pendant deux ou trois jours fouiller tout le pays.

Matthew regarda Crawford. Celui-ci observait Arlis occupée devant le fourneau ; il était en dehors du cercle des conversations et l'amour se lisait dans son regard. Matthew eut un léger sourire en apercevant la nouvelle écharpe autour de son cou.

— Alors, on va faire notre partie de chasse ? demanda-t-il.

Knox se leva et sortit de la pièce. Il revint quelques instants plus tard ; il tenait à la main son fusil enveloppé dans une housse en peau de mouton.

— Pour rien au monde je ne manquerais ma partie de chasse de Noël. C'est une des raisons pour lesquelles je suis revenu.

Il ôta la housse et manipula son fusil avec amour ; il ouvrit le canon pour voir s'il n'y avait pas de rouille. Il pointa le fusil vers la fenêtre et appuya sur la gâchette.

— Nous avons un fusil de réserve, dit Matthew en s'adressant à Crawford. Si vous avez envie de nous accompagner.

— Formidable, s'exclama Crawford. Cela me ferait bien plaisir d'aller à la chasse.

Ils mangèrent un copieux repas, sans se presser. Arlis ne cessait d'aller et de venir entre le fourneau et la table ; elle apportait régulièrement de nouvelles rations de lard et d'œufs et veillait à ce que les tasses soient toujours remplies. Ils parlaient et riaient beaucoup et la cuisine était pleine de bruit, de chaleur et de l'odeur de bonne nourriture.

Lorsqu'ils sortirent, prêts à partir, le ciel était couvert ; on sentait un petit vent glacial et il y avait de la neige dans l'air. Matthew frappait ses pieds l'un contre l'autre et, le fusil sous le bras, il battait des mains.

— Prêts ? demanda-t-il.

Arlis sortit en courant de la cuisine.

— Papa, cria-t-elle. Si vous avez tous envie d'avoir à manger, vous feriez mieux de me tuer un ou deux poulets avant de partir.

— Ça c'est bien ma sœur qui parle là, s'exclama Knox. Des poulets pour déjeuner !

— Elle ne tient même pas compte que nous pourrions rapporter notre repas avec nous, dit Matthew. (Il déposa le fusil contre le mur de la maison et se dirigea ensuite vers le billot.) Attrapez-moi deux belles bêtes à faire frire, cria-t-il. Vous feriez mieux d'en prendre trois... nous allons avoir rudement faim.

Il attendit tandis que les garçons entraient dans le poulailler. Il y eut soudain des cris et il put entendre le bruit des ailes qui battaient dans tous les coins du poulailler ; l'instant d'après il vit plusieurs poules s'enfuir aussi vite que leurs ailes et leurs pattes le leur permettaient. Puis Knox parut, un jeune coq dans chaque main. Les ailes lui battaient le visage et il courut jusqu'à Matthew. Celui-ci prit une des bêtes, se pencha pour ramasser un morceau de bois à mettre sous les ailes pour les empêcher de battre, puis il coupa la tête d'un coup sec.

Il laissa aller la bête et la regarda sautiller sur le sol, sans tête ; du sang jaillissait du cou par saccades. Matthew prit alors le second poulet au moment où Rice arrivait en tenant un coq dans ses mains, de sorte que les ailes ne puissent battre. Arlis vint chercher les cadavres et les emporta, les tenant par les pattes et loin d'elle afin que le sang ne salisse pas ses chaussures.

— Maintenant, ne soyez pas en retard pour le déjeuner, dit-elle. Dès que ce sera cuit, j'ai l'intention de me mettre à table.

— Nous serons là, dit Jesse John. Ne t'en fais pas pour cela. Nous sentirons l'odeur du poulet frit à trois kilomètres d'ici.

Ils reprirent les fusils et s'éloignèrent en groupe. Arlis et Miss Hattie restèrent immobiles à les regarder pendant un moment, puis Arlis fit brusquement demi-tour.

— Viens, Miss Hattie, dit-elle, aide-moi à plumer ces poulets.

Miss Hattie continuait à les regarder.

— Tout le plaisir est pour les hommes, dit-elle d'une voix plaintive. Ils partent toujours à la chasse, tandis que nous, les femmes…

— Maintenant, tais-toi, l'arrêta Arlis. C'est beaucoup mieux que de voir papa traîner toute la journée dans la maison. Il n'avait même pas pensé aller à la chasse avant que Knox et Jesse John soient revenus. (Elle sentit la fierté monter en elle.) Et Crawford est avec eux.

Ils se déployèrent en éventail dans le premier champ venu pour lever les lièvres qui se cachaient dans l'herbe. Quoique les Dunbar aient chassé depuis toujours, ils n'avaient jamais eu de chiens de chasse. Ils comptaient sur eux-mêmes pour lever le gibier. Matthew marchait au milieu, Knox et Rice déployés d'un côté, Crawford et Jesse John de l'autre. Ils avançaient lentement ; ils allaient même fouiner dans les bosquets de broussailles car un lièvre se tient souvent très tranquille jusqu'à ce que les chasseurs soient passés. Ils avaient traversé à peu près la moitié du champ lorsqu'un lièvre bondit devant Crawford. Matthew porta immédiatement son fusil à l'épaule ; mais c'était le lièvre de Crawford et il se retint de tirer. Crawford leva son arme et tira en un seul geste rapide. Le lièvre culbuta comme si une ficelle avait été tendue en travers de son chemin.

— Bon Dieu, s'exclama Knox, ce Crawford est certainement un chasseur.

Ses cris firent lever un lièvre devant lui ; il pivota et fit feu trop vite. Un peu de terre se souleva à l'endroit que le lièvre venait de quitter. Rice tira derrière lui et toucha la proie.

Crawford jubilait.

— Il y a une éternité que je ne suis plus allé à la chasse, dit-il. J'avais peur de ne plus pouvoir tirer une bête, même à bout portant.

Ils s'engagèrent dans le pré suivant. Le vent était glacial et Matthew était certain que le gibier était au chaud dans les terriers. Le métal du fusil glaçait ses mains nues et il en mit une pendant un moment dans sa poche. Ils traversèrent ce pré sans succès et passèrent par-dessus la clôture qui les séparait du suivant. Ils étaient maintenant sur la pente de la colline et l'herbe leur arrivait à la taille.

— Regardez en l'air, prévint Matthew. Il y a eu une couvée de perdrix ici pendant toute l'année.

Ils avancèrent lentement, les fusils prêts. Presque aussitôt une bande de perdrix s'éleva quasiment sous les pieds de Matthew et, surpris, il leva son fusil brusquement et fit feu. Il manqua sa cible ; il prit le temps de recharger et de viser un oiseau isolé qu'il abattit. Rice et Jesse John eurent chacun le leur, tandis que les autres ratèrent.

Matthew s'arrêta et battit des mains.

— Depuis toutes ces années que je chasse, je n'ai jamais pu m'habituer à voir ces perdrix s'envoler comme ça à mes pieds, dit-il en riant. Je ne pourrais pas dire combien de fois je suis resté planté là à les regarder m'échapper. Je suppose que je ne serai jamais un chasseur d'oiseaux.

— Vous en avez tout de même eu un, fit Knox d'un ton triste. C'est mieux que ce que j'ai fait. Nous devrions avoir un chien.

— Jamais de la vie, répliqua Matthew. Je n'ai pas envie de nourrir un chien avec des œufs et du poulet toute l'année juste pour aller chasser pendant deux mois avec lui.

Ils traversèrent le champ et se regroupèrent à l'autre extrémité.

— Bon Dieu, que ce vent est froid, se plaignit Knox. Si seulement vous aviez apporté ce flacon de whisky, papa.

— Eh bien, fit Matthew. Peut-être l'ai-je fait tout de même. (Il tâta lentement ses poches avant de sortir le flacon de la poche avant de sa salopette. Il le regarda d'un air surpris.) Comment est-ce que c'est arrivé là ? J'ai l'impression que ma main droite ne savait pas ce que faisait la gauche.

Ils prirent chacun une gorgée ; le whisky les réchauffa contre le vent froid. Matthew trouvait que ce whisky ne valait pas celui que fabriquait Knox, mais il garda cette pensée pour lui ; on ne critique pas un cadeau de Noël. Après cette halte, ils se remirent en chasse ; ils tuèrent encore deux autres lièvres avant de pénétrer dans la forêt où il y avait des noyers que Matthew connaissait.

Ils faisaient le moins de bruit possible car les écureuils sont des bêtes craintives. Ils encerclèrent le premier arbre et commencèrent à fouiller les branches du regard. Matthew s'immobilisa complètement à la vue d'une masse de poils et se mit à lever son fusil. Ce geste fit fuir l'écureuil, qui alla se cacher derrière le tronc, et Knox fit feu ; la détonation parut terrible dans le calme de la forêt.

L'écureuil s'accrocha quelques secondes à l'arbre en poussant de petits cris, puis se laissa tomber comme une masse. Matthew entendit le bruit léger de la fourrure au moment du choc contre le sol.

Mais il n'eut pas le temps de regarder. Trois autres écureuils sortirent d'un trou de l'arbre et descendirent le long du tronc. Il y en avait un qui était particulièrement gros, à fourrure grise, et il descendait du côté où se trouvait Matthew. Celui-ci leva son arme et fit feu. Le coup atteignit le tronc juste à côté de l'animal, qui se tint immobile pendant quelques secondes. Puis, en poussant des cris terribles, l'écureuil bondit sur une branche et sauta à la figure de Matthew. Celui-ci fit un écart de côté et leva le bras pour se protéger ; il sentit l'écureuil atterrir sur son bras et le mordre au travers des vêtements. Puis la bestiole sauta à terre et s'enfuit à toute vitesse.

Ils regardaient tous et ils riaient.

— En voilà un qui n'était pas content, dit Knox. Je croyais qu'il allait vous prendre le fusil des mains et vous taper sur la tête.

— En tout cas, c'est à moi qu'il en voulait, fit Matthew, encore tout tremblant.

Il n'avait jamais vu un écureuil agir de la sorte et il était abasourdi par cette audacieuse attaque.

Les autres écureuils avaient profité de la confusion générale pour s'enfuir. Le groupe poursuivit son chemin après avoir eu une nouvelle ration de whisky. Le flacon était à moitié vide et Matthew le regardait, perdu dans ses pensées.

Ils s'attaquèrent à deux autres arbres ; ils attrapèrent un écureuil dans chacun et après cela ils s'arrêtèrent de nouveau pour boire. Puis ils se retrouvèrent dans le pré. Matthew s'arrêta, et il respira profondément l'air froid ; il se sentait confortablement réchauffé par l'exercice et le whisky. Il leva la tête pour regarder le soleil très pâle qui essayait de percer les nuages.

— Eh bien, les garçons, dit-il, je crois que nous ferions mieux de rentrer à la maison. Nous avons trop de whisky dans le corps.

— Mais papa, dit Knox. Nous avons encore beaucoup à chasser…

Matthew secoua la tête.

— Si on ne fait pas attention, l'un d'entre nous va se mettre à tirer comme un enragé, dit-il.

Il se força à rire afin que son refus ne soit pas pris en mauvaise part.

— Les deux ou trois derniers coups que j'ai tirés, il me semblait que le canon de mon fusil faisait du shimmy.

Jesse John regarda autour de lui les lièvres, les oiseaux et les écureuils suspendus à leurs ceintures. Les lièvres et les écureuils perdaient leur sang sur les jambes des pantalons.

— Nous en avons assez, dit-il. Du poulet pour le déjeuner et du gibier pour le dîner. Nous ne sommes pas obligés de tuer tout ce qui traîne aux alentours.

Knox leva la tête.

— Est-ce que je me trompe ? demanda-t-il. Ou bien est-ce que je sens vraiment la bonne odeur du poulet frit ?

Ils retournèrent à la maison. Ils frappèrent leurs pieds sur le sol de la cour et pénétrèrent dans la cuisine chauffée.

Tout ce remue-ménage était de trop dans la cuisine et Arlis les obligea à se réfugier dans la salle commune en attendant qu'elle ait tout mis sur table. Ils se groupèrent autour du feu et montrèrent le produit de leur chasse au vieillard, qui rit à la pensée du bon dîner qui se préparait. Il se sentait suffisamment bien pour raconter l'histoire mille fois répétée du temps où il s'installait sur le porche le matin, avant le petit déjeuner, et abattait suffisamment d'écureuils pour le repas. Mais cette époque était révolue à tout jamais.

Ils s'installèrent enfin à table et se délectèrent de poulet, de biscuits chauds, de sauce et ils terminèrent par d'énormes tranches du gâteau de Noël fait par Arlis, du chocolat, des bananes et du gâteau aux noix. Après cela ils s'assirent, repus, autour du feu et parlèrent de toutes sortes de choses. Matthew aurait voulu leur poser des tas de questions sur le travail au barrage, quand ils avaient l'intention de revenir à la maison, et si le domaine leur manquait de la manière qu'il espérait. Mais il ne demanda rien ; ce n'était pas un jour où poser de telles questions ; c'était Noël, il se sentait bien et heureux, et il était fatigué de tous les autres problèmes. La journée s'écoulait agréablement et Matthew et ses fils discutaient devant le feu tandis que Crawford tenait compagnie à Arlis dans la cuisine. Miss Hattie faisait la navette entre la cuisine et la salle commune ; elle se penchait au-dessus de l'épaule de Matthew pendant qu'il jouait aux échecs avec Knox, gagnant deux parties sur trois. Le vieillard était assis dans son coin et dormait tranquillement ; de temps en temps, quand les voix se faisaient fortement entendre, il paraissait se réveiller quelque peu pour se rendormir immédiatement après.

Vers la fin de l'après-midi, Knox leva les bras et s'étira les jambes ; il se tourna vers Jesse John.

— Bon, je crois que nous ferions bien de nous en retourner.

— Vous oubliez le dîner de gibier, protesta Matthew. Jamais nous ne pourrons manger tout cela sans vous.

— Cela me met l'eau à la bouche, admit Knox. Mais nous ferions mieux de partir. (Il sourit avant d'ajouter :) Et d'ailleurs, pour tout vous avouer, j'ai rendez-vous ce soir avec une ravissante servante.

Ils se mirent en mouvement ; Knox et Jesse John se dirigèrent vers la cuisine pour prendre congé d'Arlis. Elle les embrassa et pleura un peu parce qu'ils s'en allaient, et pendant ce temps Crawford alla rejoindre Matthew dans la salle commune.

— Je crois que je vais partir également, déclara-t-il à Matthew. Je suis très heureux d'avoir été invité aujourd'hui, monsieur Matthew. J'ai été très touché par ce geste.

Matthew leva la tête pour le regarder.

— J'étais heureux de vous voir parmi nous, Crawford. Ce fut un bon Noël, n'est-ce pas ?

Crawford lui sourit.

— Meilleur que je ne m'y attendais, répondit-il. Je m'attendais à passer toute la journée dans ma chambre et à être obligé de manger de la nourriture de pension de famille.

Matthew se leva.

— Nous étions enchantés de vous avoir, dit-il cérémonieusement.

Crawford attendait qu'il dise quelque chose d'autre, il aurait voulu en entendre plus. Il regarda Matthew et il sentit à ce moment que cet homme était plus près de lui qu'aucun autre ne l'avait été depuis la mort de son père et il essaya de trouver les mots qu'il fallait dire. Mais il n'y avait pas de paroles ; le miracle qui leur permettrait de se comprendre ne voulait pas se produire. Alors il attendit que Matthew dise quelque chose ; il espérait que lui au moins trouverait les mots. Matthew savait pourquoi Crawford attendait et il aurait voulu lui dire que cet accueil du jour de Noël était dorénavant valable pour tous les jours, lui donner la permission de venir voir Arlis au domaine.

Mais il ne pouvait le faire ; et Crawford s'en retourna à la cuisine pour prendre congé d'Arlis. Un moment après, Matthew entendit son moteur tourner et la voiture démarrer ; Arlis rentra, tête baissée contre le vent qui soufflait dans le couloir. Les garçons étaient prêts et ils sortirent jusque tous dans la cour ; Knox avait entraîné Arlis et lui avait entouré les épaules de son bras. Arrivé à la voiture, il tapota d'un geste amical les garde-boue.

— Regarde-la, Arlis, dit-il. Un jour je viendrai te chercher pour t'emmener faire un tour. Elle est à moi, ajouta-t-il, l'air heureux. Viendra peut-être un jour où elle m'appartiendra vraiment.

— Je déteste vous voir partir, dit Matthew.

Il avait posé une main sur leur épaule à chacun.

— Il faut que nous retournions, papa, dit joyeusement Knox.

Il s'installa au volant et Jesse John ouvrit l'autre portière pour s'asseoir à côté de lui.

— Tu m'emmèneras aussi faire un tour, dit Miss Hattie. Tu me le promets, Knox ? Promis ?

— C'est promis, répondit Knox. Je vous emmènerai tous.

— Revenez, leur cria Matthew, et il se baissa pour voir leurs visages. Revenez dès que vous le pourrez.

Knox et Jesse John leur adressèrent des signes de la main et Knox démarra le moteur. Il fit faire un grand virage à la voiture jusqu'à ce qu'elle tourne le dos à la maison. Rice se tenait de côté, les mains enfoncées dans les poches de sa veste, et les regardait silencieusement.

Knox abaissa la glace de son côté.

— Joyeux Noël, cria-t-il. Joyeux Noël, papa. Et bonne année.

— Hé, les garçons, vous reviendrez, cria une dernière fois Matthew. Revenez bientôt.

Ils s'en allèrent, laissant Matthew, Arlis, Miss Hattie et Rice à les regarder. Le soleil était très bas, et le vent plus froid que jamais. La journée paraissait finie ; il faisait gris, froid, en un mot : triste. Mais Matthew demeura immobile jusqu'à ce que la voiture soit hors de vue.

Ça, c'était le Noël de 1936 au Domaine de Dunbar.

Panorama V

L'inondation

Les hautes eaux commencèrent à affluer à partir du Nouvel An. Dès décembre, à Chickasaw, il avait été nécessaire de pomper l'eau des caissons placés en travers du lit de la rivière pour protéger la zone des travaux. Mais en janvier il n'était plus possible de la retenir et le travail avait dû être interrompu, de sorte que tous les hommes occupés à la construction du barrage avaient été mis à mi-temps.

La hausse continuelle des eaux devenait inquiétante. Matthew se mit à observer la rivière ; tous les matins il descendait pour regarder les flots boueux qui roulaient avec une force menaçante. Ils passaient presque en silence, en tourbillonnant ; chaque jour ils arrivaient un peu plus haut et charriaient un peu plus de débris qui glissaient silencieusement, entraînés par le courant, venaient cogner les rives puis repartaient en emportant un peu plus de déchets.

Matthew avait passé toute sa vie près de la rivière. Maintenant, chaque matin et chaque après-midi il allait la voir de près ; il allait vérifier le niveau qui montait le long du bâton qu'il avait planté la veille, et il regardait l'eau en secouant la tête. Cela avait l'air de vouloir mal tourner. Il n'en dit pas plus à Arlis et à Rice, car il était certain qu'ils ne se souvenaient pas de ce qui s'était passé au cours de l'inondation de 1917, si ce n'étaient des légendes bâties sur la réalité.

En 17, et c'était la seule fois où il se souvenait l'avoir vu, les eaux étaient montées jusqu'à la maison. Les vieux Dunbar avaient construit solidement et bien en hauteur, sur une éminence suffisamment éloignée de la rivière ; les champs étaient souvent inondés, et ce ne fut qu'en 17 que les flots montèrent si haut. Debout sur la berge de la rivière, Matthew se rappelait maintenant cette catastrophe ; la hâte avec laquelle on avait réuni quelques effets et couru sur un terrain encore plus élevé, puis, plus tard, le retour beaucoup plus lent, pour trouver de la vase dans la cuisine et les murs salis jusqu'à une hauteur d'un pied, la hauteur maximum atteinte par les flots. Cette fois-ci, cela irait certainement tout aussi mal ; il pouvait le sentir dans ses os.

La masse des eaux s'étendait jusqu'au Mississippi. La rivière était sortie de son lit, ravageant les digues nouvellement construites avec cette férocité particulière que seul le Mississippi boueux parvient à atteindre. L'Ohio, habituellement calme et propre, était boueux aussi et ses flots débordaient avec force et vigueur, dévastant tout sur leur passage, inondant les villes, submergeant maisons, usines, routes et chemins de fer. La masse d'eau s'étendait jusqu'au Tennessee, loin dans les montagnes où les pluies d'hiver coulaient goutte à goutte pour se joindre à l'inondation.

Les premiers rapports provenant de l'Ohio parlaient de désastre. On racontait que des hommes s'étaient barricadés dans les usines où ils étaient retournés pour protéger les machines et d'où ils n'avaient pu ressortir. Les journaux parlaient des misères et des souffrances que seule une inondation dans le froid de janvier peut provoquer. Un jour, en ville, Matthew avait donné cinq dollars à une collecte pour les sinistrés, puis il était retourné à la maison pour observer sa rivière. Le niveau montait lentement, beaucoup plus lentement que toutes les années précédentes. Mais il montait tout de même.

Matthew ne savait pas qu'un barrage qui portait le nom d'un certain sénateur du Nebraska avait été inauguré en mars 1936 et il ignorait également que lorsque les vannes du barrage Norris se fermaient, elles permettaient d'emmagasiner derrière elles des tonnes et des tonnes d'eau.

Mais les responsables des barrages de la TVA connaissent les mouvements de l'eau dans la vallée aussi bien que le fond de leurs poches. Ils réunissent tous les renseignements possibles sur les quantités d'eau de pluie tombées du ciel et sur le débit de la rivière ; ils transmettent ces renseignements au centre de contrôle des réservoirs ; ils font le relevé des niveaux de ceux-ci afin de savoir quelle quantité d'eau ils peuvent retenir ou bien, au contraire, relâcher. Les téléscripteurs inscrivent tous les matins les rapports météorologiques donnant les quantités de pluie prévues et les zones où ces précipitations auront lieu. La TVA possède des lignes téléphoniques réservées afin de pouvoir transmettre immédiatement de tous les coins de la zone les rapports sur les quantités effectives de pluie tombées. C'est de tels renseignements que dépend le fonctionnement des barrages. La fabrication du courant électrique est importante ; mais le contrôle et la maîtrise des inondations sont encore plus importants, et ce contrôle a toujours le pas sur la fabrication de l'électricité.

C'est un cycle annuel. Au printemps, les réservoirs sont remplis afin qu'il y ait assez d'eau pendant les étés relativement secs. Et à l'automne c'est le commencement de la grosse évacuation des eaux et le long des lacs artificiels, ce ne sont plus que de grandes et affreuses étendues de boue. Mais les responsables des barrages savent qu'il y aura beaucoup de pluies en novembre, décembre et janvier. Ils savent que les niveaux du Mississippi et de l'Ohio vont monter et qu'ils vont déborder ; et que les eaux du Tennessee viendront encore accroître le désastre.

L'eau retenue doit être relâchée pour faire place à celle qui va suivre, même si cette eau doit couler au-dessus des vannes au lieu de s'engouffrer dans des turbines, car elle doit être lâchée à un certain moment bien précis. Le but de toute l'entreprise est de prolonger la durée de l'inondation de façon que l'eau puisse avoir suffisamment de place pour s'écouler. Alors les eaux nouvelles, celles de l'inondation proprement dite, sont retenues par les barrages jusqu'au moment où elles peuvent être relâchées sans provoquer des dégâts à Chattanooga, dans le Tennessee, à Guntersville, en Alabama, à Paducah, au Kentucky, et à Cairo, dans l'Illinois.

Il n'y a pas encore suffisamment de barrages pour faire complètement ce travail. À Chickasaw, les caissons sont inondés et les hommes ne travaillent plus qu'à mi-temps ; aussi ont-ils été mis en équipes afin que tout le monde soit occupé. Des débris de bois entraînés par la rivière se sont déposés dans la zone déboisée au cours de l'été ; cela fera du travail supplémentaire dans quelques semaines, car il faudra de nouveau tout nettoyer pour que le fond du lac artificiel soit propre. Les ingénieurs deviennent tous à moitié fous et le programme de construction est de plus en plus en retard.

Le niveau de crête de l'inondation est plus bas, plus lent et moins dangereux grâce à Norris – le barrage et l'homme. Un matin, Matthew va regarder son bâton et il s'aperçoit que les eaux baissent. Le danger est passé, sans dommages, car Norris a modifié le cours de l'inondation ; et quoique l'eau montât à plus de dix mètres, elle n'atteignit jamais le niveau de treize mètres cinquante de 1917. Matthew a entendu parler des catastrophes de l'Ohio, et il s'attendait à en voir ici. Ce mois de janvier présentait tous les signes avant-coureurs d'une forte inondation. Mais elle n'arriva jamais.

Il se trouvait sur la berge de sa rivière, au Domaine de Dunbar ; il regarda en amont et il secoua la tête. Il s'était passé quelque chose là-haut ; il s'en rendait compte, car il connaissait et comprenait cette rivière, quels que soient son caractère et son humeur. Il prit le bâton boueux qu'il avait planté le long de la rive et il retourna lentement à la maison, le bâton à la main. Jusqu'à présent, ç'avaient toujours été les autres qui lui racontaient des histoires ; il avait entendu celle de l'inondation de 1917 et de la terrible qui eut lieu en 1886 quand, disait-on, un bateau à vapeur avait même navigué dans la rue du Marché à Chattanooga. Mais maintenant, lui aussi il pourrait raconter une belle histoire à ses petits-enfants : celle de l'inondation qui n'avait pas eu lieu.

11

Arriva le printemps, et avec lui le retour du travail et des activités. Les arbres avaient revêtu leur parure vert pâle et les oiseaux étaient revenus. Le printemps faisait son entrée au Domaine de Dunbar ; tout le monde subissait son influence : Crawford et Arlis qui se tenaient serrés l'un contre l'autre le soir dans la voiture arrêtée sur la route longeant la rivière, Miss Hattie qui se traînait d'un coin à l'autre du domaine, sans rien faire, insatisfaite, son humeur aussi versatile que le vol d'un oiseau. Matthew se souvenait des soirées chaudes du début de son mariage, lorsqu'il était fatigué, mais satisfait, après une dure journée de travail ; en ce temps, son lit n'était pas vide, mais occupé par la forte carrure de Canna.

Et Rice.

Il l'avait rencontrée la première fois à une réunion de prière du mercredi soir. Dès le mois de février, il s'était mis à sortir le soir ; l'impatience se manifestait déjà en lui avant que le printemps ne fasse son apparition. Il ne pouvait plus supporter de rester seul depuis ce dernier été qui avait été désastreux pour lui ; il avait ainsi pris l'habitude de mettre des pantalons et une chemise blanche et presque tous les soirs il descendait jusqu'à la ville où il espérait trouver un miracle ; il traînait devant le drugstore, ou bien il allait au cinéma, ou encore au temple voisin les soirs de prière ou de chant. Il restait avec les autres garçons, mais il ne faisait pas réellement partie du groupe ; il demeurait généralement silencieux et aucune de ces occupations ne lui permit de trouver le dérivatif qu'il lui fallait. Jusqu'au soir où il la vit.

Il était assis à un banc de côté, près d'une fenêtre, lorsqu'il vit tout à coup son visage se détacher parmi les dizaines d'autres. Elle avait toujours occupé cette même place. Il connaissait son nom, sa famille et sa situation, mais il ne l'avait jamais remarquée avant ce soir. C'était une jeune fille de très petite taille, elle avait des cheveux châtain foncé et des lèvres à la forme délicate. Elle avait de très grands yeux bruns et elle s'appelait Jo Ann Allbright. Tandis qu'il la regardait, il se souvenait qu'elle avait été à la même école que lui quoiqu'il ne l'ait pas connue alors. Mais maintenant, son visage était nettement détaché de la masse. Elle se rendit compte qu'il la regardait, et pendant quelques instants elle parut surprise tandis qu'elle lui rendait son regard avant de baisser les yeux et de se remettre à chanter, le nez plongé dans son psautier.

Il attendit à la sortie du temple jusqu'à ce qu'elle sorte et s'en aille avec son frère. Rice suivit la même route ; il marchait avec tout un groupe de garçons, mais en réalité ses pensées étaient avec elle et cette nuit-là, il resta longtemps éveillé dans la chambre que Knox lui avait laissée pour lui tout seul. Une fois Charlene partie, il avait cru que tout était fini. Il s'attendait à un avenir triste et sans femme ; il était persuadé qu'il ne pourrait plus jamais aimer et il était au trente-sixième dessous. Il se sentait seul, abandonné de tous et de toutes ; et voilà maintenant que tout était changé depuis l'instant où il avait remarqué son visage ; il chassa l'image de Charlene dans un passé vague et désagréable.

Il retourna deux fois au temple, et chaque fois elle y était ; il s'était installé à une place d'où il pouvait voir convenablement son profil. Elle ne se retourna pas une seule fois, mais il était certain qu'elle savait qu'il était là. Elle demeurait très calme et il pouvait observer à son aise la courbe délicate de sa joue, dont une partie se trouvait à l'ombre des cheveux, et il apercevait juste le profil de son nez. Elle était si petite, si fragile ; il avait tellement envie de pouvoir la tenir dans ses bras qu'il en avait des démangeaisons aux doigts. Chaque fois il s'était posté à la sortie pour la regarder s'éloigner avec son frère, son père et sa mère, et chaque fois il l'avait suivie sur la route, solitaire au milieu du groupe de garçons.

Son humeur changea, à la maison aussi. Dans les champs, à côté de Matthew, il travaillait comme un forcené ; il aimait sentir la sueur lui couler le long du dos. Ils avaient beaucoup à labourer à eux deux. Ils s'arrangeaient pour que les mules n'aient pas trop à faire, et pour cela ils les faisaient travailler par équipes de deux avec un jour sur deux de repos pour chacune d'entre elles. Mais il n'y avait pas de repos pour eux, quoique Matthew ait fort restreint la surface réservée à la culture du coton et ait planté du maïs et surtout du foin à la place ; et puis il avait mis des veaux en pâture pour pouvoir les vendre après les avoir engraissés. Rice passait beaucoup de temps à taquiner Miss Hattie, le résultat – heureux ou malheureux – dépendant de l'humeur du moment. Matthew observait sans faire de commentaires, mais il n'en revenait pas. Quelle qu'en fût la raison, il était content, et il ne posa pas de questions.

La troisième fois, Rice attendit sur les marches du temple jusqu'à ce qu'elle apparaisse. Ça c'était le bon moment, avant le service religieux, car il avait remarqué qu'elle arrivait seule et que ce n'était que pour retourner qu'elle accompagnait sa famille. Dès qu'il l'aperçut, il se sentit mal à l'aise et très embarrassé. Quand elle le vit sur les marches du perron, elle sut qu'il l'attendait ; elle avait l'impression qu'elle ne posait pas les pieds convenablement l'un devant l'autre, et que ses hanches allaient se mettre à se balancer sous sa robe très stricte.

— Jo Ann, dit Rice. (Sa voix était brusque et il tendit la main pour lui indiquer qu'elle devait s'arrêter un instant.) Bonjour, Jo Ann.

Elle s'arrêta.

— Tiens ! Bonjour, Rice, dit-elle en souriant, et il fut complètement désarçonné par ce sourire.

Il baissa la tête pour la regarder ; il souhaitait désespérément se trouver à cent lieues de là. Il se sentait l'âme d'un gamin de quatorze ans fixant son premier rendez-vous.

— Jo Ann, dit-il. Je… laisse-moi te raccompagner ce soir.

Elle ne répondit pas tout de suite, comme si elle réfléchissait à la question.

— D'accord, dit-elle enfin, après quelques secondes qui étaient des siècles pour lui car il était certain qu'elle se préparait à lui répondre par la négative. D'accord. Je serai contente de marcher avec toi.

Puis elle entra dans le temple. Il poussa un profond soupir et il réalisa alors qu'il y avait un long moment qu'il n'avait plus respiré. Il se mit à rire ; il sentait que ce serait, après tout, un printemps agréable, avec tout le travail dans les champs, avec Jo Ann et tout le reste. Il n'avait plus envie d'entrer dans le temple ; jamais il n'aurait la patience de s'asseoir tranquillement et de la regarder en attendant la fin. Alors il demeura à l'extérieur à écouter les cantiques et essayer d'entendre sa voix. Et une ou deux fois il fut persuadé de l'avoir reconnue.

À la fin du service, il se porta à sa rencontre sur les marches du temple ; il se sentait de nouveau quelque peu mal à l'aise ; elle lui sourit et lui prit le bras de l'air le plus naturel du monde, comme s'il y avait longtemps qu'ils avaient l'habitude de marcher ensemble. Ils savaient tous deux qu'aussi bien les jeunes que les vieux les remarqueraient et que demain toute la ville serait au courant. Il était très grand à côté d'elle et il devait se pencher un peu pour l'entendre parler.

Bientôt ils se retrouvèrent seuls sur la route, dans le noir. Ils avançaient lentement, aussi lentement qu'une marche peut le permettre. Il faisait vraiment trop calme et Rice s'éclaircit la gorge.

— Il y a longtemps que j'ai envie de te raccompagner, dit-il.

Elle leva la tête pour le regarder.

— J'attendais que tu me le demandes.

La main de Jo Ann était sur le bras de Rice, et il posa sa main sur celle de Jo Ann. Aussitôt elle retira sa main, et pendant quelque temps ils marchèrent loin l'un de l'autre. Puis il reprit la main de Jo Ann pour la poser de nouveau sur son bras et l'instant d'après il remettait sa main sur celle de la jeune fille ; mais cette fois-ci elle ne la retira plus.

— Je croyais que tu sortais avec Charlene, dit elle.

— Oh, fit-il sur un ton tout à fait dégagé. Il y a longtemps que je ne suis plus avec Charlene. Presque un an.

— Elle est rudement jolie, dit Jo Ann. Je crois qu'elle est la plus jolie fille…

— Ouais, fit Rice, si on aime les cheveux roux. (Il la regarda.) Mais je préfère le châtain.

Elle lui sourit et ils continuèrent à marcher en silence. Il y avait une atmosphère confortable, amicale entre eux qu'il n'avait jamais ressentie avec Charlene. Avec Charlene il y avait toujours eu une certaine tension, le physique éternellement présent à l'arrière-plan.

— Écoute, Jo, dit Rice. Est-ce que je peux encore te voir… dimanche prochain ? De toute façon tu seras à l'église et je…

— Comment sais-tu que je n'aime pas que l'on m'appelle Jo Ann ? demanda-t-elle très gentiment.

Il secoua la tête en riant.

— Je ne le savais pas, répondit-il. Jo te va mieux. Alors, ça va pour dimanche soir ?

Ils continuèrent à marcher, très proches l'un de l'autre en ce commencement d'un nouvel amour. C'était différent d'avec Charlene ; Rice ne pouvait dire pourquoi, si ce n'est que ça venait du fait que Jo était très différente. Elle était calme, réservée, amicale, d'une manière qu'il n'avait jamais connue. Deux semaines plus tard, non seulement il revenait avec elle, mais il l'accompagnait également pour aller au temple ; alors il devait s'asseoir à côté d'elle pendant le service au lieu de rester à l'extérieur avec les garçons qui n'avaient pas d'attaches ; il chantait avec elle et ils tenaient chacun le psautier par un coin. Parce qu'elle était si calme, si réservée, si féminine, il n'osa pas l'embrasser avant très longtemps ; il avait un peu peur d'elle. Mais cela ne le dérangeait pas. Elle était très intimidée la première fois ; elle détournait son visage et son corps chaud et frêle essayait d'échapper à l'étreinte des grands bras forts de Rice. Elle s'opposait à lui en silence, désespérément, et il sentait sa joue douce glisser le long de ses lèvres tandis qu'elle essayait de retirer sa bouche. Il rit, d'un rire pas très convaincu ; il était excité et essoufflé, il lui prit le menton entre le pouce et l'index pour essayer de trouver ses lèvres et elle lui répondit brusquement, complètement, d'une manière si fougueuse qu'il en eut le souffle coupé. Elle s'accrochait avec force à lui ; elle avait une vigueur qu'il ne s'attendait pas à trouver dans un corps si frêle.

Elle se retira, tremblante, et cacha de nouveau son visage. Il se tenait immobile, essoufflé, à la regarder.

— Jo… dit-il.

À sa voix il réalisa qu'elle pleurait.

— Je pense… dit-elle. Je pense que maintenant tu es satisfait.

— Jo, dit-il, désolé de l'avoir blessée. Un baiser… ce n'était qu'un baiser amical…

— Tu ne voulais pas t'arrêter, lui cria-t-elle au visage. Sans arrêt. Tu continues jusqu'à ce qu'une fille soit complètement troublée et alors ce n'est qu'un baiser…

Il l'entoura de ses bras et il sentit qu'elle tremblait de la tête aux pieds. Il était bouleversé de se rendre compte de la profondeur de ses sentiments. C'était une si petite fille, si calme, si heureuse. Il n'y avait jamais eu cette franchise chez Charlene ; avec elle ce n'avaient été que tentations suivies de refus, un jeu excitant sans un souffle de sincérité.

— Tu n'en as pas le droit, dit Jo. Tu ne peux pas m'embrasser puis t'en aller embrasser quelqu'un d'autre. Tu m'accompagnes pendant des semaines sans parler une seule fois de baisers, puis tout à coup tu as envie d'un petit baiser…

— Jo, fit-il, suppliant, je ne savais pas. Je…

Elle s'écarta de nouveau de lui. Elle prit son mouchoir et s'essuya les yeux et les joues.

— Donne-moi une cigarette, dit-elle. (Ces paroles le surprirent tellement qu'il fut incapable de faire un seul mouvement.) J'ai dit : donne-moi une cigarette.

Il lui en tendit une et frotta une allumette ; il la regarda aspirer fortement. La première bouffée la fit tousser, mais cela alla mieux par la suite. Elle secoua la tête vers l'arrière et souffla la fumée droit au-dessus d'elle.

— J'ai l'impression que tu as l'intention de devenir un second Knox Dunbar, dit-elle, à courir tout le pays et à embrasser tout ce qu'il voit. Je connais la réputation qu'il a donnée aux Dunbar. Et si tu t'imagines que tu…

— Cela ne m'est même pas venu à l'idée, protesta-t-il. Je sais que Knox le faisait… mais je…

Elle avala une dernière bouffée et jeta brusquement la cigarette loin d'elle.

— J'espère bien ne jamais en entendre parler, dit-elle. Et lorsque tu as l'intention de m'embrasser… (Elle se dressa sur la pointe des pieds, colla sa bouche contre celle de Rice et ses doigts s'agrippèrent à ses côtes.) N'appelle pas ça une fantaisie, j'espère que tu m'as comprise. Tu ferais bien d'être sincère lorsque tu poses tes lèvres sur les miennes.

Elle parlait sur un ton enragé, furieux… et très, très sérieux. Il était mi-rieur, mi-exaspéré, mais il l'aimait pour la sincérité de cet amour et il se sentait troublé et heureux. Il n'avait jamais connu de fille qui lui déclare si franchement ce qu'elle pensait. Il ne l'embrassa plus ce soir-là ; il lui tint longtemps la main avant de la quitter.

Quant à Jo, elle le regarda partir. Elle sentait enfin s'épanouir en elle cet amour qu'elle éprouvait depuis si longtemps pour lui. Depuis qu'elle était au collège où il se trouvait dans la classe supérieure à elle ; à cette époque c'était un grand garçon maigre, et il était avant dans l'équipe de basket-ball. Elle savait qu'il avait été choqué par sa franchise. Mais il ne savait pas que cela germait en elle depuis l'époque du collège ; qu'elle se promenait et se pavanait devant lui à l'église, à l'école, aux bals, dans l'espoir qu'il la remarquerait parmi toutes les personnes assemblées. Elle avait été terriblement jalouse lorsqu'elle l'avait vu avec cette face de lune de Charlene et elle était furieuse chaque fois qu'elle voyait Rice plein d'attentions pour cette fille. Et maintenant, enfin, il l'avait remarquée ; c'était la récompense de sa longue attente qui remontait aux jours où elle le regardait, pleine d'admiration, lorsqu'il prenait part aux tournois de basket-ball.

Quand elle rentra à la maison, sa mère était encore debout à l'attendre.

— Il me semble que tu mets beaucoup de temps pour revenir de l'église, dit-elle, et la désapprobation s'entendait dans le ton de sa voix. Il y a des heures que nous sommes tous au lit.

— Ne te donne plus la peine de m'attendre, maman, répondit-elle, très désinvolte. (Puis elle la regarda, de femme à femme.) Parce que je vais épouser ce garçon, maman.

— Tu ferais bien de faire attention, lui dit sa mère. Ces Dunbar… tiens-toi sur tes gardes.

Rice essayait de marcher lentement ; il était perdu dans ses pensées et il réfléchissait à la révélation qu'il avait eue ce soir. Il pourrait l'avoir ; il aurait pu le faire ce soir. Il savait que le poids de sa main aurait suffi… et il avait eu peur. Il se demandait si Knox aurait ressenti cette peur… mais Knox n'aurait pas été capable de percevoir la sincérité, la ferveur de cette fille qui se donnait. Il se serait empressé de la prendre sans réfléchir, se refusant à réaliser la fatalité de ses intentions. Mais Rice, lui, savait. Il comprenait la situation aussi bien qu'elle, quoiqu'elle n'ait pas été formulée par des paroles. Elle était à lui, aussi bien pour se promener et parler avec elle que pour l'embrasser et faire l'amour. Mais c'était une réalité, ce n'était pas un jeu ; et lorsqu'il poserait la main sur elle, il n'y aurait plus moyen de reculer.

Il voulait y réfléchir, décider sérieusement s'il la désirait vraiment autant que cela. Mais il ne parvenait pas à penser. Le printemps faisait bouillonner le sang dans ses veines et il marchait d'un bon pas sur la route plongée dans l'obscurité. Il s'arrêta pour enlever ses chaussures ; il voulait sentir la poussière froide lui passer entre les orteils, comme quand il était petit garçon. Il se remit en marche ; il sifflait, gardait les mains dans les poches ; il avait noué ses chaussures ensemble pour les suspendre autour de son cou et elles se balançaient au rythme de sa démarche sautillante. Ses pieds nus lui paraissaient particulièrement légers et il se mit à penser qu'elle voulait mettre des chaussures à leur amour. Les femmes veulent toujours que l'amour soit une chose confortable, avec de bonnes chaussures. Tandis qu'un homme devrait être libre et léger pendant la période printanière. Il vit la masse noire de la voiture qui se profilait le long de la route qui conduisait au domaine. Il arrêta de siffler et se mit à marcher plus doucement à l'ombre des arbres jusqu'à ce qu'il puisse entendre le murmure des voix. Il avança jusqu'à la voiture et passa sa tête par la fenêtre de la portière.

— Pourquoi diable est-ce que vous ne vous mariez pas, vous autres ? demanda-t-il.

Ils s'écartèrent brusquement l'un de l'autre.

— Rice ! fit Arlis, furieuse. Tu n'as aucun droit de venir rôder sournoisement autour de nous…

Il ricana.

— Vous auriez pu m'entendre arriver à plus d'un demi-kilomètre… si vous aviez été quelque peu attentifs.

Crawford éclata de rire.

— Je l'avais entendu, dit-il, mais je n'y prêtais aucune attention.

Rice s'appuya sur le rebord de la vitre de la portière.

— Des personnes de votre âge ne devraient pas passer leur temps dans une voiture, dit-il. Pourquoi ne cessez-vous pas toutes ces imbécillités ?

Ce fut au tour d'Arlis de rire.

— Peut-être que les imbécillités nous font plaisir, Rice. Tout comme à toi.

Rice regarda la route, dans la direction d'où il venait.

— Je peux vous dire, en tout cas, que là où je suis allé il ne s'agissait pas d'imbécillités, déclara-t-il. C'était tout, sauf ça. (Il regarda de nouveau leurs visages dissimulés dans l'ombre de la voiture.) Avez-vous une cigarette, Crawford ? (Crawford lui en donna une et il l'alluma, la lueur de l'allumette éclairant brusquement leurs visages pendant quelques secondes avant qu'ils ne retombent dans l'obscurité.) Vous savez, je peux vous dire exactement ce que ressent un raton laveur affamé en présence d'un appât. Je sais parfaitement ce qui se passe alors en lui comme mélange de peur et d'envie.

— Mais… qu'est-ce que tu racontes là ? demanda Arlis d'un ton quelque peu exaspéré. La lune t'a tourné la tête, Rice Dunbar.

Rice s'écarta de la voiture.

— À cette époque de l'année, c'est aussi contagieux que la malaria, dit-il. Et je pense que vous aussi vous ressentez à peu près la même chose que le raton laveur. (Il fit demi-tour, prêt à les quitter.) Attention, ne laissez pas la rosée vous donner des rhumatismes. (Il s'était remis en marche, mais il s'arrêta pour une dernière déclaration.) Moi, je connais en tout cas un bon moyen pour être certain de se marier. Un moyen auquel papa ne pourra pas s'opposer. (Il éclata d'un rire bruyant et s'éloigna d'eux.)

D'ailleurs, je crois qu'il serait même probablement content de vous menacer de son fusil.

Ils éclatèrent tous deux de rire à sa remarque humoristique.

— Mais… au fond, il a raison, sais-tu, fit Crawford dès qu'ils eurent fini de rire. Alors Matthew ne pourrait plus s'opposer à nous.

Arlis lui fit brusquement face.

— Maintenant tu ne penses plus qu'à ça, dit-elle. Tu ne penses plus à l'amour, ni au mariage, ni à la TVA, ni même à la raison pour laquelle nous devons attendre. Tu veux uniquement…

— Il y a trop longtemps que cela dure, dit-il en essayant de retenir la colère qui montait en lui. (L'humeur de leur amour changeait continuellement ainsi entre eux.) Trop longtemps, Arlis. Nous ne pouvons pas continuer ainsi, soir après soir, nous interdisant tout ce qu'embrasse l'amour…

— Nous sommes ensemble, l'interrompit Arlis, c'est tout ce qui compte. Nous pouvons nous voir, nous parler, nous tenir par la main. Il ne nous a pas interdit de faire ça, n'est-ce pas ?

— Non, répondit Crawford, amèrement. C'est ce qu'il nous a laissé.

Ils demeurèrent silencieux quelques minutes ; c'était une chose qui leur arrivait fréquemment ; Crawford fumait alors une cigarette jusqu'à ce qu'il se sente tout à fait calmé.

— Je m'excuse, dit-il enfin. Je ne voulais…

Elle se tourna vers lui.

— Je sais, Crawford, dit-elle. Je sais.

Le ton de sa voix plaidait autant en leur faveur que les paroles elles-mêmes.

— Il changera avec le temps, ajouta-t-elle. Si nous pouvons attendre, il finira par réaliser que nous nous aimons vraiment.

Il la regarda, l'air pensif.

— Ce n'est pas une mauvaise idée, dit-il lentement. Si tu étais obligée de lui dire que tu es enceinte… il ne pourrait plus s'opposer à ta volonté. Si tu avais le courage…

— Tu ne connais pas Matthew Dunbar, dit-elle en ricanant. Il préférerait encore lui donner le nom de Dunbar.

Il projeta la cigarette par la fenêtre.

— Je vais lui parler, fit-il d'un ton décidé. Nous ne pouvons pas continuer… (Et il se remit à rire. Cela ne servait à rien de continuer à se morfondre sur leur situation.) Au rythme où on va, on finira par attraper des rhumatismes à passer toutes les soirées dehors.

— Tu sais ce que je lui ai déclaré, dit-elle d'une voix douce. Et tôt ou tard il devra donner son consentement…

— J'ai dit que j'allais lui parler, fit Crawford. (Il tendit les bras pour l'attirer à lui.) Maintenant, viens ici.

Ils s'embrassèrent longuement ; mais ils savaient comment doser leurs baisers, combien de temps ils pouvaient se permettre de rester enlacés avant de se séparer. L'hiver leur avait paru particulièrement long et froid dans la voiture. Et maintenant, au printemps, c'était bien pis. Crawford fouilla dans ses poches pour prendre une cigarette.

— Il a oublié comment c'est, dit-il. Il est trop vieux pour se souvenir de ce qu'on ressent lorsqu'on est jeune et que le printemps fait monter la sève. S'il s'en souvenait, il ne pourrait pas agir de la sorte envers nous.

Mais Matthew, lui aussi, subissait l'influence du printemps. Il se sentait nerveux, et même le travail qui l'occupait de l'aube à la nuit ne parvenait pas à le calmer. Chaque jour il était un peu plus agité et la nuit, il ne cessait de se retourner dans son lit vide en se souvenant de la douce chaleur de Canna lorsqu'elle dormait à ses côtés. Un jour, alors qu'il travaillait aux champs avec Rice, il attacha sa mule à un arbre et il annonça à Rice qu'il ne s'attende pas à le revoir avant un bon moment car il avait des affaires à régler.

Il quitta les champs et se mit à grimper le long de la colline ; quoique ses artères bouillonnassent de vie, il marchait lentement, selon son habitude. C'était encore un homme vigoureux malgré sa démarche lourde qui lui donnait l'air beaucoup plus âgé qu'il n'était en réalité. Il couvrit les huit kilomètres sans se presser ; il marcha à travers champs et bois, dédaignant les sentiers, jusqu'à ce qu'il arrive sur une crête. Alors il s'arrêta pour regarder la jolie petite maison en contrebas. Elle était peinte en blanc et les boiseries étaient vertes ; c'était un spectacle assez inhabituel dans ce pays. La cour était proprement ratissée, et il y avait du linge, incroyablement blanc sous le soleil printanier, qui séchait sur une corde. Une barrière blanche entourait la cour et des pots de fleurs suspendus au milieu de vieux pneus faisaient de splendides taches de couleur. À côté de la maison, se trouvait une chapelle en bois ; elle commençait à tomber en ruines ; elle penchait d'un côté, les portes à peine retenues par les charnières étaient ouvertes et les fenêtres étaient cassées par le vent et les gamins. Et puis il y avait énormément de planches qui manquaient aux murs extérieurs ; cela faisait comme de grosses cicatrices.

Mais ce qui intéressait surtout Matthew, c'était le store de la fenêtre de la cuisine. Il était levé et la lumière pénétrait librement dans la cuisine. Matthew sourit, soulagé. Il n'aurait pas voulu parcourir ces huit kilomètres pour rien. Il se mit à descendre la pente d'un bon pas, plus rapide qu'auparavant ; il traversa des broussailles puis un pré jusqu'à l'arrière de la maison. Elle était sortie dans la cour pour pendre encore du linge. Matthew s'arrêta le long de la clôture qui entourait la cour arrière.

— Bonjour, Miz Anson, dit-il. Comment allez-vous ?

Elle se retourna, surprise.

— Tiens, monsieur Dunbar, dit-elle. (Elle se mit à rire et tout son corps se trémoussait.) Je me disais justement la semaine dernière : « Il y a longtemps que tu n'as plus vu Matthew Dunbar, Edna. Je me demande ce qu'il devient. »

— Ça va, Miz Anson, répondit Matthew. Et vous-même ?

— Je crois que pour une veuve je m'en tire aussi bien que possible, dit-elle. Pourquoi n'entrez-vous pas prendre une tasse de thé ?

— J'accepte avec grand plaisir, dit-il.

Il se baissa pour passer sous les barbelés ; ils traversèrent la cour et pénétrèrent dans la cuisine.

Il s'assit à la table et la regarda s'affairer autour du fourneau. Elle activa le feu, mit la bouilloire à chauffer et sortit les tasses et les soucoupes. Elle prenait tout son temps. Lorsqu'elle passa devant la fenêtre, elle s'arrêta un bref instant et, mine de rien, elle abaissa le store. Elle parvenait toujours à accomplir ce geste comme si elle ne savait pas ce qu'elle faisait.

Matthew demeurait assis, immobile, à la regarder. Elle buvait toujours du thé au lieu de café. C'était la seule maison où Matthew recevait du thé, sauf pendant les grosses chaleurs, quand tout le monde buvait du thé glacé. C'était une grande et forte femme, bien en chair. Elle portait les cheveux courts et bouclés, ce qui lui donnait un air jeune et sympathique. Toutes les lignes de son visage remontaient : l'incurvation des lèvres, l'inclination des yeux, les rides autour de la bouche et les pattes-d'oie.

Matthew savait qu'elle avait été mariée autrefois à un prédicateur itinérant du nom de Lafayette Anson qui consacrait son temps à faire des sermons le samedi soir dans les petites villes et l'argent qu'il gagnait à construire la chapelle à côté de la maison. Ils avaient vécu sous la tente pendant toutes les années que dura la construction de l'église car il ne voulait pas dépenser un centime à louer ou à bâtir une maison. C'était un homme de grande taille, austère, peu démonstratif, et il ne disait presque rien en dehors de ses moments d'inspiration divine ; tandis qu'elle, elle avait toujours été la même que maintenant, expansive et rieuse. Matthew s'était souvent demandé comment ils en étaient arrivés à se rencontrer et à se marier.

Mais Miz Anson paraissait heureuse de son sort. Elle vécut des années sous la tente et le jardin se résumait à quelques fleurs plantées dans un petit carré soigneusement entretenu devant son foyer. On la voyait souvent revêtue d'une salopette et elle passait les planches et les clous à son mari perché au haut d'une échelle. Quand la construction fut presque finie, le prédicateur tomba du toit alors qu'il était en train de placer les bardeaux et se cassa la jambe. Ce fut elle qui dut terminer le travail. Serrée dans une salopette qui moulait fortement ses formes plantureuses, elle grimpait à quatre pattes sur le toit, la bouche pleine de clous ; son mari, assis par terre, la jambe plâtrée écartée du corps, découpait furieusement des bardeaux. De temps en temps il rampait sur les mains et un genou pour aller les entasser plus loin lorsque le tas qui l'entourait devenait trop encombrant.

La chapelle souffrait terriblement des intempéries car, pendant de longues périodes sans argent, elle restait ouverte à la pluie et au vent. Elle était déjà vieille lorsque le prédicateur put commencer à y célébrer les offices. Elle n'était pas suffisamment proche des autres habitations et, de plus, les convictions du prédicateur Anson étaient assez vagues ; dès lors il ne fallut pas attendre longtemps avant qu'il s'en retourne aux coins de rue dont il avait l'habitude, et la chapelle fut abandonnée. Le prédicateur ne semblait pas tellement tenir à cette chapelle, ou du moins, cela ne semblait pas lui plaire d'y tenir des services religieux ; cela venait peut-être du fait qu'il avait passé tant d'années à prêcher aux coins des rues. Il ne s'en servait plus que pour lire la Bible et préparer ses sermons ; il s'asseyait sur le banc du premier rang, la chaire ayant été démolie avant même d'avoir servi. Certains bardeaux avaient été placés sur le toit avant d'être tout à fait secs : il ne fallut guère de temps pour qu'ils soient arrachés, et la pluie rentrait par les trous béants du plafond. Mais cela ne semblait pas le déranger. Un jour Miz Anson le trouva effondré sur le banc. Elle avait attendu un jour et une nuit avant d'aller voir ce qu'il faisait dans la chapelle. Elle savait qu'il n'aimait pas être dérangé, et elle était avant tout une épouse obéissante.

Avec l'argent de l'assurance – certains se demandaient si c'était le prédicateur qui avait pris une assurance-vie alors qu'il avait tant besoin d'argent pour la chapelle –, elle fit construire la petite maison sur le terrain qui avait été occupé par la tente afin de ne pas être obligée de refaire un nouveau jardin. Elle avait peint elle-même les boiseries en vert et le bâtiment en blanc ; c'était très original dans un pays où les maisons n'étaient jamais peintes. Elle vivait heureuse dans sa maison ; chaque année elle devenait un peu plus vieille et un peu plus grosse, mais les lignes souriantes de son visage restaient toujours dirigées vers le haut, même après les années austères passées avec le prédicateur ; la seule différence était que les rides étaient devenues plus profondément marquées, plus souriantes encore. Sa maison était toujours très proprement entretenue et il y avait des petits napperons blancs comme neige sur les dossiers des fauteuils et sur les tables. Dans la cuisine, les poêlons et les casseroles tout brillants étaient suspendus à des râteliers, et il ne se passait pas un jour sans que la corde tendue au travers de la cour ne ploie sous le poids des draps et des taies d'oreiller impeccablement lavés. Quant au bois de chauffage, elle ne devait pas aller très loin pour en trouver : il lui suffisait d'arracher quelques-unes des planches bien sèches qui servaient de murs à la chapelle.

Certains se demandaient comment l'argent de l'assurance lui permettait de si bien vivre depuis tant d'années, même après les frais occasionnés par la construction de la maison. Mais il y en avait d'autres – suffisamment – qui savaient que Miz Anson était hospitalière, gentille, amicale, complaisante. Personne ne savait comment ni quand cela avait commencé, mais la nouvelle avait fini par faire le tour des vallées et des collines ; il y avait des hommes qui marchaient jusque sur la crête pour voir si à la maison en contrebas, le store de la fenêtre de la cuisine était levé ou baissé, car c'était une fantaisie de Miz Anson que deux hommes ne se trouvent jamais en même temps chez elle.

Cela faisait maintenant un bout de temps que Matthew venait chez Miz Anson ; il avait supporté son célibat pendant toute une année après la mort de Canna ; mais il ne lui rendait visite qu'une ou deux fois par an. Souvent il s'arrêtait un instant pendant son travail dans les champs pour regarder dans cette direction comme s'il pouvait voir par-delà les collines et les vallées la jolie petite maison blanche où il était si bien reçu ; il secouait alors la tête en se disant que le moment n'était pas encore venu. Puis, une fois de temps en temps, une ou deux fois par an, il se mettait en route pour couvrir les huit kilomètres afin de passer un moment avec elle.

Elle s'éloigna du fourneau et vint déposer la tasse de thé chaud devant lui. Il attendit qu'elle soit assise pour prendre la tasse fragile dans sa grosse main rugueuse.

— Citron ? demanda Miz Anson. Sucre ?

Matthew prit les deux. Il mélangea le sucre avec une minuscule cuiller d'argent. Puis il porta la tasse à ses lèvres et but une gorgée ; la chaleur du thé lui montait jusque dans les narines. Le thé a la même odeur que Miz Anson, se dit-il une fois de plus, à moins que ce ne fût Miz Anson qui eût la même odeur délicieusement chaude et parfumée que le thé. Quoi qu'il en fût, c'était une bonne odeur.

— Comment va la famille, monsieur Dunbar ? demanda-t-elle. De temps en temps je me demande ce que vous devenez tous.

— Ça va, répondit Matthew. Knox est parti. Jesse John aussi, et Connie.

— J'avais entendu dire que Connie était partie avec un autre homme, fit-elle avec compassion. Je me demande ce qui lui est passé par la tête pour faire une chose pareille ?

Matthew sourit.

— Je suppose que Jesse John ne parvenait pas à la contenter, dit-il. C'est ce qui se passe d'habitude dans ces cas-là, vous ne croyez pas ?

Elle acquiesça d'un signe de tête.

— Souvent. Mais si une femme a de la patience… (Elle secoua la tête et changea de sujet.) Je parie que cette vieille maison vous paraît bien vide, monsieur Dunbar.

— En effet, répondit Matthew. (Il laissa échapper un profond soupir, remua sur sa chaise, but une nouvelle gorgée de thé.) Je me souviens de cette maison bourrée de monde. Moi, tous mes frères, ma femme et les jeunes… c'est un véritable désert, maintenant. On est tout perdus.

Elle se leva pour remplir les tasses. Matthew accepta de nouveau du sucre et du citron ; alors elle se rassit.

— Il n'y a rien à faire, une famille doit s'éparpiller ainsi, dit Miz Anson. (Elle se pencha et posa la main sur celle de Matthew.) Mais cela reviendra ; attendez seulement que Rice, Arlis et Miss Hattie se mettent à avoir des enfants. Avant que vous sachiez où vous en êtes, vous serez enfoncé jusqu'au cou dans les Dunbar.

Il repoussa la tasse de café.

— Non, dit-il. Pas dans le Domaine de Dunbar. La TVA se charge de changer tout cela.

Elle ne voulut pas se départir de son sourire.

— Si ce n'était pas la TVA, ce serait quelque chose d'autre, dit-elle. Nous subissons tous les changements, monsieur Dunbar, les bons et les mauvais. Cela ne vous plaît pas parce que vous avez été élevé comme moi, selon de vieilles méthodes. Et vos enfants n'aimeront pas, eux non plus, les changements qui surviendront plus tard ; ils voudront aussi se rattacher à leur passé. (Des doigts, elle lui tapota la main puis retira la sienne.) Vous vous faites plus vieux, monsieur Dunbar. C'est la seule chose. Vous prenez de l'âge… comme nous tous.

Matthew regarda autour de lui.

— Vous avez arrangé une bien jolie cuisine, Miz Anson. Très jolie.

Elle sourit, flattée.

— Je fais mon possible. J'aime bien que tout soit propre et beau. Un homme a besoin d'un coin calme et confortable où il puisse se reposer de temps en temps. Je crois que le prédicateur aurait vécu plus longtemps s'il s'était construit une maison au lieu d'une église. Je l'ai toujours dit, et je suis persuadée que j'ai raison.

— C'est plus que les jeunes, fit brusquement Matthew. La TVA veut que je vende le domaine. Ils disent que je dois m'en aller pour faire de la place à l'eau qui va venir.

Miz Anson se tint immobile pendant un moment.

— Je vois, dit-elle doucement. C'est dur pour un homme de devoir partir et abandonner sa terre.

Matthew laissa tomber ses mains sur la table.

— Je ne peux le faire, Miz Anson, dit-il. Ça m'est impossible. C'est aux Dunbar. Cette terre leur a appartenu depuis tant d'années, Miz Anson. Ils ne devraient pas demander à un homme de faire une chose pareille.

Elle se leva et retourna au fourneau.

— Encore une tasse de thé ? demanda-t-elle.

Matthew fit non d'un vif mouvement de tête. Elle versa le thé et revint à la table avec sa tasse.

— Miz Anson, dit-il, que pensez-vous de la TVA ? Croyez-vous qu'elle va faire tout le bien qu'elle nous promet ? Est-ce que l'électricité, l'eau courante et tout le reste vont tellement améliorer la vie des gens ?

Miz Anson se mordit les lèvres.

— D'après ce que je sais et ce que j'ai vu après tant d'années, cela ne changera pas le caractère des gens, qu'ils soient bons ou mauvais. Les gens resteront ce qu'ils ont toujours été. Ils aiment un peu, ils haïssent un peu, et ils se battent entre eux. (Elle tourna la tête et regarda vers la porte.) Mais je pense que cela leur facilitera bien des choses. Je sais, pour ma part, que je serai bien contente de ne plus devoir me plier en deux tous les jours au-dessus d'une planche à laver. (Elle posa la main sur l'épaule de Matthew.) Et vos épaules ne seraient plus voûtées à cause des journées passées derrière une charrue si vous aviez un tracteur au lieu d'une mule.

— Mais… est-ce que ce sera vraiment aussi utile que ça ? demanda Matthew. À entendre parler Crawford Gates, on devrait croire à la venue d'un second Messie. Ses sermons sur la TVA sont pis…

— Pis que tous les cataclysmes annoncés par le prédicateur ? dit-elle, et elle éclata de rire. Vous savez, je n'ai jamais été très d'accord avec ce genre de religion austère. Je trouve que la plupart des gens ont simplement besoin de se reposer de temps en temps dans un petit coin confortable. Je crois que Dieu a prévu cela... aussi.

Il lui sourit, reconnaissant.

— En tout cas, vous, vous m'en avez préparé un, dit-il. Chez moi, il n'y a pas une seule chaise aussi confortable que celle-ci. Il n'y a pas une chambre...

Elle se sentit vraiment confuse.

— C'est le changement, monsieur Dunbar. Un homme a besoin de s'asseoir de temps en temps sur une chaise étrangère, ainsi il peut apprécier d'autant mieux la sienne.

Matthew tendit la main et la posa sur celle de Miz Anson.

— Vous êtes une femme formidable, Miz Anson.

Elle se leva et, agrippant la main de Matthew, l'obligea à se lever.

— Je suppose que vous avez l'intention de retourner travailler avant la nuit, dit-elle. (Elle riait de nouveau ; c'était un rire naturel, franc, qui résonnait gaiement dans la pièce.) Vous ne pouvez tout de même pas passer votre journée assis à parler et à boire du thé avec une femme.

— J'aimerais le faire, fit Matthew, un peu mal à l'aise de ce compliment qu'il venait de faire. C'est un plaisir que de parler avec vous, Miz Anson.

Elle posa sa main potelée sur le bras de Matthew.

— Parler est une chose, dit-elle, et faire en est une autre. Je vous laisse le temps de finir votre tasse.

Elle se dirigea vers la porte. Il demeura immobile à la regarder s'éloigner. C'était une bonne femme, une chic femme, et cela faisait maintenant pas mal d'années qu'il venait chez elle. Chacune de ces visites était un rayon de soleil dans son esprit.

— Miz Anson, dit-il.

Elle s'arrêta sur le pas de la porte de la chambre et se retourna, le regard interrogateur.

— Qu'est-ce que vous, vous pensez de la TVA ? demanda-t-il. Je veux dire… comment…

Elle hésita un instant avant de répondre.

— Eh bien, je suis pour, finit-elle par répondre. Cela nous a apporté de l'argent ; de bons salaires et un travail dur pour les hommes. Et puis, ça va alléger le travail des femmes. Alors, je crois que je suis vraiment pour, monsieur Dunbar. Du moins jusqu'à preuve du contraire.

— Mais vous… dit-il. Ils ne font rien pour vous.

— Non, répondit-elle. (Puis elle se remit à rire.) Si ce n'est qu'ils sont en train de m'enrichir. Mettez de l'argent dans la poche d'un homme et aussitôt il pense à Miz Anson. (Elle fronça les sourcils et son front se plissa.) Si seulement ces gars de la TVA pouvaient apprendre quelques bonnes manières. Ils viennent me voir, deux ou trois à la fois, sans faire le moins du monde attention au store de ma fenêtre. Vous savez que je n'aime pas ça.

Elle franchit le pas de la porte et laissa Matthew attendre dans la cuisine. Il baissa les yeux sur les tasses de thé fragiles et claires posées sur la table ; le petit désordre de leur plaisir. Il posa le couvercle sur le sucrier, très soigneusement, et regarda autour de lui dans la cuisine, savourant la propreté, la propreté et le confort.

Il prit le long porte-monnaie dans la poche de sa salopette. Les billets se trouvaient tout au fond, et il dut fouiller à travers les pièces de monnaie pour les trouver.

Il les sortit et déposa un billet de dix dollars sur la nappe puis il plaça sa tasse par-dessus. Il se dirigea vers la porte, s'arrêta pour regarder derrière lui. Puis il ouvrit et fit un pas hors de la maison ; le soleil lui fit cligner des yeux. Il poussa un profond soupir ; il avait toujours aimé Miz Anson, aimé venir ici, et maintenant cela aussi était fini. Il se mit en marche et gravit rapidement la pente jusqu'à disparaître derrière la crête. Il ne se retourna pas pour voir si elle se trouvait à la fenêtre de la chambre à coucher et si elle le regardait partir. Jamais il ne saurait qu'il l'avait laissée avec de grosses larmes coulant le long de son visage sillonné de rides joyeuses.

Matthew refit en sens inverse les huit kilomètres à pied ; il marchait de nouveau de son pas lent et lourd. Il s'arrêta quelques minutes lorsqu'il eut atteint la crête surplombant son domaine. Puis il décrivit un grand cercle en passant par les bois, vers la tache vert foncé des cèdres qui abritaient le cimetière familial.

Le fil de fer barbelé qui entourait le bosquet était rouillé et pendait lamentablement ; Matthew se dit que cette année il devrait absolument tendre de nouveaux barbelés entre les poteaux en cèdre. Le cimetière était envahi par les mauvaises herbes ; ici ce n'étaient que de vieilles tombes qui se confondaient avec la terre. Elles étaient marquées par une grosse pierre grossièrement taillée à la tête et par une brique au pied. Matthew demeura immobile à les contempler. Elles étaient toutes là : Canna, sa mère, une petite sœur qui était morte de la diphtérie alors qu'elle n'était qu'un bébé, et tous les vieux Dunbar en remontant jusqu'au premier de la lignée, le Dunbar qui était mi-indien, mi-blanc. Ils étaient tous ici, sauf son frère Luc qui avait été tué pendant la guerre mondiale et dont le corps n'avait jamais été ramené.

Matthew s'attaqua à un travail méticuleux : redresser les pierres qui avaient été déplacées et dérangées par les intempéries. C'était une tâche qu'il faisait à chaque printemps et, grâce à ses soins annuels, il était bien rare qu'il retrouve une pierre couchée à plat par terre. Un peu plus tard, il reviendrait avec des outils pour nettoyer le cimetière et donner un aspect propre et correct à la dernière demeure de ses ancêtres. Cela, comme les bains de son père, était un devoir qu'il se réservait. Il ne venait pas ici pour se perdre en contemplation ou en propos philosophiques ; il venait pour travailler, et il s'en allait dès qu'il avait fini. Il y avait encore beaucoup à faire, et il n'avait que Rice pour l'aider.

Un étranger se tenait le long des barbelés ; il était appuyé contre un des poteaux de cèdre. Matthew le regarda et remarqua les vieux vêtements usés, le visage également vieux et usé, le nez cassé et aplati. Il tenait sous le bras un paquet entouré de papier et Matthew aperçut une paire de vieux shorts dégoûtants qui dépassaient à une extrémité. Il demeura immobile à le regarder ; il éprouvait une étrange sensation, mais il n'aurait pas pu dire ce que c'était.

Il ne voulut plus y penser, et dit :

— Bonjour. Est-ce que je peux…

— Matthew, dit l'étranger.

Matthew le reconnut aussitôt, malgré les traits durement marqués de son visage.

L'homme leva une main dans sa direction ; c'était un geste faible, plutôt une tentative de mouvement.

— Je venais par là, dit-il. Je venais te trouver…

— Mark, l'interrompit Matthew.

Il s'avança vers lui, tout contre les barbelés, assez près pour qu'ils puissent se toucher. Ils se faisaient face, chacun se souvenant de leur dernière entrevue. Mark avait reculé d'un pas quand Matthew s'était avancé, et ce dernier eut soudain honte de la peur de son frère.

— Il fallait que je revienne à la maison, dit Mark. Matthew, je…

Matthew se baissa brusquement et se glissa sous les barbelés pour se trouver à côté de lui.

— Bien sûr, dit-il. Chaque Dunbar doit revenir un jour ou l'autre, Mark. Chacun d'entre nous.

— Je ne le voulais pas, dit Mark. J'ai résisté aussi longtemps que je le pouvais. Je savais que tu ne voudrais pas…

Matthew regarda son visage ravagé. Il porta involontairement la main à son oreille meurtrie, le souvenir impérissable de leur dernière rencontre. Il n'y avait pas que le visage et les os de Mark qui fussent ravagés, marqués par le temps et par la vie ; il y avait en lui une mollesse que Matthew n'avait encore jamais vue chez un homme.

— Viens à la maison, dit-il doucement. Tu as besoin d'un bon repas chaud, et alors tu… Allons, viens.

Il tendit la main pour prendre le paquet sous le bras de Mark afin de le conduire dignement à la maison, et ils se mirent en marche, les deux frères côte à côte.

12

Ils descendirent ensemble la colline, passèrent derrière la grange, et arrivèrent enfin dans la cour. Mark marchait lentement, en traînant les pieds, comme s'ils étaient trop lourds à soulever. Matthew devait continuellement ralentir l'allure afin de ne pas devancer son frère. Mark s'arrêta près de la grange et promena son regard de tous côtés, de la maison aux dépendances, des champs au ruisseau et à la rivière.

— Ça n'a pas changé, dit-il. Rien n'a changé.

— Non, fit Matthew. C'est toujours le Domaine de Dunbar.

Mark se tourna pour le regarder.

— Je ne veux pas que tu te déranges pour moi, dit-il. Je passais par hasard dans les environs, alors j'ai pensé que je pourrais faire un petit saut…

— Aucun dérangement, l'arrêta Matthew. Et d'ailleurs, je serais content d'avoir une paire de bras pour m'aider. Je suis terriblement à court de main-d'œuvre, pour le moment, maintenant que les garçons sont partis.

Matthew remarqua une lueur dans les yeux de son frère.

— Je peux travailler, dit Mark. Je suis un bon ouvrier…

— Je sais, l'interrompit Matthew. Maintenant, viens à la maison ; Arlis te préparera des œufs. Cela te permettra de tenir le coup jusqu'au dîner.

Ils se remirent en marche et pénétrèrent dans la cuisine. Arlis était en train de balayer et elle se retourna pour regarder l'inconnu qui accompagnait son père.

— Arlis, voici ton oncle Mark, dit Matthew. Il est revenu vivre avec nous.

Elle s'approcha lentement de lui.

— Oncle Mark ! s'exclama-t-elle.

Elle n'avait aucune envie d'embrasser cet étranger, mais elle se sentait obligée de le faire. Mark eut un sourire de reconnaissance pour elle.

— Je crois que des œufs seraient les bienvenus, fit Matthew. Il a fait un voyage long et fatigant. Je pense qu'une demi-douzaine d'œufs feraient l'affaire.

Arlis fut contente de cette occasion qui lui était donnée de se remettre au travail. Elle se dépêcha de raviver le feu.

— Ce sera fait en un clin d'œil, dit-elle.

— Mais je peux très bien attendre jusqu'au dîner, protesta Mark. Ne faites rien pour moi.

— Non, fit Matthew. Tu dois manger quelque chose. Tu ne peux pas rester tout l'après-midi l'estomac vide.

Il prit son frère par le bras.

— En attendant que cela soit prêt, allons voir papa. Il sera content de te revoir.

Mark hésita un moment ; il regardait autour de lui, cherchant à retarder le plus possible l'instant où il se trouverait face à son père. Il ne parvenait pas à oublier sa fuite nocturne ; il était certain que son père le désapprouvait toujours.

Il lui semblait que cela était arrivé il y avait très très longtemps, des siècles. Entre-temps il y avait eu le vagabondage le long des routes et sur les trains, les travaux et emplois divers d'un bout à l'autre du pays. Son instabilité l'empêchait de se reposer ; au bout de quelques mois passés dans une ville il se sentait tout à coup l'envie de poursuivre sa route, d'aller voir comment c'était plus loin, de partir à la découverte de choses nouvelles et différentes. À la fin, c'était devenu une telle habitude qu'il lui était devenu impossible de se fixer dans un endroit. Il avait cueilli du houblon dans l'Oregon, s'était penché sur des champs de betteraves à sucre dans le Colorado, avait coupé du bois dans le Kentucky et fait du whisky à Salt Lake City. Il s'était battu, avait bu et couché avec toutes sortes de femmes. À un moment donné, il avait vécu à Muscadine, dans l'Iowa, où il s'était marié ; et bien que sa femme ait été une bonne épouse pour lui, il était parti faire une promenade un dimanche après-midi et n'était jamais revenu. Cela avait été son plus long séjour en un même endroit depuis le jour où il avait quitté la maison.

Puis, petit à petit, l'attrait des voyages s'était atténué. Maintenant qu'il était plus vieux, c'était beaucoup plus difficile de voyager et de trouver du travail. La police le considérait maintenant automatiquement avec suspicion, et du statut de travailleur itinérant il était inévitablement passé à l'état de vieux vagabond. C'est alors que l'envie de retourner à la terre de ses ancêtres était née en lui ; là seulement il pourrait retrouver la sécurité qu'il avait connue quand il était jeune homme. Mais il y avait la crainte de Matthew, la peur d'une nouvelle correction cuisante.

Au début, après cette première envie de rentrer à la maison, il en voulait terriblement à Matthew et il ne ressentait que colère pour lui ; puis cette colère se transforma en un amer souvenir. Mais à la longue, cette amertume s'estompa, elle aussi, et Mark avait fini par comprendre, par réaliser la nature de l'impulsion féroce de Matthew. Il se rendait compte, enfin, après toutes ces années, que son frère avait eu raison de le chasser ainsi ; à cette époque, il ne serait pas resté plus d'un an à la maison, il était donc préférable que ce fût Matthew qui soit le chef du domaine.

Il avait combattu son envie de revenir. Mais le mal du pays le minait inconsciemment et semblait le rapprocher inévitablement de la maison. C'était comme si les trains ne roulaient que dans une seule direction, quoi qu'il fasse. Hier soir, il avait sauté d'un train de marchandises et il s'était trouvé dans une ville inconnue. Le premier poteau indicateur qu'il vit fut une surprise pour lui. Dès cet instant il sut qu'il ne pourrait plus repousser sa nostalgie et il s'était mis en route sans même prendre le temps d'avaler un petit déjeuner. Pendant toute la matinée il avait traîné dans les bois dominant le domaine ; il avait longtemps observé les personnages qui vaquaient à leurs occupations ; ses yeux étaient avides de reconnaître tous les détails et l'envie de revenir le torturait autant que la faim. Il avait vu Matthew, mais il n'osait pas s'approcher de lui. Puis, le voyant se diriger vers le cimetière, il s'était dit que Matthew ne le battrait pas en présence des tombes de leurs ancêtres. Et maintenant, voilà qu'il était à la maison ; tout son corps tremblait, autant de faim que d'excitation. Des genoux, ça remontait à son ventre et secouait ses mains sales.

Il se tourna de nouveau vers Matthew et scruta son visage.

— Papa est toujours en vie ? demanda-t-il. Je pensais qu'il était mort depuis longtemps. Cela fait longtemps maintenant qu'il s'est installé dans son fauteuil.

Matthew sourit.

— Il est toujours ici, dit-il. Il n'a plus de forces, mais il mange ses trois repas par jour. Et il a presque toutes ses dents.

Ils entrèrent dans la salle commune.

— Papa, fit Matthew, Mark est revenu.

Ils se tenaient immobiles devant le vieillard, attendant que celui-ci lève la tête pour les regarder. Sa tête se balançait un peu, mais ses yeux d'un bleu laiteux ne cessaient de fixer Mark.

— Mark… dit-il.

— Oui, papa, dit Mark. Vous avez l'air de bien vous porter, papa.

La voix du vieillard était presque inaudible dans la pièce. Il leva une main tremblante pour s'essuyer la bouche, puis la laissa retomber mollement sur les genoux.

— Tu t'es enfui, Mark, murmura-t-il. Tu m'as abandonné.

— Mais maintenant il est revenu, papa, fit Matthew en élevant la voix. Il restera à la maison.

Ils attendirent un moment ; c'était comme si les ondes sonores mettaient beaucoup de temps pour atteindre l'esprit du vieillard. Mais il ne faisait plus attention à eux. Matthew hasarda un regard dans la direction de Mark.

Il vit que ce dernier regardait fixement son père, l'air incrédule.

— Il est vieux, dit-il doucement, en guise d'excuse. Mais il mange bien et il a encore presque toutes ses dents.

Ils firent demi-tour pour réintégrer la cuisine. Le vieillard avait l'air assoupi, perdu dans ses pensées. Il avait réalisé leur présence pendant un instant, mais il n'avait eu aucune parole de bienvenue pour son fils aîné. Sa voix se fit soudain forte et les surprit au moment où ils avaient atteint la porte.

— J'ai attendu, Mark, dit-il. J'ai attendu aussi longtemps que je l'ai pu.

Lorsqu'ils se retournèrent, il s'était de nouveau assoupi. Ils entrèrent dans la cuisine. Matthew savait ce qu'il voulait dire ; il se souvenait de la main de son père qui s'était lourdement abattue sur son épaule, des paroles qu'il avait prononcées en lui transmettant le commandement du domaine. Mais avant cela il avait longtemps attendu le retour de Mark, jusqu'au jour où il sut qu'il ne pourrait plus attendre et qu'il fallait transmettre son pouvoir à un autre.

Ils s'installèrent à table et Arlis apporta les œufs et les biscuits réchauffés pour Mark. Elle lui versa une tasse de café, puis elle retourna auprès du fourneau. Matthew regarda Mark engloutir les œufs ; il mangeait goulûment, beaucoup trop vite ; puis il réalisa sa gloutonnerie et, honteux, se mit à avaler beaucoup plus lentement, buvant une gorgée de café entre chaque bouchée.

— Tu as entendu ce qu'il a dit, remarqua Matthew. Il a attendu. Il voulait que le domaine soit à toi.

Mark cessa de manger. Puis, relevant la tête pour regarder Matthew, il déposa sa fourchette et repoussa son assiette. Il paraissait plus sûr de lui, maintenant qu'il avait repris des forces ; c'était de nouveau le frère aîné que Matthew reconnaissait en lui.

— Il a eu raison de te le donner, Matthew, dit-il. Je ne suis pas l'homme qu'il faut pour cela. Je ne l'ai jamais été.

— Mais il a dit…

Matthew se tut, les paroles ne pouvant franchir sa gorge serrée.

— Il aurait changé d'avis, fit remarquer Mark. Le domaine était à toi, Matthew ; il l'a toujours été et je le savais. C'est pour cela que je suis parti, parce que je savais que le domaine devait aller entre tes mains. Je ne voulais pas voir papa te le donner… alors je suis parti afin de ne jamais savoir que je n'étais pas celui qu'il fallait.

Matthew étendit les mains sur la table et les regarda fixement.

— Si tu veux… commença-t-il lentement, si…

Mark rapprocha son assiette ; sa faim ne pouvait plus attendre ; il se bourra d'œufs et de biscuits et, de l'autre main, il saisit la tasse de café. Il mastiqua et avala ; maintenant il pouvait de nouveau attendre.

— Je veux un endroit où rester, dit-il à Matthew. Un lit et trois repas par jour et un endroit d'où les flics ne peuvent pas me faire déguerpir. C'est tout ce dont j'ai besoin. (Il essaya de sourire.) Je suis encore capable de travailler, Matthew. Je peux être utile, quoiqu'il y ait une éternité que je n'ai plus touché un manche de charrue.

— Tout Dunbar a le droit de revenir, dit Matthew. C'est pour cela que le domaine existe. C'est pourquoi je veux le conserver tel quel…

Il se tut, regarda Mark, puis Arlis.

— Chauffe de l'eau pour ton oncle Mark, Arlis. Il aura envie d'un bon bain. Et prépare-lui une de mes salopettes et une chemise propre.

Mark s'était remis à manger, plus lentement, donnant à son palais l'occasion de savourer les aliments. Une délicieuse sensation de bien-être l'envahissait tout entier et il était heureux. Il ne s'était jamais imaginé que ce serait si agréable de se retrouver à la maison.

— Où est John ? demanda-t-il. Il n'habite plus ici ?

— Non, répondit Matthew. Cela fait longtemps que John est parti. Quand il avait vingt-cinq ans, il a épousé une jolie veuve qui avait six gosses et une grande ferme. Pendant longtemps, cela avait l'air d'un célibataire endurci, mais cette veuve a fini par trouver la combine. (Il se mit à rire.) Il est allé vivre là-haut avec tous ces gosses, et il a encore trouvé le moyen d'en ajouter trois à la série. Il a une ferme splendide.

— Je suis heureux d'apprendre qu'il s'en est bien tiré, dit Mark. Il a donc fallu une veuve pour qu'il s'assagisse. Autrefois, à Muscadine, dans l'Iowa, j'ai aussi épousé une veuve…

Il se tut.

— Faudra qu'on mette la vieille voiture en marche et qu'on aille lui rendre visite, dit Matthew. Cela fait au moins un an que je ne suis plus allé jusque-là ; il habite à une soixantaine de kilomètres d'ici et tu sais comment nous sommes, nous autres paysans. Je suppose que tu as dû voir pas mal de pays.

— Oui, répondit laconiquement Mark. (Il avait presque fini de manger et maintenant il nettoyait l'assiette avec un morceau de pain. Il la repoussa devant lui.) Merci, Arlis, dit-il. C'était rudement bon. Vraiment délicieux.

Matthew sortit un paquet de tabac de sa poche et le poussa en travers de la table. Mark s'en empara vivement et commença à rouler une cigarette.

— Garde le tabac, lui dit Matthew lorsque Mark voulut le lui rendre. J'en ai un autre paquet dans ma poche.

Il se tourna vers Arlis.

— Où est Miss Hattie ? demanda-t-il. Elle n'a jamais vu son oncle Mark.

— Je vais l'appeler, dit Arlis, et elle se dirigea vers la porte. Je n'ai aucune idée de l'endroit où elle a bien pu se fourrer.

Mark se leva.

— Je ferais mieux de commencer par prendre mon bain, dit-il en souriant. Je suppose que les garçons sont aux champs.

— Rice y est, dit Matthew. Knox et Jesse John sont partis travailler pour la TVA. Mais ils étaient à la maison pour Noël.

Il resta assis tandis qu'Arlis conduisait Mark jusqu'à la chambre à coucher ; elle tenait la bouilloire d'eau chaude dans une main et la bassine dans l'autre. Matthew, demeuré seul, réalisa tout à coup qu'il était content que Mark soit de nouveau à la maison. Au début, il avait eu peur de le voir revenir, puis, peu à peu, l'idée de ce retour au foyer avait effacé les vieux sentiments d'animosité qui s'étaient dressés entre eux. Maintenant Mark était là, plus vieux que son âge réel, et il ne désirait pas plus qu'autrefois avoir la responsabilité du domaine. Son seul désir était de pouvoir manger, d'avoir un lit et un peu de travail pour occuper ses mains. Et Dieu sait qu'il y avait suffisamment de tout cela.

Il se leva avec l'intention de retourner aux champs, mais il se remit à penser à l'entretien avec son frère et changea d'avis. Il réalisa soudain que, lorsqu'il avait proposé à Mark de reprendre son autorité sur le domaine, il espérait au fond de lui-même échapper à l'obligation de se battre pour préserver l'intégrité de sa terre. Il avait vainement espéré pendant un instant trouver enfin la solution à tous ses problèmes ; en prenant sur ses épaules toute la responsabilité, Mark aurait su quoi faire et Matthew aurait pu tirer son épingle du jeu, d'un jeu qu'il ne savait comment gagner. Malheureusement, Mark n'était pas son salut ; il revoyait devant lui ce visage raviné par la vie et le temps, ce regard vide qu'il avait vu chez son frère, et il se rendit compte que Mark n'était plus qu'une épave, un homme ayant perdu toutes ses forces.

Matthew sentit la colère monter en lui. Il était furieux contre lui-même. Il ne se savait pas capable d'une telle lâcheté. Quoi qu'il ait pu arriver, se dit-il, je n'aurais pas dû m'en prendre à moi. J'aurais pu blâmer Mark d'avoir perdu le domaine, et peut-être aurait-il supporté mon reproche parce qu'il a l'habitude d'être battu et repoussé par tout le monde.

Matthew tremblait de peur en se découvrant. Il avait vécu des années dans le calme, la tranquillité et la sécurité que lui procurait le domaine. Et voilà que ce qu'il avait pris pour de la force n'était qu'une faiblesse. Il n'avait dû se battre qu'une seule fois dans sa vie, et encore cela n'avait pas été son cerveau qui avait commandé à ses poings, mais une furie physique. Il regarda ses mains larges et puissantes. Je suis resté assis à perdre mon temps, se dit-il. J'ai accepté tout ce que les Dunbar m'ont donné. J'ai vécu sur leurs réalisations comme j'ai vécu sur leur terre. Mais qu'est-ce que j'ai fait pour les Dunbar qui viendront après moi ?

Il s'assit de nouveau à la table ; sa résolution prenait corps, s'amplifiait. Il était un Dunbar et il était capable de réaliser ce que les autres Dunbar avaient fait avant lui. Il avait en lui le même sang indien que son père, son grand-père et son arrière-grand-père avaient dans leurs veines ; il avait donc la volonté et la force de conquérir et de résister. Il avait hérité cela d'eux aussi bien que la couleur de ses yeux.

Miss Hattie entra en coup de vent dans la cuisine. Elle s'arrêta brusquement, regardant autour d'elle.

— Papa, dit-elle, qui c'est cet homme qui était avec toi ?

Matthew releva la tête.

— C'est ton oncle Mark, Miss Hattie, répondit-il. Il est revenu habiter avec nous.

— Oncle Mark ? dit-elle. (Elle eut l'air de réfléchir, puis soudain, elle comprit de qui il s'agissait.) Où est-il ?

— Il prend un bain, répondit-il, tu le verras dans quelques minutes.

Arlis revint à ce moment, et Matthew se leva.

— Quand Mark reviendra, dis-lui que je suis retourné aux champs. Il faut que je continue à labourer.

Il s'était absenté trop longtemps et il se dépêcha de sortir de la maison. Il était impatient de pouvoir se concentrer tout entier sur son travail et de sentir la sueur lui couler sur tout le corps. Il n'avait pas le droit de laisser une mule attachée à un arbre pendant presque une journée complète en pleine saison de labours ; aujourd'hui, il avait été aussi fainéant qu'un gamin.

Alors qu'il était encore loin du champ, il vit que les deux mules étaient attelées et que quelqu'un labourait à sa place. Il pressa le pas pour découvrir qui c'était ; l'instant d'après il put voir que Crawford Gates conduisait la charrue. Aussitôt, Matthew ralentit et marcha lentement jusqu'à ce qu'il parvienne au champ.

Rice arrivait à ce moment au même endroit et tandis qu'il faisait demi-tour, il eut un large sourire et, d'un signe de tête, montra Crawford qui se trouvait à l'autre bout du champ. Mais Rice ne se donna pas la peine de s'arrêter ; il poursuivit son travail sans dire un mot. Ils étaient occupés à retourner la terre entre les vieilles rangées de coton. Matthew regarda Crawford venir vers lui et il l'attendit.

— 'jour, monsieur Dunbar, s'écria joyeusement Crawford. Je vous ai attendu pour pouvoir vous parler.

Matthew était obligé de sourire.

— Il me semble qu'entre-temps, vous avez fait un petit bout de travail rudement utile, dit-il. Depuis combien de temps est-ce que vous labourez à ma place ?

Crawford éclata de rire tout en essuyant la sueur de son front.

— Pour moi, vous êtes parti depuis très longtemps, monsieur Matthew. Cela fait une éternité que je n'ai plus touché une charrue.

Matthew regarda les rangées. Il ne pouvait pas voir la différence entre ce qu'il avait fait et l'endroit à partir duquel Crawford avait commencé.

— Vous avez en tout cas fait du rudement bon travail, dit Matthew. Après tout, je crois que je ferais mieux de vous laisser continuer à ma place.

Crawford se retourna pour voir ce qu'il avait fait.

— J'aime bien labourer, dit-il. C'est pas que je l'aie fait beaucoup... j'ai été élevé dans une scierie... mais j'aime bien marcher derrière la charrue et regarder la terre noire se retourner et se briser. C'est un spectacle passionnant.

Matthew demeurait immobile à le regarder. Crawford respirait profondément, régulièrement, et sa chemise était trempée de sueur. Il y avait de la terre noire sur ses chaussettes et, tandis qu'ils parlaient, il avait mis le soc sur le côté et le grattait du pied.

Il redressa la charrue et enroula les rênes autour du manche.

— Je ne suis pourtant pas venu pour labourer à votre place, dit-il. Je suis venu pour vous parler, monsieur Matthew.

Matthew sentit un serrement de cœur. La méthode de Crawford était toujours la même ; il arrivait, très aimable, très franc, et cela donnait envie à Matthew de le recevoir à bras ouverts. Chaque fois, cela se passait de la même manière, d'abord il le voyait arriver à contrecœur, puis il se formait un lien d'amitié et de compréhension entre eux... et enfin c'étaient les discussions, l'attaque et la défense.

— Si vous avez l'intention de parler de la TVA... commença-t-il en manière d'avertissement.

Crawford prit une attitude très sérieuse.

— Cette fois-ci, je ne suis pas venu pour le compte de la TVA, dit-il. Je suis ici pour mon propre compte.

Matthew détourna la tête.

— Je n'ai pas l'intention d'en discuter, dit-il d'un ton sec. Vous connaissez mes sentiments sur ce sujet-là.

Crawford était venu le cœur chargé des fureurs accumulées chaque soir dans la voiture, il se sentait seul et mis au rancart. Et il avait besoin d'amour. Il en avait assez de la solitude de la pension ; et il en avait assez de se faire du mauvais sang au sujet de Matthew et d'Arlis. Et voilà que Matthew ne voulait pas en entendre parler.

Crawford en était arrivé au point où il était mûr pour le mariage ; le moment était venu, tout comme, à midi, il est temps de manger. Il voulait avoir une maison à lui, un foyer, Arlis et des enfants. Il avait passé sa vie dans une scierie, puis dans les camps du Corps de la protection civile, enfin à travailler pour la TVA, et il passait des nuits solitaires dans une pension de famille. Il avait passé des années de solitude, et maintenant il était temps que cela change ; il devait pouvoir vivre normalement, avoir une femme. Et voilà que Matthew se détournait de lui ; pourtant il y avait de l'amitié entre eux ; Crawford se sentait attiré par lui, et il n'aurait pu l'aborder autrement qu'en étant gentil et aimable. Tout à l'heure, quand il se trouvait à l'autre bout du champ, il l'avait vu arriver ; il avait espéré que Matthew le féliciterait pour avoir si bien labouré le champ. Déjà quand il était gosse et qu'il travaillait à la scierie, il espérait toujours que son père le féliciterait chaque fois qu'il le voyait manier la grosse machine complexe. Et lorsque Matthew avait fait ses commentaires élogieux, il s'était senti aussi ému que s'il avait reçu une médaille pour le récompenser de son mérite.

Ils auraient dû être deux hommes aussi proches l'un de l'autre que deux frères, qu'un père et son fils, que deux amis. Ils étaient semblables quant à leur idée de la vie ; ils avaient tous deux le même besoin de paix, de tranquillité, d'une vie réussie. C'étaient des sentiments qui étaient remués chaque fois qu'ils se rencontraient, et Crawford savait que Matthew le ressentait aussi fort que lui-même. Et pourtant il ne pouvait en être ainsi. Matthew s'agrippait à son domaine, et Crawford à son rêve de transformer le pays afin que la population connaisse une vie meilleure. Matthew se cramponnait à Arlis ; il voulait la garder près de lui ; elle faisait partie du domaine, comme tout le reste, même les cochons qu'il allait vendre chaque printemps à la ville, ne s'en séparant qu'à contrecœur. Tandis que Crawford désirait Arlis pour lui. Il aurait dû y avoir un moyen de mettre leurs rêves ensemble ; alors les liens qui les uniraient seraient deux fois plus solides, grâce à Arlis d'une part et à la terre d'autre part. Mais ce n'était pas possible ; la rencontre de leurs rêves, à cette époque où tradition et nouveauté se trouvaient en opposition, ne pouvait engendrer que luttes et colères entre eux.

Crawford s'approcha de Matthew.

— Vous voulez la voir enceinte ? demanda-t-il brusquement. Vous ne pouvez tout de même pas ignorer que nous ne sommes que des humains. Matthew, vous ne pouvez…

Matthew était choqué. Il se tourna vers Crawford et scruta son visage.

— Est-ce que vous avez… ? dit-il lentement. Le ton de sa voix était lourd, déterminé, insinuant.

Devant ce visage en colère, Crawford fit un pas en arrière.

— Je ne vais pas vous mentir, dit-il. Je ne l'ai pas touchée. Elle s'est retenue, attendant votre permission, ainsi qu'elle vous l'avait promis.

Matthew se sentit aussitôt plus à son aise.

— Je suis heureux de vous l'entendre dire, dit-il doucement. Je crois que je vous aurais tué si vous étiez venu me trouver pour me dévoiler…

— Ça finira par arriver, lui cria Crawford. Est-ce que vous ne voyez pas que vous nous poussez… (Il se tut car Rice passait près d'eux et les regardait. Il attendit qu'il se soit éloigné pour continuer.) Écoutez, Matthew. Arlis est une fille honnête. Elle ne veut pas d'amour sur le siège d'une voiture. Elle m'a combattu comme elle combattait contre elle-même, et mes joues portent les traces de ses ongles.

— C'est comme ça que je l'ai élevée.

Crawford fut suffoqué par cette réponse. Il n'y avait vraiment pas moyen de s'expliquer avec cet homme ; autant essayer d'enfoncer un clou avec une motte de beurre. Il sentait ses poings se fermer, mais il les empêcha et laissa ses doigts pendre mollement le long de ses jambes.

— C'est la manière dont vous l'avez élevée, dit-il. C'était une bonne éducation. Vous ne devez pas craindre de la voir passer chaque nuit avec un autre homme comme le font certaines filles qui apprennent ainsi ce que c'est que l'amour, d'une manière malpropre et malhonnête. (Il se tut, les paroles bloquées dans sa gorge.) Mais c'est ça que vous la poussez à faire maintenant, ajouta-t-il.

Matthew avait le regard fixé sur le visage furieux de Crawford. Il n'avait certainement plus l'air d'avoir vingt-neuf ans ; la colère marquait profondément ses traits et ses yeux brillants paraissaient hantés de rage et de désir. Matthew aurait voulu changer ce visage et accorder à Crawford ce qu'il désirait. Mais il se retint. Ce n'était pas le moment de se laisser aller à des faiblesses dont il n'avait que trop abusé ces derniers temps.

— Vous pouvez me menacer tant que vous voulez d'une bande de petits-enfants bâtards, dit-il. Mais je connais Arlis. C'est ma fille et c'est une Dunbar ; je peux avoir confiance en elle, Crawford. Et tant que je n'ai pas donné mon consentement, vous ne pourrez jamais lui faire un enfant.

Crawford leva les mains devant son visage.

— Mais alors, qu'est-ce que vous voulez ? demanda-t-il. Dites-moi au moins ce que vous désirez ?

Matthew le regarda, puis détourna la tête et dirigea son regard vers la maison. Il n'en savait rien, si ce n'est qu'il ne voulait pas qu'Arlis soit à Crawford. Crawford n'était pas seulement un homme ; c'était aussi la puissance. Il était venu détruire tout ce qui existait dans le Domaine de Dunbar. Il n'y avait aucun moyen de séparer l'homme de son rôle sur terre ; et cependant, il aurait été fier de l'avoir comme beau-fils si le métier de Crawford n'avait surgi entre eux.

— Je veux que vous nous laissiez en paix, dit-il. Je veux que vous, votre travail et la TVA demeuriez hors de mon domaine.

Crawford se tenait complètement immobile, les bras pendant mollement le long du corps.

— Et Arlis ? demanda-t-il calmement. Que deviendra-t-elle ?

Rice vint de nouveau les interrompre. Matthew en profita pour ne pas répondre immédiatement. Il prit le manche de la charrue en main et la fit basculer ; puis il nettoya, inutilement, le soc en le grattant du pied. La mule tira à ce moment-là pour aller brouter l'herbe et Matthew tira sur les rênes pour l'arrêter. Il avait tiré plus fort que cela n'était nécessaire et la mule ouvrit la gueule sous la puissance douloureuse du choc. Une salive vert-jaune dégoulina des lèvres de la bête jusqu'au sol.

— Elle continuera à vous voir le soir le long de la route, répondit enfin Matthew, puis elle cessera. Un autre homme viendra plus tard ; un homme qui lui conviendra et qui pourra venir vivre ici, parmi nous. Je pourrai voir mes petits-enfants grandir autour de moi, et mon beau-fils travaillera à mes côtés, comme si c'était un de mes fils ; il m'aidera à faire ce que les Dunbar ont toujours fait... au lieu de venir tout détruire.

— Et vous croyez que c'est ça qu'Arlis désire ? fit Crawford sur un ton amer. Vous vous imaginez peut-être que c'est pour ça qu'elle me combat dans l'obscurité, qu'elle lutte même plus contre elle-même que contre moi ?

— Arlis est une Dunbar, répondit Matthew. Elle ne veut que ce qui est bon pour le sang et la terre des Dunbar. (Il se tut. Le ton de sa voix changea, devint plus dur, plus bourru.) Knox m'a quitté, Crawford. Et s'il revient un jour, ce ne sera plus qu'un homme vieilli et brisé, à la recherche d'un asile où finir ses jours. Jesse John m'a quitté pour courir après une femme qui n'a jamais existé si ce n'est dans son imagination. Il ne me reste qu'Arlis, Rice et Miss Hattie. Et la terre des Dunbar.

Ils demeurèrent silencieux ; ni l'un ni l'autre n'était plus en colère. Crawford parut hésiter un instant avant de s'asseoir par terre. Il ôta ses chaussures, les secoua pour en faire sortir la terre, puis il les remit lentement. Matthew s'était assis sur le soc de la charrue et il l'observait. Crawford prit une cigarette, l'alluma, et tendit le paquet à Matthew. Celui-ci secoua la tête.

— Vous me confondez avec la TVA, dit enfin Crawford. Voyez-vous, Matthew, c'est à cause de cela que vous nous faites du tort, à Arlis et à moi. Je ne suis pas la TVA. Je suis un homme, un être humain, et il se fait que cet homme travaille pour la TVA. Je suis fier de travailler pour eux et je suis fier de mon métier. Mais ce n'est pas une raison pour que vous...

Crawford parlait lentement et calmement. Il disait à Matthew exactement ce qu'il pensait. Ce n'eût pas été différent s'il s'était parlé à lui-même. Matthew lui répondit de la même manière.

— Mais c'est vous qui êtes venu, le contra Matthew. Vous êtes celui qui est venu me dire d'abandonner tout ce qu'il y avait de Dunbar sur cette terre.

— Si aujourd'hui je quitte la TVA, un autre homme viendra demain, protesta Crawford. Est-ce que cela fera une différence ?

Matthew ne put s'empêcher de sourire.

— Ça pourrait faire une différence, du moins en ce qui vous concerne, répondit-il.

— Alors, si je quitte mon emploi, je pourrai épouser Arlis ? C'est ça que vous voulez dire ?

Matthew regarda ses mains ; son front était plissé.

— Ce n'est pas aussi simple que cela, jeune homme. Tout ça est très embrouillé… il y a vos sentiments, et il y a les miens…

— Non, l'interrompit Crawford, ce n'est pas aussi simple que ça. Je ne quitterai pas la TVA. (Il tourna la tête et regarda le pays autour de lui, comme si c'était la première fois qu'il le voyait.) Je voudrais vous poser une seule question, monsieur Dunbar. Cette terre, ce sol qui est capable de faire germer des graines, qu'a-t-il de si différent de tous les autres sols qui recouvrent le monde ? Qu'y a-t-il dans cette terre pour que vous y teniez autant qu'à la vie ?

Matthew fronça les sourcils.

— C'est difficile à expliquer, admit-il, surtout à un homme comme vous. Pour vous, la terre sert à faire pousser des arbres que l'on coupe et du coton que l'on cueille et met en balles. Elle peut être mesurée et on peut en calculer la valeur marchande. Mais cette terre-ci est différente. C'est une Dunbar, tout comme moi je suis un Dunbar et tous les autres aussi, jusqu'aux cochons et aux poules. C'est un sentiment qui nous a été transmis dans le sol même par le vieux David Dunbar.

Crawford l'écoutait tranquillement en fumant. La mule frappa le sol parce qu'un taon l'avait piquée à la jambe, et ce mouvement fit tinter les chaînes qui pendaient librement. Rice s'approcha de nouveau d'eux, les regarda, fit demi-tour, puis s'éloigna. Les deux hommes demeuraient assis, immobiles l'un à côté de l'autre, et ils écoutaient le son de la voix d'un seul d'entre eux :

David Dunbar était à moitié indien. Il arriva seul dans ce pays ; il n'avait que les vêtements qu'il pouvait porter sur son dos et un sac de biscuits secs pour se nourrir. C'était la terre de ses ennemis, les Chickamaugas, mais il s'y installa malgré tout parce que son père, venu de Virginie, avait épousé une Indienne peu après son arrivée dans le Mississippi.

Tout se serait bien passé s'il s'était contenté de coucher avec elle et avait ensuite continué son chemin. C'était presque une coutume dans ce pays sans femmes blanches ; il suffisait d'offrir un peu de verroterie à une Indienne pour en faire une putain ; elles étaient à la merci des caprices des Blancs. Mais le père de David Dunbar ne voulut pas agir de la sorte. Il épousa son Indienne et lui construisit une cabane de bois dans laquelle ils vécurent en mari et femme. David était l'aîné des enfants ; il fut élevé avec les Indiens d'un côté et les Blancs de l'autre. Mais les Dunbar étaient mal vus dans ce pays à cause de leur mère indienne. Ils vivaient seuls, séparés des Blancs, des Rouges et des Noirs ; ils formaient un groupe à part. Dunbar dut grandir en se battant pour garder sa place dans la société et, alors qu'il avait dix-huit ans, il tua un homme qui avait médit de sa mère.

Alors il partit vers l'Est, emportant son demi-héritage de sang chickasaw dans le pays des chickamaugas, le pays des ennemis héréditaires, et il conclut une paix séparée avec eux. Cela ne lui était possible que parce qu'il avait du sang blanc dans les veines ; ils n'auraient jamais échangé un seul mot avec un Chickasaw de race pure. On dit qu'il y avait eu des disputes depuis des siècles entre les deux tribus au sujet des terrains de chasse le long de la rivière qui les séparait. Il y avait des périodes de calme, chaque tribu chassant en paix, puis la vieille dispute éclatait de nouveau.

Mais David Dunbar n'avait rien à voir avec ces disputes. Les Chickamaugas lui firent de la place ; ils le laissèrent occuper des terres de la même manière que les Blancs possédaient des terres. Mais en ce temps-là, un homme blanc n'aurait pu le faire à cet endroit ; les premiers pionniers qui s'installèrent dans ce pays avaient tous du sang indien. Le sang indien lui permettait de posséder et le sang blanc l'autorisait à venir vivre parmi eux.

C'était le début du Domaine de Dunbar. David Dunbar façonna cette terre à sa manière ; il lui laissa une empreinte comme aucune des possessions des Dunbar dans le Mississippi, en Virginie ou dans leur pays d'origine de l'autre côté de l'Océan n'en avait jamais eu. Il créa un domaine exclusivement réservé aux Dunbar, où aucun autre homme ne pourrait venir leur cracher des insultes au visage. Et Dieu sait si David avait dû en supporter pendant son enfance, parce qu'il n'était pas de race pure, et surtout parce que son père avait épousé une Indienne au lieu de l'abandonner après avoir couché avec elle. C'était une injustice qu'aucun homme ne peut supporter, car s'il la supportait, ce ne serait plus un homme digne de ce nom. Il dit à ses fils que c'était leur devoir de garder cette terre, de ne jamais la morceler, de ne jamais la laisser tourner à rien. Il leur dit cela, et, à leur tour, ses fils le dirent aux leurs. Tout comme je devrai le dire aux miens.

— Mais il y en a tant qui sont partis, dit Crawford. Vous êtes le seul de votre génération. N'aviez-vous pas des frères ? Et Knox et Jesse John…

Matthew pensa à Mark qui venait de rentrer à la maison.

— Oui, fit-il tristement. Certains ont fait défaut. Et il y en aura encore d'autres. Mais il y a toujours au moins l'un d'entre nous qui reste pour garder notre terre. Un seul suffit amplement, du moins s'il est assez fort et volontaire pour tenir le coup le temps de sa génération. (Il se tut, le visage figé, rigide.) Aujourd'hui, Crawford, mon propre frère est revenu à la maison. Que serait-il arrivé si le Domaine de Dunbar n'avait plus été là ? Si, après avoir franchi la crête des collines, il n'avait vu qu'une terre inconnue ? Cela aurait tué le peu de force et d'espoir qui restaient en lui, Crawford ; il n'aurait plus eu la force et le courage de continuer à vivre.

Crawford remua les jambes.

— Alors pourquoi me blâmer, moi et la TVA ? dit-il en insistant. Votre père a vu votre frère partir et il croyait qu'il ne reviendrait jamais. Il a assisté en son temps à la dispersion de la génération de ses enfants.

— Mais la TVA est une affaire qui ne concerne que moi, répliqua Matthew. C'est la TVA que je dois combattre. Du temps de mon père, c'est la Grande Guerre qui lui a enlevé mon frère Luc. Luc était devenu enragé quand il a entendu parler de ce qui se passait là-bas. Il a dû prendre son fusil et prendre part aux combats. Mon père détestera cette guerre jusqu'à la fin de ses jours. (Il se tut.) Je sais, ce n'est pas quelque chose de nouveau. Mais cela est de mon époque et cela me regarde. Un jour viendra où Knox s'amènera au-dessus de cette crête, peut-être vieux et décrépit, mais il aura la nostalgie de la maison qui lui tenaillera les entrailles. Ce jour-là, il faudra qu'il puisse voir le Domaine de Dunbar s'étendre devant ses yeux, prêt à le recevoir, lui ou n'importe quel autre Dunbar.

Ils demeurèrent silencieux pendant quelques minutes. Matthew releva la tête pour regarder Crawford.

— Que vont-ils faire ? demanda-t-il. Qu'est-ce qui va arriver ?

Crawford savait exactement ce qui allait se passer.

— Oh, vous avez encore le temps, répondit-il. Vous finirez cette récolte et vous pourrez la mettre de côté. Ils ne feront rien avant la dernière minute, avant d'avoir persuadé tous ceux qui doivent encore l'être. Alors, il vous restera encore un peu de temps.

— Et alors ? fit Matthew.

Il voulait savoir maintenant quelles étaient l'ampleur et la proximité du danger. Il ne lui était plus possible de se cacher et d'ignorer ce qui se passait autour de lui. Il lui fallait savoir avant de pouvoir entreprendre la lutte.

Crawford se sentait mal à l'aise pendant cet interrogatoire.

— Et alors, dit-il, ils condamneront votre propriété. Ils décideront devant un comité composé d'hommes honnêtes et intègres quelle est la valeur du terrain et ils vous imposeront l'acceptation de leur décision. Vous serez obligé de partir. Il n'y aura rien à faire… vous n'aurez plus qu'à partir.

— Et si je ne pars pas ? demanda Matthew. Que peuvent-ils faire si je refuse de m'en aller ?

Crawford secoua la tête.

— Je ne sais pas, répondit-il avec franchise. Je n'en sais vraiment rien. Mais ils feront quelque chose.

— Est-ce qu'ils pourraient lâcher les eaux sur moi ? demanda Matthew. Est-ce qu'ils pourront m'inonder alors que je serai tranquillement assis sur le pas de ma porte ?

— Ce n'est encore jamais arrivé, répondit Crawford. (Il se tut un instant, exaspéré.) Écoutez, Matthew, ils *doivent* inonder le pays. Il n'y a aucun moyen de l'empêcher.

— Est-ce qu'ils viendraient me menacer avec des fusils ? demanda Matthew, de plus en plus insistant. Est-ce qu'ils essaieraient de me faire déguerpir de ma terre en combattant ?

— Je ne sais pas, répondit Crawford qui commençait à se fâcher. Mais ils peuvent vous faire partir. Souvenez-vous-en. Vos paroles ne les empêcheront pas d'agir. Vous ne pouvez tenir tête à vous seul à toute une nation.

— Je le ferai, dit Matthew. Je resterai sur mes terres et je détournerai les flots qui monteront à l'assaut de ma maison. Vous pouvez aller raconter à votre patron ce que je vous ai dit. Racontez-lui comment vous vous êtes escrimé à me persuader que la TVA était une belle et grande réalisation, qu'elle allait changer le cœur, l'âme et la condition de l'homme… mais que cela n'a servi à rien. (Il inspira profondément.) Le cœur, l'âme et la condition des autres ne m'intéressent pas, sauf dans le cas d'un Dunbar. Je suis aussi un métis, comme mon arrière-grand-père David Dunbar. La moitié de moi appartient à la race humaine, l'autre moitié est Dunbar. Vous pouvez raconter à votre patron tout ce que je vous dis. Vous pouvez en croire chaque mot, vous ne lui mentirez pas.

Crawford le regardait fixement.

— Matthew, dit-il. Vous ne savez pas de quoi vous parlez. Vous ne pouvez vous retirer d'un monde dans lequel vous vivez. Vous ne pouvez agir en souverain d'une génération révolue qui croyait pouvoir commander aux flots de ne pas mouiller ses pieds. Vous ne pouvez pas, Matthew.

Matthew sourit.

— Les premières fois que vous veniez ici, vous m'appeliez monsieur Dunbar. Puis, vous vous êtes mis à m'appeler monsieur Matthew. Mais maintenant vous m'appelez par mon prénom, moi qui suis assez vieux pour être votre père.

Crawford fit une grimace. Sans vraiment le vouloir, il fit un pas vers Matthew et lui agrippa fermement le bras.

— Réfléchissez, Matthew, dit-il. Réfléchissez à ce que vous faites. Vous êtes un homme bon, qui a mené jusqu'à présent une belle vie ; vous êtes un homme que j'aurais été fier d'avoir comme père. Vous avez été fort et puissant à votre manière, vous avez élevé des enfants qui vous aiment et vous respectent. Ne fichez pas tout en l'air en…

Matthew tira doucement son bras emprisonné dans la main de Crawford. Il n'eut aucun mouvement brusque, il se contenta de tirer doucement mais avec force jusqu'à ce que Crawford lâche prise.

— Inutile d'essayer, dit-il. Il y a longtemps que je vous ai dit que vous ne parviendriez jamais à me persuader.

Crawford se tenait très droit devant lui. Il le regardait dans les yeux et il ressentait un mélange d'amitié et de peur pour lui. Il était difficile de savoir quels étaient les sentiments qui les liaient. Ils vivaient tous deux cruellement la perte de leur amitié et Crawford avait presque envie de pleurer, comme le jour de la mort de son père. Quant à Matthew… il éprouvait une nouvelle fois la même sensation que lors du départ de Knox ; seulement cette fois-ci, cela lui faisait encore plus de peine ; c'était la perte de Knox, Mark et Arlis qui se confondait en un seul chagrin qui lui retournait les entrailles et lui donnait envie de vomir.

— Matthew, fit Crawford. Je suis votre ennemi, Matthew. Regardez-moi. Sachez me reconnaître chaque fois que vous me reverrez.

Matthew ne pouvait se détourner du regard de Crawford. Il lui était impossible de lever la main pour empêcher son flot de paroles.

— Oui, dit-il, je vous regarde.

Crawford leva la main comme un homme qui prête serment.

— Je vais lutter contre vous, Matthew. Je vais vous prendre votre terre pour la remettre à la TVA. Et je vais emmener Arlis. Regardez-moi, maintenant.

— Je vous connais, dit Matthew, je vous connais.

Crawford tendit la main, puis la ramena à lui sans toucher Matthew. C'était le dernier entretien, le dernier adieu entre eux.

Puis il lui tourna le dos et s'éloigna.

Panorama VI

Biographie – lui

La mort était présente le jour de sa naissance. Il naquit sur le versant occidental d'une montagne du Tennessee. Un drap gris et défraîchi était étendu et fixé aux colonnes qui s'élevaient au pied du grand lit ; sa mère s'agrippait au drap enroulé et gémissait de douleur. Son père, assis sur une souche d'arbre devant la maison, était occupé à tailler un morceau de bois. Lorsque le cri d'agonie arriva jusqu'à lui, il sursauta et son couteau fit un écart, creusant une profonde entaille dans le bois, et il eut beaucoup de peine à la faire disparaître.

Il ne voulait pas naître. Il s'opposait à la poussée de l'utérus et aux efforts de la sage-femme, et il tua sa mère avant de consentir à émerger. Il était le dernier de quatre enfants, le seul et unique garçon. Tandis que l'on enterrait sa mère, il tétait d'un air satisfait son biberon ; il était couché dans un berceau fait par un de ses ancêtres et qui avait déjà bercé trois générations avant lui.

C'était un très gros nouveau-né – il pesait plus de cinq kilos – mais sa croissance fut lente et freinée par le peu de nourriture que sa belle-mère parvenait à servir à table. Dès le jour de ses six ans il fut envoyé aux champs ;

il conduisait la charrue, et il devait lever les bras aussi haut que sa tête pour atteindre le manche ; les mules avaient une foulée fort longue et elles avançaient beaucoup trop vite pour ses petites jambes.

Mais c'était un gosse heureux. Il adorait la musique ; la musique était même en lui et son père avait été un joueur de violon avant lui. Un jour que celui-ci était absent, il s'empara du violon et fit son premier essai sur les cordes. Il fut surpris au milieu de son expérience et sérieusement fouetté ; le lendemain, le violon était de nouveau entre ses mains. Le fouet lui avait fait perdre l'habitude de renverser le lait, de salir la cour et de jouer en cachette derrière la grange. Mais le fouet ne pouvait l'empêcher de s'emparer du violon, et ce fut là la première bataille qu'il gagna depuis la première grande défaite de sa naissance. Quand les doigts de son père se raidirent et gonflèrent avec les années de dur labeur, le fils hérita du violon ; le soir, ainsi que le dimanche, il s'installait sous le porche et s'exerçait à découvrir toutes les possibilités de cet instrument complexe.

Dès l'âge de dix ans il sut ce que c'était que faire l'amour ; une petite cousine, venue en visite, l'avait séduit dans un bosquet tout près de la maison. C'était très agréable et il espérait qu'elle reviendrait bientôt chez lui. Mais la fois suivante elle ignora leur intimité et s'esquiva chaque fois qu'il essaya de l'approcher. Il dut attendre jusqu'à l'âge de douze ans pour faire une nouvelle expérience. Cette fois-là ce fut très différent et beaucoup plus excitant ; pour la première fois, le violon n'avait plus la première place dans sa vie.

Il devait aller à l'école, mais le violon primait tout. Sa belle-mère avait bon cœur, mais elle était tellement occupée par ses propres enfants qu'elle n'avait guère le temps de faire attention à lui. Quant à son père, il se faisait vieux et ses mains calleuses n'étaient plus très bonnes pour le violon. Chaque fois qu'il essayait de jouer, il abandonnait après quelques minutes et lui passait le violon en un geste de renonciation amère ; il s'enfonçait dans son fauteuil et se contentait d'écouter les mélodies entraînantes jouées par son fils.

Il ne resta pas longtemps à l'école. Il n'avait jamais eu de dispositions pour les études ; il demeurait assis à ne rien faire, ne retenant rien de ce que disaient les professeurs. Il écrivait maladroitement, comme son père, et il était le dernier de la classe en orthographe. Pendant les récréations et les repas, il se battait toujours avec les autres garçons et il se moquait ouvertement des filles. Il eut pourtant un profond et ardent désir sexuel pour une institutrice incroyablement belle, à la peau douce et blanche, qui fut obligée de quitter l'école au bout d'un trimestre à cause du scandale. Ce n'était pas lui le responsable ; il n'était qu'un élève parmi tant d'autres et elle ne prêtait guère attention à lui ; le scandale vint des hommes qui la suivaient, le soir, après les cours, quand elle retournait à sa pension. Elle remuait les cœurs de tous les hommes de moins de cinquante ans, tant ses mouvements étaient gracieux. Elle partit en larmes et inviolée ; le scandale n'avait été provoqué que par les jeunes gens frustrés qui se vantaient ouvertement et grossièrement de son désir de femme insatisfaite. Ce départ laissa un grand vide dans son cœur, et l'année suivante il quitta l'école.

À partir de ce moment, il se mit à jouer dans les bals et sa vie prit une tournure très gaie. Il ne se levait que très tard, et au lieu d'emmener son mulet pour travailler aux champs, il le chevauchait jusqu'à l'une ou l'autre maison où il y avait un bal ou une festivité quelconque. Cela lui permettait de gagner un peu d'argent, de recevoir à boire, et souvent, de reconduire après une jolie jeune fille qu'il emmenait en croupe. Il apprit au mulet à avancer très lentement et à rester immobile lorsqu'il le laissait détaché au bord de la route.

Le violon lui procurait toutes les choses les plus agréables de la vie. Il était grand et mince, son visage était laid, et il avait de belles mains aux doigts longs et effilés. Il riait énormément, et il aimait beaucoup boire, quoique jamais trop, pour ne pas perdre la tête ou son violon. Et il aimait l'amour charnel encore plus qu'à dix ans. Il pensait qu'il pourrait toujours mener une telle vie, et qu'il ne laisserait jamais ses mains s'abîmer au travail comme cela avait été le cas de son père.

Mais il avait compté sans Clara. Elle avait la même sensualité charnelle que l'institutrice, les mêmes cheveux vaporeux, et il se trouvait complètement désemparé en sa présence. La première fois qu'il la reconduisit sur son mulet, il tremblait de peur et l'anxiété et la nervosité se percevaient dans sa voix. Il avait peur d'elle, lui qui avait connu des femmes depuis qu'il avait dix ans ; quand elle riait, d'un rire cristallin, cela lui faisait l'effet d'une bombe.

Elle s'accrocha et s'amusa tant et si bien avec lui qu'au bout de trois mois elle parvint à l'épouser. Alors elle rangea son violon, car elle savait comment elle avait fait pour le prendre, et elle n'était pas la seule à connaître les secrets de sa profession. Elle coupa court à son violon magique et sept mois plus tard elle lui mit un bébé dans les bras.

Elle l'obligea à conduire la charrue dans un champ qu'ils avaient loué, lui qui avait juré de ne jamais se souiller les mains au travail de la terre. Mais ce qui était étrange, c'est que ce travail lui plaisait ; et il était heureux.

Mais elle, cela ne lui plaisait pas. Elle avait pensé que la vie à la campagne serait saine et agréable, mais elle réalisa bientôt que c'était le violon et les danses qu'elle aimait ; le voir se dresser de toute sa taille devant la guitare, le banjo et la contrebasse. Elle réalisait maintenant qu'elle n'était pas satisfaite de cette transformation qu'elle avait opérée en lui, et avant même que l'enfant ait deux ans, elle ne l'aimait plus. Il était toujours fou d'elle ; si fou qu'il continuait à travailler et à suer aux champs. Elle ne se soignait plus, ses cheveux étaient toujours en désordre, elle commençait à devenir grosse ; elle n'avait vraiment plus aucun charme si ce n'est pour lui. Elle le trompait le troisième jeudi de chaque mois avec Watkins, le colporteur qui venait dans sa vieille voiture et qui lui donnait des produits de beauté en échange des faveurs de son corps.

Il n'était pas au courant de cela, mais il savait que quelque chose n'allait plus. Il se rendait compte qu'elle était mécontente ; il la voyait feuilleter avidement des catalogues vantant des merveilles qu'elle ne pouvait acheter ; il la regardait utiliser des lotions pour lesquelles elle parvenait à trouver l'argent (croyait-il) dans le produit de la vente des poules et des œufs. Alors il se décida à trouver un moyen de lui faire plaisir.

Cela faisait déjà un an que l'on parlait des emplois intéressants qu'il y avait moyen d'obtenir sur le chantier du barrage Norris. Alors, un beau matin, il sella le mulet et s'en fut aux nouvelles. Il resta parti toute la journée, ainsi que les deux jours suivants. Lorsqu'il revint, il ne dit pas un seul mot de ce qu'il était allé faire. Il ne voulait pas que sa femme se fasse des illusions. Il ne lui dit rien pendant deux mois, avant de recevoir une enveloppe qui lui apportait la confirmation d'un emploi au barrage Norris. C'était la troisième fois de sa vie qu'il recevait une lettre.

Ils quittèrent leur colline pour aller s'installer dans le village de Norris, proche du barrage ; il pouvait se permettre cela puisqu'il allait recevoir un salaire régulier. Il travaillait comme manœuvre, transpirant à l'érection de la grande construction et ses mains se durcirent et enflèrent au contact de la terre et des outils. Mais Clara était heureuse ; elle habitait une jolie maison, il y avait de l'eau courante et un W. C. à l'intérieur ; et beaucoup d'hommes passaient vendre de jolies choses, ce n'était plus comme du temps où il n'y avait qu'une seule fois par mois un Watkins solitaire qui venait présenter ses quelques rares marchandises.

C'était un bon ouvrier. Il aimait son emploi et il préférait travailler dans une équipe que tout seul dans un champ. Avec tous ces hommes autour de lui, ces ouvriers qui criaient et qui riaient, c'était un peu la même atmosphère que dans les bals où il allait jouer avec son violon. Parfois, il s'arrêtait au milieu de son travail, et il regardait ses mains qui ne caressaient plus le violon qu'à de rares occasions, puis il se baissait et reprenait sa brouette en main.

Il mit dans son travail toute l'intelligence qu'il n'avait pas utilisée pendant ses huit années d'école ; le soir, il suivait des cours pour apprendre un métier plus intéressant et mieux payé. Et il arriva même un jour où on lui donna l'occasion d'apprendre le maniement d'une grue.

Pour lui, c'était un peu comme un art, comme de jouer du violon. Il fallait un doigté sûr et délicat pour manier les commandes ; une connaissance presque instinctive l'aidait à choisir les leviers au bon moment, tout comme il choisissait les cordes de son violon. Il exécutait son travail à la perfection. Il déplaçait les instruments énormes comme s'il avait eu des rallonges à ses mains ; il le faisait avec grâce, d'une manière balancée qui faisait danser la machine au rythme de sa mélodie. Il se sentait plus grand, plus fort qu'il ne l'avait jamais été et il bombait le torse quand il se déplaçait parmi les autres hommes. Il était accoudé à sa cabine, là, très haut, au-dessus des autres ; il les regardait fourmiller en dessous de lui et sa main gantée était doucement posée sur les leviers qu'il avait appris à aimer et à connaître aussi bien que son violon. C'était même mieux que de jouer du violon.

Maintenant il était bien payé et on le respectait. Il pensait à la vie qu'il avait menée jusqu'alors, et il s'émerveillait de voir combien il avait bien réussi. Le soir, il rentrait souriant à la maison ; il était heureux et, depuis qu'il avait pu acheter une voiture, il emmenait sa femme et leur enfant au cinéma ou tout simplement prendre un verre en ville. Parfois il s'asseyait sur le divan qu'il avait acheté pour leur salon et il jouait alors les mélodies d'antan sur son violon, le seul héritage qu'il avait eu de son père. Mais maintenant ce n'était plus qu'un passe-temps ; la grue était devenue son gagne-pain.

Clara, elle aussi, était heureuse et contente de cet homme nouveau qui était apparu en lui. Elle devint distante avec les colporteurs qui venaient sonner à sa porte et elle faisait tout son possible pour les empêcher de venir la solliciter. Elle acheta des vêtements – pas sur un catalogue, dans un des grands magasins de Knoxville –, et elle était très heureuse de la tournure qu'avait prise son mariage.

Puis le travail au barrage Norris fut terminé. Il fut transféré à Chickasaw, plus bas, en Alabama. Il détesta devoir partir, quitter l'endroit où il avait trouvé sa vocation. Mais au fond, cela n'avait pas tellement d'importance. Où qu'il aille, il y aurait toujours du travail pour sa grue, pour faire danser ses doigts sur les leviers ; c'était un homme possédant un métier et de l'expérience. Quand il arriva à Chickasaw, les travaux étaient déjà fort avancés. Ce n'était pas un barrage aussi grand que le Norris, mais cela ne comptait pas. Pour lui, peu importaient les barrages ; la seule chose qui l'intéressait était le maniement et le transport des matériaux, et non pas la destination de ceux-ci. C'était un homme avec une vocation, et un seul intérêt dans la vie.

Le jour où il descendit de sa cabine pour boire de l'eau et se dégourdir, cela faisait un mois qu'il travaillait à Chickasaw. Il marchait à grandes enjambées à travers le chantier ; il tenait ses gros gants dans une main. Il était grand, laid, sûr de lui ; c'était un homme qui possédait un métier, de l'amour et une vocation. Il entendit des cris autour de lui ; il se baissa en levant la tête, juste à temps pour voir le grand pieu d'acier qui avait glissé des griffes d'une autre grue tomber lourdement sur lui.

Ce fut le premier décès de Chickasaw.

13

Matthew se mit à réfléchir. Il suivait la mule qui tirait la charrue, mais ses pensées n'étaient pas en accord avec son travail printanier ; il ne se sentait pas heureux et joyeux comme toutes les autres années à pareille époque. Il était absorbé par ses pensées, très préoccupé, de temps en temps il levait la tête, et chaque fois il était surpris de voir combien il avait labouré sans s'en rendre compte. À table, il demeurait silencieux, et son silence rendait cette maison – autrefois pleine de rires – triste et lugubre. Même Miss Hattie se tenait loin de lui ; elle n'osait pas l'approcher, bien qu'il ait toujours été particulièrement indulgent pour elle.

Il ne suffisait plus d'attendre pour voir ce qui allait se passer, ainsi qu'il l'avait cru au début. Il devait réfléchir à la situation, dresser des plans et enfin agir : agir comme David Dunbar, puis son arrière-grand-père et son grand-père l'avaient fait avant lui. Pendant longtemps il avait cru qu'il lui suffirait de camper sur ses positions sans faire de mal à personne, en restant aimable et gentil. Mais ce temps était révolu. La résistance passive ne suffisait plus.

Mais il ne parvenait pas à mettre de l'ordre dans ses pensées. Pendant des années il avait vécu tranquillement dans le sillon tracé par ses ancêtres et il n'était guère facile de changer ses habitudes, quoiqu'il se rendît compte qu'il était grand temps d'agir. Il se sentait l'esprit complètement vide ; au début, il croyait que cela venait de la force et de la grandeur de son ennemi, mais il réalisa bientôt, avec quelle désillusion, que cela ne provenait que de sa faiblesse et de sa petitesse à lui.

C'était un magnifique printemps. À croire que cette année tout concordait pour que le domaine puisse remplir le rôle auquel il était destiné. Les pluies vinrent juste au bon moment ; elles tombaient finement, en averses légères qui s'infiltraient dans la terre. Puis elles cessèrent et l'humidité qu'il y avait en trop s'évaporait du sol, ce qui le rendait, deux heures plus tard, apte au labour ; la terre fertile se brisait facilement sous le soc de la charrue. La verdure des arbres prit une teinte plus foncée ; les pintades avaient fini de couver leurs œufs et emmenaient maintenant leurs poussins dans le monde sauvage du bosquet. Les truies mirent bas, et chaque matin, Matthew allait voir où en étaient les petits cochons tout roses qui tétaient leur mère. Il y en avait beaucoup, ils étaient tous forts et bien portants, et aucune truie ne tenta de manger un seul membre de sa progéniture. Le nouveau troupeau de veaux profitait d'un magnifique pâturage bien vert. Les premières cultures pointaient hors du sol et montaient rapidement, à tel point que Rice prétendait même qu'il pouvait les entendre pousser. C'était vraiment un magnifique printemps ; Matthew le sentait travailler en lui, et cela lui faisait mal.

Il avait pris l'habitude de passer un bon moment, le soir, après le dîner, auprès du vieillard. Celui-ci avait l'habitude d'être seul car la famille avait tendance à ignorer sa présence depuis qu'il était vieux et faible. On le nourrissait, on l'habillait et on le soignait, mais sinon il était toujours seul. Il était d'ailleurs bien assez occupé à chercher à inspirer l'air dont il avait besoin pour vivre. Cependant Matthew trouvait un réconfort à s'asseoir près du feu et à regarder le visage ridé et les yeux d'un blanc laiteux, et il lui parlait.

— Je ne sais pas ce qu'il faut faire, papa, disait-il. Que feriez-vous, papa ? Qu'est-ce que votre père aurait fait ?

Mais le vieillard n'entendait pas. Il rêvait en regardant les flammes monter dans l'âtre, et il pensait sans doute à des choses auxquelles seuls les vieillards pensent. Matthew ne pouvait se faire comprendre de lui. Il arrivait parfois qu'après le déjeuner, au lieu d'aller travailler, il aille passer une heure à ses côtés, et lui parlait, quoiqu'il sût fort bien que le vieillard ne l'entendait pas.

— C'est une grande chose, papa, lui dit-il. Je veux dire la TVA. Elle a posé sa large main sur le pays et je suis en train de me faire prendre entre deux de ses doigts. C'est comme la main de Dieu, papa ; elle se pose sur l'homme, pour son bien, que cela lui plaise ou pas.

Il se tut ; un silence s'ensuivit. Matthew pouvait entendre un bruit sourd qui lui parvenait du lointain ; il fit une grimace. Il fut un temps où ce bruit était signe de joie, car c'était comme les enclumes qui retentissaient sous le bruit des masses au temps de Noël. Matthew avait aussi joué à ce sport bruyant ; il avait aussi fait un trou dans une souche d'arbre que l'on remplissait ensuite de poudre à fusil ; puis deux ou trois hommes portaient une lourde enclume de forgeron qu'ils déposaient sur la poudre. D'habitude ils s'arrêtaient à ce moment-là pour avaler une gorgée réchauffante avant que l'un d'entre eux ne soulève la masse au-dessus de sa tête ; les autres faisaient cercle autour de lui et ils parlaient et riaient ; puis la masse retombait lourdement sur l'enclume, faisant exploser la poudre. Le son se répercutait au loin dans l'air froid et les hommes qui travaillaient dans les collines et les vallées avoisinantes relevaient la tête et riaient, puis, souvent, se dépêchaient d'aller préparer leur réponse.

Mais cela n'était pas la même chose. Cela était une destruction bien calculée, c'était la TVA qui faisait sauter les souches qui encombraient le sol destiné à être inondé par le lac artificiel. Un bruit qui se répétait maintenant presque toute la journée ; cela se produisait à des intervalles irréguliers, deux ou trois explosions se faisant entendre l'une après l'autre, et Matthew ne parvenait pas à s'y habituer.

— Qu'est-ce qu'un homme peut faire contre la main de Dieu ou celle de la TVA, papa ? demanda-t-il. Qu'est-ce qu'un homme seul peut faire ?

Puis il se tut et continua à réfléchir tout en regardant monter les flammes.

— Pourtant un homme seul a réussi à installer les Dunbar sur cette terre, ajouta pensivement Matthew. Un homme seul. Il est arrivé ici avec un sac de biscuits secs pendant à ses côtés et il a donné son nom à cette terre. Donc un homme seul…

Il se tut et se leva ; il se dirigea vers son père et lui secoua l'épaule.

— Qu'auriez-vous fait, papa ? dit-il. Dites-moi ce que vous feriez à ma place ?

Le vieillard leva lentement la tête et le regarda.

— Mark est revenu, répondit-il. Il a tout de même fini par rentrer à la maison, n'est-ce pas ?

— Oui, papa, répondit Matthew.

Et il se rassit, désespéré. Il y eut une explosion et il sursauta. Il faut que je retourne au travail, pensa-t-il. Je ne peux pas rester assis toute une journée sur une chaise comme un vieillard. Il se leva.

— Oui, papa, dit-il, Mark est là, dans la cour.

Le vieillard n'entendit pas. Il était comme une vieille truite qui ne remonte que de temps en temps à la surface. Matthew demeura immobile à le regarder.

— Papa, dit-il soudain. Écoutez-moi, papa. Nous allons perdre le domaine. Vous devrez mourir dans une maison étrangère. (Il se tut et baissa la tête, plus près de celle de son père.) Vous ne pourrez pas mourir dans votre maison ainsi que le veut tout homme et ainsi qu'il devrait toujours pouvoir le faire. Vous mourrez dans une maison dont vous ne connaissez rien. M'avez-vous entendu ?

Cela ne servait à rien. Il avait déjà passé des heures à tout lui expliquer en détail, comment la TVA était venue, ce qu'elle avait l'intention de faire, ce qu'il y avait de bien et de mal en tout cela, et il avait vainement espéré que le vieillard finirait par comprendre et qu'il pourrait peut-être lui donner la réponse que Matthew ne parvenait pas à trouver. Mais le vieil homme ne comprenait pas, quoiqu'il fût parfaitement capable d'entendre le tintement d'une cuiller contre une tasse et qu'il eût toujours le temps d'arriver à table avant même qu'Arlis ait servi les plats. Il était capable de percevoir l'appel de la nature qui le prévenait à temps quand le moment était venu pour lui de se mettre en route pour l'annexe. Mais il était incapable d'entendre la voix de Matthew qui faisait appel à lui.

Matthew se redressa, quitta la pièce et traversa la cuisine sans dire un mot à Arlis. Il n'y avait plus aucune relation entre eux, chacun faisait son travail sans parler. Il n'y avait même pas une raideur, une retenue dans leurs rapports – simplement un grand vide. Matthew s'arrêta sur le pas de la porte pour essayer de voir Mark. Il l'aperçut dans le hangar à côté de la grange. Il avait démonté la charrue et il était occupé à la graisser soigneusement, travaillant lentement dans l'ombre fraîche du hangar.

Matthew savait maintenant que Mark n'était pas capable de faire de gros travaux. Au début il le considérait comme une paire de bras supplémentaire pour l'aider dans les champs et se disait que c'était une bénédiction de l'avoir, après le départ de Knox et de Jesse John. Mark avait essayé. Mais à moins de cinquante ans c'était déjà un homme vieux et usé ; pour cacher sa faiblesse et son manque d'application, il passait une matinée entière à ajuster la charrue soi-disant pour qu'elle puisse accomplir son travail avec un maximum d'exactitude et de précision. Un champ de maïs aurait déjà le temps de mûrir avant qu'il soit seulement prêt à le labourer. Au bout d'un mois, il ne se donna même plus la peine d'aller aux champs pour faire semblant de travailler ; il traînait autour de la maison, occupé à de menus travaux : réparer les outils dans le hangar ou retendre les barbelés autour des pâturages.

Il lui fallait des jours pour faire un travail que Matthew aurait pu accomplir en quelques heures.

Mais Matthew n'était ni impatient ni en colère contre Mark. Il était content de pouvoir le laisser végéter pendant les quelques années qui lui restaient à vivre ; il acceptait comme tout naturel le soi-disant besoin que Mark avait de travailler et il ignorait la futilité des essais de son frère. Après tout, Matthew ignorait par quelles souffrances Mark était passé, quelles humiliations il avait dû subir au cours de son existence vagabonde. Il sentait que c'était à cause de lui que Mark était parti de la maison et il lui devait bien maintenant le droit de passer sa vieillesse précoce comme bon lui semblait.

— Cette charrue sera en parfait état lorsque tu seras prêt à t'en servir, lui cria Mark. Elle va labourer comme si elle était toute neuve.

— Ça me fait plaisir, répondit Matthew. Je pensais devoir en acheter une nouvelle cette année-ci. J'en aurai bientôt besoin.

Rice était déjà parti dans les champs. Miss Hattie vint rejoindre Matthew et marcha parallèlement à lui. Il sentait sa présence amicale à ses côtés, mais il ne parvenait pas à l'atteindre. Elle était vêtue d'une salopette et d'une chemise de Rice ; elle marchait pieds nus et ses orteils étaient entièrement couverts de poussière. Hier elle s'était vêtue d'une robe bien repassée et amidonnée et elle avait du rouge à lèvres et de la poudre appartenant à Arlis ; elle avait passé l'après-midi sur le porche ; assise, très rigide, elle n'avait cessé de regarder le chemin qui menait à la route. Matthew savait que chaque jour elle lavait soigneusement les sous-vêtements qui avaient été achetés l'automne dernier chez Sears & Roebuck, et quels que fussent les vêtements, elle portait toujours un soutien-gorge et une culotte bordée de dentelle. Sans doute qu'il ne faudrait plus attendre longtemps avant qu'elle soit tout à fait une femme accomplie, qu'elle n'ait plus de ces journées où elle se conduisait encore en gosse. Matthew était triste chaque fois qu'il y pensait ; il se demandait alors si, comme Arlis, elle ne se laisserait pas attirer par un homme qu'il n'approuvait pas.

— Tu vas m'aider, aujourd'hui ? demanda-t-il, cherchant instinctivement à retrouver la vieille camaraderie qui les avait toujours liés.

Il fut un temps où elle passait des journées avec lui dans les champs ; elle s'installait à califourchon sur le dos de la mule et Matthew la laissait tenir les rênes ; elle riait, poussait des cris et s'amusait follement à guider sa monture.

Elle sortit de sa poche une boule de ficelle.

— Je vais pêcher, dit-elle. Il fait trop chaud dans les champs.

Un peu avant qu'ils arrivent à l'endroit où il devait travailler, elle s'écarta de lui et leva la main pour le saluer. Elle commençait à avoir de la poitrine ; ses petits seins, en forme de poire, soulevaient imperceptiblement la chemise trop large pour elle. Son corps étriqué était moins maigre et commençait à prendre les formes plus pleines d'une femme. Même sa démarche avait changé, semblait avoir pris conscience de sa féminité ; ses fesses, qui avaient été aussi maigres et dures que celles d'un garçon, étaient plus arrondies et se balançaient à un rythme régulier plus féminin. Elle passerait l'après-midi entier à pêcher, ainsi qu'elle le faisait fréquemment à chaque printemps de sa vie ; mais aujourd'hui elle resterait des heures à rêver à l'homme qui viendrait et elle ne prêterait aucune attention au bouchon flottant sur l'eau ; et ainsi, le temps et les poissons passeraient sans même qu'elle s'en aperçoive. Elle ne rapporterait certainement aucune prise.

Matthew s'était arrêté pour la regarder s'éloigner. Il se remit en marche une ou deux minutes après. Sa mule était attachée à un arbre et l'attendait à l'ombre. Ils étaient occupés à retourner l'herbe dans un champ de maïs ; les plantes leur arrivaient déjà presque à hauteur des genoux. La mule de Rice était attachée à la charrue et elle avait tiré son fardeau à travers les rangées pour essayer de manger du maïs. Elle avait cassé quelques épis, mais les dégâts n'étaient pas trop étendus car les rênes et les chaînes s'étaient enroulées autour de ses pattes. Elle attendait patiemment que l'on vienne la délivrer de sa position délicate. Matthew s'approcha d'elle pour démêler les chaînes et les courroies. Dès qu'il eut terminé, il se redressa pour essayer de voir Rice. Il le vit arriver à ce moment du pâturage. Il suait à grosses gouttes et il était complètement essoufflé.

— Trois des veaux s'étaient échappés, dit Rice. Diable, ce qu'ils peuvent galoper !

Il s'assit par terre et essuya la transpiration de son visage.

— Je ne voudrais pas faire la course avec un de ceux-là.

— Ils ont défoncé la clôture ? demanda Matthew.

— Non, répondit Rice. Je ne sais pas comment ils ont fait pour sortir. Ils ont dû sauter ou bien passer entre les fils. Si nous avions des vaches à lait au lieu de ces bêtes de boucherie… (Il se tut brusquement et se leva.) Je suppose que je ferais mieux de retourner au travail.

Matthew le regarda.

— Nous ferons le tour de cette clôture dès que nous aurons fini ici, dit-il. Il doit y avoir un morceau détendu quelque part. Je ne pense pas qu'ils soient capables de sauter par-dessus.

Son regard ne quittait pas Rice. C'est le dernier, pensa-t-il. Il restait seul avec Matthew ; il passait toutes les journées avec lui dans les champs ; il travaillait aussi durement et aussi longtemps que lui. Et cela lui plaisait, Matthew en était certain, malgré l'autre rêve qu'il caressait. Il aimait sentir le manche de la charrue dans ses mains, il aimait voir la terre se retourner régulièrement sous le soc, enfin il aimait tout ce qui avait un rapport avec les cultures et la vie de la nature qui faisait pousser les choses. Rice avait raconté comment il avait entendu les plantes pousser pendant la nuit et Matthew savait qu'il s'était promené dans les champs au clair de lune ; au début, ses promenades nocturnes et solitaires lui permettaient de penser en paix à sa petite amie ; mais par la suite, il venait ici pour retrouver l'atmosphère particulière qu'il y a la nuit dans les champs. Matthew avait fait la même chose quand il était jeune ; et jusqu'à l'année dernière il lui arrivait de sortir après le dîner pour pouvoir apprécier dans la solitude la présence et la possession de ses champs.

Rice était celui qui lui ressemblait le plus. Matthew avait préféré Knox, mais celui-ci était trop nerveux, trop impatient et sauvage, toutes choses qu'il n'avait certainement pas hérité de Matthew. En cela, il ressemblait surtout à Mark. Quant à Jesse John, il était trop calme, trop doux. Il ne restait plus que Rice.

J'aurais pu faire un plus mauvais choix, se dit Matthew qui ne cessait d'observer son plus jeune fils. Il se sentit de nouveau mal à l'aise tandis qu'il essayait de voir Rice non pas en tant que son fils mais en tant qu'homme adulte et qui n'a cependant pas encore pris conscience de lui-même. Était-ce là celui qu'il avait le devoir de choisir et qui poursuivrait son œuvre ? Pourtant Rice ne continuerait pas de la même manière que lui-même avait continué après son père. Rice voulait des changements, quelque chose de différent. Une ferme-laiterie changerait en tout cas énormément la vie du domaine ; ce dernier ne pourrait plus se suffire à lui-même, et cela voudrait dire qu'il faudrait continuellement rester en contact étroit avec la ville. Perdu dans ses pensées, Matthew avait attelé sa mule et s'était mis à labourer ; il avait déjà fini quatre rangées lorsqu'il réalisa tout à coup ce qu'il était en train de faire. Le soleil lui chauffait agréablement le dos et la nuque et la transpiration commençait à couler. Il labourait toujours revêtu d'un pull-over qui le faisait rapidement transpirer et qui gardait la sueur contre sa peau. Au début, c'était très chaud, mais au bout d'un moment le pull-over devenait humide et frais sous l'effet de l'évaporation. Les garçons, qui ne voulaient pas comprendre ce principe, portaient toujours de fines chemises de coton et leurs manches étaient roulées jusqu'aux coudes ; ainsi la transpiration séchait aussitôt sur leur peau.

Il repoussa ces pensées et se concentra sur la charrue jusqu'à ce qu'il soit tout à fait absorbé par le rythme et le balancement de son travail. Il croisait et recroisait Rice, estimant chaque fois la distance qui le séparait de son fils en écoutant le tintement des harnais de la mule ainsi que le sifflement grave de ses naseaux au fur et à mesure que ces bruits augmentaient et diminuaient. Il était plus facile de penser sans y penser ; le travail, la transpiration et le rythme semblaient lui clarifier l'esprit, lui rendre le problème plus accessible que pendant les moments d'intense concentration. Il pencha la tête en avant pour regarder la terre qui passait entre ses jambes et, au lieu de réfléchir, il se concentra sur la sensation de la transpiration sur son corps, de la brûlure du soleil sur son dos, les odeurs de la terre, de la mule et de lui-même, le mélange de tout cela donnant pour résultat une seule odeur délicieuse.

Enfin, il s'arrêta à une des extrémités du champ et conduisit la mule jusqu'à l'ombre d'un arbre. Les flancs de la bête étaient luisants de transpiration. Rice vint s'installer à côté de lui ; il arborait un large sourire.

— Il ne va plus rien en rester de cette mule, papa, dit-il. Je me demandais si vous n'alliez pas la faire crever.

Matthew se mit à rire.

— Elle a quatre pattes, tandis que moi je n'en ai que deux, répondit-il. Elle devrait avoir plus d'endurance que moi. (Il s'accroupit sur ses talons et se mit à rouler une cigarette.) Tu ferais bien de donner aussi un peu de repos à la tienne.

— Oui, répondit Rice.

Il tira sa mule jusqu'à ce qu'elle soit à l'ombre, puis il s'assit par terre et ôta ses chaussures pour les vider de la terre et des cailloux qui s'y trouvaient. Il se frotta le visage de l'avant-bras, ce qui laissa une traînée de saleté.

— Nous devrions bientôt avoir fini ce champ.

— Oui, fit Matthew.

Il alluma la cigarette puis piqua l'allumette dans la terre et elle s'éteignit instantanément.

— Fils, tu as maintenant dix-huit ans et tu fais le travail d'un homme… tu le fais depuis longtemps.

Rice fut surpris par la gravité étrange de ces paroles.

— Oui, monsieur, dit-il.

Il tourna la tête pour regarder Matthew. Celui-ci était accroupi sur ses talons, la cigarette au coin des lèvres, et la fumée lui montait dans les yeux. Il prit la cigarette dans ses doigts et fit tomber la cendre.

— Je suppose que tu sais que lorsque Jesse John et Knox ont atteint leurs dix-huit ans, je les payais pour leur part de travail. Jusqu'à présent je ne l'ai pas encore fait pour toi… je ne t'ai donné que de temps en temps de l'argent de poche.

Rice commençait à réaliser ce qu'il y avait d'intéressant dans cette conversation. Il commença à sourire, mais il réalisa bien vite que c'était encore trop tôt et son expression redevint rapidement sérieuse.

— Oui, monsieur, dit-il. Je serais rudement fier d'avoir mon propre argent…

Matthew poursuivit.

— Tu as droit à ta part, dit-il. En fait, je suis même en retard… car je me rends compte que je te dois encore ta part de l'automne dernier, quand nous avons fait à nous deux toute la récolte. Alors tu vois, tu auras une jolie somme pour toi.

— Merci, papa, dit Rice. Je travaillerai beaucoup. Je…

— Je sais que tu le feras, l'interrompit vivement Matthew. Tu ne m'as pas lâché un seul instant, Rice. (Il se tut et attendit un moment avant de poursuivre. Il tourna la tête pour regarder Rice.) Tu peux faire ce que tu veux avec ton argent. Tu peux le dépenser avec des femmes, ainsi que Knox le faisait, tu peux le mettre de côté… ou tu peux t'acheter des vaches laitières et…

— Papa ! s'exclama Rice. Papa…

Matthew leva la main.

— Si tu veux faire de l'élevage de vaches laitières avec ton argent, ce n'est pas moi qui t'en empêcherai, dit-il. Tu peux les mettre à paître avec mes veaux. Je te donnerai même du terrain pour que tu puisses avoir du maïs et du foin pour les nourrir ; évidemment, ce terrain, ce sera toi qui devras le cultiver. Je n'ai pas l'intention de m'en occuper… (il eut un bref ricanement)… à moins que tu puisses me persuader de travailler pour toi à la journée.

Rice se leva.

— Je m'achèterai une étable, dit-il. Une grande étable chauffée, comme j'en ai vu des photos dans *Le Progrès du fermier*. J'y installerai des vaches, j'aurai une machine à traire électrique et un camion pour livrer le lait en ville. J'achèterai des Holstein… ce sont les meilleures laitières… et aussi un formidable taureau pour continuer l'élevage. (Il se tut et se tourna vers Matthew.) Papa, je…

Les paroles s'étranglaient dans sa gorge.

Matthew se leva, lui aussi. Il fit attention de bien éteindre sa cigarette.

— Je ne pense pas que tu pourras faire tout cela demain, dit-il. Mais tu peux commencer par t'acheter une ou deux bonnes vaches laitières. Tu pourras les traire et t'arranger de façon que le camion de la laiterie vienne prendre le lait tous les matins. Ils te donneront un chèque tous les quinze jours et avec ce chèque tu pourras… (Il secoua les épaules et se dirigea vers la charrue.) Après tout, le jour où je m'installerai dans mon fauteuil comme ton grand-père, il est fort possible que tu aies tout de même cette grande étable et toutes ces belles vaches. (Il sourit.) Et même un formidable taureau pour les rendre heureuses.

Une chose était certaine, c'est que maintenant il n'y avait plus aucun risque de perdre Rice. Il fit faire demi-tour à la mule et il se remit vivement à labourer. Rice demeura immobile à le regarder ; il ne réalisait pas encore parfaitement la portée de ses paroles. Il avait presque envie de pleurer. Il avait envie de rire et de pleurer en même temps. Depuis une éternité il avait nourri ce rêve d'avoir des vaches laitières, sachant que cela ne plaisait pas à Matthew et qu'il ne voudrait pas l'écouter parce qu'il était encore si jeune ; et voilà que soudain, en quelques paroles, Matthew lui avait donné le commencement du rêve.

Puis il se souvint. Il ne lui serait pas possible de le raconter à Jo avant son retour, dans deux longues semaines ; elle était partie pour une visite dont il n'avait pas compris la nécessité. Puis il réalisa soudain que lorsque viendrait le moment de le lui annoncer, il aurait également le courage de répondre à ce qu'elle exigeait et il pourrait la posséder, l'avoir toute à lui. Après tout, ce n'était pas trop de devoir attendre deux semaines pour arriver à un tel résultat.

Tous les matins, lorsqu'il pénétrait dans son bureau, Crawford savait qu'il allait donner sa démission, abandonner la lutte contre Matthew pour la remettre en d'autres mains, et chaque matin il ne le faisait pas. Son caractère changea énormément pendant cette période ; il s'isolait complètement des autres hommes qui travaillaient avec lui. Il s'était toujours tenu à l'écart de leurs vies, de leurs blagues et de leurs rires, car la plupart d'entre eux étaient plus jeunes que lui ; mais maintenant il y avait une distance triste et amère entre eux et lui. Il passait des nuits sans sommeil dans son lit sans femme ; il restait des heures le regard fixé dans le noir, et il s'imaginait qu'il était trop faible et impuissant pour réaliser ce qu'il devait faire. Il passait des soirées entières dans la voiture, à côté d'Arlis, sans rien dire, se morfondant dans sa douleur.

Il aimait la fille de Matthew ; il ressentait pour elle le même amour qu'un homme ressent pour une femme qu'il désire serrer contre lui et garder pour toujours. L'amour qu'il portait à Matthew était profondément enraciné, aussi enraciné dans le sol que Matthew lui-même. S'il y avait eu la possibilité de choisir son père avant la naissance, Crawford aurait choisi Matthew. Mais ils n'étaient pas père et fils, ils s'étaient ouvertement déclarés ennemis. Il lui fallait être plus fort, plus grand que Matthew, le digne ennemi d'un homme fort.

Finalement il se décida pour une action non pas mûrement réfléchie mais résultant d'une impulsion aussi irréfléchie que désespérée. Arlis émergea de la nuit et pénétra dans la voiture ; il lui posa la main sur le bras. Elle réalisa aussitôt qu'il se passait quelque chose de nouveau. Elle s'écarta de lui, surprise, et essaya de voir son visage malgré l'obscurité. Il lui paraissait plus grand que d'habitude, et même menaçant, comme cela ne lui était encore jamais arrivé.

— Crawford, dit-elle, qu'est-ce…

Il se pencha sur le volant et mit le moteur en marche. Il ne tourna même pas son visage vers elle. Il avait les dents aussi serrées que des poings.

— Nous allons nous marier, dit-il. Ce soir.

La voiture avançait déjà. Des deux mains, elle lui agrippa le bras, comme si cela pouvait l'arrêter.

— Non, Crawford, dit-elle. (Le ton de sa voix aiguë était désespéré, complètement affolé.) Non, nous ne pouvons pas le faire.

Crawford ne répondit pas. Il avait oublié d'allumer les phares et il s'empressa de réparer son oubli ; pour cela, il dut se pencher de nouveau pour atteindre le bouton placé sur le tableau de bord, en dessous du volant. Il se refusait à la regarder.

— Et ma promesse ? demanda-t-elle. Non, Crawford, je ne peux pas.

Il n'arrêta pas la voiture.

— Au diable ta promesse, dit-il. Il n'a pas le droit d'accepter ta promesse. Nous allons nous marier.

Elle regarda son profil qui semblait aussi dur et rigide que du roc et elle sut qu'il avait l'intention de mettre son projet à exécution. Ce n'étaient pas des paroles qui l'arrêteraient. Pourtant, elle devait essayer.

— Je ne le ferai pas, dit-elle. Je répondrai « non » lorsque le pasteur posera la question.

— Bon, répondit-il sans sourciller. Mais tu viendras jusque-là pour dire ton « non ».

Elle se blottit contre la portière. Elle était terrifiée. Ils étaient toujours sur le tronçon de route bordé d'arbres et les phares déchiraient les ténèbres. Matthew, se dit-elle. Papa… j'ai promis et je ne peux respecter… Elle réalisa tout à coup que sa main était posée sur la poignée ; elle la tourna et entrouvrit la portière ; elle sentit l'air frais passer sur elle.

— Arrête, dit-elle, sinon je saute.

Il tourna la tête et son regard sembla mesurer le sérieux de l'intention d'Arlis. Il lâcha un juron nettement distinct et il appuya de toutes ses forces sur le frein ; ils furent tous deux projetés en avant. Le coup de frein brutal fit dévier la voiture et il eut beaucoup de difficulté à l'empêcher d'aller dans le fossé. Dès qu'elle fut immobilisée, il se cala de nouveau confortablement sur son siège et Arlis referma la portière en la claquant violemment. Il leva alors la main et la fit retomber lourdement sur le volant.

— Tu l'aurais fait, dit-il sans autre commentaire.

Elle ne lui répondit pas. Elle avait peur, maintenant ; pas seulement de lui, mais aussi de sa propre détermination. Crawford frappa de nouveau le volant avec son poing et il sentit sa chair meurtrie par le choc lui faire mal. Il sentit cette douleur palpitante qui montait inexorablement en lui. Il la désirait, elle, et rien d'autre. Ce n'était plus pour l'amitié ou la haine de Matthew, ni pour le domaine, la TVA ou quoi que ce soit d'autre si ce n'est l'amour passionné qu'il avait pour elle, pour sa chair, son corps et son amour. Il se tourna vers elle ; il posa ses mains sur elle et il la sentit se dérober à lui ; mais il la maintenait fermement de ses grosses mains, plus fortes et plus puissantes que d'habitude.

— Bon, fit-il. (Le ton de sa voix était différent. Ses paroles semblaient dictées par la passion.) Bon. Fais comme tu voudras.

Elle ne lui répondit pas, mais elle se défendit désespérément et lutta un peu à la manière des chats. Elle lui enfonça profondément les ongles dans le visage et lui griffa les joues ; il fut obligé de lui maintenir fermement les bras pour se protéger. Appuyée contre la portière, elle n'était plus qu'à moitié sur le siège ; il se trouvait au-dessus d'elle et respirait bruyamment ; il sentait le corps d'Arlis se soulever et se tordre en efforts désespérés pour lui échapper. Puis elle se mit à pleurer ; elle tremblait comme si elle subissait une violente crise de malaria.

Il n'était plus question de parler, de penser ou même d'espérer. Ils combattaient en silence, tels des ennemis à la recherche de la paix de l'amour, désirant étancher leur soif, et Arlis luttait autant contre elle-même que contre lui. La passion qu'il avait tellement et si longtemps retenue trouvait enfin une occasion de se libérer ; il était déchaîné. Il n'y avait plus ni Matthew ni Domaine des Dunbar qui comptât dans cette bataille primitive.

Enfin elle se tint tranquille, complètement essoufflée. Il lâcha un des bras qu'il avait fermement maintenus. Elle ne fit pas un geste, ni pour essayer de se libérer, ni pour le frapper. Il prit délibérément le bord de sa jupe et la souleva ; puis il mit la main à un endroit où il ne l'avait encore jamais touchée. Elle gémit et son corps se tordit comme un ver, puis elle redevint immobile ; elle ne lui résistait plus tandis que la main de Crawford explorait ce qu'elle avait de plus secret, ce qu'ils s'étaient juré de ne pas toucher. Il était couché contre elle, sur elle, sa main la caressant ; puis il se replia sur lui-même, plein de force virile, de passion et d'amour. Il fit un mouvement, et elle en profita pour reprendre la lutte. Il fut d'autant plus surpris qu'il avait cru sentir une capitulation en elle. Ils luttèrent encore plus fort qu'auparavant et, une fois de plus, ils se retrouvèrent couchés l'un contre l'autre, essoufflés, complètement épuisés. Il avait laissé sa main, immobile, contre sa chair qu'il sentait battre violemment.

Il fit un nouvel effort, mais elle était résolue à poursuivre le combat, tout épuisée qu'elle était. Il essaya plusieurs fois, et chaque fois elle réagissait de même. Mais à chaque fois il se trouvait un peu plus sur elle, et il pouvait sentir la résistance solide qui était en elle. Elle était forte, beaucoup trop forte. C'était inutile. Ils étaient à moitié couchés sur la banquette, tout ébouriffés, et ils haletaient. Dès qu'il faisait un geste, elle semblait trouver des forces nouvelles pour lui résister. Elle serrait les dents et ne pleurait plus.

Brusquement, il s'assit et s'écarta d'elle.

— Vous êtes tous les mêmes, dit-il d'un ton amer. Tous les Dunbar. Vous êtes tous comme Matthew.

Elle s'assit à côté de lui. Elle retrouva aussitôt les gestes instinctifs, typiquement féminins, pour remettre ses vêtements et ses cheveux en ordre. Crawford la regardait à travers l'obscurité, incapable de comprendre sa profonde féminité, son amour, la force et la résistance incroyables dont elle avait fait preuve. Il remit la voiture en marche et, après quelques manœuvres brusques pour tourner, il prit le chemin du retour. Dès qu'elle eut fini de s'arranger, elle lui demanda une cigarette. Elle ne fumait jamais ; pourtant elle prit celle que Crawford lui offrait et tira deux ou trois bouffées avant de la jeter.

— Tu n'aurais pas dû faire ça, dit-elle enfin.

— Qu'est-ce que vous avez tous, vous autres ? demanda-t-il. Vous dites qu'une chose est comme ça, vous le décidez une fois pour toutes et vous ne changez plus d'avis ; vous êtes persuadés que c'est la vérité uniquement parce que vous en avez décidé ainsi. Vous faites tous comme Matthew. T'aimer, toi, c'est la même chose qu'aimer Matthew.

Elle ne lui répondit pas. Elle était incapable de répondre quoi que ce soit. Elle avait l'impression d'un grand vide en elle ; elle se sentait fatiguée, vieille, violée, et cependant, elle avait en même temps le sentiment victorieux d'être restée intacte. Il ne saurait jamais qu'elle avait surtout lutté contre elle-même, contre l'appel bestial de son corps qui avait vibré sous ses caresses. Elle eut un frisson en se souvenant de la sensation de sa main sur elle. Mais maintenant elle ne pouvait plus capituler, ni aujourd'hui, ni demain, ni jusqu'à… Elle ne voulut plus y penser ; elle ressentait soudain une faiblesse en elle qui n'était pas apparue un seul instant pendant leur lutte.

— Tu as rompu ta promesse, dit-elle d'une voix tremblante. Comment pourrais-je avoir encore confiance en toi, maintenant…

— Tu ne le pourras plus, l'interrompit-il. Chaque fois que tu viendras me rejoindre tu sauras que tu ne peux plus avoir confiance en moi. Je me déclare délié de cette promesse.

Elle le regardait fixement, ne pouvant croire que c'était lui qui avait prononcé ces paroles. Elle détourna la tête, la pencha de côté vers la portière et la nuit. Elle pleurait doucement, si doucement qu'elle-même l'entendait à peine et les larmes lui mouillaient les mains.

— Dans ce cas, je ne pourrai plus venir ici, dit-elle.

Elle ouvrit la portière et se laissa glisser hors de la voiture. Elle se sentait terriblement secouée et elle avait l'impression qu'elle ne parviendrait plus jamais à retrouver un aspect présentable.

Il se glissa le long de la banquette et passa la tête par la fenêtre.

— Je t'attendrai, dit-il. Je t'attendrai tous les soirs.

Elle le regarda, la tête haute. Elle se sentait forte ; elle était contente de sentir cette vieille force des Dunbar qui était en elle.

— Tu attendras longtemps, répondit-elle d'une voix ferme.

Il la regarda faire le tour de la voiture et s'engager dans le chemin qui conduisait à la maison. Il était certain que ce n'étaient pas là des paroles en l'air ; elle parlait très sérieusement. Il se sentait exténué ; sa passion violente qui n'avait pu s'extérioriser entièrement lui laissait un sentiment de vide ; son cœur battait violemment dans tout son corps et ses organes frustrés lui faisaient mal. Il entendit du bruit et il tourna la tête ; il vit qu'elle revenait et l'espoir remonta en lui ; peut-être avait-elle changé d'avis, ou était-elle parvenue à refouler ses sentiments Dunbar.

Mais elle s'arrêta à côté de la voiture.

— Je t'aime, Crawford, dit-elle d'une voix douce.

Il ne lui répondit pas, et, au bout de quelques secondes, elle lui tourna le dos et s'éloigna de nouveau.

Cette fois, c'était un départ sans espoir de retour.

14

Miss Hattie resta à table après que les autres eurent fini leur petit déjeuner ; elle demeura assise, très tranquille, à regarder Arlis laver la vaisselle ; elle se rendait compte qu'il y avait quelque chose qui n'allait pas. Arlis travaillait toujours calmement, et cependant étonnamment vite ; mais aujourd'hui tous ses gestes étaient brusques, désordonnés et elle faisait beaucoup de bruit en déplaçant la vaisselle et les casseroles. Elle était consciente du regard de Miss Hattie qui suivait ses moindres gestes et cela la mettait mal à l'aise ; finalement, n'y tenant plus, elle pivota vivement sur elle-même.

— Sors d'ici, dit-elle. Va jouer dans la cour.

— Je suis trop vieille pour jouer, répondit Miss Hattie sans bouger de place.

Arlis poursuivit son travail jusqu'à l'exaspération.

— Alors va dans l'ancienne chambre de Connie pour t'admirer devant le miroir, dit-elle d'une voix cassante. Fais n'importe quoi, mais va-t'en de ma cuisine.

Miss Hattie rougit. Elle ne savait pas qu'Arlis l'avait déjà vue se glisser dans la chambre où elle passait des heures assise devant le miroir.

— Qu'est-ce qui t'arrive ? répondit-elle, indignée. Pourquoi n'es-tu pas allée voir Crawford Gates hier soir ? C'est la première fois que tu n'as pas été le rejoindre depuis ce printemps.

— Ça ne te regarde pas ! répondit Arlis.

Elle lui tourna vivement le dos et se mit à ranger les plats dans le dressoir.

— Qu'est-ce qui ne va pas, Arlis ? demanda Miss Hattie d'une voix beaucoup plus douce.

Arlis sentit la différence de ton et vint s'asseoir en face de Miss Hattie ; c'était comme si elle avait attendu une invitation pour le faire. Elle joignit les mains sur la table et les regarda fixement.

— Je ne sais pas, dit-elle. Je ne sais vraiment pas, Miss Hattie.

— C'est fini entre toi et Crawford ? demanda Miss Hattie d'une voix qui semblait plus compréhensive.

Arlis acquiesça d'un signe de tête. Jusqu'à présent elle s'était refermée sur elle-même, ne voulant pas en dire un mot. Hier soir, le klaxon de sa voiture avait lancé ses appels pressants, insistants et très patients pendant une heure presque entière. Chaque fois qu'elle l'entendait, elle avait eu un serrement de cœur, un pincement qui la prenait aux entrailles, comme si le son du klaxon transportait la caresse et la chaleur de la main de Crawford. Mais elle n'avait pas été le rejoindre ; elle avait résisté jusqu'à ce que l'impatience et la colère viennent la sauver.

— Est-ce qu'il t'a laissée tomber ? demanda Miss Hattie.

Arlis secoua la tête.

L'étonnement se lisait dans le regard de Miss Hattie.

— Si c'est toi qui l'as quitté, il me semble que tu pourrais aller le rejoindre dès que tu seras prête. (Elle se tut pendant quelques secondes ; elle étudiait le visage d'Arlis.) Et, à te regarder, il me semble que tu es déjà prête.

Arlis regardait toujours fixement ses mains. Ses doigts se nouaient et se dénouaient nerveusement. Puis elle se força à les tenir immobiles.

— Il vient un moment où il faut prendre une décision : se quitter ou continuer, dit-elle. Pendant longtemps nous en sommes restés au même point. Mais ce n'était plus possible de continuer ainsi. Alors il n'y a rien d'autre à faire que de se quitter.

Elle se tut, se souvenant de la dernière soirée passée avec Crawford ; comment il avait insisté pour qu'ils se marient, puis la poussée soudaine et brutale de son désir. Depuis de nombreuses soirées il avait été calme, gentil, compréhensif et voilà que soudain il s'était impatienté, voulant à tout prix assouvir immédiatement sa passion. Ce n'était pas que son amour ait changé… elle était certaine que, malgré son impulsion soudaine, il l'aimait aussi sincèrement et purement qu'avant. Mais elle ne pourrait plus faire face à ce nouveau Crawford, ni s'engager dans la lutte qui les opposait.

— Alors, il faut que nous cessions, dit-elle à Miss Hattie. (Elle lui faisait ses confidences comme à une amie du même âge qu'elle.) Il faut que nous cessions maintenant.

— Tu ne vas plus jamais le revoir ? demanda Miss Hattie.

Arlis se tordait les mains nerveusement.

— Pas tant que j'en aurai le courage, répondit-elle. (Elle se leva et se dirigea vers le coin de la cuisine pour prendre un balai.) Voilà que je reste assise à parler alors qu'il y a tant de travail à faire ; les hommes vont arriver pour manger et je n'aurai encore rien mis à cuire.

Miss Hattie la regarda s'engager dans le couloir et elle secoua la tête.

— Rien que d'y penser, cela m'effraie de devoir en passer par là, dit-elle à haute voix.

Arlis passa la tête par la porte de la cuisine.

— Ça viendra, dit-elle. Tu ne perds rien pour attendre. Cela t'arrivera aussi.

Miss Hattie rougit, surprise. Elle sentait le rouge lui monter le long du cou et lui envahir le visage.

— N'écoute pas aux portes, lui dit-elle vivement. Tu n'as pas cessé de me répéter cela depuis des années.

Mais Arlis n'attendit pas sa réponse, et Miss Hattie se retrouva toute seule. Elle se leva, s'approcha du fourneau, se versa une tasse de café et retourna à la table. Mais elle ne but pas ; assise, immobile, le regard perdu dans le vide, elle laissa sa tasse refroidir complètement.

Arlis s'était absorbée dans son travail et elle avait enfin retrouvé son rythme habituel. Elle avait préparé le repas à l'heure et lorsque Matthew, Rice et Mark rentrèrent, ils trouvèrent la table servie. Elle ne mangea pas avec eux ; elle alla s'asseoir au frais, sous le porche ; elle regardait fixement vers la route où elle savait que Crawford l'attendrait ce soir. Elle ne pourrait rien faire d'autre que résister aux appels pressants du klaxon ; il n'y avait absolument rien d'autre à faire, il se trouverait sur une route publique et rien ne l'empêcherait de klaxonner autant qu'il le désirait. Pour la première fois de sa vie elle en vint à souhaiter que la maison se trouve dans un endroit plus isolé que celui dans lequel elle se trouvait déjà. Elle entendit du bruit et tourna la tête ; elle vit Matthew qui venait vers elle. Il s'essuyait la bouche du revers de la main. Sans la regarder, il s'assit sur une marche et se mit à se curer les dents avec une allumette. Ils ne se parlaient presque plus jamais ; elle regarda la nuque de son père et elle se sentit de plus en plus désespérée.

— Papa, dit-elle d'une voix fatiguée, laissez-moi épouser Crawford. Maintenant.

Elle ne savait pas qu'elle allait le dire. Il avait, lui aussi, été très surpris ; il ne s'était pas attendu à ce que ce sujet soit de nouveau abordé entre eux. Il eut un raidissement imperceptible des épaules et tourna lentement la tête pour la regarder. Il n'avait pas oublié la promesse qu'elle lui avait faite.

— Vas-y, dit-il. Mais tu le feras sans mon consentement.

Elle se sentit tout à coup faible et malade, et elle regrettait de n'avoir pas mangé avec eux. Elle n'aurait certainement pas cette sensation de nausée qui lui remontait de l'estomac si elle avait mangé quelque chose.

— Cet homme est très correct, dit-elle. Ce n'est ni un coureur ni un buveur. Vous n'avez pas de raison de vous opposer à lui. (Elle se tut, cherchant les mots qu'il fallait pour convaincre son père.) Et puis je l'aime. Vous n'avez pas l'air d'en tenir compte.

— Crawford est mon ennemi, répondit-il, implacable. Il est le seul ennemi que j'aie en ce monde, et il faut que tu l'aimes.

Elle se sentait de nouveau en proie au désespoir et la colère commençait à monter en elle.

— C'est le meilleur ami que vous ayez jamais eu, lui fit-elle remarquer. Il essaie de vous aider dans vos démêlés avec la TVA. C'est le seul homme qui est capable de vous tenir tête et de vous dire la vérité en face. Vous le détestez uniquement parce qu'il a le courage de le faire.

Ces paroles le troublèrent et il se leva brusquement.

— Ne parle pas à ton père…

Elle se tenait immobile, à part sa tête qu'elle avait relevée pour voir le visage courroucé de son père. Il n'avait encore jamais été aussi fâché contre elle. Elle avait peur ; et pourtant elle se sentait sûre d'elle. Elle n'avait plus rien à perdre ; elle avait déjà tout perdu hier soir, quand elle avait refusé de répondre à ses appels.

— Papa, dit-elle. Réfléchissez à ce que vous faites. Knox vous a quitté. Jesse John est parti. Et moi…

Elle se tut, incapable d'en dire plus.

Matthew se tenait debout, et il la dominait de toute sa taille.

— Et toi ? dit-il. Vas-tu partir aussi ?

Elle détourna la tête. Elle ne pouvait supporter le regard pénétrant de son père. Il avait toujours eu une forte influence sur elle, quoique, pour lui, elle importât moins que ses fils ; il s'était toujours beaucoup plus occupé d'eux car il lui faudrait choisir un successeur parmi eux. Mais elle avait toujours senti sa présence ; elle était consciente de sa gentillesse et de son autorité, et Crawford était le premier homme qu'elle ait connu qui avait les mêmes qualités que son père.

— Je ne sais pas, papa, répondit-elle d'une voix faible et incertaine. C'est très dur pour moi de résister… et je ne sais vraiment pas.

Un épais mur de silence s'était élevé entre eux. Arlis regardait droit devant elle, vers le grand chêne qui projetait son ombre rafraîchissante sur la cour et le porche. En été, c'était le porche le plus frais qu'elle connaisse et elle se demandait comment ce serait si, un jour, le grand arbre devait être abattu ou bien déraciné par une tempête et que les rayons brûlants du soleil trouvaient un passage pour venir accabler les gens dans leurs derniers retranchements.

— Ce n'a encore jamais été comme maintenant, dit-elle tristement. Nous passons des journées entières sans parler, nous nous réunissons trois fois par jour à table et nous mangeons un repas froid et silencieux parce que nous sommes tous absorbés par nos pensées. (Elle parlait en grimaçant et son visage était laid.) Je ne me souviens pas d'avoir vu la maison comme ça, papa. Ça ne peut pas continuer ainsi.

— C'est comme ça depuis que Crawford est venu, répondit-il sur le même ton. Depuis le jour où il a posé le pied sur notre terre. C'est notre ennemi, Arlis.

Les événements de ces derniers mois se déroulaient devant les yeux d'Arlis. Elle se rappelait que cela avait commencé l'été passé, le dernier jour du labourage, lorsqu'ils avaient récupéré des pastèques et qu'ils étaient arrivés ensemble dans la cour. Le changement avait été aussi frappant que celui que l'on voit quand l'automne devient hiver. Mais Crawford ne pouvait en être la cause, car il l'aimait. Le changement était peut-être venu avec lui, mais ce n'était certainement pas lui qui l'avait amené.

— Vous réagissez comme si Crawford était un démon, dit-elle. Mais c'est un homme, papa. Mon homme.

Son visage se raidit.

— Chaque fois que je rentre des champs, dit-il, je m'attends à ce que tu sois partie. Tous les matins je me lève en me demandant si tu seras à la cuisine en train de préparer notre petit déjeuner. Tout cela à cause de lui. Lui.

— Je vous ai dit… je vous ai promis…

— Oui, dit-il, je sais. Je me demande pendant combien de temps tu pourras tenir ta promesse. Je me le demande, chaque jour.

Elle tourna la tête et regarda vers la route. Ce soir, se dit-elle, il arrêterait sa voiture là-bas ; il l'attendrait longtemps et le son de ses appels parviendrait jusqu'à elle, la pénétrerait en vibrant entre ses nerfs et ses muscles, l'attirant irrésistiblement.

— Tu es tout ce qui me reste, Arlis, dit Matthew. Toi, et Rice et Miss Hattie. Toi et le domaine.

Elle leva la tête et regarda le visage de son père. Ce soir, lorsque le klaxon se ferait entendre, elle se souviendrait des paroles de Matthew, du reflet des paroles dans ses yeux. Et ce soir, du moins, elle ne répondrait pas.

Knox cracha dans ses mains ; il regarda la pente et s'essuya les paumes sur les cuisses. Puis il grimpa jusque sur le siège du bulldozer de la même manière qu'un cow-boy monte sur son cheval. Il ne portait jamais de gants car il aimait sentir les leviers vibrer dans ses mains.

— Je le ferai, cria-t-il aux hommes qui l'observaient d'en bas. Regardez-moi faire.

Il enclencha un levier et la grosse RD-8 partit à l'assaut du tas, la lame levée. Il sentait la lourde machine vibrer sous lui et il ricana car aujourd'hui c'était jour de paie et il pourrait faire un nouveau paiement pour sa voiture et emmener sa bonne amie au bal. Le bulldozer franchit la crête, balança dangereusement pendant quelques instants tandis que le poids passait d'une extrémité à l'autre, et Knox se sentait enivré par la peur qui s'était emparée de lui l'espace d'une fraction de seconde. Pas plus tard que la semaine dernière il avait vu un bulldozer se renverser et, quoique son conducteur ait pu sauter à temps, il y avait eu une panique qu'il n'était pas près d'oublier. Mais il n'y avait pas de raison de s'en faire ; la machine se stabilisa et il la fit tourner tout en abaissant la lame. Le bulldozer gémit sous la charge supplémentaire et Knox lança le moteur pour que la lame puisse mieux pénétrer le sol. La terre commençait à se déplacer devant la lame ; c'était une terre calcaire rouge qui s'empilait devant lui. Dès que le chargement fut complet, Knox ralentit le moteur, fit remonter la lame et retourna d'où il était venu.

Il rapporta le bulldozer sur la crête ; il riait à l'idée qu'un des vieux ouvriers ait refusé, hier, de travailler sur cette pente parce que, avait-il dit, le sol était trop mou et la pente trop raide pour pouvoir supporter une machine aussi lourde. Arrivée au sommet, la machine se balança un moment ; Knox la fit tourner et abaissa la lame ; puis il regarda les hommes qui étaient groupés plus bas. Ils ne savent pas ce que c'est que le danger, se dit-il, et il leur fit un grand signe de la main. Il voulait liquider rapidement ce coin et leur montrer ce qu'un homme de métier était capable de faire. Il avait laissé tomber la lame assez brusquement et il faisait donner au moteur toute sa puissance.

Il se trouvait juste passé le sommet de la crête lorsque la chenille gauche commença à s'enfoncer dans une partie plus meuble du sol ; le bulldozer se mit à dévier de sa course. Knox manœuvrait les leviers aussi vite qu'il pouvait et donnait un maximum de puissance pour se tirer de ce mauvais pas ; mais la machine penchait de plus en plus. Knox se mit à penser à une machine à sous et il se demanda si la lumière rouge du *tilt* n'allait pas s'allumer d'un instant à l'autre sur le tableau de bord. Les hommes qui l'observaient criaient, le moteur hurlait ; mais lui, il se taisait, très sérieux dans tout ce tumulte. Il n'avait pas l'intention de laisser la machine se retourner. Il ne voulait tout simplement pas que cela arrive.

Mais elle se retournait. Il sentait le mouvement du bulldozer et il se mit debout, sachant qu'il n'y avait plus rien d'autre à faire que sauter. Il sauta, tandis que celui-ci se dérobait sous lui. Il retomba lourdement sur le sol, un peu plus haut que la machine. Il eut le souffle coupé par le choc. Il se releva, un peu étourdi, et la vit faire un second tour sur elle-même tandis que tous les autres ouvriers s'éparpillaient précipitamment ; Knox se mit à rire à l'idée qu'il avait pu s'échapper. Il descendit la pente en courant, se dépêcha de rejoindre la machine qui s'était couchée sur le flanc et coupa le moteur.

— Faites monter un autre bulldozer là-haut, s'écria-t-il. (Il regarda vers le haut de la pente.) Je vais l'aplanir avant le coucher du soleil et l'heure de la paie. Je vais le faire, vous m'entendez ?

Jesse John attendit d'avoir passé une semaine dans son nouvel emploi avant de commencer à poser des questions. Il avait fini par se rendre compte qu'il fallait tout ce temps-là avant que les hommes veuillent bien lui répondre. S'il le leur demandait le premier jour, ils le dévisageraient avec curiosité, se moquant pas mal de l'étranger qu'il recherchait. Mais par la suite, il pourrait amener la question dans la conversation comme s'il était à la recherche d'un ami ; alors les réponses viendraient tout naturellement ; cela faisait partie de leurs conversations de tous les jours.

Au début, il avait recherché uniquement Connie. Mais quel homme se souvient d'une femme, à moins qu'il ait eu un quelconque intérêt pour elle ? Approfondissant le problème, il en arriva à la conclusion que c'était l'homme qu'il lui fallait retrouver ; Connie n'était pas fille à aller d'un homme à l'autre. Ceram Haskins lui avait offert quelque chose que lui-même, Jesse John, n'avait pas été capable de lui donner ou n'avait pas voulu lui donner, et c'était pour cela qu'elle était partie avec lui.

Jesse John avait énormément changé. Parfois il lui arrivait de ne pas manger à sa faim ; en effet, lorsqu'il avait épuisé toutes les possibilités d'une région, il s'empressait de quitter son emploi pour aller fouiller un autre district où il y avait d'importantes constructions en cours. Alors il devait souvent se passer de repas. De plus, ses recherches le fatiguaient énormément ; cela se voyait dans ses yeux et sur son visage amaigri. Il lui arrivait souvent de s'arrêter au milieu de son travail, brusquement frappé par la distance incroyable qui le séparait du Domaine de Dunbar. Il comparait les activités qu'il savait se passer là-bas avec celles qu'il voyait autour de lui et il trouvait que c'était difficile de croire qu'une telle différence puisse exister. C'était une vie étrange qu'il menait, qui le conduisait perpétuellement dans des contrées nouvelles et étranges dont il devait reconnaître chaque kilomètre qui le séparait de la maison. Mais cela ne durerait pas longtemps – il pourrait supporter ce dépaysement le temps qu'il faudrait. Dès qu'il aurait retrouvé Connie, ils retourneraient ensemble à la maison ; et alors toute cette distance et toute cette étrangeté seraient derrière lui, comme le souvenir d'un mauvais rêve.

Il ne lui était pas venu à l'esprit qu'elle puisse refuser de le suivre. Ce n'était pas un homme furieux et blessé qui venait la reprendre, mais un mari amoureux. Peu lui importait ce qu'elle avait fait ; mais il voulait savoir pourquoi, afin de pouvoir remédier à ce qu'il y avait en lui qui avait provoqué sa fuite. Il savait exactement ce qu'il lui dirait quand il la rencontrerait – il dirait : « Viens Connie, retournons à la maison. » Et elle le suivrait aussitôt. Au lieu de pardon – car il n'y avait rien à pardonner –, elle ne verrait que de l'amour se refléter dans le visage de Jesse John.

Il attendit donc patiemment pendant une semaine. Et alors, un jour qu'il était assis à fumer une cigarette dans un groupe d'hommes, il posa sa question.

— Tiens, est-ce qu'il y en a un parmi vous qui connaîtrait un type du nom de Ceram Haskins ?

Ils tournèrent leurs têtes vers lui pour le dévisager ; mais son expression était amicale ; il avait posé cette question sur le même ton qu'il aurait demandé du feu ; il n'y avait pas de quoi leur faire peur.

— Un de tes copains ? demanda l'un d'entre eux.

— Ouais, répondit Jesse John. On m'a dit qu'il travaillait dans ce coin. Je me suis dit que je pourrais peut-être le retrouver.

Ils plissèrent leurs fronts et secouèrent leurs têtes. Non, ils ne connaissaient personne de ce nom. Puis, l'un d'entre eux cessa de secouer la tête et dit :

— Attends une minute. Comment s'appelait déjà ce gars qui est venu travailler ici pendant deux semaines, il y a quelques mois, avant de poursuivre son voyage ? Ce grand gaillard… (Il fit claquer deux ou trois fois ses doigts.) C'était lui, ajouta-t-il. Je suis certain que c'était lui, Ceram Haskins.

Jesse John regarda sa cigarette tandis qu'il en faisait tomber la cendre en la poussant doucement du doigt.

— Il est déjà parti, dit-il, une ombre de regret dans la voix. C'est sûrement lui… incapable de garder un emploi plus de quelques jours. Où serait-il allé ?

L'homme continuait à réfléchir ; son front était plissé et son regard fixé sur sa cigarette.

— Bah, ça ne changera rien, il est tout de même parti. Mais il me semble qu'il avait dit quelque chose au sujet d'essayer ce formidable chantier dans l'Oregon.

Jesse John rentra la tête dans les épaules.

— Il n'y est sûrement jamais arrivé, dit-il. Il s'est probablement mis à suivre un autre chemin en cours de route.

Une semaine plus tard, après avoir touché son salaire, il était de nouveau en route. Peut-être, cette fois-ci, serait-il à temps. Et lorsqu'il trouva enfin Ceram Haskins, il sut qu'il trouverait également Connie. C'était tout ce qu'il voulait ; retrouver Connie et retourner alors au Domaine de Dunbar.

Quand Matthew lui avait parlé de l'argent et de ce qu'il pourrait en faire, Rice ne s'était pas attendu à voir le monde s'ouvrir ainsi devant lui. Pendant longtemps il avait tenu dans sa main un amour parfait, aussi mûr qu'une pêche prête à être ouverte, et maintenant il savait pourquoi il avait hésité… l'un ne pouvait se passer de l'autre. Maintenant il tenait les deux pêches mûres dans sa main et il se voyait déjà mordre dedans.

Mais il lui fallait encore attendre une éternité, deux semaines, jusqu'à ce que Jo revienne de Birmingham où elle était en visite chez son frère marié. Il se sentait frustré par son absence ; c'était comme si elle l'avait fait exprès. Le temps ne passerait jamais. Pourtant il passait, et vint le jour où elle fut de nouveau à la maison.

Le soir de son retour, il ne prit même pas le temps de dîner. Il se rendit directement à sa chambre et s'habilla comme s'il devait aller à un mariage. Puis il sortit dans le noir. L'air était frais et il sentit une brise légère lui caresser le visage et le faire frissonner. Mais ce n'était pas provoqué uniquement par le vent ; il y avait quelque chose d'autre qui le remuait au plus profond de son être ; c'était un homme maintenant. Il gardait l'image de Jo continuellement à l'esprit, comme un talisman, tandis qu'il traversait rapidement la clairière dégagée par les équipes de la TVA ; un raccourci qui le conduisait directement à l'arrière de la maison.

Il était trop tôt. Il savait qu'il serait en avance, mais cela ne pouvait l'empêcher de se dépêcher. Il put voir par la fenêtre de la cuisine qu'ils étaient encore à table. Il ne pouvait tout de même pas les interrompre au beau milieu de leur dîner. Il s'éloigna de la maison et s'assit sous un arbre. Il leva la tête et regarda les branches en rêvant ; plus il attendait, plus il sentait la joie monter en lui. Maintenant cela ne lui faisait plus rien de devoir patienter, et il en oubliait même les deux longues semaines d'attente. Il ne se demandait plus pourquoi Matthew lui avait tout à coup entrouvert la possibilité de réaliser son rêve ; il se disait maintenant que ce n'était après tout qu'une chose inévitable, qui devait lui arriver un jour ou l'autre, mais pas plus tôt qu'aujourd'hui. Dans son esprit, il voyait déjà les belles grosses vaches brouter dans son pâturage, leurs pis gonflés de lait pendant lourdement. Leur lait leur ferait mal matin et soir et elles avanceraient en troupeau vers la magnifique étable chauffée pour se faire soulager par un massage électrique ; elles se tiendraient tranquilles, patientes dans leurs stalles tandis qu'il irait de vache en vache pour placer l'appareil étrange qui les délivrerait de leurs douleurs. Et puis il y aurait le travail compliqué consistant à traiter le lait et à le mettre en bouteilles selon des procédés hygiéniques qu'il ne comprenait pas encore très bien ; et le lendemain matin très tôt, il se mettrait au volant de la camionnette pour aller en ville et y distribuer le fruit blanc de son travail.

Il coupa court à son beau rêve : il fallait être raisonnable. Tout ne se passerait pas comme cela dès le début, ni même pendant longtemps. Ce ne serait que le produit de milliers de litres de lait, de centaines de matinées et de soirées à traire à la main. Au début, il devrait filtrer le lait en le versant dans des bidons de quarante litres ; il le ferait refroidir, la nuit, dans de grandes bassines remplies d'eau jusqu'à ce que le camion vienne le lendemain matin à la ferme. L'homme sauterait à bas de son véhicule en faisant résonner les bidons vides, et il chargerait les bidons pleins sur le camion qui se serait à peine arrêté. Ça, ce serait le commencement, et il n'en serait pas toujours ainsi. Je ferai aussi du cacao, se dit-il. Les gosses adorent le cacao, et cela leur fera plus de bien que le chocolat en tablettes. La fin du rêve ne serait pas tellement éloignée du début… et cela arriverait d'une manière tout aussi inévitable.

Il se leva, impatient, et marcha jusqu'à ce qu'il puisse de nouveau apercevoir la fenêtre de la cuisine. Ils avaient fini et la pièce était vide. Il fit le tour de la maison. Un chien se mit à aboyer et il demeura immobile jusqu'à ce que Jo vienne ouvrir la porte. Elle se découpait nettement contre la lumière ; elle le regardait, mais il ne pouvait distinguer l'expression de son visage.

— Mais c'était *demain soir*, dit-elle. (Il pouvait distinguer un petit rire dans sa voix. Elle était contente de constater combien il était impatient de la revoir.) Tu n'allais pas être ici ce soir. Tu t'en souviens ?

— Il fallait que je te voie, répondit-il.

Elle s'approcha de lui et s'assit sur une marche, les jambes pendant sur le rebord du perron.

— À quel sujet ?

Il posa sa main sur le genou de Jo ; il serrait très fort.

— Je ne peux te le dire ici, dit-il. Viens. Allons nous promener sur la route.

— Bon, dit-elle. Je vais prévenir maman.

Elle s'esquiva vivement et il attendit, heureux de savoir qu'elle reviendrait tout de suite. Il était terriblement impatient ; il savait qu'elle s'était rendu compte du changement survenu en lui, qu'il était enfin prêt. Il n'avait plus peur, il ne se sentait plus obligé d'accepter uniquement ce qu'elle lui imposait. Ce soir, il n'avait plus peur de la vérité qu'elle avait dévoilée il y avait de nombreux mois et à laquelle elle n'avait jamais failli. Elle attendait, prête à se donner ; jusqu'à présent, cela avait toujours été lui le premier à interrompre un baiser et les caresses de Jo. Mais ce ne serait plus le cas. Cela ne se passerait plus ainsi.

Elle sortit de la maison, descendit les marches et prit Rice par la main. Il sentait la petite paume humide de transpiration contre la sienne. Oui, se dit-il, elle savait.

— Je suis prête, dit-elle. Où allons-nous ?

Sa voix, à peine perceptible, était douce, subjuguée.

— Suivons la route le long de la rivière, répondit-il.

Ils marchèrent silencieusement, se tenant par la main. Ils descendirent le chemin de terre vers la rivière et, arrivés à la route, ils prirent la direction du Domaine de Dunbar. Ici, la route était bordée d'arbres ; la TVA n'était pas encore passée, mais cela ne tarderait guère. Les bûcherons viendraient tout dénuder, exposant le sol aux rigueurs du soleil. Rice était satisfait ; il pouvait attendre, il n'était plus du tout impatient, maintenant qu'il savait que les rêves pouvaient se réaliser. Il ressentait une certitude qu'il n'avait jamais eue de sa vie ; il savait que tout finirait par arriver au bon moment. Jo retira sa main pendant un moment et appuya les deux paumes sur ses tempes.

— Qu'est-ce qu'il y a ? demanda-t-il avec sollicitude.

— Mal à la tête, répondit-elle. Cette dynamite qui saute toute la journée depuis que je suis revenue. Je serai contente quand ce sera fini.

— Ça va continuer tout l'été, dit-il. J'en suis arrivé au point où je n'y fais pas plus attention qu'au coassement des grenouilles quand il pleut.

— Si seulement je pouvais en faire autant, dit-elle.

Elle remit sa main dans celle de Rice et leurs bras se balançaient au rythme lent de leurs pas.

— Qu'y avait-il de si urgent pour que tu ne puisses pas attendre jusqu'à demain soir ? demanda-t-elle.

— Nous, répondit-il sans hésiter. Rien que nous.

Elle essaya de rire, mais elle n'y parvint qu'imparfaitement. Elle avait la gorge serrée et cela ressemblait plutôt à un sanglot.

— Tu as attendu longtemps, dit-elle. Pourquoi ce soir, tout à coup ?

Il s'arrêta et la fit tourner de sorte qu'elle se retrouva dans ses bras. Elle vint d'elle-même contre lui et l'embrassa. Elle lui dit des mots doux et il l'embrassa de nouveau ; entre chaque baiser il l'appelait par son nom ; il posa la main sur son menton pour sentir sa peau douce et délicate.

— Parce que je suis maintenant un homme libre, dit-il. Je gagne mon propre argent. Je ne travaille plus pour papa.

Elle s'écarta de lui et elle posa ses mains juste au-dessus des hanches de Rice ; il sentait ces mains lui brûler la peau au travers de sa fine chemise.

— C'est fou ce que tu as changé en deux semaines, dit-elle. Qu'est-il arrivé ?

Il se mit à rire.

— Bien sûr, dit-il. Avant, je n'étais qu'un gamin. Mais maintenant je suis un homme. Papa s'est rendu compte que je suis un homme et il me considère comme tel. Il m'a donné de l'argent pour le travail que j'ai fait pour lui ; cet argent est entièrement à moi et je peux en faire ce que bon me semble. (Il se tut et baissa la tête pour mieux la voir dans l'obscurité.) Je ne t'en ai jamais parlé, Jo, parce que c'était si lointain que cela ne servait même à rien de le dire. Mais j'avais depuis longtemps idée de ce que j'allais faire dans la vie. Je veux posséder un troupeau de vaches Holstein et fournir du lait aux villes des environs. J'avais cette idée en tête...

— Mais tu n'y as même jamais fait allusion, dit Jo, un peu vexée. Tu ne m'as jamais dit un mot...

— Parce que je n'en ai jamais eu l'occasion, la coupa-t-il. Je n'étais qu'un gosse ; je n'avais que l'argent que mon père jugeait bon de me donner. Je travaillais pour ma nourriture, pour mon logement et parce que c'était mon père... mais maintenant ce n'est plus la même chose. Maintenant je travaille pour *moi* ; et chaque journée que je passe à travailler m'est remboursée sous forme d'argent... de l'argent que je peux utiliser comme je veux.

— Mais ce sont ses terres, dit Jo. Tu ne peux pas installer des vaches dans ses pâturages sans sa permission.

— Mais il me l'a donnée ! Il me l'a dit ! (Il inspira profondément et saisit Jo par le bras.) Il va me donner l'argent que j'ai gagné depuis l'automne dernier. Alors, samedi prochain, j'irai au marché au bétail acheter ma première vache. (Il la regardait fixement ; il avait l'air très sérieux, et cependant il souriait.) Ce ne sera peut-être qu'une seule vache, car j'ai l'intention de n'acheter que ce qu'il y a de mieux. Ce doit être une Holstein dûment enregistrée, et il y a des chances qu'elle me coûte autant que deux ou trois vaches ordinaires. Mais c'est comme ça qu'il faut commencer… et continuer.

Jo posa ses mains sur le visage de Rice.

— Je suis contente de te voir si heureux, Rice. C'est la première fois que je te vois vraiment heureux.

Il lui sourit et l'enveloppa de ses bras forts.

— Il me semble que nous ne nous promenons guère, dit-il pour la taquiner. Marchons un peu.

Ils se remirent en marche, leurs pieds avançant parallèlement. Quoiqu'il fût beaucoup plus grand qu'elle, ils marchaient sans aucune difficulté en se tenant étroitement par la taille. Ils parlèrent longuement ; Rice répéta pour ainsi dire tout ce qu'il avait déjà dit et Jo lui répondit de la même manière ; et quand ils eurent dit tout ce qu'ils avaient à se raconter, ils étaient plus près que jamais de la consommation. Jo fut la première à garder le silence. Elle avait la tête baissée et regardait le sol devant ses pieds tandis qu'ils marchaient lentement à l'ombre des arbres, la lune ne les éclairant que rarement. Rice sentait son cœur battre très fort et une curieuse sensation s'empara de lui ; à ce moment il s'écarta de la route et Jo le suivit docilement. Ils se penchèrent pour passer sous les branches et s'arrêtèrent après avoir parcouru quelques mètres. On ne pouvait les voir de la route ; ils se tenaient immobiles, écoutant les bruits de la nuit. Il la tenait dans ses bras et la sentait trembler.

— Peur ? demanda-t-il tendrement.

Il baissa la tête mais il ne parvenait pas à voir son visage. Alors il le toucha de la main, sentant les lèvres douces et chaudes glisser sous ses doigts.

— Oui, répondit-elle. (Elle rit nerveusement.) Si un hibou se mettait à hululer maintenant, je m'enfuirais à toutes jambes.

— Jo... dit-il. (Le silence qui régnait fut tout empli par sa voix.) Jo...

— Je suis fière de toi, Rice, dit-elle. Je suis fière que tu...

— Chhh, fit-il. Nous avons suffisamment parlé de tout ça. Taisons-nous maintenant.

— Je ne peux pas, Rice, dit-elle soudain.

Il fut surpris, choqué même.

— Mais... mais tu m'as dit...

Elle était pelotonnée, toute petite, contre lui, la tête appuyée sur son bras.

— Je sais, dit-elle. J'osais beaucoup en paroles, je t'avais donné mes conditions et tout... mais je ne peux pas.

Ce refus lui fit mal et il serra les bras autour d'elle.

— Tu dois, dit-il. (Il commençait à avoir la respiration saccadée.) Pendant tout ce temps tu m'as laissé croire...

— Laisse-moi un peu de temps, dit-elle. (Elle rit nerveusement, près de pleurer.) Laisse-moi m'habituer à... (Elle se tut et il entendit qu'elle claquait des dents.) Je ne l'ai jamais fait, Rice. Je dois...

Les mains de Rice s'agitaient furieusement sur tout le corps de Jo. Elle se tenait immobile sous ses doigts vifs ; elle était comme une statue et Rice réalisait que cela ne suffisait pas. La frigidité semblait fermement ancrée en elle. Il la reprit dans ses bras et la coucha par terre.

— Tu dois, répéta-t-il.

Ces paroles saugrenues et furieuses semblaient grincer sur ses dents. Il se roula sur elle, tout habillé, la clouant au sol. Elle ne lui résista pas, se contentant de demeurer immobile sous son poids, les bras et les mains flasques et sans vie. Il bascula loin d'elle, furieux et se sentant trahi.

— Tu avais promis, dit-il amèrement. Tu l'as promis, tout le temps.

Elle s'assit et elle cogna involontairement le visage de Rice avec son coude. Il réalisa à ce moment-là qu'elle était occupée à enlever les feuilles mortes restées accrochées à ses cheveux. Dès qu'elle eut fini d'arranger sa chevelure, elle posa doucement, délicatement, la main sur le visage de Rice. Sa paume était glacée.

— Je le ferai, dit-elle. Je te promets que je le ferai.

— Mais tu…

Elle l'interrompit. Elle devait parler sans cesse si elle voulait trouver une occasion de se faire pardonner.

— Demain, dit-elle. Je te promets… demain. (Sa voix tremblait.) Je ne pourrai pas ce soir, Rice. Mais demain. (Elle se tut, respira profondément, et ensuite les paroles vinrent très rapidement.) Je serai à la maison et les autres seront partis toute la journée. Viens alors. Viens à la maison. Et alors…

Il s'était assis un peu à l'écart.

— Comment le saurai-je ? dit-il. Tu l'as déjà promis avant et maintenant tu refuses.

— Alors je serai obligée, dit-elle. (Elle regarda autour d'elle.) J'ai peur, ici, dans l'obscurité et entourée de ces arbres. Demain je n'aurai pas peur.

Il fut satisfait de cette explication. En un certain sens, il comprenait ce qu'elle devait ressentir. Son esprit était téméraire, ses paroles l'étaient aussi, mais son corps était timide et il serait le premier. Elle avait besoin de passer cette nuit dans son lit de vierge ; elle resterait couchée, les yeux grands ouverts, et, seule dans l'obscurité, elle y penserait comme une femme à la veille de son mariage. Après, il n'y aurait plus de problème.

Il éclata de rire.

— Sois aux aguets, dit-il. Je viendrai par les champs. Tu me verras arriver.

Mais maintenant ils ne pouvaient plus se permettre de se toucher, pas avant demain. Ils marchèrent ensemble vers la maison de Jo, en conservant une petite distance entre eux, sans même se tenir par la main. Rice l'accompagna jusqu'à la porte et la quitta sur un petit baiser amical. Il rentra chez lui le cœur léger et dormit profondément toute la nuit. Il ne rêva même pas.

Il fut réveillé par un bruit. Il reprit conscience très rapidement, tant par le bruit que par cette certitude que le grand jour s'était levé. Il s'assit dans son lit et comprit aussitôt ce que c'était. Ce bruit était une explosion de dynamite. Il bondit hors du lit, enfila une vieille salopette et se mit à courir vers le ruisseau. L'eau était glacée et il frissonna sitôt son plongeon fait. Il avait oublié le savon et la serviette et il se lava de la paume de la main ; il se frictionna vigoureusement. Il regarda son image réfléchie sur la surface de l'eau, conscient qu'aujourd'hui il réaliserait un rêve de plus, et la joie de vivre était en lui. Il sortit de l'eau, se sécha avec sa salopette avant de l'enfiler et retourna à sa chambre. Alors il se vêtit de pantalons et mit une chemise propre. Puis il se dirigea vers la cuisine. La table était mise et il se glissa sur sa chaise ; Arlis vint aussitôt remplir son assiette.

Matthew le regarda et fit une grimace.

— Tu vas salir ces beaux vêtements si tu vas labourer avec ça sur le dos, fit-il observer à Rice.

Rice releva la tête et regarda Matthew en riant.

— Je n'avais pas l'intention d'aller travailler aujourd'hui.

Matthew se mit à rire.

— Hier je te faisais mon associé, et voilà que tu me lâches dès aujourd'hui.

Rice fronça les sourcils.

— Je ne peux pas travailler, papa, dit-il. Je dois… j'ai quelque chose à faire. Mais je serai là demain et chaque jour après cela. C'est simplement qu'aujourd'hui…

Matthew leva la main pour le réduire au silence.

— Je pense que je pourrai me débrouiller sans toi, dit-il. Occupe-toi de tes affaires. Et amuse-toi bien. Je pense que ta fille est revenue, si j'en juge d'après ta tenue.

Rice éclata de rire.

— Je crois que cela ne vous regarde pas, monsieur, dit-il.

Il se sentait heureux de pouvoir lui répondre comme un homme, avec une légère impertinence.

Matthew repoussa son assiette.

— Bon, fit-il, j'ai du travail à faire. (Il se leva et se retourna avant de quitter la pièce.) J'ai l'argent que je te dois. Veux-tu que je le garde jusqu'à demain ? À ta place, je n'oserais pas sortir un jour comme aujourd'hui avec de l'argent sur moi.

— Je serais heureux de le prendre, répondit Rice, anxieux de recevoir son bien.

Matthew sortit le grand porte-monnaie de sa poche et l'ouvrit. Il y plongea les doigts et sortit une liasse dont il se mit à compter lentement quelques billets qu'il déposait au fur et à mesure sur la table. Rice le regardait impatiemment les reprendre, les ordonner en un paquet et, enfin, les lui tendre.

— Voilà, dit Matthew. Maintenant nous sommes quittes. Il te faudra travailler un certain temps avant d'en recevoir de nouveau.

— Oui, monsieur, répondit Rice, le regard fixé sur les billets. De toute ma vie je n'ai jamais eu autant d'argent.

— Ne dépense pas tout pour une seule vache, lui dit Matthew qui se dirigeait vers la porte.

— Mais c'est justement ce que j'ai l'intention de faire, répondit Rice en riant. Une seule vache, mais vraiment splendide. Une Holstein enregistrée.

Il se dépêcha d'avaler son petit déjeuner et sortit de la maison. Il devrait attendre un peu, il le savait, mais cela lui semblait impossible. Il irait jusque-là-bas et attendrait que la famille s'en aille. Alors il lui ferait la surprise d'être là si tôt. Il s'écarta de la route et se mit à grimper le long de la colline boisée, prenant le raccourci vers la maison. Il attendrait et, lorsque la famille serait partie, il l'appellerait et courrait à sa rencontre, et alors ils iraient ensemble dans la maison.

Il ne s'était jamais senti aussi jeune de sa vie. Il galopait comme un gosse de quatorze ans tant il était pressé. Il se précipita hors des fourrés et s'engagea dans la partie dégagée par les équipes de bûcherons. Il baissa la tête, sentant la force de ses jarrets ; il lui semblait être un homme et un gosse à la fois.

Il ne vit pas le groupe d'hommes à l'autre extrémité de la clairière ; puis il entendit des cris et s'arrêta. Alors il les vit et sauta sur une souche pour répondre à leurs signes. Il entendit les cris, le coup de sifflet strident et terrifiant et il vit les drapeaux rouges. Tout près de lui, une souche fut projetée en l'air, puis une autre, plus proche, et de la terre retomba en averse sur lui. Il baissa la tête, abasourdi, et il vit alors à ses pieds le mince filet de fumée qui s'élevait des cartouches de dynamite.

Il eut juste le temps de les reconnaître avant que le monde ne lui explose à la figure.

15

C'était une belle journée, claire et ensoleillée. Devant la grange, il y avait une quantité de mules et de mulets attachés à la barrière ; il y en avait tant que l'on se serait cru au marché au bétail. Il y avait aussi beaucoup de voitures parquées dans la cour et le long du chemin qui conduisait de la route à la maison. C'étaient de vieilles voitures, les flancs éclaboussés de boue et les garnitures intérieures déchirées et usées. Il n'y avait qu'une seule voiture neuve : celle de Knox, et c'était assez surprenant de la voir parmi les autres. Dans la cour arrière, se tenaient une bande de gosses mal à l'aise dans leurs costumes du dimanche parce qu'ils savaient qu'il leur était interdit de jouer. Parfois une petite dispute ou bien des rires étouffés se faisaient entendre parmi eux ; mais cela disparaissait bien vite dès qu'apparaissait un adulte qui les regardait de son air sinistre. Derrière le groupe, un garçon était assis par terre, les jambes écartées, qui jouait aux billes à moitié en cachette. Il était entouré par un groupe d'observateurs envieux. Seuls les animaux étaient naturels dans cette atmosphère imposée par la mort : les poules dans la cour, les veaux dans le pâturage et les mules libérées d'une journée de travail.

Dans la cuisine, Miz Anson était très occupée à préparer un important repas. Elle était venue ce matin, très tôt, tant que la famille était encore seule. Elle était entrée par la porte donnant sur la cour arrière, avait pris la poêle des mains d'Arlis sans dire un mot et s'était aussitôt baissée pour raviver le feu de l'autre main. Puis elle avait cherché les œufs et le lard dans le garde-manger et avait préparé le petit déjeuner, un petit déjeuner auquel on ne toucha guère malgré son insistance. Ensuite elle lava la vaisselle. Elle avait à peine fini qu'elle sortit dans la cour pour tuer quelques poulets car elle savait qu'il y aurait beaucoup de monde à nourrir. C'était sa manière à elle d'honorer les morts.

Arlis était dans sa chambre, couchée sur son lit. Hier elle avait pleuré toutes les larmes de son corps, et maintenant ses yeux étaient secs et fiévreux. Elle n'avait pas fermé l'œil de toute la nuit ; à présent elle se sentait capable de dormir, malgré tout ce qui l'entourait ; mais elle ne pouvait le faire : ce serait trahir la douleur. Finalement elle s'assit sur le bord du lit et se mit à penser qu'elle n'avait plus vu Miss Hattie depuis que celle-ci avait quitté précipitamment la table quand Miz Anson avait déposé l'assiette d'œufs et de lard devant elle et qu'elle s'était enfuie dans la cour. Elle demeura immobile pendant un moment, à regarder ses pieds nus ; elle se décida enfin à mettre des chaussures. Elle sortit de la chambre, se déplaçant lentement, comme une vieille femme percluse de rhumatismes, et pénétra dans la cuisine.

— Avez-vous vu Miss Hattie ? demanda-t-elle à Miz Anson.

Miz Anson se retourna vivement dès qu'elle l'entendit entrer. Elle avait eu de nombreuses offres d'aide de la part des femmes qui avaient accompagné leurs maris et enfants, mais elle s'était chaque fois débarrassée d'elles ; elle n'avait aucune envie de voir la cuisine envahie par une bande de femmes bavardes qui auraient tout de même été dans son chemin. Ici, c'était son domaine ; et elle avait l'intention de le garder tel. Cependant, lorsqu'elle vit que c'était Arlis, son expression se radoucit.

— Non, dit-elle. Elle ne doit pas être bien loin, Arlis. À voir votre tête, vous avez besoin de vous asseoir un moment pour prendre une tasse de café.

Arlis secoua la tête. Rien qu'à cette pensée, elle sentait son estomac se serrer.

— Il faut que je trouve Miss Hattie, dit-elle.

Elle se dirigea vers la porte et regarda dehors, vers la grange ; elle était certaine que Miss Hattie ne se trouverait pas avec les autres enfants. Elle traversa la cour pour se diriger vers la grange ; les gosses se turent brusquement et la regardèrent passer. Elle entendit à côté d'elle le bruissement d'une queue de mulet qui chassait un taon et le choc sourd d'un sabot contre le sol. Un veau meugla dans le lointain, et son appel lui parut long et sinistre quoiqu'elle ait entendu ce son tous les jours de sa vie. Elle jeta un coup d'œil dans le cagibi à maïs. Grimpa péniblement l'échelle qui menait au fenil ; regarda de tous côtés et appela doucement Miss Hattie ; mais là non plus il n'y avait personne. Elle redescendit et demeura immobile quelques instants au milieu de la grange, ne sachant que faire. Elle commençait même à avoir peur.

Puis elle sentit un petit rire monter en elle ; elle l'étouffa aussitôt, horrifiée à l'idée que quelque chose puisse l'amuser en un jour pareil. Elle savait exactement où Miss Hattie se cachait. Elle s'empressa de sortir par la porte arrière de la grange et fit le tour du bosquet ; elle y pénétra par un côté que l'on ne pouvait voir depuis la maison, ainsi les gosses ne montreraient pas trop d'intérêt pour elle. Elle se pencha un peu en avant afin de se frayer un chemin entre les branches épaisses. Au bout d'un moment elle fut obligée de ramper sur ses genoux et ses mains en suivant une piste à peine marquée conduisant jusqu'au centre quasi imprenable du bosquet. Elle pouvait apercevoir Miss Hattie, mais elle ne l'appela pas.

Miss Hattie était assise par terre, aussi immobile qu'une statue. Elle regardait Arlis ramper vers elle. Sa figure était sale et striée de larmes ; et sa robe propre était toute souillée à la suite de son incursion dans le bosquet. Elle avait passé toute la matinée dans sa cachette ; elle avait entendu les invités arriver, le murmure de leurs voix parvenant jusqu'à elle. Ils étaient beaucoup trop nombreux ; elle n'aurait jamais osé leur faire face et supporter leurs regards inquisiteurs. Elle n'avait pas l'intention d'émerger de sa retraite avant qu'ils soient tous partis.

Arlis arriva jusqu'à elle et s'assit par terre. Elles étaient dans un espace minuscule, les branches serrées leur arrivant aux épaules. C'était là le cœur du système complexe de routes que Miss Hattie avait tracées et les flacons de tabac à priser étaient tous bien rangés, en ordre, dans un coin.

— Mais qu'est-ce que tu fais ici ? dit Arlis, sa voix grondant doucement. Je t'ai cherchée partout.

Miss Hattie paraissait muette ; elle regardait fixement Arlis dans les yeux ; mais Arlis ne pouvait y lire de réponse. Les autres, Arlis et Knox, et même Matthew, semblaient mieux contenir leur douleur. Ils allaient d'un visiteur à l'autre et leur parlaient, ne changeant guère, au fond, leurs habitudes quotidiennes. Mais Miss Hattie n'avait pas la même protection ; elle était incapable de faire face au monde et la seule solution qui lui restait était de se cacher loin de leurs regards et de leurs questions jusqu'à ce qu'ils soient partis.

— Tu ne t'es pas regardée, dit Arlis. Tu devrais voir ta figure. Et cette robe qui était toute propre quand je te l'ai donnée ce matin.

— Ça m'est égal ! répondit Miss Hattie.

Et elle se cacha le visage.

Arlis avança jusqu'à côté d'elle et passa son bras autour des épaules de sa sœur. Elle se sentait mieux, plus forte, plus capable de supporter cette journée, car maintenant, il y avait Miss Hattie dont elle devait s'occuper.

Miss Hattie ne pouvait céder à la force de sa sœur aînée. Ils sont tous forts, pensa-t-elle, furieuse. Ils peuvent continuer à vivre et à agir comme les autres jours, leurs visages calmes et inexpressifs en face du monde. Mais elle connaissait la différence entre elle et eux. Ils n'avaient pas vu comment cela s'était passé, ce n'était pas comme elle. Ils savaient ce que c'était que la mort, mais elle savait ce que c'était que de mourir. Hier matin, après le petit déjeuner, elle avait suivi Rice ; elle s'était demandé pourquoi il était si gai et joyeux. Elle ne l'avait jamais vu si heureux et elle voulait savoir où il allait, ce qu'il avait l'intention de faire.

Elle l'avait suivi de près quand il avait gravi la colline, courant comme un poulain. Il avançait en ligne droite, comme une flèche qui connaît sa destination, et Miss Hattie avait dû courir pour ne pas le perdre de vue. Peut-être était-ce la même chose que l'été dernier, comme le jour où elle était restée dans l'arbre et qu'elle l'avait vu disparaître puis revenir en courant peu après. Cette fois-ci elle était bien décidée à ne pas le laisser s'échapper.

Elle était arrivée au sommet de la colline juste à temps pour le voir s'engager dans la clairière ; elle avait vu les hommes lui faire de grands signes, Rice sauter allégrement sur une souche pour répondre à leur salut et elle s'était même mise à rire de sa sauvagerie matinale. Alors… alors elle avait vu la première souche exploser, Rice qui regardait à ses pieds, le dos raide, puis ses mains s'étaient portées à son visage. Puis l'explosion l'avait secouée et elle avait regardé, horrifiée, le corps de Rice projeté en l'air comme une poupée de chiffon. Pendant un moment, elle avait été incapable de faire un seul mouvement. Elle l'avait vu, entendu, senti même, retomber lourdement sur le sol. Puis elle avait vu les hommes se précipiter vers elle depuis l'autre côté de la clairière, quoiqu'il y eût encore des cartouches de dynamite qui explosaient. Elle aurait voulu se précipiter elle aussi vers Rice. Mais elle en était incapable. Elle ne pouvait se forcer à quitter la protection des arbres pour se lancer dans la nudité de la clairière. Elle savait qu'elle devait aller près de lui, lui soulever délicatement la tête et soulager sa douleur.

Elle fut prise de panique. Sa bouche s'ouvrit pour crier ; mais ce ne fut pas un cri qui vint, c'était un gémissement plus animal qu'humain. Elle était complètement affolée et elle fit demi-tour et se précipita vers la maison. Elle courait très vite, et en quelques minutes elle eut un terrible point de côté. Mais elle ne s'arrêta pas, courant sans cesse de toute la force de ses jambes. Elle était complètement épuisée lorsqu'elle arriva au champ où Matthew travaillait.

Dès qu'il la vit arriver, il sut qu'il était arrivé quelque chose. Il ne l'avait encore jamais vue dans un état si désespéré ; il lâcha immédiatement les manches de la charrue et courut à sa rencontre, la prenant dans ses bras pour arrêter sa course aveugle et instinctive.

— Qu'est-ce qui se passe ? demanda-t-il. Miss Hattie, qu'est-ce…

— Rice, dit-elle. (Elle croyait qu'il n'y avait plus un brin de souffle dans ses poumons, mais il y en avait encore un peu. En tout cas assez.) Rice.

— Où ? demanda Matthew.

Ses mains agrippaient fortement Miss Hattie et la secouaient.

Elle montra du doigt la direction d'où elle était venue ; ses poumons cherchaient désespérément à trouver de l'air et, en même temps que cette sensation de suffoquer, elle ne parvenait pas à chasser de son esprit l'image atroce qu'elle avait vue.

— Là, dit-elle. Dynamite. Il…

Matthew lâcha sa fille et se mit à courir au même instant. Puis il s'arrêta brusquement et se précipita vers la mule. Il la dételа rapidement en se contentant de défaire un seul harnais, ne laissant que le collier autour du cou de la bête.

Il sauta sur son dos et la fouetta avec les rênes. Surprise, la mule fonça instantanément en un galop effréné, ses sabots soulevant très haut des mottes de terre.

Miss Hattie était demeurée immobile, seule et abandonnée au milieu du champ de maïs, et elle avait regardé son père s'éloigner. Puis elle s'était couchée là et avait vomi tout ce qu'elle avait mangé au petit déjeuner. Elle ne savait pas si les vomissements étaient provoqués par la mort qu'elle avait vue ou par l'effort de sa course.

Aucun des autres n'avait assisté à la même chose qu'elle. Elle seule supportait la douleur de l'avoir vu mourir en plus du deuil, tandis que les autres ne devaient supporter que sa mort proprement dite ; c'était là que résidait la différence entre leur vulnérabilité au rituel de l'enterrement.

Elle se sentait mieux, maintenant qu'elle avait mis de l'ordre dans son esprit, et le bras d'Arlis autour de ses épaules était un véritable réconfort. Elle s'appuya contre le corps grassouillet de sa sœur et, au bout d'un long moment, elle se décida à parler.

— Je ne peux pas aller là-bas, Arlis. Je ne peux vraiment pas.

Arlis ne lui répondit pas. Elle se contenta de la serrer un peu plus fort contre elle. Elles restèrent longtemps immobiles, l'une contre l'autre. Elles étaient si calmes que le troupeau de pintades défila devant elles sans même les remarquer. Les pintades arrivèrent l'une après l'autre, l'une derrière l'autre, traversèrent l'espace dégarni, puis s'enfoncèrent de nouveau dans l'épaisseur du bosquet. Arlis et Miss Hattie regardaient sans bouger, presque sans respirer ; elles avaient l'impression que la journée serait différente, plus supportable si on ne les découvrait pas.

Mais les pintades disparurent et tout resta comme avant. Rien n'avait changé, rien du tout.

— Tu ne veux pas le voir quand on l'enterrera ? demanda gentiment Arlis. Tu devras venir le voir…

Miss Hattie secoua violemment la tête.

— Non, dit-elle. Non.

Arlis s'écarta un peu d'elle et regarda son visage.

— Bon, dit-elle doucement. Tu n'es pas obligée de venir.

Elle voulut se lever, mais les branches basses l'obligèrent à rester accroupie.

— Il faut que je parte, dit-elle.

Elle quitta Miss Hattie, mais cette fois elle se dirigea directement vers la maison. Elle s'arrêta en cours de route et se retourna pour regarder Miss Hattie.

— Mais papa va avoir besoin de toi, dit-elle. Il aura besoin de nous tous.

Miss Hattie se raidit et attendit qu'Arlis soit partie. Mais elle ne parvenait pas à chasser les dernières paroles d'Arlis de son esprit. Elle n'avait pas encore résolu le problème ; tout était à repenser. Elle ne pouvait plus l'écarter, refuser d'en tenir compte. Elle n'était, en effet, pas la seule ; il y avait Knox, Arlis et, surtout, Matthew, qui s'était enfui en la laissant seule sans réconfort à vomir au milieu du champ de maïs. Elle devait porter sa part de cette journée. Finalement, ce fut presque d'un air de défi qu'elle se releva. Bon, se dit-elle, on verra !

Elle sortit du bosquet tout en pensant qu'elle devrait se laver la figure et changer de robe. Très droite, très digne, elle traversa la cour sous les regards des gosses silencieux. Il y avait un garçon assis par terre, les jambes écartées, et elle pouvait entendre les billes se cogner tandis qu'il jouait.

Elle s'arrêta devant lui et le regarda fixement, jusqu'à ce qu'il cesse de jouer et qu'il relève la tête pour la regarder. Elle pensait lui dire calmement, sur un ton autoritaire : « Tu ferais bien de ramasser ces billes et de les mettre tout de suite dans ta poche. » Mais elle n'eut pas besoin de le dire. La main crasseuse du gamin ramassa automatiquement les billes et les fit disparaître. Satisfaite, Miss Hattie entra dans la maison pour se laver et se changer.

Knox était assis, presque affalé, au volant de sa voiture neuve. Ses mains reposaient mollement dessus, et il les faisait glisser comme un gosse qui jouait au chauffeur. Un homme s'approcha de lui avec déférence et se pencha à la portière.

— Votre père veut que je vous demande si vous ne connaissez pas un moyen de prévenir Jesse John ? Savez-vous où il se trouve ?

Knox tourna lentement la tête pour le regarder. C'était la troisième fois qu'on lui posait la même question depuis qu'il était arrivé. Chaque fois cela avait été un homme différent qui s'était approché de lui selon le même cérémonial. Mais il savait que cela ne venait pas de Matthew ; car, dès son arrivée, il s'était approché de son père et il lui en avait déjà parlé calmement ; ils avaient discuté un peu sur le même ton qu'ils auraient pris pour parler d'une affaire.

— Non, répondit-il. Je ne sais pas où il est ni comment le prévenir.

L'homme s'éloigna, le laissant seul. Il savait qu'on s'en faisait pour lui ; oh non pas la famille, Matthew et Arlis, mais des proches, son oncle et sa tante, et des voisins. On l'avait vu pénétrer dans la maison où il n'était resté que quelques instants à parler avec Matthew venu le rencontrer dans le couloir ; puis il était retourné à sa voiture, s'était assis au volant et était resté seul pendant toute la nuit et toute la matinée. Il sentit une nouvelle présence à ses côtés ; mais il n'avait pas envie de tourner la tête. Cette fois-ci, c'était la voix de son oncle John – celui qui avait épousé la veuve qui avait tant d'enfants et une si belle ferme.

— Knox, dit l'oncle John. Tu ne veux pas aller le voir, Knox ? J'irai avec toi.

— Non, répondit Knox.

Sa voix était nette, cassante, presque explosive.

Ils ne comprenaient pas. Ils ne comprendraient jamais et ils raconteraient jusqu'à la fin de leurs jours comment Knox Dunbar avait refusé de voir le corps de son propre frère avant l'enterrement. Ils ne comprendraient jamais, mais il ne s'en faisait pas pour cela ; il n'avait pas l'intention de voir Rice à l'état de cadavre. Peu importait combien d'entre eux venaient lui offrir leur soutien et leur assistance, il refuserait toujours. L'oncle John s'en alla, déconcerté, et Knox demeura seul dans sa voiture neuve déjà presque payée. C'était le meilleur endroit où rester ; la chose qui lui était le plus proche de tout ce qui l'entourait. Elle était à lui ; il s'y sentait protégé. Il resterait là jusqu'au moment de se rendre au cimetière, et après cela il s'installerait définitivement derrière le volant et s'en irait. C'était la seule manière pour lui de supporter cette journée.

La portière de droite s'ouvrit et Miss Hattie vint s'asseoir à côté de lui. Elle était arrivée si doucement que ce fut à peine s'il la remarqua. Elle avait revêtu une robe bleue ; il y avait tellement peu de temps qu'elle avait été repassée que l'on y voyait encore les reflets de l'amidonnage. Elle était assise très droite, les mains posées sur les genoux, le regard perdu dans le vide, par-delà le pare-brise.

— Tu l'as vu, Knox ? demanda-t-elle après un long moment.

Il secoua la tête. Prit une cigarette dans la poche de sa chemise, l'alluma lentement et laissa tomber l'allumette par la portière.

Miss Hattie frissonna.

— Moi non plus. Ils n'arrêtent pas de me dire que je devrais aller le voir.

— Je ne vois pas pourquoi ils considèrent cela comme une nécessité, fit Knox d'un ton amer. Qui peut bien avoir envie de voir son frère mort ?

Miss Hattie mit ses mains sur ses bras, au-dessus des coudes, et serra très fort, comme quelqu'un qui a froid.

— Je le voudrais, dit-elle. Mais jamais je ne le pourrai. (Elle tourna la tête pour regarder Knox.) Je l'ai vu, Knox. Je l'ai vu mourir.

Knox fut choqué ; c'était comme un aveu de culpabilité et de complicité. Il se tourna pour la regarder ; peu à peu, ses traits s'adoucirent.

— Je l'avais suivi parce que je voulais savoir pourquoi il était si heureux, dit Miss Hattie. Il cavalait véritablement en grimpant le long de la colline, puis il s'est engagé dans la clairière et il a sauté sur une souche en faisant de grands signes des bras aux hommes de la TVA. Et alors… (Tout son corps se mit à trembler et elle se couvrit le visage de ses mains.) Je l'ai vu, Knox, j'ai tout vu.

Il posa sa grosse main sur l'épaule de Miss Hattie.

— N'en parle pas, dit-il. Cela ne sert plus à rien d'en parler.

— Je ne peux m'empêcher de revivre cette scène, dit-elle, l'horreur perçant dans sa voix. Cela ne cesse de défiler dans mon esprit. Je le vois encore projeté en l'air, et la manière dont il est retombé lourdement sur le sol où il est resté étendu, paraissant n'avoir jamais été vivant ni heureux.

— Et maintenant, ils veulent que tu ailles de nouveau le voir, dit Knox. (Il tourna la tête et regarda la foule réunie dans la cour.) Il les haïssait tous, ces gens-là.

Miss Hattie parvint à libérer sa gorge de l'angoisse qui la serrait.

— Je crois que je ferais mieux d'y aller, dit-elle. Si je le vois mort, en paix, au lieu de mort dans la violence, peut-être que je pourrai oublier celle-ci. Mais chaque fois que je me dirige…

Knox ouvrit la portière de son côté.

— Viens, dit-il. J'irai avec toi. Allons-y.

Elle se glissa sous le volant ; Knox lui prit la main et il put sentir que Miss Hattie tremblait. Les gens les regardaient, immobiles, et toute conversation avait cessé. Mais Knox ne leur prêta aucune attention. Il marcha d'un pas décidé vers le porche, monta les marches et pénétra dans le couloir sans lâcher la main de Miss Hattie. Elle hésita au moment où ils arrivèrent sur le pas de la porte de la salle commune ; Knox attendit jusqu'à ce qu'il ne sente plus aucune résistance dans la main de Miss Hattie, et ils pénétrèrent ensemble dans la pièce. Ils se mirent à avancer inconsciemment sur la pointe des pieds jusqu'au cercueil, comme s'ils avaient peur de réveiller le mort ;

puis ils s'immobilisèrent côte à côte et baissèrent la tête pour regarder Rice.

Le cercueil était tout gris et paraissait trop neuf dans cette vieille maison. Il était fermé jusqu'au menton de Rice, dont on ne voyait que la tête. Il portait une chemise blanche, sans cravate, et un veston ; il y avait un linge blanc noué sous son menton. À part l'ecchymose violacée sur son front, il n'avait pas l'air d'avoir péri d'une mort violente ; mais il y avait une raison pour que le cercueil cache le restant de son corps.

Miss Hattie et Knox, immobiles en présence de la mort, regardaient silencieusement leur frère. Il n'y avait plus aucune jeunesse en lui ; cela paraissait impossible qu'hier encore il ait été vivant, jeune et heureux. Ils le regardaient, d'abord une lueur de reconnaissance dans les yeux, peu à peu remplacée par une contemplation calme de la mort, aussi définitive qu'un adieu. Knox pouvait enfin reconnaître le fait au lieu de continuer à refuser de l'accepter comme quelque chose d'irrévocable, de définitif ainsi qu'il l'avait fait jusqu'à présent, en un combat continuel depuis le moment où on était venu le prévenir sur le chantier. Miss Hattie commençait à ressentir à peu près la même chose ; la vision de la veille s'effaçait peu à peu. Elle se rendait compte que c'était comme cela qu'elle devrait le garder dans son souvenir, accompagné des rites de la cérémonie et de la douleur générale au lieu de ce moment de violente transition de la vie à la mort, du bonheur au néant.

Elle leva la tête vers Knox.

— Bon, dit-elle. Tu as fini ?

— Oui, répondit Knox. Tu peux sortir, je vais rester un peu avec papa.

Miss Hattie sortit. Knox traversa la pièce, prit une chaise à côté de Matthew, s'y assit et s'appuya contre le mur. Ils n'avaient rien à se dire ; mais Knox savait que sa présence auprès de son père avait de l'importance.

Matthew lui fit un signe de tête quand il le vit arriver, content de voir que Knox avait enfin accepté de pénétrer dans la maison. On lui avait rapporté comment il avait refusé de venir voir son frère. Mais il avait compris qu'il fallait un certain temps pour que Knox puisse se décider ; il n'y avait pas à s'en faire pour lui. Matthew était assis devant le feu, face à son père ; il se sentait seul dans la pièce malgré la présence de son vieux père, de Knox et de son fils mort étendu dans le cercueil. Il était venu ici quand on avait ramené de la ville le corps de Rice et il n'avait plus bougé depuis ce moment ; il avait passé la longue nuit avec ceux qui avaient monté la garde auprès du cercueil tandis que le vieillard avait dormi en ronflant et que les autres avaient été se reposer dans leurs chambres. Il avait les yeux secs, car des larmes ne suffisaient pas pour son fils. Il entendait, sans y faire attention, le bruit des pas chaque fois que de nouveaux visiteurs venaient voir Rice, leurs têtes se détournant du mort pour dévisager Matthew avec curiosité avant de reporter leurs regards sur le cercueil. S'il y en avait qui venaient vers lui pour lui serrer solennellement la main et lui présenter leurs condoléances, il leur répondait avec le même cérémonial ; puis il attendait qu'ils s'en aillent et le laissent en paix.

De temps en temps, il jetait un bref coup d'œil au vieillard installé dans le fauteuil à bascule. Il devait être conscient de la présence de la mort dans la pièce, car plus d'une fois il avait fait un effort pour regarder du côté du cercueil. Mais Matthew n'était pas sûr qu'il ait compris qui était mort. Il ne voulait pas que son père soit dérangé et il avait essayé de le transférer pour la journée dans sa chambre à coucher. Mais le vieillard avait refusé de s'en aller ; il s'était accroché à son fauteuil et avait fini par tellement se fâcher que Matthew avait dû abandonner.

John pénétra dans la pièce. – Matthew, dit-il à voix basse. Je viens de téléphoner à la direction générale de la TVA pour avoir des nouvelles de Jesse John. Ils m'ont répondu qu'il ne travaille sur aucun de leurs chantiers ; du moins, ils n'ont trouvé aucune trace de lui.

Matthew demeura immobile, la phrase se retournant en tous sens dans son esprit.

— Merci, John, dit-il enfin. Merci beaucoup.

John hésita un instant.

— Veux-tu continuer à attendre ? demanda-t-il. Je veux dire, jusqu'à demain. Ou est-ce que tu…

Matthew y pensa un long moment, incapable de prendre une décision. Le fait que Jesse John fût absent lui paraissait presque un plus grand outrage que la mort de Rice. Cela semblait impossible que l'on ne puisse pas l'avertir qu'il devait venir à l'enterrement de son frère.

— Non, répondit-il. Non, nous n'attendrons pas plus longtemps.

C'était la seule décision possible, et il était content de l'avoir finalement prise. Cela ne servait à rien de garder la présence de la mort encore plus longtemps dans la maison. Il ne voulait plus voir cette foule augmenter sans cesse jusqu'à la fin de la journée et encore le lendemain ; il voulait voir le domaine débarrassé d'eux, libre et vide comme il devait toujours être ; et, surtout, Matthew avait hâte de pouvoir de nouveau sentir les manches de la charrue dans le creux de ses mains. Dans le temps, on gardait les corps pendant trois jours avant de les enterrer ; ce n'était pas une nécessité, mais tout simplement une coutume. Matthew se souvenait très bien de ces longues veillées de son enfance ; on attendait avec la famille pendant trois longs jours jusqu'à ce qu'il n'y ait plus de chagrin mais uniquement un désir d'en avoir fini au plus vite afin de pouvoir enfin reprendre une vie normale. Sa femme avait été enterrée le jour de sa mort, et maintenant il avait attendu uniquement à cause de Jesse John.

— Non, dit-il, sa voix plus forte maintenant qu'il avait pris une décision. Nous aurons la cérémonie et nous l'enterrerons cet après-midi. (Il releva la tête pour regarder John.) Tu parleras au pasteur, ajouta Matthew. Toi et Mark, vous ferez tout le nécessaire.

— Bien sûr, répondit vivement John. Ne t'en fais pas. Mark et moi, nous nous chargeons de tout.

John fit quelques pas, mais il s'arrêta dès qu'il vit Mark apparaître sur le pas de la porte. Il attendit pour écouter ce qu'il avait à dire.

— Matthew, dit Mark. Il y a un homme qui veut te voir. Il est de la TVA.

Matthew remua sur sa chaise.

— Crawford ? demanda-t-il.

— Non, répondit Mark. Il m'a dit qu'il était le contremaître de l'équipe de dynamiteurs. Il voudrait te parler.

— D'accord, dit Matthew. Dis-lui que je suis ici. (Il secoua la tête.) Crawford devrait venir également. Je sais qu'Arlis voudrait qu'il soit là.

John s'arrêta devant la porte.

— Tu veux que je le fasse venir ?

Matthew secoua de nouveau la tête.

— Non. S'il n'a pas envie de…

L'homme de la TVA était un grand gaillard aux épaules larges et fortes. Ses vêtements – kaki – étaient propres, et on pouvait voir qu'il avait très rapidement ciré ses chaussures avant de venir car il y avait des endroits où le cirage était mal étalé et ne brillait pas uniformément ; elles étaient recouvertes d'une très légère couche de poussière ramassée dans la cour.

Il se tenait debout devant Matthew, et ses mains tripotaient nerveusement sa casquette.

— Monsieur Dunbar, dit-il, j'aurais donné tout ce que je possède au monde pour empêcher que cela arrive. Tout. Absolument tout.

Matthew leva la tête et regarda son visage.

— Je sais, dit-il. Je sais que vous l'auriez fait.

L'homme laissa tomber les mains en un geste d'impuissance.

— Nous faisons tout ce que nous pouvons pour que ce travail se fasse sans danger, dit-il. Je fais sauter de la dynamite depuis dix ans et je n'avais encore jamais tué quelqu'un. Nous plaçons des drapeaux rouges tout autour du secteur dans lequel nous travaillons. Nous donnons un coup de sifflet avant que les explosions ne soient déclenchées. Mais… mais il semblait sortir de nulle part… courant puis sautant sur cette souche pour nous faire de grands signes d'amitié et… si seulement il n'avait pas bondi sur cette souche, cela ne l'aurait peut-être pas tué.

Il se tut, incapable d'en dire plus, et Matthew fut surpris de voir des larmes dans ses yeux. Cet homme pleurait, alors que lui n'avait pas encore versé une seule larme.

Matthew se leva.

— Ce n'est pas votre faute, dit-il. Ne croyez pas que je vous fasse des reproches, ni à vous ni à la TVA. C'est arrivé de la manière dont cela devait arriver. Je n'aurais jamais pu empêcher ce garçon de partir hier. Il s'est levé au matin d'une journée qui attendait sa mort et personne au monde n'aurait pu faire quoi que ce soit pour l'empêcher.

— Je voulais simplement vous le dire, fit l'homme, très malheureux. J'étais là, debout, à le regarder…

Il se tut. Il secoua la tête. C'était un homme fier de son métier, consciencieux, et avant cela, il n'avait jamais tué.

Il fit brusquement demi-tour et s'empressa de partir, évitant de regarder le cercueil. Matthew, immobile, comme pétrifié, le regarda s'éloigner. Un peu de colère aurait été une aide efficace en ce moment. Mais il n'y avait aucune colère en lui. Rice avait couru joyeusement au-devant de la mort, et il n'y avait personne à blâmer. Matthew se dirigea brusquement vers la cuisine. Miz Anson tourna le dos au fourneau et lui fit face.

— J'ai besoin d'une tasse de café, Miz Anson, dit-il d'une voix fatiguée.

Au cours de la matinée, elle lui avait apporté trois fois du café, et chaque fois il avait refusé de le boire. Elle prit la cafetière et s'approcha de la table.

— Asseyez-vous ici, dit-elle.

Il se laissa tomber sur la chaise et vida la tasse d'un trait. C'était agréablement chaud dans son estomac. Il reposa la tasse sur la soucoupe.

— Je ne parviens pas à comprendre, Miz Anson, dit-il. Il n'y avait pas de raison à cela. S'il avait été retenu au lit par une maladie, ou s'il avait vieilli comme mon père… (Il leva la tête.) Cela fait cinq ans que je suis prêt à voir mon père mourir. Je serai triste de le voir partir, mais ce ne sera pas la même chose…

Elle posa sa main grassouillette sur l'épaule de Matthew.

— Il n'y a rien à comprendre, dit-elle d'une voix ferme. Il y a deux choses qu'il n'y a pas moyen de comprendre, Matthew, et ce sont la vie et la mort. Il n'y a même pas moyen d'y penser ; on deviendrait fou à vouloir essayer.

Il avait été occupé à labourer, et il était seul pour la première fois depuis le printemps, car Rice était parti s'occuper d'une affaire personnelle. Il avait vu Miss Hattie courir à travers les champs, se précipiter vers lui ; il avait senti un coup au cœur et il avait couru à son tour pour aller à sa rencontre ; il s'était agenouillé devant elle et l'avait secouée jusqu'à ce que la vérité lui apparaisse. Alors il avait lancé la mule en un galop effréné jusqu'à ce qu'il ait franchi la crête de la colline…

Dès qu'il vit l'attroupement d'hommes, il sut que la mort était là. Il se laissa glisser de la mule qui galopait encore ; elle leva brusquement la tête, effrayée par le coup de fouet et cette course soudaine qui étaient venus si brusquement, alors que quelques minutes auparavant, elle était tranquillement occupée à tirer lentement une charrue. Matthew courut jusqu'à Rice et s'accroupit par terre à côté de son fils ; il regarda, incrédule, le corps meurtri et désarticulé de son enfant. Il leva alors la tête pour regarder les visages blêmes.

— Comment est-ce arrivé ? demanda-t-il.

Un homme toussa et s'en alla ; alors un autre essaya de répondre. Enfin, un troisième parla.

— Il est arrivé en courant au moment où la dynamite explosait. Il a sauté en même temps. Il…

Matthew s'agenouilla et regarda le visage sale et sanglant ; la mâchoire pendait, ouverte, laissant voir trois dents arrachées de la gencive supérieure. Le sol était déjà trempé de sang ; le corps paraissait vidé de toute chair, comme un sac jeté dans un coin. Matthew le toucha, le fit rouler avec l'intention de lui croiser les bras, car il pensait que c'était nécessaire de l'installer dans une certaine position digne d'un mort. Mais il n'y avait qu'un seul bras ; l'autre avait été arraché juste au-dessus du coude et il ne restait plus qu'un moignon sanguinolent duquel émergeait un morceau d'os cassé.

— Descendez à la grange, dit-il. Ouvrez la porte d'une des stalles. Apportez-le ici.

Il ne se rendait pas compte qu'il donnait des ordres qui étaient aussitôt suivis. Les hommes revinrent très vite avec la vieille porte dont les gonds pendaient sur le côté. Arlis et Mark étaient avec eux ; les cheveux et le visage d'Arlis montraient clairement sa douleur et la crise par laquelle elle passait.

— Ramène-la à la maison, cria Matthew à l'adresse de Mark. Ne la laisse pas voir…

Il s'était levé précipitamment pour former un paravent de son corps et il les regarda s'éloigner, Mark lui ayant obéi aveuglément. Lorsqu'il s'était retourné, les hommes soulevaient déjà le corps pour le déposer sur la porte. Il aurait voulu aider, mais il était trop tard et les hommes le repoussèrent doucement. Il voulait absolument aider ; ce fut lui qui ramassa le bras arraché et le déposa sur la porte. Il faisait tous ces gestes automatiquement, calmement, sans penser ; il resta longtemps immobile à les regarder s'éloigner avec le corps de son fils. Puis, demeuré seul sur le lieu du drame, il se mit à regarder autour de lui. La souche avait laissé un trou profond dans la terre rouge et, tandis qu'il regardait, un mince filet de sable s'écoula pendant exactement dix secondes dans le trou puis cessa. Le sol était tout humide à l'endroit où le corps de Rice avait reposé, et la terre absorbait rapidement le sang. Puis il aperçut une chaussure arrachée du pied de Rice. Il la ramassa. Les lacets étaient cassés, mais le nœud fait avec précision n'était pas défait. Il mit la chaussure sous son bras et prit la direction de la maison.

Matthew secoua la tête.

— Je ne comprends pas, dit-il à Miz Anson. Je ne comprendrai jamais pourquoi c'est arrivé. C'était comme s'il n'avait pas le droit d'être un homme, d'être heureux comme tout être humain a le droit de l'être.

— Ne vous faites pas de mauvais sang, dit Miz Anson. Buvez votre café. Vous allez avoir besoin de toutes vos forces.

— Oui, dit Matthew d'une voix fatiguée. (Il but de nouveau une gorgée de café.) J'aurai besoin de toutes mes forces. Et pas seulement pour aujourd'hui.

En un éclair, il sut ce qu'il allait faire en ce qui concernait la TVA. Cela lui était tout à coup venu à l'esprit. Il le voyait clairement. C'était simple et à la portée de la main. Il lui avait fallu attendre jusqu'à maintenant pour s'en apercevoir. Il le ferait, ils ne pourraient rien lui faire et le Domaine de Dunbar serait sauvé. Cela se déroulait nettement devant son esprit mais il ne lui était pas permis de se réjouir d'avoir enfin trouvé la solution à ce problème qui l'avait tellement torturé. Tout en buvant son café, il se mit à penser aux gens rassemblés dans la cour. Il entendait le murmure de leurs voix ; il trouvait ce bruit de foule anormal, puis il réalisa que c'était parce qu'il n'y avait pas de rires. Bien sûr, c'était évident – personne ne riait à un enterrement ; et si, par hasard, cela arrivait, le gaffeur s'empressait de se taire dès qu'il réalisait son acte impie. Ils viennent quand il y a un décès, une naissance ou quelqu'un de malade, se dit Matthew. Pourquoi ne viendraient-ils pas aider à d'autres moments, lorsqu'on a vraiment besoin d'eux ? Pourquoi ne me soutiennent-ils pas contre la TVA au lieu de vendre les uns après les autres leurs propriétés ? C'était une pensée injuste et il la chassa aussitôt de son esprit. C'étaient de bonnes gens ; ils faisaient le bien qui était à portée de leur main et ils ne se laissaient pas aller à des actes mauvais. Arlis pénétra à ce moment dans la cuisine et elle vint s'asseoir à la table, près de lui.

— Est-ce que Crawford est arrivé ? demanda Matthew en la regardant.

Elle secoua la tête. Pendant toute la matinée elle avait attendu ; elle avait besoin de sa présence, de son réconfort ; chaque fois qu'une voiture arrivait, elle se dépêchait d'aller voir si ce n'était pas lui. Mais il ne venait pas, et Arlis ressentait douloureusement son absence.

Miss Hattie pénétra dans la cuisine, hésita à cause du monde, puis, ayant reconnu sa famille, elle vint aussi s'asseoir. Peu après arrivèrent Knox, qui était à la recherche de Matthew, ainsi que Mark. Ils étaient tous assis autour de la table. Miz Anson leur apporta des tasses de café ; elle se déplaçait d'un pas léger entre le fourneau et la table, de sorte qu'ils ne remarquaient pas sa présence. Le regard de Matthew fit le tour du cercle ; il était réconforté de voir la famille ainsi assemblée à ses côtés.

— Si seulement Jesse John pouvait être ici, dit-il. Et Connie.

Personne ne répondit à ses paroles, et un profond silence s'ensuivit. Il ne cessait de les observer. Ils étaient tous adultes, individuels et séparés – même Miss Hattie –, mais en même temps ils faisaient partie d'un même groupe, d'une même famille, unis contre les retombées du chagrin et des cérémonies. C'était bien qu'ils se soient enfin réunis, apportant chacun sa part de peine.

— Nous l'enterrerons cet après-midi, dit-il. Le pasteur prononcera la prière ici, dans la salle commune ; puis nous le porterons là-haut, où sont enterrés tous les autres, et nous l'enterrerons. Je trouverai un moment la semaine prochaine pour lui installer une pierre.

Arlis pencha la tête.

— Je ne peux m'empêcher de me souvenir de lui au moment où il est parti, dit-elle d'une voix hésitante. Je m'en souviendrai, dussé-je vivre jusqu'à quatre-vingt-dix ans ; son expression lorsqu'il a franchi la porte…

— Maintenant, ça suffit, dit Matthew d'une voix très douce. Il y a encore la cérémonie et puis l'enterrement.

Le cercle était complet ; ils attendaient silencieusement le moment de la dernière épreuve. Ils entendaient la foule des gens venus partager leur détresse, et, de la salle commune, leur parvenaient les bruits des préparatifs. Personne ne bougea jusqu'à ce que l'oncle John passe la tête par la porte pour leur annoncer :

— Ils sont prêts, Matthew.

Matthew se leva.

— Où est cette fille ? demanda-t-il. La fille de Rice. Elle devrait être avec la famille.

John secoua la tête.

— Son père m'a dit qu'elle ne pouvait pas venir. Ils ont dû appeler un médecin qui lui a donné un calmant. Elle n'aurait pas pu…

Matthew fit un signe de tête. Il irait la voir demain ; il s'assiérait à côté de son lit, lui tiendrait la main et essaierait de la réconforter. Il devrait absolument faire cela demain. Il regarda les autres ; il eut envie de les toucher de sa main, chacun d'eux, pendant quelques instants, comme si ce contact pouvait diminuer leur épreuve et lui permettre d'en prendre une partie à sa charge.

— Il est temps, les enfants, dit-il.

Tous se levèrent et ils suivirent Matthew dans la salle commune devenue soudain silencieuse. Des chaises vides étaient disposées au milieu de la chambre ; il y en avait juste assez pour la famille ; la foule, debout le long des murs, faisait cercle autour de la pièce. Il faisait chaud tant il y avait de monde ; les plus jeunes garçons étaient restés dans le couloir et essayaient de regarder par la porte. On entendait un bruissement continu de pieds qui se déplaçaient et de vêtements froissés, le tout ponctué de temps en temps d'une voix étouffée. On avait roulé le fauteuil du vieillard au milieu de la pièce, dans une des rangées de chaises ; Matthew vint s'asseoir à côté de lui, et les autres suivirent docilement sous les regards de l'assemblée. Le pasteur se tenait debout derrière le cercueil encore ouvert ; il attendait que la famille soit assise et que tous les bruits aient cessé. Il faisait chaud et très calme dans la pièce, et le regard du pasteur paraissait peser lourdement sur l'assemblée. Il leva les bras et déclara : « Psaume 434 », comme si chacune de ses mains tenait un psautier, puis il entama le chant.

Le son du chant était puissant et étouffé à la fois. Au début, les voix n'étaient pas très claires, mais au bout de quelques secondes, elles devinrent plus fortes tandis qu'elles égrenaient les strophes familières. Quand ils eurent fini de chanter, le pasteur baissa la tête en disant :

— Prions.

Immobile, Matthew regarda la pointe de ses chaussures pendant le silence qui suivit. Il avait l'esprit tout à fait vide. Quelque part dans la foule, une femme poussa un profond soupir, puis une autre laissa échapper un sanglot.

Le pasteur releva la tête, et tout le monde suivit son exemple.

Puis le pasteur souleva la bible ; il la soutenait d'une main largement ouverte tandis que l'autre était posée sur les pages.

— Nous avons choisi le texte d'aujourd'hui dans le Livre de Job, 14, versets 7 à 9 : *Car il est à l'arbre un espoir : s'il est coupé, il peut encore revivre – et sa pousse ne finira pas. Si sa racine vieillit en terre, si son tronc meurt dans le sol, à la senteur des eaux, il reverdit – et se fait frondaison comme jeune plant.*

Le pasteur se tut quelques instants avant de poursuivre :

— En vérité, quoique le corps de ce jeune homme soit étendu mort devant nous, son âme fait germer et pousser des feuilles d'or et d'argent dans le Ciel.

Il déposa le livre à côté de lui et fit face à l'assemblée. C'était un jeune pasteur, nouveau venu à l'église voisine, et c'était la première fois que Matthew l'entendait prêcher. Il était petit et fort, son visage était pâle, comme s'il passait la plus grande partie de son temps enfermé. Il fit un geste des mains qui semblait vouloir atteindre la congrégation.

— Il est facile, mes enfants, de trouver du réconfort quand ce sont des vieux qui meurent. Mais lorsque ce sont des jeunes qui meurent… lorsque des jeunes meurent, ô Seigneur, nos cœurs se déchirent de désespoir et nos protestations montent amèrement jusqu'à l'oreille de Dieu. Car la mort est le sort des vieux, tandis que l'accident est celui des jeunes.

Matthew entendait les sons qui commençaient à s'élever autour de lui au fur et à mesure que les paroles du pasteur remuaient les cœurs des âmes sensibles. Il vit Arlis baisser la tête ; les larmes lui coulaient le long des joues et son corps sursautait au rythme des sanglots. Miss Hattie s'était agrippée à sa main et elle pleurait aussi. Il y avait aussi des larmes sur le visage du vieillard tandis que la voix douce les atteignait et venait caresser leur chagrin. Mais Matthew ne sentait pas de larmes en lui ; il n'avait pas encore pleuré et ses yeux brûlants étaient secs. Il était assis très raide sur sa chaise ; le veston de son costume était trop serré sur ses épaules voûtées par le labeur. Le pasteur parla longtemps ; dès qu'il eut fini, le chant reprit… puis il y eut un silence angoissant qui dura jusqu'à ce que Matthew se lève, réalisant qu'il était temps.

La famille s'était levée derrière lui. Il s'avança jusqu'au cercueil et regarda la masse blanche qui avait été son fils ; mais il ne ressentit rien à cette dernière vision. Il ne ressentit absolument rien. Il retourna à sa chaise, puis Arlis s'avança, seule, vers l'épreuve. Les sanglots se firent plus forts tandis que toutes les femmes se joignaient à son chagrin. Knox et Miss Hattie avancèrent ensemble, se tenant par la main ; puis ce fut au tour de l'oncle Mark et de l'oncle John, suivis des enfants de l'oncle John puis de toute la série des cousins proches et éloignés. Il y avait de plus en plus de bruit : les pieds qui se traînaient lentement, les sanglots, les toussotements et quelques éternuements tandis que la congrégation tout entière défilait lentement devant le cercueil.

Lorsque la cérémonie fut terminée, des jeunes gens vinrent chercher le cercueil pour le porter jusqu'au chariot. Matthew resta un moment à parler du vieillard avec Miz Anson ; il était trop vieux pour aller jusqu'au cimetière et il faudrait que quelqu'un reste avec lui. Puis Matthew sortit de la maison. Il se sentait mieux maintenant qu'il était au soleil et à l'air frais. Il vit deux mules noires qu'il ne connaissait pas attelées au chariot au moment où le cortège se mit en marche, soulevant la poussière sur le chemin qui conduisait au cimetière. La famille marchait ensemble, avançant en un groupe compact au milieu de la foule éparpillée. Matthew gardait les yeux fixés devant ses pieds et il sentait la fatigue dans ses mollets tandis qu'il gravissait la pente.

Deux hommes qui étaient partis en avant avaient déjà détaché les barbelés entre deux des poteaux de la clôture entourant le pâturage pour laisser passer le chariot. Matthew se dit qu'il devrait sans faute changer ces barbelés au cours de l'été ; il le ferait en même temps qu'il s'occuperait de la pierre pour la tombe de Rice.

Il y avait trop longtemps que cela durait, et il y avait encore à faire. Matthew supporta tout le cérémonial aussi bien que s'il était occupé à labourer un champ ; debout, immobile devant la fosse tout en écoutant les paroles du pasteur. Il y avait déjà une grande caisse en sapin dans la fosse, et celui qui avait acheté le cercueil – probablement l'oncle John – avait emprunté de larges courroies pour pouvoir le descendre dans le trou. Le cercueil était posé dessus ; les hommes le retenaient de toutes leurs forces pour empêcher le cercueil de tomber. Il y avait aussi quelques bouquets de fleurs. Puis le cercueil fut descendu dans la caisse ; un des hommes descendit dans le trou pour fermer le couvercle ; il travaillait vite, enfonçant rapidement les vis.

Le pasteur leva les bras et se mit à prier ; sa voix était douce tandis qu'il intercédait pour Rice, pour la famille, pour les souffrances humaines. Il abaissa les bras et parla à voix basse. Puis Matthew reçut la pelle pour jeter les premières mottes de terre dans la tombe. Dès que ce fut fait, il fit demi-tour pour s'éloigner ; il fut surpris de voir comme le soleil était bas ; l'après-midi était presque passé. Les autres lui succédèrent pour le même devoir puis ils laissèrent le véritable travail de l'ensevelissement à quelques hommes qui maniaient les pelles à une rapidité telle que l'on pouvait croire que c'était à qui déplacerait le plus de terre. Matthew fut accosté par un homme qui lui parla à voix basse de détails techniques concernant la tombe. Cela n'intéressait absolument pas Matthew et celui-ci lui donna carte blanche quant à l'arrangement de celle-ci.

Matthew s'approcha du pasteur et le remercia. Il aperçut Arlis ; elle était seule et avait le regard fixé sur les hommes qui, dans leurs beaux costumes, suaient en remplissant la fosse. Crawford aurait dû être ici, se dit Matthew. Crawford aurait dû venir. La foule commença à s'éclaircir. La famille se regroupa pour redescendre vers la maison. Jesse John aurait dû être là aussi, mais il n'y avait eu aucun moyen de le prévenir. Connie non plus. Matthew marchait au milieu de sa famille. Le cortège commençait à s'éloigner de la maison. Au loin, il pouvait percevoir des rires libérés et des paroles faciles et sans cérémonie, et il était heureux de les entendre dans ses oreilles. Le chagrin ne se ferait pas encore sentir aujourd'hui, mais seulement demain et tous les jours suivants. Le chagrin et la douleur seraient avec lui chaque fois qu'il pénétrerait seul dans les champs.

Il se tourna vers Knox.

— Tu vas rester, dit-il.

Knox le regarda.

— Je resterai ce soir, dit-il d'une voix ferme. Mais il faut que demain je sois au travail.

Matthew ne voulait parler que de cette nuit. Mais la voix ferme de son fils l'avait surpris et il détourna la tête. Il attendait avec impatience le moment de se remettre au travail. Dans quelques instants il faudrait traire ; et puis il y aurait les bêtes à nourrir – toutes choses qui ne s'arrêtaient jamais, qui ne changeaient jamais de rythme. Mais Matthew pensait toujours : si seulement Jesse John avait pu revenir à la maison.

Panorama VII

Rapport

Barrage de Chickasaw
Le 16 juillet, 1937
Charles C. CONNAWAY
Ingénieur principal des Constructions
Tennessee Valley Authority

La construction du barrage de Chickasaw est arrivée, à ce jour, à un stade satisfaisant ; le programme est respecté et maintenu dans des limites raisonnables.

L'utilisation de vannes provisoires a permis de réaliser dès le 24 mai 1937 la première différence de niveau dans l'écluse. Il est prévu que la construction du radier supérieur définitif soit terminée en décembre 1937, ouvrant ainsi officiellement l'écluse à la navigation.

Sur la berge nord, les travaux sont quasi terminés, à l'exception d'une petite section qui doit encore être enrochée.

Les 15 déversoirs de la seconde phase de la construction sont terminés. Grue n° 1 destinée aux déversoirs en cours de montage.

Phase 3 : les 3 déversoirs, le rempart et la centrale électrique sont en chantier. On coule actuellement le béton pour les déversoirs et le rempart, ainsi que pour les aires des orifices d'entrée des turbines. Les excavations du rocher pour la centrale ont été terminées au mois de juillet et l'établissement des fondations est actuellement en cours d'exécution. Il est prévu dès à présent que les caissons pourront être retirés au mois de janvier ou de février de l'année prochaine. La grue n° 2 destinée à l'aire d'alimentation et aux vannes est sur place, en pièces détachées.

L'installation des machines de la centrale électrique attend que la phase 3 de construction soit terminée.

Les travaux de la berge sud, ainsi que vous l'avez appris par les rapports précédents et par vos observations personnelles, se sont heurtés à des difficultés considérables qui n'ont pu encore être surmontées. La consolidation des fondations est toujours en cours. Des tranchées ont été creusées tout le long de la digue, mettant au jour des blocs erratiques, des poches d'eau et des rochers fissurés. Il a fallu pomper énormément. Les travaux de la berge sud sont poussés au maximum et l'ingénieur adjoint des constructions, George K. Perry, supervise en personne ce secteur. Il n'est pas encore possible, du moins pour le moment, de déterminer la date à laquelle ces travaux seront terminés. La construction de l'installation de distribution se poursuit au même rythme.

Les acquisitions de terrains, le déménagement des habitants et le déplacement des cimetières se poursuivent normalement, selon les prévisions. Le dégagement du réservoir a subi un léger retard dû au manque de main-d'œuvre pendant la période des récoltes, mais des équipes supplémentaires sont actuellement occupées sur les lieux.

Si (1°) les travaux de la berge sud sont terminés au mois de décembre de cette année, (2°) l'horaire est respecté pour le dégagement du réservoir et (3°) il n'y a pas de difficultés imprévues dans l'évacuation des habitants, on peut estimer que le barrage de Chickasaw pourra fermer ses vannes pour remplir le réservoir en avril 1938 au plus tard. On avait espéré atteindre ce but dès le mois de janvier afin de profiter des pluies de l'hiver et du printemps, mais au stade actuel, il semble que cette date soit prématurée.

On m'a informé qu'un groupe de parlementaires visitera ce secteur au cours de la première semaine de septembre pour examiner l'état et la marche des travaux. Ils seront probablement accompagnés de leurs photographes ; je crois, cependant, qu'il serait prudent d'avoir ici, à leur disposition, deux ou trois de nos hommes du bureau de Knoxville.

Ross NEWLIN, Earle B. RAGSDALE,
Directeur technique. Ingénieur conseil.
Leslie R. ACKERMAN,
Ingénieur des travaux.

16

La vie continuait. Il y avait beaucoup de travail et Matthew était seul pour le faire. Il y avait bien Mark, mais, bien qu'il fasse son possible, il ne servait pas à grand-chose. Il était incapable de s'appliquer à une tâche ; le soleil était trop chaud pour lui et cela le rendait faible et malade après une ou deux heures de travail aux champs et alors il devait s'asseoir à l'ombre. Finalement, Matthew trouva une excuse pour qu'il ne vienne plus dans les champs : il y avait plus qu'assez à faire à la maison, dans la grange et dans les écuries, toutes choses dont Matthew n'avait plus le temps de s'occuper. Alors Mark se chargea de nourrir les animaux, de traire les vaches et d'aider Miss Hattie pour les poules. C'était lui aussi qui était chargé de réparer et de maintenir les outils et les machines en bon ordre de marche.

Matthew ne parla à personne de son plan. De toute façon il n'avait pas le temps de le mettre en exécution pour le moment, car il était urgent de s'occuper des cultures. Mais il s'y attaquerait bientôt ; il lui arrivait souvent, le soir, de marcher jusqu'à l'entrée de son domaine ; là, les collines qui descendaient de chaque côté étaient très proches l'une de l'autre. Il était certain qu'il y avait moyen de réussir et il se sentait réconforté par cette certitude. Il agissait enfin, il *faisait* quelque chose au lieu d'attendre que les événements se produisent.

Rice était continuellement absent. C'était comme s'il n'était parti que momentanément ; Matthew ne parvenait pas à perdre l'habitude de lever de temps en temps la tête pour le voir arriver en courant à travers champs comme un jeune poulain. Chaque fois qu'il avait envie de le regarder, de lui parler, il se souvenait soudain de la triste réalité. Mais Matthew n'était pas homme à se lamenter inutilement ; il avait même été presque content lorsque les invités étaient partis. On pouvait enfin parler sur un ton normal, même rire et trouver de nouveau du plaisir et du réconfort à travailler et à manger. Le deuil et la tristesse étaient contre sa nature. Mais Rice avait été le plus jeune de ses fils et c'était sur lui que s'étaient reposés ses derniers espoirs. Malgré sa résolution, Matthew voulait se rebeller contre son infortune, se morfondait sur le manque de chance qui l'accablait ; si seulement il pouvait avoir l'occasion de remonter le temps et de tout recommencer d'une manière différente qui lui donne plus de chances de bien réussir. Lorsqu'il se trouvait dans cet état d'esprit, son front se plissait fortement et la famille tâchait de se faire remarquer le moins possible en sa présence.

On lui avait donné l'argent trouvé dans la poche de Rice. Il avait pris la liasse de billets enroulés ; il avait tout de suite remarqué que Rice n'y avait pas touché depuis le moment où Matthew les avait comptés et les lui avait remis. Mais il ne lui était plus possible de garder cet argent dans sa poche ; il mit un élastique autour de la liasse et la déposa sur la cheminée de la salle commune, cachée derrière une poupée que Knox avait rapportée un jour de la foire.

Matthew était soulagé d'avoir du travail à faire, même s'il aurait dû avoir fini de labourer depuis longtemps. Étant seul à faire le travail, il y avait encore de l'herbe au milieu des cultures. Il avait toujours aimé cette époque de l'année, lorsque l'herbe essaie d'étouffer le maïs, la nature poussant autant qu'elle peut sous l'effet bienfaisant de la pluie et du soleil. C'était pendant ces semaines que se décidait le sort d'une récolte. Matthew se mit courageusement au travail, labourant et sarclant afin que le maïs et le coton aient l'occasion d'avoir leur ration de soleil et d'humidité. Il avait loué les services d'un des fils de John pendant quelques jours ; mais il avait fini par le renvoyer : ce garçon ne travaillait pas de la même façon que ses enfants et il perdait beaucoup trop de temps à lui expliquer tout ce qu'il devait faire.

Il vivait continuellement dans l'espoir de voir Jesse John revenir. Il n'avait pas oublié la promesse de son fils ; il savait que Jesse John reviendrait immédiatement dès le moment où il aurait retrouvé Connie. Il ne s'attendait pas à la voir revenir avec son mari, car il était persuadé qu'elle refuserait. Matthew avait voulu dévoiler la vérité à Jesse John avant que celui-ci ne s'en aille et ne finisse par la découvrir lui-même, mais il s'était tu, sachant fort bien que son fils n'aurait jamais voulu l'écouter. C'était une chose que Jesse John ne pouvait apprendre que par lui-même.

Alors Matthew attendait. Et pendant ce temps il pensait à Jesse John ; il se disait qu'il était le seul fils qui lui restât qui pourrait lui succéder un jour à la tête du domaine. Auparavant, Jesse John avait toujours été sous la domination de sa femme, il n'avait jamais pu lui refuser quoi que ce soit ; mais maintenant, après son retour, tout serait changé. Matthew lui apprendrait ce que c'est que de devoir décider, de prendre des responsabilités, et il était sûr que Jesse John pourrait leur prouver qu'il était digne et capable de diriger les destinées du domaine.

D'ailleurs, il devait l'être ; Matthew ne pouvait plus avoir le moindre espoir en Knox. Il se souvenait de sa réponse catégorique le jour de l'enterrement, alors que Matthew avait l'intention de lui demander de ne passer que la nuit à la maison. Knox était parti très tôt le lendemain matin, au moment où le jour ne faisait que poindre, et il paraissait vraiment heureux de pouvoir enfin quitter le domaine pour vivre sa vie. Évidemment, il était certainement soulagé de pouvoir s'éloigner de l'atmosphère de mort et d'oppression ; mais Matthew s'était fort bien rendu compte que Knox était surtout pressé de retourner dans son monde à lui. Knox avait rompu tout rapport avec le domaine en allant travailler pour la TVA de la même manière que Mark avait disparu de nombreuses années auparavant.

Pendant cette époque de réajustements, d'espoirs et de projets nouveaux, Matthew fut dérangé par un défilé continu d'étrangers. Le premier fut un jeune homme qui voulait avoir tous les détails de l'accident et qui les transcrivait au fur et à mesure sur un formulaire officiel très compliqué. Matthew avait refusé de lui parler ; mais il avait dû se rendre à l'évidence : cet étranger reviendrait sans cesse à la charge tant qu'il n'aurait pu remplir ses formulaires ; alors Matthew finit tout de même par le recevoir et répondit à toutes les questions qui lui furent posées ; il fut soulagé de voir ce jeune homme partir. Mais quelques jours plus tard ce fut au tour d'un jeune avocat de venir lui rendre visite. L'avocat expliqua en détail que Matthew n'avait pas une chance au monde de gagner un procès et que la mort de Rice était entièrement due à sa propre négligence ; mais l'avocat était certain qu'il y avait moyen de s'arranger à l'amiable, à la satisfaction de tout le monde. Matthew eut envie de lui demander si Rice serait, lui aussi, satisfait. Mais il se tut, ce n'était pas le genre de chose à dire.

Il ne voulait pas en parler. Mais le jeune avocat continuait à venir, à parler, et à revenir ; il ne semblait pas content de voir que Matthew n'avait rien à lui dire, n'éprouvait aucun sentiment de vengeance ou de colère. Il se sentait de plus en plus mal à l'aise, tant il était certain que Matthew préparait secrètement une contre-attaque foudroyante. Finalement, Matthew lui déclara tout de go qu'il ne voulait rien obtenir de la TVA pour la mort de son fils. En ce qui le concernait, il croyait sincèrement ce que le contremaître de l'équipe de dynamiteurs lui avait dit. Le jeune avocat ne voulait pas le croire ; enfin, il vint avec le formulaire à lui faire signer. Il regarda, incrédule, tandis que Matthew écrivait son nom au bas du formulaire puis il s'en alla pour toujours, secouant la tête d'étonnement. On laissa Matthew en paix à partir de ce jour.

Crawford ne donnait plus aucun signe de vie. Pour Matthew, c'était comme s'il n'avait jamais existé ; et pourtant il était toujours présent : il ne parvenait pas à le chasser complètement de son esprit. Arlis ne parvenait pas à l'oublier non plus. Il n'était pas venu à l'enterrement, et il se passa encore une semaine avant qu'elle n'entende son klaxon. Le soir où elle l'entendit, elle sentit son sang se glacer ; elle s'immobilisa complètement pendant quelques instants. Elle était choquée, et elle se dépêcha d'aller le rejoindre pour faire cesser le son sacrilège.

Il la vit surgir de l'obscurité et il ouvrit la portière pour elle. Il savait qu'elle finirait tout de même par répondre à son appel. Il avait été patient, sûr de lui, certain qu'elle ne pourrait pas résister éternellement.

— Qu'est-ce que tu veux ? demanda-t-elle.

— Je voulais que tu viennes jusqu'ici, répondit-il en souriant.

Elle réalisa à ce moment qu'il n'était pas au courant.

— Rice est mort, dit-elle d'une voix étranglée. Il a été tué dans un accident. On l'a enterré la semaine dernière.

— Je ne savais pas, dit Crawford, et il se déplaça sur son siège. J'ai été envoyé à Knoxville et… (Il interrompit l'explication inutile et sortit de la voiture pour aller la rejoindre.) Tu avais besoin de moi et je…

Elle se laissa tomber avant même qu'il ait pu la toucher et il étendit les bras pour la rattraper, pour la serrer contre lui. Elle pleurait, son corps flasque et lourd contre lui ; c'était comme si elle n'avait pas pleuré une seule fois de tout l'enterrement. Elle avait besoin de lui pour se décharger de tout son chagrin. Il demeura longtemps immobile à la soutenir. Alors ils s'installèrent dans la voiture ; ils étaient assis l'un à côté de l'autre et elle lui raconta toute l'histoire. C'était de nouveau la même atmosphère que celle qu'ils avaient connue avant leur lutte.

Ils n'eurent pas besoin de paroles pour savoir que le fossé qui les séparait était enfin comblé. Ils se retrouvaient au même point qu'avant, avec les mêmes sentiments.

Ils étaient heureux ; et cependant, au fond de lui-même, Crawford était déprimé. Il ne se sentait pas plus avancé qu'avant dans ses rapports avec Matthew. Ce dernier était imperméable à tout assaut et toute pression autres que ceux de la loi. Et Crawford n'était pas de ceux qui mettent la justice en branle. Après le départ d'Arlis, il conduisit lentement vers la ville, réfléchissant aux problèmes posés par Matthew ; et au lit, il resta éveillé très longtemps, ses yeux ouverts regardant le plafond obscur. Le lendemain matin, il se leva comme un vieil homme usé et fatigué. Il se dirigea d'un pas lent vers son bureau ; il s'installa dans le coin qui lui était réservé ; il lui semblait que sa tête était vide et il était terriblement découragé. Il demeura immobile à regarder la porte, attendant de voir entrer le patron ; il n'essaya même pas de travailler. Le patron pénétra dans la pièce, la traversa et entra dans son bureau. Crawford se leva et se dirigea vers la porte, frappa et entra l'instant d'après. Il se tint debout, immobile devant le bureau, et il regarda l'homme qui était assis en face de lui et qui compulsait son courrier. C'était un homme grand et maigre ; il avait la peau bronzée quoiqu'il ne travaillât presque plus jamais à l'extérieur.

— Oui ? fit le patron. Qu'est-ce qu'il y a ?

Crawford continuait à le regarder.

— Je veux donner ma démission, répondit-il.

Mr Hansen laissa tomber les lettres qu'il avait en main et leva la tête pour regarder Crawford. Il repoussa aussitôt les papiers qui se trouvaient devant lui et se cala dans son fauteuil.

— Pourquoi ? demanda-t-il carrément.

Crawford secoua la tête.

— Je veux simplement donner ma démission, dit-il.

Il parlait d'une voix égale, claire, parfaitement maître de lui. Il avait peur que ses mains ne tremblent et il voulait les mettre dans ses poches pour que son patron ne se rende compte de rien. Mais il ne fit pas un geste.

Mr Hansen eut un mouvement de tête, indiquant ainsi à Crawford de s'asseoir. Mais Crawford restait toujours immobile.

— Asseyez-vous, lui dit Mr Hansen, et Crawford réalisa à ce moment qu'il ne s'en tirerait pas aussi facilement qu'il le pensait d'abord.

Il s'assit sur la chaise et croisa les mains sur ses genoux.

Le patron le regarda droit dans les yeux.

— Vous êtes un des meilleurs éléments de cette division, dit-il. Crawford, vous connaissez mieux que quiconque les gens avec lesquels nous devons traiter. Vous vous en êtes très bien tiré jusqu'à présent… et je croyais que votre travail vous plaisait.

— Merci, monsieur, dit Crawford. J'apprécie beaucoup vos éloges, mais je…

Le patron se pencha en arrière et mit les mains derrière sa tête. Il se détourna de Crawford et regarda par la fenêtre.

— Pour ne rien vous cacher, dit-il, je pensais vous recommander pour le poste de chef de section. C'eût été dommage de vous retirer de votre emploi actuel, mais… (Il sourit.) On ne peut tout de même pas garder les meilleurs éléments éternellement au même endroit et laisser les autres grimper les échelons par favoritisme et pour les empêcher de trop rouspéter. Ce n'est déjà arrivé que trop souvent. (Il se retourna et il eut un regard scrutateur pour Crawford.) Si on m'avait demandé qui aurait été le dernier à me quitter, j'aurais cité votre nom, ajouta-t-il. Je ne comprends pas.

Crawford baissa la tête et regarda ses mains.

— Vous ne connaissez pas toute l'histoire, dit-il lentement. Je n'ai fait qu'accumuler les ennuis, et ils vont tous nous retomber sur le dos d'un moment à l'autre. Alors je crois que ce qu'il me reste de mieux à faire est de me retirer avant qu'il ne soit trop tard et de laisser à quelqu'un d'autre l'occasion de redresser la situation.

— Dunbar ? fit le patron.

— Il ne veut pas vendre, dit Crawford. Je lui ai dit et redit cent fois la même chose, et il ne veut toujours pas bouger. J'en suis arrivé au point où il ne veut même plus me parler, où il ne veut même plus me donner l'occasion… (Il respira profondément.) Pour vous dire la vérité, monsieur Hansen, j'ai l'impression que je me suis embarqué trop loin. Je me suis mis à sortir avec sa fille… et je suis tombé amoureux d'elle.

— Ça, c'est en dehors de votre travail, dit Mr Hansen, et il sourit. Mais il me semble que cela aurait dû…

Crawford lui sourit également.

— Ouais. Mais cela ne plaît pas au vieux, dit-il. Il m'a interdit de la voir. Mais elle a continué, du moins pendant longtemps. (Il leva la tête et regarda son patron.) Maintenant encore.

Le patron secoua la tête d'un air exaspéré.

— On est déjà venu m'exposer pas mal de problèmes depuis que je suis dans ce bureau, dit-il, mais celui-ci les dépasse tous... Et voilà maintenant que vous donnez votre démission.

— Oui, monsieur, répondit sans hésiter Crawford. Peut-être que quelqu'un d'autre...

Mr Hansen fit de nouveau pivoter son fauteuil.

— Qu'est-ce que c'est comme type, ce Dunbar ? demanda-t-il.

Crawford fronça les sourcils.

— C'est un gars formidable, dit-il lentement. (Il cherchait les mots convenant exactement à sa description.) Vous ne pourriez trouver meilleur homme à cent lieues à la ronde. Il ne hait personne, il n'envie personne et il est plus attaché à sa famille et à son domaine qu'aucune autre personne que j'aie jamais vue. C'est de là que proviennent tous nos ennuis. Il est fermement ancré dans ses idées ; pour lui, le Domaine de Dunbar n'est pas un terrain, c'est un endroit qui appartient aux Dunbar depuis des générations. Il est incapable d'avoir un autre point de vue.

— Continuez.

Crawford faisait un effort pour mettre de l'ordre dans tout ce qui lui passait par la tête. Cela lui semblait impossible à exprimer par des paroles.

— Il est étrange, finit-il par admettre après un long silence. Les gens qui habitent par là les considèrent, lui et sa famille, comme étranges, différents des autres. Ils ne fréquentent guère leurs voisins ; ils restent exclusivement entre eux et les garçons, surtout l'aîné, ont toujours été très impétueux – de véritables sauvages. J'ai dans l'idée qu'ils font du whisky – pas pour le vendre, bien sûr – mais...

Mr Hansen l'interrompit d'un éclat de rire.

— Vous avez entendu parler de cette histoire qui s'est passée la semaine dernière avec ce vieux type qui insistait pour que l'on évalue son alambic avec toutes ses affaires ? Il a conduit l'expert jusqu'à son installation et il a attendu qu'on lui en offre un prix, sinon il refusait de vendre. L'expert était terrifié à l'idée que l'on découvre l'alambic parce que le vieillard lui en voudrait à mort. Il revint le lendemain et demanda au vieillard de le déplacer, de sorte que l'on ne puisse même jamais le soupçonner.

Cette anecdote dérida quelque peu Crawford et il se mit à rire aussi. Mais cela ne dura qu'un instant, dès qu'il se remit à penser à Matthew.

— Son fils a été tué il y a une semaine ou deux, dit-il. Il a sauté sur de la dynamite... il a couru en plein dedans, m'a déclaré sa sœur.

Mr Hansen fit un signe de tête affirmatif.

— J'en ai entendu parler, dit-il. Ce n'est pas ça qui va arranger les choses.

— Matthew a un esprit juste et équitable, dit Crawford. Même s'il était dans son droit parce que la TVA était là où son fils avait choisi d'aller gambader, il n'a pas été furieux à cause de l'accident. Ça, c'est la manière de Matthew. (Il secoua la tête.) C'est un curieux personnage, monsieur Hansen. Il est borné pour quantité de choses, se refusant à admettre la vérité, tandis que pour d'autres il est très compréhensif. Et je crois qu'il me trouve sympathique. C'est pour cela qu'il ne veut plus me parler, parce que je suis souvent trop proche de lui.

— Et vous ? demanda Mr Hansen. Je crois que vous l'aimez bien, non ?

— C'est un chic type, dit Crawford. C'est le meilleur homme que je…

— Qu'avez-vous l'intention de faire ? demanda le patron. Je veux dire, quand vous nous aurez quittés.

Crawford baissa de nouveau la tête pour regarder ses mains.

— Je ne sais pas, dit-il. Je n'y ai pas encore songé.

Mr Hansen se leva.

— C'est bien ce que je pensais. Vous ne voyez pas d'autre solution que de partir et de laisser votre travail à quelqu'un d'autre. Alors vous partirez, vous trouverez un petit emploi sans intérêt et vous le regretterez pendant le restant de vos jours.

— J'avais l'intention de prendre Arlis avec moi, dit Crawford. Si elle le veut.

Mr Hansen enfonça les mains dans ses poches et fit tinter des pièces de monnaie et des clefs.

— Après tout, ce n'est pas aussi dramatique que cela, dit-il. Nous pouvons toujours condamner la propriété, la prendre de force si c'est nécessaire. Ce n'est pas lui qui empêchera les eaux de monter dans le réservoir. Nous ne pouvons nous permettre de le laisser faire à sa guise.

— Ça le tuerait, répondit brusquement Crawford. Il continuerait sans doute à vivre pendant quelque temps encore, mais ça le tuerait. Il mérite mieux que cela. Il…

Mr Hansen se pencha vers Crawford.

— Alors montrez-lui qu'il mérite mieux. Continuez à lui parler. Essayez encore de le convaincre. C'est ce que vous voulez, n'est-ce pas ? Vous ne voulez pas vous contenter de lui prendre ses terres ; vous voulez lui faire comprendre le bien-fondé de notre œuvre ?

Ces paroles firent réfléchir Crawford. Était-ce vraiment cela qu'il voulait ? Ou était-ce uniquement Arlis ? Il prit aussitôt une décision. Matthew méritait mieux que la confiscation : Il méritait un changement durable vers un modèle d'évolution et de reconnaissance où lui et les Dunbar pourraient endurer au lieu de lutter vainement jusqu'à l'extinction.

— Oui, dit-il. Il faut lui donner quelque chose d'aussi important que son domaine. Pas simplement de l'argent, mais quelque chose qu'il comprenne, une croyance réelle et véritable qui puisse remplacer la croyance que nous lui retirons.

— Bon, fit le patron. Parfait. (Il se tut, respirant profondément. Il était toujours penché vers Crawford.) Écoutez-moi. Vous êtes le seul qui puisse y parvenir. Vous ne pouvez transmettre à un autre cette responsabilité. Il n'y a pas un seul homme parmi nous qui puisse mener cette tâche à bonne fin. Alors… si vous partez…

— Ce n'est pas juste, l'interrompit Crawford. Je me le suis mis à dos. Laissons à un autre l'occasion de repartir sur une base…

Mr Hansen fit vivement le tour du bureau.

— Écoutez, voilà ce que je vais faire, dit-il rapidement. Je vous laisserai tout le temps possible. Mais il y a un moment que nous ne pouvons dépasser, et où nous devrons entreprendre une procédure légale contre lui si vous n'avez pas réussi. Ils devront fermer les vannes du barrage au printemps prochain. Je vous promets que je vous laisserai un maximum de liberté pour mener cette affaire à bonne fin. Mais si vous ne voulez pas essayer… si vous ne voulez pas faire tout votre possible… je ferai commencer dès demain la procédure de condamnation.

Crawford bondit de sa chaise.

— Non, s'exclama-t-il. Non, vous ne pouvez pas faire ça. Vous…

Il se tut dès qu'il s'aperçut que son patron souriait. Il se mit à rire à son tour.

— Bon, dit-il, vous gagnez. Il faut que je continue.

— Essayez absolument tout ce que vous pensez être possible, lui dit le patron. Trouvez-lui une nouvelle propriété. Essayez de le convaincre qu'elle est mieux que la sienne.

Crawford tenta d'esquisser un faible sourire.

— J'estime beaucoup ce vieux, dit-il. La fille aussi.

Le patron fit un signe de la main.

— Parfait. Déchargez-vous de tout ce que vous pouvez et concentrez-vous sur le cas Dunbar. Nous avons respecté le programme et l'horaire en ce qui concerne tout le monde, sauf lui. À partir de maintenant, Dunbar est votre principal travail.

Crawford fit demi-tour et se dirigea vers la porte. Il n'en revenait pas de ce qui était arrivé et de voir comment avait tourné sa tentative de démission. Il tâcherait de mettre de l'ordre dans ses idées – plus tard. Au fond, il était content et il se sentait de nouveau plein d'espoir et de courage au travail. Quel autre organisme était capable de concilier un homme comme lui et un problème aussi compliqué que celui du Domaine de Dunbar ? Il n'en connaissait en tout cas pas, surtout lorsqu'il existait à portée de main une solution aussi simple que condamner le domaine par voie légale.

— Et écoutez, lui cria le patron au moment où il allait refermer la porte. Vous pouvez continuer à faire votre cour à cette fille pendant vos heures de liberté. La TVA n'a rien à voir dans cette partie-là du problème.

Crawford retourna à son bureau et resta assis deux heures sans rien faire. Il ne toucha pas à une seule feuille de papier, pas à un crayon ; il se contenta de fumer, et le cendrier se remplissait de plus en plus. Il vit une ou deux fois le patron pénétrer dans le bureau et tourner la tête pour le regarder, mais il ne lui dit rien. Finalement Crawford quitta son bureau, descendit, sortit de la maison et s'installa dans sa voiture. Il la mit en route en direction du Domaine de Dunbar. Le soleil était très haut dans le ciel, brûlant, et Crawford transpirait malgré le courant d'air provoqué par le déplacement de la voiture. Il la parqua au bas du chemin et fit le restant à pied, espérant surprendre Matthew au moment ou celui-ci serait à la maison pour le déjeuner.

— 'jour Crawford, lui dit Matthew.

Crawford pivota sur lui-même et le vit, assis sous un arbre proche du chemin. Il était en train de fumer une cigarette et la fumée lui glissait lentement entre les doigts, montant tout droit vers le ciel.

Crawford quitta le chemin et s'enfonça dans l'herbe poussiéreuse jusqu'à l'ombre de l'arbre. Quand il fut arrivé, Matthew se trouvait déjà debout.

— J'ai appris ce qui est arrivé à Rice, dit Crawford, mais trop tard pour venir à l'enterrement…

— Oui, l'interrompit Matthew. Je me suis dit que vous ne le saviez pas...

Crawford le regarda de près.

— J'espère que vous ne rejetez pas le blâme sur nous, Matthew, dit-il. Je veux dire la TVA.

Matthew eut un geste évasif des mains.

— Ce serait trop facile, n'est-ce pas ? répondit-il lentement. Cela simplifierait tous les problèmes. Il est toujours plus facile de haïr que d'aimer.

— C'est une chose difficile à endurer, dit, mal à propos, Crawford. Terrible. Je...

— Je suis bien obligé de l'endurer, le coupa Matthew. Tout comme je dois cultiver tout seul. Un homme seul, Crawford, peut parfaitement faire ce qui est indispensable.

Crawford s'assit par terre et s'appuya contre un jeune arbre. Matthew s'assit à côté de lui. Crawford lui offrit une cigarette que Matthew accepta. Ils allumèrent leurs cigarettes ; ils savourèrent le goût âpre et sec, si typique de la cigarette que l'on fume un jour très chaud lorsqu'on a beaucoup transpiré.

— Vous avez besoin de quelqu'un pour vous aider à faire toutes ces récoltes, dit Crawford. C'est très étendu, ce que vous avez ici.

— Jesse John sera bientôt de retour, répondit Matthew. Je m'attends d'ailleurs à le voir avant la récolte du coton. C'est un bon travailleur. On peut compter sur lui.

Matthew croyait sincèrement ce qu'il disait. Même si Jesse John ne parvenait pas à retrouver Connie – surtout s'il la trouvait et qu'elle refusait de le suivre –, il finirait par revenir à la maison pour travailler avec lui. Chaque jour il tendait l'oreille pour essayer d'entendre ses pas dans le couloir. Crawford le regardait avec curiosité, il réalisait pleinement que Matthew était sincère et il souhaitait même que ce fût vrai. Matthew avait vraiment besoin de Jesse John, plus que jamais.

— Matthew, dit-il. Le barrage fermera ses vannes au printemps prochain. (Matthew tourna vivement la tête ; Crawford leva la main.) Écoutez-moi. Je vais vous trouver un coin de terre qui sera mieux que ce que vous avez ici. Si vous ne l'aimez pas, je vous en trouverai un autre, et encore un autre. Il y aura bien une ferme qui sera mieux que celle-ci et que vous aimerez suffisamment pour abandonner votre rébellion insensée contre la TVA.

Matthew regardait son domaine. Loin au-dessus des champs il pouvait voir l'air vibrer de chaleur ; un petit tourbillon de vent passa, entraînant avec lui des feuilles séchées de coton et de maïs. L'instant d'après, le tourbillon avait disparu et les débris retombaient très lentement au sol. Dans une demi-heure, il se trouverait de nouveau là-bas, en train de suer autant que les mules. Il fallait à tout prix arracher l'herbe qui poussait dans les cultures. Il n'y en avait jamais eu autant que cette année, et c'était parce qu'il était seul pour faire tout le travail ; mais il était déterminé à y arriver. Il aurait la volonté de tenir le coup jusqu'au moment de la récolte, époque à laquelle Jesse John serait sûrement de retour à la maison ; et le printemps suivant ils seraient deux pour planter.

— Il n'y a qu'une seule chose qui ne va pas avec votre proposition, dit-il. Toutes les terres que vous trouverez portent le nom d'autres hommes. Il n'y a que celle-ci qui porte le nom de Dunbar ; et elle l'a toujours porté. Voilà pourquoi elle est si différente de toutes les autres. Il se mit soudain à rire.

— Alors, jeune homme, vous pouvez vous fatiguer à chercher d'autres terres. Je vous accompagnerai lorsque vous me le demanderez ; pour vous satisfaire, j'irai voir ce que vous avez trouvé. Mais je vous préviens que vous ne me ferez jamais quitter ma terre.

Il se sentait la conscience tranquille. Il n'avait plus peur de Crawford, plus comme lorsqu'il avait eu peur à cause de la TVA et à cause d'Arlis. Il savait que Crawford avait essayé de lui enlever Arlis, exactement de la même manière qu'il essayait de lui enlever le domaine. Il avait remarqué les réactions d'Arlis quand Crawford l'avait appelée à coups de klaxon et qu'elle avait dû lutter contre elle-même pour ne pas y répondre. Mais elle ne l'avait pas quitté ; il était évident que maintenant elle ne le ferait plus. Depuis qu'il avait établi son plan, il n'avait plus aucune raison de craindre qui que ce soit, ni Crawford, ni la TVA. Matthew se tourna vers Crawford et le regarda ; il le comprenait presque, il le voyait presque comme un fils qui s'obstine à faire fausse route.

Crawford était très surpris ; il se rendait compte d'un changement et il en était dérouté. Matthew semblait très à son aise, comme si tous les discours et sermons que Crawford avait faits depuis des mois n'avaient plus aucun effet sur lui. Crawford s'était cru si près d'avoir la victoire ; il croyait même que Matthew commençait enfin à avoir de la considération pour lui, et pourtant il se rendait compte qu'il avait tout perdu.

Matthew se pencha et laissa tomber sa grosse main sur le genou de Crawford.

— Oui, monsieur, dit-il. Je ferai tout ce que vous me demandez.

Il sourit à Crawford ; il sentait renaître la vieille camaraderie qui était née instantanément le premier jour où il l'avait rencontré, la fois où ils étaient revenus des champs avec les pastèques.

— D'ailleurs, je ne vois pas pourquoi vous continueriez à faire votre cour à Arlis dans la voiture, là-bas, au bord de la route. Venez donc à la maison vous asseoir sous le porche ainsi que le font les gens respectables.

Crawford se mit à étudier Matthew de plus près.

— Je suis content de voir que vous en êtes arrivé à de meilleurs sentiments et à voir les choses comme elles sont, dit-il. Nous trouverons ensemble cette ferme, et alors je pourrai vous apporter les formulaires à signer. Vous pourrez terminer cette récolte, et l'hiver prochain vous aurez tout le temps de déménager et de tout préparer pour la saison suivante…

— Déménager ! s'exclama Matthew. (Il se leva et il tendit le bras en direction du ruisseau.) Vous voyez ce rétrécissement entre les deux collines qui sont si proches l'une de l'autre ? Dès que j'aurai fini de labourer, j'emmènerai mes mules et les attellerai. Je me construirai un grand barrage de terre qui ira d'une colline à l'autre. Qui est-ce qui parle de déménager ?

Complètement abasourdi, Crawford se leva pour regarder dans la direction que Matthew lui montrait. Il transpirait à grosses gouttes, mais pas de chaleur, et il s'essuya le front du revers de la main.

— Ce n'est pas vrai ? dit-il. Vous vous moquez de moi. Vous ne pouvez pas avoir l'intention de…

Matthew se tourna vivement vers lui.

— Je vous ai dit ce que je pensais, dit-il. Maintenant, c'est vous qui avez peur, Crawford. Jusqu'à présent, j'ai eu continuellement peur à cause de vous et de la TVA. Mais maintenant j'ai quelque chose à faire et que je peux faire de mes propres mains. Je vais construire un barrage solide et très haut, et lorsque les eaux de la TVA commenceront à monter, je me tiendrai à l'abri derrière mon barrage et je vous rirai au nez.

Crawford fut incapable de répondre. Maintenant, il le croyait. Il regarda le rétrécissement du vallon. Il était certainement assez étroit. Il trouverait certainement le temps de transporter suffisamment de terre pour fermer son territoire, tout comme on enfonce un bouchon dans le goulot d'une bouteille. Mais pendant combien de temps pouvait-on se fier à un tel barrage ? Matthew n'avait certainement pas pensé à ce problème. Pourtant, il était certain qu'il mettrait son projet à exécution.

Matthew posa la main sur l'épaule de Crawford.

— Venez donc dîner ce soir à la maison, dit-il gentiment. Cela fait longtemps que vous n'avez pas goûté à la bonne cuisine d'Arlis. Ensuite vous pourrez passer toute la nuit assis à côté d'elle sous le porche si cela vous fait plaisir. Vous êtes le bienvenu à la maison chaque fois que vous en aurez envie. N'importe quand.

Crawford fit quelques pas. Il s'arrêta et regarda autour de lui.

— C'est très bien de construire votre barrage, dit-il, mais qu'est-ce que vous allez faire du ruisseau ? Si vous construisez un barrage, vous allez vous inonder. Et si vous n'empêchez pas l'eau du ruisseau de passer, votre barrage ne servira à rien.

Il s'en alla d'un pas tranquille, laissant Matthew confondu. Il avait réussi à l'ébranler dans ses convictions de victoire et d'assurance. Peu importe combien ils s'étaient rapprochés l'un de l'autre ; ils resteraient toujours ennemis ; il avait dû à tout prix remettre l'avantage de son côté.

Matthew se rendit immédiatement compte de la présence du ruisseau. Il ne pouvait en détacher le regard. Il l'avait regardé et n'y avait pas pensé ; il s'était comporté comme s'il n'avait pas existé. Il s'était préparé un piège pour lui-même, et par la même occasion, il avait préparé le terrain pour une nouvelle attaque de la part de Crawford ; il avait été aveuglé par sa certitude de succès.

— Je le ferai tout de même, cria-t-il à Crawford. Je trouverai une solution. Ne vous en faites pas, je vous ferai bien perdre votre emploi.

Crawford avait atteint la route et il avançait vers sa voiture.

— Arlis vous attendra ce soir pour le dîner, cria encore Matthew, essayant désespérément de retrouver son courage. Vous m'entendez ? Arlis…

Crawford se retourna, fit un signe de la main et poursuivit son chemin. Matthew le regarda monter dans sa voiture, puis il partit d'un pas lent sur le chemin poussiéreux vers la maison. Sa victoire avait été de courte durée, aussi courte que la vie d'un papillon ; et dans sa bouche il sentait de nouveau le goût amer de la défaite.

17

Matthew avait fini les labours d'été et Jesse John n'était toujours pas revenu. Mais il n'avait pas mis tous ses espoirs dans l'été ; il pensait beaucoup plus à l'époque des récoltes, cette bonne période où il ne se produit que des choses agréables : le réduit à maïs qui se remplit lentement de beaux épis bien secs qui viennent s'empiler au-dessus du baril à whisky, le coton mûr à éclater qui n'attend que les mains des démêleurs, les ratons laveurs et les opossums cachés dans les bosquets le long de la rivière qui sont bien gros et gras. C'est ce moment que Jesse John choisirait pour rentrer à la maison.

Tout occupé qu'il était à travailler, Matthew n'en oubliait pas pour autant le problème du ruisseau. Malgré la remarque de Crawford, il était persuadé qu'un barrage de terre était le seul moyen de sauver le domaine. Il voulait qu'il en soit ainsi, car c'était un travail personnel qu'il pouvait réaliser à la sueur de son front pour protéger les siens contre la montée des eaux. Matthew faisait travailler ses méninges au même rythme que la charrue qu'il avait devant lui ; il revoyait dans son imagination le cours du ruisseau, depuis son embouchure dans la rivière jusque loin en arrière, beaucoup plus haut que le domaine ; à force d'y penser, il parvint à en reconstituer une image aussi exacte qu'une vue aérienne.

Il arriva finalement au bout de son travail. Ou, plus exactement, il en eut assez. L'herbe poussait plus vite qu'il ne pouvait l'arracher entre les rangées de maïs et de coton. Il était seul toute la journée, à part les rares apparitions de Miss Hattie qui lui apportait de l'eau fraîche deux ou trois fois par jour. Il se rendait compte qu'il ne parviendrait jamais à enlever toute l'herbe ; il n'y en avait jamais eu autant que cette année. Et, après tout, il avait fait tout son possible pour en venir à bout ; il ne pouvait rien faire de plus.

Il en était arrivé à accepter beaucoup de choses, même imparfaites. Le soir, alors qu'il était couché, il demeurait à moitié éveillé et il écoutait le murmure de voix qui lui parvenait du porche où Crawford était assis avec Arlis. Chaque soir c'était la même chose, le doux murmure, les rires et les longs silences qui étaient plus importuns que les paroles. Mais il le supportait. Ce serait un signe de faiblesse que d'interdire maintenant ces rencontres. Et puis, il avait confiance en Arlis ; si elle avait eu l'intention de le quitter, elle l'aurait déjà fait.

Ce qu'il ne savait pas, c'est que sa tolérance diminuait la force de la renonciation d'Arlis. Chaque soir, elle sentait sa résolution s'affaiblir en présence de Crawford ; pourtant celui-ci était très doux, très gentil avec elle, comme s'il avait fait un pacte aussi bien avec lui-même qu'avec elle. Chaque soir, lorsqu'elle le raccompagnait jusqu'à sa voiture, elle sentait une faiblesse délicieuse dans ses membres et sa voix tremblait un peu lorsqu'elle parlait. Si, à ce moment, Crawford avait tendu les bras pour la prendre... Elle en venait presque à regretter la clémence de Matthew.

Cependant ce fut une période heureuse pour Arlis. Crawford lui faisait la cour exactement de la manière dont elle s'était toujours imaginé que quelqu'un la courtiserait. Tout était très correct : ils étaient gentiment assis l'un à côté de l'autre tandis que Matthew dormait non loin de là, de l'autre côté du mur. Crawford parlait et riait et elle lui répondait sur le même ton ; elle observait son visage chaque fois que celui-ci était éclairé par la lueur d'une cigarette et elle posait sa main sur celle de Crawford chaque fois qu'elle sentait monter en elle une forte et soudaine poussée de tendresse et d'amour.

Crawford était le seul visiteur. Knox n'était plus venu depuis la mort de Rice ; quant à Mark, il s'était confortablement installé dans un rôle passif qui consistait à passer ses journées à manger, à dormir, et à bricoler dans la grange. Il s'attaqua une ou deux fois au baril de whisky, se saoula tranquillement, vomit tout le contenu de son estomac et s'endormit profondément sur place ; il se réveilla tout honteux, et ses mains tremblaient tellement qu'il était incapable de porter la tasse de café noir à ses lèvres et que ce fut Arlis qui dut l'aider à la tenir. Matthew n'appréciait nullement ce genre de saoulerie désespérée, mais il laissait Mark vivre tranquillement ce qui lui restait à vivre et il ne se donna même pas la peine de déplacer le baril de whisky. Après tout, c'était mieux que de le voir partir furtivement en ville boire de l'alcool frelaté chaque fois qu'il en ressentait le besoin – le whisky de Matthew était au moins de bonne qualité, fait avec du bon maïs ;

cela saoulait son homme, le faisait même vomir, mais cela ne le rendait pas malade, et il se sentait en relativement bon état à son réveil.

Par deux fois Matthew lâcha sa charrue en plein champ pour aller se promener le long du ruisseau. Mais il y avait trop de travail à faire pour qu'il puisse se permettre de perdre du temps à explorer le terrain, et chaque fois il était retourné à sa charrue sans avoir trouvé une solution au problème. Mais le lendemain du jour où il eut fini de labourer, il se mit en route de grand matin, décidé à chercher la solution dans les méandres du ruisseau. Il avait réfléchi à toutes les possibilités, mais peut-être restait-il un petit coude ou une incurvation qu'il avait oubliés.

Et il trouva. C'était tout en haut, presque en dehors de ses terres, où le ruisseau était très étroit, qu'il découvrit ce qui lui convenait. Quoique cela se passât encore sur ses terres, il ne se souvenait pas d'y être déjà allé, et c'était pour cela qu'il n'était pas parvenu à repérer cet emplacement dans son esprit.

La berge était très haute d'un côté et l'eau coulait impétueusement. Mais l'autre côté était beaucoup plus bas et il y avait un petit fossé qui s'écartait de la partie où l'eau était la moins profonde. C'était par là que s'écoulait le surplus d'eau chaque fois qu'il y avait de fortes pluies. Tout ce coin était planté de sapins et les racines avaient été mises à nu d'un côté par les eaux qui s'échappaient périodiquement du ruisseau. Le fossé était tapissé d'aiguilles accumulées depuis les dernières fortes pluies.

Matthew explora le fossé – ou, plus exactement, le petit ravin – pour s'assurer qu'il n'y avait aucun risque d'inonder la ferme. Il n'en était rien ; la première petite crête était suffisamment haute et continuait presque jusqu'à la rivière ; c'était une longue et étroite éminence de terre qui n'avait jamais été cultivée. Elle était recouverte d'arbres d'essences diverses. Il était parfaitement possible de changer le cours du ruisseau, d'en créer un qui coulerait par un chemin nouveau jusqu'à la rivière.

Matthew remonta jusqu'au ruisseau ; il était émerveillé que la nature laisse à l'eau le choix entre deux parcours différents pour rejoindre la rivière et il se demandait pourquoi elle avait choisi de traverser le domaine alors que ce parcours était beaucoup plus tortueux que l'autre. Il ne savait pas que David Dunbar, lorsqu'il avait découvert ce coin de terre, avait détourné le ruisseau à cet endroit précis. Le ravin que Matthew avait découvert était en réalité l'ancien lit du ruisseau, et la rigole qui traversait le domaine était l'œuvre – relativement récente – de l'homme.

David Dunbar avait accompli ce travail en un jour : avec une pelle, il avait élevé un mur de terre qui avait forcé le ruisseau à changer de route. Mais maintenant le courant était beaucoup trop fort et Matthew allait être obligé de construire un solide barrage pour le faire dévier. Il poursuivit son chemin sans s'arrêter jusqu'à la grange ; il attela les mules au chariot et chercha dans le réduit à outils une hache, une pelle et une pioche. Puis il se mit à tirer la ratissoire vers le chariot. Mark sortit de la grange et s'arrêta, se demandant ce que son frère pouvait bien avoir l'intention de faire.

— Aide-moi à mettre cette machine sur le chariot, lui dit Matthew.

Ils unirent leurs forces et, après bien des efforts, ils parvinrent à hisser sur le chariot la grosse machine lourde et plate. Ensuite Matthew resta immobile quelques instants pour retrouver son souffle ; Mark regardait avec étonnement l'étrange assortiment d'outils.

— Qu'as-tu l'intention de faire, Matthew ?

— Je vais me construire un barrage, répondit Matthew. Tu veux m'aider ?

— Bien sûr que je t'aiderai, dit-il. Tu sais très bien que je ferai tout ce dont je suis capable pour…

Matthew se rendit compte de son hésitation. Mark n'était pas à la hauteur d'une pareille tâche ; il transpirerait, tremblerait et souffrirait à essayer de se maintenir au même rythme que Matthew. Pourtant, un petit coup de main… Il chassa ces pensées de son esprit et demanda à Mark de prendre une pelle, l'autre hache et de le suivre.

Ils grimpèrent sur le chariot, Matthew fouetta les mules avec les rênes et elles se mirent au trot. Les mules étaient nerveuses et impatientes, s'attendant à passer une journée dans le pâturage. Matthew était obligé de tracer un chemin de la ferme jusqu'à l'emplacement de son barrage ; pour cela, il ralentit l'allure des mules, les obligeant à zigzaguer entre les arbres ; parfois il devait s'arrêter pour couper les petits buissons et les jeunes arbres qui étaient trop gros pour plier sous l'axe des roues. Il était déjà en nage avant d'arriver à son futur chantier.

Mark descendit du chariot et resta immobile à regarder Matthew dételer les mules et les attacher aux roues. Matthew prit une des haches et avança jusqu'au bord du ruisseau.

— Je vais construire un barrage juste ici, dit-il en montrant à Mark l'emplacement qu'il avait choisi. Nous couperons des arbres que nous coucherons en travers du ruisseau, ainsi la terre que nous amoncellerons ne sera pas emportée par le courant. Ce sera un barrage comme ceux construits par les castors ; il n'y a rien de plus solide.

— Mais alors tu n'auras plus de ruisseau pour irriguer les champs, dit Mark. Tu n'auras qu'un lit asséché…

— C'est ça, le coupa brusquement Matthew. Un lit sec. C'est justement ce qu'il me faut.

Il se dirigea vers un arbre dont le tronc, à la base, était aussi large que sa taille et commença à le couper. Il travaillait comme un enragé, au lieu de son calme habituel, et il ne fallut guère de temps pour que l'arbre s'abatte.

— Élague-le, fit brièvement Matthew, et il s'attaqua à l'arbre suivant.

Mark commença à couper les branches ; il travaillait maladroitement, comme s'il avait oublié comment manier une hache ; il n'avait pas encore fini que Matthew abattait son second arbre et se mettait aussitôt à l'élaguer. Puis, ensemble, ils tirèrent les troncs jusqu'au ruisseau. Matthew entra dans l'eau pour empêcher le courant d'emporter les arbres. Un tronc se mit de travers et Matthew dut faire un effort terrible pour le retenir.

— Coupe vite quelques pieux dans les grosses branches, dit-il à Mark. Dépêche-toi.

Il s'écoula une éternité avant que Mark ne revienne avec les pieux. Matthew les planta verticalement dans le lit du ruisseau et les enfonça du dos de la hache jusqu'à ce qu'ils soient capables de retenir les troncs. Puis il sortit de l'eau et enfonça encore d'autres pieux jusqu'à ce qu'il y ait un véritable mur. L'eau bouillonnait autour des troncs avec un bruit de pression et de résistance que Matthew en viendrait à détester au cours des jours suivants. Le soleil était presque couché quand ils eurent fini d'installer convenablement les deux premiers troncs ; ils avaient laissé passer l'heure du déjeuner, tant Matthew était pressé et absorbé par son ouvrage. Avant de partir – à contrecœur –, il demeura immobile à regarder son œuvre ; il sentait que certains de ses muscles étaient raides : ceux dont il n'avait pas l'habitude de se servir dans ses travaux quotidiens. Il y avait deux souches fraîchement coupées au ras du sol, un tas de branches qui pourraient servir plus tard à consolider le barrage, et, dans le ruisseau, deux troncs que le courant faisait rebondir contre les pieux. Matthew pouvait déjà voir les endroits où l'écorce commençait à s'user.

Ce n'était qu'une minuscule déchirure sur la terre, des morceaux de bois infiniment petits placés en travers du courant du ruisseau. Mais c'était le commencement de l'action, le symbole de la résistance contre la fatalité qui s'accrochait à lui depuis presque un an. Matthew était satisfait. Il rentra à la maison et aida Mark à traire et à nourrir les bêtes ; il se coucha immédiatement après le dîner, complètement exténué. Mais il dormit profondément ; ce soir-là, il n'entendit pas un seul mot du murmure des voix de Crawford et Arlis assis sous le porche.

Il fallut que Matthew travaille presque jusqu'à l'époque des récoltes pour finir le barrage du ruisseau. Tous les matins il y était dès le lever du soleil et il ne rentrait qu'à la nuit. Mark était avec lui une partie du temps ;

mais le travail était trop dur, trop pressant pour qu'il puisse soutenir le rythme. Matthew n'était pas tendre avec son frère ; chaque matin, il lui demandait s'il avait l'intention de venir l'aider, obligeant ainsi Mark à lui répondre franchement « oui » ou « non ». C'était un travail au-dessus des forces d'un seul homme et il lui fallait à tout prix avoir Mark le plus souvent possible à ses côtés. Il était heureux quand son frère l'accompagnait, même s'il savait que Mark n'avait accepté que parce qu'il avait eu honte de dire : « Non, je ne crois pas que j'y arriverai aujourd'hui. »

Jour après jour, Matthew entassa des troncs et des branches contre la rangée de pieux. Lorsqu'il les voyait pencher vers l'aval sous la pression, il avançait jusqu'au milieu du ruisseau, de l'eau jusqu'à la taille, et il renforçait l'ouvrage. Dès que les troncs et les branches furent en place, il se mit à trimbaler de la terre. Il passait des heures et des heures sous le soleil brûlant à forcer la ratissoire à gratter la surface dure du sol ; les mules tiraient tant qu'elles pouvaient, et leurs flancs noirs étaient luisants de transpiration. Matthew se servait de deux attelages de mules, les faisant travailler alternativement. C'était un travail long et exténuant ; tandis que les mules tiraient, Matthew guidait la ratissoire qui pelait littéralement le sol. Chaque fois qu'il rencontrait une racine, il sentait le choc se transmettre à son corps par le manche, le secouant brutalement, et ses dents s'entrechoquaient en même temps que sa tête se secouait brusquement.

Dès que la ratissoire avait sa charge de terre, il conduisait l'attelage jusqu'à la berge du ruisseau ; au début, il se contentait de soulever la masse de toute la force de ses bras et de ses jambes pour faire basculer la terre, mais par la suite il lui fallut décharger la ratissoire par pelletées qu'il lançait au milieu du ruisseau. Une grosse partie de la terre était emportée par le courant et traversait les interstices entre les troncs et les branches, mais il en restait cependant suffisamment pour qu'un léger progrès soit perceptible après chaque journée de dix ou douze heures de labeur. Il prenait aussi de la terre dans le ravin, abaissant ainsi le niveau d'eau qu'il lui faudrait atteindre pour faire dévier le ruisseau de son cours. Le niveau de l'eau commençait enfin à monter derrière le barrage, formant un minuscule lac artificiel qui s'étendait calmement le long des berges.

Il y avait en tout cas une chose pour laquelle il avait de la chance : pendant toute cette période, il n'y eut pas une seule fois de fortes pluies. Le ciel demeurait clair et chaud, à part quelques orages, trop peu importants et trop rares pour augmenter la force du courant. Matthew vécut un mois d'août terrible à lutter contre la chaleur, la terre, l'eau, les mules et la faiblesse de Mark ; mais, en aval de son barrage, le niveau de l'eau ne cessait de baisser, la boue commençait à sécher au soleil et les saules avaient pris une teinte terne au lieu de la couleur verte et fraîche qu'ils avaient toujours eue lorsque leurs racines trempaient dans un sol humide. Derrière le barrage, le niveau de l'eau ne cessait de monter, centimètre par centimètre, au fur et à mesure que la construction s'élevait.

Enfin, un minuscule filet d'eau s'écoula par une empreinte de pied laissée sur le bord de la berge ; il fut presque aussitôt absorbé par la terre sèche qui avait été mise à nu par la ratissoire. Matthew s'arrêta dans son travail pour voir ce qui allait se passer. Encouragée par ce premier essai, l'eau envoya un second filet minuscule sur la trace du précédent, et enfin un régiment plus important fut envoyé explorer le nouveau débouché.

Matthew vint s'agenouiller à côté du minuscule ruisseau qu'il avait fait naître ; il demeura immobile à regarder les molécules d'eau qui en poussaient encore d'autres. Il aurait voulu accélérer l'écoulement en y mettant la main, mais c'eût été tricher que de le faire, et il se tint immobile ; il observait la terre s'humidifier centimètre par centimètre devant le flot, absorbant tout ce qu'elle pouvait afin que l'eau puisse couler librement sur elle dans sa course insensée pour retrouver le niveau de la rivière.

Le ruisseau faisait graduellement son chemin et, oubliant le travail qui restait à faire, Matthew demeurait immobile, à genoux, à le regarder. L'eau s'écoulait, tourbillonnait, emportait des aiguilles de sapin, qui se reformaient en tas qui arrêtaient le courant mais qui, quelques instants plus tard, étaient emportés à leur tour. Le flot commençait maintenant à s'élargir et un nouvel embranchement s'était formé derrière Matthew et lui mouilla le derrière avant qu'il ait eu le temps de se rendre compte de son avancée. Matthew fut incapable de se contenir plus longtemps : le premier flot venait de trouver une pente raide qui conduisait au ravin et maintenant l'eau s'écoulait rapidement. Matthew se leva d'un bond, courut jusqu'à la pelle et se mit à creuser comme un enragé un passage plus profond pour qu'elle trouve plus facilement son chemin vers sa nouvelle voie.

Dès que le courant eut pris de la force, il laissa tomber la pelle et se précipita vers le ravin pour rattraper la tête des flots ; il devait presque courir pour ne pas se laisser distancer. En même temps, il regardait l'eau emporter des feuilles et des aiguilles de sapin dans son mouvement incessant vers la rivière. Matthew avança en même temps que l'eau pendant un moment, puis il fit demi-tour, remontant le long du nouveau ruisseau qu'il avait créé. Il y avait encore beaucoup à faire ; il restait à élever le barrage un peu plus haut, jusqu'à ce que le ravin prenne toute l'eau, réduisant ainsi la pression sur celui-ci. Mais Matthew avait gagné la première phase. Et puis il avait beaucoup appris concernant la construction des barrages, en tout cas assez pour savoir que le plus dur restait encore à faire. Il ne s'agissait que d'un tout petit essai en comparaison avec le grand barrage qui devait protéger le domaine. Ce n'était que maintenant que Matthew réalisait l'ampleur de la tâche qu'il s'était fixée. Il ne pourrait jamais la réaliser tout seul. Il aurait besoin d'aide, de beaucoup d'aide, et tandis qu'il y pensait, il se souvint des hommes qui étaient venus à l'enterrement de Rice. Et puis il y avait Knox ; et Jesse John qui serait bientôt de retour. Il était plus décidé que jamais à réaliser son projet. Il devait absolument gagner sur toute la ligne.

Il rentra à la maison et conduisit les mules à l'étable pour que Mark puisse les nourrir. Puis il alla voir le ruisseau. Le flot d'eau avait complètement cessé. Le lit était boueux et il y avait des traces fraîches d'animaux qui avaient traversé là où jusqu'alors il y avait toujours eu de l'eau. Dans les endroits profonds, il y avait encore des flaques boueuses où les poissons étaient venus se réfugier ; ils venaient à la surface pour trouver l'oxygène qui avait disparu de l'eau souillée. Quelques-uns des plus petits étaient déjà morts et flottaient, le ventre en l'air. Matthew ressentit une certaine tristesse d'avoir tué les poissons, mais cela avait été une nécessité. Il n'y avait rien d'autre à faire s'il voulait sauver l'existence du domaine. Peut-être que certains poissons parviendraient à passer d'une flaque à l'autre jusqu'à la rivière, mais il n'y en aurait certainement pas beaucoup. Il suivit le cours de l'ancien ruisseau jusqu'à la rivière, pour voir où et comment construire le grand barrage.

Cela ne serait pas trop difficile. Il restait bien un peu d'eau, mais aucun courant, et il serait aisé de remplir le trou maintenant, sans ruisseau à contenir. Il y aurait évidemment beaucoup de travail, et il faudrait bientôt songer aux récoltes. Matthew pouvait employer son temps, en attendant ce moment, à faire le tour des voisins et amis pour trouver l'aide dont il aurait besoin : des bras, des mules, des outils et des instruments pour empiler rapidement la terre entre les deux collines et fermer la brèche du ruisseau. Il traîna un peu dans le secteur, regardant autour de lui, enregistrant tous les détails du terrain. Enfin, lorsqu'il commença à faire noir, il se dirigea vers la route, décidé à rentrer pour le dîner ; il était fatigué, mais heureux et satisfait du succès de la journée. Des phares balayèrent la route et il s'arrêta dès qu'il vit que c'était la voiture de Crawford. Matthew souriait. Crawford arrivait bien tôt ce soir. Matthew avança jusque dans les rayons des phares et leva la main. Crawford s'arrêta et se pencha à la portière de la voiture.

— Monsieur Matthew, dit-il.

— 'soir, dit Matthew. Voilà notre Crawford qui vient faire sa cour, et au triple galop encore. Ha ! ha ! ha !

Crawford se mit à rire également.

— Vous savez comment ça va, monsieur Matthew, dit-il. On ne peut pas se permettre de gaspiller une seule soirée. Vous vous faites toujours du souci au sujet de ce barrage que vous aviez l'intention de construire ?

— Oh non, répondit joyeusement Matthew. Venez par ici. J'ai quelque chose à vous montrer.

Crawford sortit de sa voiture et s'approcha de Matthew. Ils allèrent ensemble jusqu'à la berge du ruisseau, à l'endroit où il y avait eu le bassin de natation naturel. Matthew observait Crawford qui regardait le ruisseau. Il l'étudia pendant un bon moment, puis il se tourna vers Matthew.

— Qu'est-ce qui est arrivé ? demanda-t-il. Vous...

— J'ai arrangé ce ruisseau de sorte que je puisse construire un barrage au travers, répondit triomphalement Matthew. Je l'ai fait dévier de sa course et maintenant il ne traverse plus ma propriété.

Crawford s'assit sur la souche d'arbre à laquelle le plongeoir était fixé. Il regardait fixement Matthew, content que ce dernier ne puisse distinguer les traits de son visage dans l'obscurité. Il n'aurait pas voulu qu'on puisse le voir maintenant, d'une manière aussi nue que lui avait vu le visage de Matthew lorsqu'il lui avait rappelé la présence du ruisseau.

— Il n'y a vraiment aucun moyen de vous arrêter, dit-il. Pas un seul moyen au monde.

— Non, en effet, fit Matthew, entièrement d'accord avec lui.

Ils avaient de nouveau été très proches l'un de l'autre pendant la période de la trêve. Mais le vieil antagonisme qui les avait séparés une fois revenait à la surface.

— J'ai passé toute la région au crible pour trouver une terre que vous puissiez acheter, dit Crawford. J'ai écarté des fermes que tout homme aurait été fier de posséder, parce que je connais votre manière de penser. Mais finalement, j'en ai trouvé une qui vous conviendra. J'avais l'intention de vous y conduire demain.

— J'irai, dit Matthew. Je l'ai promis. Mais pas demain. Je dois aller… Décrivez-la-moi.

Crawford alluma une cigarette pour occuper ses mains.

— C'est un bon endroit, dit-il. De la bonne terre noire, bien irriguée, et c'est encore plus grand que le Domaine de Dunbar. Il y a déjà de l'électricité dans la maison – elle est sur le réseau de la TVA – et le voisin le plus proche se trouve presque à un kilomètre de là. C'est une bonne terre à coton, et les pâturages sont irrigués par une source.

— Tout construit et cultivé, et portant le nom d'un autre homme, n'est-ce pas ? dit Matthew. Où est-ce ?

— Ça s'appelle le Coin des Outlaw, répondit Crawford.

Mais il savait que cela ne servait plus à rien d'insister. Matthew avait déjà repoussé cette solution de son esprit.

— Oui, je connais très bien, dit Matthew. C'est assez près de la ville. C'eût été un endroit magnifique pour la ferme-laiterie de Rice. Un très bel emplacement. Mais je… Pourquoi est-ce qu'Outlaw veut vendre ?

— Il veut aller vivre en ville, répondit Crawford.

Matthew secoua la tête.

— Les Outlaw occupent cette terre depuis que je les connais, dit-il. Son père l'avait achetée à Snodgrass bien avant la guerre mondiale. Vous voulez que j'aille la voir ? Quand ?

— Non, répondit Crawford. (Il savait que cela ne servait à rien d'y aller. Il se leva.) Mais je continuerai à chercher, pendant tout le temps que vous allez perdre à construire ce barrage de terre.

Il se tut, regardant autour de lui.

— Vous n'y arriverez jamais à temps, ajouta-t-il. Vous ne pouvez pas faire un barrage à vous tout seul avant le printemps. Le sol sera gelé une grosse partie du temps et les journées seront de plus en plus courtes et… Un homme et un attelage de mules, Matthew, vous vous attaquez à l'impossible.

— Je ne suis pas un homme seul, répondit sèchement Matthew. J'ai des fils et de la famille. Ils viendront. Dès demain je vais rappeler Knox. Et Jesse John sera bientôt de retour. Puis il y a mon frère John et sa famille. Il y a des Dunbar dont vous n'avez jamais entendu parler, Crawford, et ils viendront lorsque je les appellerai.

Knox était le premier. Tôt le lendemain matin, Matthew sortit la vieille modèle T du hangar et il prit la route du barrage. À présent, il pouvait enfin faire appel à Knox ; c'était la première occasion valable depuis son départ de la maison. Matthew avait déjà voulu lui demander de rester, de revenir, de redevenir le fils qu'il avait toujours été auparavant. Mais ce n'était que maintenant qu'il pouvait le faire, puisqu'il y avait tout ce travail à accomplir pour sauver le domaine.

La vieille bagnole tirait bien malgré la chaleur, et une brise délicieuse caressait le visage de Matthew. La voiture faisait beaucoup de bruit et cahotait, même après avoir quitté le chemin de terre pour la route macadamisée. Matthew trouva facilement l'endroit où il fallait quitter la grand-route ; il y avait un chemin recouvert de gravier, défoncé par le lourd trafic de camions, et un grand écriteau portait les mots : *Barrage de Chickasaw*. Matthew ralentit car il y avait beaucoup de circulation, surtout des camions, qui soulevaient des nuages de poussière. Il n'avait pas l'habitude de conduire dans un tel trafic et il se sentait terriblement exposé dans sa minuscule voiture aux côtés de ces mastodontes modernes qui l'entouraient de toutes parts. Il continua à avancer, passant devant les bâtiments provisoires, et il regardait autour de lui comme s'il s'attendait à repérer Knox dans toute cette multitude. Finalement il aperçut un écriteau – *Bureau du personnel* – et parqua la voiture tout près de là, dans un emplacement clairement délimité par de petits piquets blancs.

Il descendit et regarda autour de lui. Il pouvait voir dans le lointain la masse nouvelle de béton blanc-gris de l'écluse et du barrage s'étendant au travers de la rivière. Sur l'autre rive, il y avait un fourmillement d'hommes et la terre avait l'air crue et déchirée là où ils avaient creusé pour implanter le barrage. Derrière lui, le long de la rive, se trouvait une partie du chantier particulièrement bruyante, où l'on apportait tous les matériaux ; des grands tas de sable et de gravier qui avaient la forme de trèfles à quatre feuilles ; une grosse empileuse chargeait en ce moment même un tas de gravier fin, et cela faisait un bruit assourdissant. Entre Matthew et la berge de la rivière, il y avait la cimenterie surmontée d'une tour dans laquelle pénétrait une courroie transporteuse. La mélangeuse était en train de fonctionner, entourée d'un nuage de poussière tandis qu'elle retournait le gravier en tous sens. Matthew commençait à avoir mal à la tête à cause du bruit et du va-et-vient continuel. Il se dépêcha d'entrer dans le bureau du personnel et s'arrêta devant le haut comptoir.

— Je cherche mon fils Knox, dit-il à la fille. Knox Dunbar. Pouvez-vous me dire où je puis le trouver ?

Elle leva la tête.

— Vous devrez attendre jusqu'à ce que les équipes changent, dit-elle d'un ton désintéressé. Allez donc voir du côté des dortoirs pour découvrir où il loge. Vous pourrez l'attendre là-bas.

Matthew ne broncha pas.

— Je veux le voir maintenant, dit-il. Pouvez-vous me dire où il est ?

Elle tourna la tête pour le regarder.

— Est-ce urgent ?

— Oui, répondit-il sans l'ombre d'une hésitation. Si vous pouviez simplement me dire…

— Vous ne pouvez pas pénétrer sur le chantier, l'interrompit-elle, c'est contre le règlement.

Elle se leva, s'approcha d'un homme qui était installé dans le fond du bureau et lui parla à voix basse. L'homme plissa le front, se leva et s'approcha du comptoir.

— Pouvez-vous me dire le genre de travail qu'il fait ? demanda-t-il.

— Je suppose qu'il est là-bas avec tous ces hommes, répondit Matthew. Si vous me permettez d'aller jusque-là…

Il vit l'homme et la fille échanger un regard, faisant leur possible pour ne pas rire. Mais il ne se sentait pas embarrassé. Ce n'était pas nécessaire. Il attendit patiemment en regardant la fille revêtue d'une robe d'été légère et l'homme dans sa chemise et ses pantalons kaki propres et bien repassés. Matthew attendait qu'ils se décident. Finalement, la fille ouvrit un tiroir-classeur et se mit à feuilleter les cartes. Elle en sortit une, y jeta un coup d'œil, et la tendit à l'homme.

— C'est un conducteur de bulldozer, dit-elle.

Matthew continuait à la regarder.

— Vous êtes de la famille de Walter Whitehead, déclara-t-il. Vous êtes sa seconde fille... (Il se tut quelques instants, cherchant le nom dans sa mémoire.) Clara, dit-il, c'est ça, Clara Whitehead.

Elle s'était immobilisée et elle le dévisageait ; Matthew lui sourit.

— Je me souviens de vous toute petite fille, quand vous couriez après votre papa dans les champs de coton, dit-il.

Elle rougit jusqu'aux oreilles ; Matthew regarda l'homme, puis se tourna de nouveau vers elle.

— Je n'ai pas l'intention de lui faire honte, dit-il lentement. Je souhaite simplement... Si vous vouliez bien chercher mon garçon.

— Je vais le faire chercher immédiatement, s'empressa de dire l'homme. Pourquoi ne monteriez-vous pas à la tour d'observation pour avoir une bonne vue sur le chantier pendant que vous l'attendez ? Je l'enverrai là-haut.

— J'en serais enchanté, dit Matthew. Je n'ai encore jamais vu construire un aussi grand barrage que celui-ci.

Il sortit, mais la fille ne lui adressa pas la parole, quoiqu'il lui ait souri et adressé un signe de tête juste avant de quitter le bureau. Il monta l'échelle de fer qui conduisait au sommet de la tour et arriva finalement dans le dôme vitré où il faisait terriblement chaud. De là il dominait tout le barrage et il pouvait voir le fourmillement d'hommes et de machines de l'autre côté de la rivière.

C'était donc ça, Chickasaw. C'était là que Knox aimait se trouver, au milieu de tout ce bruit, toute cette agitation et cette confusion. Matthew vit la cimenterie vomir son chargement de béton sur la courroie transporteuse dont le bruit assourdissant lui parvenait nettement malgré les vitres. Deux hommes se tenaient juste au pied de la tour ; ils tenaient entre eux une grande feuille de papier bleu sur laquelle ils griffonnaient au crayon tandis que leurs mains encore libres gesticulaient en tous sens. Un camion descendait la route dans un rugissement de puissance et de poussière et un nouveau chargement de gravier fut déversé avec fracas par le haut de la tour du mélangeur.

Matthew secoua la tête. Ils n'auraient jamais fini ce travail pour le printemps. C'était encore beaucoup trop imparfait, trop incomplet, et nul ne semblait savoir ce qu'il faisait. Ils courent comme des poulets dont on a coupé la tête, se dit Matthew.

Pourtant, c'était impressionnant. Quoique le barrage fût très bas, il paraissait solide et massif, et l'écluse toute neuve avait l'air propre et nette le long de la berge. Tandis que Matthew regardait dans cette direction, il vit une péniche remonter la rivière et pénétrer dans l'écluse ; le sas commença à se remplir, le niveau montant centimètre par centimètre jusqu'à ce que la péniche se trouve à hauteur du bief supérieur. Alors la porte s'ouvrit et la péniche se remit lentement en marche ; de chaque côté des hommes se tenaient avec des défenses en filin pour maintenir la distance entre la péniche et les parois de l'écluse. L'opération n'avait pas duré une demi-heure. L'homme qui avait commandé les machines se trouvait maintenant debout sur la superstructure de l'écluse, les mains sur les hanches, à regarder la péniche qui remontait la rivière. Puis il fit demi-tour et retourna à sa cabine en allumant une cigarette.

Matthew entendit des pas sur l'échelle de fer et Knox apparut aussitôt sur la plate-forme. Son visage était très rouge et il s'essuya le front sur la manche de sa chemise.

— Papa, dit-il. Qu'est-ce qui est arrivé ?

Matthew demeurait immobile à le regarder.

— Pourquoi ? Il ne s'est rien passé, dit-il. Mais j'ai dû leur dire que c'était urgent pour qu'ils se décident à aller te chercher.

Knox poussa un soupir de soulagement.

— J'ai eu terriblement peur, dit-il. Depuis le jour où ils sont venus me dire que Rice…

— Excuse-moi, dit Matthew, je n'y avais pas pensé, Knox, je voudrais que tu reviennes à la maison avec moi.

Knox se tint immobile. Puis il s'avança jusqu'aux fenêtres pour regarder le barrage.

— Je ne suis jamais monté ici, dit-il. On a construit ça pour les visiteurs. (Il se tourna vers Matthew.) Vous savez très bien, papa, que je ne veux pas retourner à la maison. J'appartiens à tout ceci.

La chemise de Knox était sale et trempée de sueur et son visage était brûlé par le soleil. Le casque qu'il portait sur le chantier avait laissé une ligne blanche en travers de son front ; mais maintenant il le tenait à la main et ses cheveux étaient aplatis sur sa tête.

— J'ai besoin de toi, Knox, dit Matthew. (À présent qu'il se trouvait devant son fils, les mots arrivaient facilement.) J'ai besoin de toute l'aide que je peux trouver.

— Pourquoi ? Qu'est-ce qui se passe ? demanda Knox.

Matthew le regarda dans les yeux.

— Je construis mon propre barrage, dit-il. J'établis un barrage de terre pour empêcher l'eau d'envahir le domaine. J'ai besoin de tous les bras possibles pour pouvoir finir à temps.

Knox détourna la tête. Il fit rebondir le casque contre sa jambe, soulevant un nuage de poussière.

— C'est de la folie, papa, répondit-il. C'était de la folie rien que d'y avoir pensé.

— Folie ou pas, je vais le faire, dit Matthew en élevant la voix.

Knox fit face à son père. Sa réponse le mettait en rage, mais il n'en laissa rien paraître.

— Regardez, papa, dit-il en montrant le chantier du bras. Regardez. Croyez-vous pouvoir faire mieux que tout ça ?

— Je n'ai pas l'intention de faire mieux, dit Matthew sur un ton beaucoup plus calme. Je l'avais d'abord cru, mais maintenant ce n'est plus nécessaire. Tout ce que je dois faire, c'est me barricader. Si mes terres ne sont pas inondées par leur eau, ils ne peuvent plus m'obliger à vendre.

— Et comment ferez-vous pour pénétrer dans le domaine et en sortir ? demanda Knox.

— Je tracerai une route au-dessus du cimetière, répondit Matthew. J'ai déjà résolu ce problème.

— Et le ruisseau… ?

— J'y ai aussi pensé. Où dois-tu aller pour prendre congé ? Je veux commencer tout de suite, avant les récoltes.

Knox ne bougeait pas.

— Je ne pars pas, papa.

Matthew était déjà sur l'escalier. Il s'arrêta, surpris. Il sentit le sang lui monter à la tête, ses tempes battre au rythme accéléré de son cœur. Knox ne savait pas ce que cela lui avait coûté de venir le lui demander alors qu'il l'avait laissé partir sans lui dire un mot, qu'il s'était retenu de lui demander de rester après Noël et l'enterrement de Rice. Mais maintenant il s'agissait de quelque chose de différent ; ce n'était plus un désir mais un besoin, et encore, ce n'était pas pour lui mais pour le domaine. Il pouvait faire appel à n'importe quel Dunbar, quel que soit son degré de parenté, car le Domaine de Dunbar leur appartenait à tous.

Matthew retourna vers Knox et s'arrêta tout près de lui, la tête en avant.

— Es-tu mon fils ? demanda-t-il.

Knox ne pouvait supporter ce regard. Il recula, puis se tourna vers les fenêtres pour ne plus voir les yeux de Matthew.

— Vous voyez tout ça ? dit-il. C'est à moi, papa. C'est *mon* travail. Je suis un constructeur de barrages. Je n'en fais qu'une infime partie, avec mon bulldozer, mais n'empêche que c'est à moi. J'y consacre tout mon labeur, ainsi que vous faites pour le domaine. C'est pour cela que je ne peux retourner à la maison.

— Je te donne l'occasion de construire un barrage. Notre barrage. Le barrage du Domaine de Dunbar.

Knox secoua la tête et haussa les épaules en un geste d'impuissance. Ce n'était pas la même chose. Ce n'était pas du tout la même chose.

Matthew cherchait des arguments.

— D'ailleurs tu auras bientôt fini ici, dit-il. Que feras-tu alors ? De toute façon tu devras rentrer l'année prochaine. Il n'y aura plus de travail pour ton bulldozer.

— Je vais être déplacé dans un mois, dit Knox sans se retourner. Soit à Pickwick, soit à Chickamauga. Après cela il y en aura d'autres. (Il tourna la tête pour regarder Matthew.) Il y aura toujours du travail pour moi, papa. Il y aura toujours des barrages à construire dans l'un ou l'autre coin du pays. Pour le moment cela ne se passe qu'ici, mais lorsqu'on aura vu de quoi la TVA est capable, on voudra faire la même chose sur les autres rivières. C'est une grande chose, papa, elle va continuer partout. Ils vont bientôt élever des barrages sur le Missouri, puis sur toutes les rivières de la côte Ouest, et aussi sur l'Ohio et le Kentucky. Toutes les rivières du pays attendent d'être domptées pour se rendre utiles. Cela fait beaucoup de barrages, papa, et aussi beaucoup de temps, de travail et d'argent.

Matthew s'approcha des fenêtres et regarda fixement devant lui. Son mal de tête devenait terrible, juste au-dessus des yeux, et il sentait le sang battre à ses tempes.

— Tu préfères faire cela, dit-il, plutôt que de construire un petit barrage de terre pour le Domaine de Dunbar. Même si ce barrage de terre veut dire…

— Oui, l'arrêta Knox. C'est ma vie, papa. Le travail est dur, parfois dangereux. Un jour mon bulldozer s'est même retourné sous moi. J'encaisse mon salaire et il m'arrive parfois de me saouler ; je sors avec des filles et je m'amuse bien, puis je retourne au travail. C'est ma vie, papa.

— Tu n'es pas digne d'être mon fils !

Ces paroles résonnèrent fort dans la petite pièce entourée de verre. Même Matthew en fut surpris ; il ne s'était pas attendu à les laisser échapper de sa bouche. Son poing se leva, menaçant, mais il se retint à temps. Le visage de Knox était soudain devenu blême et il avait levé ses mains devant lui, les paumes en avant, pour repousser Matthew.

— Papa, dit-il. Est-ce que vous vous sentez bien ?

Le visage de Matthew était rouge de congestion. Il pouvait sentir ses veines saillir sous la peau, gonflant même son visage, et son mal de tête devint atroce, surtout du côté de la tempe gauche. Knox posa les mains sur le bras de son père, mais celui-ci le repoussa.

— Laisse-moi tranquille, dit-il en s'étranglant presque.

La colère empêchait Matthew de parler, et le silence qui suivit les mit mal à l'aise. Knox voulait désespérément partir, retourner à son travail, au siège usé mais confortable de son bulldozer et sentir de nouveau les leviers vibrer dans ses mains comme si la machine et lui ne formaient qu'un seul être. Mais il ne pouvait partir – pas encore.

— Je suis venu te dire, fit Matthew. (C'était difficile de prononcer ces paroles, mais il le fallait absolument. Il se força à les dire, à les faire sortir une à une de sa bouche.) Je suis venu te supplier, Knox. Ce n'est pas seulement que j'ai envie de te ravoir, j'ai *besoin* de toi à la maison. (Il avait honte de devoir dire ces choses à son fils.) Rice est parti, Knox. Je ne peux pas le rappeler à la maison comme je peux le faire pour toi.

— Je n'y peux rien, papa, dit Knox. (Il était embarrassé, lui aussi par la supplication de Matthew. Il leva la tête.) Jesse John reviendra un de ces jours.

— Il faut que vous soyez là tous les deux, dit Matthew. (Il tendit les bras vers Knox.) Je suis un vieil homme, Knox. Je n'ai plus un seul de mes fils dans ma maison. Un vieillard a besoin de ses fils auprès de lui.

Knox aurait voulu capituler, ne serait-ce que pour arrêter le flot de paroles et les sentiments qui étaient soulevés entre eux. Des paroles et des sentiments qui n'auraient pas dû être utilisés pour remporter une victoire, et Knox était furieux parce que son père s'était abaissé à les utiliser dans ce but.

— Ne m'obligez pas à le dire, fit Knox. Ne continuez pas, papa. Je me suis déjà inscrit pour Chickamauga. J'irai d'abord passer un peu de temps à Pickwick, en attendant que l'on ait besoin de nous là-haut. Ils parlent aussi d'un autre barrage, le plus grand de tous, en Caroline du Nord, sur le Petit Tennessee.

Matthew n'en croyait pas ses oreilles. Habitué depuis toujours à certains usages de la vie – de sa vie –, il s'était imaginé qu'il lui suffirait de faire appel à ses fils pour qu'ils le suivent. Ce n'était d'ailleurs que pour cette raison qu'il les avait laissés partir, persuadé qu'ils reviendraient dès qu'il les appellerait. Mais Knox avait changé ; il était différent du Knox qu'il avait connu. Quoique ce fût maintenant un adulte, Knox avait été son enfant, obéissant à ses paroles, comptant sur lui pour le guider. Maintenant il en faisait à sa guise et avait des pensées bien à lui.

— Alors, tu ne vas pas m'aider ? demanda-t-il lentement.

— Vous ne pouvez pas espérer construire ce barrage, papa, dit Knox en évitant de répondre directement à la question. Vous… je ne sais pas… vous ne parlez pas sérieusement. Vous vous tuerez à travailler pour rien.

— Ce n'est pas à toi d'en juger.

Matthew avait recouvré sa dignité ; il se tenait bien droit, la tête en arrière, quoique son mal de tête le fasse encore terriblement souffrir. Il eut la volonté de se forcer à prononcer la phrase finale :

— Tu ne veux pas venir m'aider ?

Knox eut un geste impuissant des mains. Il ouvrit la bouche. Mais il ne lui restait plus rien à dire ; c'était le vide complet entre eux. Ils demeurèrent immobiles à se regarder par-dessus l'espace vide qui les séparait et que ni l'un ni l'autre ne pouvait franchir.

— Non, dit Knox.

— Maintenant je m'en vais, dit Matthew.

Ses lèvres étaient raides, formant les mots avec difficulté. Il fit demi-tour et s'avança vers l'escalier. La marche de fer résonna sous le poids de sa chaussure lorsqu'il fit son premier pas vers la descente.

— Je viendrai vous voir tous avant de partir pour mon nouveau travail, dit Knox.

— C'est pas la peine, dit Matthew.

Il poursuivit sa descente, ses pas résonnant sur l'échelle de fer ; et chacun lui faisait l'effet d'un coup de massue sur la tête. Il aurait besoin de la fraîcheur et du calme du domaine pour retrouver son état normal, être de nouveau Matthew Dunbar au lieu de cet étranger furieux et malade qu'il était aujourd'hui. Il s'arrêta au pied de la tour et leva la tête pour regarder Knox qui le suivait.

— Je ne veux plus jamais voir ton visage, dit-il avec difficulté. Ne remets plus jamais le pied sur ma terre.

Panorama VIII

Le courant

Sept hommes se réunirent. Il y avait du courant, bien sûr, si vous habitiez au bon endroit. Mais eux, ils n'habitaient pas au bon endroit – comme beaucoup d'autres aussi. Prenons le cas de Mr Solon Wilson – sa maison était à un peu plus d'un kilomètre de la ligne à haute tension. Mais la compagnie d'électricité lui demandait une contribution de 1 200 dollars pour tirer cette ligne jusqu'à sa maison. Et alors elle serait transférée à la compagnie d'électricité. De toute façon Mr Solon Wilson ne possédait pas les 1 200 dollars. Cette ligne ne serait pas rentable, lui avait-on déclaré, sans son argent, et même s'il payait, les voisins ne pourraient se brancher dessus. Tout cela ne lui paraissait guère prometteur ; Mr Solon Wilson en parla à d'autres, des hommes du nom de Guy Harris, C. W. Royster et Dee Camp Jellicoe. Eux non plus n'avaient pu obtenir satisfaction.

Il ne faut pas oublier que ces hommes n'avaient jamais eu l'électricité dans leurs maisons ; ce n'était donc pas qu'ils ne pouvaient s'en passer. Ils l'avaient bien fait jusqu'à présent ! Mais l'électricité était à la mode ; les femmes racontaient monts et merveilles de ces nouvelles machines à laver pour lesquelles il n'y avait rien d'autre à faire que d'en retirer le linge propre et de l'essorer ; elles en parlaient avec une telle fierté qu'elles les auraient installées sur le perron de leurs maisons rien que pour que les voisins puissent les admirer.

Il y avait une quinzaine d'années – peut-être seulement dix –, ces hommes n'en auraient guère discuté car, pour commencer, ils n'auraient pas su à qui s'adresser pour obtenir des renseignements sérieux. Mais depuis que Franklin Roosevelt avait décidé la création de services publics dont le rôle était d'aider les gens à se tirer d'affaire, ils avaient pris l'habitude d'aller consulter l'agent du comté chaque fois qu'ils avaient besoin d'un renseignement qui sortait quelque peu de l'ordinaire. Ce n'était pas un homme si extraordinaire – il avait cependant été à l'université, et, surtout, c'était le fils de Wyatt McDonald du comté de Maples – mais il savait où chercher les réponses aux questions qu'on lui posait.

Le fils de Wyatt McDonald leur parla de l'AER – l'Administration d'électrification rurale – et leur expliqua comment ils pouvaient se réunir en coopérative et emprunter de l'argent au gouvernement fédéral tout comme une importante société peut emprunter à une banque. Ils paieraient un intérêt sur cet argent et devraient rembourser la somme. Mais une question se posait : est-ce que l'AER voudrait les aider ? Et que devaient-ils faire pour obtenir l'aide de l'AER ? Ils se doutaient bien que l'AER n'allait pas tirer des lignes jusqu'à leurs maisons, y faire passer du courant et enfin venir tourner le bouton pour eux.

Donc, Mr Solon Wilson n'avait pas 1 200 dollars. Mais il avait 10 dollars, et il enfonça la main jusqu'au fond de son grand porte-monnaie, les sortit et les déposa devant lui, sur la table. Alors il suggéra d'envoyer quelqu'un à Washington pour se renseigner. À eux sept ils réunirent 75 dollars – l'un d'entre eux, un grand propriétaire terrien, avait mis 5 dollars de plus, au cas où leur délégué devrait payer un whisky à un député –, et avec ces 75 dollars ils envoyèrent à Washington un jeune avocat fraîchement sorti de l'université. Ils étaient tous là pour le voir partir en autobus et Miz Wilson lui avait préparé du poulet froid qu'elle avait soigneusement emballé dans un carton à chaussures.

Le jeune avocat eut besoin d'une semaine entière pour accomplir sa mission. « Vous pourrez obtenir ce prêt de l'AER, déclara-t-il à son retour. Unissez-vous en une société de façon que chacun ait une part égale, que chaque membre qui utilise l'électricité ait la même chose à dire, et, ceci est le plus important, que la société s'engage à bien servir tous ses membres, dans toute la zone de son exploitation, et cela à un prix raisonnable. Si vous le faites, ce sera un honneur pour moi que de pouvoir m'occuper de vos affaires sur le plan juridique. » Alors il plongea la main dans sa poche et il en ressortit un billet chiffonné qui lui restait de son voyage – il n'avait pas eu besoin des 5 dollars, n'ayant pas dû offrir de whisky au député. Ces 5 dollars furent les premiers fonds de la coopérative.

Les sept hommes s'organisèrent aussitôt et Mr Solon Wilson reçut la carte de membre portant le numéro 1. Il fut également élu secrétaire-trésorier de l'organisme.

Il leur fallait maintenant trouver suffisamment de gens qui leur promettent d'utiliser leur électricité. C'était l'époque des récoltes, et tout le monde était très occupé. Mais Mr Solon Wilson sortait le soir, après avoir travaillé toute la journée ; il chevauchait une mule fatiguée et parcourait tous les chemins de campagne ; il s'arrêtait chez les gens et, à la faible lueur d'une lampe à pétrole, il leur parlait des lignes électriques qu'ils avaient l'intention d'établir. Les autres faisaient la même chose – et finalement, quand ils eurent parlé à tout le monde, un nombre suffisant de personnes vinrent se joindre à eux pour qu'ils puissent obtenir le prêt de l'AER, quoique certains préférassent attendre de voir le résultat de l'entreprise.

Et alors… il arriva quelque chose d'inouï. La compagnie d'électricité vint voir Mr Solon Wilson et offrit de tirer une ligne jusqu'à sa maison… gratuitement. Il se faisait qu'ils n'avaient après tout pas besoin de ses 1 200 dollars. Mr Solon Wilson leur répondit gentiment qu'il n'avait plus besoin de leur offre et que lui et des amis avaient décidé de construire leur propre ligne électrique. Deux jours plus tard il se réveilla pour voir des ouvriers en train de placer des poteaux le long de son chemin. Il sortit de la maison et commença à discuter avec eux ; mais ce n'étaient que des ouvriers, leur patron leur avait dit d'établir une ligne jusqu'à la maison de Mr Wilson, et eux obéissaient. Alors Mr Solon Wilson partit chercher son fusil et revint encore discuter avec eux et les ouvriers retournèrent chercher des instructions en ville.

Ils reçurent assez rapidement l'argent et louèrent les services d'un directeur, car eux étaient tous des paysans et ils avaient beaucoup trop à faire pour trouver le temps de s'occuper de la coopérative. Alors les hommes de la ville vinrent les trouver en leur déclarant qu'eux aussi voulaient avoir le courant de la TVA, quoiqu'ils fussent déjà desservis par la compagnie d'électricité. Le courant de la TVA était plus régulier, leur avaient déclaré les maires des villes voisines qui étaient déjà rattachées à ce réseau ; il était meilleur marché que celui de la compagnie – environ deux cents de moins au kilowatt. Alors ils pensaient que, au lieu de former leur propre société municipale, ce serait plus intéressant de se joindre à la coopérative des fermiers et de l'administrer tous ensemble. Ensuite ils pourraient racheter la compagnie d'électricité et desservir en même temps la ville et la campagne.

Tout ça c'était très bien. La compagnie d'électricité était tout à fait d'accord pour vendre, et elle proposa même un prix. Mais lorsque toutes les paperasseries furent établies et qu'il n'y eut plus qu'à signer, ils se retirèrent. Ils se mirent même à insérer des annonces dans l'hebdomadaire *La Lumière du monde* racontant comment ils étaient venus dans cette ville seulement dix ans auparavant pour faire plaisir à tout le monde en installant l'électricité et comment maintenant on leur demandait de tout vendre. Et ils racontèrent que la TVA ne payait pas de taxes, qu'elle recevait des subsides du gouvernement et que c'était mauvais pour l'âme des gens. D'ailleurs, à les entendre parler, la coopérative ferait certainement faillite au bout d'un an ; il n'était pas possible qu'une bande de paysans puisse faire marcher une affaire... et alors tout le monde serait sans courant. Tout cela n'était que des arguments sans valeur, beaucoup de mensonges et, peut-être, un tout petit peu de vérité ; mais c'était si embrouillé que personne ne parvenait à séparer le vrai du faux. Le contrôleur des contributions, lui, connaissait la vérité au sujet des taxes ; il envoya au journal une lettre qui fut publiée en première page ; en effet, la TVA ne payait pas de taxes, mais elle payait de l'argent au lieu de taxes, et cela revenait au même. Sauf que la valeur des chèques était beaucoup plus élevée.

Les annonces de la compagnie d'électricité devinrent de plus en plus importantes. Les journaux imprimaient des lettres de gens dont personne n'avait jamais entendu parler, et puis des gens qui travaillaient pour la compagnie écrivirent aussi pour dire combien c'était agréable d'être à son service, et toutes sortes de choses de ce genre. Ils envoyèrent même un prédicateur prêcher dans tout le pays et distribuer des tracts. Le désordre devenait incroyable. Quelques-uns des gros bonnets de la ville se mirent du côté de la compagnie d'électricité ; ils déclarèrent qu'ils n'avaient aucune confiance en la TVA, que la compagnie était une affaire privée et qu'elle avait le droit de fournir tous les clients qu'elle voulait. Ils se servirent de toutes sortes d'arguments, tels que, par exemple : « Que diriez-vous si le gouvernement vous obligeait à vendre tout ce que vous possédez ? » Mr Solon Wilson et les autres qui avaient déclenché toute l'histoire ne savaient plus que faire. Tout ce que Mr Wilson désirait était un peu d'électricité dans sa maison sans devoir payer 1 200 dollars. Il avait déjà mis de côté l'argent pour la machine à laver de Miz Wilson. Et voilà que maintenant ils étaient embarrassés par un prédicateur qui leur faisait de longs sermons et leur parlait de leur âme, par des gens qui écrivaient aux journaux et des messieurs importants de la compagnie d'électricité qui, dans leurs grosses voitures, se faisaient conduire jusqu'à la maison de Mr Wilson pour discuter avec lui des heures durant.

Mais maintenant qu'ils s'étaient unis à ceux de la ville, il n'y avait plus moyen de reculer. Si la compagnie ne voulait pas vendre, il n'y aurait pas d'autre solution que de construire. Alors ils se mirent à établir des lignes vers les maisons de leurs clients, à commencer par celle de Mr Solon Wilson, qui put enfin acheter la machine à laver pour sa femme. Pendant un moment, on put voir côte à côte dans les rues de la ville les lignes de la compagnie et celles de la coopérative ; et à la campagne la compagnie se mit à construire des lignes parallèlement à celles de la coopérative, à des endroits où elle n'avait jamais rien fait parce que cela lui coûtait trop cher ; ils essayaient même d'obliger les paysans à prendre le courant chez eux. Ils allaient de porte en porte, discutaient des heures durant, proposaient des prix toujours plus bas. Plus d'une fois les événements tournèrent mal, et il y eut même des poteaux et des lignes abattus.

Pendant quatre années la compagnie d'électricité combattit Mr Solon Wilson, les six autres hommes et la coopérative. Et cela leur coûta bien plus de 1 200 dollars. Et finalement ils offrirent de vendre ce qui leur restait ; ce qui n'était pas grand-chose, car au bout d'un certain temps ils n'eurent plus de nouveaux clients puisqu'ils étaient incapables de ramener leurs tarifs à un taux aussi bas que celui de la coopérative ; ils perdaient peu à peu tous leurs clients, à tel point qu'il y avait des rues où ils n'en avaient plus qu'un seul ; plusieurs de leurs lignes à la campagne ne transportaient plus aucun courant.

Mais à ce moment-là, la coopérative n'avait plus besoin d'acheter ce qui restait de la compagnie ; ils avaient toutes les installations nécessaires, quoique cela leur eût coûté beaucoup plus à cause de la lutte. Alors la compagnie d'électricité s'avoua vaincue, vendit son immeuble et, emportant ce qu'elle pouvait, s'en alla et les laissa en paix.

C'est ainsi que Mr Solon Wilson eut le courant dans sa maison et dans son étable sans devoir payer 1 200 dollars ; en fait, seulement 10 dollars pour envoyer le jeune avocat à Washington et 5 dollars pour la carte de membre portant le numéro 1, plus beaucoup de discussions et de va-et-vient pour voir des gens ; et puis on lui avait aussi tiré dessus une nuit, au moment où la dispute battait son plein. Mais il avait l'électricité – et c'était une bien jolie machine à laver blanche que Miz Wilson installa sous son porche. Tout ce qu'elle devait faire était de passer son linge dans l'essoreuse et le pendre à la corde.

18

Jesse John ne la retrouva qu'en septembre. Il déambulait dans la rue non pavée d'une ville qui paraissait construite avec des caisses. Hier la rue avait été toute boueuse après un violent orage, mais maintenant elle était de nouveau sèche, et la poussière qui s'élevait sous les pas et les roues des chariots recouvrait absolument tout. Cette ville était identique à une douzaine d'autres villes élevées près des chantiers et que Jesse John avait vainement fouillées. Il était sur le point de s'en aller car il avait appris que Ceram Haskins venait de partir.

Il avançait dans la rue, la tête basse, se morfondant sur la futilité de ses recherches. Le pays était vaste, il y avait beaucoup de constructions en cours, et comment un homme pouvait-il deviner où un Haskins irait se percher ? Il passa devant un café – une baraque construite avec de vieilles planches dont la devanture s'ornait d'un écriteau tout neuf : « Repas pour messieurs ». Il s'arrêta devant la porte, mais se ravisa et continua son chemin. Il n'avait pas encore faim et, quoiqu'il lui restât encore de l'argent, il décida qu'il n'aurait faim que demain.

Il s'arrêta six pas plus loin. Il demeura immobile quelques instants, fit demi-tour et retourna devant la porte vitrée de l'établissement. Oui, c'était bien elle. Au moment où, venant de la cuisine, elle avait pénétré dans le café, Jesse John n'avait fait qu'entrevoir sa jupe qui se balançait et le mouvement d'un corps familier tandis qu'elle se dépêchait avec son plateau de bouteilles de bière.

Il sentit son cœur battre très fort. Il posa la main à plat contre le carreau et commença à pousser la porte. Il hésita, laissa la porte se refermer et attendit. Il retira sa main tremblante et fit le tour du bâtiment jusqu'à un terrain vague. Il baissa la tête pour regarder ses vieux vêtements poussiéreux. Il ôta son vieux chapeau de feutre et s'en servit pour battre ses vêtements, soulevant ainsi des nuages de poussière. Il polit les bouts usés de ses chaussures sur ses pantalons puis les regarda d'un air insatisfait. Il faudrait qu'il pénètre ainsi dans le café ; il n'y avait rien d'autre à faire. D'ailleurs il n'y avait pas de raison de perdre son temps.

Il remit son chapeau ; il l'enleva l'instant d'après et se passa la main dans les cheveux, essayant vainement de les coiffer. Il regarda le vieux chapeau et, le trouvant trop dégoûtant, l'enfonça dans sa poche-revolver. Il redressa les épaules, marcha d'un pas décidé jusque devant le café et poussa la porte sans hésiter ; il se retrouva à l'intérieur avant même d'avoir eu la possibilité de penser à reculer. Elle n'était pas là ; il s'arrêta, croyant qu'elle l'avait vu au travers de la vitre et qu'elle s'était enfuie par la porte arrière.

Il traversa la salle et s'installa à une table du fond. Les murs étaient rugueux, à peine recouverts d'une couche de vieille peinture ; une cloison de planches neuves séparait la salle de la cuisine. Il n'y avait pas de nappes sur les vieilles tables, seulement un poivrier, une salière, un sucrier et une bouteille de ketchup sur chacune d'elles. Il posa les mains devant lui, sur la table, et attendit en regardant vers la cuisine. Le café était presque vide, car ce n'était pas l'heure des repas ; il n'y avait que quelques consommateurs qui buvaient du café ou de la bière et leurs voix étaient très calmes.

Elle sortit de la cuisine ; elle avançait rapidement vers lui, sans le voir, et il la regardait se faufiler entre les tables en balançant les hanches, pour éviter les chaises. Elle était plus grosse qu'autrefois, et beaucoup plus maquillée ; le rouge à lèvres faisait une tache énorme sur son visage pâle et fatigué. Elle avait une nouvelle ride qui descendait tout droit entre ses yeux.

— Que prenez-vous ? demanda-t-elle.

Alors elle le vit et porta une main à sa gorge comme si elle allait crier. Son visage avait pâli encore plus fort, le rouge à lèvres était encore plus criard sur ce fond blême. Elle ne pensait certainement pas à lui, cela faisait même longtemps qu'elle ne pensait plus à lui, et elle fut beaucoup plus surprise qu'effrayée.

Jesse John était heureux. Il lui sourit, et le ton de sa voix était joyeux et amical.

— Salut, Connie, dit-il. Je suis content de te revoir.

— Qu'est-ce que tu fais ici ? demanda-t-elle.

— Je te cherche, répondit-il. Que pourrais-je faire d'autre ?

Elle se dandinait lentement sur ses pieds, ne sachant que faire. Elle regarda le carnet de commandes qu'elle tenait à la main.

— Veux-tu quelque chose à manger ? demanda-t-elle comme s'il s'agissait de n'importe quel client.

Elle se rendit aussitôt compte de l'idiotie qu'elle avait dite. Elle se tourna nerveusement vers la cuisine : elle avait peur que le patron la voie. Il viendrait d'une minute à l'autre à la caisse, et s'il la voyait perdre son temps avec un client…

— Non, dit Jesse John. (Il la regarda d'un air de reproche.) Tu sais très bien ce que je veux, Connie. Tu sais pourquoi je suis venu.

Elle commençait à avoir peur et éprouvait de la difficulté à respirer. Elle se pencha vers lui et lui parla à voix basse.

— Ne commence pas à faire une scène ici, Jesse John. On me mettrait immédiatement à la porte et… j'ai besoin de cette place. J'en ai terriblement besoin.

Jesse John la regardait fixement. Il aurait voulu la toucher, rétablir instantanément la vieille intimité entre eux de sorte que toutes ces discussions soient inutiles. Il était certain que rien que le contact de leurs mains suffirait à effacer tous ces mois de séparation, à rétablir l'union d'un mari et de sa femme. Tandis que maintenant, ils se parlaient comme s'ils étaient des étrangers.

— Je ne vais rien commencer, ma chérie, dit-il doucement. Je veux simplement que tu rentres à la maison avec moi.

Elle se redressa et le regarda fixement. La porte de la cuisine s'ouvrit, livrant passage à un gros bonhomme, le patron, qui avança lourdement derrière le comptoir, jusqu'à la caisse. Il tournait de plus en plus la tête au fur et à mesure qu'il marchait pour les regarder ; Connie sentit son sang se glacer.

— Tu veux que je retourne à la maison…

Jesse John la regardait tendrement. Il s'était déjà souvent demandé ce qu'il ressentirait quand il se retrouverait devant elle, si ce serait de la colère, de la jalousie ou de la douleur. Mais maintenant tout cela n'avait plus aucune importance. C'était elle qui comptait, Connie, sa femme, la fille qu'il avait courtisée et épousée, la seule fille qu'il ait jamais aimée quand il était célibataire. Knox avait toutes les filles qu'il voulait ; il semblait n'avoir aucune difficulté à en trouver. Tandis que Jesse John n'en avait trouvé qu'une seule ; mais c'était suffisant pour lui, et cela représentait beaucoup plus que toutes les filles de Knox mises ensemble. Jesse John n'avait jamais couché avec une autre femme que Connie, et le premier soir elle avait dû l'aider. Tout cela comptait bien plus que l'aberration provisoire de son départ soudain. Il était content, soulagé d'être enfin au terme de ses recherches ; il ressentait déjà le désir profond d'être de retour dans leur vieille chambre, dans le grand lit, et de retrouver la commode qu'il avait achetée chez Sears & Roebuck avec son argent. Il voulait que tout soit exactement pareil qu'avant ; sauf que cette fois-ci elle serait contente et heureuse, ainsi que lui l'avait toujours été.

— Sinon, pourquoi passerais-je tout mon temps à te rechercher ? dit-il. Je t'ai suivie à travers tout le pays. (Il lui sourit de nouveau.) J'ai continuellement été à un saut de toi.

La voix du propriétaire était forte et profonde sous la couche de graisse.

— Prenez la commande de ce monsieur, dit-il à Connie. Ne restez pas là à bavarder toute la journée.

Sa voix cassante tranchait fortement avec leur accent du Sud.

Connie sursauta et agita nerveusement les mains. Elle ne savait que faire. Elle attendait, immobile, les bras ballants, que la voix tonitruante retombe sur elle.

Jesse John regarda par-delà les tables vides.

— Je ne commande rien, fit-il calmement. Je suis simplement venu lui dire quelques mots. Nous…

— Vous n'avez qu'à parler en dehors des heures de travail, dit le patron en s'adressant à Connie.

Il fit le tour du comptoir et s'approcha d'eux ; il avançait en ligne presque droite et ses hanches massives repoussaient les chaises qui se trouvaient sur son chemin.

— Je ne vous paie pas pour avoir des amabilités envers les clients.

Connie se tourna vers lui. Elle était très agitée.

— Je m'excuse, monsieur Newcomb, dit-elle. Il vient d'arriver. Et nous… nous nous sommes connus autrefois.

— Vous aurez fini à dix heures, dit Mr Newcomb. Vous aurez jusqu'à demain matin onze heures pour voir vos amis. (Il se tourna, regardant autour de lui) Il y a un monsieur là-bas qui désire encore une bière.

Jesse John l'écouta. Il n'avait pas envie de se mêler à la conversation ; mais il se leva tout de même.

— Je voulais simplement la voir une minute, monsieur, dit-il.

Mr Newcomb fit volte-face ; ses gestes étaient aussi vifs que ceux d'un éléphant.

— Il n'y a pas pour un centime à boire ou à manger sur votre table, dit-il.

Jesse John prit Connie par le bras. Ce n'était pas ainsi qu'il aurait voulu la toucher pour la première fois, mais il se rendait compte qu'il fallait agir.

— Viens, Connie, dit-il. De toute façon, tu ne devras plus t'en faire pour trouver du travail.

Connie tira sur son bras pour le dégager de la main de Jesse John. Elle regarda Mr Newcomb d'un air suppliant.

— Monsieur Newcomb, dit-elle, je n'avais rien à faire… je m'excuse. Cela ne se reproduira plus.

Jesse John lui reprit le bras, plus fermement cette fois.

— Viens, dit-il. Cela ne sert à rien d'attendre jusqu'à dix heures. Partons.

Mr Newcomb retourna à la caisse. Connie ne l'intéressait plus.

— Allez-y, dit-il. Je n'ai pas besoin de préavis. Je trouverai une autre fille avant ce soir. Partez seulement.

Connie essaya de le suivre, puis elle cessa de se débattre. Elle avait envie de pleurer. Il lui avait fallu beaucoup de temps avant de trouver ce travail. C'était une bonne place et jusqu'à présent, Mr Newcomb avait été très gentil avec elle. Jusqu'à l'arrivée de Jesse John.

— Mon argent, s'écria-t-elle, désespérée. Vous me devez…

Mr Newcomb ne se retourna même pas.

— Je ne paie pas les petites semaines, dit-il. Vous pouvez partir avec votre amoureux.

Connie se laissa entraîner par Jesse John. Il s'arrêta devant le comptoir. Il avait l'impression qu'il devait expliquer la situation.

— C'est mon épouse, monsieur, dit-il à Mr Newcomb. Vous voyez, je…

— Épouse ou femme, emmenez-la loin d'ici, répondit Mr Newcomb sans lever la tête. Allez, filez.

Ils sortirent et se retrouvèrent sous un brillant soleil. Mais il ne faisait plus tellement chaud en ce mois de septembre. Ici, au nord, c'était comme si le soleil avait usé toute son énergie pour briller et qu'il n'en restait plus pour chauffer. Derrière eux, Mr Newcomb se penchait par-dessus son ventre pour mettre l'avis « On cherche une serveuse » à la fenêtre.

— Cela n'a pas d'importance, dit Jesse John. Nous allons tout de même rentrer à la maison.

Elle s'arrêta au milieu de la rue et se mit à pleurer.

— Mais je ne peux pas, dit-elle. Je ne veux pas rentrer à la maison avec toi.

La main de Jesse John se resserra si fort sur son bras qu'elle en grimaça.

— J'ai passé des mois à te rechercher alors que papa avait besoin de moi. Tu n'as pas le droit de dire cela.

Elle porta la main à son visage et essuya ses larmes.

— Je ne peux pas, dit-elle. Je te dis que je ne peux pas.

Il se pencha en avant pour scruter le visage de Connie. Il ne lui lâchait toujours pas le bras.

— J'ai l'argent pour les billets, dit-il doucement. Nous serons après-demain à la maison. Nous sommes en pleine période de récoltes, Connie ; et tu te souviens de l'allure du domaine en automne, les arbres sur les collines, le calme, et nous tous qui travaillons dur dans les champs. Nous aurons de l'argent pour acheter tout ce que nous désirons, comme cette commode que je t'ai offerte autrefois. Et puis Arlis aura besoin d'aide ; elle s'en sort à peine avec cette grande maison sur les bras.

Connie ne pleurait plus. Elle le regardait, écoutait attentivement ses paroles, et les images du domaine défilaient dans son esprit. Elle voyait même Matthew revenir le soir des champs, Jesse John à côté de lui, elle entendait leurs pas dans le couloir et leurs voix tandis qu'ils se lavaient dans la cour, derrière la maison. Elle revoyait aussi la grande table ronde de la cuisine autour de laquelle ils se réunissaient tous trois fois par jour.

Elle secoua la tête.

— Je ne retournerai pas avec toi, dit-elle. (Elle fit demi-tour.) Je ferais mieux d'aller tout de suite parler à Mr Newcomb. Peut-être me rendra-t-il ma place, même si je l'ai mis en colère. Je pourrai travailler plus longtemps pour le même argent…

— Mais tu n'en as pas besoin, Connie. Tu n'es pas obligée.

— Je ne retourne pas au domaine, dit-elle en élevant la voix. Tu m'entends ? Je n'irai pas !

Cette fois-ci Jesse John la crut. Il laissa retomber ses bras, découragé. Il la regardait fixement.

— Celui-là, tout de même, dit-il, lentement, Ceram Haskins.

— Tu devrais avoir envie de me tuer, dit-elle avec aigreur. Tu devrais être fou furieux contre moi au lieu de venir me supplier de rentrer à la maison.

Il secoua la tête.

— Non, Connie, je n'aurais pas le droit d'agir de la sorte. Je sais que tu m'as quitté. Mais c'était ma faute.

Elle le regarda et elle se rendit compte qu'il le croyait sincèrement. Elle sentit cette vieille tendresse – qui n'était pas tout à fait de l'amour – remonter en elle. On ne pouvait pas vivre aussi longtemps avec un homme comme elle l'avait fait avec Jesse John sans avoir des sentiments pour lui.

— Jesse John, dit-elle lentement. Je ne te rendrais pas un bon service. Je…

— C'est à moi de juger de cela, l'interrompit-il avec vivacité. Tu seras heureuse… j'y veillerai. Je… (Son expression changea brusquement.) Peut-être veux-tu rester avec lui. Tu le préfères.

Elle secoua la tête.

— Il est parti, dit-elle. Il m'a déjà quittée.

— Tu vois, dit-il, il n'y a rien pour te retenir. Absolument rien.

— Si, il y a quelque chose, dit-elle en un murmure. Je vais avoir un enfant.

Ils étaient arrêtés au milieu de la rue et les passants se retournaient pour les dévisager avec curiosité ; mais Jesse John ne paraissait pas s'en apercevoir. Il regardait Connie ; oui, il se rendait maintenant compte des formes alourdies de son corps. Ce n'était pas très évident pour un homme, mais on pouvait s'en rendre compte. Elle disait la vérité.

Il la prit par le bras et ils avancèrent lentement ; Jesse John marchait tête baissée, les yeux fixés au sol. Il transpirait dans ses vêtements poussiéreux quoique le soleil ne fût pas chaud du tout. Il ne s'était pas attendu à cela ; il s'était imaginé qu'il retrouverait la même femme que celle qui l'avait quitté, inchangée malgré son long voyage.

En approfondissant le problème il se rendait compte qu'il ne pouvait en être ainsi ; les gens et les choses changeaient toujours ; et les gens qui dorment ensemble font des enfants. Ces enfants naissent et grandissent pour devenir des hommes et des femmes sans sagesse. Il sentait une jalousie écœurante monter en lui à l'idée que c'était la semence de cet homme qui germait dans les entrailles de Connie, alors qu'il n'avait jamais été vraiment jaloux de savoir que c'était une chair étrangère qui la satisfaisait pendant les longs mois de son absence. Il essayait de combattre ses sentiments tout en marchant silencieusement à côté d'elle. Il lui tenait le bras, un bras rigide et froid sous sa poigne. Ils arrivèrent à la partie ancienne de la ville, qui avait été bâtie avant que les grandes constructions ne commencent ; ils marchaient maintenant sur du béton dur. Ils passèrent devant la gare des autobus ; mais Jesse John fit demi-tour quelques mètres plus loin et l'entraîna dans le bâtiment. Ils s'assirent sur un banc comme s'ils attendaient de partir quelque part ; il avait fallu tout ce temps pour que Jesse John puisse apaiser sa douleur et sa colère.

— Alors pourquoi… dit-il.

— Je lui en avais parlé, dit-elle amèrement. Il est parti ce soir-là. Il a emballé ses affaires et il est parti en me déclarant que si je voulais avoir un enfant, je n'avais qu'à l'avoir toute seule.

Jesse John savait maintenant qu'il ne devait plus s'en faire. Il pensa à l'angoisse de sa solitude alors qu'elle attendait un enfant, le problème presque insurmontable de le mettre au monde sans homme pour lui tenir compagnie et l'aider. C'était pour cela qu'il l'avait trouvée serveuse dans un café.

— Ne t'en fais plus, Connie, dit-il. Cet enfant sera aussi le mien, parce que c'est le tien. Nous l'élèverons comme si j'étais son papa. D'ailleurs personne, si ce n'est nous, ne saura la différence. Même pas l'enfant.

Les yeux de Connie s'inondèrent de nouveau. Elle regardait Jesse John au travers d'un brouillard de larmes ; elle sentit un soulagement intense l'envahir. Elle n'avait encore jamais réalisé jusqu'à quel point elle avait peur de voir approcher le désastre inévitable qui l'attendrait quand sa grossesse l'empêcherait de travailler, la privant de toute aide pour quand viendrait l'heure de la naissance.

— Tu accepterais l'enfant ? dit-elle. Et moi avec, après…

Il posa ses mains sur celles de Connie.

— C'est pour ça que je suis venu, répondit-il. Tu es ma femme, Connie. Je veux que tu le sois pour toujours.

Elle baissa la tête pour qu'il ne puisse voir son visage.

— Jesse John, dit-elle d'une voix faible.

Il sut par son intonation qu'il avait gagné. Le reste n'avait plus d'importance ; il n'y penserait plus jamais, le chasserait définitivement de son esprit ; il savait que lorsque l'enfant viendrait, ce serait le sien, quoique né d'une autre semence. Car ce serait lui qui allait élever cet enfant, et éduquer était plus important que faire. Il pourrait le former à sa propre image.

Il tourna la tête et son regard se porta sur le guichet.

— Je vais me renseigner sur l'horaire des autobus, dit-il. Nous prendrons le premier et nous serons à la maison avant même d'avoir le temps de nous en apercevoir. Ce sera comme si on n'était jamais partis. Ils seront contents de nous voir arriver. Papa n'aime pas que les siens s'en aillent.

Elle comprenait fort bien son bonheur, mais elle ne parvenait pas à le partager. Elle pensait à Arlis, au regard interrogateur de Miss Hattie, à ses parents à elle et à tous les gens du pays qui savaient qu'elle était partie avec un étranger. Rien que cette pensée la faisait frissonner intérieurement, lui retournant l'estomac. Ses épaules s'affaissèrent et elle se détourna de Jesse John.

— Je ne peux pas revenir, dit-elle. Tu ne t'en rends donc pas compte ?

Il posa la main sur l'épaule de Connie.

— Pourquoi ? fit-il, sincèrement étonné. (Il avait cru que sa décision était définitive.) Qu'est-ce qu'il y a maintenant ?

Elle releva la tête.

— Veux-tu que je passe ma vie parmi ces gens qui savent ? dit-elle en sanglotant. Crois-tu que je pourrais supporter de les voir me regarder et se souvenir que je suis partie avec un autre homme et que je suis revenue avec un bébé qui est venu bien vite après que Jesse John m'a retrouvée ? Ils penseront toujours la même chose.

— Mais ça ne changera rien du tout, protesta Jesse John. Laisse-les croire ce qu'ils veulent. Toi et moi sommes les seuls qui comptent… et tu sais très bien que je ne penserai pas comme eux.

Pour la première fois, elle s'approcha volontairement de lui. Ses mains s'agrippèrent aux bras de Jesse John et elle enfouit son visage dans son épaule.

— Je ne pourrai jamais faire face, dit-elle. Jamais.

Jesse John la tenait serrée contre lui ; il essayait de trouver un moyen de s'entendre avec elle. Finalement elle releva la tête et s'écarta de lui.

— Rentre à la maison, dit-elle. Ils ne diront rien contre toi ; ils auront tout simplement pitié de toi parce que tu as épousé une femme comme moi.

Jesse John réfléchit à cette proposition. Il n'avait jamais même envisagé de rentrer sans elle, et voilà que maintenant il était obligé de considérer cette pensée. Il se rendait enfin compte qu'il était impossible pour elle de le suivre à la maison. Elle avait parfaitement raison ; les gens jaseraient et elle le saurait. Les femmes étaient comme ça, elles ne la laisseraient jamais tranquille, ne lui donneraient jamais l'occasion de refaire sa vie et d'oublier. Ils s'interrogeraient sur la présence de l'enfant, ils se mettraient à compter sur leurs doigts et hocheraient la tête.

Il repoussa cette pensée et en revint à la première ; c'était là que résidait le problème le plus dur à résoudre. Il avait toujours eu l'intention de revenir. Dès le début, son plan avait été de retrouver Connie et de retourner à la maison, dans le domaine auquel ils appartenaient, pour vivre heureux. Il entendit une voix rauque et inintelligible annoncer au haut-parleur des noms de destinations ; autour d'eux, des gens se déplaçaient, ramassaient leurs bagages et se dirigeaient vers la porte qui conduisait au quai d'embarquement. Il avait pensé quelques minutes auparavant prendre part à ce départ, content de savoir que dans quelques heures, un jour ou deux, ils allaient se retrouver à la maison.

Il se tourna vers Connie.

— Je resterai avec toi, dit-il. Nous vivrons ici.

Elle ne pouvait pas accepter cette dernière décision. Elle avait observé son visage pendant tout le temps qu'il avait réfléchi et elle s'était rendu compte du combat qui s'était déroulé en lui.

— Non, répondit-elle. Tu dois retourner auprès des autres Dunbar. C'est à ça que tu appartiens.

Il lui sourit tendrement. Il passa ses bras autour d'elle et l'attira contre lui ; il sentit d'abord une résistance, mais elle s'affaiblit très vite, et après quelques secondes, Connie posa sa main sur le cou de Jesse John, touchant la chaleur de sa présence.

— J'ai besoin d'être où toi tu es, dit-il. Où tu peux vivre et être heureuse. C'est la seule chose qui compte.

Ils se tenaient serrés l'un contre l'autre et Jesse John regarda le visage de Connie ; ils étaient de nouveau mari et femme. Dans un jour ou deux, il pourrait poser la main sur ce ventre qui s'arrondissait et penser « notre bébé, notre fils » sans le moindre chagrin.

— Je trouverai du travail, dit-il. Je suis devenu assez fort en construction… et pour trouver des emplois. Ensuite, nous nous achèterons une roulotte… comme le font tant de gens, ainsi nous pourrons aller d'un chantier à l'autre. Nous aurons notre maison sur roues. (Il la serra un peu plus fort contre lui.) Nous serons heureux, Connie.

Lorsque Matthew revint du barrage de Chickasaw, il fulminait de colère ; il ne cessait de se répéter les paroles qu'il aurait souhaité avoir lancées à la face de Knox. Il ne s'était pas attendu à un refus ; il n'avait jamais rien demandé à ses fils, et il avait toujours cru qu'il lui suffirait d'une parole pour qu'ils répondent à son appel.

Ils n'étaient plus du même sang ni de la même chair que lui ; voilà la vérité. Dès le jour où il avait quitté le domaine,

Knox était devenu un étranger ; autant se planter au milieu de la route et arrêter les gens pour leur demander de vous aider. Il rangea la voiture dans le hangar et se dirigea d'un pas rapide vers la maison pour le déjeuner. Il avala son repas sans dire un mot, le regard noir, comme si c'était un travail répugnant que de manger ; de temps en temps il relevait la tête pour fouiller les visages de Miss Hattie, d'Arlis et de Mark. Il voulait voir si eux aussi lui paraissaient des étrangers, comme Knox. Après avoir mangé, il reprit la voiture et couvrit les soixante kilomètres de route qui le séparaient de la ferme de son frère John. Il s'était un peu calmé, mais son mal de tête n'avait pas encore disparu. Il débobina son boniment, certain d'être accueilli par un refus.

Mais John fut charmant et lui annonça qu'il pourrait avoir tous les garçons disponibles pour l'aider. Il ne devrait pas leur payer un sou. Ils pourraient aller chez lui dès le lendemain et rester jusqu'au moment des récoltes. À ce moment-là, John aurait besoin de tous ses fils pour l'aider, mais en attendant ils n'avaient pas grand-chose à faire si ce n'est couper un peu de bois pour l'hiver.

Matthew rentra tranquillisé à la maison, et le lendemain matin il avait des bras supplémentaires pour l'aider. Ils commencèrent par dégager le terrain sur l'emplacement du futur barrage de terre ; ils comblèrent le lit du ruisseau avec les arbres abattus et les broussailles. Arlis leur préparait des repas copieux et ils étaient bien nourris. Matthew espérait avoir nettoyé tout le terrain avant l'époque des récoltes.

John vint un dimanche soir – beaucoup trop tôt, sembla-t-il – et c'est presque en s'excusant qu'il déclara :

— Je crois qu'il est temps que mes fils reviennent à la maison, Matthew. Nous avons une grosse récolte à rentrer.

Matthew fut effaré de réaliser combien le temps était passé vite ; il en voulait presque à John de sa requête parfaitement légitime. Oui, l'automne était là ; les champs de coton devenaient tout blancs et le maïs penchait la tête tant il était mûr.

— Y a rien d'autre à faire, dit-il en soupirant. Je ne peux tout de même pas te demander de laisser tes récoltes dans les champs. D'ailleurs, j'aurai aussi pas mal à faire de mon côté. Mais ils reviendront dès qu'ils auront fini, n'est-ce pas ?

John regarda d'un air circonspect le travail auquel ils étaient occupés.

— Certains devront aller à l'école, dit-il.

— Envoie-moi qui tu pourras, dit Matthew. Et toi aussi, John, viens si tu en as la possibilité. L'eau va déferler sur le domaine au printemps prochain si nous ne faisons pas attention.

John regardait toujours les travaux.

— Penses-tu pouvoir finir à temps ?

Matthew se tourna brusquement vers lui.

— Si tu m'aides, oui. Un homme seul ne pourra jamais y arriver.

— Je les enverrai, s'empressa de dire John. Et moi-même je viendrai chaque fois que je le pourrai.

Matthew s'éloigna à grandes enjambées dès qu'il eut entendu les mots qu'il espérait entendre. Ce n'était pas le moment de faire des politesses ni de perdre son temps à parler. Il avait une tâche à accomplir, plus importante, selon lui, que le grand barrage de la TVA. Il en voulait à cette récolte nécessaire et il souhaitait presque avoir laissé ses terres incultes cette année. Alors il aurait pu travailler sans relâche à son barrage. Mais son travail et sa transpiration et ceux de Rice avaient servi à planter, et il n'avait pas le droit de laisser pourrir cette belle récolte. Il dételа les mules et les lâcha dans le pâturage. Puis il fit le tour des champs ; il lui faudrait commencer immédiatement – il avait déjà une semaine de retard et ce serait bien sa chance s'il se mettait à pleuvoir avant qu'il ait fait le quart du travail. Il essaierait d'embaucher du personnel pour en avoir vite fini, même si le coton lui revenait beaucoup plus cher que les autres années.

Pour la première fois depuis plusieurs jours, il se mit à penser à Jesse John. Il avait chassé de son esprit tous ses fils. Mais maintenant, c'était l'époque où il avait escompté son retour. Il y avait tellement longtemps qu'il était parti qu'il aurait dû être de retour, soit après avoir abandonné, soit après avoir retrouvé Connie et qu'elle l'eut rejeté. Enfin, il ne pouvait pas plus compter sur Jesse John que sur les autres. Il se dirigea vers la grange, sortit les sacs à coton et les examina. Il faudrait qu'Arlis en fasse de nouveaux ; les autres avaient été tellement rapiécés à la base, à l'endroit où on les traînait sur le sol, qu'il n'y avait vraiment plus moyen de les réparer. Maintenant qu'il s'occupait des préparatifs, il retrouvait la bonne ambiance de l'époque des récoltes et son esprit n'était plus aussi tourmenté par le barrage. Après tout, ceci était le vrai travail, pour lequel il était né.

Il déclara à Arlis qu'il allait en ville acheter de la toile pour de nouveaux sacs. Miss Hattie voulut l'accompagner, mais il n'aurait pas le temps de l'attendre pendant qu'elle traînerait dans un grand magasin et il la laissa interloquée au milieu de la cour en démarrant brusquement la voiture.

Il fit rapidement ses achats, ne s'arrêtant pas une seule fois pour parler à qui que ce soit. Si quelqu'un lui adressait la parole, il se contentait de répondre par un bref hochement de tête et poursuivait son chemin. Après avoir acheté la toile, il laissa un mot au magasin d'alimentation pour qu'on lui envoie des démêleurs dès le lendemain matin. Ensuite, il déposa son lourd paquet sur le siège arrière de la voiture et repartit vers la maison ; il voulait qu'Arlis puisse être dans les champs le lendemain dès la première heure. Elle n'avait encore jamais cueilli du coton. Mais cette fois-ci elle devrait le faire, et aussi aider Matthew à arracher le maïs. Il les mettrait tous aux champs, ainsi que tous les bras qu'il pourrait louer pour rentrer cette récolte ; il aurait alors encore du beau temps pour travailler au barrage.

Il avait presque quitté la grand-place quand il se souvint de la poste. Il parqua de nouveau la voiture et avança d'un pas rapide jusqu'à sa boîte ; il y avait longtemps qu'il n'avait plus été en ville et elle serait sûrement pleine à craquer, d'autant plus que le catalogue automne-hiver serait certainement déjà arrivé. La boîte était effectivement bourrée jusqu'au bord par le catalogue et des publicités d'engrais et de graines de toutes les marques possibles et imaginables et Matthew n'avait pas assez de ses mains pour tout retenir. Il parvint finalement à tout transporter jusqu'à l'écritoire et se mit à feuilleter rapidement le paquet. Ses mains cessèrent de bouger dès qu'il vit la lettre ; il reconnut immédiatement l'écriture, quoiqu'il n'ait encore jamais reçu de lettre de Jesse John. Ses doigts se raidirent soudain et paraissaient engourdis tandis qu'il décachetait l'enveloppe et en sortait l'unique feuille de papier.

Cher papa,

J'avais l'intention de vous écrire depuis longtemps déjà, mais il me semblait ne jamais pouvoir y arriver. J'espère que vous allez bien. Nous allons très bien et j'ai trouvé un bon travail.

L'autre jour, je suis tombé sur Connie et tout va bien. Nous avons réglé le différend qui nous séparait et elle est revenue auprès de moi. Je suis très content que cette vieille histoire soit liquidée. Elle va très bien.

Après en avoir discuté, nous avons décidé qu'il serait mieux de ne pas rentrer à la maison, d'autant plus que j'ai un très bon emploi et que l'argent rentre régulièrement. Hier, j'ai fait un premier paiement pour une roulotte dans laquelle nous allons vivre car mon travail nous obligera à déménager souvent.

Je voulais simplement vous dire que tout va bien entre Connie et moi et que nous avons aplani toutes les difficultés. Elle est heureuse que je sois parti ainsi à sa recherche. Ha ! ha !

J'espère que vous allez tous bien. Je suppose que vous serez en train de faire la récolte du coton lorsque vous recevrez ceci. Embrassez Miss Hattie et Arlis pour moi et un grand bonjour à Rice et à Knox. Voilà, je suis au bout de ma feuille et je terminerai ici.

Votre fils,

Jesse John

Matthew lut la lettre une première fois, rapidement, puis il la relut plus lentement, s'imprégnant du sens de chaque phrase. Quand il eut fini, son regard resta fixé sur la feuille, et il fut surpris de voir une goutte d'eau tomber sur le papier. Il s'essuya vivement l'œil d'une main et regarda furtivement autour de lui pour s'assurer que personne ne l'avait remarqué. Il ramassa tout son courrier, sortit du bureau de poste et se hâta vers sa voiture. Quelqu'un lui adressa la parole sur un ton joyeux, mais il ne répondit pas ; il n'avait d'ailleurs pas compris ce qu'on lui avait dit. Il s'installa au volant et déposa le courrier à côté de lui. Puis il reprit la lettre et la relut comme si les mots avaient pu changer de signification depuis tout à l'heure.

Il savait maintenant que tout était fini… qu'ils étaient tous définitivement partis, aussi bien Rice que Knox et Jesse John, et qu'ils ne reviendraient plus jamais au domaine. Il le réalisait pleinement pour la première fois, alors que jusqu'à présent il n'avait jamais voulu le croire.

Il poussa un gros soupir et porta la main à ses yeux pour voir s'ils étaient encore mouillés. Ce n'était pas bien pour un homme de pleurer. Il renifla puis il se dit que la perte de ses enfants valait bien des larmes ; il devrait se rouler par terre, frapper le sol de ses poings et verser toutes les larmes de son corps, car ils étaient partis pour toujours. Il avait interdit le domaine à Knox, Rice était mort et Jesse John avait suivi l'appel de son désir et vivrait désormais dans des contrées lointaines. Les femmes, elles non plus, ne resteraient pas ; il viendrait un temps où leur nature même les emmènerait au loin, à la suite de l'homme de leur choix.

Il n'avait pas pleuré quand Rice avait été enterré ; ses yeux avaient été secs et brûlants de chagrin, mais il n'avait pas versé une seule larme. Il n'avait ressenti que de la colère lorsque Knox avait refusé de le suivre. Mais la lettre qu'il tenait à la main était mouillée, l'écriture délavée ; il pleurait maintenant pour tous les trois, pour le domaine et pour le grand sauvetage qu'il aurait voulu faire mais qu'il était impossible de réaliser tout seul. Seul, cela n'en valait plus la peine.

Il resta assis plus d'une heure dans la voiture, sans tenter de retourner à la maison. À un moment donné, il chiffonna même la lettre et la jeta par la portière. Puis il sortit de la voiture, la récupéra, la lissa de ses mains tremblantes et la relut encore une fois. Finalement, il se pencha sur le volant, tira la manette des gaz, sortit de la voiture, fit démarrer le moteur à la manivelle, s'empressa de se rasseoir au volant et quitta la ville. Il conduisait lentement, mais il ne parvenait pas à concentrer son esprit sur le volant et la voiture roulait d'un côté de la route à l'autre comme s'il était saoul. Arrivé à la maison, il vit la voiture de Crawford parquée à l'ombre du grand chêne. Matthew resta assis au volant.

Crawford sortit de la maison et s'avança vers lui en souriant. Matthew le regarda venir, puis détourna la tête ; il n'avait pas envie de le voir maintenant, ni, surtout, de lui parler. Crawford posa son pied sur le marchepied et passa la tête par la portière.

— Arlis m'a dit que vous êtes allé en ville acheter de la toile pour les sacs à coton, dit-il. Dans ce cas, elle n'a qu'à en faire un pour moi.

Matthew tourna la tête. L'ébahissement se lisait dans son regard, et Crawford répéta joyeusement sa phrase, croyant que Matthew ne l'avait pas comprise la première fois.

— Que voulez-vous dire ? demanda Matthew.

Crawford leva les bras.

— J'ai deux semaines de vacances, dit-il. Alors j'ai pensé que je pourrais vous aider à rentrer les récoltes. Je suppose que vous avez besoin d'aide ?

Matthew détourna la tête.

— Je n'ai pas besoin d'étrangers dans mes champs, prononça-t-il, et Crawford dut pencher la tête en avant pour entendre ses paroles.

Crawford éclata de rire.

— Je ne suis pas un étranger, moi, monsieur Matthew. Je suis votre ennemi. Vous vous en souvenez ?

Matthew se tourna de nouveau vers lui. Il le regarda, puis la maison et le chêne. Il regarda tout autour de lui, observant chaque coin du domaine, puis son regard se posa de nouveau sur Crawford.

— Bien sûr, dit-il, vous pourrez m'être utile. (Il posa la main sur la lettre qui se trouvait sur le tas de courrier à côté de lui.) Mais je vous préviens : je vous ferai transpirer, Crawford. Je ferai fondre toute cette graisse que vous avez accumulée dans les bureaux de la TVA. Alors vous feriez bien de passer une bonne nuit reposante. Vous en aurez besoin pour demain.

19

Pendant deux semaines Matthew dut abandonner le dur labeur de construire son barrage. Mais cela ne l'empêcha pas d'œuvrer du matin au soir, obligeant tout le monde à en faire autant. Crawford était un bon travailleur ; il suivait Matthew pas à pas, rangée après rangée, et leurs conversations étaient normales, agréables, souvent séparées par de longs silences. Crawford était revêtu d'une salopette et d'une chemise souillée de transpiration ; il dormait dans l'ancienne chambre de Knox. Matthew ricanait en lui-même quand, le soir, il entendait Crawford quitter très tôt Arlis pour aller se coucher. Il y avait longtemps que Crawford n'avait plus fait d'efforts musculaires comme cela.

Au début, Matthew pensa même qu'il ne continuerait plus à construire son barrage une fois la récolte rentrée. Il n'avait jamais rien fait dans sa vie pour lui-même – sauf peut-être se battre avec Mark pour la possession du domaine –, tout avait toujours été pour les Dunbar, surtout pour Knox, Rice et Jesse John. Lui n'avait été qu'un vaisseau, et maintenant le vaisseau était à sec si ce n'était encore complètement mort, et seule la force de l'habitude le poussait vigoureusement à faire les récoltes. Petit à petit il fut complètement pris par l'action, car il n'y avait rien d'autre à faire. Il lui fallut faire revivre sa foi par le travail ; après tout, ce n'était pas si difficile que cela : il n'y avait rien qui puisse prendre dans sa vie la place de ses fils et du domaine. Et quoique ses fils fussent partis, il continuait comme s'ils étaient toujours là, et le principe du domaine, de ce qui était Dunbar, le nourrissait, lui rendait la force qu'il avait autrefois. Il ne restait plus rien d'autre que le domaine, alors il continuerait à croire et à agir par pure nécessité.

Ces deux semaines furent aussi bien une trêve entre Matthew et Crawford qu'entre Matthew et le but qu'il s'était assigné en voulant préserver le domaine. Mais Matthew n'avait pas oublié que Crawford était son ennemi. Ils ne parlèrent plus du barrage, ni d'Arlis et de Crawford, ni de leur désir de se marier. Matthew avait presque oublié ce que c'était que la paix. Il y avait passé toute sa vie, heureux et satisfait, et cependant, depuis un an, c'était devenu une chose étrangère pour lui. On a toujours vécu comme ça, se dit-il, et pourtant il avait peine à le croire, il ne parvenait plus à se souvenir avec précision de ces années pendant lesquelles il avait vécu en paix. Le conflit avait effacé de sa mémoire l'idée même de paix et de contentement ; elle avait été remplacée par la solitude.

Au bout d'un temps, ils se remirent à parler de la TVA. Non plus d'une manière agressive et en criant très fort comme auparavant, mais calmement, posément, comme s'ils discutaient d'une philosophie.

Crawford : Pendant toute ma vie j'ai cherché quelque chose à quoi je puisse croire. J'ai cherché partout, longtemps, jusqu'au jour où j'ai découvert la TVA ; c'est une chose suffisamment grande et vaste pour occuper toute une vie d'homme. La TVA possède tout ce que la scierie de mon père et les camps du Corps de protection civile avaient déjà mais en plus de cela, elle a une raison d'être totalement différente. Croire à la TVA, c'est la même chose que croire à une personne, parce qu'elle grandit, se développe, change et devient chaque jour de plus en plus utile et efficace.

Matthew : La TVA est une création née des besoins des gens et des lois du législateur ; les politiciens peuvent la tuer aussi facilement qu'ils l'ont créée. La terre est la chose à laquelle je crois ; la terre sera toujours là, on ne peut la détruire. Lorsqu'un coin de terre porte votre empreinte, vous continuerez à le garder, même quand vous serez mort.

Crawford : La TVA est une corporation, et une corporation est une personne uniquement parce que la loi le dit. Mais un des hommes qui dirigent toute cette affaire a trouvé le moyen de le dire en une seule phrase. La TVA est une corporation qui possède une âme. Ça, c'est quelque chose de nouveau sur cette terre. La TVA a une conscience et une mission, elle est consacrée de la même manière qu'un bon prédicateur est consacré. Elle a entendu l'appel et elle y a répondu en disant : Ô Seigneur, me voici. Et, connaissant sa vocation, elle s'est aussitôt attelée à sa tâche.

Matthew : Je ne sais pas si elle a une âme, mais elle peut certainement attraper les gens par son appel.

Crawford : Lorsque vous êtes tout près d'elle, vous pouvez en sentir la puissance et les mérites ; alors il n'y a plus moyen de lui résister.

Matthew : Les mérites ne sont pas l'œuvre d'un homme mais les effets de cette œuvre sur l'entourage. Et, pour autant que je puisse en juger, les effets de la TVA me font du tort.

Crawford : Faites le compte de toutes les lignes électriques, de toutes les usines d'engrais chimique et aussi de toutes les inondations qui ne se produiront plus durant les cent prochaines années ; et la malaria dont les gens ne souffriront plus, et combien d'années les femmes pourront vivre de plus parce que leur travail aura été allégé. Lorsque vous comparez tout cela à vous et au Domaine de Dunbar, c'est la même chose que si vous vouliez essayer de peser le coton de ce champ et que vous disiez qu'il est le même que celui de tout le coton du comté de Maples.

Matthew : Ceci m'appartient, Crawford. C'est tout ce que je possède. Le comté tout entier n'a pas autant d'importance pour moi que cet unique champ de coton.

Crawford : Vous êtes dans l'erreur, Matthew. Si seulement je pouvais vous faire voir jusqu'à quel point vous vous trompez.

Matthew : Vous faites votre possible.

Matthew : Vous vous souvenez de ce que j'ai dit au sujet de la TVA, que ce n'était qu'une création née d'une loi. Attendez seulement qu'il y ait du changement au Congrès, et vous verrez la TVA éliminée, divisée en parcelles qui seront englouties par des personnes riches et influentes.

Qu'arrivera-t-il alors à tous ces gens que vous avez amenés à avoir confiance et à croire la TVA ?

Crawford : Ils essaieront de la faire disparaître, c'est certain. La TVA a de terribles ennemis, Matthew. Un de ces quatre matins, ils s'imagineront avoir trouvé l'occasion de la démolir, ils auront même leur supporter à la Maison-Blanche. Mais ils n'y arriveront pas, Matthew. Les gens finiront par avoir l'habitude de la TVA et, lorsque la lutte commencera, ils feront éclater leur colère et ils diront à ces politiciens : « Cessez immédiatement. La TVA ne vous appartient pas. Elle est à nous. » Et ce sera fini. Ils arriveront peut-être à l'affaiblir, à l'empêcher pendant un certain temps de réaliser pleinement sa mission. Ils essaient déjà de la discréditer. Mais ils perdront devant la force de la masse, et ils finiront par l'accepter, tout comme ils l'ont fait pour les décrets sur la prohibition, la qualité des aliments et le fait qu'un homme ne doit pas travailler seize heures par jour pour gagner un minimum vital. La TVA vivra aussi longtemps que ses barrages, elle est aussi solide que le béton. Et l'idée continuera à vivre, non seulement ici, mais dans tout le pays. Maintenant c'est une idée, tout comme un livre est une idée, et un livre ne peut jamais être détruit.

Matthew : Vous auriez dû être prédicateur, Crawford. Je l'ai déjà dit, et je le répéterai encore… vous avez raté votre vocation.

Crawford : Je suis prédicateur, Matthew. Et un de ces jours je vous conduirai à l'autel.

Matthew : Je crois en un autre dieu. Un dieu différent du vôtre.

Crawford : Abandonnez, Matthew. Reconnaissez que vous êtes battu.

Matthew : Je ne peux pas. Cela m'est impossible.

Un jour, Crawford emmena Matthew voir une autre ferme ; se souvenant de sa promesse, Matthew l'accompagna sans discuter. Mais son regard resta distant. Il ne parvenait pas à s'imaginer vivre sur cette terre, dans une maison construite par d'autres hommes. Il secoua la tête, sans rien dire. Crawford en eut mal au cœur car c'était un beau coin, la terre était riche et fertile et les bâtiments étaient mieux que ceux de Matthew. Mais le cœur de Matthew n'aurait jamais pu les accepter ; Crawford se sentit plus découragé que jamais.

Comment un homme pouvait-il influencer les croyances d'un autre ? Crawford ne cessait de penser à ce problème, même quand il se trouvait avec Arlis, et il restait longtemps éveillé, le soir, au lit. Il n'en savait rien, il était loin de trouver une réponse. Maintenant qu'il travaillait au domaine, Crawford avait été admis par Matthew d'une manière qui eût été impossible jusque-là. Il savait qu'il n'avait été accepté que pour une période de deux semaines. Lorsqu'il partirait, Matthew retomberait dans ses vieilles habitudes, ses idées et ses croyances, et Crawford n'aurait plus jamais l'occasion d'essayer de changer ou, du moins, d'influencer ses croyances. S'il échouait maintenant, il serait obligé de lancer la justice à ses trousses, car le temps commençait à devenir très court.

Pour lui, cette action était aussi basse qu'un meurtre. D'ailleurs, dans ce cas-ci, ce serait un meurtre, et l'arme se trouvait à portée de sa main. Matthew résisterait de toutes ses forces, tout en sachant qu'il lui serait impossible de gagner ; la défaite serait si complète qu'il en serait meurtri et transformé en un vieil homme aussi inutile que son frère Mark. Chaque fois qu'il voyait Mark, Crawford détournait vivement les yeux car pour lui, Mark était l'image d'un Matthew cassé. Il ne levait pas les pieds pour faire des pas vigoureux comme le faisait Matthew, mais traînait les pieds dans la poussière comme si les tendons de ses chevilles étaient trop faibles ; il avançait toujours tête baissée, regardant le sol devant lui pour voir les moindres proéminences qui pourraient le faire trébucher. Ses mains étaient larges et maladroites et il lui fallait un énorme effort de concentration pour parvenir à visser correctement un écrou et pour le serrer. Il était totalement abruti par la vie dure et désordonnée qu'il avait menée, et maintenant il ne vivait plus que par instinct. Dans l'esprit de Crawford, c'était là l'image d'un Matthew vaincu. Les Dunbar ne pouvaient être de bons perdants car ils avaient lutté trop fort, trop sincèrement, dès le début, leur orgueil et leur passion reposant sur l'héritage et l'histoire des Dunbar qui les avaient précédés.

Ces deux petites semaines de travail côte à côte dans les champs seraient la dernière trêve entre eux. Crawford se sentait heureux d'être dans un foyer, de se sentir à la maison comme cela ne lui était encore jamais arrivé. À l'heure du déjeuner, Arlis apparaissait sur le pas de la porte de la cuisine et les appelait pour qu'ils viennent manger. Elle lui souriait quand il traversait la cour et, lorsqu'il pénétrait dans la cuisine, le corps potelé d'Arlis se penchait involontairement vers lui. C'était presque aussi agréable que d'être mariés, sauf qu'ils passaient la nuit dans des chambres séparées.

Arlis avait trop à faire pour aider dans les champs. Mais Miss Hattie cueillait souvent avec eux ; beaucoup plus lente que les hommes, elle était d'habitude loin derrière eux, traînant son sac qui ne se remplissait que très lentement. Crawford riait de voir les différentes attitudes de Matthew à l'égard de Miss Hattie ; il était déterminé à la faire travailler au maximum, afin de pouvoir retourner le plus tôt possible à son barrage, mais il ne pouvait se forcer à être sévère avec elle. À peu près un jour sur deux, il lui disait de ne pas venir aux champs et de se reposer. La cueillette du coton n'était qu'une petite partie du travail, car Matthew n'en avait pas planté beaucoup ; le maïs et les autres cultures prenaient bien plus de temps. Il y avait aussi les veaux à engraisser, et Matthew les enferma dans de petits enclos, leur donnant de fortes rations de maïs, et finalement il les embarqua sur un chariot et les conduisit au marché au bétail.

Crawford observait Matthew élaborer tranquillement ses plans pour l'année prochaine ; il lui était impossible de protester, de lui en faire remarquer l'inutilité. Ils coupèrent soigneusement le maïs, de sorte que les champs soient faciles à labourer au printemps prochain, et Crawford savait que Matthew ferait la même chose pour les plants de coton, lorsque la cueillette serait finie, les brûlant au lieu de s'en servir comme fourrage, ainsi qu'il l'avait fait pour le maïs. Tant de soins et de préparatifs alors que l'année prochaine des poissons seraient en train de nager dans les sillons des champs, malgré tous les efforts de Matthew. Dire que Crawford ne disposait que de deux semaines pour décider de l'avenir du fermier.

Le soir, Matthew allait voir son père dans la salle commune et Crawford, assis sous le porche, pouvait entendre le murmure de sa voix se dérouler sans interruption pendant plus d'une heure. Lorsque Matthew ressortait, il paraissait avoir repris du courage auprès du vieillard, presque comme s'il lui avait soutiré les derniers éléments de vie pour soutenir la sienne. Crawford entendait suffisamment pour savoir que Matthew parlait à une oreille qui ne le comprenait pas. Le vieillard s'était enfoncé dans une vie d'où toute communication était presque exclue. Jour après jour, il réduisait son existence aux nécessités ultimes : manger, respirer et éliminer ; on eût dit qu'il calculait minutieusement ses forces, supprimant chaque jour un mouvement inutile.

Crawford réalisa que Matthew faisait la même chose. Pour préserver la longévité du domaine, il coupait court à tout ce qui n'était pas essentiel : l'amitié, la gentillesse et les amabilités. Crawford savait que finalement, inévitablement, il couperait tous les contacts humains pour en arriver à être un vieillard mourant à petit feu, à l'esprit déjà mort, comme son vieux père. Pour Matthew, l'amour et le respect de ses fils et de ses filles – toutes les vertus traditionnelles – étaient devenus un luxe qu'il ne pouvait plus se permettre, tout comme après un été dont la moisson avait été mauvaise il buvait moins de café et ne rapportait jamais de glace de la ville sur le pare-chocs de sa voiture pour qu'Arlis puisse faire des crèmes et du thé glacés. Crawford réalisait qu'il ne pouvait pas laisser les choses aller ainsi ; mais comment un individu seul pouvait-il faire changer les idées, l'esprit même d'un homme qui s'en était fait la raison primordiale de sa vie ? Alors Crawford restait éveillé, le soir, dans son lit, et pensait à la futilité de ses essais ; il avait autant mal au cœur pour Matthew que pour lui. Il commençait même à nourrir des doutes. Si la TVA était vraiment aussi grande et aussi bonne qu'il se l'imaginait, elle devrait pouvoir faire changer d'idée à Matthew, lui faire croire en elle.

Couché, les yeux grands ouverts dans l'obscurité, Crawford pensait : C'est comme les Hébreux de l'Ancien Testament ; il n'y a qu'un seul Dieu, et je n'adorerai pas d'autre dieu. L'idolâtrie du paganisme n'a pas le droit de s'interposer sur notre chemin, sinon nous ne pouvons croire à la présence de l'âme dans le corps. Au fond de lui-même, il se sentait attiré par la terre, un désir grandissant pour le Domaine de Dunbar qui devenait une idée tout comme la TVA était une idée. Si Matthew pouvait tenir tête jusqu'à la fin ultime à la TVA puis vaincre, alors la foi et la croyance de Crawford seraient ébranlées et détruites. Un homme peut croire soit en ce qui change, soit en ce qui ne change pas ; il ne peut pas y avoir de milieu. On peut croire que le salut de la terre et des gens repose soit dans le progrès, soit dans la constance ; mais si c'est en définitive la constance qui gagne, cela veut dire que c'est l'idée conservatrice qui est la plus forte, la plus endurante.

Il y pensa longtemps. Les enfants, dans leur innocence, sont conservateurs. Ils détestent tout changement qui intervient dans leur vie, quelle que soit son importance : de maison à maison, d'école à école, même d'un jour au suivant. Les enfants ne veulent pas s'endormir le soir car cela veut dire qu'ils vont perdre une journée de leur vie. L'enfant, cet être conservateur et innocent, préfère garder la journée connue à toutes les promesses d'un autre demain plein d'inattendu. Et pourtant, après un sommeil rafraîchissant, il se réveille devant les merveilles de l'heure nouvelle, acceptant le rendez-vous du lendemain avec une joie et un plaisir aussi intenses que ses regrets de quitter hier.

C'est là que je trouverai la victoire, se dit Crawford. Faire en sorte que Matthew accepte avec joie les promesses de lendemain, d'une nouvelle terre, d'une nouvelle idée dans son esprit. Mais s'il se raccroche à hier, au Domaine de Dunbar d'hier, ce sera ma défaite… et la sienne aussi.

Panorama IX

Mérites

Il était engoncé dans sa nouvelle salopette et le tissu neuf et raide faisait du bruit quand il marchait. Sa poche-revolver était bourrée d'outils : un marteau, un tournevis, une grosse clé anglaise et de lourdes pinces dont les manches étaient recouverts de toile isolante noire. Il tenait à la main un revolver semblable à un injecteur à graisse. Il pénétra dans le magasin, dit « Salut » aux hommes qui y travaillaient et sortit de sa poche un grand mouchoir à pois bleus pour s'essuyer le visage. Le mouchoir était déjà sale, et cela ne servait pas à grand-chose. Les hommes lui parlèrent et il hocha la tête d'un mouvement sec et rapide, comme s'il n'avait pas de temps à perdre ; il demanda si les caractères étaient arrivés. On lui répondit « oui » ; un des hommes montra l'emplacement du pouce. Il s'en approcha et prit tous les caractères qui étaient attachés les uns aux autres par un fil de fer. Il y en avait cinquante en tout. Cela faisait un paquet très lourd.

— Parfait, dit-il. Maintenant vous pouvez tous partir. Passez à la caisse et rentrez chez vous.

Ils rirent et il sourit, satisfait de sa plaisanterie. Ensuite il demanda si quelqu'un avait vu son aide, Frank.

Lorsqu'on lui répondit par la négative, il secoua la tête en marmonnant. Il sortit en emportant une partie des lourds caractères ; il monta l'escalier de béton, son bras libre se balançant pour rétablir l'équilibre. Il s'arrêta, posa le paquet sur un genou et s'essuya de nouveau la figure. Puis il continua à monter, lentement, les mouvements entravés par le tissu raide de sa nouvelle salopette. Il passa par la porte incomplète et s'engagea dans le local dont le sol était encore jonché des déchets de construction. Il leva la tête et regarda par les fenêtres toujours dépourvues de châssis l'immense masse de béton bien lisse qui s'élevait beaucoup plus haut.

Il déposa les caractères et retourna chercher le reste. Il sortit de nouveau et appela vainement : « Frank ». Mais Frank ne répondit pas. Cette fois, il revint avec une grande échelle ; il la posa contre le mur, au début de la rangée de trous percés dans le béton qui se trouvait en face du niveau inférieur des fenêtres. Il chercha le premier caractère, un tiret, et monta à l'échelle, seul devant l'immensité du bâtiment. Le caractère était en métal et il y avait des tiges soudées à l'arrière. Il glissa les tiges dans les trous jusqu'à ce que le caractère soit tout contre la paroi, bien à plat. Puis il prit le revolver et injecta du plâtre blanc dans les trous. Il passa quelques secondes à regarder son œuvre ; il était satisfait. Il descendit lentement l'échelle, la plaça à hauteur des trous percés pour le deuxième des quarante-neuf caractères ; et il remonta.

Sans l'aide de Frank, ce travail prenait beaucoup de temps. Mais il avançait régulièrement, lentement, d'un air absorbé, comme un gosse qui joue avec l'alphabet ; il montait, plaçait un caractère, descendait, déplaçait l'échelle puis remontait. Il était tout concentré sur son travail, les mots se formant derrière lui au fur et à mesure qu'il avançait le long de la façade.

Arrivé au bout, ses jambes lui faisaient mal à force de monter et de descendre. Il était très essoufflé ; il s'essuya le front de son mouchoir à pois bleus et leva la tête pour admirer son œuvre. Il était satisfait. Les lettres étaient droites sur le mur de béton ; cela donnait à la centrale électrique un aspect fini qu'elle n'avait pas auparavant.

Il n'y aurait pas d'autres mots placés sur le barrage de Chickasaw. Il n'y aurait pas d'autre plaque en l'honneur de tout le monde, de Franklin Roosevelt aux ingénieurs. Normalement, il aurait dû y avoir la mention « Par et pour » au lieu de simplement « Pour »… mais cela n'avait pas d'importance et d'ailleurs, cela lui aurait donné du travail en plus. C'était très bien comme ça. Une délégation de grosses légumes viendrait un de ces jours, et il y aurait une cérémonie pour inaugurer le barrage ; ils feraient des discours et se féliciteraient les uns les autres. Mais tout cela n'y changerait rien. Les mots passaient avant tout ; il les avait péniblement placés, l'un après l'autre, et ils étaient là pour toujours. Tous les discours du monde ne pourraient rien faire pour les changer.

Il sortit de sa poche le mouchoir à pois bleus et s'essuya une fois de plus le front. Puis il remit le mouchoir sale dans sa poche et s'en alla, engoncé dans sa salopette neuve, les poches bourrées d'outils, vers un autre travail. Derrière lui restaient les mots ; ils brillaient pour la postérité sur le grand mur de béton de la centrale électrique ;

ils seraient toujours là pour que chacun puisse lire leur message simple et permanent :

CONSTRUIT POUR LE PEUPLE
DES ÉTATS-UNIS D'AMÉRIQUE – 1938

20

Le printemps enveloppa – rapidement – le domaine. Même le vieillard se secoua de la léthargie de l'hiver ; il revenait de loin, et se préparait à ajouter une année au palmarès de sa vie.

Pendant les froides journées d'hiver, il ne sortait plus pour aller à l'annexe ; on lui avait mis un pot de chambre sous son lit. Mais maintenant il sortait de nouveau. Peut-être était-ce parce qu'il faisait de nouveau de l'exercice physique, ou bien simplement le printemps activait-il les cellules de son corps, en tout cas il se rendit compte tout à coup de la présence des hommes sur le domaine, de l'activité qui régnait tout autour de la maison. Une ou deux fois, Matthew le vit debout sous le porche, le regard fixé sur les hommes au travail et il avait même essayé un jour de retenir Matthew par la manche pour lui demander : « Quoi… ? Quoi… ? »

Mais le printemps était là et Matthew était pressé ; très impatient, il se contentait de répondre par un hochement de tête et un : « Nous construisons un barrage, papa », sans se donner le temps de s'arrêter. Les jambes du vieillard n'étaient plus très solides et il ne restait pas longtemps sous le porche ; il rentrait alors dans la maison pour se reposer et somnoler dans son fauteuil.

C'est à contrecœur que Crawford vint ce jour-là au domaine ; il avait hésité tout l'hiver, et maintenant il lui avait fallu un gros effort pour s'obliger à conduire la voiture dans la bonne direction. S'il n'y avait pas eu Arlis, il y a longtemps qu'il aurait déjà abandonné tout espoir. Il s'arrêta devant le barrage de terre qui condamnait l'entrée du domaine. Et grimpa jusqu'au sommet du tas de terre.

À sa droite, un groupe d'hommes et de mules raclaient le sol. Un peu plus bas et jusqu'au lit du ruisseau il y avait un véritable chemin tracé par le continuel va-et-vient des chariots et des traîneaux. À ce moment, un attelage passa devant Crawford ; conduit par un des fils de John, il se dirigeait vers la berge du ruisseau, y déversa son chargement de terre et repassa devant Crawford. Un autre attelage le croisa sur le parcours de retour. Crawford observait ces efforts inutiles et il eut envie de faire demi-tour, sans voir ni Matthew ni Arlis. Mais il ne pouvait pas agir ainsi ; il descendit du talus de terre pour essayer de trouver Matthew parmi tous ces gens. Il avait déjà perdu trop de temps à hésiter.

Armé d'une pelle, Matthew travaillait aussi vite que ses muscles le permettaient pour remplir un chariot de terre ; à le voir, on aurait pu croire qu'il se battait avec le sol même. Crawford l'avait vu travailler ainsi tout l'hiver, avec la même frénésie ; il avait mal au cœur de le découvrir dans cet état. Il s'approcha et Matthew leva la tête pour le regarder.

— Vous venez nous aider ? demanda-t-il en employant les mêmes paroles que d'habitude pour accueillir Crawford.

Crawford regarda son visage amaigri. Ses os étaient devenus proéminents et ses yeux s'étaient enfoncés dans leurs orbites. Même ses mains étaient plus maigres, comme celles d'un homme miné par la maladie, et les tendons ressortaient très fort tandis qu'elles reposaient sur l'extrémité du manche de la pelle.

Crawford secoua la tête.

— J'aimerais vous parler.

Matthew regarda autour de lui, puis de nouveau vers Crawford.

— Je n'ai pas le temps de parler, dit-il. Mais allez à la maison, Arlis vous attend certainement.

Matthew tourna le dos à Crawford. Il n'avait pas de temps à lui consacrer. Ni Crawford ni Arlis ne l'intéressaient ; la seule chose qui comptait pour lui était le barrage, la quantité de terre qu'il pouvait déplacer en un jour et le nombre d'hommes et de garçons qu'il pouvait amener à travailler pour lui. Il enfonça la pelle dans le sol, la souleva de toute la force des muscles de ses bras et de ses jambes et jeta la pelletée dans le chariot. Cela faisait une pelletée de plus. Puis il enfonça de nouveau la pelle dans le sol, souleva et jeta la charge dans le chariot. Et encore une pelletée. Il comptait mentalement ses progrès. Il s'arrêta un instant pour voir si les autres travaillaient autant et aussi vite que lui.

Après avoir rentré les récoltes, il avait fait le tour du voisinage, demandant – sans honte – l'aide dont il avait besoin. Il rappela aux gens les services qu'il leur avait rendus, les récoltes qu'il avait aidé à rentrer quand il y avait eu des malades et des décès, ceux qu'il avait logés et soignés chez lui pendant des semaines, des mois et même des années, lorsque l'un ou l'autre s'était trouvé dans une mauvaise période. Il avait imploré sans pitié, et lorsque ses supplications n'avaient pas eu d'effet, il avait essayé de les brusquer en leur décrivant comment le Domaine de Dunbar allait être recouvert par les eaux et comment toute la famille disparaîtrait à tout jamais. Et les gens l'avaient écouté. Au début, Matthew avait eu peur qu'ils réagissent de la même manière que ses fils ; mais ils finirent par se laisser enflammer par son appel, ils considéraient un peu le Domaine de Dunbar comme leur berceau à tous, quoique beaucoup d'entre eux n'eussent rien fait d'autre que rendre une seule visite au domaine. C'était, au fond, la réponse à l'appel du clan, le devoir de fidélité et d'obéissance à la terre qui les avait vus naître. Alors ils vinrent, tout comme ils seraient venus pour aider une famille en détresse à cause d'un décès ou d'une maladie ; Matthew entama fortement son garde-manger pour les nourrir convenablement ; mais il les faisait travailler sans merci et lui-même travaillait pour trois, faisant fondre la graisse et la chair qui recouvraient ses os et ses muscles.

Chaque journée était une lutte. Chaque jour il regardait autour de lui pour voir combien de personnes étaient venues. Parfois ils étaient vingt, d'autres fois il n'y en avait qu'une ou deux, et ces jours-là, Matthew était de mauvaise humeur ; il les exhortait brutalement à travailler chaque fois qu'ils s'arrêtaient pour allumer une cigarette. À part les samedis et les dimanches, pendant lesquels il travaillait seul, s'il se passait plusieurs jours d'affilée où il n'y avait que très peu de gens pour l'aider, Matthew se rendait chez eux et leur extorquait à nouveau leur promesse de fidélité.

Ils avaient peur de lui. Ils voyaient la frénésie de son travail et ils avaient honte. Ils obéissaient à sa voix comme à un fouet. Mais cela ne les dérangeait pas – le barrage montait, et c'était la seule chose qui importait, puisque cela allait empêcher l'eau d'envahir le domaine. Au fond d'eux-mêmes reposaient la loyauté et la fidélité aux Dunbar, sinon ils ne seraient pas venus et la voix de Matthew n'aurait pas agi comme un fouet sur le dos nu de leur conscience. Il avait toujours donné et jamais demandé ; alors maintenant, ils ne pouvaient pas lui refuser.

Malgré tout, le barrage montait trop lentement. Matthew se réveillait au milieu de la nuit, en sueur, et pensait à la terre qui devait encore être transportée avant que le bouchon à l'entrée du domaine soit complété. Il ne parvenait plus à se reposer tant ce problème le tracassait, et il aurait voulu se lever, malgré la nuit, et aller retourner quelques pelletées de terre. C'était surtout le lit du ruisseau qui l'étonnait et qui l'ennuyait ; ce fossé avalait la terre aussi voracement qu'une gueule insatiable ; la terre fondait dans le néant au fur et à mesure qu'elle était versée dans les eaux calmes de la rivière, qui montait jusqu'au pied du barrage. Sans le lit du ruisseau, le travail aurait été deux fois plus facile.

Il finit de charger le chariot, le petit garçon fit claquer son fouet et la mule se mit à tirer son chargement. Matthew se retourna et vit que Crawford attendait toujours patiemment.

— Je vous ai déjà dit que je n'avais pas le temps de parler, dit-il. Allez parler à Arlis.

— C'est vous que je suis venu voir, dit Crawford, et il suivit Matthew, qui venait de passer sans s'arrêter devant lui.

Matthew continuait à marcher. Il entendait Crawford le suivre et, finalement exaspéré, il se retourna brusquement.

— Bon. Dites-moi ce que vous avez de si important à dire et disparaissez.

— Pourquoi ne vous asseyez-vous pas pour vous reposer une minute ? demanda gentiment Crawford. Vous en avez besoin, monsieur Matthew.

Matthew le regardait fixement. Ses yeux étaient rouges, trop secs, et il y avait des traces de saleté et de transpiration sur son visage barbu.

— Je pourrai me reposer quand j'aurai fini ce barrage, dit-il. Alors je me reposerai jusqu'à la fin de mes jours si j'en ai envie.

Ils s'étaient éloignés des autres. Crawford regarda par-dessus son épaule pour voir s'ils étaient suffisamment loin pour qu'on n'entende pas leur conversation. Puis il se tourna vers Matthew.

— Matthew, dit-il, il faut que ça cesse.

Durant tout l'hiver, il s'était abstenu de dire ces paroles. Depuis ces deux semaines à rentrer les récoltes ensemble, depuis que Crawford avait dû retourner à son propre travail, ils n'avaient plus jamais eu l'occasion d'avoir une conversation à eux deux. Matthew était tellement absorbé par son barrage qu'il se croyait toujours en pleine période de trêve avec Crawford. C'est pourquoi cette phrase le surprit tellement que sa tête se releva aussi brutalement que si Crawford lui avait donné un coup de poing.

— Vous savez…

— Ça n'ira pas, Matthew, le coupa Crawford. Ça ne marchera jamais. (Il se tut et prit une forte inspiration.) Je leur ai dit de condamner votre propriété. J'ai chargé le tribunal de s'occuper de votre cas.

Matthew sentit l'air lui racler les poumons. Le sang lui monta à la tête, faisant battre ses tempes comme lors d'un début de migraine. Il fit un pas vers Crawford.

— Vous avez fait ça ? fit Matthew.

Crawford haussa les épaules et leva les mains devant lui.

— J'ai essayé de vous prévenir ; mais vous ne vouliez pas écouter. Je vous ai dit et répété encore que vous n'aviez aucun espoir de vous en tirer. Maintenant ils condamneront vos terres, ils vous en donneront un bon prix et ils les prendront.

Matthew s'arrêta.

— Comment voulez-vous qu'ils condamnent des terres qui ne seront pas recouvertes par l'eau de leur réservoir ? dit-il. Leur règlement parle des terres qui seront inondées. Le domaine ne sera pas submergé, ce ne sera plus possible une fois que j'aurai fini de construire ce barrage. Ils n'auront plus la moindre chance contre moi.

Crawford se sentait à la fois désespéré et exaspéré.

— Leurs cartes aériennes et leurs calculs ont démontré que ces terres leur étaient nécessaires, dit-il en faisant un effort pour demeurer calme. C'est là-dessus que sont basés leurs règlements.

— Ils n'ont qu'à changer leurs cartes et leurs calculs, fit Matthew. Ils n'avaient pas prévu que je construirais un barrage, alors ils n'ont qu'à changer leurs plans. (Son regard devint menaçant.) Bon. Allez-y. Faites appel à votre justice. On verra bien ce qu'elle est capable de faire.

— Ils sont en route, dit Crawford. On vous apportera un jour ou l'autre les papiers de la procédure de condamnation. Alors autant arrêter tout de suite, renvoyez ces hommes dans leurs foyers pour qu'ils puissent accomplir le travail utile qu'ils ont à faire.

— Non, fit catégoriquement Matthew.

Crawford s'approcha de lui. Il voulait le toucher, le secouer jusqu'à ce qu'il retrouve la raison et la compréhension. Mais en regardant ce visage émacié, ce corps devenu trop maigre pour la salopette habituée à envelopper un corps fort, musclé et bien en chair, il eut peur – peur de ce que le contact de sa main pouvait faire éclater. C'est un homme bon et doux, se dit-il.

— Matthew, dit Crawford, ils sont déjà tous partis. En amont, en aval, tout le long de la rivière. Les Shelton, les Precise, les Upjohn, tous ceux qui avaient des terres qui portaient leurs noms ; ils ont déménagé, leurs maisons ont été rasées et leurs terres dégagées, prêtes à disparaître sous l'eau. Le pays se transforme, Matthew. Vous êtes seul, maintenant. Vous ne ferez que vous tuer à vouloir résister.

Matthew se tourna d'un air triomphant vers les hommes au travail.

— Regardez là-bas, dit-il. Est-ce que j'ai l'air d'être un homme seul ? Aujourd'hui, il n'y en a pas beaucoup – il faudra que j'aille les secouer demain matin. Et d'après vous je suis seul ?

— Oui, répondit doucement Crawford. Vous êtes seul, Matthew. Ces hommes s'éclipseront dès que la justice vous tombera dessus.

Matthew regarda Crawford dans les yeux.

— Ils viennent ? dit-il. Ils sont en route ?

Crawford acquiesça d'un signe de tête. Matthew le regardait fixement, comme s'il avait oublié sa présence, comme s'ils n'étaient même pas en train de parler en tête à tête. Ses lèvres bougeaient ; il marmonnait tout seul et il frotta fortement de la main son menton mal rasé.

— Venez, Crawford, dit Matthew. (Sa voix était devenue calme, presque douce.) Je crois qu'il est temps de vous mettre au courant.

Il fit demi-tour et conduisit Crawford jusqu'à la maison. Crawford le suivit dans le couloir. Matthew s'arrêta, ouvrit la porte de sa chambre à coucher et fit signe à Crawford de le suivre. Crawford ne comprenait pas à quoi il voulait en venir. Matthew s'approcha du lit dans lequel il passait ses nuits d'insomnie et posa la main sur une des hautes colonnes. Sa bouche formait un curieux rictus et les rides autour de ses yeux fatigués paraissaient plus marquées que de coutume, lui donnant un aspect terriblement vieilli. Puis il fit glisser le lit en travers de la chambre, jusque contre le mur opposé.

Crawford fut presque suffoqué de voir le spectacle qui s'offrait à sa vue. Par terre, à l'emplacement normalement caché par le lit, se trouvait un amoncellement de fusils, de pistolets, de revolvers, même une carabine 22 long rifle et des boîtes et des caisses de cartouches étaient soigneusement entassées le long du mur. Quelques-uns des fusils étaient enveloppés de housses en peau de mouton ou en cuir, et les revolvers rangés dans de vieilles gaines usées. Un de ceux-ci était un 45 ancien modèle dont le manche blanc sculpté reproduisait les formes séduisantes d'une femme nue.

Crawford fit un effort pour lever la tête et regarder Matthew.

— Vous n'avez pas l'intention… murmura-t-il.

Matthew eut un mouvement de tête.

— Si, j'en ai l'intention, répondit-il. Ces hommes, là-bas… ils ne s'éclipseront pas lorsque la justice viendra. Je leur ai déjà dit à quoi ils pouvaient s'attendre.

Il demeurait immobile à regarder les fusils au-dessus desquels il dormait chaque nuit et il se demandait si ce n'était pas à cause de leur présence qu'il passait des nuits agitées. Ce n'était pas un réconfort pour lui de savoir que ces armes étaient là ; c'était une sinistre nécessité. Il n'y avait plus une seule arme dans toutes les maisons Dunbar à des lieues à la ronde ; elles étaient toutes ici, attendant le moment que Crawford avait annoncé aujourd'hui. Elles avaient été là tout l'hiver ; c'était un secret que Matthew et les hommes qui travaillaient avec lui gardaient scrupuleusement ; même Arlis n'en savait rien.

Crawford fit un pas vers la porte. La transpiration s'était soudain mise à ruisseler sur son visage.

— Je ne pensais pas que cela aurait pu atteindre un tel point, dit-il.

Matthew ne le quittait pas des yeux.

— Quand on commence à bousculer un homme, dit-il, on doit bien se rendre compte que cela peut se terminer comme ça. (Il sentit soudain la colère monter en lui.) Vous vous êtes imaginé que vous pouviez venir ici avec vos règlements. Vous avez cru que je n'avais pas d'autre choix que de discuter, de prendre un avocat, tout en sachant parfaitement que nous n'avions pas une chance de nous en tirer devant votre tribunal. Mais cela ne marchera pas comme ça, Crawford. Nous nous battrons jusqu'à la fin, sur le terrain que *moi* j'ai choisi.

Crawford avait cru le connaître. Il savait que chez ces gens-là, la violence sommeillait à peine sous la surface ; il avait vu des hommes qui travaillaient dans la scierie de son père se battre pour une parole ; ils se battaient pour tuer, avec des couteaux, des pieux de bois ou simplement leurs poings et leurs pieds. Il savait que Matthew s'était battu furieusement, une seule fois dans sa vie, pour interdire le domaine à son frère. Mais il ne s'était pas attendu à voir des fusils ; il avait bien remarqué la détermination de Matthew, mais il n'avait pas imaginé une telle violence chez cet homme qu'il aimait plus qu'il n'avait aimé son propre père.

— Vous pouvez venir avec vos papiers, disait Matthew d'une voix presque douce, quoique l'expression de son visage démentît toute douceur. Vous pouvez m'en envoyer une tonne, si cela peut vous faire plaisir. Mais ils ne prendront pas cette terre parce qu'ils ont un papier à la main. Ils devront venir la prendre avec des hommes. Des hommes et des fusils. Il n'y a plus d'autre solution. Je suis prêt. (Il fit un geste du bras pour désigner le plancher de la chambre.) Il n'est plus question maintenant de discussions, de paperasseries, de lois, de droit et de raisonnements. J'ai la ferme intention de construire mon barrage et de protéger mon domaine contre les étrangers, de la même manière que le vieux David Dunbar lui-même l'eût fait. Contre la TVA. Contre la loi. Et contre vous, Crawford.

Crawford en avait assez de voir les fusils. Pourtant il ne parvenait pas à détourner le regard du tas d'armes qui se trouvaient à ses pieds. Il regardait, et son esprit s'imprégnait de leur horrible signification. Puis il sortit de la chambre d'un pas hésitant ; il avançait aveuglément, épouvanté, ne pouvant plus supporter la présence de Matthew.

Il s'arrêta dans le couloir et s'appuya contre le mur ; il se sentait tellement bouleversé, tellement ébranlé et secoué qu'il lui fallait un point d'appui. Matthew sortit de la chambre et passa devant lui sans le regarder, sans lui dire un mot, pour aller rejoindre les hommes au barrage. Crawford regarda s'éloigner son dos aux larges épaules, puis il ferma les yeux ; la tête lui tournait et il avait mal au cœur après le spectacle atroce qu'il venait de voir dans la chambre.

Il fit un effort pour se ressaisir et pénétra dans la cuisine. Il avait besoin d'Arlis ; mais la cuisine était vide à part Miss Hattie. Ce fut un choc pour lui ; il devait la voir tout de suite.

— Où est Arlis ? demanda-t-il.

Miss Hattie le regarda avec curiosité, puis elle fit un signe de tête en direction de la salle commune.

— Là.

Crawford traversa la cuisine et ouvrit la porte de la salle commune. Arlis était à genoux devant le vieillard debout dans le bassin ; elle était occupée à le laver et la vapeur s'élevait tout autour d'elle, humidifiant ses cheveux, ce qui les faisait boucler.

— Arlis, fit Crawford.

Il avança vers elle. Elle lui sourit.

— J'aurai fini dans une minute. (Elle était ennuyée que Crawford l'ait vue baigner le vieillard. Mais elle était obligée de le faire, maintenant que Matthew était trop occupé au barrage.) Va à la cuisine et verse-toi une tasse de café. Je serai là dans un instant.

Crawford retourna à la cuisine. Il s'assit à la table, posa ses mains devant lui et demeura immobile à les regarder. Mais il ne les voyait pas ; dans son esprit, son regard était toujours rivé sur le tas d'armes, se refusant à enregistrer les scènes qui s'étaient déroulées ensuite. Miss Hattie posa une tasse sur la table, devant lui, et y versa du café.

— Voilà, dit-elle. Buvez ça. C'est bon pour le mal qui vous ronge.

Il leva la tête pour la voir qui l'examinait d'un œil critique.

— En tout cas, j'espère que je n'aurai pas autant de hauts et de bas que vous et Arlis, dit-elle. Je ne crois pas que je pourrais le supporter.

Crawford était obligé de tenir compte de la présence de Miss Hattie. Il la regarda. C'était une femme maintenant, grande, mince, aux seins et aux hanches arrondis. Elle ne portait plus une simple et légère robe de coton, et en dessous une culotte ; maintenant elle s'habillait simplement, mais s'harnachait comme une femme, les seins emprisonnés. Son visage n'était plus seulement lavé comme celui d'une gosse, mais enjolivé de couleurs artificielles qu'elle appliquait chaque jour un peu plus adroitement et efficacement. Elle était calme, soumise, depuis qu'elle avait pris conscience de sa féminité ; le garçon en elle avait complètement disparu.

— Qui c'est ton gars ? demanda-t-il.

Elle secoua la tête.

— J'en ai pas, répondit-elle brièvement. J'en veux pas. Je n'ai pas envie de passer par tout ça pour tout…

— Pas cette semaine-ci, l'interrompit Crawford. Mais la semaine prochaine. Sûrement la semaine prochaine.

Elle rougit et baissa les yeux.

— J'y pense, confessa-t-elle. J'y pense tout le temps. Comment cela se fait-il que l'on se mette soudain à penser comme ça à un garçon ?

— Je ne sais pas, répondit-il avec sérieux. Ça arrive. C'est tout.

— Non ! répondit-elle, furieuse. Pas moi ! Pourquoi est-ce que tout le monde veut que l'on s'emballe pour quelqu'un, et alors on n'en finit plus de se tracasser ? Cela n'a pas d'importance qui c'est… tant qu'il s'agit de quelqu'un. (Elle le regarda, le défiant.) Il ne me semble pas que cela vous ait rendus très heureux, vous et Arlis.

— Parfois cela ne réussit pas, dit-il lentement. Il faut courir le risque.

— Vous voyez ? dit-elle. Jamais je ne m'embarquerai dans une chose pareille. Pas pour tout l'or du monde.

Elle quitta la cuisine, sa jupe volant autour d'elle.

Crawford resta assis à attendre Arlis. Il se sentait moins mal à l'aise maintenant qu'il avait pu parler ; il était content du répit qu'il avait pu avoir avant l'arrivée d'Arlis. Il n'y avait pas moyen de savoir ce qu'il aurait dit s'il avait pu la voir immédiatement, les sentiments de défaite et de désespoir étaient encore vifs en lui.

Maintenant, il n'y avait plus moyen de reculer. Il avait menti à Matthew au sujet de la condamnation ; il n'avait pas eu la force et le courage jusqu'à présent de dire les paroles finales qui remettraient toute l'affaire entre les mains de la justice. Il y avait longtemps qu'il aurait dû le faire, l'automne dernier, après avoir quitté Matthew sans parvenir à le convaincre, à n'importe quel moment de l'hiver, alors qu'il n'avait pas eu une seule occasion de parler de nouveau du barrage et de la TVA avec Matthew, lorsque lui et Arlis s'étaient installés dans cette habitude insensée de passer des soirées à parler et à s'embrasser.

Mais il n'avait pas pu le faire. Et voilà qu'il s'était obligé lui-même à agir, parce qu'il avait dit à Matthew que c'était déjà fait. Il avait espéré que, mis devant le fait accompli, Matthew aurait capitulé et qu'il n'aurait pas dû mettre tout en branle. Et alors ces fusils…

Ces fusils… Il se prit la tête dans les mains, assis seul à la table. Il n'aurait jamais pensé à une chose pareille. Il n'avait même pas eu l'ombre d'une pensée qui l'aurait préparé à cette révélation et à ce choc. Il se demandait comment il avait pu être aussi aveugle au sujet de Matthew. Cette… cette violence, cette détermination, ce fanatisme existaient en lui tout ce temps, bien cachés sous cette apparence de raisonnable bienveillance qu'il avait crue être le vrai Matthew. En ce moment de découverte, il croyait presque que Matthew avait tout combiné dès le début ; que quand Crawford était venu la première fois au domaine, Matthew se disait déjà à lui-même : « Je vais devoir combattre avec des fusils, employer la violence. Je reculerai ce moment tant que je le pourrai, mais il faudra que je le fasse. »

Crawford n'avait jamais pris un fusil dans un moment de colère. Il essayait de s'imaginer la sensation et le poids de l'arme, la détermination et la colère qu'il fallait pour saisir un fusil, épauler et faire feu, le recul dans le creux de la main, le bruit de la détonation, le cri de l'homme touché. Mais il ne le pouvait pas. Cette seule pensée le rendait malade. Alors il se représenta Matthew dans la même situation, et c'était si facile à voir, si net, si clair. Les hommes qui seraient au bout du canon seraient la loi, avec des insignes sur leurs chemises, des représentants de l'autorité, de la justice. Et il le voyait, il le voyait même très bien.

Il était plongé dans cette vision de cauchemar quand Arlis entra dans la pièce. Elle s'arrêta, le regarda, et s'avança rapidement près de lui. Elle mit la main sur sa tête penchée, et sa voix était anxieuse :

— Qu'est-il arrivé, Crawford ?

Il redressa la tête lentement, comme si elle pesait terriblement lourd, et il l'appuya contre le ventre d'Arlis ; il sentait la chaleur de son corps venir jusqu'à lui malgré l'épaisseur de la robe.

— Il a des fusils, là-bas, dit-il d'une voix étouffée. Des fusils dont il est prêt à se servir.

Il sentit la main d'Arlis se crisper contre sa tête.

— Je sais, dit-elle.

Il s'écarta d'elle.

— Tu le savais ? s'exclama-t-il. Mais alors…

Elle eut un bref sourire.

— Il ne savait pas que j'étais au courant. Mais après tout, c'est moi qui m'occupe de la maison. Il n'y a pas moyen de me cacher quoi que ce soit puisque je fais le ménage.

— Alors, pourquoi ne m'as-tu rien dit ? demanda-t-il.

Il la regardait fixement, se demandant si elle approuvait, si elle...

Elle ne lui rendit pas son regard. Elle avança la main pour le caresser puis la retira.

— J'espérais que les choses n'en arriveraient pas à ce qu'elles sont maintenant, dit-elle d'une voix faible, désespérée. J'avais peur que tu l'apprennes et que tu le brusques. Je ne cessais d'espérer...

Sa voix s'évanouit en un silence inquiétant. Ils demeurèrent silencieux quelques instants, réfléchissant à la catastrophe qui se préparait.

— Des fusils, dit-il. Tu aurais dû me prévenir.

Elle s'assit sur la chaise à côté de lui.

— Oui, dit-elle. Mais j'ai fait de mon mieux.

Crawford se pencha vers Arlis.

— Il va s'en servir, dit-il.

Elle acquiesça d'un signe de tête.

— Dès qu'il aura un fusil en main, il sera prêt pour la prison, dit-il. Ils le tueront ou ils l'y mettront. (Il se tut, pensant à Matthew derrière les barreaux, enfermé comme un vulgaire prisonnier. Il ne voyait pas comment Matthew pourrait le supporter – pas Matthew, lui qui avait toujours mené une vie libre et indépendante.) Est-ce qu'il ne s'en rend pas compte ?

— Il le sait, dit Arlis. (Elle regarda Crawford.) Tu ne pourras pas l'arrêter, Crawford. Il n'y a aucun moyen de l'en empêcher.

Crawford réfléchit. C'était devenu inévitable. Il avait son devoir tracé devant lui, et Matthew avait le sien. Leurs routes s'écartaient violemment l'une de l'autre, malgré l'horreur qu'ils en avaient. Crawford était obligé de suivre sa route à lui, sans plus s'occuper de celle de Matthew. Et Matthew se trouvait aux prises avec le même dilemme.

Crawford se sentit envahir de glace. Son esprit se paralysait presque à l'image de l'action qui se préparait, à l'image de Matthew et des fusils.

— Nous ne pouvons plus rien faire, dit-il.

— Nous ne pouvons plus rien faire.

— Il n'en fait qu'à sa tête, dit Crawford.

— Il n'en fait qu'à sa tête.

Cette conversation dénuée de chaleur cessa inévitablement. Crawford regarda autour de lui : la cuisine, Arlis, par la fenêtre, la cour. Il entendit dans le lointain la voix d'un homme exhorter une mule. Il tourna de nouveau la tête vers Arlis.

— Nous ne pouvons plus le sauver, dit-il d'une voix catégorique, dure, dénuée de tout sentiment. Cette idée est ancrée en lui comme une maladie incurable, elle fait partie de lui comme un cancer. Nous ne pouvons plus que nous sauver nous-mêmes.

Elle tourna le visage vers lui et le regarda. Elle avait une expression dure et glaciale, aussi dure que celle de Crawford. Il posa la main sur le bras d'Arlis.

— Il est temps, dit-il. Il est temps que nous partions.

Elle ne broncha pas lorsqu'il la toucha.

— Nous ? dit-elle comme si elle ne l'avait pas compris.

Il se pencha vers elle.

— Nous, répondit-il vivement. Nous allons le quitter maintenant. Toi et moi. Du moins, nous, nous serons sauvés.

Elle retira son bras. Elle ressentait l'appel de ses paroles. Mais elle ne pouvait y répondre.

— Pars, dit-elle. Je dois rester.

Il se leva. Il se pencha au-dessus d'elle, la prit par les épaules, et la secoua furieusement.

— T'imagines-tu qu'il tient à toi ? dit il d'une voix forte. Il ne désire ta présence que pour nettoyer, laver, cuisiner, nourrir ses esclaves qui travaillent à ce barrage. Tu ne t'en rends donc pas compte ?

— Je suis sa fille, dit-elle. Je suis Arlis Dunbar.

— Tu *étais* sa fille, dit brusquement Crawford. Il avait des fils et des filles. Mais maintenant il n'en a plus. Les fils sont partis. Ils sont partis ; et toi aussi tu es partie, de son esprit, de son cœur, de sa croyance. Il ne reste plus que Matthew, le domaine et le barrage qu'il construit. Tu ne t'en rends pas compte ?

Elle leva la tête et il lui lâcha les épaules.

— Il n'a pas donné son accord, dit-elle. Il ne m'a pas encore donnée à toi.

Crawford tourna le dos. Il ne pouvait plus la regarder. Il y avait trop de Dunbar dans son visage, de ce vieil esprit Dunbar inaltérable, invincible et entêté que ni l'amour, ni les paroles, ni la colère ne pouvaient toucher ou émouvoir.

— Il ne donnera pas son autorisation, dit-il. Il n'y pensera même pas, parce que tu n'existes plus pour lui. Tu es une esclave, tout comme ces hommes qui sont là-bas. (Il pivota sur lui-même.) Tu n'as même jamais été la favorite. Miss Hattie était sa favorite. Et depuis combien de temps est-ce qu'il ne lui a plus souri, ne lui a plus parlé, n'a plus été avec elle ce père qu'il ne s'est jamais permis d'être envers ses autres enfants ?

— Depuis longtemps, dit-elle. Très longtemps.

Crawford se rapprocha d'elle. Il s'assit devant elle et se pencha en avant, son visage tout près du sien. Il avait posé les mains sur ses genoux. Il paraissait très calme.

— Il a changé, Arlis, dit-il sur un ton doux et gentil. Il n'est plus le même Matthew qu'autrefois. Réfléchis, et tu te rendras compte combien il a changé. C'est un autre Matthew que celui que j'ai connu l'année dernière, que le papa qui t'a élevée. C'est un étranger, un homme que nous ne connaîtrons jamais.

Arlis observait le visage de Crawford ; elle se rendait compte qu'il disait la vérité. Ses paroles la remuaient au fond d'elle-même ; elle les croyait sincèrement. Matthew s'était peu à peu éloigné d'eux, suivant inévitablement l'étranger qui prenait forme en lui. Et ici, devant elle, sous les traits de Crawford, il y avait l'amour, la conviction, la droiture. Tout ça c'était son Crawford, l'homme qu'elle aimait. Mais elle détourna la tête. Ils – elle et Crawford – se connaissaient depuis longtemps, de sorte qu'ils étaient capables de lire les sentiments l'un de l'autre et Crawford, incapable de cacher son désespoir, était témoin des différents sentiments qui passaient par l'esprit et le cœur d'Arlis.

— Je ne suis peut-être plus sa fille, dit-elle lentement. Ce n'est peut-être plus mon père. C'est un étranger parmi nous. Mais il a toujours besoin de moi. (Elle leva les yeux, regarda le visage aimé, et baissa la tête.) Quand j'avais quinze ans, Crawford, j'ai pris une charge sur mes épaules. Je ne peux pas encore la laisser tomber. Il a encore besoin de moi ; et aussi longtemps qu'il aura ce besoin, je devrai y répondre.

Crawford se leva. Il s'éloigna d'elle, fit quelques pas jusqu'à la fenêtre et regarda la cour déserte. Une poule apparut, suivie d'une ligne de petits poussins duveteux. La poule s'arrêta, gratta le sol et se mit à glousser ; les poussins sortirent de leur rang et se hâtèrent auprès de leur mère, s'éparpillant autour d'elle pour se nourrir de ce qu'elle avait découvert pour eux. Mais… nous sommes en mars, se dit Crawford, surpris. C'est de nouveau le printemps.

Il se tourna pour regarder Arlis. Voilà quelque chose d'autre qui allait finir. Ici, tout finissait en ce printemps, alors que d'habitude tout commençait à ce moment-là. Ici, dans la cuisine, ils avaient épuisé les dernières paroles de leur amour. De leur première rencontre, de toutes les soirées à s'embrasser et à se toucher, même de leur lutte la nuit dans la voiture, il ne restait plus rien. Il se sentait envahi par la tristesse. Elle ne changerait pas. Elle ne changerait jamais, avec ce sang sauvage des Dunbar en elle. Ils avaient été aussi loin que possible.

Il s'approcha de la table et prit son chapeau.

— Maintenant je m'en vais, dit-il.

Elle le regarda mettre son chapeau et se diriger vers la porte. La voix d'Arlis l'arrêta alors qu'il avait la main sur la poignée de la porte.

— Ne pouvons-nous plus espérer ? dit-elle. Est-ce que l'espoir ne nous est même plus permis ?

Il tourna la tête en pensant : nous nous quittons ici. Mais il me faudra longtemps pour l'oublier. Très longtemps.

— Je ne crois pas, dit-il.

Elle attendit, mais il ne continua pas à tourner la poignée de la porte. Lui aussi, il attendait ; chacun attendait l'autre, et pourtant il n'y avait plus rien à dire. Enfin il se tourna de nouveau vers elle.

— Alors ?

Elle agita nerveusement les mains. Son regard se détourna de lui.

— Tu ne reviendras plus ?

— Si, répondit-il sèchement. Je reviendrai. Je transmettrai à Matthew la condamnation.

— Oh, fit-elle.

Sa voix était plate, sans vie.

Il continuait à la regarder. Elle sait que c'est un dur moment à passer, se dit-il. Elle ne trouvait pas la force pour le suivre, ni tout à fait celle qu'il lui aurait fallu pour le laisser partir. C'était donc à lui de réunir la force nécessaire pour faire le premier pas. Il tira la porte comme si elle avait été une masse de béton et il fut surpris de la voir s'ouvrir. Il fit un pas pour franchir le seuil, se retourna tout en fermant la porte et il put voir l'espace d'un éclair la tête d'Arlis s'abaisser sur la table. Il entendit aussi le premier sanglot déchirant de son cœur.

21

Arrivé au bureau de la TVA, Crawford se dirigea directement vers la pièce occupée par Mr Hansen. Il frappa à la porte et l'ouvrit aussitôt ; tous ses mouvements étaient secs et rapides. Mr Hansen leva la tête ; son expression dénotait l'ennui d'être dérangé jusqu'au moment où il vit que c'était Crawford. Crawford traversa la pièce et s'arrêta devant son bureau.

— J'ai fait tout ce que je pouvais, dit-il. Commencez la procédure de condamnation.

Mr Hansen observa le visage pâle, aux traits figés. Il fit signe à Crawford de s'asseoir et il tendit la main vers le téléphone. Crawford s'assit et regarda son patron composer le numéro, regarda les roues du destin tourner inévitablement, la force se mettre activement en mouvement. Il baissa la tête et regarda ses mains vides ; il pensait : J'ai échoué. C'était une vérité simple, trop évidente, inaltérable, comme toute vérité.

— Sam, dit Mr Hansen au téléphone. Ici Hansen. Écoutez, j'ai un cas pour vous. Matthew Dunbar. D-U-N-BA-R. C'est ça. (Son regard se porta quelques secondes sur Crawford, puis s'abaissa de nouveau.) Il va falloir condamner.

Il attendit, écoutant la voix à l'autre bout du fil. Il hocha une fois la tête, écouta, hocha encore une fois la tête.

— C'est ça. Mon homme, c'est Crawford Gates. Il se fera un plaisir d'être à votre disposition. (Il regarda de nouveau Crawford.) Il connaît très bien ces gens-là.

Crawford se déplaça nerveusement sur la chaise.

— Combien de temps faudra-t-il pour enregistrer la déclaration de saisie ?... Parfait. Vous vous rendez compte que le temps passe. Ce barrage... Parfait. Très bien, Sam. À bientôt.

Il raccrocha. Il regarda Crawford, puis son regard se porta sur les papiers étalés devant lui. Il ramassa un presse-papier et le retourna entre ses doigts.

— Je me souviens de ma première procédure de condamnation, dit-il pensivement. J'en étais tout bouleversé. (Il se tut, parut réfléchir et posa le presse-papier devant lui.) Ce sont des choses qui arrivent, Crawford. Elles sont nécessaires. Votre cas est particulièrement embêtant parce qu'il ne s'agit pas d'argent, contrairement à ce qui se passe d'habitude. Mais il faut agir exactement de la même manière.

Crawford l'écoutait sans rien ressentir. Peut-être, après tout, que ces choses-là devaient se faire. Mais lui, il avait échoué, et c'était ça surtout qui importait.

— Et maintenant, qu'est-ce qui arrive ? demanda-t-il.

Mr Hansen eut un geste évasif des mains.

— Notre département juridique fait enregistrer une déclaration de saisie. Cela donne les pleins pouvoirs au gouvernement des États-Unis, qui charge la TVA de les mettre à exécution. Nous proposons un prix et nous le faisons connaître à la partie adverse. Si celle-ci veut contester le prix, elle doit paraître, avec son avocat, devant la Commission de condamnation. La Commission fixe le prix définitif… en général elle décide d'une somme un peu plus élevée que la nôtre ; et, si elle n'est toujours pas satisfaite, elle peut faire appel à la Cour fédérale. »

Crawford se sentait une envie de rire. Mais ce n'était pas du tout un vrai rire.

— Ça m'a l'air facile, du moins à la manière dont vous le décrivez, dit-il, mais écoutez… cet homme a des fusils.

Mr Hansen se figea en une immobilité absolue.

— Vous en êtes certain ?

Crawford acquiesça d'un signe de tête.

— Il ne tiendra absolument pas compte de votre déclaration de saisie, ni de votre Commission de condamnation ni d'aucune question juridique. Il est sur sa terre et il a l'intention d'y rester. Lui-même m'a montré les armes.

— Bon Dieu, fit Mr Hansen en soupirant. C'est un de ceux-là.

Sa main se tendit pour prendre l'écouteur du téléphone, puis il la retira. Il fit pivoter son fauteuil et il regarda vers la fenêtre. Puis, d'un geste énergique, il se tourna de nouveau vers Crawford.

— Maintenant que le mécanisme est en route, nous devrons le suivre jusqu'au bout, dit-il en se forçant à demeurer calme. S'il ne se présente pas devant la Commission, nous déciderons avec celle-ci de la question du prix et du problème juridique. Ensuite nous pourrons obtenir de la Cour fédérale un ordre d'évacuation et nous aurons le shérif pour nous soutenir. (Il se tut et réfléchit quelques instants.) Je voudrais que vous restiez avec lui,

Crawford. Allez-y quand l'avocat s'y rendra. Vous ne devez pas le convaincre de vendre ; du moins pas tout de suite. Mais vous devez l'empêcher de se servir de ses fusils.

Crawford se rendait parfaitement compte de son échec. Et pourtant, il s'était senti soulagé de pouvoir tout abandonner. Et voilà que maintenant tout le poids de l'affaire se retrouvait sur ses épaules. Après tout, ce n'était pas encore la fin. Et Arlis ?

Il étendit les mains devant lui.

— Je ne peux rien faire, dit-il. Je...

— Vous devez essayer, le coupa Mr Hansen. Jusqu'à présent nous n'avons jamais eu d'effusion de sang, et ce n'est pas maintenant que cela va commencer, du moins je l'espère. (Il se pencha en avant.) Pour l'amour du ciel, Crawford, restez auprès de lui... n'importe comment, à tout prix. Cet incident à lui tout seul peut nous ruiner, détruire tout notre programme... même si nous gagnons. (Il secoua la tête.) Vous connaissez les ennemis de la TVA. Vous connaissez leur force, les journaux qui sont à leur solde ; imaginez les photos qu'ils pourraient publier dans tous les magazines : le brave fermier avec son vieux fusil rouillé tenant tête à la cruelle TVA. Je n'avais pas pensé aux fusils. Cela ne m'a même pas traversé l'esprit...

— Ni le mien, l'interrompit Crawford. Lorsqu'il a déplacé ce lit et qu'il m'a montré...

Il se tut. Il ne pensait pas aux dégâts qui pouvaient en résulter pour la TVA. Non. Mais à Matthew, à la détermination, à l'entêtement de cet homme qui n'était plus le même que celui qu'il avait connu au début.

Il se leva.

— Vous pouvez compter sur moi, déclara-t-il. Je ferai mon possible.

Mr Hansen le regardait. Il n'y avait ni merci, ni pitié dans ses yeux.

— Du point de vue administratif, cela ne nous regarde plus, dit-il lentement, depuis que j'ai passé ce coup de téléphone. Je ne puis vous en donner l'ordre. Vous n'êtes pas obligé de le faire.

Crawford sourit, sans grand succès.

— C'était mon affaire depuis le début, dit-il. J'ai même fait l'évaluation du terrain, vous vous en souvenez, parce que Albert était malade cette semaine-là. Puis j'ai été chargé de l'achat. Comment pourrais-je abandonner maintenant ?

Mr Hansen se sentait un peu plus à l'aise maintenant que Crawford avait accepté. Il avança prestement la main vers le téléphone.

— Je vais prévenir Sam. (Il interrompit son geste quand Crawford se leva et se dirigea vers la porte.) Crawford. Ça nous est égal qu'il s'oppose à la condamnation et qu'il aille jusqu'à la Cour suprême. Mais vous devez lui retirer le fusil des mains.

Crawford acquiesça d'un signe de tête. Il franchit la porte et se dirigea directement vers son bureau. Il se demandait comment il lui serait possible d'affronter de nouveau Matthew, comment il ferait pour lui parler et pour le persuader sous la menace des fusils. Et, surtout, comment il pourrait supporter de poser encore les yeux sur Arlis.

Arlis ne s'endormit pas avant l'aube. Elle était restée couchée sur le lit ; elle n'avait pas été agitée comme une personne souffrant d'insomnie. Elle était couchée, raide et immobile, l'esprit vide. Elle ne se rendait pas compte de ce que la nuit passait, ni du chant du coq, ni d'un chien qui aboyait dans le lointain. Elle se sentait complètement amorphe, au seuil de la mort. Elle ne se rendit même pas compte qu'elle s'endormait alors que l'aube grisonnait dans le ciel.

Elle se réveilla brusquement, comme d'habitude. Mais sitôt éveillée, elle ressentit une lassitude si grande qu'elle ne trouva pas le courage de sortir du lit. Elle tourna la tête pour regarder vers la fenêtre et elle fut choquée de voir combien il était tard. Le soleil était haut dans le ciel, il était au moins dix heures ; elle ne se souvenait pas d'avoir déjà dormi aussi tard.

Malgré cela elle ne bougea pas. Elle demeura couchée, à se demander si elle était malade tout en reconnaissant de quel mal elle souffrait. C'était la répugnance à devoir affronter une journée vide. Il ne se passerait rien aujourd'hui, ni demain… dorénavant toutes les journées seraient vides, et chaque matin elle s'éveillerait en proie à une terrible lassitude. Il n'y avait plus d'avenir, plus d'espoir, plus de promesses pour elle. Elle était seule.

Gémissante, elle se força à s'asseoir. Bien qu'elle ait pris un bain la veille au soir, elle avait l'impression que sa peau était sale et collante. Elle pivota sur son séant et laissa ses jambes pendre sur le rebord du lit. Elle demeura longtemps immobile dans cette position ; ses cheveux tombaient en désordre autour de son visage. Peu lui importait de savoir qu'il était terriblement tard et qu'elle n'avait pas préparé le petit déjeuner pour Matthew, grand-père, Miss Hattie et oncle John et ses fils qui logeaient à la maison. Une seule chose comptait : Crawford l'avait quittée. Il était parti ; pour elle, c'était une mort, et toutes les journées seraient vides, sans fin. Et cependant... elle n'aurait pu le suivre.

Elle releva la tête. Elle avait refusé de le suivre parce qu'elle avait des devoirs à remplir... et voilà qu'elle passait son temps à dormir. Elle sauta du lit, s'approcha de la table de toilette et se regarda dans le miroir. Ce qu'elle vit ne lui plut pas ; elle se retourna brusquement, enfila vivement une robe de coton et sortit dans le couloir, rongée par le remords et la responsabilité d'avoir laissé les hommes partir au travail sans petit déjeuner. Ce serait bientôt l'heure du déjeuner et il n'y avait encore rien de fait ; même pas de feu. Elle n'aurait pas le temps de se laver et de se coiffer avant tard dans l'après-midi si elle voulait accomplir toutes les tâches du matin.

Elle ouvrit la porte de la cuisine et s'arrêta. La veille au soir, sentant déjà la lassitude s'emparer d'elle, elle avait laissé la vaisselle du dîner empilée sur la table avec l'intention de la laver ce matin ; c'était contraire à ses habitudes, car il n'y avait rien de plus dur et désagréable que de faire une vaisselle dans la grisaille du petit matin. Mais la table était desservie, le vaisselier plein de plats propres et il y avait du feu dans le fourneau.

Elle regarda autour de la pièce. La cuisine était aussi propre que si elle l'avait nettoyée elle-même. Outre la table desservie, et le feu dans la cuisinière, une casserole pleine de navets était en train de bouillir. Miss Hattie, penchée au-dessus d'un poêlon, le savonnait vigoureusement. Tandis qu'Arlis regardait, elle s'essuya les mains sur le tablier trop grand pour elle, s'approcha du fourneau, ouvrit la porte du four, regarda à l'intérieur, piqua quelque chose avec une fourchette puis se baissa pour ajouter du bois sur le feu. Elle se redressa et aperçut Arlis à ce moment.

— Eh bien ! s'exclama-t-elle. Tu t'es tout de même décidée à te lever.

Arlis demeurait immobile à la regarder fixement.

Miss Hattie montra la table.

— Assieds-toi. Je t'aurai préparé ton petit déjeuner en une minute.

Sa voix était vive et amicale.

Arlis alla docilement s'asseoir. Miss Hattie souleva la lourde poêle accrochée à un clou et la déposa sur le fourneau. Elle découpa des tranches de lard qu'elle jeta dans la poêle. Elle toucha délicatement la cafetière de la main et remplit une tasse qu'elle apporta à Arlis.

— Tiens, dit-elle. Bois en attendant que ton petit déjeuner soit prêt. C'est bon pour le mal qui te ronge.

Arlis ne toucha pas à la tasse de café.

— Tu as préparé le petit déjeuner ? dit-elle, incrédule.

— Bien sûr, répondit Miss Hattie. Tu avais l'air de vouloir dormir toute la journée. J'ai préparé le petit déjeuner pour tout le monde et ensuite j'ai nettoyé la cuisine.

Elle plissa le nez.

— Tu peux dire que tu en avais laissé du désordre, Arlis Dunbar.

Arlis prit la tasse de café, la porta lentement à ses lèvres et but. C'était du bon café, bien chaud et fort.

— Et pas seulement ça, dit fièrement Miss Hattie. J'ai mis de l'ordre dans la maison et préparé le déjeuner ; il est sur le feu.

Miss Hattie s'empressa d'aller retourner les tranches de lard qui cuisaient dans la poêle. Arlis la regarda faire ce travail aussi bien qu'elle-même. Après avoir retourné le lard, Miss Hattie cassa deux œufs sur le bord de la poêle et les plaça sur le lard, puis elle prit une spatule et se tourna vers Arlis.

— J'ai mis des biscuits au chaud pour toi, dit-elle. Tu les veux avec de la mélasse ?

Arlis secoua la tête. Elle attendait. Cela lui paraissait étrange d'attendre devant une tasse de café tandis que Miss Hattie finissait de préparer le petit déjeuner et qu'elle le plaçait devant elle. Arlis n'avait pas l'habitude d'avoir quelqu'un pour la servir ; cela faisait de nombreuses années maintenant, depuis qu'elle avait quinze ans, qu'elle avait été la maîtresse de maison, celle qui faisait le service tandis que les autres mangeaient. Une année plus tôt, si elle avait dormi tard, ils auraient tous dû se passer de feu et de petit déjeuner.

Elle goûta les œufs. Ils étaient parfaits – ni trop mous, ni trop durs, tels qu'elle ne les mangeait que très rarement car, étant la cuisinière, elle donnait toujours les meilleurs aux autres.

— Où diable as-tu appris à faire la cuisine ? demanda-t-elle.

Miss Hattie s'assit devant elle. Elle arborait un large sourire.

— Avec toi, répondit-elle. Ce n'était pas possible autrement.

— Mais comment aurais-tu pu apprendre à cuisiner puisque je te chassais de la cuisine chaque fois que tu étais dans mon chemin ? Avant aujourd'hui tu ne faisais rien d'autre que d'être dans le chemin.

Miss Hattie éclata de rire.

— Eh bien… je suppose que nous autres, les femmes Dunbar, nous sommes des ménagères-nées.

Arlis posa sa fourchette. Elle observait Miss Hattie, ne la voyait plus comme une sale gamine. Elle a presque quinze ans, se dit-elle. Aussi âgée que moi lorsque maman…

Puis ses pensées changèrent d'optique. Je suis seulement restée à cause de mon devoir, se dit-elle.

Elle se leva d'un bond.

— Grand-père ! s'exclama-t-elle. Il doit être mort de faim.

Miss Hattie ne broncha pas.

— Je lui ai donné à manger, dit-elle, très calme. Je l'ai habillé et mis dans son fauteuil.

Arlis se rassit et regarda sa sœur.

— Pourquoi as-tu préparé le petit déjeuner ?

— J'en avais envie, répondit Miss Hattie. Je n'avais pas l'intention de te rendre furieuse…

— Je ne suis pas furieuse, répliqua vivement Arlis. Je suis contente que tu l'aies fait. Je me le demandais, c'est tout.

— Il faut bien qu'une femme apprenne un jour ou l'autre à cuisiner et à tenir un ménage, dit Miss Hattie sur un ton très sérieux. Tu ne m'en as jamais donné l'occasion ; alors j'ai saisi la première qui se présentait. (Elle rit nerveusement.) Il y a longtemps que j'attends de me faire la main.

Ne sachant plus quoi penser, Arlis se remit à manger. Elle vida son assiette et poussa sa tasse pour avoir encore du café.

— C'est très différent quand on le fait tous les jours, dit-elle sérieusement. Ce n'est plus du tout aussi gai.

— Oh, je n'en sais rien, fit Miss Hattie. Tu l'as bien fait quand tu avais quinze ans. Je ne vois pas pourquoi je n'y arriverais pas.

Arlis ne parvenait plus à repousser la tentation qui l'affaiblissait de plus en plus. Elle regarda attentivement le visage de Miss Hattie, cherchant à retrouver l'enfant qu'elle avait élevée. Mais Miss Hattie n'était plus une enfant. Elle était grande, innocente, sérieuse ; la légèreté qu'elle avait montrée maintenant n'était que momentanée. Ce n'était certainement plus une enfant.

— Miss Hattie, dit-elle, crois-tu... crois-tu que tu pourrais t'occuper de papa ?

— Bien sûr, répliqua Miss Hattie en se vantant. Je... (Puis elle remarqua l'expression particulièrement sérieuse sur le visage d'Arlis. Son ton changea immédiatement.) Tu veux dire...

— Que se passerait-il si je m'en allais avec Crawford ? demanda Arlis en faisant un effort pour contrôler sa voix.

Miss Hattie scruta minutieusement son visage.

— Tu aimes cet homme, n'est-ce pas ? dit-elle.

Elle était debout, la cafetière à la main. Elle versa du café dans la tasse d'Arlis et déposa la cafetière sur le fourneau. Elle fit vivement demi-tour.

— Ma sœur, dit-elle d'un ton très sérieux. Si tu sens que tu dois partir avec lui, alors vas-y. Ne t'en fais pas, ni pour la maison, ni pour moi, ni pour papa. Suis seulement ce que tu penses être la bonne chose.

Miss Hattie ne l'avait plus appelée « ma sœur » depuis qu'elle avait été une petite fille, une très petite fille qui venait de perdre sa mère. Arlis sentit la faiblesse, le soulagement soudain lui faire monter les larmes aux yeux. Les seules larmes de bonheur de sa vie.

Miss Hattie regardait la cuisine, la fierté imminente de la possession grandissant en elle.

« Pourquoi, se dit-elle, étonnée. Ce sera *ma* cuisine. *Ma* maison. »

Elle disait ces paroles comme si elle ne parvenait pas à y croire.

Matthew se rendait compte du changement. Il n'avait jamais connu la détermination qu'il connaissait maintenant. Il s'était tracé un chemin et il était content de savoir qu'il pourrait le suivre. Au fond de lui-même il était persuadé que David Dunbar avait ressenti la même détermination quand il avait quitté sa maison et qu'il avait découvert cette terre à laquelle il avait donné son nom. Matthew ne pensait plus à ce qui était bien ou mal – tout comme David Dunbar l'avait fait avant lui ; il ne pensait plus qu'à l'accomplissement de sa tâche, au jour où son barrage s'élèverait, accompli, entre lui et les eaux de la TVA.

C'était facile d'être un homme d'action ; il se demandait pourquoi il avait tant traîné, tant hésité avant de se décider à défendre sa cause. Hier, il avait regardé Crawford sans se sentir mal à l'aise, sans avoir peur ; il avait été certain que c'était une bonne chose de le laisser auprès d'Arlis après qu'il eut vu les fusils. Crawford ne pouvait plus rien lui faire ; ce n'était plus un homme à craindre.

Mais il devait malgré tout envisager les événements ; et c'est ainsi que, au milieu de la matinée, il déposa sa pelle et se rendit à la maison. Arrivé dans sa chambre, il déplaça le lit et s'accroupit à côté des armes ; il prit chaque fusil en main, l'examinant minutieusement pour voir s'il n'y avait pas de traces de rouille. Ils étaient tous en parfait état ; les Dunbar prenaient toujours bien soin de leurs armes. Son inspection terminée, il demeura un moment immobile à regarder tout l'arsenal. Puis il ramassa un des revolvers, un.38, et attacha la ceinture de l'étui autour de sa taille, sous sa salopette de façon que l'arme soit invisible. C'était lourd et désagréable contre sa hanche et il déplaça deux fois la ceinture sans trouver de meilleure position. Tant pis, il devrait travailler avec ce poids à son côté ; il n'y avait pas moyen de savoir quand la Loi viendrait, et il lui fallait être prêt, avec la seule réponse qu'il connaissait.

Il ouvrit les boîtes de cartouches et chargea son arme ; ensuite il mit des cartouches dans les emplacements réservés à cet usage sur toute la longueur de la ceinture. Puis il emplit ses quatre poches de munitions de divers calibres et ramassa le restant des armes. Les bras chargés, il dut ouvrir la porte de la pointe du pied.

Arlis était au bout du couloir et elle regardait dehors, vers la route qui menait à la maison. Dès qu'elle entendit du bruit derrière elle, elle se retourna brusquement et regarda Matthew et les armes qu'il portait comme des branches pour le feu.

— Tu te sens mieux ? demanda-t-il.

— Oui, répondit-elle d'une voix quasi inaudible.

Elle continuait à fixer les armes, comme si elle ne pouvait croire à leur présence réelle.

— Tu as dormi si tard… dit-il. J'avais peur que tu ne sois malade.

— Je vais bien, dit-elle.

Elle fit quelques pas, puis s'arrêta ; ce n'était pas normal de parler aussi calmement alors qu'il avait les bras pleins de fusils.

— Crawford m'a dit que vous aviez l'intention de vous en servir.

— Je suis bien obligé, dit-il. Il n'y a pas d'autre solution.

Elle le regarda fixement, réalisant qu'il en était parfaitement capable. Elle examinait soigneusement chaque trait du visage de Matthew, comme si elle cherchait à se graver cette image dans l'esprit, comme si elle avait peur de ne pas le reconnaître lors de leur prochaine rencontre.

— Est-ce que Miss Hattie a bien soigné votre petit déjeuner ? demanda-t-elle.

— Très bien, répondit Matthew. Très bien.

Ils demeuraient immobiles, face à face, et elle continuait à le regarder, lui et les fusils sur ses bras ; elle voyait nettement la détermination profondément marquée sur le visage amaigri de son père. Ses lèvres étaient serrées et ses yeux rougis par la fièvre d'action qui le consumait. Les paroles échangées entre eux étaient quelconques, du même genre que toutes les conversations qu'ils avaient dans leur vie de tous les jours. Ce n'étaient ni des paroles amicales, ni des sentiments chaleureux ; c'étaient des paroles distantes, des sentiments froids ; ils étaient devenus des étrangers l'un pour l'autre. Matthew fit demi-tour et sortit de la maison, laissant Arlis seule dans le couloir. Il s'engagea dans le sentier, bien tracé maintenant après tant de mois de passage, qui conduisait au barrage en construction.

Les hommes cessèrent le travail dès qu'ils virent Matthew arriver avec les armes. Il s'arrêta sur le talus et déposa avec précaution les fusils à terre. Il se redressa et parcourut du regard les hommes et les garçons rassemblés autour de lui ; aujourd'hui il y en avait une vingtaine venus travailler pour lui.

— Je veux que tous les jeunes gens rentrent chez eux, dit-il calmement. Je vous suis très reconnaissant pour tout ce que vous avez fait pour moi, mais ce n'est plus un endroit pour vous.

Les garçons déposèrent leurs outils et s'écartèrent, formant un groupe à part. Le fils aîné de John fit quelques pas pour les suivre, puis il se retourna et rejoignit le groupe des hommes ; le défi se lisait dans son expression.

— Toi aussi, Ralph, fit Matthew, inflexible.

Ralph s'arrêta ; il avait fermé les poings. Puis, sans dire un mot, il retourna auprès du groupe des jeunes.

Matthew regarda les hommes.

— Pour ceux qui veulent partir, c'est le moment de vous décider, dit-il. Je ne vous en garderai pas rancune.

Les hommes ne bougèrent pas. Sauf un, qui fit un pas en avant.

— J'ai été content de venir travailler, dit-il, mais des fusils…

Il secoua la tête.

— Rentrez chez vous, dit Matthew. J'apprécie énormément ce que vous avez fait.

Le dos courbé, l'homme alla ramasser ses outils. Matthew attendit, mais personne d'autre ne bougea.

— Le moment est venu, dit Matthew en élevant la voix. Je vais vous confier des fusils. Quand chacun aura le sien, je voudrais qu'il le garde toujours à portée de main jusqu'à ce que cette question soit réglée. Je tiens à ce que vous restiez avec moi pour protéger ce barrage que nous avons eu tant de mal à construire nuit et jour. Nous pouvons continuer à travailler aussi bien la nuit que le jour, puisque nous devons monter la garde.

— J'ai une récolte à semer, dit un autre homme.

— Que ceux qui ont une récolte à semer s'écartent du groupe, dit Matthew. Moi-même j'aimerais bien pouvoir semer ; mais tant pis, ce sera en retard.

Trois autres hommes s'écartèrent du groupe. Le soulagement se lisait sur leurs visages. Ainsi ils pouvaient sauver la face au lieu d'avoir l'air de s'enfuir.

— Je vous remercie pour votre travail, dit Matthew. Je n'aurai plus besoin de vous.

Il lui restait neuf hommes. Neuf. Il regarda leurs visages, étudia la position de leurs corps, essaya de les comparer, dans son esprit, aux hommes dont il avait besoin. Ceux qui avaient déjà abandonné ne restaient pas à regarder comme les garçons, mais s'étaient éparpillés pour récupérer leurs outils personnels.

— Parfait, dit enfin Matthew, satisfait. Prenez un fusil.

Il eut un signe de la main vers les armes disposées par terre devant lui.

Il fit un pas de côté pour leur permettre de choisir parmi celles-ci ; ensuite il donna à chacun une poignée de cartouches correspondant au calibre de chaque arme. Il était satisfait de voir leurs visages et leurs gestes ; ils étaient déterminés, sérieux, l'odeur du danger leur dilatait les narines. C'étaient neuf hommes sur lesquels il pouvait compter. Le sang Dunbar leur coulait dans les veines. Il était touché par leur loyauté ; il ne s'était pas attendu à en voir autant. Il n'y a pas beaucoup d'hommes qui voudraient rester quand on commence à distribuer des armes et des munitions.

Dès qu'ils eurent fini, Matthew vint se remettre devant eux.

— Je demande beaucoup, dit-il. J'aurai une dette envers vous jusqu'à la fin de mes jours. Tout ce que je possède, vous ne devez pas me le demander… venez simplement le prendre. N'importe quoi.

Ils se sentirent tous embarrassés. Ils frottaient les pieds par terre et n'osaient ni se regarder entre eux ni regarder Matthew. L'un d'entre eux se mit à rire.

— Ah non, dit-il, il y a trop longtemps que je me crève à transporter cette terre pour que je laisse ces gars tout démolir sans me défendre.

Quoique peu spirituelle, cette boutade les fit tous beaucoup rire. C'était la détente qu'il leur fallait.

Ralph s'approcha de Matthew.

— Moi aussi j'ai travaillé, dit-il. C'est moi qui ai versé le contenu du premier chariot dans le lit du ruisseau. Et maintenant vous voulez me renvoyer à la maison comme si je n'étais qu'un gamin. Oncle Matthew, je…

Matthew se tourna vers lui. Puis il se baissa, ramassa un fusil et le lui tendit.

— Va te cacher près de la route, dit-il. Tire un coup en l'air si tu vois quelqu'un venir. Monte bien la garde ; ainsi nous ne serons pas pris par surprise.

Il se tourna vers l'un des autres.

— Je vous charge de monter la garde à l'autre bout du domaine, dit-il. Ils sont capables de nous surprendre par-derrière. (Il ricana.) Ainsi vous ne devrez pas travailler en même temps que monter la garde comme c'est le cas pour nous autres.

Les hommes rirent de nouveau ; ils se sentaient beaucoup plus à l'aise. L'atmosphère était maintenant celle d'une partie de chasse. Matthew se baissa pour ramasser sa pelle.

— Gardez vos fusils à côté de vous, prévint-il. On ne sait jamais quand ils viendront. Nous devons rester nuit et jour sur nos gardes. (Il fronça les sourcils.) J'espère que nous ne serons pas obligés de nous servir de nos armes. Je ne pense pas que cela arrivera, car au fond d'eux-mêmes, ils savent que cette terre m'appartient. Mais faites attention. Laissez-moi faire feu le premier s'il est absolument nécessaire que nous en arrivions là.

Un des hommes avança d'un pas.

— Si vous avez l'intention de nourrir tous ces hommes, dit-il, Arlis aura certainement besoin d'un coup de main pour le ménage. Ma femme serait heureuse de…

Matthew sourit.

— Ne vous en faites pas pour cela. Arlis a toute l'aide dont elle a besoin… Miss Hattie est une aussi bonne cuisinière qu'elle.

Arlis allait d'un coin de la maison à l'autre ; elle examinait le travail que Miss Hattie avait fait et elle ne parvenait pas à trouver un seul reproche. Jusqu'à présent elle s'était refusée à se laisser aller à réfléchir. Elle ne s'était pas laissé tenter un seul instant par Crawford. Mais Miss Hattie avait entrepris de s'occuper du ménage avec une telle efficacité que l'esprit d'Arlis laissait tout de même passer un peu de ce qu'elle en avait chassé. Pour la première fois elle essaya d'entrevoir la possibilité de son départ.

Il n'y avait pas de travail pour elle, et elle ne savait que faire. Miss Hattie préservait jalousement sa prise de position de la cuisine où elle préparait le déjeuner ; quand Arlis avait proposé de l'aider, elle lui avait dit d'aller se reposer car elle ne pouvait s'arrêter de travailler maintenant qu'elle avait fait de si bons débuts. Et c'est ainsi qu'Arlis pouvait déambuler dans la maison, comme une invitée. La petite porte de son esprit s'ouvrait de plus en plus ; cette possibilité de partir qui venait de se faire jour était tellement inouïe qu'elle l'aveuglait presque autant que si elle avait regardé le soleil de midi. Il avait fallu une si petite chose pour tout déclencher qu'elle se demandait comment elle avait fait jusqu'à présent pour garder cette porte si hermétiquement fermée.

Finalement elle se rendit dans sa chambre avec l'intention de faire son lit. Mais Miss Hattie l'avait déjà fait ; elle avait aussi balayé la chambre et mis de l'ordre sur la commode. Arlis fit le tour de la pièce pour y découvrir quelque défaut. Mais elle ne trouva rien.

Arlis ne savait pas quoi faire. Elle s'assit sur le bord du lit et regarda vers la fenêtre ; elle se sentait d'une inutilité complète. Elle se mit à penser à Matthew, les bras chargés d'armes, et elle sentit un frisson de peur ; de peur pour lui, pour Crawford, pour tous les hommes. Après tout, se dit-elle, les femmes n'ont jamais réussi à empêcher les hommes de se battre. La femme n'a aucun moyen à sa disposition – elle doit se contenter de rester à l'arrière-plan, les larmes aux yeux et le cœur anxieux, et attendre que les hommes reviennent… ou ne reviennent pas. Elle souhaita soudain que ce soient les femmes qui gouvernent le monde. Si ç'avait été elle qui avait eu le commandement du domaine… Crawford aurait été le bienvenu ; elle l'aurait aidé dans sa mission, car pour Arlis la femme, ni le barrage, ni l'électricité, ni la terre n'avaient de signification. Ce n'étaient pas des choses qui intéressaient les femmes comme l'amour, les enfants et le mariage. Elles étaient mêlées à des émotions plus profondes, plus primitives, qui demandaient de plus forts combats que des luttes physiques.

Puis, brusquement, elle se mit sur les genoux et tira de dessous son lit un grand coffre en cèdre. Elle demeura quelques instants en contemplation devant le couvercle couvert de poussière. Elle n'y avait plus jamais touché depuis que Crawford était apparu dans sa vie ; comme si elle avait eu peur de le faire. Elle chercha un chiffon et épousseta soigneusement le coffre. Alors elle l'ouvrit avec autant de cérémonie que s'il s'agissait d'un sanctuaire.

Matthew lui avait offert ce coffre pour Noël, quand elle avait dix ans. Elle se rappelait combien elle avait été déçue quand elle avait arraché le papier brun qui emballait le colis énigmatique. Son imagination de petite fille lui avait laissé entrevoir des merveilles dans un si grand colis de Noël ; mais un coffre lui avait paru si insensé, si inutile, tellement peu un cadeau de Noël. Une petite fille de dix ans ne pourrait jamais s'en servir.

Mais dès cette année-là sa mère avait commencé à le remplir ; ce fut tout d'abord une couverture piquée pour son lit de jeune mariée. Sa mère avait passé d'innombrables soirées à piquer à la lueur d'une faible lampe, la tête penchée sur le tambour à broder. Quand elle eut atteint treize ans, Arlis se mit à compléter le coffre de ses propres acquisitions, si bien que maintenant il était plein.

Elle souleva le couvercle lentement, délicatement, et regarda à l'intérieur. Le léger parfum du cèdre lui chatouilla les narines ; c'était une odeur qu'elle avait si souvent sentie en ouvrant le coffre, que maintenant elle l'associait automatiquement à l'amour et au mariage ; c'était comme un parfum rare qui la faisait toujours rêver. Elle prit délicatement, de peur de la déchirer, la chemise de nuit fine et transparente qui avait été sa dernière acquisition. Elle se leva, mit la chemise de nuit contre elle et se regarda un moment.

Elle déposa à contrecœur la chemise de nuit sur le lit et sortit du coffre la lingerie qu'elle avait achetée. Elle avait brodé son nom avec du fil bleu sur chaque paire de culottes. Il y en avait six, et elle les déposa soigneusement en tas sur le lit. Ensuite elle prit les cache-sexes et les soutiens-gorge, n'y jetant qu'un bref coup d'œil car elle-même n'y avait jamais travaillé.

Elle arrivait maintenant au cœur même du coffre. Elle découvrit deux nappes qu'elle-même avait ornées d'une broderie représentant une corbeille de fruits. Elle caressa doucement le motif rugueux, se souvenant des nombreuses heures qu'elle avait passées à travailler dessus, de ces heures pendant lesquelles son esprit était perdu dans de beaux rêves ; et enfin, le jour était venu où elle avait pu les replier, contente et satisfaite, et les mettre de côté en attendant de pouvoir les étendre sur sa propre table.

Il y avait aussi une ravissante nappe – un peu extravagante – faite de dentelle blanche. Des draps blancs sur lesquels elle avait aussi brodé son nom en bleu dans un des coins ; et des taies d'oreiller également soigneusement brodées. Plus près du fond du coffre elle découvrit un couvre-lit que sa mère avait fait au crochet. Elle se rappelait qu'elle aussi, au cours de cet hiver-là, avait voulu apprendre le crochet ; mais sa mère ne l'avait pas laissée travailler au couvre-lit et lui avait donné des pièces moins difficiles sur lesquelles s'exercer.

Tout au fond du coffre se trouvait le premier cadeau, la première provision pour l'avenir, la splendide couverture piquée. Arlis la déplia et l'étendit sur le lit, par-dessus les autres affaires. Les couleurs étaient encore fraîches et éclatantes, la couverture n'ayant encore jamais été utilisée quoiqu'elle datât de plus de dix ans ; elle attendait au fond de la malle d'être étendue sur le lit nuptial. Elle avait été piquée par les petites mains grassouillettes de sa mère en prévision de cette nuit que seul l'avenir connaissait. Cette couverture avait été dessinée et arrangée par une femme qui maintenant était morte, mais qui savait que le jour du mariage et la nuit de la consommation arriveraient, fatalement ; c'était une femme pratique qui avait exécuté son travail de façon que cette couverture puisse servir encore longtemps, durant toutes les années du mariage. Arlis sentit une boule dans sa gorge tandis qu'elle admirait la splendide couverture et elle dut avaler beaucoup de salive pour faire passer cette angoisse. Elle ne pensait pas souvent à sa mère ; mais elle la sentait proche d'elle, maintenant qu'elle se trouvait dans une période de changement et d'évolution.

Mais son humeur se modifia soudain ; de la joie expectative qu'elle avait ressentie pendant qu'elle inventoriait son coffre à merveilles elle retomba dans une profonde dépression. Même si elle partait avec Crawford, elle ne pourrait jamais emporter tous ces trésors qu'elle avait accumulés. Elle ne pouvait tout de même pas s'enfuir avec ce coffre sous le bras, emportant ces objets qui l'avaient fait rêver pendant tant d'années.

Elle s'accroupit à côté du coffre vide et regarda à l'intérieur. Non, si elle partait, elle devrait l'abandonner. Elle ne pouvait espérer avoir tout cela et Crawford aussi. Si elle s'enfuyait, elle devrait partir avec les vêtements qu'elle avait sur elle… et l'amour qui lui brûlait le cœur. Il n'y aurait pas non plus de pasteur, ni de cadeaux de la famille, ni l'excitation de toutes les femmes.

Elle commença à replier ses affaires et à les remettre méthodiquement dans le coffre. Après tout, cela n'avait pas d'importance. Il n'y avait que Crawford qui comptait. Elle en était persuadée, maintenant qu'elle s'était rendu compte qu'elle était capable d'abandonner le merveilleux contenu de son coffre. L'amour peut se suffire à lui-même, se dit-elle. Il n'a pas besoin du support de la famille et des années de préparation ; il est aussi vivant qu'un être humain. Elle avait l'esprit si clair qu'elle se demandait comment elle avait pu hésiter si longtemps. Elle avait enfin pris conscience de son individualité ; elle était individuelle, différente, forte, tout comme Matthew l'était ; elle pouvait donc le quitter et le laisser aux bons soins de Miss Hattie. Elle pouvait, enfin, abandonner son devoir. Miss Hattie n'avait que quatorze ans, bientôt quinze. Mais elle était suffisamment âgée ; il y avait en elle la même maturité que chez Arlis au même âge, quand la mort de sa mère l'avait laissée avec la charge de toute la maison sur le dos. À cette époque, Arlis avait été perdue, peu sûre d'elle car la mort de sa mère avait été inattendue ; Miss Hattie, par contre, avait l'air pressée de pouvoir endosser cette responsabilité ; ce serait dur pour elle, plus dur qu'elle ne se l'imaginait ; mais ce ne serait pas trop dur.

Arlis se sentait de nouveau presque heureuse ; elle remit tout dans le coffre et commença à le repousser sous son lit. Puis elle s'arrêta. Elle pouvait tout de même prendre quelque chose. Deux ou trois affaires, pas plus… la chemise de nuit et… Elle rougit et se précipita pour retrouver dans l'armoire le sac de week-end que Knox lui avait donné à Noël, deux ans auparavant. Elle ne s'en était jamais servie non plus, car elle n'avait jamais été nulle part.

Elle ouvrit le sac et souleva le couvercle du coffre. Elle mit la chemise de nuit, les cache-sexes et la lingerie dans le sac. Elle prit dans l'armoire des robes et accessoires utiles dont elle aurait sûrement besoin. Elle était de nouveau vraiment heureuse. Elle était certaine qu'elle pourrait récupérer dans un avenir pas trop lointain le restant du contenu de son coffre, la couverture piquée, les couvre-lits et les nappes. Au dernier instant, avant de fermer le sac déjà plein, elle plongea la main dans le coffre pour en extraire la nappe de dentelle blanche. Elle la tassa dans le sac ; elle dut mettre son genou sur le tout pour parvenir à le fermer.

Elle se releva et regarda autour d'elle. Elle repoussa le coffre sous le lit et plaça le sac à côté, de manière que Miss Hattie ou Matthew ne puissent rien voir si jamais ils ouvraient la porte de la chambre.

Alors elle s'assit brusquement sur le lit. Comment savait-elle si elle pouvait toujours partir avec lui ? Comment savait-elle s'il lui restait encore une occasion ? Elle revoyait clairement la scène de la veille, la façon dont il l'avait quittée, dont il avait ouvert la porte de la cuisine et l'avait refermée sur lui. Elle se sentit de nouveau complètement démoralisée et, cachant son visage dans ses mains, elle se laissa rouler sur le lit comme si elle était à l'agonie. Elle se trouvait dans le même état que s'il l'avait abandonnée devant l'autel.

Au volant de sa voiture, Crawford suivait celle de Sam lorsqu'il entendit la détonation. Sam continua à rouler pendant quelques centaines de mètres avant de s'arrêter sur le bord de la route ; il se pencha par la portière pour faire signe à Crawford de le suivre. Crawford parqua sa voiture derrière l'autre et se dirigea à pied vers Sam.

— Ils savent que nous venons, constata Sam.

Crawford acquiesça d'un signe de tête. Ils ont déjà les fusils, se dit-il. Il regarda l'avocat. Sam était un homme grand ; il avait de larges épaules et une grosse tête. Il avait quelque chose de sympathique, et Crawford pensait qu'il aurait eu du succès auprès du jury d'un tribunal s'il avait choisi ce genre d'occupation au lieu de travailler pour la TVA.

Sam se déplaça sur son siège.

— Eh bien, fit-il en essayant de paraître joyeux, il ne peut pas nous tirer dessus parce que nous venons parler avec lui. J'espère qu'il s'en rend compte.

— Laissez-moi y aller le premier, dit Crawford. Il me connaît.

Sam se mit à rire.

— Ça servira à quelque chose ?

Crawford se sentit obligé de rire, lui aussi.

— Je ne sais pas, admit-il. Je n'en suis pas si sûr.

Il retourna à sa voiture, s'installa au volant et vint se mettre devant la Studebaker de Sam. Ils suivirent la route jusqu'à l'entrée du domaine et Crawford s'engagea sur le chemin, jusqu'au barrage de terre. Dès l'instant où Crawford avait quitté la route, il avait remarqué Matthew debout au sommet du barrage ; il était seul et tenait un revolver à la main.

Crawford stoppa et sortit ; il se retourna pour voir où était Sam. Ce dernier s'était garé derrière sa voiture et s'avançait vers lui. Il portait une serviette.

— 'jour, monsieur Dunbar, fit Crawford.

Matthew demeurait immobile à les regarder.

— 'jour, Crawford. Que puis-je faire pour vous ?

Crawford ne pouvait s'empêcher de regarder le canon du revolver. Puis il leva la tête pour voir le visage de Matthew.

— Voici Sam Mac Clendon, dit-il. C'est un avocat de la TVA.

Matthew les observa ; il semblait hésiter. Mais ils étaient innocents ; ce n'étaient que des hommes, dont l'un était Crawford. Finalement il se décida à remettre le revolver dans l'étui caché sous sa salopette.

— Montez, dit-il. Tous les deux.

Maintenant qu'il n'avait plus l'arme dans sa main, Matthew ressemblait beaucoup plus à l'homme familier que Crawford avait toujours connu. Il gravit la pente du barrage, sentant ses pieds s'enfoncer dans la terre molle. Sam le suivait de près. Lorsqu'il arriva au sommet, il aperçut le groupe d'hommes qui se trouvaient assemblés de l'autre côté du barrage ; ils avaient tous les armes à la main.

Sam agit comme si ni les hommes ni les armes n'étaient là. Ce fut de l'air le plus normal du monde qu'il ouvrit la serviette et qu'il en sortit une enveloppe.

— Monsieur Dunbar, déclara-t-il, voici votre avis de déclaration de saisie. Vous trouverez là-dedans tous les renseignements nécessaires, y compris la somme que nous sommes prêts à payer. Ainsi vous êtes prévenu que ce terrain appartient légalement au gouvernement des États-Unis.

Matthew fit un pas en arrière et glissa la main dans la poche de sa salopette.

— Je refuse de l'accepter, dit-il. Quittez mon sol.

Sam tourna la tête vers Crawford, l'interrogeant du regard.

— Matthew, dit Crawford. Ceci n'est qu'une formalité. Vous aurez le droit de paraître devant la Commission de condamnation. Si vous nous en donnez l'occasion, nous pourrons vous envoyer de nouveaux experts pour réexaminer votre terrain. Vous pouvez prendre un avocat pour défendre votre cause. La Commission de condamnation vous écoutera – elle est composée d'hommes bons et équitables –, et alors elle prendra une décision. Ensuite, si vous le désirez, vous pourrez faire appel à la cour du district fédéral. Ça, c'est la manière légale de régler cette affaire. La seule manière.

Matthew regardait l'enveloppe comme si elle était prête à le mordre. Il avait peur des conséquences qui pourraient survenir s'il l'acceptait. Il avait écouté attentivement les paroles de Crawford et maintenant il en pesait chaque terme, pensant sérieusement au problème.

— Vous voyez ce barrage ? dit-il enfin. (Il fit un large mouvement du bras.) Quand je l'aurai fini, mes terres ne pourront plus être atteintes par les eaux de la TVA. Donc vous n'avez aucun droit de les prendre.

— Ça ? Ça ne retiendra pas l'eau ! s'exclama Sam en riant. (Mais il s'empressa de redevenir sérieux.) Excusez-moi. Je veux dire que nous ne pouvons pas reconnaître un tel argument. Nos experts nous ont certifié que cette terre est nécessaire au bon développement du barrage de Chickasaw. Vous aurez votre jour devant la Commission de condamnation… nous avons l'intention d'être corrects. Ces hommes sont absolument neutres, ce sont des experts, ils…

— Peuvent-ils décider que la TVA n'a pas le droit de prendre mes terres ? demanda Matthew en l'interrompant.

Sam secoua la tête. Il ouvrit la bouche pour parler, mais Matthew le devança.

— Tout ce qu'ils peuvent faire, c'est décider quelle somme je devrai recevoir. C'est ça, n'est-ce pas ?

— Oui, fit Sam. Vous…

— Si je me présente devant votre Commission de condamnation, c'est que je reconnais vouloir abandonner mes terres du moment que j'en reçois un bon prix. C'est bien ça ? insista Matthew.

— Oui, répondit Sam.

Il regarda Crawford, mais celui-ci ne broncha pas.

Matthew leva les bras et les laissa retomber.

— Vous ne me laissez pas une seule chance, dit-il doucement. Le simple fait de consentir à la procédure veut dire que j'abandonne. (Il secoua la tête.) Je crois que vous feriez mieux de vous en aller maintenant.

— Si vous ne paraissez pas devant la Commission, la procédure sera simplifiée à l'extrême, dit Sam. Ils nous laisseront notre prix sans discuter. Je vous ai déjà dit que dès maintenant ces terres sont la propriété du gouvernement. Immédiatement après l'audience, la cour du district ordonnera l'évacuation et vous serez obligé de partir.

— Vous avez déjà tout bien combiné, n'est-ce pas ? fit Matthew. (Sa main se glissa sous la salopette et en ressortit avec le revolver. Il le pointa sur eux.) Déguerpissez. Immédiatement.

Son ton avait changé ; c'était une voix cassante, dure, déterminée.

Sam hésita. Crawford regarda Matthew, puis Sam.

— Allez-y, Sam, dit-il d'une voix pressante. Retournez à la voiture.

Sam tendit l'enveloppe à Matthew.

— Je dois vous donner ceci, dit-il. Alors mon devoir sera accompli.

Matthew ne lui prêta aucune attention. Sam garda l'enveloppe au bout de son bras tendu pendant quelques secondes, puis il la laissa tomber par terre, devant les pieds de Matthew, fit demi-tour et commença à descendre de la butte.

— Ramassez-la, dit Matthew.

Sam s'arrêta. Crawford sentait le sang se figer dans ses veines. Il se tourna pour regarder Matthew.

— Vous laissez traîner des papiers sur mes terres, dit Matthew d'une voix forte où pointait la colère. Je vous ai dit : ramassez-la.

Il ne le fera pas, se dit Crawford. Il ne s'abaissera pas à cela... Alors Crawford se baissa, ramassa l'enveloppe et la glissa dans sa poche.

— Filez, dit Matthew en s'adressant à Sam. Retournez à votre voiture et n'arrêtez pas de rouler avant d'avoir disparu de ma vue.

Crawford ne pouvait rien faire pour l'aider. Il lui adressa un imperceptible signe de tête, faisant comprendre à Sam qu'il devait partir et le laisser seul se débrouiller avec Matthew. Sam rejoignit sa voiture et s'installa au volant. Ils regardèrent en silence tandis qu'il manœuvrait pour faire demi-tour et qu'il prenait la route en direction de la ville. Alors Crawford se tourna vers Matthew. Celui-ci était déjà en train de le regarder. Il avait remis le revolver dans sa gaine et maintenant il attendait, les mains vides.

— Vous ne pouvez pas gagner, lui dit calmement Crawford.

— Avec votre système, non, répondit-il sur un ton tout aussi calme. Mais avec mon système, oui… peut-être.

Crawford détourna la tête. Il regarda le groupe des hommes qui écoutaient, puis derrière eux, vers les champs, la maison et le grand chêne. Il pouvait apercevoir Arlis qui, debout sous le porche, regardait dans leur direction ; il sentit un pincement au cœur. Il tourna brusquement la tête vers Matthew ; c'était plus facile de le regarder que de voir Arlis dans le lointain.

— Je voudrais parler… dit-il.

— Le moment de parler est passé, l'interrompit Matthew. Vous feriez mieux de rattraper votre ami l'avocat. J'ai du travail à faire.

— Matthew, dit Crawford. Vous aurez tué quelqu'un avant de savoir ce que vous faites. Alors vous irez en prison. Sans même parler de terres… vous n'aurez même plus de liberté.

— Ça, c'est le risque que je dois prendre, dit Matthew.

Ils demeuraient immobiles à se dévisager. Beaucoup de temps était passé depuis leur première rencontre ; pendant cette longue période, ils avaient été tantôt très proches, tantôt très distants l'un de l'autre. Leurs relations changeaient d'un jour à l'autre ; elles n'étaient jamais constantes et toujours chargées d'émotion. Mais maintenant ils divergeaient inexorablement, de sorte qu'il était difficile aux symboles de la communication de passer de l'un à l'autre d'une manière intelligible ; c'était comme s'ils parlaient deux langues différentes, utilisaient deux alphabets différents, si bien que les mêmes mots n'avaient pas la même signification selon la personne qui les prononçait. Crawford jeta un coup d'œil involontaire vers la maison ; mais Arlis n'était plus sous le porche. Alors il concentra toute son attention sur Matthew ; il ressentait de nouveau son échec et, pour la première fois, il souhaita ne pas devoir mêler le sentiment au travail… si seulement cette affaire n'était qu'un travail officiel exigé par la TVA, qui pouvait être traité d'une manière froide, impersonnelle et efficace. Car il était réduit à l'impuissance.

— Si seulement je pouvais faire quelque chose, n'importe quoi, pour vous arrêter, dit-il.

Matthew ne lui répondit pas.

Crawford eut un geste désespéré des mains.

— Et si je promettais de ne plus jamais revoir Arlis ? dit-il.

Matthew le regarda, surpris.

— C'est aussi important que cela ?

Crawford tourna la tête vers les hommes. Maintenant que tout danger semblait écarté, ils retournaient à leur travail. Il était content que lui et Matthew se trouvent enfin seuls.

— Oui, dit-il. Parce que c'est mon échec. Je me suis entièrement consacré à cela ; et si vous perdez, je perdrai avec vous.

— On ne vous a pas demandé de le faire.

— Non, je le sais, dit Crawford en élevant la voix. Croyez-vous que je voulais le faire ?

Il se tut, essoufflé. Il avait envie de crier ce qu'il avait à dire. Et pourtant il n'y avait pas de moyen de le dire… du moins, pas d'une manière calme et froide.

— Il y a tant de choses en vous dont vous ne vous êtes jamais servi, dit-il. Peut-être est-ce parce que vous avez tout reçu dès le début. Vous avez pris le fruit de vos ancêtres et vous l'avez ménagé pour votre propre existence. Vous l'avez pris sans rien donner en échange, sans même chercher à lui redonner de la force, une vie nouvelle ; vous n'avez même pas réalisé que sans forces nouvelles il ne pouvait être transmis à vos fils. Vous avez pris toute la valeur de votre héritage et vous en avez dépensé le capital pendant votre propre vie. Pourquoi croyez-vous que vos fils vous ont quitté ? Parce qu'il n'y a plus d'avenir pour eux sur cette terre, parce que vous ne leur avez rien laissé. Vous n'avez même pas laissé de place pour un autre rêve, une autre idée, une ferme-laiterie, un…

Il vit le visage de Matthew changer d'expression et se tut. Il savait qu'il devait se taire.

Matthew fit un pas vers lui. Il lui agrippa le bras et Crawford dut se retenir pour ne pas crier, tant cette poigne lui faisait mal.

— Voilà ce que je fais, dit Matthew. Je le préserve pour eux. Je le préserve par le seul moyen qui me soit possible. C'est pour ça que je suis ici, un revolver à la main.

— Mais vous ne préservez rien du tout, dit Crawford. Vous le gaspillez avec votre entêtement. Vous le gaspillez parce que vous essayez d'une mauvaise manière.

Matthew dégaina vivement son revolver, en un geste de colère. Crawford eut peur. Il avait touché une corde sensible, et maintenant il avait peur de Matthew. Il aurait voulu bondir pour arracher l'arme de la main de celui-ci. Mais il réalisait qu'il n'arriverait pas assez vite. Matthew tremblait des pieds à la tête, comme s'il avait froid ; le revolver suivait les tremblements de son corps.

— Partez, cria-t-il. Hors d'ici !

Crawford fit demi-tour. Il descendit la pente, courbant instinctivement le dos, s'attendant plus ou moins à sentir l'impact d'une balle. Il n'osait pas se retourner. Il arriva enfin près de sa voiture, s'installa au volant, exécuta les manœuvres nécessaires pour faire demi-tour et s'arrêta. Il passa la tête par la portière et regarda vers le haut du barrage.

— C'est tout ce que vous trouvez comme réponse : un revolver ! dit-il.

Il démarra, laissant Matthew seul avec son revolver au sommet de son barrage.

Crawford ralentit dès qu'il eut quitté le domaine. Il tremblait encore ; il est vrai qu'il avait côtoyé le danger d'un peu trop près. Mais enfin, il avait dit ce qu'il avait sur le cœur ; il avait prononcé les paroles qu'un homme n'ose presque jamais dire à un autre et il les avait vues toucher le but. Mais il ne pouvait prévoir leur ultime effet. L'impact immédiat avait été brutal, dévastateur ; et il y avait beaucoup de chances pour que cela aille en s'intensifiant. Il n'y a que bien peu d'hommes qui peuvent supporter de se voir mis à découvert par quelqu'un qui voit clair en eux.

Il conduisait presque sans regarder la route. Puis, soudain, alors qu'il venait de regarder devant lui, il enfonça brutalement la pédale de frein ; il eut besoin de toutes ses forces pour redresser la voiture qui déviait sous la force inégale des garnitures de freins sur les tambours ; la voiture s'immobilisa au bord de la route. Arlis était debout, juste devant ; elle tenait à la main un sac de week-end bleu et elle était vêtue d'une jolie robe qu'il n'avait jamais vue.

Il ouvrit la portière et descendit de voiture.

— Arlis ! dit-il.

— Est-ce que je peux venir avec toi ? demanda-t-elle.

Il la regarda fixement. Il dut y avoir un mouvement dans l'expression de son visage dont il ne se rendait pas compte, car elle laissa tomber son sac par terre et se précipita vers lui. Il l'attrapa dans ses bras et la serra fort contre lui, tandis qu'elle lui caressait nerveusement le visage.

— Oui, dit-elle. Oui. Oui.

22

Ils étaient ensemble, ils roulaient vers la ville et le domaine était derrière eux. Crawford tenait le volant d'une main tandis que l'autre serrait fort celle d'Arlis ; leurs mains étaient si bien jointes, qu'on eût pu les comparer aux mains sculptées – soudées en une seule masse – de deux statues.

Arlis eut un frisson.

— Je ne savais pas si tu me laisserais venir ou pas, dit-elle. Je ne l'ai pas su avant la dernière seconde.

Crawford tourna la tête pour la regarder. Quoiqu'il conduisît la voiture, il prit tout son temps pour observer son visage, l'inclinaison de son nez, la courbe de ses lèvres, son petit menton ferme et arrondi.

— Comment en es-tu arrivée à changer d'avis ? demanda-t-il.

Elle ne lui répondit pas. Mais sa main serra encore plus fort celle de Crawford.

— Était-ce à cause des fusils ? demanda Crawford. Il ne connaît plus rien d'autre… que des fusils.

Arlis frissonna de nouveau.

— Je ne veux plus en parler, murmura-t-elle. Je ne veux même plus y penser.

Ils étaient arrivés au pont de la grand-route qui conduisait à la ville. Crawford arrêta la voiture au bord de la route.

— N'y pensons plus, dit-il, c'est passé, c'est loin derrière nous. Nous nous marierons, nous vivrons ensemble et nous commencerons quelque chose de neuf. C'est ça que tu veux faire ?

— Oui, répondit-elle. Oui.

Elle se l'était toujours imaginé ainsi. Il y avait en elle l'anticipation exaltante de ce qui est nouveau ; c'était presque comme si elle portait une robe blanche et que son père était à côté d'elle pour la donner à son futur mari. Elle souleva la main de Crawford et la pressa fort contre ses lèvres ; Crawford se rapprocha d'elle et posa l'autre main à plat sur sa joue, tenant ainsi toute la tête d'Arlis entre ses mains.

— Nous irons jusqu'à Rising Fawn en Géorgie, dit-il. Nous pourrons nous y marier rapidement. Nous ne devrons pas attendre.

— D'accord, dit-elle. Je te suivrai aveuglément.

Il se remit au volant et conduisit la voiture jusqu'à la grand-route. Il tournait le dos à la ville ; il accéléra vers leur destination. La route se mit à grimper presque aussitôt ; la Montagne de sable s'élevait, toute verte, devant eux, dans sa nouvelle et fraîche parure de printemps. Arlis trouvait que l'air était plus léger, plus libre ; elle ne s'était encore jamais autant éloignée de la maison. Elle n'était encore allée nulle part avec Crawford, ce qui augmentait un peu l'excitation de ce voyage. Jusqu'à présent elle n'avait pas osé se sentir heureuse ; mais maintenant elle se laissait pénétrer par le bonheur, le savourant de la même manière que, lorsqu'elle était gosse, elle savourait une pastèque bien rouge et fraîche. Elle descendit la glace et posa le bras sur le rebord de la portière ; le vent agitait ses cheveux tandis qu'elle regardait avec curiosité la montagne et la route qui montait devant eux en serpentant. Bientôt ils arrivèrent à une succession de virages dont plusieurs permettaient d'avoir une vue magnifique sur la vallée qui s'étendait en contrebas ; ça doit être la même chose, vu d'avion, se dit Arlis. Ils ne pouvaient voir le Domaine de Dunbar – elle en était soulagée – mais la rivière boueuse était clairement visible et, dans le lointain, la masse du grand barrage se détachait sur un fond bleuté.

Il faisait délicieux. C'était son mariage, le jour où elle avait rêvé de confectionner son trousseau, et même si l'aspect extérieur et les manières étaient différents, en elle c'était exactement la même chose. Elle percevait le doux frisson de l'anticipation d'un grand événement. Elle était seule, et pourtant elle ne l'était pas. Crawford était assis à côté d'elle ; elle reporta toute son attention sur lui : elle voyait son profil tandis qu'il regardait la route devant lui. Il était fort, viril, bientôt son mari. Au bout d'un moment elle lui posa la main sur la cuisse.

— Mon Crawford, dit-elle.

Il sourit et une de ses mains lâcha le volant pour se poser sur celle d'Arlis. Tout était arrivé trop vite, trop brusquement pour lui ; il ne parvenait pas encore à s'imprégner de cette réalité, et il n'y croirait vraiment que lorsqu'ils se trouveraient devant le pasteur. La journée avait complètement changé pour lui dès l'instant où il avait vu Arlis debout au milieu de la route. Avant la rencontre, il avait été profondément absorbé par les problèmes posés par l'attitude de Matthew. Mais tout cela avait été balayé par enchantement, comme si un vent violent avait tout fait disparaître. Peu lui importaient maintenant Matthew et le domaine ; il n'y avait plus qu'Arlis qui comptait, et le fait qu'ils allaient se marier. Tout le reste pouvait attendre que leur union soit accomplie.

— Nous louerons une maison, dit-il. (Il se mit à rire.) Tu serais perdue si tu n'avais pas une maison dans laquelle t'occuper, même si elle ne nous appartient pas.

— Je n'ai pas l'intention d'aller vivre dans une pension de famille, renchérit Arlis.

— Je n'en ai pas l'intention, non plus, dit-il. Je veux des repas chauds trois fois par jour, ma chérie, et notre propre salon. Je suis prêt à m'endetter pour acheter des meubles. (Sa main serra fort celle d'Arlis.) Je veux que nous soyons seuls dans notre maison. Seuls. Tous les deux.

— Oui, fit-elle sur un ton plus sérieux.

Il se sentait l'obligation de la taquiner.

— Je me demande combien de temps il me faudra pour te mater ? dit-il. Si mes souvenirs sont bons, il me semble que tu te défends rudement bien.

Elle éclata de rire, mais son visage était écarlate.

— Crawford ! s'exclama-t-elle.

Il déplaça sa main et la posa sur la jambe d'Arlis. Elle ne broncha pas, mais elle pouvait sentir le rythme des battements de son cœur s'accélérer.

— Ce serait vraiment dommage d'abîmer cette voiture avant d'arriver à destination, dit-il sur un ton si sérieux qu'ils se remirent à rire, et il s'empressa de reprendre le volant à deux mains.

Crawford sentait la joie et le bonheur monter en lui. Elle serait à lui. Il n'y avait plus besoin de se dépêcher. Le temps de remplir les formalités et ce serait fait ; Arlis ne s'opposait plus à lui. Il se mit à chanter et à rire en même temps et Arlis chantait avec lui. C'était la première fois qu'il l'entendait chanter. Elle avait une voix douce, harmonieuse, et il essaya, sans succès, d'y accorder la sienne. Ils chantèrent toutes les chansons qu'ils connaissaient ; pendant ce temps ils étaient descendus de la montagne et à Fort Payne, ils prirent la route du nord, vers la Géorgie.

Leur répertoire épuisé, ils se turent pendant un bon moment. Arlis commençait à se fatiguer du long voyage. Crawford fixait toute son attention sur la route. Son anxiété et son bonheur le faisaient conduire plus vite que d'habitude. Il sortit une cigarette de sa poche ; Arlis l'alluma pour lui et jeta l'allumette par la portière.

Ils arrivèrent à quelques baraques disposées de part et d'autre de la route qui s'élargissait en cet endroit. Crawford ralentit l'allure.

— Tu as faim ? dit-il.

— Je suis affamée, répondit Arlis.

Elle en fut la première surprise car elle n'avait pas réalisé combien elle avait faim avant que Crawford ne pose la question.

Crawford arrêta la voiture devant l'entrée du minable café. Ils pénétrèrent dans l'établissement et s'installèrent au comptoir. Ils commandèrent des hamburgers et du lait malté. Au fur et à mesure que leur faim s'assouvissait, le ton de leur conversation montait et ils riaient de plus en plus ; la serveuse les regardait d'un air envieux. Ils mangèrent chacun trois hamburgers, mais Arlis laissa le dernier inachevé sur son assiette. Crawford s'approcha de la caisse pour payer.

Ce fut la même serveuse qui prit son argent.

— Vous autres, vous allez à Rising Fawn ? demanda-t-elle.

— Oui, répondit Crawford.

La serveuse examina Arlis de haut en bas. Son regard s'attarda sur ses chevilles, puis remonta lentement.

— Il y en a beaucoup de chez vous qui s'arrêtent ici, dit-elle. Ils sont tous très heureux ; mais quand ils reviennent… ils ne sont pas tous aussi gais.

Crawford ne se laissa pas impressionner. Dès qu'ils furent installés dans la voiture et de nouveau sur la route, ils en rirent de bon cœur. Fatiguée mais se sentant bien, Arlis se blottit contre l'épaule de Crawford et s'endormit ; c'était un sommeil agréable, et le mouvement de la voiture, auquel elle n'était pas habituée, lui faisait faire des rêves étranges.

Ils furent mariés à trois heures, à Rising Fawn, en Géorgie, par un long et mince pasteur dont les bras étaient trop longs pour les manches de son vieux manteau noir. Sa femme et ses six enfants se tenaient debout le long du mur du salon, observant Arlis et Crawford qui se tenaient par la main. Arlis portait sa jolie robe et Crawford ses vêtements de travail kaki ; il était conscient d'une grosse tache qu'il avait faite sur sa jambe en grimpant au barrage pour aller voir Matthew.

Mais cela n'avait pas d'importance. Rien de ce qui l'entourait n'avait d'importance : ni la femme du pasteur, ni le petit salon sale et usé, ni les pantalons kaki. Arlis était radieuse quand elle répondit aux questions du pasteur, et lorsqu'elle tourna la tête pour regarder Crawford, elle le vit à peine tant ses yeux étaient embués. C'était son mari. L'image floue qu'elle s'était toujours imaginée dans ses rêves d'adolescente.

Ils avaient eu beaucoup de chance de tomber sur ce pasteur ; car ce n'étaient pas les écriteaux discrets ou trop visibles qui manquaient devant tous les presbytères et tribunaux de la ville. Il demandait cinq dollars et il savait que ses concurrents avaient des tarifs inférieurs au sien. Alors il leur en donnait pour leur argent ; il lisait les textes d'une voix sonore, détachant clairement les mots, y mettant du sentiment ; après cela, il leur prodigua de nombreux conseils, comme s'il n'était pas tout à fait certain que la cérémonie fût suffisante. Sa femme apporta du café et des gâteaux. Mais Arlis et Crawford se dépêchèrent de partir aussi vite que possible ; ils voulaient être seuls et profiter de la sensation nouvelle d'être mariés.

Tandis qu'ils marchaient vers la voiture, bras dessus, bras dessous, Crawford se sentit brusquement envahi par le doute et l'incompréhension. Le chemin parcouru depuis la scierie était long et tortueux et il se demandait comment il se faisait qu'il ait pu arriver à ce stade, marié à cette femme étrange. Il était incapable de suivre à la trace l'évolution de sa chance et des circonstances qui l'avaient amené à s'enfuir finalement avec la fille de Matthew Dunbar ; il était effrayé, comme si, n'y comprenant rien, cela n'était pas vrai, n'était pas la réalité.

Il ouvrit la portière pour Arlis et la referma dès qu'elle fut assise. Il fit le tour de la voiture, s'installa au volant et se pencha pour appuyer sur le démarreur. Puis il se redressa.

— Je n'ai pas embrassé la mariée, dit-il.

— Non, répondit-elle. Tu ne l'as pas fait.

Elle se sentait un peu nerveuse.

— Pour t'avouer la vérité, dit-il, j'avais peur de le faire devant le pasteur. Je pensais qu'il n'approuverait pas.

Ils éclatèrent de rire ; il l'attira contre lui et le baiser lui donna tous les apaisements. Il chercha ses lèvres et elle lui répondit par les siennes ; les images se troublaient autour d'elle et elle était émerveillée de son bonheur.

— Bon, dit-il en relâchant son étreinte. Maintenant, nous rentrons à la maison.

Le retour fut plus calme, plus long, plus fatigant. Ils s'arrêtèrent à Valley Head pour prendre un café et ce fut la même fille qui les servit. Mais cette fois-ci elle ne dit pas un mot ; d'ailleurs, même si elle avait parlé, il y avait beaucoup de chances pour qu'ils n'aient rien entendu.

Le soleil était déjà couché lorsqu'ils arrivèrent à la Montagne de sable, et il faisait tout à fait nuit quand ils atteignirent la ville. Crawford avait déjà imaginé tout le programme ; ils resteraient à l'hôtel – il n'était évidemment pas question de loger dans sa pension – jusqu'à ce qu'il ait le temps de louer une maison et de la meubler. Cela prendrait un jour ou deux… et le séjour à l'hôtel serait une lune de miel, malgré le fait qu'il devrait travailler et laisser Arlis seule pendant la journée.

Arlis commençait à se sentir dépaysée tandis qu'on portait son unique sac de voyage jusque dans le hall de l'hôtel Rainey. Les chaises et les fauteuils disposés le long du mur étaient occupés par des vieillards qu'elle connaissait vaguement de vue pour les avoir déjà croisés en ville ; ils observaient Crawford et Arlis s'approcher du bureau de la réception.

Crawford, lui aussi, se sentait mal à l'aise et dépaysé tandis qu'il signait le registre. Le préposé à la réception le dévisagea, puis regarda Arlis et lut enfin ce que Crawford avait inscrit sur le registre. Il prit alors une clef et la fit sauter dans sa main.

— Vous êtes de la TVA, n'est-ce pas ? demanda-t-il.

— Oui, répondit Crawford. Je suis au bureau d'acquisition des terrains.

Le préposé examina ses vêtements kaki.

— Il me semblait bien vous avoir déjà vu en ville, dit-il. (Il regarda de nouveau Arlis. Il fit sauter encore une fois la clef dans sa main.) Voulez-vous venir jusqu'au guichet, si cela ne vous fait rien, monsieur Gates, dit-il. Autant finir de remplir la feuille tant que nous y sommes.

Crawford fit une grimace et s'approcha du guichet qui se trouvait sur le côté. Un vieux Noir vint prendre le sac d'Arlis et le déposa au pied de l'escalier. Elle entendait les voix étouffées de Crawford et du préposé à la réception, ainsi que du papier que l'on froissait. Lorsqu'ils revinrent, le préposé arborait un large sourire. Il déposa la clef et en prit une autre.

— J'ai une magnifique chambre pour vous autres, déclara-t-il. La meilleure de la maison.

Ils commencèrent à gravir l'escalier. À ce moment, un des vieillards se leva et s'approcha du préposé à la réception.

— Ça, c'est la fille du vieux Matthew Dunbar, dit-il.

— Ah, c'est ça ! s'exclama le préposé. Je suppose qu'elle s'est enfuie pour aller épouser ce type de la TVA. Ils se sont mariés aujourd'hui.

Le vieillard secoua la tête.

— Tous ces étrangers de la TVA qui viennent ici et qui épousent nos filles, dit-il. Pour qu'une fille remarque un gars, il faut qu'il soit en kaki et qu'il se promène avec des documents officiels à la main. (Il ricana, un peu comme une vieille chèvre.) Je parie que le vieux Matthew sera si furieux qu'il crachera du feu.

Arlis attendit dans la chambre que le groom ait déposé le sac, qu'il ait reçu son pourboire et qu'il ait refermé la porte. Ils se regardèrent. Enfin seuls ! Ils se sentaient maladroits et le grand lit paraissait particulièrement encombrant et indiscret au milieu de la chambre.

— Ces hommes dans le hall, dit Arlis en frissonnant légèrement.

Crawford se mit à rire. Mais son rire était gentil, compréhensif.

— Cela n'y changera rien. Nous sommes mariés, Arlis. Mariés.

— Oui, dit-elle, comme si elle l'avait déjà oublié.

Crawford fit le tour de la chambre ; il regarda par une fenêtre, puis se dirigea vers l'autre et jeta également un coup d'œil vers l'extérieur. On leur avait donné une chambre d'angle ; elle était grande et le plafond était très haut.

— Tu as faim ? demanda-t-il. On peut descendre et aller dîner dans la salle à manger.

— Non, répondit-elle presque sans réfléchir. Tous ces hamburgers… Oui. Je crois que je…

Il se retourna. Elle vit son expression ; tout fut oublié dès cet instant, la route, le voyage, les hommes dans le hall, absolument tout ; elle était prête. Elle était son épouse. Elle n'attendit pas qu'il vînt à elle. Elle le retrouva à mi-chemin ; elle tendait les bras et les mit autour de lui à l'instant où il faisait de même et leurs lèvres se rencontrèrent, gourmandes, assoiffées, comme pour boire à une source d'eau claire.

Il n'aurait pas fallu plus d'une demi-heure pour que Matthew sache qu'elle était partie. Mais le fait est que ce ne fut pas avant le lendemain matin qu'il apprit qu'elle n'était plus à la maison. Le soir, pendant le dîner, ils étaient tous assis autour de la grande table ronde ; il y avait Mark, Matthew, le fils aîné de John et les neuf autres hommes. Miss Hattie leur servait à manger. Matthew en avait déduit qu'Arlis, ne se sentant pas bien, était restée dans sa chambre et avait laissé tout le travail à Miss Hattie. D'ailleurs, il était trop fatigué pour penser à quoi ce soit, si ce n'est à manger et à dormir profondément pour être fin prêt pour le lendemain. C'était tout ce qu'il lui restait : manger, dormir, travailler et se tracasser. Et aussi les fusils. Le revolver était encore à sa ceinture, et quand il fut prêt à se coucher, il le pendit à une des colonnes de la tête du lit. Il avait choisi les hommes qui devaient monter la garde tandis que les autres dormaient et il se leva à trois heures pour prendre son quart le long de la route ; il avait pris un fusil pour donner l'alarme si nécessaire.

Il attendit jusqu'à l'aube ; il avait entendu le chant des premiers oiseaux, le dialogue peu harmonieux des coqs de la ferme ainsi que des fermes plus lointaines. Quand il rentra à la maison, il trouva Miss Hattie déjà en train de préparer le petit déjeuner. Elle paraissait très occupée devant le fourneau.

— Arlis ne se sent pas mieux ? demanda-t-il.

Il s'installa à la table. Les autres n'étaient pas encore dans la cuisine, mais il y avait assez de remue-ménage pour indiquer qu'ils étaient en train de se préparer.

— Non, répondit Miss Hattie sans se retourner.

Elle était très occupée à préparer le repas.

— Alors, où est-elle ? demanda Matthew. Aurait-elle l'intention de te laisser seule pour faire tout le ménage ? Ce n'est pas le genre d'Arlis.

— J'ai l'impression que si, répondit Miss Hattie, imperturbable. Nous en avons parlé hier.

Matthew se leva.

— Je vais lui parler.

Alors Miss Hattie se retourna.

— Je ne crois pas que ce sera possible, dit-elle. Elle n'est pas dans sa chambre.

Matthew ne comprenait toujours pas. Arlis était toujours dans la maison. Arlis et le soleil étaient deux choses qui ne disparaissaient jamais.

— Où est-elle ?

Miss Hattie se tourna de nouveau vers le fourneau pour se donner une contenance, pour avoir le courage de dire la vérité.

— Oh, je pense qu'elle est partie se marier, dit-elle. Du moins, c'est ce qu'elle avait l'intention de faire.

Matthew se figea en une immobilité absolue. Il regardait fixement le dos de Miss Hattie ; il avait l'impression qu'il lui serait impossible de faire un pas. Et pourtant il s'approcha vivement de Miss Hattie et la saisit brutalement aux épaules.

— C'est fini, ces plaisanteries, dit-il. Je veux savoir où est Arlis.

Elle se retourna, le regarda fixement et se dégagea de son étreinte. Elle était grande, mince, sûre d'elle.

— Je ne plaisante pas, papa, dit-elle. Elle est partie hier pour épouser Crawford. (La satisfaction se lisait sur son visage.) Je pense que c'est maintenant une affaire réglée.

Il l'agrippa de nouveau aux épaules.

— Pourquoi n'es-tu pas venue me prévenir ? Tu savais…

Elle ne cherchait plus à se soustraire à son père. Elle le regarda froidement.

— Je me suis dit que je la laisserais prendre une aussi bonne avance que possible, répondit-elle. J'avais l'impression qu'elle en avait besoin.

Cette fois-ci, Matthew la crut. Son regard révéla instantanément sa colère et il la poussa brusquement vers la table. Il s'assit, la souleva vivement de terre et la coucha à plat ventre sur ses genoux ; il leva la main et l'abattit violemment sur le derrière de Miss Hattie. Il ne lui avait plus donné de fessée depuis qu'elle avait six ans – elle avait toujours été exempte de punitions. Mais maintenant il se soulageait de sa colère et de sa frustration tandis que sa main s'abattait vigoureusement. Au début, Miss Hattie serra les dents, décidée à ne pas pleurer. Mais elle ne put le supporter longtemps ; elle commença par se tortiller, mais elle ne put empêcher les larmes – des larmes humiliantes, des larmes provoquées par la douleur, comme les larmes d'un gosse.

Enfin il cessa. Il ne s'était pas déchargé de sa colère, mais il la laissa se remettre debout. Elle avait été fière, ce matin, indépendante comme une adulte. Mais maintenant elle se laissa tomber sur une chaise et cacha son visage dans ses mains ; elle sanglotait à chaudes larmes. Matthew se leva ; il se tenait debout au-dessus d'elle ; il était tout essoufflé.

— Vous vous imaginez tous être des grandes personnes, dit-il. Vous croyez tous que vous n'êtes plus mes enfants. Même toi. Même Arlis.

Il ne pouvait plus supporter de la voir devant lui. Il s'approcha de la porte. Alors, Miss Hattie releva la tête.

— Tu ne veux pas ton déjeuner ? demanda-t-elle d'une voix faible.

— Je n'ai pas le temps, répondit-il.

Il se rendit dans sa chambre et prit le revolver suspendu à la colonne du lit. Il attacha la ceinture à sa taille ; ses gestes étaient brusques, désordonnés, colériques. Ensuite, il traversa le couloir et sortit de la maison, se dirigeant d'un pas énergique vers la grange. Il eut beaucoup de peine à mettre la voiture en marche ; il avait beau tourner la manivelle énergiquement, rien n'y faisait. Il insista tant qu'il finit par noyer le moteur et qu'il dut démonter le carburateur de ses mains tremblantes, le nettoyer, le sécher et puis le remonter. Puis il essaya de nouveau, avec plus de précaution ; enfin, après avoir donné des coups de pied à la voiture et l'avoir injuriée copieusement, le moteur se décida à tourner ; la voiture fit un bond en avant, coinçant presque Matthew contre le mur.

Il s'installa au volant, fulminant de colère, passa devant la maison et descendit le chemin à toute vitesse, beaucoup trop vite pour la vieille voiture qui bondissait sur toutes les irrégularités de ce chemin de terre. Il dut s'arrêter à cause du barrage qu'il avait construit. Il était furieux de se trouver devant cet obstacle inattendu et il se dépêcha de placer des planches pour permettre au véhicule de passer. Finalement, il put quitter le domaine et s'élancer sur la route conduisant en ville, sous le regard ahuri de l'homme de garde.

Il parcourut une bonne distance au milieu de la clairière que la TVA avait dégagée depuis le domaine jusqu'au barrage de Chickasaw avant de se décider à ralentir. Il s'obligea à s'arrêter et à demeurer immobile pendant quelques minutes. Il s'y prenait mal. Il avait quelque chose à accomplir et il ne pouvait avoir confiance en lui lorsqu'il était en colère. Il s'efforça de retrouver son calme ; il attendit patiemment dans la voiture dont le moteur ronronnait doucement jusqu'à ce que le calme fasse partie intégrante de lui. Il écoutait le moteur d'une oreille critique ; il tournait doucement, régulièrement, ce n'étaient plus des bruits désordonnés comme tout à l'heure, quand il avait essayé de le mettre en marche.

Elle l'a fait, se dit-il. Elle m'a quitté. Elle est avec Crawford ; la nuit passée elle a dormi dans son lit. Elle n'a pas tenu sa promesse ; elle lui a offert sa virginité en manquant à sa parole… et elle s'est imaginé que tout irait bien parce qu'elle serait mariée. Ces mots le remuaient profondément ; il devait les combattre comme il essayait de combattre sa colère si jamais il voulait récupérer sa fille. Mais c'était plus que sa fille. C'était aussi Crawford, qu'il avait aimé comme un fils, comme un ami ; donc Crawford l'avait autant trahi qu'Arlis. Hier, Crawford avait parlé calmement ; son visage avait été sérieux et il s'était intéressé au danger et à la détermination de Matthew. Mais pendant tout ce temps-là, il avait su qu'Arlis l'attendait, prête à partir avec lui. Ils avaient promis, et maintenant tout était rompu ; dire qu'il avait été assez bête pour croire qu'ils tiendraient parole, d'autant plus qu'Arlis avait fermement déclaré qu'elle attendrait son autorisation. Ils s'imaginaient sans doute être libérés de lui et du domaine parce qu'ils s'étaient mariés. Mais le fait de coucher ensemble une seule nuit ne fait pas un mariage. C'est comme si elle s'était donnée à lui couchée dans le foin ; elle avait agi telle une chienne en chaleur. À cause de sa promesse, ce mariage n'en était pas un.

Il regarda le volant fêlé. Il n'avait pas réalisé que son poing s'était levé et abattu si lourdement dessus. Il faut que je surveille mon humeur, se dit-il. Je dois faire attention.

Il se remit en route. Il se forçait à rouler lentement. Ils pouvaient être n'importe où ; il n'avait aucun moyen de retrouver leur piste. Ils pouvaient être couchés dans n'importe quel lit à quatre-vingts kilomètres à la ronde. Il décida que la seule chose à faire était d'aller aux renseignements en ville. Il y aurait certainement quelqu'un qui saurait ou qui les aurait vus.

Il s'engagea sur la grand-route, traversa le pont et pénétra dans la ville. Il conduisait calmement, comme s'il venait acheter des engrais ou faire aiguiser des socs de charrue avant les labours de printemps. Mais la ville lui parut étrange ; c'était comme s'il ne l'avait encore jamais vue auparavant. Il regarda autour de lui, s'attendant presque à voir Arlis dans la rue. Mais elle ne pouvait pas être dehors maintenant – pas encore. Elle serait au lit, avec Crawford, dormant du sommeil de la femme satisfaite, ne pensant même plus à sa promesse. Il n'y avait vraiment plus moyen de compter sur eux. Matthew avait construit sa vie sur ses enfants, et tous l'avaient trahi.

Il arrêta la voiture derrière la quincaillerie, là où il avait toujours l'habitude de le faire. Après être resté immobile pendant quelques instants devant le volant, il descendit, fit le tour du bâtiment et hésita sur le trottoir avant de poursuivre ses recherches. Il ne savait par où commencer. Il s'inspecta pour voir si le revolver était bien caché. Mais la salopette était ample et recouvrait l'arme d'une manière efficace. Maintenant qu'il en avait pris l'habitude, la ceinture soutenant l'étui du revolver lui donnait une sensation de confort et ne le gênait plus du tout.

Mr Gross, le propriétaire de la quincaillerie, sortit de son magasin les bras chargés de râteaux et de houes.

— Monsieur Matthew, dit-il. Comment ça va, aujourd'hui ?

Matthew lui répondit brièvement et s'éloigna. Mr Gross le rappela.

— J'ai appris que votre fille s'est mariée hier, dit-il. Paraît que c'est un bon parti.

Matthew pivota sur lui-même et retourna auprès de Mr Gross.

— J'ai été le dernier à l'apprendre, dit-il. Pouvez-vous me dire où elle est ?

Mr Gross, un peu surpris, regarda fixement Matthew. Il scruta son visage pour voir s'il n'y avait pas trace de colère. Mais Matthew savait qu'il lui faudrait camoufler son expression, tout comme il avait dû cacher le revolver.

— Le vieux Whitehart m'a dit qu'elle et son mari se sont rendus hier soir à l'hôtel Rainey.

— Merci, se contenta de répondre Matthew, et il s'éloigna, laissant Mr Gross interloqué au milieu du trottoir.

Ils se sentaient bien sûrs d'eux. Ils étaient restés dans la région. Ils n'avaient pas eu le temps de s'en aller pour leur lune de miel. Ils se sentaient à l'abri, protégés par un acte de mariage dûment signé ; ils s'imaginaient que lui, Matthew Dunbar, allait l'accepter. Ils lui montreraient l'acte de mariage tout comme ils le feraient au préposé à la réception d'un hôtel, et ils voudraient qu'il l'accepte aussitôt. Il avançait d'un pas rapide, passa sans s'arrêter devant la poste, en ligne directe vers l'hôtel. Des hommes qu'il connaissait lui adressèrent la parole, mais il ne leur répondit pas ; il suivait son chemin sans lever la tête, tout absorbé par la raison qui l'avait amené en ville ; il sentait le poids du revolver contre sa jambe. Maintenant, c'était un poids réconfortant ; sans cela, il se serait senti nu.

Il s'arrêta dès qu'il aperçut l'hôtel. Ils étaient là. C'était là qu'ils avaient dormi la nuit dernière tandis que lui dormait profondément, dans son ignorance ; il se demandait comment il avait pu le faire, comment il se faisait qu'il n'ait pas deviné.

Ce n'était pas tellement la question du mariage en lui-même. Matthew voulait que sa fille se marie et soit heureuse pour toujours. Il voulait qu'elle ait beaucoup d'enfants – il avait hâte de voir le domaine s'emplir des cris et des jeux de nombreux petits-enfants. Mais elle n'aurait pu choisir plus mal ; il avait fallu qu'elle prenne Crawford Gates ! Et dire qu'elle avait promis de ne pas se marier avant d'en recevoir l'autorisation. Ce n'était donc pas un mariage ; ce n'était qu'un relâchement de la volonté, elle n'avait pu contrôler ses actes et sa vie en raison de son désir.

Elle était là. Ils étaient là. Il regarda l'hôtel comme si ses yeux pouvaient découvrir leur chambre. Mais ce n'était pas possible ; les murs insondables du bâtiment élevaient leur masse devant lui. Il franchit la porte et s'approcha de la réception.

— Ma fille est ici, dit-il. Dans quelle chambre est-elle ?

Le préposé à la réception tourna la tête vers un classeur posé à côté de son coude.

— Quel nom ?

Matthew se sentait incapable d'accoupler le nom d'Arlis avec celui de Gates.

— Elle est avec un homme, dit-il. Crawford Gates.

L'employé se tourna vers lui.

— Ils sont mariés, dit-il. Moi-même j'ai vu leur acte de mariage.

— Bon, ça va, dit Matthew. Dans quelle chambre sont-ils ?

— Monsieur Dunbar, dit l'employé. Nous ne voulons pas de désordre. En ce qui nous concerne, ils sont légalement mariés. C'est la seule chose qui peut nous préoccuper. Ça nous est parfaitement égal si…

— Un homme a le droit de rendre visite à sa fille, l'arrêta Matthew. Même dans votre hôtel.

Le préposé à la réception hésita. Il scruta le visage de Matthew.

— J'ai entendu dire que cela ne vous plaisait peut-être pas, dit-il. Que vous…

— Il se pourrait que je désire féliciter ma fille pour son choix, dit Matthew, sans parvenir à camoufler convenablement le ton amer de sa voix. Mais je n'ai pas l'intention de vous raconter, monsieur, toute ma vie privée. Alors, si vous voulez bien me dire le numéro de la chambre…

— Trois cents, dit le préposé à la réception. Je vais envoyer le groom les prévenir que vous êtes ici. Vous pouvez attendre dans le hall.

Mais Matthew était déjà en train de monter les marches de l'escalier.

— Ne vous dérangez pas, dit-il. J'y vais.

Il grimpait lentement, régulièrement, essayant de ne pas paraître essoufflé, de calmer les battements de son cœur. Il avait mal à la tête et il sentait une veine gonflée battre le long de sa tempe.

Il arriva au troisième étage et étudia la disposition des lieux. Il tourna à droite et s'engouffra dans le couloir ; il lisait les numéros inscrits sur les portes au fur et à mesure qu'il avançait. Il entendait les bruits des occupants cachés derrière les portes, de l'eau qu'on éclaboussait, une toux, un rire. Arlis était là. Et Crawford.

Trois cents. Il s'arrêta. Il regarda la porte comme si elle pouvait être différente des autres. Mais elle était identique, avec sa vieille peinture verte qui aurait dû être renouvelée il y avait au moins trois ans, avec les chiffres de cuivre, un trois et deux zéros cloués de travers.

Il leva la main. Mais il avait besoin de se calmer, de faire cesser ces élancements dans sa tête. Il inspira profondément ; il sentit le poids du revolver contre sa cuisse et eut envie de le toucher. Mais il n'osa pas. Il n'osait pas bouger sa main. Il se tint immobile, l'oreille tendue, cherchant à discerner des sons comme ceux qu'il avait entendus en passant devant les autres chambres. Il avait cru entendre un bruissement, mais rien d'autre. C'était le calme complet, comme si la chambre avait été vide.

Il souleva de nouveau la main ; il la regarda se soulever, retomber, se soulever, retomber, se soulever et retomber une dernière fois. Il frappa trois fois – un nombre magique – sur la porte. Il avait frappé lentement, lourdement, délibérément.

La porte s'ouvrit devant lui.

23

Ce matin, quand elle s'était éveillée, la seconde pensée d'Arlis avait été pour Matthew. La première avait été pour Crawford qui dormait à côté d'elle ; elle s'était tournée et avait légèrement, délicatement, amoureusement caressé son visage du doigt. Il s'éveilla à ce doux contact et lui sourit ; il déplaça son bras et posa sa main sur le ventre d'Arlis ; la mince chemise de nuit ne présentait en fait aucune séparation entre la main et la peau de son ventre. La tension entre eux avait complètement disparu ; ils étaient à demi endormis, satisfaits, bref, mariés. Arlis s'assit dans le lit et regarda la jolie chemise de nuit qu'elle avait soigneusement mise de côté pendant tant d'années, en prévision de cette première nuit.

C'est alors que la seconde pensée lui vint à l'esprit.

— Crawford, dit-elle. Il faut que je prévienne papa. Aujourd'hui.

— Bien sûr, répondit paresseusement Crawford. Nous irons jusque-là après le petit déjeuner. Tu as faim ?

Même la pensée de Matthew ne le dérangeait pas.

— Oui, dit Arlis. Je meurs de faim.

Elle repoussa les couvertures et sauta hors du lit. Elle prit du linge propre dans son sac de voyage et commença à s'habiller sans se sentir le moins du monde embarrassée. Crawford resta couché à fumer une cigarette tout en la regardant, puis il se leva à son tour. Il n'avait que les vêtements kaki qu'il portait la veille et il se mit à les enfiler.

— Aujourd'hui, il faudra que j'aille chercher des vêtements, dit-il. (Il se mit à rire.) Je ne veux pas porter tout le temps mes habits de mariage.

Arlis était occupée à se coiffer et elle sentit un frisson la parcourir.

— Je suis terrifiée de devoir le lui dire. Il va…

— Mais ça ira, dit Crawford d'une voix rassurante. Il devait y faire face tôt ou tard. (Il s'approcha d'elle par-derrière, posa les mains sur ses épaules et appuya sa tête sur sa joue.) Il n'aurait pas pu nous tenir éternellement séparés. Je me demande maintenant pourquoi nous l'avons laissé faire pendant si longtemps.

— Moi aussi, dit-elle. (Elle pencha la tête en arrière, comme une chatte, pour sentir la chaleur de son corps.) Je n'étais qu'une imbécile ; je crois…

Les coups firent résonner la porte. Une fois. Deux fois. Trois fois. Ils se figèrent dès le premier coup, immobiles comme des enfants terrifiés, leurs cœurs battant très fort.

— Papa, s'exclama Arlis, et elle voulut se lever de son siège.

— Attends, s'interposa vivement Crawford. Laisse-moi y aller.

Matthew n'avait pas retiré sa main après le troisième coup. Il attendit pendant une longue seconde et alors la porte commença à bouger, à s'ouvrir devant lui, et il pénétra dans la chambre. Crawford demeurait immobile, la main sur la poignée. Arlis était assise sur un petit banc, devant le miroir ; elle tenait un peigne à la main. Leurs visages étaient tournés vers lui ; ils l'observaient, méfiants, attentifs.

Il s'était attendu à voir Arlis différente de la fille qu'il avait vue la dernière fois. Mais elle n'avait pas changé ; elle était un peu lourde, gracieuse ; ses cheveux à demi peignés retombaient d'une manière qui encadrait admirablement son visage.

— Viens, Arlis, dit-il. Rentrons à la maison.

Il s'était déjà retourné, prêt à sortir de la chambre ; il avait à peine aperçu Arlis ; quant à Crawford, il ne l'avait même pas regardé. Il avait peur de le regarder, peur de ce que cela aurait pu déclencher en lui.

— Minute, fit Crawford. C'est ma femme, maintenant.

Matthew le dévisagea calmement. Crawford ne broncha pas. Matthew se tourna vers Arlis.

— Tu viens ?

Elle ne bougea pas. Au bout d'un long moment, au moins une minute, elle commença à se mettre debout.

— Papa, dit-elle, nous sommes mari et femme…

— C'est ce que tu t'imagines, l'interrompit-il sèchement. Je ne discuterai pas avec toi. Allons, viens.

Les paroles de son père déclenchèrent des impulsions dans son esprit, des impulsions qui devaient faire marcher ses jambes. Mais les heures passées dans les bras de Crawford la retenaient d'une manière tout aussi forte. Elle était déchirée, presque visiblement, entre eux.

Matthew attendait. Puis il s'approcha du sac de voyage, le ferma brusquement et tourna la clef.

— Viens, dit-il. Tu as eu ta nuit de folâtreries. Maintenant il est temps de rentrer à la maison.

Crawford se força à sortir de sa torpeur figée. Il avança sur Matthew.

— J'en ai assez, dit-il. (Il sentait la colère monter en lui.) Sortez d'ici, Matthew. Sortez avant que je…

Matthew lui fit brusquement face.

— Avant que vous fassiez *quoi*, jeune homme ?

Les bras de Crawford se déplièrent, ses doigts se refermant sur ses paumes, formant des poings prêts à frapper Matthew.

— Je ne veux pas vous faire de mal, dit-il. Mais je vais le faire. Si vous ne quittez pas cette chambre à l'instant…

— Je m'en vais, dit Matthew. (Son visage était devenu écarlate. Les élancements dans sa tête devenaient insupportables.) Je prends ma fille avec moi.

— C'est ma femme, cria Crawford.

Il avança. Voyant son mouvement, Matthew plongea la main sous sa salopette et en sortit vivement le revolver.

— Arrière, dit-il. En arrière.

Crawford ne se serait pas arrêté, n'aurait pu s'arrêter, si la voix d'Arlis ne s'était interposée entre eux.

— Matthew, hurla-t-elle. Crawford !

Ils s'immobilisèrent. Ils avaient oublié Arlis. Ils tournèrent la tête et ce fut presque avec surprise qu'ils constatèrent sa présence, l'intérêt qu'elle leur portait.

Elle se leva et vint se mettre entre eux. Elle n'avait plus peur. Plus pour elle. Mais pour Crawford…

— Vous devez arrêter, dit-elle. Vous… (Son regard se fixa sur le revolver.) Papa, dit-elle, cachez ce revolver.

— Est-ce que tu viens avec moi ? demanda-t-il sans bouger.

— Papa, supplia-t-elle. Écoutez-moi. Je…

— Est-ce que tu viens avec moi ?

Il n'y eut pas de réponse. Crawford se déplaça de façon qu'Arlis se trouvât derrière lui. Il ne prêta aucune attention au revolver qui levait sa gueule mortelle sur lui.

— Non, dit-il. Elle ne part pas.

Matthew baissa la tête pour regarder le revolver qu'il tenait à la main. La colère s'était ancrée plus profondément en lui, elle s'était refroidie, solidifiée, de sorte que ce n'était plus vraiment de la fureur. Son esprit était clair et vif, comme si sa tête affrontait un violent vent du nord.

— Elle a le choix, dit-il. Elle peut rentrer à la maison avec moi. Sinon je vous tuerai, Crawford.

— C'est la seule réponse que vous connaissez, dit Arlis. Depuis le jour où vous avez pris ce revolver, vous…

— Oui, la coupa Matthew. C'est ma réponse. Tu viens ?

— Elle reste avec moi, tout comme elle est à moi, dit Crawford. (Il posa légèrement sa main sur l'épaule d'Arlis.) Vous ne pouvez pas me tuer, Matthew. Vous le savez.

Arlis regarda Matthew. Elle voyait clairement son envie de tuer. Matthew le savait, lui aussi – il sentait son doigt impatient d'appuyer sur la gâchette. Il voulait tuer ; c'était une envie aussi vivante que la soif ou l'envie de faire l'amour.

Aucun d'eux ne fit un seul geste pendant un instant qui parut une éternité, le temps que l'horloge fasse deux tic-tac. Arlis savait que tout dépendait d'elle. Mais Crawford la touchait, la main sur son épaule ; cette main était aussi lourde qu'une chaîne. Elle devait rompre le contact. Ce fut avec un déchirement intérieur, un cri de douleur silencieux qui lui faisait aussi mal que la déchirure d'un couteau rouillé qu'elle fit un pas pour s'écarter de lui.

— Abaissez ce revolver, papa, dit-elle. Je partirai.

— Non, Arlis, s'écria Crawford. Non.

Maintenant qu'il ne la touchait plus, elle pouvait avoir le courage de lui faire face. Elle se rendit compte qu'il ne croyait pas Matthew capable de le tuer. Il résisterait jusqu'à ce que le doigt appuie sur la gâchette.

— Il le faut, dit-elle.

La fatigue, le désespoir et la capitulation s'entendaient dans sa voix. Elle s'approcha de son sac de voyage, le souleva lentement, et revint vers eux.

— Mettez ce revolver de côté, papa, dit-elle.

Crawford était blême. Il la regardait ; maintenant, Matthew n'existait plus pour lui.

— Si tu t'en vas maintenant, tu ne reviendras jamais, dit Crawford.

Si, s'écria-t-elle en elle-même. Rien ne pourra m'en empêcher. Elle s'approcha de lui, passa doucement la main sur son visage, essayant de le lui dire par le toucher. Mais la chair de Crawford ne l'écoutait pas.

Elle se tourna vers Matthew.

— Préférez-vous le tuer plutôt que de m'emmener ? demanda-t-elle. Attendez-vous l'occasion de le tuer ?

Alors Matthew se décida à bouger. Il gardait le revolver à la main tout en avançant vers la porte ; il ne quittait pas Crawford des yeux. À un moment donné, Crawford fit un geste en avant, mais aussitôt la main de Matthew se resserra visiblement sur le revolver.

— Ce n'était donc pas un mariage pour toi non plus, dit Crawford en s'adressant à voix basse à Arlis. Les paroles et la cérémonie ne signifiaient pas que c'était pour toujours. Cela voulait simplement dire maintenant, une seule nuit.

Elle ne pouvait pas lui répondre. Il ne restait pas assez de temps pour lui faire comprendre combien il se trompait en disant cela. Elle devait se dépêcher de fermer cette porte entre Matthew et Crawford. Elle sortit vivement de la chambre et la porte claqua derrière elle. C'était une perte terrible pour Arlis. Elle avança aveuglément vers l'escalier qui conduisait jusqu'au hall, et de là au soleil brillant de cette journée nouvelle. Matthew la suivait ; elle entendait le bruit sourd et distinct de chacun de ses pas. Matthew s'arrêta en haut de l'escalier. Il remit le revolver dans son étui.

— Tu es tout de même ma fille, dit-il sur un ton qui pouvait presque laisser penser qu'il n'y croyait pas.

— Oui, répondit-elle amèrement. Je suis votre fille.

Une fois seul, Crawford se laissa tomber sur le bord du lit. La chambre était vide, nue, si vide qu'il n'était qu'un atome de poussière dans sa morne étendue. Je devrai travailler aujourd'hui, après tout, se dit-il. Il aurait voulu aller à la fenêtre pour regarder Arlis une dernière fois. Mais il n'aurait pu supporter de la voir s'éloigner de lui à côté de Matthew, maintenant qu'elle n'était plus sa femme mais simplement la fille de Matthew.

Arrivée sur le trottoir, Arlis tourna et leva la tête vers la fenêtre de la chambre qu'elle avait occupée avec Crawford ; elle n'eut aucune difficulté à repérer la bonne fenêtre parmi toutes celles qui trouaient la façade de l'hôtel. Elle ne s'était pas attendue à le voir, mais elle regarda tout de même ; puis elle poursuivit son chemin, tête baissée, marchant du même pas que Matthew. Ils descendirent lentement la rue jusqu'à la quincaillerie, firent le tour du magasin et s'installèrent dans la voiture ; tout cela sans échanger une seule parole. Matthew fit tourner le moteur à la manivelle, s'installa au volant, fit marche arrière jusque dans la rue, tourna et s'élança sur la route, en direction du domaine. Assise à côté de lui, Arlis tenait son sac de voyage sur ses genoux, l'agrippant comme si c'eût été la main de Crawford.

Matthew commençait à se calmer maintenant qu'il était absorbé dans sa conduite. L'envie et la colère disparaissaient peu à peu pour faire place au sentiment de triomphe d'avoir accompli son expédition avec succès. Cependant la présence d'Arlis à côté de lui, silencieuse et pâle, était un facteur gênant. Elle le détestait maintenant, et il n'avait jamais été détesté par ses enfants. Il se dit que cela passerait, qu'elle finirait bien par comprendre la raison de son intervention. Pourtant, il ne parvenait pas à chasser le visage triste de sa fille de son esprit.

— Arlis, dit-il enfin, dans quelques minutes nous serons à la maison.

Elle ne répondit pas.

— Ne te fais pas de mauvais sang, dit-il. Tu verras… ce sera pour le mieux.

Elle ne répondait toujours pas.

Il se sentit soudainement terriblement déprimé. Il s'était laissé aller à la violence ; et maintenant elle ne voulait plus lui répondre. C'était comme s'il n'avait pas parlé, comme s'il n'était pas à côté d'elle. Elle était toujours là-bas, dans la chambre d'hôtel, avec Crawford.

Pourquoi ? se dit-il. À quoi cela sert-il ? Prendre les armes pour elle, pour le domaine... Il se revoyait, le revolver à la main et ce désir de tuer ! Il avait voulu tuer Crawford. Cette envie avait été aussi forte qu'un appétit féroce.

Maintenant, il était capable d'examiner froidement la situation ; la passion de tuer avait disparu et sa colère s'éteignait doucement, comme un feu qui ne laisse qu'un tas de cendres froides. Il réalisait enfin la portée de ses actes. J'ai passé toute ma vie sans rien ressentir de tel avant aujourd'hui, se dit-il.

Il avait toujours cru en l'amour, la raison et la persuasion. Il n'avait jamais éprouvé le besoin de se battre contre un homme, sauf une seule fois, il y avait très longtemps, quand il était jeune et fougueux, le nouveau propriétaire du domaine ; mais même après cela, il s'était senti coupable et cette lutte avait laissé des traces sur son corps. Il porta inconsciemment la main à son oreille meurtrie. Il sentait le lourd poids du remords et il se demandait comment il avait pu se forcer à agir ainsi. Mais au fond, il ne s'était pas vraiment forcé ; il avait aussi connu de l'ardeur et, à la fin, il avait été plus soucieux de tuer que de gagner.

Un violent frisson l'envahit. Il était incapable de le maîtriser ; c'était la même chose que le tremblement de certains vieillards, et la voiture se mit à zigzaguer d'un côté à l'autre de la route. Il appuya brutalement sur le frein, l'arrêtant avant de provoquer un accident ; il se pencha au-dessus du volant, sentant le tremblement l'envahir d'une manière incontrôlable comme cela se produit quand on souffre d'une forte fièvre. Arlis ne tourna même pas la tête. Elle regardait droit devant elle, fixement. Matthew ne l'intéressait pas du tout. Elle ignorait totalement sa présence.

Les tremblements disparurent peu à peu ; Matthew parvenait à maîtriser son corps, à part la sensation de nausée qui bouleversait son estomac. Mon Dieu, pensa-t-il, qu'ai-je donc fait ? Il essaya de remettre la voiture en marche, mais son corps ne voulait pas suivre.

— Arlis, dit-il, tu devras conduire. Je…

Il se tut. Elle ne se tourna pas vers lui ; elle ne lui répondit pas. Il serra les dents et força ses muscles à lui obéir. Il enfonça lentement l'accélérateur et la voiture franchit le pont ; Matthew se concentrait entièrement sur sa conduite, s'appliquant à faire prendre convenablement au véhicule le virage qui devait l'amener sur le chemin du domaine. Maintenant, il se sentait en sécurité ; il était près de la maison et concentra son attention sur le but à atteindre.

Arlis n'avait pas dit un mot depuis qu'ils avaient quitté l'hôtel. Elle ne broncha pas quand ils s'engagèrent sur le chemin de terre, ni lorsque la voiture franchit le barrage sur le passage fait de planches, ni même en arrivant à la maison. Matthew arrêta la voiture à côté. Il ne pouvait plus supporter ce silence, cet abîme entre eux. Les hommes les avaient regardés – lui, le visage pâle d'Arlis – et ils étaient demeurés silencieux. Dès qu'elle avait entendu le moteur, Miss Hattie était sortie de la maison, et maintenant elle se tenait sous le porche, un torchon à la main, et les regardait silencieusement.

Il en avait assez.

— Arlis, dit-il en posant la main sur son bras, tout finira par s'arranger. Tu te rendras compte, après un temps, que j'ai eu raison. Plus tard, tu rencontreras quelqu'un…

Elle sortit de la voiture sans tenir compte de la main de son père posée sur son bras ; elle se déplaçait lentement, tête baissée ; elle gravit les marches du perron et pénétra dans le couloir. Miss Hattie fit un geste automatique pour la réconforter. Mais elle en fut empêchée par le regard d'Arlis, par les traits figés de son visage pâle. Matthew monta les marches et regarda Arlis avancer dans le couloir et pénétrer dans sa chambre.

— Occupe-toi d'elle, Miss Hattie, dit Matthew. Veille à ce qu'elle…

Miss Hattie le foudroya du regard et Matthew recula, ébahi par l'air féroce de sa fille. Miss Hattie s'empressa de s'enfermer dans la cuisine ; elle savait qu'Arlis devait rester seule, tranquille.

Matthew hésita un moment, puis il se dirigea vers le barrage. Il s'arrêta à la vue des hommes qui étaient restés groupés et qui regardaient, sans travailler. Matthew examina l'état des travaux et put se rendre compte qu'ils n'avaient guère avancé pendant son absence. Maintenant qu'il était là, les hommes se remirent lentement au travail. Matthew était persuadé que pendant son absence, il y avait eu des rires et des bavardages ; mais maintenant ils étaient silencieux, absorbés par leur tâche.

Matthew demeura longtemps immobile à regarder le barrage, ce tas de terre qui s'étendait d'une colline à l'autre. Tout ça est à moi, se dit-il. Si je n'en avais pas donné l'ordre, il ne serait pas là à bloquer l'entrée du domaine de sorte que je dois poser des planches pour pouvoir le franchir avec la voiture. Et les hommes. Ils travaillaient pour lui uniquement parce qu'ils n'osaient pas le lui refuser. Ils sont tous comme mes enfants, pensa-t-il. Ce n'est pas en eux.

Il pivota sur ses talons et retourna d'un pas rapide vers la maison. Il s'installa au volant de la voiture et la conduisit dans le hangar. Puis il se dirigea vers la réserve de whisky. Il prit la tasse accrochée au mur et la remplit. Mais il ne put le boire ; c'était le whisky de Knox et il avait laissé son empreinte dans le goût. Matthew jeta le contenu de la tasse contre le mur de la grange et remit la tasse à son clou. Il s'assit sur le pas de la porte, la tête et les mains vides.

Tout est allé au diable, se dit-il, se rendant compte pour la première fois de son échec. Jusqu'à présent il avait envisagé la possibilité de réussir s'il prévoyait et agissait convenablement, s'il saisissait sa chance au passage. Mais maintenant il ne pouvait plus croire en la chance.

Il ne pourrait même plus retenir Arlis. Il l'avait ramenée au domaine, mais il réalisait qu'elle ne resterait pas. Elle ne lui appartenait plus. Tôt ou tard, elle retournerait auprès de Crawford, comme une chatte qui retourne à la chaleur de la maison de son maître.

Maintenant qu'il voyait clairement la situation, Matthew se demandait pourquoi il s'était donné la peine de ramener Arlis. Knox, lui aussi, était définitivement parti, se consacrant entièrement à la construction de grands barrages, et Matthew n'avait rien fait ni pour le retenir ni pour le faire revenir. Jesse John s'en était allé, et il n'était pas parti à sa recherche. (Il n'avait pas répondu non plus à sa lettre ; Jesse John ne savait pas que Rice était mort.) Matthew comprenait, réalisait la différence qu'il y avait ; il avait voulu se mesurer à Crawford, s'opposer à l'homme, le battre totalement jusqu'à la défaite ultime. Il avait voulu le tuer.

Il sentit le tremblement l'envahir de nouveau. Il se força à le faire cesser. Il avait voulu tuer. Mais cela n'aurait pas dû arriver ; il n'était pas un assassin. Il n'aurait même pas dû en éprouver l'envie ; il aurait dû se sentir vide de toute colère au lieu de s'en sentir submergé. Mais c'était arrivé.

Il lui était impossible de demeurer tranquille plus longtemps. Il se leva et se mit à errer sans but, comme cela ne lui était pour ainsi dire encore jamais arrivé. Il y avait bien eu une époque – très brève – pendant laquelle il ne savait que faire de ses journées, malgré tout le travail qu'il y avait à accomplir. Il avait beaucoup de choses à faire aujourd'hui – il savait parfaitement bien que le travail n'avançait pas au barrage tant qu'il n'était pas là et, aussi, les représentants de la loi allaient bientôt venir – mais il ne parvenait pas à se forcer à retourner là-bas.

Il fit le tour de la grange et regarda vers les collines boisées. Il traversa le pâturage en direction des cèdres qui marquaient l'emplacement du cimetière de famille. Il franchit la clôture de barbelés rouillés et cassés et s'arrêta en contemplation devant les tombes de ses aïeux… et de ses héritiers. Il déambula lentement parmi les pierres tombales jusqu'à ce qu'il arrive à la butte de terre sous laquelle reposait Rice ; il s'y arrêta, pensant qu'il n'avait pas encore trouvé le temps d'y placer une pierre, pas plus qu'il n'avait encore placé de nouveaux barbelés sur les piquets de cèdre.

Il s'assit à côté de la tombe de son fils et posa la main sur la butte de terre de la même manière qu'il aurait posé la main sur l'épaule de Rice. Mais il n'y avait aucun réconfort, aucune réponse à trouver au contact de la terre froide. Peut-être es-tu ici à cause de moi, pensa-t-il en regardant la butte de terre. Peut-être que s'il avait agi différemment…

Inutile de se torturer l'esprit avec des pensées aussi ridicules. S'il avait agi différemment ! Il y avait là-dedans des possibilités infinies, des millions d'intersections où il aurait pu changer de direction et retenir leur amour, leur soutien et leur respect.

Il restait seul devant la triste réalité. Ils l'avaient tous quitté. Tous. Absolument tous. Il demeurait aussi seul que son frère Mark qui n'avait jamais fait des fils à son image, qui n'avait jamais essayé de garder et conserver le domaine pour les générations suivantes, qui n'avait pas voulu du domaine, sauf pendant une brève période, et encore, cela n'avait été que par fierté, par ambition, parce qu'il était l'aîné.

Matthew demeurait assis, la main sur la tombe de son fils, et il voyait mourir dans son esprit les pensées qui y avaient été si longtemps vivantes.

Crawford savait qu'Arlis ne l'avait pas quitté parce qu'elle l'avait voulu. Un seul coup d'œil à ce visage bouleversé par la rupture qui lui avait été imposée lui avait permis de s'en rendre compte. C'était pour cela qu'il ne l'avait pas poursuivie immédiatement après son départ. Ce n'eût pas été la bonne manière d'agir. Il n'y avait qu'un seul moyen ; maintenant il s'en rendait parfaitement compte plus clairement que jamais. Pour la première fois depuis de nombreux mois, il reprenait courage ; il avait de nouveau confiance en lui et en l'avenir. Quelque part dans le long combat qu'il livrait depuis des mois il avait perdu la foi ou, s'il ne l'avait pas perdue, elle s'était cachée dans un coin où elle ne lui était plus d'aucun secours.

Alors il alla passer la première journée de sa lune de miel au bureau. Il s'installa à sa table et mit de l'ordre dans tous ses dossiers. Il garda tout bien secret au fond de lui, même pendant la réunion avec Sam Mac Clendon qui voulait absolument savoir où il avait été après la discussion avec Matthew. Crawford évita de répondre à ses questions et ils discutèrent objectivement des prochains stades de la procédure à suivre. Mr Hansen vint se joindre à eux ; il les prévint qu'il fallait agir vite, qu'il n'y avait plus de temps à perdre. Sam annonça que la Commission de condamnation se réunissait le matin même pour considérer le cas ; la cour du district lui remettrait aussitôt après l'ordre d'évacuation immédiate. Le mécanisme qui venait à peine d'être déclenché tournait déjà très vite.

Crawford écouta tout en se gardant bien de laisser paraître ses sentiments. Sam déclara que Matthew était un vieux coriace, qu'il avait dû faire face à son revolver, s'attendant d'un instant à l'autre à recevoir une décharge de plomb dans la peau, et que ce n'était pas le genre de choses qui rentraient dans les attributions d'un avocat. Crawford éclata de rire, mais ne put s'empêcher de se souvenir de ces minutes angoissantes qu'il avait passées en face de Matthew, sur le sommet du barrage.

— On ne peut pourtant pas lui en vouloir, dit-il. Si nous étions à sa place...

Les deux hommes le regardèrent. Crawford savait d'avance qu'ils allaient lui parler de l'importance du barrage de Chickasaw, des vannes qui devaient être fermées d'un moment à l'autre et qu'il fallait se dépêcher de liquider cette pénible histoire.

— Nous lui avons donné toutes les occasions possibles, dit Mr Hansen. Toutes les occasions que nous pouvions lui laisser.

— Bien sûr, répliqua Crawford. L'occasion de faire ce que nous voulions qu'il fasse. Mais nous ne lui avons rien offert pour remplacer le Domaine de Dunbar.

Ils le regardèrent avec surprise et Crawford sentit la colère commencer à monter en lui.

— Vous lui avez montré d'autres endroits qu'il pouvait acheter, dit Mr Hansen. Il n'a même pas voulu aller les voir.

— Construits par d'autres hommes, ajouta Crawford. Pas par les Dunbar.

Il se tut. Cela ne servait à rien de continuer. C'étaient eux qui avaient raison. Il tenait les mêmes raisonnements qu'eux. Mais eux ne comprenaient pas. Ils suivaient les directives de leur employeur, ils croyaient fermement aux avantages de la TVA, à tout le bien qu'elle faisait aux populations rurales. Mais malgré cela, ils ne comprenaient pas comme lui, d'une manière personnelle, individuelle. Leur compréhension était impersonnelle, pénétrés qu'ils étaient par l'organisation même de la TVA. Pour eux, c'était une affaire dans laquelle les sentiments ne pouvaient intervenir.

Le shérif, lui aussi, suivrait les directives et accomplirait sa tâche. Il prendrait connaissance de l'ordre d'évacuation et il obligerait Matthew à le respecter. Il ferait son devoir, même en présence des fusils de l'adversaire, avec le calme impersonnel d'un officier de la loi. Peut-être même que, sous la carapace officielle de ses fonctions, il sympathiserait avec les malheurs de Matthew.

Crawford pensa à Arlis qui se trouvait maintenant au domaine ; il sentit un frisson lui parcourir le dos. Arlis était la fille de son père ; elle était avant tout une Dunbar ; il se pourrait même qu'elle prenne un fusil pour se battre à ses côtés.

Crawford fut soulagé de voir la réunion toucher à sa fin. Il retourna à son bureau et à ses dossiers. Il se rendait compte qu'il devrait essayer de revoir Matthew, malgré leur dernière rencontre orageuse, malgré la colère, malgré l'envie de tuer. Il était même vraisemblable qu'une seule fois ne suffirait pas ; il lui faudrait revenir, et insister encore de nombreuses fois. Ce n'était pas pour Arlis, non, car elle pouvait attendre, ou, du moins, elle y serait obligée. Il savait qu'elle en aurait la force, qu'elle se rendrait compte qu'il était nécessaire d'attendre le bon moment pour se réunir à nouveau. Mais lui, il devait absolument revoir Matthew, et ne pas se présenter devant lui les mains vides.

Il s'assit à son bureau et alluma une cigarette. Puis il se releva ; il se sentait fort, maintenant qu'il avait enfin trouvé quelque chose d'utile à réaliser. Il passa une demi-heure à éplucher des dossiers de rapports et de directives de toutes sortes puis il quitta son bureau, sortit de l'immeuble et s'installa au volant de sa voiture. Dès qu'il eut quitté la ville, au lieu de prendre le chemin qui conduisait au domaine, il continua tout droit par la route. Il conduisit loin, très loin, beaucoup plus loin que les distances qu'il avait souvent parcourues.

Miss Hattie vaquait à ses tâches dans la cuisine et dans la maison, laissant la chambre d'Arlis, ce lieu de souffrance silencieuse, en paix au milieu des activités qui l'entouraient. Elle donna à manger aux hommes à l'heure du déjeuner, et ensuite ces hommes retournèrent à leurs travaux. Matthew n'était pas venu. Elle ne s'était d'ailleurs pas attendue à le voir. Miss Hattie accomplissait les tâches du ménage d'une manière brusque, selon ses sautes d'humeur. Elle travaillait vigoureusement, rageusement, à genoux par terre pour récurer le sol de la cuisine, ensuite elle vida les armoires de leur contenu pour les nettoyer et remettre du nouveau papier sur les planches et les étagères. Elle travaillait presque de la même manière instinctive qu'une femme enceinte qui sent que l'accouchement est tout proche.

Arlis, enfermée dans sa chambre, était couchée sur le lit. Elle ne pensait pas, elle ne ressentait rien. Elle n'était qu'une masse muette de solitude et de privation ; la séparation d'avec Crawford était comme un organe vital qui eût été arraché de son corps. Elle ne se rendit pas compte de la période particulièrement étouffante qui s'étend aux alentours de deux heures de l'après-midi ni du rafraîchissement qui accompagne le coucher du soleil ; lorsqu'il fit nuit, elle ne se leva pas pour allumer la lampe. Les hommes rentrèrent pour le dîner et traversèrent bruyamment le couloir, mais elle ne les entendit même pas. (À ce moment, Matthew n'était plus au cimetière, mais à l'extrémité la plus éloignée de son territoire, là où il avait construit son premier petit barrage pour détourner le ruisseau. Il demeurait immobile à regarder l'eau qui s'écoulait librement, facilement, maintenant qu'elle avait accentué la forme du chenal qu'il avait tracé à la pelle. Même si on enlevait le petit barrage, le ruisseau serait incapable de reprendre son ancien cours à travers le domaine ; il faudrait d'abord boucher le nouveau chenal.)

Après que les hommes furent sortis de la maison, Miss Hattie s'approcha de la porte de la chambre d'Arlis, frappa doucement et demanda si elle voulait dîner. Mais Arlis ne répondit pas ; elle avait essayé de faire bouger ses cordes vocales, mais aucun son n'était venu et elle avait abandonné après le premier effort.

Matthew n'avait pas mangé non plus. Miss Hattie retourna à la cuisine pour laver la vaisselle ; elle s'était arrêtée sur le pas de la porte pour jeter un coup d'œil vers la grange et l'écurie. Mais il n'était pas là. Tous les hommes se trouvaient sur les marches du perron, et la maison était aussi calme que si elle était visitée par la mort. Miss Hattie finit de mettre de l'ordre dans la cuisine avant d'aller aider le vieillard à se mettre au lit. Elle alla vider le pot de chambre dans l'annexe, le rinça puis vint le remettre sous le lit. Son travail terminé, elle alla s'asseoir à la cuisine. Elle ne savait pas pourquoi elle attendait. Il y avait quelques hommes près du barrage, des hommes avec des fusils. Matthew apparut soudain, passa parmi eux, sans leur parler. Eux non plus ne lui adressèrent pas la parole, ils se contentèrent de le regarder avancer sur la crête du barrage, trébucher sur les planches qu'il avait mises pour permettre le passage de la voiture, puis disparaître dans les broussailles de l'autre côté du barrage.

Il était presque minuit quand Arlis se décida à bouger. À ce moment, elle réalisait pleinement la situation. Elle n'avait rien d'autre à faire qu'à attendre. Elle irait rejoindre Crawford dès que les événements le permettraient. Les sentiments qui séparaient Crawford et Matthew ne la concernaient pas seulement elle ; il y avait aussi le barrage, le domaine et la TVA. Elle attendrait jusqu'à ce que tout cela soit liquidé une fois pour toutes, jusqu'à ce qu'il ne reste plus qu'un seul problème : elle. Alors elle retournerait auprès de Crawford. Ce ne serait qu'alors que Matthew ne pourrait plus se servir d'elle contre Crawford.

Elle supporterait l'attente. Elle se rappelait, ressentait encore en elle la nuit passée ; elle pouvait attendre. Elle était sûre d'elle, elle pouvait compter sur Crawford, et leur amour était chaud et vivant en elle. Elle se leva et se rendit à la cuisine ; Miss Hattie était toujours assise ; il y avait devant elle une tasse qui avait contenu du café. Miss Hattie leva la tête et sourit.

— Je savais bien que tu irais mieux, dit-elle. J'étais certaine que tu aurais faim.

Arlis eut un faible sourire et s'assit à la table.

— Je ne suis partie qu'à cause de Crawford, dit-elle comme si elle devait une explication à Miss Hattie. Papa allait…

— Je sais, la coupa Miss Hattie. N'en parle pas. Je sais.

Matthew se tenait sur la crête qui dominait la maison de Miz Anson. Il s'était senti attiré par le souvenir de la petite cuisine chaude et accueillante, des conversations agréables qu'ils avaient eues en buvant du thé chaud dans les tasses fragiles et translucides. Le store de la fenêtre était levé, laissant la lumière jaune éclairer un coin de la cour. Mais il ne descendit pas ; il se contenta de regarder longtemps, dans l'immobilité la plus complète, avant de tourner les talons. Ce n'était pas là qu'il pourrait trouver une solution. Certainement pas.

Et c'est ainsi que Matthew se promena toute la nuit. Il n'y avait pas que son corps qui se déplaçait ; son esprit, aussi, voyageait dans le temps et dans l'espace. Ici, sa vie était limitée par la terre où étaient enterrés ses ancêtres, d'une part, et l'entrée du domaine, d'autre part, et aussi par la petite cuisine chaude et accueillante de Miz Anson. Ici, sur ce petit lopin de terre, il avait bâti une vie sur le capital du passé et sur la promesse du futur. Il était fatigué. Mais il ne parvenait pas à rester tranquille. Ses pieds marchaient sans relâche sur sa terre, à travers les champs encore vides de semences, quoique la saison soit déjà trop avancée. Il se dit que quelque chose avait dû mal tourner pour qu'il ne puisse pas trouver le temps de semer. De toute sa vie, il n'avait pas raté une seule fois l'époque des semailles. Et par conséquent il n'avait jamais manqué une seule récolte.

Il lui devenait finalement impossible d'éviter les considérations qu'il avait repoussées durant toute la nuit, se refusant à les inscrire dans l'agenda de sa conscience, ne cherchant qu'à se fatiguer afin de pouvoir se coucher l'esprit vide et dormir profondément dans son lit. Il avait envie de dormir ; il en sentait le besoin le torturer intérieurement comme un cancer. Malgré cela, il ne pouvait s'arrêter, ne pouvait pas fermer les yeux avant de suivre la trace de ses pensées, jusqu'à la fin inévitable.

Peut-être que Crawford avait eu raison dès le début. Matthew avait grandi et vécu dans un monde qui lui plaisait. Mais le monde changeait ; il savait ce que c'était que des changements, il avait basé sa vie sur le rythme du printemps, de l'été, de l'automne et de l'hiver, de l'époque des semailles et de celle des récoltes. Peut-être existait-il des changements plus profonds que cela, un déplacement et une évolution qui ne revenaient pas régulièrement à leur point de départ comme le font les années, mais qui continuaient sans cesse. Si c'était vrai, un homme devrait pouvoir prévoir ces déplacements et ces évolutions tout comme un fermier a la possibilité de suivre et de contrôler les saisons, sinon il planterait en hiver, quand le sol était gelé, et il ferait trop tôt les récoltes, en août, quand il faisait trop chaud.

Il s'était trop longtemps accroché à la saison de sa jeunesse ; c'est du moins la conclusion à laquelle il venait d'arriver. Il n'avait cru qu'en son monde à lui ; il avait cru que l'intransigeance était sa seule arme contre les changements et les évolutions de ce monde. Maintenant il ne regardait plus vers l'avenir, ses espoirs, ses intentions et ses croyances, mais les résultats actuels, visibles, palpables.

Il s'arrêta au milieu du pâturage, derrière l'étable. Un homme doit être jugé sur les résultats de ses efforts, se dit-il. On ne peut pas le juger sur ce qu'il espère faire ou par ce qu'il croit faire. Si bonnes soient-elles, les intentions ne comptent pas ; ce sont les résultats des efforts qui comptent. Si un homme est un bon fermier, le meilleur fermier du monde pour ce qui concerne le labourage, qui empêche les mauvaises herbes d'envahir ses champs, qui travaille de l'aube au crépuscule, mais qui essuie un échec lors des récoltes – alors ce n'est pas un bon fermier. Je ne puis supporter de voir mes résultats, se dit-il. Je ne puis supporter le bilan de ma vie.

Il continua à marcher, mais s'arrêta de nouveau quelques instants plus tard, alors qu'il venait d'atteindre la grange. Il eut soudain envie de tout changer. J'ai eu tort, pensa-t-il. Je devrais pouvoir tout recommencer, avoir une nouvelle chance. Il avait commencé par de bons sentiments, des croyances dont il était certain qu'elles étaient vraies et négociables. Et pourtant, les actions qui en étaient résultées… Cela lui faisait honte de penser à Arlis, à son frère qui n'était plus qu'une loque humaine, à son fils mort et à ses fils partis, à la rébellion de Miss Hattie. Il pensa aux fusils qui attendaient entre les mains de ses hommes ; la sensation de nausée s'empara de nouveau de son estomac. Il réalisa soudain la présence du revolver qui pendait à sa taille ; il le portait toujours parce qu'il s'y était habitué et que c'était même devenu confortable ; mais maintenant, il semblait étouffer avec cette ceinture qui lui enserrait le corps et ce revolver qui pesait sur sa peau.

Il s'empressa de défaire la ceinture et de la jeter avec l'étui et le revolver dans la grange, où il l'entendit atterrir dans le maïs. Quand il sortit de la grange, il réalisa que l'aube était là, sans qu'il ait pu la voir venir. Il fit le tour de la maison et se posta sous le grand chêne. Un oiseau se mit à chanter au-dessus de sa tête ; c'était un beau chant printanier, et Matthew prit conscience qu'il n'avait pas encore eu l'occasion de profiter du printemps, de profiter du plaisir et de la jouissance de labourer et de semer.

Pendant la nuit, il en était finalement arrivé à se demander s'il n'allait pas capituler. Mais maintenant qu'il faisait jour, qu'il voyait tout le domaine s'étendre à ses pieds, qu'il en voyait la beauté et la grandeur, il retrouvait sa ténacité, le vieux désir de se raccrocher à sa terre... et il repoussa toutes les sombres pensées de la nuit. C'était trop demander à un homme d'abandonner en une nuit toutes les croyances d'une vie. Elles étaient trop solidement ancrées en lui.

Son visage grimaçait de douleur. Il se sentait très vieux, froid, comme le vieillard qui, dans la salle commune, dormait sous trois couvertures. Laissez-moi mourir, pensa-t-il. Laissez-moi mourir, et alors ils pourront faire les changements. Faites en sorte que ceux qui les désirent si ardemment puissent agir selon leur goût. Que ce ne soit pas moi qui doive le faire. Mais il savait au fond de lui-même que ce n'était pas aussi simple que cela. C'était à lui de décider ; c'était lui qui devait supporter toutes les responsabilités de son temps.

Il pensa de nouveau au vieillard. Depuis que les hommes étaient venus pour construire le barrage, il avait commencé à sortir de la léthargie de son âge. Un jour même, il avait demandé ce que ces hommes venaient faire, alors qu'il y avait des années qu'il ne s'était plus jamais occupé des activités autres que celles qui concernaient directement son corps et sa vie à lui. Matthew ressentit soudain cet ancien désir d'aller le trouver, de tout lui raconter, peut-être même de lui demander conseil. Peut-être, avec la vigueur nouvelle du printemps qui devait couler dans ses veines, que le vieillard… Matthew se dirigea vers le porche, pressé d'aller réveiller son vieux père. Il avait plus besoin du vieillard maintenant que durant toutes les années de sa vie, sauf peut-être celle où la responsabilité du domaine lui était échue.

Le coup de fusil résonna alors qu'il allait poser le pied sur la deuxième marche du perron. Il le garda suspendu en l'air, tourna la tête et regarda vers l'entrée du domaine. En un instant, il avait tout oublié : le vieillard, la nuit, tout. Il fit le tour de la maison en courant, bondit dans la grange et reprit son revolver parmi les épis de maïs. Il remit la ceinture autour de sa taille – il le faisait maladroitement tant il était pressé – et il sentait son cœur qui battait follement. La seule chose à laquelle il pouvait penser était qu'ils étaient venus rudement tôt ce matin.

Il se remit à courir vers le barrage ; réveillés par la détonation, les hommes se dépêchaient autant qu'ils pouvaient. Mais Matthew arriva le premier au barrage. Il se précipita en haut du talus de terre et s'arrêta au sommet, regardant vers la route. Il entendait un moteur.

Quelques instants plus tard, la voiture apparut au tournant ; c'était celle de Crawford – ce n'était que Crawford. Matthew sentit son cœur battre moins fort. Il se tourna vers les hommes qui attendaient en bas du barrage.

— Ça va, dit-il. Ce ne sont pas eux. Pas encore.

Crawford sortit de sa voiture. Matthew restait immobile à le regarder.

— Est-ce que vous êtes venu chercher Arlis ? demanda-t-il.

Crawford s'arrêta. Il leva la tête pour regarder Matthew. Son visage était pâle et il avait les traits tirés. Il avait l'air de n'avoir pas dormi, lui non plus.

— Non, répondit-il. Pas cette fois. Ils allaient venir ce matin. Le shérif et ses hommes.

— Ils *allaient* venir ? fit Matthew.

Crawford fit un effort pour ne pas prêter attention au revolver suspendu à la taille de Matthew. Il avait déjà vu Matthew le menacer avec ce revolver et il avait eu peur, malgré sa colère et ses airs de défi. Il commença à grimper le long de la pente du barrage ; il ne quittait pas Matthew des yeux. La distance lui parut énorme. Matthew l'observait calmement. Il ne ressentait plus de colère contre Crawford, bien que celui-ci ait emmené et épousé Arlis contre sa volonté. Au point où ils en étaient, les affaires personnelles étaient passées au second plan.

Crawford arriva au sommet du barrage et s'arrêta à côté de Matthew.

— Je voudrais vous parler, dit-il.

Son ton était le même que celui utilisé des dizaines de fois pour dire la même phrase. Il l'avait déjà employé lors de sa première rencontre avec Matthew.

— Ne croyez-vous pas que nous avons déjà suffisamment parlé comme ça ? dit Matthew. Ne pensez-vous pas que le temps des discussions est passé depuis longtemps ?

Crawford secoua la tête.

— Il n'est pas trop tard, dit-il. Mais il sera trop tard après le premier coup de fusil. Et en attendant il nous reste encore un peu de temps.

— Peut-être que vous voulez simplement parler d'Arlis, dit Matthew. Peut-être voulez-vous uniquement la sauver de tout ceci.

Ces paroles n'eurent aucun effet sur Crawford. Il était trop absorbé par la raison qui l'amenait auprès de Matthew pour se laisser influencer par le nom d'Arlis.

— Non, dit-il. Cela devra attendre.

— Alors parlez, dit Matthew. Parlez.

— Je voudrais vous montrer un terrain, dit Crawford. Voulez-vous m'accompagner ?

Les mots explosèrent dans la bouche de Matthew.

— Bon Dieu de bon Dieu, s'exclama-t-il, presque comme si c'était un formidable juron qu'il lâchait tant il était surpris. Vous voulez me montrer un terrain ? Maintenant ? Maintenant que la loi est en route vers…

Il se tut, incapable de trouver les mots.

— Je vous ai dit qu'ils *allaient* venir ce matin, dit Crawford. Mais j'ai parlé au shérif et j'ai pu le persuader d'attendre jusqu'à demain matin dix heures. D'ici là, nous avons le temps.

— Pourquoi avez-vous fait cela ? demanda Matthew. Je n'ai pas besoin de ce que vous…

— Parce qu'il me fallait une dernière chance, répondit Crawford, un dernier jour avant que la fusillade ne commence. (Son visage grimaça.) Ça n'a pas été facile de les persuader. Alors ? Est-ce que vous m'accompagnez ? Maintenant ?

Matthew réfléchit longuement. Ce devait être une ruse. Il fronça les sourcils et scruta le visage de Crawford. Il ne lui trouva rien d'anormal, il paraissait aussi sérieux, aussi honnête que d'habitude.

— Je vois ce que vous manigancez, dit-il lentement. Vous voulez m'attirer hors du domaine pour que l'on puisse m'arrêter.

Crawford n'avait pas envisagé ce genre de résistance. Il ne savait que faire pour parvenir à convaincre Matthew. Il commençait à sentir les prémices d'un nouvel échec.

— Vous m'aviez fait une promesse, dit-il. Vous vous en souvenez ? Vous m'aviez dit que vous m'accompagneriez chaque fois que je vous le demanderais. Vous n'aviez pas dit que vous accepteriez ce que je vous proposerais. Mais vous m'aviez promis de venir avec moi.

— C'était il y a très longtemps, dit Matthew. Depuis, les temps ont changé.

— Écoutez, dit Crawford. Ceci, c'est la dernière occasion. Demain ils seront ici. Laissez-moi au moins tenter une dernière fois ma chance. (Il se tut et regarda fixement Matthew. Sa voix devint dure.) Ou bien voulez-vous que la fusillade ait absolument lieu ? Comme vous aviez envie de me tirer dessus ?

Matthew fut surpris par ces paroles et il sentit un début d'adoucissement se faire en lui. Après tout ce qui s'était passé entre eux, l'amitié et l'inimitié, la TVA, le barrage et Arlis, il devait bien à Crawford l'occasion de tenter une dernière fois sa chance.

— Vous êtes certain qu'ils ne viendront pas aujourd'hui ?

— Absolument, dit Crawford, profitant de son avantage. Je vous le promets.

Matthew tourna la tête. Les hommes étaient déjà retournés à la maison. Il ne devrait pas encore le leur dire. Il pensa au vieillard qui dormait toujours et il réalisa que son père était trop vieux, dans un monde trop à part, pour qu'il puisse l'approcher. Il se tourna vers Crawford.

— Bon, dit-il doucement. J'irai avec vous. Si vous pensez que cela peut servir à quelque chose. Je n'ai pas envie de cette fusillade, pas plus que vous.

Cette réponse fit sur Crawford l'effet d'un ressort qui se détendait brusquement.

— Allons-y, dit-il en pivotant déjà sur ses talons. Allons-y tout de suite.

24

— Où allons-nous ? demanda Matthew en montant dans la voiture.

Crawford mit le moteur en marche.

— Laissez-moi vous montrer au lieu de vous le dire. De toute façon, il faudra que vous vous rendiez compte par vous-même.

Matthew s'installa de manière à surveiller continuellement Crawford.

— J'ai toujours mon revolver, dit-il en posant la main sur l'étui. J'espère que vous n'essayez pas de me jouer un vilain tour.

Crawford laissa remonter la pédale d'embrayage.

— Ce n'est pas un vilain tour, dit-il. C'est quelque chose de réel, *la* chose réelle. Je ne me moque pas de vous, Matthew. Je vous persuade.

Matthew esquissa un faible sourire.

— Cela fait combien de temps que vous essayez de me persuader, Crawford ?

— Trop longtemps, répondit Crawford. Vous êtes un homme têtu, Matthew.

Matthew observait le profil de Crawford ; celui-ci paraissait entièrement absorbé par la route qui se déroulait devant lui. Ils traversèrent la grand-route et s'engagèrent dans un chemin de terre qui longeait la rivière en direction du barrage. Ensuite, le chemin s'écarta de la rivière pour grimper par de nombreux virages sur le flanc de la montagne. Crawford passa en seconde pour s'attaquer à une côte particulièrement raide. Pendant un moment, ils ne dirent rien et écoutèrent le moteur qui tournait de toute la puissance de ses chevaux. Crawford pensa qu'il lui faudrait même se mettre en première, mais la voiture parvint à passer et déboucha lentement sur la crête de la montagne. Crawford s'arrêta sur le bord du chemin.

— Le voilà, dit-il, le barrage de Chickasaw.

Matthew regarda par la fenêtre de la portière : tout en bas de la forte pente boisée se déroulait la rivière ; le barrage formait une cassure nette. La centrale en béton gris, violemment éclairée par le soleil, paraissait presque blanche à cette distance. Une masse d'eau s'étendait derrière le barrage, quoique les vannes ne fussent pas encore fermées. Le fourmillement d'ouvriers avait beaucoup diminué ; il n'y avait que quelques personnes sur la berge sud et à côté de la centrale électrique. Le barrage était presque terminé. Matthew se demandait si Knox était déjà parti.

Il se tourna vers Crawford.

— C'est pour voir ça que vous m'avez demandé de vous accompagner ? demanda-t-il, indigné.

Crawford se mit à rire.

— Non. Mais ça se trouvait sur notre chemin. C'est beau, n'est-ce pas ?

Matthew regarda de nouveau le paysage.

— Oui, répondit-il sincèrement.

Crawford étudia le paysage et le barrage.

— Le voilà, fit-il, pensif. Dieu a placé ici cette vallée ; et depuis lors Il n'a plus rien fait pour elle. Personne n'a jamais rien fait pour elle, même pas les gens qui y habitaient. Vous, Matthew... (Il tourna la tête puis regarda de nouveau vers la vallée.) Qu'avez-vous fait pour le domaine ? Vous y avez vécu, vous l'avez utilisé, vous l'avez gardé. Mais qu'avez-vous fait pour le rendre meilleur qu'avant ?

— Je l'ai sauvé, répondit sèchement Matthew. Je l'ai gardé.

Ils demeurèrent silencieux jusqu'à ce qu'ils puissent oublier ces paroles. Crawford se refusait à discuter sur ce ton. Ce n'était vraiment pas le moment de se fâcher ; pas aujourd'hui.

— C'est encore à l'état brut, dit-il le regard toujours dirigé vers le barrage. Mais quand l'herbe aura eu le temps de recouvrir les cicatrices, ce sera comme s'il avait toujours été là. Il sera devenu impossible de s'imaginer la rivière sans ce barrage. Il y aura une grande surface d'eau, un lac s'étendant vers l'amont, qui remontera les ruisseaux et les vallons, et les générations futures ne sauront jamais que cette région a pu avoir un aspect différent de celui qu'elles verront.

Matthew ne répondit pas. Crawford surveillait l'expression de son visage.

— Voilà la seule chose que Dieu a oubliée, poursuivit Crawford, ce barrage que les hommes ont dû ajouter à la rivière afin qu'elle puisse remplir le rôle auquel elle était destinée. Les flots sont maintenant maîtrisés tout le long de son cours et de ses affluents et elle procure du courant électrique aux populations qui en ont besoin.

Sa voix ne cherchait pas tellement à influencer Matthew. Il parlait doucement, d'une manière réfléchie, comme s'il avait besoin de se répéter la leçon. C'étaient des choses qu'il avait oubliées pendant un temps, pendant la lutte avec Matthew alors que les antagonistes étaient devenus Crawford et Matthew au lieu de la TVA et Matthew. Maintenant, il se souvenait de nouveau de tout ce qu'il avait appris et il sentait l'espoir renaître en lui ; depuis qu'il avait commencé à aimer Arlis, c'était la première fois qu'il se sentait en paix avec lui-même. Il se sentait puissant, triomphant dans la paix retrouvée. Il regarda Matthew d'un air de compassion et il souhaita pouvoir lui faire partager la même certitude. Après tout, peut-être qu'il pourrait y parvenir.

— Nous ferions mieux de continuer, dit-il. Vous êtes sans doute pressé de rentrer chez vous.

Matthew le regarda, l'air surpris. Il s'était attendu à subir un sermon et il s'y était préparé presque inconsciemment.

— Oui, répondit-il, allons-y, et que ce soit fini.

Crawford remit la voiture en marche et continua à suivre le chemin. Il ne parlait plus et Matthew commençait à somnoler avec le balancement rythmé du moteur et de la route. Il n'avait pas dormi la nuit dernière et il s'en ressentait. Il se sentait abruti, fatigué, usé. Peu lui importait où ils allaient, ce qu'ils faisaient, ce que Crawford avait à dire.

Enfin, ils perdirent la rivière de vue ; le chemin suivait un ruisseau qui s'enfonçait profondément dans la montagne. Il y avait des endroits où le ruisseau s'était creusé un profond passage dans les rochers et ils voyaient l'eau blanche et écumeuse tourbillonner en dessous d'eux. Ils passèrent à côté d'un vieux moulin dont les pierres étaient noircies par le feu qui avait détruit la superstructure de bois. Le chemin devenait très mauvais et la voiture était secouée en tous sens. Il n'y avait pas une seule maison ; rien que des rochers, des arbres et le ruisseau qui descendait rapidement vers la rivière lointaine. Ils étaient plus bas que le barrage de Chickasaw, dans un paysage plus accidenté et sauvage que celui où se trouvait le Domaine de Dunbar.

Matthew émergea de sa torpeur ; il commençait à être intrigué, et même intéressé par ce que Crawford voulait lui montrer. Crawford tourna la tête et lui sourit.

— Nous y arriverons, dit-il. Le chemin n'est guère facile, mais nous passerons.

Crawford quitta le chemin quelques kilomètres plus loin, à un endroit où les collines, resserrées jusqu'alors, s'écartaient de part et d'autre du ruisseau. Un autre petit ruisseau venait se joindre au premier, et cela donnait au terrain la forme d'une cuvette. Il y avait des clairières entre les arbres et elles étaient envahies par des buissons et de la bruyère. Crawford arrêta la voiture ; c'était un endroit délicieusement paisible et ils pouvaient entendre le murmure des eaux qui se rencontraient.

— Voilà, fit Crawford. C'est ici. Qu'en pensez-vous ?

Matthew paraissait abasourdi. Il ouvrit la portière, descendit et marcha jusqu'au bord du ruisseau. Il leva la tête et regarda tout autour de lui.

— Ceci… ? dit-il.

Crawford était sorti aussi. Il n'y avait qu'eux dans la cuvette, Crawford et Matthew, deux amis, deux ennemis, un père et un fils.

— Matthew, dit Crawford. Aucun homme n'a donné son nom à cette terre. Elle appartient au gouvernement depuis qu'elle a été prise aux Indiens. Elle est à vous, Matthew. Si vous en voulez.

Matthew se baissa et gratta une poignée de terre. C'était une belle terre noire et riche. Il la fit rouler entre ses doigts et il se rappela que depuis que le printemps était apparu il n'avait pas encore trouvé le temps de retourner son propre sol. Et pourtant il s'était juré de faire une récolte cette année, en plus de la construction de son barrage. De nouveau, il regarda autour de lui.

C'était un coin plus petit que le Domaine de Dunbar, d'un tiers au moins. Mais il était bien irrigué par deux ruisseaux et les arbres étaient assez espacés, de sorte qu'il serait relativement facile de dégager le terrain. Un peu plus haut il y avait une butte recouverte de cèdres ; c'était l'endroit idéal pour construire une maison. Un homme assis sous le porche pourrait voir de là son domaine tout entier.

— Crawford, dit-il, après un long silence. Que feriez-vous si l'on vous disait de quitter la TVA ? Quelles seraient vos réactions ? Répondez-moi franchement.

Crawford parut hésiter un instant.

— Si on m'offrait quelque chose de mieux, j'accepterais, dit-il d'un ton décidé. (Il regarda Matthew, baissa les yeux, puis les releva de nouveau.) J'aurais dû trouver cette cuvette dès le début, Matthew. J'aurais dû savoir ce dont vous aviez besoin. Mais je ne cherchais qu'à vous faire partager mes idées, au lieu de renforcer les vôtres. J'étais venu pour prendre au lieu de donner. Mais regardez ceci, Matthew. C'est neuf, c'est riche, et cela attend le travail de votre main. Vous pouvez le façonner à votre manière.

Quoiqu'il se rendît compte du ton pressant de Crawford, Matthew ne pouvait s'empêcher d'être attiré par ce domaine qui lui était présenté. C'était une terre neuve, en effet ; pour cela, Crawford avait raison. C'était la première fois qu'il voyait un terrain qui lui plaisait autre que le Domaine de Dunbar.

— Alors je suppose que je dois abandonner les générations qui se sont données au Domaine de Dunbar et repartir de zéro. Vous voulez que je tue une fois pour toutes le Domaine de Dunbar avec l'espoir de pouvoir bâtir quelque chose de neuf à la place.

— David Dunbar l'a fait, dit Crawford. Vous aussi vous pouvez le faire. Peut-être que le vieux Domaine de Dunbar est en bout de course. Peut-être qu'il est épuisé, usé, peut-être veut-il se reposer.

Matthew était de nouveau sur la défensive.

— Il faut donc que je tue le Domaine de Dunbar, dit-il en guise de conclusion.

Crawford commençait à en avoir par-dessus la tête. Il avait mis ses derniers espoirs dans cette visite. Il ne faisait que penser au lendemain, à la dernière limite fixée à dix heures, quand le shérif viendrait avec ses hommes armés et qu'ils se trouveraient face à d'autres hommes armés. Jusqu'à présent, Crawford s'était instinctivement retenu de dire ce qu'il pensait. Il l'avait déjà fait une fois et il était parvenu à ébranler Matthew dans ses convictions. Il fallait qu'il profite de cet instant, de cette dernière chance qui lui était offerte ; elle ne se représenterait plus, car dès le lendemain ce serait l'heure où les fusils parleraient.

— Croyez-vous que le Domaine de Dunbar mourra sans sa terre ? demanda-t-il.

Le ton paraissait furieux, quoique Crawford ne fût pas en colère. Matthew lui tourna brusquement le dos.

— Je ne le pense pas, ajouta Crawford.

Matthew fit quelques pas pour s'éloigner de lui. Il ne voulait plus rien entendre. Il aurait voulu se couvrir les oreilles de ses mains comme le ferait un gosse. Mais il ne le fit pas, et pour ne pas entendre il n'avait pas d'autre solution que de s'éloigner de Crawford.

Crawford le suivit.

— Le Domaine de Dunbar n'est pas dans la terre, dit-il. Il est en vous, Matthew, et il vivra aussi longtemps que vous y croirez. Vous pouvez très bien prendre un nouveau départ, prendre ce qu'il y a de meilleur dans l'ancien et l'ajouter au nouveau pour le rendre plus grand et plus beau que ce qui existait auparavant. On tirera une ligne électrique jusqu'ici. Vous pourrez vous servir de la TVA, que vous considérez comme une ennemie, pour faire un Domaine de Dunbar plus beau et meilleur que tout ce dont vous avez jamais rêvé.

— Taisez-vous, dit Matthew. Taisez-vous, Crawford.

— La terre n'est que de la terre ; elle n'est pas Dunbar. C'est vous qui êtes Dunbar.

— Je vous ai dit de vous taire.

Crawford avança encore et vint se mettre devant Matthew. Ils étaient face à face, les visages rapprochés l'un de l'autre, et ils étaient essoufflés comme si la lutte était physique. Matthew sentait le souffle de Crawford sur ses joues et il eut envie de s'écarter. Mais il ne bougea pas.

— Vous êtes Dunbar, Matthew, dit Crawford. Ce n'est pas la terre, ce n'est pas la rivière, ce ne sont ni les arbres ni le ruisseau, ni les bâtiments, ni la forme et la pente des collines. Tout cela ne veut rien dire du tout. Il n'y a que vous.

Matthew commençait à fléchir. Il fit un pas en arrière. Mais la distance qu'il venait d'accentuer entre lui et Crawford ne changea rien à la défaillance qui naissait en lui. Crawford ne le suivit pas ; il restait immobile à l'observer. Matthew regarda inconsciemment autour de lui ; la beauté de cette terre provoquait un affaiblissement inattendu en lui. À la pensée d'une terre nouvelle, il sentait renaître en lui le sang de David Dunbar. Au lieu de se contenter de préserver et de transmettre à ses héritiers, il pourrait commencer quelque chose de nouveau, construire. Il serait plus proche du premier ancêtre que tous les autres Dunbar qui s'étaient succédé depuis.

— Vous savez ce que vous dites, Crawford, dit lentement Matthew. Vous me dites que, depuis le début, je crois à quelque chose de faux. Vous me dites que j'ai gaspillé toute la substance de ma vie.

— Non, Matthew, répondit doucement Crawford. Je n'ai jamais dit cela. Je n'ai rien dit d'autre que ceci : vous avez cru en la bonne chose, mais vous l'avez placée au mauvais endroit.

Matthew était abasourdi. La certitude du Domaine de Dunbar n'avait encore jamais été ébranlée en lui. Il y avait déjà eu des périodes pendant lesquelles il s'était senti faible, hésitant, lent à relever le défi de son époque.

Quoiqu'il eût accepté la logique des croyances que Crawford avait en la TVA et qu'il en eût même admis le bien-fondé, il n'avait jamais été séduit par cet aspect du tableau. Pas une seule fois devant tous ses arguments il n'avait douté de l'existence et de la raison d'être du Domaine de Dunbar. Il avait établi toute sa vie sur cette base solide. Et voilà que celle-ci commençait à se fragiliser, maintenant qu'il comprenait le fin fond du problème.

— Dites-moi…

Crawford s'approcha de lui. Il posa l'index de sa main gauche sur la tempe de Matthew. Il appuyait doucement, mais avec fermeté.

— Ici, Matthew, dit-il. C'est là que ça se trouve.

Matthew lui tourna le dos et Crawford le laissa faire. Matthew avança jusqu'au plus petit ruisseau, s'assit par terre et demeura immobile à regarder couler l'eau. Cela faisait longtemps qu'il n'avait plus vu de l'eau couler librement ; en effet, le ruisseau qui traversait autrefois le domaine se trouvait maintenant réduit à quelques flaques boueuses et stériles. Il ramassa une poignée de cailloux incrustés dans la berge et se mit à les jeter un à un dans le ruisseau. Les cailloux étaient aussi lisses que des billes, usés pendant des années par l'action de l'eau et par leurs déplacements. Matthew se demandait d'où ils étaient venus, en quel endroit ils étaient sortis de terre avant d'être emportés par le courant et déposés dans cette cuvette. Il les jetait dans le ruisseau, les remettant en course, et il était impossible de savoir où ils s'arrêteraient. Peut-être ne s'arrêteraient-ils plus jamais, que le courant les ferait rouler sans cesse, les usant jusqu'à ce qu'ils soient réduits à l'état de poussière, détruisant leur forme individuelle pour en faire de la terre anonyme.

Quand Matthew eut jeté tous les cailloux, il se frotta la main sur son pantalon pour la sécher. Il se leva. Il avait des devoirs à remplir et il ne pouvait perdre son temps à demeurer assis. Il y avait toujours des devoirs à remplir et Matthew avait basé sa vie sur leur acceptation et leur exécution. Ça, au moins, c'était une chose qu'il ne pourrait jamais perdre. S'il la perdait, il ne serait plus Matthew Dunbar.

Il rejoignit Crawford qui attendait à côté de la voiture en fumant une cigarette. Crawford l'observait, scrutant son visage pour y découvrir un changement. Mais c'était toujours le même visage fermé, déterminé, fatigué.

— Nous ferions bien de retourner, dit Matthew.

Il avait parlé d'une voix monocorde, grave, comme s'il avait été en présence d'un mort. Crawford ne trouvait rien à dire. Il jeta sa cigarette à terre et l'écrasa consciencieusement de la pointe du pied. Puis il fit le tour de la voiture pour se remettre au volant. Il s'arrêta en chemin et regarda Matthew par-dessus le capot.

— Je quitterai la TVA, dit-il. Je…

Matthew leva la tête et lui sourit. C'était ce gentil sourire que Crawford n'avait plus vu depuis si longtemps ; ils avaient retrouvé cette camaraderie, cette compréhension et cette amitié qu'ils avaient ressenties l'un pour l'autre dès leur première rencontre.

— Je ne vous demanderai pas de faire ça, Crawford, dit Matthew. Ce n'est pas nécessaire.

Ils montèrent dans la voiture. Crawford fit marche arrière, tourna et sortit de la cuvette. Puis ils s'engagèrent sur le chemin cahoteux, longèrent de nouveau le ruisseau dont l'eau soulevait une écume blanche en passant entre les rochers de la petite gorge ; pendant tout le parcours, ils n'échangèrent pas une seule parole, même en passant à côté du vieux moulin brûlé. Finalement ils arrivèrent à l'endroit d'où l'on pouvait apercevoir le barrage de Chickasaw.

Crawford arrêta la voiture au milieu du chemin. Le barrage se trouvait de son côté et Matthew était obligé de regarder par-dessus son épaule pour le voir.

Crawford demeura immobile, silencieux. Il se sentait l'esprit vide. Ce n'était même plus l'échec, c'était le vide complet. Son Dieu avait échoué ; à moins que ce ne fût lui qui eût failli à son Dieu. Au fond, cela n'avait guère d'importance. Il était aussi inutile que le vieux canon de la guerre de Sécession qui ornait la pelouse de l'hôtel de ville, témoin muet de la défaite. Il sortit un paquet de cigarettes de sa poche et en offrit une à Matthew. Matthew l'accepta et Crawford l'alluma.

Il jeta l'allumette éteinte par la portière.

— Ouais, dit-il, ils vont bientôt fermer les vannes. Chickasaw est terminé.

C'était simplement une réflexion, ce n'était ni une menace, ni un point final.

Matthew regarda en direction du barrage. Il était impatient de rentrer à la maison ; il avait soudain envie d'aller retrouver son vieux père. Les paroles que Crawford avait prononcées remuaient en lui comme les cailloux avaient remué tout à l'heure dans sa main. Même si le vieillard avait dépassé le stade de la compréhension, même s'il n'y avait plus moyen de le faire réagir… Il devait absolument lui parler. C'était soudainement devenu aussi important que de respirer.

Mais il ne laissa pas voir son impatience.

— Oui, dit-il. (Il regarda par-dessus l'épaule de Crawford.) Mon fils a aidé à le construire. Il conduisait un bulldozer. Maintenant que Chickasaw est terminé, il doit être parti vers un autre barrage en construction.

— C'est un travail agréable, répliqua Crawford. Vous pouvez vous reculer et en admirer le résultat. C'est un beau métier que de pouvoir faire cela.

Matthew le regarda, puis détourna la tête.

— Je suppose, dit-il.

Crawford se tourna vers Matthew, lui coupant la vue sur le barrage.

— Demain, faites attention, Matthew. Ne vous faites pas tuer.

Matthew était incapable de le regarder. Il sentit une vague d'affection l'envahir. Cet homme était de la même trempe que lui, bien plus que ses propres fils.

— Une chose a été oubliée pour l'humanité, dit-il d'une voix grave. Il devrait y avoir de temps en temps un endroit où un homme pourrait s'arrêter pour voir où il en est. Arrivé là, il devrait pouvoir, s'il en a envie, retourner en arrière et tout recommencer nanti des connaissances et de la sagesse qu'il a accumulées jusqu'alors. Dans ces conditions, il se pourrait que nous puissions faire mieux. (Il regarda Crawford.) Mais lorsqu'un homme pose le pied sur une route, il doit la suivre jusqu'au bout. La seule chose qu'il peut espérer est de récolter des connaissances et de les transmettre à ceux qui viendront après lui. C'est bien peu de chose, si peu que le voyage paraît n'en pas valoir la peine. Mais c'est tout ce qu'un homme peut espérer faire. (Il se tut un instant et détourna la tête.) Je serai prudent. Aussi prudent qu'ils voudront bien m'en laisser l'occasion.

— Matthew, dit Crawford.

— Reconduisez-moi, dit brusquement Matthew. Ramenez-moi à la maison.

Crawford regarda le visage de Matthew. Puis il remit la voiture en marche et s'engagea dans la descente vers la rivière. Matthew se tenait très raide à côté de lui. Le souvenir de la cuvette qu'il lui avait montrée s'évanouissait déjà de son esprit ; il savait exactement ce qu'il devait faire, quel chemin suivre. L'amour du domaine, de son père, de ses fils et filles, de Crawford – ils n'avaient rien d'urgent. Il n'y avait que le devoir, la route clairement tracée devant lui vers un aboutissement qu'il ne pouvait voir. Il ne se laisserait plus fléchir en cours de route.

Crawford s'arrêta devant la masse de terre du barrage ; Matthew sortit rapidement, ses sens déjà entièrement centrés sur le domaine. Il s'éloigna aussitôt de Crawford, sans dire un mot, ne pensant qu'au vieillard. À cette heure-ci, il serait certainement dans son fauteuil à côté du feu, en train de digérer son petit déjeuner. C'était le moment.

Crawford passa la tête par la portière ; il eut l'air de vouloir dire quelque chose, mais Matthew ne faisait pas attention. Crawford rentra la tête dans la voiture sans dire un mot, fit demi-tour et partit sans même que Matthew s'en rende compte.

Les hommes étaient déjà en train de travailler au barrage. Matthew passa à côté d'eux, mais continua en direction de la maison. Il s'arrêta un moment dans le couloir pour se donner une contenance ; puis il ouvrit la porte de la salle commune, qui était maintenant devenue la chambre à coucher du vieillard.

Il y avait déjà longtemps qu'il ne venait plus auprès de son père. Il s'arrêta sur le pas de la porte et regarda en direction du feu. Le vieillard dormait dans son fauteuil, la respiration faible et rapide. Matthew s'approcha doucement de lui, un peu comme s'il allait vers la découverte de la mort.

— Papa, dit-il.

Le vieillard ne broncha pas ; Matthew posa délicatement la main sur lui.

— Papa.

Le vieil homme sentit le contact de sa main. Il ouvrit lentement ses yeux ternis par l'âge et le sommeil ; la crainte l'envahit brusquement. On ne le réveillait plus jamais, ni la nuit ni le jour ; il devait sûrement s'agir de quelque chose d'urgent pour qu'on le réveille, et il secoua sa torpeur.

— Qu'est-ce que c'est ? demanda-t-il en murmurant. Qu'est-ce que c'est ?

Matthew restait debout, immobile, à le regarder. Le visage du vieillard paraissait presque sans vie ; la peau était comme un parchemin blanc tendu sur les pommettes et les lèvres pâles tremblaient légèrement. Il avait l'air d'une poupée de bois sec, facile à briser. Mais c'était son père. Et en ce moment, Matthew avait besoin d'un père, mais un père vieux et vulnérable comme celui-ci ! Maintenant qu'il l'observait, Matthew se rendait compte qu'il ne pouvait pas espérer trouver de l'aide de ce côté ; il y avait déjà bien longtemps que le vieillard avait donné tout ce qu'il y avait en lui ; maintenant ce n'était plus qu'une enveloppe quasi vide à part les quelques organes vitaux. Son esprit était profondément, définitivement enfoui dans un monde à part, un monde où seul l'instinct de conservation avait de l'importance ; les seules choses qui comptaient pour lui étaient les battements de son cœur, ses poumons qui devaient respirer, et son système digestif. Mais c'était la seule personne vers qui Matthew pouvait se tourner.

Il s'assit sur une chaise.

— Comment vous sentez-vous, papa ?

Mais le vieillard somnolait de nouveau. Ses mains flasques étaient jointes, posées sur ses genoux, et sa tête retombait en avant, sa bouche ouverte laissant voir des dents jaunes et solides. C'était inutile. Matthew se leva, prêt à partir quoiqu'il ne sût pas où aller.

Le vieil homme leva faiblement la tête et regarda Matthew de ses yeux bleus laiteux.

— Très bien, mon fils, dit-il. Très bien.

Matthew était désespéré. Il ne lui était plus possible de communiquer avec son père, pas plus qu'avec ses propres enfants. Il se demandait si le fossé profond qui séparait les générations n'était pas fait pour les protéger les unes des autres ; cette protection était peut-être plus précieuse que l'aide, les conseils et les connaissances qui auraient pu être transmis d'une manière plus sûre sans ce fossé.

— Papa, dit-il. Je vais abandonner le domaine. Je vais les laisser le prendre.

Ce n'était pas vrai ; la décision n'était pas prise. Il n'avait fait que brièvement en envisager la possibilité car il avait été touché, ému, par la vue du nouveau domaine et par la sincérité et la vérité des paroles de Crawford. Mais il n'avait pu en supporter l'idée ; maintenant il avait dit les mots, non pas parce qu'ils étaient véridiques, mais parce qu'il voulait savoir de quoi cela avait l'air de se les entendre dire à haute voix. De toute façon, cela faisait une éternité que le vieillard n'avait plus eu à s'occuper de problèmes plus compliqués que manger, dormir et éliminer.

Peut-être était-ce le printemps qui activait le sang dans ses veines, ou bien l'activité fébrile des hommes qu'il avait remarqués autour de la maison, ou encore le fait d'avoir été dérangé pendant son repos sacro-saint. Enfin, quelle qu'en soit la raison, il leva lentement la tête, raidissant les muscles du cou pour la soutenir, et regarda Matthew.

— Abandonner le domaine ? dit-il d'une voix cassante. Qu'est-ce que ça veut dire ?

Matthew sursauta, surpris. Il s'empressa de se rasseoir dès qu'il vit que les yeux du vieillard semblaient avoir retrouvé une lueur d'intelligence ; c'étaient des yeux brillants, comme ceux d'un écureuil, des yeux comme Matthew n'en avait plus vu depuis des années. Cette vue le réconforta ; comme si la journée s'était brusquement rafraîchie, allégée ; il se sentait soulagé, maintenant il pourrait parler à son père et se faire comprendre de lui. Son père écouterait et trouverait la réponse dans sa longue expérience de la vie, la seule réponse que Matthew était incapable de trouver.

Matthew se pencha en avant, les mains appuyées sur les genoux, et scruta le visage du vieillard. Il commença à tout raconter, depuis le début, de sa voix lente et rythmée dans le silence de la pièce. Le vieillard écoutait ; il tenait sa tête bien droite et ses muscles tendus faisaient ressortir la peau de son cou décharné.

Matthew parla longtemps, sans s'arrêter ; il lui fallut beaucoup plus de temps pour tout raconter qu'il ne se l'était imaginé. Il avait déjà dit la même chose dans cette chambre un peu à la fois, jour après jour, mais il avait transmis ses ennuis à une oreille qui n'écoutait pas, de sorte qu'il n'avait nullement été soulagé. Mais maintenant le vieillard écoutait. Son expression changeait au fur et à mesure que le récit avançait, parfois triste, parfois gaie ; il versa quelques larmes quand Matthew décrivit la mort de Rice – Matthew réalisa alors que son père n'avait jamais compris auparavant qui était mort ce jour-là – et ses mains eurent un geste encourageant tandis que Matthew décrivait comment il avait construit, tout seul, le petit barrage pour détourner le ruisseau du domaine.

Enfin il arriva au bout de son calvaire. Il avait tout raconté, jusqu'à la fin, y compris la nuit qu'il venait de passer à réfléchir, y compris les dernières heures, les dernières minutes avant qu'il vienne le réveiller. Matthew se sentait soulagé, vide. Il se pencha anxieusement en avant pour saisir la réponse ; mais au fond de lui-même il n'était pas inquiet du tout, il écoutait comme il le faisait quand il était enfant, quand son père lui apprenait comment labourer, semer, pêcher et entasser le foin dans la grange de façon qu'il ne moisisse pas avant qu'on en ait besoin.

Peut-être avait-il trop parlé ; ou peut-être le poids de ses paroles était-il trop lourd pour la faiblesse du vieillard. Quelle qu'en soit la raison, Matthew se tenait penché en avant, attendant une réponse ; mais au lieu de cela, il vit la lueur disparaître des yeux de son père, les muscles de son cou s'affaiblir et sa tête retomber sur sa poitrine. Et il réalisa avec effroi que le vieillard était brusquement retombé dans un de ces sommeils légers qui lui arrivaient si souvent. Il était assoupi dans son fauteuil et c'était comme si Matthew n'avait jamais dit un mot.

Il avait peur d'en dire davantage. Il avait peur d'ouvrir la bouche. Mais le désespoir qui l'avait quitté un temps revint à la charge et Matthew se sentit obligé de forcer le vieil homme à se réveiller. Il savait que la réponse devait se trouver cachée quelque part au fond d'un recoin de son cerveau. Et il fallait que Matthew connaisse cette réponse. C'était indispensable.

— Papa, dit-il d'une voix pressante, désespérée. Papa. Dites-moi ce qu'il faut faire. Papa…

La tête du vieillard commença à se relever très lentement. Mais il ne regarda pas Matthew. Il levait la tête et Matthew pouvait voir les muscles se raidir lentement dans son cou. Il attendait, retenant son souffle. Le vieil homme essayait. Si seulement il pouvait le dire, ne serait-ce qu'une seule fois, un murmure, Matthew l'entendrait et obéirait.

Les lèvres bougèrent, se contorsionnèrent mollement sur les gencives dégarnies.

— Le domaine, dit le vieillard. Le Domaine de Dunbar…

Matthew était tendu, tous ses sens en éveil pour essayer d'entendre, de comprendre et pour pouvoir obéir. Le vieillard ferma la bouche, empêchant ses lèvres de bouger. Il se leva lentement, péniblement. Il vacilla un instant et Matthew se leva aussi et tendit la main pour l'aider. Mais son père lui fit signe de s'écarter. Il commença à avancer en direction du lit, qui semblait si loin qu'on eût cru qu'une vie ne lui suffirait pas à le rejoindre. Mais il avançait régulièrement, lentement, la tête haute, les yeux fixés sur ce lit qu'il finit par atteindre. Il s'assit sur le bord et retira maladroitement ses vêtements jusqu'à ce qu'il ne soit plus vêtu que de son long sous-vêtement. Alors il bascula sur le côté et roula au centre du lit. Ses mains agrippèrent les couvertures et les tirèrent maladroitement sur son corps. Puis il se tint immobile, sachant qu'il ne pourrait rien faire de plus, que c'en était assez ainsi.

Il regarda son fils, intrigué. Il savait, et c'était au fond de son esprit, là où il ne pouvait plus arriver avec sa langue ; il savait tout et il regardait son fils avec compassion. Mais c'était un vieillard et il ne lui restait plus rien, sauf une seule chose qu'il devait faire comprendre à Matthew.

— Matthew, dit-il. (Il se rendait compte que sa voix était terriblement faible et il se demandait si Matthew pouvait l'entendre.) Matthew.

Matthew se pencha au-dessus du lit, tout près de son père. Il espérait que le vieillard trouverait encore la force de lui donner la réponse.

— Oui, papa, dit-il.

Son père leva les yeux sur lui.

— C'est le moment, dit-il d'une voix très faible.

— Quoi, papa ? dit Matthew. C'est le moment de quoi ?

Le vieillard tourna la tête ; il paraissait agoniser. Puis il se calma.

— Je vais mourir, dit-il. Le moment est arrivé pour moi de mourir.

Matthew se tenait immobile au-dessus de lui. Il avait entendu les paroles. Il les entendait se répéter dans son esprit et il ne parvenait pas à croire que c'étaient les paroles finales. Et pourtant c'était vrai.

Il regarda son père-le-vieillard, sentant qu'il devrait être fâché contre celui qui le trahissait maintenant tout comme il avait été trahi auparavant par ses fils et par ses filles. Il avait toujours cru, au fond de lui-même, que son père serait venu à son secours au dernier instant. Maintenant, ce dernier refuge s'en allait pour toujours.

Mais il n'était pas fâché ; il ne se sentait pas trahi. Il avait compris. Il avait réalisé le réveil du printemps qui était apparu chez le vieillard, qui avait finalement compris ce que Matthew lui avait raconté. Il savait que son père ne pouvait lui donner de réponse, malgré le réveil du printemps, malgré le fait d'avoir entendu et compris son fils. Il ne pouvait rien faire d'autre que mourir.

Matthew retrouva une douceur qu'il n'avait plus jamais ressentie depuis des mois pour arranger et aplanir les couvertures du lit pour le rendre plus confortable.

— Endormez-vous, papa, dit-il. Rendormez-vous. Reposez-vous.

Le vieillard ne l'entendit pas. Alors Matthew se redressa ; il ressentit à ce moment tout le poids de sa dernière nuit sans sommeil. La fatigue se suspendait à sa chair, à ses paupières et il pouvait presque percevoir la douceur et le confort des draps et des couvertures, la sensation de s'isoler du monde en dormant. Mais ce n'était pas le moment de dormir. Il n'avait même pas cette protection provisoire devant lui.

Il n'y avait plus de temps pour quoi que ce soit ; ni pour le barrage, ni pour les hommes, ni pour Arlis, ni pour le shérif qui allait venir demain. Il n'y avait que la mort qui s'approchait et qui repoussait à l'arrière-plan tout ce qui se trouvait en dehors de cette chambre. Son père mourant était la seule chose qui importait au monde.

Matthew prit une chaise, la poussa à côté du lit et s'assit. Il commença à attendre avec le vieil homme.

25

Matthew ne bougea pas de toute la journée. Il restait tranquillement assis à côté du lit ; de temps en temps il allumait une cigarette qu'il avait lentement roulée de ses gros doigts rugueux. Le vieil homme était silencieux quoiqu'il fût éveillé une partie du temps, ses yeux regardant le plafond ; comme s'il ne réalisait pas la présence de Matthew dans la chambre. À part ses paupières qui s'ouvraient et se refermaient de temps en temps, ses seuls mouvements étaient ceux de sa cage thoracique qui pompait et expulsait l'air comme un moteur qui ne s'arrête jamais.

Matthew se leva une fois pour aller à la cuisine ; Miss Hattie était occupée à y travailler tandis qu'Arlis restait assise sur une chaise à la regarder. Arlis laissait tout le travail à Miss Hattie ; elle ne faisait rien d'autre qu'attendre. C'était presque devenu un devoir pour elle que d'attendre. Miss Hattie interrompit ce qu'elle était en train de faire quand elle vit Matthew entrer.

— Assieds-toi et prends une tasse de café, dit-elle.

— Je ne peux pas. Pas maintenant, dit-il. (Il regarda Arlis puis se tourna vers Miss Hattie.) Papa est en train de mourir, Miss Hattie.

Elle porta la main à son visage.

— En train de mourir ? répéta-t-elle, l'air de ne pas comprendre.

Mais l'instant d'après elle réalisait la portée de ces paroles. Arlis leva la tête pour regarder Matthew.

— Que lui est-il arrivé ? demanda-t-elle.

C'étaient les premières paroles qu'elle prononçait.

— Il était bien...

Matthew tourna la tête.

— Il a décidé que le moment était venu, dit-il lentement. Il a finalement compris que nous allions probablement devoir quitter le domaine. Alors je pense qu'il a trouvé préférable de mourir maintenant.

— C'est impossible, fit Miss Hattie. On ne peut pas se coucher comme ça et décider de mourir.

Matthew se tourna de nouveau vers elle.

— Si, dit-il doucement. C'est possible lorsqu'on est assez vieux, lorsqu'on est assez fort.

Il n'y avait pas d'autres mots à dire. Matthew hésita. Elles étaient toutes deux si éloignées de lui qu'il ne lui était plus possible de les atteindre par sa voix de père. Mais il devait essayer.

— Ne soyez pas tristes, dit-il. Il a eu tout ce qu'un homme peut espérer de la vie. Il n'aurait plus pu vivre très longtemps, peut-être même pas un an. Alors nous devons le laisser mourir quand il l'a décidé. Nous devons l'aider dans ses derniers besoins et attendre avec lui, ne pas le laisser mourir tout seul.

Miss Hattie jeta un regard vers Arlis ; elle avait l'air d'espérer que sa sœur s'occuperait de nouveau du ménage. Mais Arlis ne broncha pas. Elle recommençait à attendre.

Elle attendait Crawford. Miss Hattie se tourna alors vers Matthew.

— De quoi as-tu besoin ? demanda-t-elle.

— De rien, répondit il doucement. De rien d'autre que du temps. Nous ne pouvons rien faire d'autre qu'attendre.

Il se tut. La mort était dans la maison, en eux, aussi réelle qu'un enterrement. Matthew eut un mouvement de la tête.

— Je serai là, dit-il.

Le temps passa, lentement. Au moment du déjeuner et du dîner, Miss Hattie apporta l'assiette du vieillard et Matthew essaya de lui donner à manger. Mais il refusait d'ouvrir la bouche ; non pas par gestes ou paroles, mais par pure inertie. Il n'écoutait pas le son de leurs voix ; ses oreilles étaient tournées vers l'approche de la mort et elles repoussaient tous les appels humains.

Matthew resta sur sa chaise pour manger ; ensuite il fuma une cigarette. Il pouvait entendre le bruit que faisait Miss Hattie dans la cuisine pendant qu'elle lavait la vaisselle ; il y avait aussi des voix d'hommes qui lui parvenaient depuis le porche. La garde avec des fusils continuait normalement, comme s'il était là ; chaque homme respectait son devoir et ses responsabilités. La seule différence était qu'ils étaient particulièrement calmes quand ils passaient par le couloir pour aller boire dans la cour arrière ; ils avaient entendu dire que le vieillard agonisait et ils veillaient à marcher en faisant le moins de bruit possible ; leurs voix réduites à des chuchotements.

Matthew restait assis. Il était fatigué et il attendait tranquillement. Il ne pensait pas au barrage, ni à Crawford, ni au joli petit terrain qu'il avait visité le matin. Il se contentait d'attendre, de laisser au vieillard le temps de mourir, et cela ne l'inquiétait pas que chaque tic-tac du réveil bon marché qui se trouvait sur la cheminée le rapproche continuellement de dix heures demain matin. Il ne se rendait d'ailleurs même plus compte de la présence du revolver et de la cartouchière autour de sa taille.

Après avoir fini de mettre de l'ordre dans la cuisine, Miss Hattie entra sur la pointe des pieds.

— Je resterai ici pendant un moment, dit-elle.

Matthew secoua la tête.

— Va te coucher. Tu auras besoin de ton repos.

Elle le regarda fixement.

— Tu ne veux pas que je…

Il secoua de nouveau la tête et elle le quitta. La voix de Matthew la fit s'arrêter au moment où elle allait ouvrir la porte.

— Tu n'as pas vu Mark quelque part ? demanda-t-il.

— Non. (Elle secoua la tête.) Il n'est pas venu pour le dîner. Je ne l'ai plus vu depuis ce matin.

— Il devrait être ici, dit Matthew. Enfin, je suppose qu'il sera là au petit déjeuner. Bon, va te coucher, maintenant.

Elle sortit de la chambre. Matthew se leva pour donner du mouvement à ses muscles qui étaient demeurés trop longtemps immobiles. Il se pencha au-dessus du vieillard ; ce n'était pas vraiment nécessaire, il savait qu'il était toujours en vie. Il pouvait entendre le sifflement de sa respiration, entrant et sortant, entrant et sortant, aussi régulier et superficiel que le tic-tac de l'horloge. Il se rassit sur la chaise.

Le domaine était très calme autour d'eux. Maintenant que le ruisseau ne passait plus par là, il n'y avait plus de grenouilles à entendre la nuit. Matthew perçut un hibou dans le lointain, mais cela ne faisait, en somme, qu'accentuer encore le silence. Puis, un peu plus tard, du bruit arriva du côté du poulailler, mais cela ne dura guère.

Il demeura assis, seul, jusqu'à minuit. Sa vigilance fut à nouveau interrompue. Il entendit la porte s'ouvrir ; il leva la tête et vit Arlis. Son visage était pâle et elle avait les traits tirés.

— Papa, chuchota-t-elle. Allez dormir ; je resterai avec lui.

Matthew ne s'était pas attendu à la voir arriver. Elle s'était tellement séparée de tous, laissant tout le travail à Miss Hattie pour pouvoir concentrer toute son énergie à attendre Crawford.

— Tu n'es pas obligée, dit-il doucement.

Elle baissa la tête.

— Je le veux, répondit-elle. C'est mon devoir, à moi aussi.

Il la regarda ; il se sentait attendri.

— Continue à attendre, dit-il. Nous pouvons nous occuper de ceci.

Elle s'approcha du lit et se baissa pour regarder le vieillard. Il paraissait déjà presque mort à la lueur blafarde de la lampe. Sa bouche était ouverte, laissant apparaître les dents jaunies. Mais sa respiration se faisait régulièrement entendre. Elle se tourna vers Matthew.

— J'ai tout laissé sur le dos de Miss Hattie et je l'ai abandonnée, dit-elle. Je n'avais pas le droit de le faire. Je…

Elle se tut. Elle ne pouvait raconter ce qu'elle ressentait. Il n'y avait pas de paroles pour le traduire ; elle était incapable de dire à Matthew comment elle sentait les forces revenir en elle. Elle éprouvait la même chose que si elle se relevait d'une maladie ; ses jambes étaient encore affaiblies, elle ne pensait plus à la fièvre mais uniquement à la vie qui allait redevenir normale.

Mais Matthew savait. Elle n'avait pas perdu son amour pour Crawford. Crawford reviendrait un de ces jours, et alors elle partirait avec lui. Ce n'était pas de cela qu'elle avait voulu parler. Elle voulait simplement dire… même Matthew ne parvenait pas à trouver les mots pour l'exprimer. Mais il comprenait, il savait.

Il ne voulait pas quitter le vieillard. Il voulait être là, car celui-ci pouvait d'un moment à l'autre recouvrer ses esprits. Il fallait qu'il soit présent au moment même où il reculerait au seuil de la mort et où il aurait peur. Mais Matthew se leva de la chaise.

— Bon, dit-il. Juste un moment. Le temps que j'aille prendre un peu l'air.

Arlis s'assit à sa place et le regarda avec reconnaissance. Il lui sourit et posa la main sur sa joue. Elle avait toujours été une fille saine, aux joues roses ; tandis que maintenant elle était pâle, elle paraissait maladive sous la lueur blafarde de la lampe.

— Il viendra, dit-il. Nous le savons tous les deux, n'est-ce pas ?

Il retira sa main et sortit de la chambre pour retrouver l'air frais de la nuit. Quelques-uns des hommes s'étaient groupés devant la maison, leurs cigarettes trouant l'obscurité, et ils observaient Matthew tandis qu'il s'approchait du porche où il s'arrêta pour regarder la masse sombre du chêne.

— Le vieillard, risqua l'un d'eux, est-ce qu'il…

— Il est toujours parmi les vivants, dit Matthew. Je ne sais pas pour combien de temps…

La conversation étant entamée, un autre se hasarda à poser une question.

— De quoi est-ce qu'il est en train de mourir ? Je l'ai vu avant-hier et il me semblait qu'il…

— Il meurt par un acte de volonté, l'interrompit Matthew. Il meurt parce qu'il veut mourir.

Ces paroles mystérieuses résonnaient curieusement dans la nuit et ils demeurèrent silencieux. Ils se sentaient mal à l'aise et Matthew les entendit remuer inconfortablement. C'était une nuit dont on se souviendrait, dont on parlerait dans l'histoire et les légendes, cette mort volontaire d'un vieillard une belle nuit de printemps. Ils tournèrent tous brusquement la tête pour regarder une étoile filante traverser brièvement le ciel. Il y avait presque toutes les nuits des étoiles filantes. Mais chaque nuit ne portait pas cette prémonition de la fatalité et de la mort, et on se souviendrait – aussi – de l'étoile.

— Préviens-moi quand tu auras besoin de moi, dit doucement John. Toi aussi, Matthew, tu auras besoin de te reposer.

Matthew tourna la tête pour essayer de voir John dans l'obscurité. Il avait complètement oublié son existence. Mais John était son frère ; il était, lui aussi, le fruit de ces entrailles ratatinées. Je ne suis qu'un parmi les Dunbar, se dit Matthew, et cette pensée le réconforta. Il n'était pas tout seul.

— Je te préviendrai, dit-il.

Un des hommes s'éclaircit la gorge.

— Est-ce que vous avez arrangé quelque chose quand vous êtes parti aujourd'hui ?

Sa voix était hésitante, il semblait s'excuser de poser cette question.

— Non, répondit Matthew. Ils seront ici demain à dix heures.

Ils auraient voulu lui en demander davantage, mais le ton de sa voix l'interdisait. Il regarda en direction du barrage, le fruit de ses longues et pénibles journées de labeur pour lequel il avait abandonné la moisson de cette année. Ils doivent l'appeler la Folie de Dunbar quand ils en parlent, pensa-t-il. Et pourtant cela avait été – c'était toujours – son seul espoir. Il fit demi-tour et pénétra dans la maison. Les hommes se retournèrent pour le voir disparaître.

— Tu peux t'en aller maintenant, dit-il à Arlis. J'aurai besoin de toi demain matin pendant que je serai occupé au barrage. Alors profite du restant de la nuit pour te reposer.

Elle se leva, reconnaissante de savoir qu'il aurait besoin d'elle, et s'en alla. Matthew se réinstalla sur la chaise. Il ne sentait plus le sommeil ; il s'était armé de patience, décidé à consacrer tout son temps au vieillard.

John vint le rejoindre un moment plus tard et s'assit près de lui. Ils attendirent côte à côte, sans rien dire, et Matthew se remit à penser à Mark. Il questionna John d'une voix basse et grave et son frère lui répondit sur le même ton qu'il ne savait rien, qu'il ne l'avait pas vu. John s'en alla une heure – ou deux – plus tard.

Ce fut aux petites heures du matin, quand la mort est la plus proche de nous, que le vieillard commença à remuer. Tout d'abord il toussa ; c'était un bruit surprenant dans la chambre tranquille. Matthew bondit de sa chaise et la tête du vieillard se tourna faiblement vers lui.

— Matthew ? dit-il.

— Je suis ici, papa, répondit Matthew.

Il s'était penché sur le lit, l'oreille tendue. La maison était très calme autour d'eux. Les hommes étaient endormis sur des paillasses étendues dans le couloir et dans les anciennes chambres de Jesse John et de Connie, de Rice et de Knox. Les deux filles dormaient aussi ; tout le domaine dormait, et la profondeur du silence était complète. La main du vieillard se déplaça sur les couvertures et Matthew la prit dans la sienne ; elle était très froide.

— Cela prend beaucoup de temps, chuchota son père. Trop de temps.

— Ne parlez pas, papa, dit Matthew d'un ton pressant. Il n'est pas nécessaire de parler.

La tête roula sur l'oreiller. Il en est tout près, se dit Matthew. Il regarda vers la porte, se demandant s'il devait appeler les autres. Le vieillard essayait de dire quelque chose et Matthew se pencha plus près pour entendre le murmure.

— Bassine, dit-il faiblement. Bassine.

Matthew se précipita dans la cuisine. Il renversa des bocaux en cherchant la bassine. Puis il retourna rapidement dans la chambre et replia les couvertures. Il déboutonna l'épais sous-vêtement du vieillard, plaça la main dans le creux de son dos et le souleva pour glisser la bassine au-dessous de lui. Le vieillard se cambra au-dessus du récipient et Matthew remit les couvertures en place.

Ses évacuations faisaient beaucoup de bruit dans le silence de la nuit. Matthew attendit qu'il ait fini pour retirer la bassine puante. Puis il se dépêcha d'aller la vider à l'annexe et de la rincer auprès du puits. Ensuite il s'empressa, presque en courant, de retourner au chevet de son père.

Le vieillard était de nouveau calme, détendu, presque sans vie. Ses poumons aspiraient et expulsaient encore l'air vital. Matthew toucha sa main froide et rigide et les doigts de son père se resserrèrent autour des siens. Matthew se tenait raide sur la chaise, n'osant pas bouger malgré sa position inconfortable.

Il vivait toujours à l'aube. Matthew ne s'y était pas attendu ; il avait entendu le souffle diminuer, puis revenir plus puissant encore, pour s'évanouir une fois de plus. C'était comme si le corps du vieil homme refusait de le lâcher, refusait d'abandonner, malgré sa volonté. Il ne parla plus à Matthew ; il luttait seul dans un combat silencieux, remuant de temps en temps, sa main serrant celle de Matthew pendant quelques minutes puis lâchant son étreinte.

Matthew se rendit compte du changement à l'aube. Il ne luttait plus. Il semblait s'enfoncer dans son corps, se retirer, fermant derrière lui un volet après l'autre, et sa main n'agrippait plus celle de Matthew. Alors Matthew se leva et le regarda. Son visage était paisible. C'était comme s'il avait trouvé un nouveau moyen de rencontrer la mort, qu'il l'acceptait passivement au lieu de lutter pour l'obliger à s'emparer de lui. Mais c'était une conquête lente ; il respirait encore lorsque le premier rayon de soleil pénétra dans la chambre.

La maison se réveillait en même temps que le soleil. Les hommes se levaient et allaient se laver dans la cour arrière ; puis ils se rendirent à la cuisine pour manger et boire du café ; Matthew entendait le murmure de leurs voix ainsi que le bruit des poêles et des assiettes. John, Miss Hattie et Arlis vinrent sur la pointe des pieds regarder le vieillard et le visage gris de Matthew, puis s'en allèrent.

Matthew sentit qu'il ne mourrait pas maintenant, pas avant le retour de la nuit. Il passerait encore cette journée. Mais il n'en était pas certain et n'osait pas le quitter. Cela prend beaucoup de temps, se dit-il. Trop de temps. Il serait bientôt dix heures ; il fallait qu'il puisse se préparer tout en faisant son devoir pour le mourant.

Cela arriva plus tôt qu'il ne s'y attendait. Il y eut le coup de fusil d'avertissement, et Matthew tendit l'oreille. Après un silence, il entendit les pas de quelqu'un qui courait vers la maison ; il se leva ; une voix l'appelait.

Il s'approcha de la porte et l'ouvrit.

— Oncle Matthew, dit Ralph. Il y a un homme là-bas qui veut vous voir. C'est ce type, Crawford Gates.

C'était trop tôt. Il n'était pas encore dix heures. Matthew savait ce que Crawford voulait, ce qu'il lui dirait et quelles paroles il emploierait.

— Dis-lui que je suis trop occupé, répondit Matthew. Je ne peux pas venir maintenant.

Ralph fit demi-tour et Matthew retourna s'asseoir auprès du lit. Les hommes avaient fini de manger et ils passaient dans le couloir. Matthew se leva de nouveau et les rencontra à la porte de la salle commune.

— Ils seront bientôt ici, dit-il d'une voix calme. Gardez vos fusils à portée de main. Je vous rejoindrai avant l'heure.

Ils s'en allèrent et Matthew les suivit du regard. Puis il retourna s'asseoir ; il sentait la nervosité s'emparer peu à peu de lui. Le calme de la nuit était terminé, les tracas de la journée étaient de nouveau présents. Arlis vint dans la chambre et Matthew lui céda la place ; puis il se dirigea vers la cuisine, sachant qu'il aurait besoin de manger.

Il s'installa à table et passa la main sur son visage barbu. Cela faisait maintenant deux nuits qu'il n'avait pas dormi. Mais il n'était pas fatigué. Il avait dépassé le stade de l'envie de dormir, dépassé le stade de toute sensation, dans ses os, ses muscles ou son esprit. Il attendit jusqu'à ce que l'assiette soit placée devant lui ; il n'avait aucun appétit, mais il se fit un devoir de manger. Tout ce qu'il faisait maintenant, c'était uniquement par devoir. Il mangea lentement tout ce qu'il y avait dans l'assiette et la nettoya avec un morceau de pain ; il vida sa tasse de café jusqu'à la dernière goutte. Puis il se leva et sortit le revolver de sa gaine pour en vérifier la charge. Ensuite il retourna vers la salle commune ; mais un coup de fusil résonna avant qu'il ait pu atteindre la porte.

Il savait que cela allait arriver, mais cela fut malgré tout un choc pour lui. Il entra dans la salle commune pour regarder le vieillard ; il se rendait compte qu'il était temps de partir, et pourtant il n'y parvenait pas. Pour le moment, c'était la mort qui était importante, et c'est ici qu'il devait être jusqu'à la fin. Mais cela ne lui était pas permis. Il n'avait plus qu'à espérer en finir vite et revenir avant…

Il toucha l'épaule d'Arlis.

— Il faut que je parte. Appelle-moi si… appelle-moi quoi qu'il arrive.

Il quitta la chambre et traversa rapidement le couloir, pressé de remplir ses devoirs. Les hommes s'étaient déjà éparpillés le long du barrage ; ils étaient couchés, les armes à la main. Je leur demande beaucoup, se dit Matthew. Énormément. Il apercevait les voitures parquées à l'entrée du domaine et les hommes cachés derrière elles comme s'ils avaient peur qu'on leur tire dessus. Ralph avait quitté son observatoire le long de la route et il arrivait en courant derrière le barrage, son fusil à la main. Il se jeta par terre près de Matthew.

— Je crois que nous sommes tous ici, dit-il tout en cherchant à retrouver son souffle. Je n'ai pas vu venir d'autres personnes.

Matthew grimpa un peu le long de la pente du barrage pour jeter un coup d'œil aux hommes réunis près des voitures. Il y en avait quatre, en plus de Crawford. L'un d'entre eux portait une arme bizarre que Matthew ne reconnut pas. Pendant qu'il regardait, ils se déployèrent en éventail et commencèrent à avancer vers lui, conduits par un grand gaillard aux cheveux gris. Matthew les observait et une curieuse sensation lui agrippait les boyaux. Il tourna la tête et vit Ralph qui essayait de passer la tête au-dessus du sommet du barrage. Matthew lui fit comprendre d'un geste impatient qu'il devait se cacher et Ralph se laissa glisser en arrière. Puis Matthew regarda de nouveau les hommes qui avançaient.

— Ça suffit, cria-t-il d'une voix forte et calme. Vous êtes assez près comme ça.

Ils s'arrêtèrent. L'homme aux cheveux gris fit un pas en avant, puis deux, et Matthew saisit son revolver, croyant qu'il allait continuer. Mais il s'arrêta de nouveau. Tout semblait se passer au ralenti sous le soleil chaud de cette belle matinée de printemps.

— Monsieur Dunbar, dit l'homme qui se trouvait au pied du barrage. Je suis le shérif Wilson. Il est de mon devoir de vous expulser de cette propriété de l'État. J'ai attendu jusqu'à ce matin dix heures ainsi que je l'avais promis à Mr Gates. Êtes-vous prêt à abandonner ce domaine ?

Matthew le regarda ; il ressentait une profonde répugnance à commencer la violence, le tir et, peut-être, l'effusion de sang. Il y avait une assez forte brise qui poussait les nuages et les brisait au-dessus de leurs têtes, faisant alterner l'ombre et le soleil. Pendant les intervalles ensoleillés, les prés étaient d'un vert brillant dans leur nouvelle parure printanière. C'était un trop beau jour pour user de violence, même rien que pour y penser. Matthew se mit à songer au vieillard couché dans son lit. Il pourrait peut-être sortir de sa torpeur et dire : « Matthew », et Matthew ne serait pas là pour lui répondre : « Je suis là, papa. »

— J'ai besoin d'un peu plus de temps, dit-il. Si vous pouviez me laisser un jour de plus.

Wilson l'observait fixement. Crawford regarda par-dessus l'épaule du shérif.

— Promettez-vous de quitter alors ce domaine sans histoires ? demanda Crawford.

Matthew braqua son regard sur lui puis le tourna rapidement vers le visage du shérif.

— Je ne promets rien du tout, dit-il. J'ai besoin d'un jour de plus.

— Pourquoi ? demanda le shérif.

Matthew eut un brusque mouvement de la tête en direction de la maison.

— Mon père est en train de mourir là-haut.

Le shérif eut l'air de douter de ce que Matthew avait déclaré.

— Si vous me promettez solennellement…

Matthew secoua la tête.

— Alors quelle différence y a-t-il entre aujourd'hui et demain ? demanda le shérif. Cela ne sert à rien de retarder.

Matthew avait bien pensé que cela ne marcherait pas. Mais il s'était senti dans l'obligation d'essayer. Il tourna les talons pour aller se mettre à l'abri derrière la masse de terre du barrage. La voix pressante de Crawford le fit s'arrêter et se retourner.

— Matthew ! Laissez-moi reprendre Arlis. Laissez-moi au moins l'éloigner de tout ceci.

— Elle est assise avec son grand-père, répondit doucement Matthew. Je doute fort qu'elle vienne maintenant.

Il attendit encore, mais Crawford ne dit rien d'autre. Ils échangèrent un regard, le même regard d'impuissance. Voilà, ça y est, pensa Matthew. Il ne reste plus de temps, le moment est arrivé. Les quelques pas pour atteindre la sécurité du barrage lui semblèrent prendre une éternité. Tout allait si lentement. Peut-être que ce ralenti venait de ce que les hommes répugnaient à user de violence et que le fait de penser, de décider et d'agir le plus lentement possible suffirait à arrêter le mouvement. Pendant ces quelques pas, Matthew eut le temps de penser à sa lutte contre Mark, à la façon dont il s'était mis instantanément dans une rage folle et comment cette seconde d'action était toujours restée vive dans son esprit, comment elle faisait une ombre sur sa vie. Il eut le temps de se demander si l'action qui se préparait aurait des effets comparables.

Lorsqu'il arriva au sommet du barrage, il entendit Ralph lui crier quelque chose, et aussitôt après la détonation sourde d'un fusil, une détonation semblable à celle d'un pétard humide. Il pivota sur ses talons et dégaina en même temps son revolver. Pendant qu'ils étaient en train de parlementer, l'homme qui portait l'arme à la forme étrange s'était rapproché du barrage en profitant du couvert des arbres ; Matthew le vit abaisser son arme. Il y eut un sifflement et une petite explosion sourde de l'autre côté du barrage.

— Arrêtez cet homme, hurla Matthew, et il sauta pour se mettre à l'abri.

John se leva, ouvrit le feu et l'homme fit un bond de côté pour se cacher. L'obus tombé derrière Matthew laissait échapper une fumée blanche. Mais il était tombé trop loin et la brise emportait rapidement le gaz.

Un des hommes se mit à tousser.

— Qu'est-ce que c'est que ça ? demanda-t-il, pris de panique. Qu'est-ce qu'ils essaient de faire…

Une bouffée de gaz effleura les narines de Matthew.

— Gaz lacrymogène, cria-t-il. Laissez-le pénétrer vos poumons et vous pleurerez comme des bébés. Collez votre visage au sol et respirez au travers de la terre.

Ils s'empressèrent de faire ce qui leur était conseillé. Matthew rampa jusqu'à la crête pour pouvoir surveiller le secteur. Il toussa une fois et ses yeux se mouillèrent. Mais le gaz était trop clairsemé pour faire beaucoup de dégâts. Matthew s'approcha d'un des hommes et lui prit son fusil de chasse. Il se mit à découvert, au sommet du barrage.

— On essaie de me rouler, hurla-t-il à l'adresse de ses ennemis. Vous dites que vous venez parlementer et alors…

Il porta brusquement le fusil à son épaule et fit sauter le pare-brise d'une des voitures. Surpris par ce geste brusque, les hommes s'éparpillèrent aussi vite que leurs jambes le permettaient. Le bruit de la détonation était sec, dur, méchant. Puis Matthew éclata de rire – c'était sur la voiture de Crawford qu'il avait tiré.

Tout se calma ; comme s'ils étaient tous choqués, même le shérif, par le brusque coup de fusil. Matthew tourna lentement la tête, son regard cherchant à trouver l'homme au fusil à lacrymogène. Il ne le voyait pas et cela le tracassait. Il regarda l'obus qui était tombé derrière lui ; il ne s'en échappait plus qu'un mince filet de gaz aussitôt emporté par le vent.

— Ça va, dit-il, vous pouvez vous relever pour respirer à votre aise.

Il entendit la voix d'Arlis lui parvenir depuis la maison. Il se retourna, soudain mal à l'aise et pensa : Il est mort. Il est mort tandis que je…

— Papa, cria Arlis en mettant les mains en porte-voix. Papa. Venez vite.

Il se retrancha derrière la crête du barrage et se tourna vers John.

— Il faut que j'aille à la maison, dit-il en parlant rapidement. S'ils continuent à avancer, commence à tirer. Il faut que tu les retiennes jusqu'à ce que je puisse revenir. (Il regarda le visage blême de John.) Peux-tu le faire ?

Ce sera à toi de décider quand il faudra tirer le premier coup.

John acquiesça d'un signe de tête.

— Je reviendrai aussi vite que possible.

Il n'avait pas le temps d'en dire plus. Il se pencha et courut le long du barrage. Il ne voulait pas que le shérif sache qu'il était parti. Il fit le tour derrière la crête de la colline et atteignit la maison en passant derrière le poulailler. Il s'engagea dans le couloir et vit Arlis qui attendait sur le porche ; elle s'abritait les yeux de la main et regardait dans la direction du barrage.

— Arlis, dit-il d'une voix pressante.

Elle sursauta et se retourna, surprise.

— Qu'y a-t-il ? demanda Matthew.

— Il vous appelle, dit-elle. Il…

Matthew n'attendit pas la suite. Il ouvrit la porte de la salle commune et aperçut Miss Hattie debout à côté du lit, occupée à se tordre nerveusement les doigts. La tête du vieillard roulait d'un côté à l'autre de l'oreiller. Matthew se pencha sur lui.

— Papa ? dit-il. Papa ?

Le vieil homme ouvrit lentement les yeux, très lentement.

— Matthew ? dit-il en un murmure dans lequel pointait de la contrariété.

— Oui, papa, répondit doucement Matthew. Je suis là.

— Reste avec moi, mon fils, chuchota le vieillard. Reste…

Ses yeux se refermèrent.

Matthew s'assit sur la chaise. Il regarda Arlis et Miss Hattie et inclina la tête en direction de la porte de la cuisine. Elles s'en allèrent aussitôt. Matthew reporta alors toute son attention sur son père ; il n'écoutait pas, même inconsciemment, le bruit violent d'un coup de fusil venant de la crique. Tout cela était sans importance, sans conséquence par rapport à la mort. La main du vieillard bougea faiblement sur la couverture et Matthew la prit entre les deux siennes. Le vieillard sourit, ses lèvres se soulevant en tremblant sur ses gencives rétrécies ; il avait retrouvé le calme et la tranquillité.

Matthew ne sut pas combien de temps il attendit. Ils étaient dans une paix totale ; c'était comme si les hommes, le long du barrage, savaient que la mort était imminente. Le domaine était tranquille, retenait son souffle, attendait en même temps que le vieillard. Pas un son, pas un craquement dans les meubles ou dans la charpente de la maison, pas un coup de fusil ne venait interrompre ce calme profond comme celui d'une nuit.

Matthew ne sut pas quand le vieillard rendit le dernier soupir. Il attendait, immobile, écoutant la respiration haletante. À un moment donné ce halètement cessa, et Matthew continua à demeurer assis et à tenir la main de son père pendant un temps indéterminé avant de réaliser que les sons de la vie avaient cessé.

Matthew releva la tête, surpris, comme si on lui avait brusquement crié quelque chose. Il se leva et posa la tête sur la poitrine maigre du vieillard pour écouter son cœur. Il eut le silence pour toute réponse. Il se redressa. Il prit doucement les bras du mort et les croisa sur la poitrine. Il ne ressentait rien si ce n'est le soulagement que son père avait dû connaître. Matthew avait dû supporter autant que le vieil homme le fardeau de cette mort. Il prit son porte-monnaie et de ses doigts maladroits et tremblants il en ressortit deux pièces d'un demi-dollar. Il glissa ses doigts sur les paupières – elles étaient entrouvertes, laissant à découvert les yeux vitreux – et posa dessus les pièces de monnaie pour les maintenir baissées.

Alors il tourna le dos au lit et se dirigea vers la porte de la cuisine. Il l'ouvrit et Miss Hattie et Arlis levèrent aussitôt le regard sur lui.

— Mes enfants, dit-il, votre grand-père est mort.

Il regarda un moment pour voir si elles avaient besoin de lui. Mais elles demeuraient assises, immobiles, sous le poids de l'impact ; c'était trop soudain pour elles, quoiqu'elles s'y attendissent. Puis elles laissèrent tomber leur tête sur la table et fondirent en larmes. Constatant alors qu'elles n'auraient pas besoin de lui, Matthew referma la porte. Il traversa la chambre sans regarder le lit ; maintenant il tendait l'oreille, prêt à entendre le coup de fusil ; il retenait son souffle tant il était certain que cela allait commencer maintenant que la mort était venue. Il sortit cependant de la maison sans rien entendre, et ce fut toujours dans le calme qu'il se dirigea vers le barrage. Les hommes se retournaient pour le voir. Il se dirigea droit vers John, sans chercher à se soustraire aux regards du shérif et de ses hommes.

— John, dit-il avec douceur. Ton père est mort. Il est mort il y a quelques minutes.

Il vit le visage de John grimacer. Il tourna la tête vers un des hommes, son cousin germain.

— Walter, dit-il, voulez-vous aller jusqu'à la maison et vous occuper de lui ? Le laver, le raser et…

— Bien sûr, Matthew, répondit Walter.

Il tendit son fusil à un autre homme et s'en alla d'un pas rapide.

Matthew regarda par-dessus le barrage, dans la direction des voitures. Il respira profondément. Il gravit la pente du barrage, jusqu'au sommet, puis descendit de l'autre côté, avançant en ligne droite vers le shérif et ses hommes ; il vit Crawford se lever pour le regarder puis disparaître de nouveau. Le shérif se leva aussi et fit un pas hors de son abri.

— Qu'est-ce que vous voulez, maintenant ? demanda-t-il d'une voix acérée.

Matthew ne lui prêta aucune attention.

— Crawford, dit-il. C'était une promesse valable que vous m'avez faite hier, n'est-ce pas ? Je peux acheter cette cuvette que vous m'avez montrée ?

— Oui, s'écria Crawford, soulagé. J'ai même payé une garantie pour vous. Le gouvernement met ce terrain en vente et je voulais être sûr…

Matthew n'écouta pas la suite. Il se tourna vers le shérif.

— Shérif Wilson, dit-il avec dignité. Si vous me donnez le temps d'enterrer mon père et de préparer mes affaires, j'abandonnerai cette terre.

— Matthew ! s'exclama Crawford.

Sa voix s'étranglait, presque comme s'il allait pleurer. Mais il ne pouvait pas pleurer, lui, un homme parmi des hommes. Il était incapable de prononcer un autre mot.

— Matthew, répéta-t-il en avançant vers lui.

— Bien sûr, répondit le shérif. (Le soulagement se reconnaissait à l'intonation de sa voix.) Tout le temps dont vous avez besoin…

Maintenant, Matthew pouvait regarder Crawford.

— Allez rejoindre Arlis, dit-il. Elle a besoin de vous. Allez-y, maintenant.

Crawford s'éloigna ; les paroles de Matthew eurent sur lui le même effet qu'une flèche lâchée de son arc ; mais il ne pouvait pas courir pour la rejoindre, pas avec tous ces hommes qui regardaient. Il marcha d'un pas très rapide vers cette maison dont l'accès lui avait été interdit depuis si longtemps.

Matthew sentit soudain le poids du revolver qui pendait à son côté. Il défit la ceinture supportant la gaine de l'arme et la garda à la main. Il se retourna vers le barrage.

— Hey, vous autres, vous pouvez déposer les armes, cria-t-il.

Il sentit sa gorge se contracter ; comme si quelque chose au fond de lui voulait empêcher les mots de passer. Mais il s'éclaircit rapidement la voix, de sorte que ses paroles ne furent que brièvement interrompues.

— Déposez vos fusils. C'est fini.

26

Ils ne parvenaient pas à trouver Mark. Quand Matthew pensa de nouveau à s'informer de ce qu'il était devenu, personne ne se rappela l'avoir vu. Ils visitèrent toute la maison sans succès ; puis Matthew pensa à la grange et alla voir s'il n'était pas en train de boire le whisky du baril. Lorsqu'il ouvrit la porte, la rude odeur de l'alcool l'assaillit ; il vit le baril renversé sur le côté et ce qui restait du travail de Knox couler par terre. Mark était là aussi, vautré et à moitié enterré dans les tiges de maïs non épluchées.

Matthew entra dans la remise et le mit sur le dos. Au premier abord, il craignit que Mark ne soit mort tant son corps était flasque. Mais il se rendit compte qu'il était tout simplement abruti par le whisky ; la tasse pendait encore mollement au bout de sa main.

— Mark, fit-il, Mark.

Mark ne bougea pas. Finalement il ouvrit ses yeux embués et les leva vers Matthew. Il remua les lèvres mais rien n'en sortit. Matthew le souleva pour le faire asseoir.

— Mark, fit-il d'une voix forte. Papa est mort. Papa est mort il y a un moment.

La tête de Mark pendait mollement et il commençait de nouveau à s'affaler. Matthew le laissa aller et resta un moment à le regarder, déprimé de le voir dans une si misérable condition. Puis, avec une patience et une douceur infinies, il le souleva et l'amena jusqu'au puits où il lui aspergea la tête avec de l'eau, ce qui le rendit assez lucide pour lui permettre de rentrer à la maison et se mettre au lit. Ce qu'il fit sans même se rendre compte que son père allait être enterré ce jour-là.

Ils enterrèrent le vieux très simplement. Il n'y avait plus beaucoup de gens aux alentours maintenant, aussi, seuls la famille proche, les hommes du barrage, presque tous des Dunbar et Crawford étaient là. Le pasteur vint dire les prières. Matthew avait insisté pour cela.

Ils enterrèrent le vieillard très simplement, le même après-midi. Il n'y eut pas de cérémonie à la maison comme lors des funérailles de Rice. En fait, ils se rendirent directement au cimetière familial où les hommes avaient creusé une fosse avec les pelles qui pas plus tard qu'hier érigeaient ce barrage inutile à l'entrée du domaine. Pour la seconde fois en une année, Matthew suivait de nouveau un convoi à pas lents et égaux, et dans ce même isolement qu'il avait ressenti quand c'était Rice. C'était le lot des familles ; pendant très longtemps, depuis la mort de sa femme, il n'avait plus été nécessaire de venir ici que pour entretenir les tombes. Et maintenant, deux fois en moins d'une année, il y était venu dans la dignité et le chagrin.

Avec lui venaient Miss Hattie, Arlis et Crawford. Arlis et Crawford marchaient l'un près de l'autre ; Arlis se cramponnait à sa main comme si elle ne pouvait supporter qu'il s'éloigne d'une longueur de bras. Quand le convoi franchit la clôture métallique défoncée, les hommes en salopette se découvrirent, mais restèrent éloignés comme s'ils craignaient que l'odeur de leur sueur ne gâtât la cérémonie, alors que les autres avaient eu le temps de se baigner et de mettre leurs vêtements de cérémonie.

Une pensée préoccupa Matthew et, se tournant vers Crawford :

— L'eau ne montera pas jusqu'ici, n'est-ce pas ? demanda-t-il.

Crawford secoua la tête :

— Non, ce ne sera couvert que jusqu'à la moitié de la pente. (Il regarda Matthew.) La TVA peut déménager vos tombes, si vous le voulez. Jusqu'où vous voudrez.

Matthew regarda les pierres grossièrement taillées. Il secoua la tête.

— Non, dit-il. Laissez-les où elles sont.

Les hommes soulevèrent le cercueil et le déposèrent près du trou. Le petit groupe s'aligna sur les deux bords de la fosse ouverte ; Matthew, Miss Hattie, Arlis et Crawford restèrent derrière le pasteur. Le vent soulevait les pages de sa bible avec un petit bruit sympathique ; il commença à dire les mots doucement, aisément, avec une longue habitude. C'était tellement peu, pensait Matthew. Le vieil homme avait vécu une longue vie, puis il s'était couché dans son lit pour mourir, et il était mort comme il l'avait souhaité parce que Matthew avait eu la force nécessaire pour lui en donner le temps. Il regarda ses filles debout à ses côtés. Le vieillard n'avait rien eu en commun avec elles ; elles pouvaient seulement se le rappeler dans les derniers temps assis dans son fauteuil à bascule, desséché, replié sur lui-même, n'intervenant jamais dans leurs vies, seulement une présence sur laquelle on comptait. Mais elles le pleuraient, et Matthew sentait que c'était vrai, qu'elles devaient le faire. Lui, il pouvait se rappeler les jours où il était fort et vigoureux, il avait gardé le souvenir et le besoin de sa force et de sa vigueur tout le temps de son existence. Et cependant, il ne pleurait pas. Il restait là à écouter le pasteur lire les mots ; puis il regarda le cercueil descendre, et enfin il prit la pelle dans ses mains calleuses pour jeter la première motte de terre sur le cercueil. Il donna ensuite la pelle, non pas à Arlis où à Miss Hattie mais à Crawford, qui remplit gravement le même devoir et aida ensuite Arlis que les larmes aveuglaient. Miss Hattie fut la dernière ; les proches parents reprirent l'instrument et ils purent s'en aller.

Matthew attendit, comme il le devait, que la fosse soit remplie. On lui demanda doucement, avec l'hésitation nécessaire, s'il fallait marquer la tombe. Un bref instant, il se crut transporté aux funérailles de Rice et un sanglot lui serra la gorge. Après un moment tout redevint clair et il approuva de la tête. Oui, il fallait que cela soit fait.

Pendant qu'il attendait, il se promena dans les courtes allées de tombes, regardant les pierres. Rice n'en avait toujours pas mais ce printemps il devrait trouver le temps, pour lui et pour le vieil homme. Et avant qu'il ne s'en aille il devrait aussi réparer la clôture, comme ça, en son absence, le bétail ne pourrait pas abîmer les pierres tombales. Il vit qu'on l'attendait ; la tombe était fermée, formant un monticule.

Il s'arrêta à côté de cette nouvelle tombe et la regarda. Soudain, sans bien savoir ce qu'il faisait, il se laissa tomber à côté. Il enfouit son visage dans ses mains et se mit à pleurer comme pleurent les enfants, avec des sanglots durs et déchirants, ouvertement et sans aucune gêne, de la manière dont un homme ne pleure que lorsqu'il atteint le désespoir le plus profond.

Ils étaient embarrassés. Ils s'éloignèrent, le laissant seul près de la tombe, attendant près de la clôture sans le regarder. Il posa la main sur la tombe, y prit une poignée de terre et la serra dans sa main. La crise passa rapidement et Matthew se calma, tout comme le calme succède à la tempête. Il regarda la boule de terre qu'il tenait, puis il ouvrit la main et cette terre tomba au sol. Il se leva et s'en alla se joindre aux autres.

— Allons-y, dit-il, nous avons beaucoup à faire si nous avons l'intention de déménager. Je veux encore pouvoir planter et faire une récolte cette année-ci.

Il y avait un tas de choses à faire, des décisions à prendre, des plans à établir. C'était une tâche très difficile car Matthew n'avait encore jamais dû envisager de quitter le domaine. Les problèmes étaient beaucoup plus complexes qu'il ne se l'était imaginé ; il devait penser au bétail, à la nourriture, au mobilier ; il y avait les greniers à nettoyer ; il fallait choisir parmi les vieux ustensiles qui n'avaient plus jamais été utilisés depuis des années lesquels mettre au rebut et lesquels garder. Il devait aussi penser au problème du logement en attendant la construction d'une nouvelle maison ; et puis, il lui faudrait planter, car il ne pouvait se permettre de perdre toute la récolte d'une année. Mais, avant la maison, il faudrait construire un abri pour les animaux et la nourriture.

— La TVA vous aurait bien laissé emporter ces bâtiments, dit Crawford, mais maintenant il ne reste plus assez de temps. Il nous faudra penser à autre chose.

— Pourquoi pas une tente ? dit Matthew. Nous pourrions déjà dégager un coin du terrain et je me mettrais à construire une maison dès que j'aurai fini de planter.

Il se rendit en ville et acheta une grande tente. Cela lui coûta beaucoup plus cher qu'il ne se l'était imaginé. Mais il l'acheta tout de même, car il n'y avait pas d'autre solution ; ils ne pouvaient tout de même pas dormir par terre.

Il loua les services des hommes qui avaient travaillé pour rien à la construction du barrage pour le démolir afin que la route puisse laisser librement passer la voiture. Tant qu'il y était, il les conduisit jusqu'au ruisseau où il avait construit son premier petit barrage et ils le démolirent aussi, permettant ainsi à l'eau de reprendre son ancien cours à travers le domaine. C'était réjouissant de la voir bondir dans l'ancien chenal vers la rivière. Crawford et lui passèrent une demi-journée à placer une nouvelle clôture autour du cimetière ; Crawford tirait de toutes ses forces sur les barbelés tandis que Matthew enfonçait les piquets.

Décisions. Plans. Réalisation. Matthew travaillait de l'aube au crépuscule et, le soir venu, il se couchait envahi par une fatigue bienvenue ; pas vraiment provoquée par le travail mais surtout par tous les nouveaux problèmes auxquels il devait réfléchir. Son esprit avait toujours été habitué à penser au domaine, au domaine exclusivement, et c'était un effort continu pour lui de réfléchir à ce qui se trouvait à l'extérieur. Mais maintenant, c'était une nécessité, et par conséquent il dormait bien la nuit ; le matin il se levait frais et dispos pour une nouvelle journée. Il n'avait pas le temps, l'occasion, de se préoccuper d'autre chose que de l'immédiat – le travail de la journée, le déménagement, la quantité de graines qu'il aurait le temps de semer. Et, au fond, il était content.

Miss Hattie et Arlis aidaient aussi, beaucoup plus que ce dont il les croyait capables. Lorsqu'il s'était enfin levé de son lit, Mark avait silencieusement écouté le récit que Matthew lui avait fait de la mort de leur père. Il n'avait exprimé aucun regret pour sa conduite scandaleuse. Mais cela se voyait à l'expression de son visage – et maintenant il passait la plus grande partie de ses journées dans le fauteuil à bascule occupé autrefois par le vieillard, et, comme ce dernier, il regardait fixement les flammes de l'âtre.

Crawford venait se joindre à eux tous les après-midi après ses heures de bureau. Il allait d'abord retrouver Arlis, puis il partait à la recherche de Matthew et se mettait silencieusement au travail. Il n'y avait plus eu de discussions au sujet de leur mariage ni de leur départ imminent. Un jour, cependant, Crawford fit remarquer que son travail était presque fini, qu'il n'y avait plus que quelques formalités administratives à régler – Matthew réalisa ainsi qu'il serait bientôt transféré vers un autre chantier. Il ne pourrait compter sur l'aide d'Arlis que pour le déménagement.

Le domaine se vidait peu à peu. Il y avait les choses à garder et les choses à jeter, les innombrables trajets entre les deux terrains pour installer la tente, conduire les animaux ; le camion qu'ils avaient loué charriait chargement après chargement, le foin, le maïs et les réserves de nourriture. Peu à peu le domaine se mourait.

Matthew se rendit surtout compte du changement quand le bétail fut parti. Jusqu'alors il n'avait pas réalisé à quel point les animaux domestiques prenaient de la place dans la vie de tous les jours. Le domaine était trop calme sans eux, sans les poules qui gloussaient dans la cour, sans les mules qui gambadaient dans le pâturage, sans les meuglements des veaux. Le domaine était maintenant sans vie, désert – mort. Matthew se hâta plus que jamais ; il ne pouvait supporter ce calme total, il avait besoin de se retrouver parmi les vivants pour survivre.

Le grand jour arriva fatalement ; mais pendant la dernière semaine, il avait eu l'impression que ce jour n'arriverait jamais. Enfin, le dernier chargement était arrimé sur le camion qu'il avait loué. Matthew inspecta une dernière fois les chambres vides pour voir si rien n'avait été oublié avant le départ final puis sortit de la maison. C'était le milieu de l'après-midi ; ils devaient se mettre en route pour pouvoir s'installer dans leur nouveau domaine pour la nuit. Pour l'année. Pour la vie. Matthew s'arrêta cependant un instant et se retourna pour regarder vers la maison et la grange.

Arlis et Crawford étaient déjà installés dans le camion chargé, Crawford au volant. Mark attendait dans la vieille modèle T. Matthew avança lentement vers eux.

— Bon, dit-il, je pense que tout y est.

— Oui, dit Crawford en le regardant. Est-ce que vous regrettez de n'avoir pas continué à résister ?...

de n'avoir pas discuté jusqu'à la fin à coups de fusil avec le shérif ?

Matthew réfléchit une seconde.

— Non, répondit-il avec sincérité. D'ailleurs, je n'ai guère eu le temps d'y penser depuis. (Il sourit brièvement.) Et je crois que je n'y penserai plus jamais.

Crawford prit la main d'Arlis et la serra dans la sienne.

— Bon, fit-il. Si vous êtes prêt… allons-y.

Matthew regarda autour de lui.

— Ils vont tout raser, dit-il. Ainsi l'eau n'aura plus d'obstacles sur son chemin. J'ai déjà ouvert le barrage pour eux. (Il se tourna vers Crawford.) Que va-t-il advenir des bâtiments ?

— Laissez la TVA s'en occuper, répondit Crawford. Si vous voulez, vous pouvez y mettre le feu. Ils sont encore à vous.

Matthew se retourna de nouveau. Il hésita un instant. Puis il secoua la tête.

— Non, dit-il. Je ne pourrais pas les brûler. Qu'ils le fassent.

Il se dirigea vers la vieille voiture. Crawford appuya sur le démarreur et le moteur du camion se mit à ronronner. Matthew s'arrêta.

— Attendez une minute, dit-il.

Il s'approcha du camion, grimpa dessus et chercha un seau. Il en trouva un, le prit, ainsi qu'une pelle, et retourna dans la maison. Il s'agenouilla devant l'âtre ; il avait peur que le feu ne soit déjà mort. Il plongea la pelle dans le tas de cendres et y trouva des charbons ardents. Il mit des cendres froides au fond du seau, puis y posa les braises du feu qui ne s'était jamais éteint depuis que

David Dunbar l'avait allumé. Il recouvrit le tout d'une nouvelle couche protectrice de cendres et retourna auprès du camion. Il tendit le seau à Crawford.

— Je suis un imbécile, dit-il. Je sais qu'il me suffit de frotter une allumette pour allumer un feu. Mais prenez tout de même ce seau de braises avec vous. Servez-vous-en pour faire du feu dès que vous arriverez.

Crawford le regarda d'un air intrigué.

— D'accord, Matthew.

Matthew fit un pas en arrière. Il parlait maintenant sur un ton embarrassé, comme s'il devait s'excuser.

— On ne peut pas laisser un feu s'éteindre comme ça, par pure négligence, dit-il.

Crawford lui sourit.

— Bien sûr, dit-il. C'est évident.

— Partez maintenant, dit Matthew. Ne traînez pas en chemin. Les braises ne tiendront pas longtemps dans ce seau.

Il regarda le camion démarrer lentement sur le chemin et prendre de la vitesse en arrivant sur la route, où il disparut dès le premier virage.

— Bon, dit Matthew se parlant à lui-même. Inutile de traîner ici, surtout avec tout le travail qui m'attend là-bas.

Il s'approcha de la voiture. S'arrêta.

— Miss Hattie, cria-t-il en direction de la maison. Nous sommes prêts à partir.

Elle ne lui répondit pas. Il savait qu'elle n'était plus dans la maison. Il fit rapidement le tour des bâtiments. Il la vit près du bosquet ; elle tournait le dos à Matthew, les épaules tombantes elle regardait fixement le sanctuaire dans lequel elle avait joué tant d'années.

— Miss Hattie, cria-t-il de nouveau. Nous sommes prêts.

Elle ne se retourna pas.

— Je ne veux pas partir, répondit-elle. Je n'ai pas l'intention de partir.

Il s'approcha d'elle et passa le bras autour de ses épaules. Elle avait pleuré et ses joues étaient striées de larmes. Elle était très grande à côté de lui, aussi grande que lui.

— Ça ne sert à rien de traîner, Miss Hattie, dit-il d'une voix douce. Il faut partir.

— Chez nous, c'est ici, dit-elle en sanglotant.

— Maintenant, notre chez-nous, c'est là-bas, dit Matthew d'une voix ferme mais gentille. On installe son foyer où on veut. (Matthew serra plus fort les épaules de Miss Hattie.) Tu verras, ce sera mieux là-bas. Nous aurons de l'électricité et un tas d'autres choses. (Il l'obligea à faire demi-tour.) Allons, viens. Nous avons des tas de choses à faire. Nous aurons beaucoup de travail et ce n'est pas le moment de traîner.

Elle tourna la tête, son regard s'attardait sur le bosquet. Mais elle laissa Matthew la conduire jusqu'à la voiture et elle s'y installa. Matthew essaya de démarrer ; il lui fallut essayer à plusieurs reprises. Il y eut un violent retour de manivelle quand le moteur se décida enfin à tourner.

Matthew bondit alors au volant. Il démarra sans regarder derrière lui. Cela ne servait à rien de se retourner. Crawford avait raison : Matthew emmenait Dunbar avec lui, dans sa tête, pour le transplanter dans un nouvel endroit, tout comme il y planterait du maïs et du coton.

La vie avait quitté le domaine en même temps qu'eux. Le domaine, anonyme, inactif, attendait l'eau.

27

Même alors, Crawford ne passa pas cette première nuit avec eux dans le nouveau domaine. Mais il vint tôt le lendemain matin pour les aider à s'installer. Le visage d'Arlis s'illumina quand elle le vit arriver au volant de sa voiture et elle se précipita à sa rencontre.

Ils avaient monté la tente sur la butte de cèdres où Matthew avait l'intention de construire la maison. Ils avaient eu le bonheur de trouver une source derrière celle-ci ; c'était amplement suffisant en attendant de creuser un puits. Matthew, debout devant la tente, regarda Arlis courir à la rencontre de Crawford. La cuvette portait déjà les marques de leur occupation ; de la fumée s'élevait de la butte et il y avait déjà un début de tracé de chemin là où la voiture et le camion étaient passés et repassés. Un peu plus bas, Matthew avait établi une clôture provisoire pour le bétail ; en attendant de pouvoir planter des pieux, il avait passé les barbelés autour des arbres. L'herbe fraîche avait déjà été piétinée par les mules et les veaux, tandis que les poules partaient à la découverte de ce sol neuf richement approvisionné en insectes.

Se tenant par la main, Arlis et Crawford gravirent la pente vers la tente. Matthew les regardait et il eut envie de sourire. Mais il ne laissa pas paraître ce sourire. Cela faisait longtemps maintenant qu'ils étaient mariés, ils n'avaient eu qu'une seule nuit pour eux, et ils commençaient à devenir impatients. Les événements qui s'étaient précipités jusqu'à présent ne les laisseraient plus séparés très longtemps.

— Eh bien, s'exclama joyeusement Crawford. Je m'attendais à voir une équipe d'hommes en train de vous construire une maison et des écuries.

— Une équipe viendra demain pour l'écurie, dit Matthew. La maison, c'est moi qui la bâtirai. Ces charpentiers sont incapables de créer le genre de maison que je veux.

Ils s'arrêtèrent. Crawford le regarda, l'air interrogateur. Matthew sourit.

— Je vais me bâtir une bonne maison comme celles qu'on faisait autrefois, dit-il. Je suis sûr qu'il y a des tas de vieilles cabanes abandonnées là-haut. (Il se retourna et montra la direction du bras.) Quand j'aurai le temps, j'irai à la recherche de bonnes vieilles poutres.

Crawford plissa le front.

— Ce sera un travail formidable.

Matthew acquiesça d'un vigoureux signe de tête.

— Bien sûr. Mais cela en vaudra la peine. Cette maison tiendra le coup dix fois plus longtemps que leurs baraques en planches. (Il regarda autour de lui la cuvette d'un vert brillant sous les rayons du soleil printanier.) Quand on commence de zéro, il faut prévoir pour longtemps.

J'ai l'intention d'agir exactement de la même manière que le vieux David l'eût fait.

Crawford se mit à rire.

— J'espère que vous ne ferez tout de même pas exactement la même chose que lui. J'espère, en tout cas, que vous n'utiliserez pas de vieilles lampes au kérosène.

Matthew rit avec lui.

— Non, pas moi. Rien que de l'électricité pour moi. Quand est-ce qu'ils vont installer cette ligne ?

— Ça ne tardera plus, maintenant, dit Crawford. Si vous avez l'intention de faire tout cela, je crois que vous devrez vous passer de récolte cette année-ci. C'est impossible de construire une maison et…

— Il le faut, répondit Matthew d'un ton ferme et décidé. En tout cas, il faudra que je sème du maïs. J'ai trouvé de l'herbe qui conviendra parfaitement pour faire les foins. Cette année je me contenterai de maïs et de foin. Le coton et le reste, ce sera pour l'année prochaine. (Il leva la tête et regarda le soleil.) Je ferais bien de m'y mettre tout de suite. Et vous aussi… si vous êtes venu dans l'intention de travailler.

— Dégagez ! dit Miss Hattie qui, un balai à la main, nettoyait l'entrée de la tente.

Ils se déplacèrent tous afin qu'elle puisse balayer les planches placées en guise de sol pour la tente. Matthew se rendit compte que Crawford hésitait et se tourna vers lui.

— Eh bien, dit Crawford, je… (Il s'éclaircit la gorge.) Aujourd'hui, ils ferment notre bureau. Nous avons tous fini. Et je…

— Vous êtes transféré, fit Matthew d'une voix ferme. Vous avez l'intention de prendre Arlis avec vous.

Il regarda sa fille se cramponner au bras de Crawford.

— Oui, c'est à peu près ça, admit Crawford. Nous sommes mariés et tout… (Il releva la tête.) Nous voudrions avoir votre autorisation, monsieur.

Matthew le regarda attentivement. Tous deux paraissaient très jeunes, debout devant lui, et cette jeunesse lui faisait mal.

— Eh bien, dit-il. (Il mit sa main devant sa bouche, sans nécessité.) Eh bien, vous venez finalement me demander ma bénédiction.

Ils attendaient. Il pouvait voir grandir l'anxiété en eux. Miss Hattie attendait derrière lui, elle s'était arrêtée de balayer et écoutait.

— Eh bien, Crawford, répondit Matthew d'une voix ferme qui ne révélait pas ses sentiments. Vous l'aurez, mais à une condition.

Il s'arrêta pour regarder la cuvette inculte où les champs n'étaient pas encore délimités, bien que, dans sa tête, les limites fussent déjà nettement tracées. Il continua :

— Mes trois fils m'ont quitté. J'ai énormément de travail et seulement deux bras pour le faire. Si vous et Arlis êtes d'accord pour rester au Domaine de Dunbar, vous recevrez ma bénédiction.

Son visage restait sérieux. Mais ses yeux guettaient la moindre ombre de résistance en Crawford – ou en Arlis – et il était prêt à retirer ses paroles. Puis un sourire commença à se dessiner sur son visage car il vit l'espoir de cette promesse briller dans les yeux et le visage de Crawford. Ce dernier avait saisi la main d'Arlis.

— Je n'aurais jamais cru… commença-t-il.

Il s'arrêta. C'était trop pour lui, et trop soudain. Il embrouillait le domaine et la TVA, Matthew et Arlis, Matthew et lui-même, tout bouillonnait dans son esprit.

— Cela ne m'était jamais venu à l'esprit… ajouta-t-il.

Matthew attendait.

— Si vous voulez partir, fit-il, partez ensemble. Si vous voulez rester avec moi…

Il s'arrêta, il en avait dit assez. Il devait les laisser à eux-mêmes.

— Aimerais-tu réellement que nous restions ? demanda Arlis.

Il la regarda, puis regarda Crawford.

— Oui, fit-il, je voudrais que vous restiez. Le Domaine de Dunbar sera à vous après moi. Vous pourrez vous en occuper quand je ne le pourrai plus.

Il n'avait jamais dit ces mots avant. Maintenant il les disait, comme son père les avait dits, comme son grand-père, et tous les autres jusqu'à l'ancêtre David. Mais il n'y avait que lui et que David pour transmettre une chose nouvelle et pleine de promesses. Il se tourna vers Mark, assis dans le fauteuil usé, à l'ombre d'un cèdre.

— Un de ces jours, fit-il, ce sera le moment pour moi aussi de m'asseoir et de me reposer. J'aimerais savoir que ce que je lègue sera en sécurité entre vos mains.

Ces mots, il les avait pesés pendant tant d'années et il avait anxieusement observé ses fils pour savoir auquel il pourrait les dire. C'étaient les mots les plus importants qu'il ait dits de toute sa vie. Pas une seule fois dans ses longues réflexions il n'avait pensé à Arlis et à l'homme qu'elle allait épouser. Mais maintenant la lumière était en lui et il savait que ce qu'il faisait était bien. C'était le seul, le meilleur choix.

Stupéfait, Crawford attendait. Matthew lui donna une claque sur l'épaule.

— Pensez-y, mon garçon. Réfléchissez. Parlez-en entre vous. Et faites-moi savoir ce que vous décidez.

Leur tranquillité fut bouleversée par Miss Hattie, qui semblait furieuse, et jeta à Arlis :

— Voilà ! Je te rends ta vieille maison. Tu vas pouvoir balayer tes propres planchers maintenant.

Ils se mirent à rire et elle partit en coup de vent, outrée.

— Quand vous aurez pris votre décision, fils, vous viendrez me le dire. Je serai là-bas, dit-il en pointant le doigt. Je vais travailler.

— Oui, répondit Crawford, je viendrai vous le dire. Je… je ne crois pas que ce sera long.

Matthew s'en alla, souriant en lui-même. Il avait vu profond en Crawford, il connaissait sa faim d'un foyer, et il savait ce que serait la réponse. Parce que Crawford était son fils aussi sûrement que s'il l'avait procréé, que s'il était né de sa semence.

Il s'arrêta brusquement et se retourna. Il y avait encore quelque chose. Encore une seule.

— Crawford, demanda-t-il, pourriez-vous savoir où Knox travaille maintenant ?

— Sûrement, dit Crawford. Il n'y aura aucune difficulté s'il est encore à la TVA.

— C'est bien, fit Matthew, je vais lui écrire. Et à Jesse John aussi. Je dois leur dire ce qui est arrivé. Il faut qu'ils puissent nous trouver quand ils seront prêts à nous rendre visite.

Il se dépêcha d'aller travailler – il y avait tant à faire, bien plus que ce qu'il pourrait jamais espérer accomplir pendant le temps qu'il lui restait à vivre. Mais il était content d'avoir commencé quelque chose de neuf. Jamais son esprit ne cherchait à dépasser les limites du nouveau domaine pour s'appesantir sur cette terre qui la première avait porté le nom de Dunbar. Il n'y avait pas de place pour le passé. Son esprit était plein de projets pour l'avenir. Il se dépêcha de descendre la colline, tout excité à l'idée du travail qui l'attendait.

Miss Hattie était partie furieuse des rires qu'elle avait provoqués. Elle n'avait pas voulu quitter la vieille maison. Elle avait cruellement ressenti la révélation de la capitulation de Matthew. Elle n'aurait jamais cru qu'il l'aurait fait, elle avait été sûre qu'il gagnerait cette lutte, elle ne s'en était pas tourmentée, n'y avait même pas pensé.

Elle était descendue de la butte, avait traversé la cuvette et remontait la colline de l'autre côté. Maintenant, Arlis resterait. Elle le savait. Ils resteraient, et Arlis reprendrait possession de la cuisine et elle y élèverait des mioches au nez coulant. Miss Hattie avait été heureuse d'avoir une responsabilité. Maintenant on la lui enlevait et elle était de nouveau une enfant.

Elle s'arrêta, essoufflée par la montée, et contempla le paysage par où elle était venue. La cuvette était réellement splendide. Mais ce ne serait jamais ce que cela avait été là-bas. C'était trop sauvage, trop exubérant ; il n'y avait pas les bâtiments familiers mais seulement cette tente sans murs, sans sécurité contre le monde, mais où filtrait la lumière du soleil. Ce ne serait jamais aussi agréable que l'ombre du grand chêne, que le refuge du bosquet.

Elle se remit à marcher. Elle ne voulait plus penser au bosquet. C'était là, parce qu'elle ne pouvait admettre qu'ils allaient s'en aller, qu'aveuglément, instinctivement, elle s'était réfugiée. Elle avait eu l'intention de s'enfoncer au plus profond de son sanctuaire, à l'endroit où se trouvaient sa caravane de tabatières et les routes qu'elle avait tracées il y avait si longtemps. Elle n'en serait pas ressortie ; elle aurait refusé de le faire jusqu'à ce qu'on décharge le camion et qu'on remette tout dans la maison à laquelle ils appartenaient tous.

Mais elle n'avait pas réussi à pénétrer à l'intérieur du bosquet. Il y avait longtemps qu'elle n'avait plus essayé, et pendant ce temps les buissons semblaient s'être développés en une barrière infranchissable et inextricable. Les branches s'étaient accrochées à ses cheveux et avaient déchiré sa robe parce qu'elle était trop grande pour pouvoir se baisser suffisamment et s'introduire par l'ancien passage. Alors elle était restée debout devant le bosquet, contrariée, surprise de ne plus pouvoir pénétrer dans son ancien sanctuaire qui s'était complètement refermé contre elle, et c'était alors que Matthew l'avait appelée, qu'il était venu auprès d'elle et qu'il l'avait obligée à l'accompagner jusqu'à la voiture. Le bosquet n'était plus pour elle, et elle n'avait eu qu'à obéir. Et voilà que la cuisine n'était plus à elle non plus.

Elle arriva au sommet d'une colline et s'arrêta, tout essoufflée. Elle repoussa ses cheveux en arrière et sortit un mouchoir de sa poche pour tamponner son front et sa lèvre supérieure qui étaient moites de sueur. Elle avait toujours cru que les femmes ne transpiraient jamais. Du moins, cela n'arrivait jamais à celles qu'elle connaissait. Mais elle, en tout cas, cela lui arrivait.

Elle se remit en marche, oubliant le désordre qu'elle mettait dans sa tenue à vouloir ainsi courir les bois. Elle ne savait pas où elle allait ; une seule chose était certaine, c'est qu'elle ne retournerait pas à la tente avant longtemps. Peut-être même pas avant le coucher du soleil.

— Alors, fit une voix, où peut-on bien aller avec une telle hâte ?

Elle s'arrêta brusquement. Elle leva la tête et vit un grand garçon assis sur une souche d'arbre ; il était en train de ricaner. Il avait des cheveux roux et il était plus grand qu'elle. Beaucoup plus grand.

— Qui êtes-vous ? demanda-t-elle d'un ton bourru.

— Moi ? dit-il d'une voix traînante. J'habite dans les environs. Vous êtes de cette famille qui vient de s'installer là en bas ?

— Oui, répondit-elle sèchement. Et je ferais bien d'y retourner. Ils ont probablement besoin de moi.

Elle fit demi-tour ; cette rencontre la rendait nerveuse et elle se sentait irritée par le ricanement de ce garçon.

— Minute, s'écria le jeune homme. Faut pas être si pressée de rentrer à la maison. Donnez-moi le temps de vous parler quelques instants.

Elle s'arrêta et se retourna pour le regarder. Elle espérait que, d'où il était, il ne pouvait pas apercevoir les gouttes de transpiration qui la défiguraient. Elle s'essuya délicatement la lèvre avec son mouchoir. Puis elle revint lentement vers lui. Il avait des yeux verts qui s'harmonisaient parfaitement avec sa chevelure rousse.

— Où habitez-vous ? demanda-t-elle.

Il leva lentement, péniblement le bras.

— Par là, dit-il. (Il sourit de nouveau.) Ça m'a tout l'air qu'on va être voisins.

Elle baissa la tête, et regarda le sol à ses pieds. Elle porta la main à ses cheveux et les démêla lentement ; elle se sentait tout à coup très féminine et très fraîche. Elle n'avait plus du tout l'impression d'avoir couru et transpiré.

— Oui, dit-elle, ça m'en a tout l'air.

Elle leva les yeux et regarda le visage du jeune homme. Après tout, ce sourire ne l'énervait pas tant que ça. Il était même agréable, au bout d'un certain temps. Puis le sourire disparut et elle fit attention à ses yeux. Enfin, elle détourna brusquement la tête.

— Comment vous appelez-vous ? demanda-t-il sur un tout autre ton.

Elle le lui dit. Puis il dit comment il s'appelait.

Panorama X

Rendez-vous avec demain

Le Domaine de Dunbar est vide, de nouveau sans nom, car le nom est parti avec l'homme. Le nom fut donné par l'homme, puis emporté par l'homme ; et la terre est la même qu'avant, quand elle portait un nom et quand elle n'en avait pas, car la terre ne change jamais.

Plus bas, sur la rivière, une grue avance sur les rails posés sur le barrage et soulève une à une les vannes, et l'eau se rue sur elles avec fracas, éprouvant pour la première fois la force de ces barrières inattendues. Mais la barrière est imprenable, elle est faite d'acier et de béton ; et d'autres choses aussi : elle est faite de la sueur, des rêves et des espoirs des hommes, et même des souffrances et de la mort de quelques-uns. Elle a été conçue pour faire face. Alors elle retient l'eau, forçant la rivière à monter, à remonter les ruisseaux et les vallons.

Des hommes sont venus en riant et en jurant sur la terre sans nom qui a eu pour nom Dunbar tandis que l'eau remonte déjà le cours des ruisseaux. Ils sont pressés car ils sont en retard ; ils se hâtent de racler, de nettoyer le terrain de toute sa verdure jusqu'à la limite du cimetière entouré de cèdres, car l'eau n'ira pas si haut. Ils s'attaquent aux arbres et aux buissons, coupent les troncs au ras du sol, arrachent à cette terre toute sa beauté afin qu'elle puisse être remplacée par les flots bleus et placides.

Le chêne dans la cour est le plus gros arbre qu'ils devront abattre, et c'est pour cela qu'ils tirent au sort les hommes qui devront s'attaquer à cette tâche. Les bûcherons qui perdront se mettent courageusement – tout en jurant – au travail, tandis que les autres, les veinards, les regardent et les encouragent. Ils tirent, chacun à leur tour, sur la scie et les dents d'acier s'enfoncent de plus en plus profondément dans le vieil arbre. Ils s'arrêtent pour qu'un autre bûcheron puisse faire une entaille à la hache de l'autre côté du tronc puis ils se remettent à scier. Maintenant ils transpirent abondamment.

L'arbre frémit. Il frémit des racines au sommet sous l'action affaiblissante du métal et les hommes deviennent silencieux et attentifs. Ils peuvent presque toujours faire tomber un arbre où ils le désirent. Mais pas toujours – et quand c'est un grand… Les hommes sont silencieux et attentifs et maintenant ils scient doucement, sentant l'arbre transmettre son frémissement à leur arme.

Ils s'arrêtent. Ils se retirent pour se mettre à l'abri et un autre homme s'avance pour insérer un coin dans l'entaille du tronc. Puis il prend une lourde masse, la soulève plus haut que ses épaules et, de toutes ses forces, l'abat sur le coin. L'arbre gémit comme un être vivant, tremble et commence à s'incliner. Il y a un craquement sec, aussi bref que le claquement de la foudre, et le chêne immense s'abat dans un effroyable tonnerre qui fait s'éparpiller tous les hommes. Le chêne est couché sur le sol, mourant ;

il a choisi son point de chute, même s'il n'a pu choisir le moment de mourir. Les hommes s'approchent lentement et se mettent à l'écorcer et à le scalper et ils posent les branches en tas avant d'y mettre le feu.

Tandis que ce travail se fait, l'eau monte inexorablement le long de la rivière et des ruisseaux. Le contremaître de l'équipe de nettoyage surveille étroitement la rivière et harcèle les hommes, qui se dépêchent car le niveau de l'eau monte d'heure en heure et ils devront avoir bientôt fini.

Le dernier jour, le contremaître fait sa tournée pour mettre le feu aux broussailles et aux bâtiments. Il va commencer par la maison. Tout d'abord, il pénètre dedans pour voir si des hommes n'y sont pas allés pour dormir ou jouer aux cartes. La maison est vieille, nue, et ses pas résonnent bruyamment dans les chambres vides. Un très mince filet de fumée s'élève dans l'âtre de la salle commune, et le contremaître se dit : Voilà un feu qui dure bien longtemps. Ces gens sont partis il y a trois jours. Il arrose les murs de kérosène et, sous l'impulsion du moment, il allume son papier torsadé aux braises presque mortes. Il jette le papier dans le kérosène et il s'empresse de sortir.

Les hommes interrompent leur travail pour regarder la fumée s'échapper des fenêtres en tourbillonnant. Mais le contremaître les harcèle pour qu'ils se remettent à l'ouvrage, proférant des menaces s'ils n'ont pas fini aujourd'hui ; alors la maison brûle sans que personne y fasse attention. Le contremaître est trop occupé pour voir son œuvre dévastatrice ; il est en train de mettre le feu à la grange, à l'étable et aux annexes, puis il fait le tour du domaine pour faire brûler les broussailles.

La fumée, les flammes et les cendres montent vers le ciel en tourbillonnant ; c'est un enfer de destruction. La fumée épaisse du bois vert assombrit le soleil et de curieuses ombres passent au-dessus des hommes au travail ; ils deviennent silencieux dans cette ambiance étrange. Les feux montent et descendent, terminant leur tâche ; les hommes s'écartent de la chaleur, leurs mains et leurs visages sont noirs, et leur labeur est fini, aussi. Le terrain est propre, nettoyé, vide, prêt à recevoir les eaux. Il ne reste que la cheminée de briques – maintenant noires – qui s'élève, seule, au milieu de l'ancien domaine.

Les hommes s'en vont dans leurs camions, et l'eau est toute proche de la route qui longe la rivière. Ils seront les derniers à passer par là, à moins qu'un jour un homme décide de venir jusque-là, en barque, à la recherche d'un bon coin pour pêcher.

Pendant la nuit, l'eau rampe à l'assaut du barrage de terre. Son niveau monte de plus en plus ; elle remonte le cours du ruisseau, débordant lentement, régulièrement, faisant s'effondrer morceau par morceau la terre entassée, elle s'engage par les brèches que sont le chemin et le lit du ruisseau. C'est de l'eau calme, et elle coule en arrière, comme elle n'a encore jamais coulé, à la recherche d'une nouvelle terre à conquérir, cette terre qui fut Dunbar et qui maintenant est de nouveau sans nom.

Elle fouille et envahit cette terre centimètre par centimètre, la revendiquant pour elle. Le flot est devenu plus rapide à cause du chenal formé par le barrage inachevé. L'eau arrive aux fondations de pierre du perron brûlé et passe par-dessus. Elle trouve un creux rempli de cendres et elle se précipite là où se trouvait la maison ; les braises du feu chuintent avant de mourir en rendant un dernier soupir de vapeur, lentement étranglées par la force calme de l'eau. Après un moment, il n'y a plus de feu et l'eau est maîtresse des lieux.

Maintenant elle est calme. Elle coule avec une lenteur irrésistible, rassemblant ses forces pour conquérir les derniers mètres de terre à couvrir avant d'atteindre le niveau qui lui a été imposé par les ingénieurs. C'est une eau calme, de l'eau qui coule en arrière. Et la flamme a disparu du domaine.

Ailleurs, cependant, l'eau apprivoisée de cette rivière sauvage s'engouffre en tourbillonnant dans des turbines d'acier, et sa puissance allume des flammes nouvelles sur tout le pays. Ce sont les nouvelles flammes enfermées selon des procédés modernes dans des globes de verre au lieu des vieilles flammes découvertes qui dégagent de la chaleur.

Mais ces flammes nouvelles dureront – elles aussi sont permanentes.

Remerciements

Toute ma reconnaissance aux sénateurs Lister Hill et John Sparkman, de l'État de l'Alabama ; à Paul L. Evans, directeur du service d'information de la Tennessee Valley Authority ; et aussi au personnel dirigeant du barrage et de l'écluse de Guntersville pour leur coopération complète, pour avoir répondu patiemment à mes innombrables questions et pour avoir mis à ma disposition toutes les sources de renseignement nécessaires.

Ma reconnaissance profonde à Rogers Terrill et à Burroughs Mitchell pour leurs encouragements, leurs critiques et leur enthousiasme ; et pour avoir soutenu mes efforts pendant des jours, des semaines, des mois, tandis que j'écrivais ce livre. Et aussi au Dr Hudson Strode qui, dès le début, il y a des années, m'a donné inspiration et conseils.

J'ai tenté de rendre ce livre conforme à la politique, aux principes et aux intentions de la Tennessee Valley Authority. Je me suis efforcé de respecter l'exactitude de tous les détails de la construction et de l'exploitation du barrage de Chickasaw. Dans ce livre, cependant, les habitants du Domaine de Dunbar sont fictifs, et toute ressemblance avec des personnes vivantes ou décédées ne serait qu'une pure coïncidence.

Borden DEAL
Scottsboro, Alabama

Collection « Belfond [Vintage] »

AYRTON ZANGWILL Edith
Forte tête

BEAUMONT Charles
Un intrus

BETTAUER Hugo
La Ville sans Juifs

BROPHY Brigid
La Boule de neige

CALDWELL Erskine
Haute tension à Palmetto
La Route au tabac

COATES John
Patience

COLEGATE Isabel
La Partie de chasse

CONNELL Evan S.
Mrs. Bridge
Mr. Bridge

DANE Clemence
Régiment de femmes

DAVIDSON Lionel
Johnny Porter et le secret du mammouth congelé

DONOSO José
L'Obscène Oiseau de la nuit

GIBBONS Stella
La Ferme de cousine Judith

GILROY Beryl
Black Teacher

GRAU Shirley Ann
Les Gardiens de la maison

HARTLEY L. P.
Le Messager

INGALLS Rachel
Mrs Caliban

ISHIHARA Shintarō
La Saison du soleil

JACKSON Charles
Le Poison

JOHNSON Josephine
Novembre

KENNEDY William
L'Herbe de fer

KEUN Irmgard
Après minuit

LAMPE Friedo
Au bord de la nuit

LEHMANN Rosamond
L'Invitation à la valse
Intempéries

MCCARTHY Mary
Des filles brillantes

MILLER Caroline
Les Saisons et les Jours

MORTIMER Penelope
Le Mangeur de citrouille

NAYLOR Gloria
Les Femmes de Brewster Place

O'FLAHERTY Liam
Le Mouchard

PETRY Ann
La Rue

PYM Barbara
Des femmes remarquables
Comme une gazelle apprivoisée
Les Ingratitudes de l'amour
Quatuor d'automne

REIN Heinz
Berlin finale

SAVAGE Thomas
Le Pouvoir du chien

SHARP Margery
Les Aventures de Cluny Brown

SIMONS Ida
Une heure avant minuit

SLIM Iceberg
Du temps où j'étais mac

SMITH Betty
Le Lys de Brooklyn
La Joie du matin
Tout ira mieux demain

VLADIMOV Gueorgui
Le Fidèle Rouslan

WEST Dorothy
Le Mariage

WILDER Thornton
Mr. North

WILSON Sloan
L'Homme au complet gris

WOLKERS Jan
Les Délices de Turquie

ZACHARIEVA Rumjana
Sept kilos de camomille

Composition et mise en pages
Nord Compo à Villeneuve-d'Ascq

CET OUVRAGE
A ÉTÉ ACHEVÉ D'IMPRIMER
SUR ROTO-PAGE
PAR L'IMPRIMERIE FLOCH
À MAYENNE EN MAI 2024

Pour plus d'information :

#lisez! engagé
www.lisez.com
Imprimé sur du papier issu de forêts gérées durablement.

N° d'impression : 104903
Imprimé en France